अधिकार

महासमर-2

अधिकार

महासमर-2

नरेन्द्र कोहली

वाणी प्रकाशन
प्रकाशन के उत्कृष्टतम 62 वर्ष

vaniprakashan.com

पेपरबैक पहला संस्करण : 2015
पेपरबैक दूसरा संस्करण : 2018
पेपरबैक तीसरा संस्करण : 2021
पेपरबैक चौथा संस्करण : 2025

गुरुवर डॉ. विजयेन्द्र स्नातक के लिए
सादर

वाणी प्रकाशन

4695, 21-ए, दरियागंज, नयी दिल्ली-110 002
फ़ोन : + 91 11 23273167, 23275710

शाखाएँ

अशोक राजपथ, पटना-800 004, बिहार
कॉफ़ी हाउस कैम्पस, महात्मा गांधी मार्ग, प्रयागराज-211 001, उत्तर प्रदेश
महात्मा गांधी अन्तरराष्ट्रीय हिन्दी विश्वविद्यालय, वर्धा-442 001, महाराष्ट्र

sales@vaniprakashan.in
vaniprakashan@gmail.com

Adhikar : Mahasamar-2

by Narendra Kohli

ISBN : 978-93-5072-892-5
Novel/A Story of Mahabharat

मूल्य : ₹ 500

मुद्रक : ब्लूएज प्रिंटेक प्रा.लि., फेस-1, फरीदाबाद

वाणी प्रकाशन का लोगो मक़बूल फ़िदा हुसैन की कूची से

आने वाली पीढ़ी के नाम...
हमारे समय के कालजयी लेखक

नरेन्द्र कोहली हिन्दी के ही नहीं अपितु तमाम भारतीय भाषाओं के उन विरले लेखकों में से एक हैं जिन्हें 'सम्पूर्ण साहित्यकार' की संज्ञा दी जा सकती है। साहित्य की लगभग सभी गद्य विधाओं—उपन्यास, कहानी, व्यंग्य, नाटक, निबन्ध, आत्मकथा तथा आलोचना इत्यादि में विपुल सृजन करने वाले नरेन्द्र कोहली अकेले ऐसे रचनाकार हैं जिनके प्रशंसकों तथा पाठकों की संख्या का सही-सही अन्दाज तथा अनुमान लगाना कठिन है।

'अभ्युदय', 'महासमर', 'सैरन्ध्री', 'हिडिम्बा', 'कुन्ती' तथा 'न भूतो न भविष्यति' जैसे आधुनिक क्लासिक या कहें कि कालजयी कृति की रचना करने वाले इस विलक्षण रचनाकार की संवेदना-परिधि में सम्पूर्ण भारतीय समाज, तमाम विविधताओं तथा जटिलताओं के साथ गम्भीर साँस लेता प्रतीत होता है। भारतीय संस्कृति के प्रत्येक पक्ष को सही परिप्रेक्ष्य में उजागर करने वाले इस साहित्यकार ने रामायण तथा महाभारत कथा को युग सापेक्ष तथा शाश्वत मानवीय अस्मिता के साथ विश्लेषित किया है। उनकी दृष्टि सम्पन्नता तथा बौद्धिक प्रखरता के आलोक में जीवन और जगत् के सभी रहस्य पाठकों के सामने एक नये संसार की तरह से प्रस्तुत हुए हैं।

कालजयी रचनाकार की सबसे बड़ी विशेषता यही होती है कि वह अपने साहित्य में एक समानान्तर संसार की रचना करते हुए जातीय स्मृतियों का एक अनमोल खजाना आनेवाली पीढ़ियों तथा अपने समकालीन समाज के लिए गढ़ता है।

यह भी कह दें कि दुनिया की महान् से महान् कृति भी समाज को सन्तुष्ट नहीं कर सकती परन्तु श्री कोहली का लेखन सभी वाद-विवादों

से परे अपने पाठक वर्ग में उतना ही पूजनीय है जितने महाकवि तुलसीदास का रामचरितमानस तथा महर्षि वेद व्यास का महाभारत।

प्राचीन के लौह तत्त्वों को भी अपनी जादुई कलम के स्पर्श से कंचन में परिवर्तित करनेवाले इस महान् रचनाकार का साहित्य आपको भूत, वर्तमान तथा भविष्य के सभी रहस्य समझने तथा परखने की दृष्टि प्रदान करता है। नरेन्द्र कोहली के साहित्य को नयी साज-सज्जा के साथ पाठकों को सौंपते हुए वाणी प्रकाशन प्रतिष्ठान स्वयं को गौरवान्वित अनुभव करता है।

– अरुण माहेश्वरी

प्रकाशक

अधिकार

महासमर-2

1

सन्ध्या समय भी युधिष्ठिर को अन्यमनस्क-सा कक्ष में बैठा देख कुन्ती को अच्छा नहीं लगा।

"तुम बाहर खेलने क्यों नहीं जाते युधिष्ठिर?" कुन्ती बोली, "दिन-भर गुरु-गम्भीर बने, कक्ष में घुसे बैठे रहते हो। तुम तो अभी से वृद्ध हो गये लगते हो।"

"जाता तो हूँ।" युधिष्ठिर ने जैसे अपना पक्ष प्रस्तुत किया, "आचार्य के पास जाता हूँ। वे जिन शस्त्रों का अभ्यास कराते हैं, करता हूँ। जो शस्त्र-शिक्षा देते हैं, उसे ग्रहण करता हूँ।"

"किन्तु इस समय सारे बालक उद्यान में खेल रहे हैं, तुम क्यों भीतर घुसे बैठे हो?"

युधिष्ठिर ने उत्तर में कुछ कहा नहीं, केवल एक बार माँ की ओर देखा-भर; और सिर झुका लिया।

कुन्ती युधिष्ठिर की उस दृष्टि को देख कर जैसे स्तम्भित रह गयी : क्या था उन आँखों में? वे तो किसी बालक की अबोध उल्लास से आकण्ठ निमज्जित आँखें नहीं थीं। उन आँखों में तो किसी प्रौढ़ की मूक पीड़ा थी। उनमें आक्रोश भी था, प्रतिरोध भी; और अपनी असहायता की एक निरीह स्वीकृति भी!

"क्या बात है पुत्र?" कुन्ती के मन की करुणा जागी। उसने अनेक बार देखा था कि उसे अपना बड़े-से-बड़ा दुःख भी इस प्रकार विचलित नहीं कर पाता था; किन्तु अपने इस अधिकार-विहीन अभिभावक पुत्र युधिष्ठिर की यह निरीह मूक पीड़ा उसे कहीं भीतर तक बहुत गहरे तड़पा जाती थी।

"कोई विशेष बात नहीं माँ!" युधिष्ठिर ने मुख फिरा लिया।

"बात कैसे नहीं है!" कुन्ती उसके निकट चली आयी। उसने युधिष्ठिर के मुख को अपनी हथेलियों में थाम, अपनी ओर फेरा। उसकी आँखों में सीधे

देखते हुए बोली, "सदा सत्य बोलो पुत्र! अप्रिय भी हो तो सत्य ही बोलो। माँ को पीड़ा पहुँचती हो तो भी सत्य बोलो! झूठ से समस्या का समाधान नहीं होता, उसकी उपेक्षा होती है। कपोत अपनी आँखें बन्द कर ले तो मार्जार का अस्तित्व समाप्त नहीं हो जाता।"

युधिष्ठिर जैसे तड़प कर उठ बैठा, "मैं झूठ नहीं बोलता माँ!"

"मैं तुम्हारा विश्वास करती हूँ पुत्र! जिस क्षण कुन्ती को अपने पुत्रों पर विश्वास नहीं रह जायेगा, उसी क्षण उसके जीवन में कोई सार भी नहीं रह जायेगा।" कुन्ती ने रुक कर पुत्र को देखा, "तुमने कहा कि कोई बात नहीं। तुम मुझसे कुछ छिपा रहे हो।"

युधिष्ठिर ने निश्छल और विश्वस्त दृष्टि से माँ की ओर देखा, "मैंने कहा था, कोई विशेष बात नहीं है।" और अकस्मात ही जैसे उसके प्रतिरोध का बाँध ध्वस्त हो गया और उसका आक्रोश मार्ग पा कर प्रवाहित हो चला, "सुयोधन कहता है कि प्रासाद का उद्यान उसके तथा उसके भाइयों के खेलने के लिये है। उसके पिता ने यदि कृपापूर्वक हमें प्रासाद में ठहरने की अनुमति दे दी है, तो इसका अर्थ यह नहीं है कि हम सारे प्रासाद के स्वामी हो गये कि स्वेच्छा से जहाँ-कहीं घूमते फिरें...हमें अपनी मर्यादा पहचाननी चाहिए।" उसने रुक कर माँ को देखा, "अब बताओ! यह कोई ऐसी बात है, जिसे विशेष रूप से उल्लेखनीय मान कर मैं तुम्हें बताता।..."

कुन्ती स्तम्भित रह गयी। यह बालक इतने बड़े अपमान को इस प्रकार चुपचाप पी गया। माँ को बताना भी नहीं चाहता!...

और सहसा युधिष्ठिर ने आ कर कुन्ती का हाथ पकड़ लिया, "हम अपने घर कब जायेंगे माँ?"

कुन्ती को लगा, उसकी आँखों में अश्रु भर आये हैं और यदि उसने स्वयं को नियन्त्रित नहीं किया तो वे टपक पड़ेंगे।

"कौन-सा घर पुत्र?"

युधिष्ठिर ने हतप्रभ हो कर माँ की ओर देखा, "क्या हमारा कोई घर नहीं है?"

कुन्ती ने उसके प्रश्न का कोई उत्तर नहीं दिया। वह तो जैसे स्वयं ही अपने-आपसे युधिष्ठिर के प्रश्न का उत्तर माँग रही थी : कौन-सा घर है उसका अपना? उसके जनक का घर? उसके पिता का घर? उसके पति का घर?... क्या कोई घर उसका अपना नहीं है?

"इससे तो अच्छा है माँ!" युधिष्ठिर ने उसका हाथ पकड़ कर झकझोरा, "हम लोग ऋष्य शृंग के आश्रम में लौट जायें। वहाँ कभी किसी ने हमें यह

तो नहीं कहा कि वह आश्रम हमारा नहीं है। कुटीर हमारा नहीं है, क्षेत्र हमारा नहीं है, या सरोवर हमारा नहीं है। तुम हमें हस्तिनापुर क्यों ले आयी माँ! जहाँ कुछ भी हमारा नहीं है?"

सहसा ही कुन्ती अपनी हताशा से उबरी।...उसके युधिष्ठिर में रजोगुण का आधिक्य नहीं है। वह झगड़ कर किसी वस्तु पर अपना अधिकार नहीं जतायेगा। अधिकार के विवाद में वह त्याग को ही अंगीकार करेगा।...यह स्थिति ठीक नहीं है। उसे अपने अधिकार के प्रति सचेत करना होगा।...

"यही हमारा घर है पुत्र! हमें और कहीं नहीं जाना है।" सहसा उसका स्वर आदेशात्मक हो गया, "हस्तिनापुर तुम्हारा है। तुम कुरु साम्राज्य के युवराज हो। तुम कहाँ जाने की बात कर रहे हो?"

युधिष्ठिर को तत्काल, माँ की बात का कोई उत्तर नहीं सूझा। वह दृष्टि में एक शून्य लिये, माँ की ओर देखता रह गया। और फिर जैसे उसे कुछ सूझ गया, "यदि हस्तिनापुर हमारा है, तो हम अपने लिये एक नया प्रासाद क्यों नहीं बनवा लेते? हम सुयोधन के प्रासाद में क्यों रह रहे हैं? वे लोग हमारे यहाँ रहने से असन्तुष्ट हैं। उन्हें स्थान का अभाव लगता है। उन्हें असुविधा होती होगी माँ!"

कुन्ती के मन में आया कि युधिष्ठिर को वह अपनी भुजाओं में समेट ले। उसे अपने वक्ष से लगा ले। उसके मस्तक का चुम्बन कर कहे, 'चिरायु हो मेरे लाल! तुमने कितना उदार हृदय पाया है।'

किन्तु उसकी भुजाएँ अपने स्थान से हिली नहीं। मन को उसने दृढ़ किया और बोली, "यह हस्तिनापुर का राजप्रासाद है पुत्र। हस्तिनापुर का राजा इसी में रहता है। तपस्या के लिये जाने से पूर्व मैं और तुम्हारे पिता इसी प्रासाद में रहते थे। अपने पिता के उत्तराधिकारी के रूप में तुम्हें इसी प्रासाद में रहना है। हस्तिनापुर के युवराज को यहाँ से हट कर कहीं नहीं जाना है। भावी सम्राट यदि अपना प्रासाद भी छोड़ देगा तो राज्य त्यागने में उसे कितना समय लगेगा?"

"तुम ठीक कहती हो माँ! किन्तु अब यहाँ राजा धृतराष्ट्र रहते हैं। एक प्रासाद के लिये यह सब...।"

"बात प्रासाद की नहीं, अधिकार की है पुत्र!" कुन्ती बोली, "मैं तुम्हारे मन में प्रासाद का लोभ नहीं जगा रही! मैं तुम्हें अपने अधिकार के लिये संघर्ष करना सिखा रही हूँ।...तुम्हारे पितृव्य राजा नहीं हैं, मात्र राज्यपाल हैं। राजा तुम्हारे पिता थे और अब तुम होगे।"

युधिष्ठिर ने कोई उत्तर नहीं दिया। वह मन-ही-मन सोच रहा था कि यदि माँ यह कहती कि हमारे पास रहने के लिये दूसरा कोई स्थान नहीं है, तो

संघर्ष की बात उसकी समझ में भी आती। पर...

"अच्छा! यह बताओ।" थोड़ी देर पश्चात कुन्ती स्वयं ही बोली, "शिक्षण के समय कृपाचार्य का व्यवहार तुम्हारे साथ कैसा है? कहीं वे भी तो यह नहीं कहते कि तुम अध्ययन के लिये यहाँ क्यों आये हो?"

"आचार्य का व्यवहार...।" युधिष्ठिर जैसे निर्णय नहीं कर पा रहा था, "उन्हें मुझसे कोई विरोध नहीं लगता।" वह फिर रुका, "किन्तु माँ! ऋष्य शृंग के आचार्य और ही प्रकार के थे। कृपाचार्य वैसे तो नहीं हैं।"

"मैं समझती हूँ पुत्र!" कुन्ती धीरे से बोली, "तुम जाओ। सन्ध्या समय बाहर खुली वायु में खेलना चाहिए। कक्ष के भीतर घुसे रहना, तुम्हारे स्वास्थ्य के लिये अच्छा नहीं है।"

युधिष्ठिर उठा और जैसे बलात स्वयं को घसीट कर बाहर ले गया।

कुन्ती उसे देखती रही और सोचती रही : कहीं वह इन नन्हें कोमल कंधों पर उनके सामर्थ्य से भारी बोझ तो नहीं डाल रही? किन्तु यदि वह बोझ नहीं डालेगी, तो ये कंधे बोझ उठाने के अभ्यस्त कैसे होंगे? वे दृढ़ कैसे होंगे?... युधिष्ठिर का स्वभाव वह जानती है। वह किसी से कुछ लेना नहीं चाहता, देना ही चाहता है। किन्तु देने के लिये भी तो स्वयं अपने पास बहुत कुछ होना चाहिए...

तभी कहीं से दौड़ता हुआ भीम आया। स्वेद से सारा शरीर गीला। वह हाँफ रहा था। निश्चय ही कहीं खेल रहा होगा। खेल से कभी उसका मन नहीं भरता। वह थकता भी तो नहीं है।...एक दिन कौतूहल में, मात्र परीक्षा लेने के लिये, खेलने के लिये जाते हुए भीम को रोक लिया था, "देखो! यह नकुल बहुत रो रहा है। इसे थोड़ी देर बाहर टहला लाओ।"

कुन्ती का विचार था कि वह उसका विरोध करेगा। हठ करेगा कि उसे खेलना है। ऐसे में वह नकुल को कहाँ ले जायेगा।...या कदाचित वह कहे कि ढाई वर्ष के नकुल को कैसे उठायेगा। वह भारी है...या कि उसे उठाने में उसे असुविधा होगी।...

किन्तु भीम ने उसके द्वारा कल्पित एक भी उत्तर नहीं दिया। उसने हँसते हुए दोनों हाथ बढ़ा दिये, "आ जा नकुल! बैठा-बैठा आलसी मत बन! चल, कुछ व्यायाम कर आयें।"

कुन्ती चकित रह गयी। एक बार तो मन में आया : भीम को रोक दे; बहुत हो चुकी परीक्षा। कहीं ऐसा न हो कि नकुल को गोद में उठाये-उठाये, भीम भी लुढ़क जाये। दोनों के नाक-मुँह और घुटने छिल जायें। भीम इतना चंचल है। नकुल को गोद में ले कर भी वह शान्ति से तो बैठेगा नहीं।...किन्तु

दूसरे ही क्षण उसने अपने मन को दृढ़ किया। एक बार देखे तो सही कि भीम करता क्या है।...

भीम, नकुल को ले कर मुड़ा तो उसकी दृष्टि सहदेव पर पड़ी। बोला, "तू घर में बैठा क्या करेगा भाई! तू भी आ जा!..."

और जब तक कुन्ती आगे बढ़ कर उसे रोकती, उसने नकुल को उठाये-उठाये ही थोड़ा झुक कर दूसरे हाथ से सहदेव को उठा लिया। कुन्ती जहाँ की तहाँ रुक गयी। भीम को दोनों बालकों को उठाने में तनिक भी असुविधा नहीं हुई थी, वह सहज रूप से मुस्कुरा कर अर्जुन से कह रहा था, "अज्जू! तू मेरे कंधों पर बैठ जा। मैं तुम तीनों को उठा कर उद्यान के दस चक्कर लगाऊँगा।"

कुन्ती को प्रसन्नता हुई। भीम, वस्तुतः भीम था। वह ढाई वर्ष बड़े युधिष्ठिर के बराबर लम्बा हो चुका था, और उससे अधिक शक्तिशाली दिखायी देता था। यदि कुन्ती उसे न रोके, तो निश्चय ही वह नकुल और सहदेव को ले कर बाहर उद्यान में चला जायेगा...

"रुको भीम!"

भीम ने रुक कर माँ की ओर देखा।

"बच्चों को गोद से उतार दो।"

"अभी तो तुम कह रही थीं माँ! कि इन्हें बाहर घुमा लाऊँ।"

"ठीक है। कह रही थी! पर अब तुमसे एक बात पूछनी है।"

"तो पूछो!"

"अरे, तो ऐसे ही खड़ा रहेगा क्या–दोनों बच्चों को उठाये हुए। थक जायेगा।"

"यह तो मेरा व्यायाम है।" भीम हँसा, "मैं तो पाठशाला में भी सबसे अधिक बोझ उठाता हूँ। बोझा उठा कर दौड़ सकता हूँ।"

"वह सब तो ठीक है।" कुन्ती बोली, "पर तू इनको उतार कर नीचे बैठा। तब ही तुझसे बात करूँगी।"

"अरे माँ!" भीम ने अपनी अनिच्छा जतायी और नकुल तथा सहदेव को उतार कर आसन पर बैठा दिया, "पूछो! क्या पूछ रही हो!"

उस दिन तो कुन्ती को उससे कुछ विशेष नहीं पूछना था, किन्तु आज उसके मन में कुछ चुभते हुए प्रश्न थे।

भीम जल पी कर उल्टे पाँव लौटने लगा तो कुन्ती ने टोका, "भीम!"

भीम ने माँ की ओर देखा।

"तुम उद्यान में खेलते हो तो क्या सुयोधन तुम्हें भी रोकता है?"

"हाँ!" भीम जैसे हुलस कर बोला, "उसने मुझसे कहा कि उद्यान उसके और उसके भाइयों के खेलने के लिये है। मैं वहाँ नहीं खेल सकता।"

"तो तुमने क्या कहा?"

"मैंने कहा मैं तो खेलूँगा। वह यदि रोक सके तो रोक ले। यह कह कर मैं दौड़ा—वेग से माँ! पवन वेग से!..."

कुन्ती कल्पना कर रही थी कि वह किस वेग से दौड़ा होगा। वह तो है ही वायु-पुत्र!

"फिर?"

"मैं दौड़ा माँ! उसने अपने भाइयों को संकेत किया। भाई भी तो उसके इतने सारे हैं, जैसे कोई सेना हो।...उसके भाइयों ने एक-दूसरे के हाथ पकड़ लिये और मेरा मार्ग रोक कर खड़े हो गये। मैंने उनके निकट पहुँचते ही अपनी भुजाएँ फैला दीं। मेरे वेग से उनका बन्धन ढीला पड़ गया। किन्तु मैंने अपनी एक-एक भुजा में एक-एक सुयोधन-भ्राता को थाम लिया था। वे थोड़ी देर तक तो मेरे साथ घिसटे। फिर मैंने उन दोनों के सिर एक-दूसरे के साथ बजाये और उन्हें वहीं लुढ़कता-पुढ़कता छोड़ कर भाग गया। जब पलट कर उनकी ओर पुनः आया तो सुयोधन ने उन्हें बहुत बुलाया, बहुत उकसाया; किन्तु कोई भी मेरे मार्ग में नहीं आया।" भीम मन खोल कर हँसा।

"सुयोधन ने भी नहीं रोका तुझे?"

"वह स्वयं तो साहस ही नहीं करता। बस अपने भाइयों को आदेश देता रहता है। वह मुझे रोकने का साहस नहीं कर सकता।"

कुन्ती भीम की बात से सन्तुष्ट हुई; किन्तु उसका आशंकित मन पूछे बिना नहीं रह सका, "कोई तेरे साथ खेलता भी है, या तू अकेला ही सारे उद्यान में डोलता फिरता है!"

"नहीं! मेरे मित्र है माँ! वह युयुत्सु है न! उसके कई साथी हैं। कई बार विकर्ण भी हमारे साथ खेलता है।...और माँ! कोई न भी खेले मेरे साथ, तो क्या! मैं अकेला भी बहुत सारे खेल खेल सकता हूँ।"

"अकेला क्या खेलेगा तू?"

"मैं पवन के साथ स्वर्धा करता हूँ।" भीम बोला, "देखता हूँ कि मैं बड़ा धावक हूँ या वह?"

"तो क्या सिद्ध हुआ?"

"वेग तो मेरा ही उससे अधिक है।" भीम बोला, "किन्तु जाने कैसे वह मुझ से पहले ही गन्तव्य पर पहुँच जाता है।"

"तू तो पगला है एकदम!" कुन्ती हँसी, "क्या तू नहीं जानता कि पवन

तो प्रत्येक स्थान पर पहले से ही विद्यमान है।"

"ओह!" भीम का निश्छल अट्टास गूँजा, "तो फिर पवन के साथ स्पर्धा ही व्यर्थ है।"

"और कौन-सी क्रीड़ाएँ हैं तेरी—अकेले की?"

"कुछ नहीं सूझता तो मैं वृक्षों को हिलाने का प्रयत्न करता हूँ। उन्हें हिला कर उनके फल गिराने का। उन्हें जड़ से उखाड़ने का।"

"क्या किसी पेड़ को उखाड़ने में तू सफल हुआ?"

"नहीं!" भीम फिर उच्च स्वर में हँसा, "किन्तु आज तक कोई वृक्ष भी मुझे जड़ से नहीं उखाड़ पाया माँ!"

"कैसा बुद्धू है तू!" कुन्ती हँसी, "तेरी जड़ें हैं ही कहाँ, जो कोई तुझे जड़ से उखाड़ सके।"

"बुद्धू! तुम मुझे बुद्धू कहती हो।" भीम ने हुमक कर बोला, "तुमने ध्यान नहीं दिया माँ! कैसा चतुर हूँ मैं कि ऐसा खेल चुना है, जिसमें कभी मैं पराजित हो ही नहीं सकता। जब कभी उखड़ा, पेड़ ही जड़ से उखड़ेगा, मैं तो उखड़ सकता ही नहीं।"

कुन्ती कुछ बोली नहीं, सम्मोहित-सी अपने इस चिन्ता शून्य उन्मुक्त पुत्र को देखती रही। ऐसा ही कहीं युधिष्ठिर भी हो पाता तो!....

"तेरे इन खेलों के नियम कौन बनाता है?" क्षण-भर रुक कर कुन्ती ने पूछा।

"मैं स्वयं बनाता हूँ!"

"सब लोग अपने-अपने नियम बनाने लगेंगे तो खेल सम्भव कैसे होंगे?" कुन्ती ने उसे उकसाया।

"धोती बाँधने के सब अपने-अपने नियम बना लेते हैं, तो भी सबके लिये धोती बाँधना सम्भव होता है न!"

कुन्ती चकित नेत्रों से उसे देखती रही, "धोती बाँधने का नियम?"

"हाँ!" भीम बोला, "मेरी धोती एड़ी से बीस अँगुल ऊँची होती है, और सुयोधन की चार अँगुल! वह मानता है कि नियमतः धोती एड़ी से चार अँगुल ही ऊँची होनी चाहिए। इसलिये वह मुझे गँवार कहता है और मैं उसे मूर्ख! वह इतना भी नहीं समझता कि एड़ी तक धोती बाँध कर, व्यक्ति न भाग सकता है, न दौड़ सकता है, न खेल सकता है!" सहसा भीम जैसे निद्रा से जागा, "अरे, मुझे तो खेलने जाना है। मैं तुम्हारी बातों में ही उलझ गया। तुम्हारी बातों की मोहिनी से बचना कठिन है माँ!"

वह भागता हुआ बाहर निकल गया।

भीम चला गया और उसे कदाचित स्मरण भी नहीं रहा कि वह माँ से क्या कह कर आया है; किन्तु कुन्ती को वह वैसे ही झकझोर गया, जैसे वह अपनी शक्ति को परखने के लिये वृक्षों को झकझोरा करता है...

हस्तिनापुर में प्रवेश से पहले, 'वर्धमान' द्वार के बाहर ही, यात्रा से थके आये, धूल-धूसरित उसके पुत्रों को देख कर, सुयोधन ने उन्हें 'गन्दा' कहा था, उनकी वेश-भूषा के प्रति अपनी वितृष्णा प्रकट की थी। वह आज भी भीम को गँवार कहता है। युधिष्ठिर और अर्जुन को क्या कहता होगा! नकुल और सहदेव तो अभी छोटे हैं...वह स्वयं को इन सबसे श्रेष्ठ मानता है, इसलिये कि वह हस्तिनापुर के राजसी वैभव में पला था और कुन्ती के पुत्र आश्रम के सात्विक वातावरण में वेश-भूषा अथवा आडम्बर के अन्य उपकरणों के प्रति निस्पृह रहे हैं...

कुछ दिन पूर्व सुयोधन अपने भाइयों, मित्रों और कुछ सेवकों के साथ इधर आ निकला था। जाने वह आगमन आकस्मिक था, वह किसी कार्यवश आया था, अथवा मात्र टीका-टिप्पणी करने की असभ्य इच्छा...

कुन्ती उस समय अपने बच्चों को भोजन करा रही थी। युधिष्ठिर, भीम और अर्जुन अपने-अपने आसनों पर बैठे, चौकियों पर अपने थाल रखे, स्वतन्त्र रूप से अपना भोजन कर रहे थे। नकुल और सहदेव को अपनी गोद में लिये, कुन्ती बारी-बारी कौर खिला रही थी।

"अरे! इनके पास कोई दास-दासी भी नहीं है, जो इनको भोजन परोस सके।" उस झुण्ड में से किसी ने कहा था।

"दास-दासी!" सुयोधन निर्द्वन्द्व भाव से बोला था, "पिताजी ने कृपा न की होती तो ये लोग पत्तलों में भोजन कर रहे होते। जिस समय हस्तिनापुर आये थे, क्या था इनके पास! वस्त्र भी तो वे ही पहन रखे थे, जो पिताजी ने हस्तिनापुर से भिजवाये थे। सर्वथा कंगले थे, ये वनवासी...."

वे लोग चले गये थे और कुन्ती को कई रातों तक नींद नहीं आयी थी।... कौन बोल रहा था वह सब, सुयोधन की जिह्वा से? स्वयं बालक सुयोधन? या उसकी जिह्वा से किसी और के शब्द उच्चरित होते हैं? इतने से बालक के मन में ये भाव कैसे आते होंगे? उसका तो युधिष्ठिर तक कभी इस प्रकार की बात न किसी के विषय में सोच सकता है, न कह सकता है। उन्होंने तो सदा ज्ञान, चरित्र और वय का सम्मान करना सीखा है। धन का होना, न होना—सुविधा और असुविधा का कारण हो सकता है, मान-अपमान का नहीं।....और सुयोधन यह कैसे मान बैठा है कि यह सब उसके पिता की सम्पत्ति है? उसे यह क्यों नहीं बताया गया कि यह कौरवों की सम्पत्ति है, जिसके सम्राट पाण्डु थे—और

यह उसी पाण्डु का परिवार है।...क्यों उसे बताया नहीं गया कि सम्पत्ति का उत्तराधिकारी युधिष्ठिर है। वे लोग जिस सम्पत्ति का भोग कर रहे हैं, वह युधिष्ठिर की है; जिस अधिकार का प्रयोग कर रहे हैं, वह अधिकार युधिष्ठिर का है!...अपने राजप्रासाद में बैठे भावी सम्राट से कहा जा रहा है कि वह किसी की दया पर जीवनयापन कर रहा है...क्या धृतराष्ट्र और गान्धारी जानते हैं कि उनका सुपुत्र क्या कर रहा है, क्या कह रहा है?...

गान्धारी की एक दासी भीम को खोजती हुई आयी थी, "कहाँ है वह मोटा लड़का—भीम।"

कुन्ती को भीम के लिये यह विशेषण अच्छा नहीं लगा। पर कदाचित दासी को इसकी चिन्ता नहीं थी। उसने तो कुन्ती को भी किसी सम्मानजनक शब्द से सम्बोधित नहीं किया था। 'महारानी' अथवा राजपरिवार-सम्बन्धित किसी अन्य आदरपूर्ण सम्बोधन की आवश्यकता तो उसने समझी ही नहीं थी; उसने तो 'आर्ये' या 'भद्रे' जैसे सामान्य सम्बोधन भी अनावश्यक मान लिये थे।

कुन्ती स्तब्ध थी : राजप्रासाद की एक साधारण दासी को इतना साहस कैसे हुआ कि वह भूतपूर्व सम्राट की पत्नी तथा भावी सम्राट की माता की इस प्रकार अवज्ञा करे। यह न तो उसका अज्ञान हो सकता है, न अपना दुस्साहस।...वैसे उसे इसकी आवश्यकता भी क्या है? जिसकी जिह्वा दिन-भर 'स्वामी' 'अन्नदाता' आदि सम्बोधनों को रटती रहती हो, उसे कुन्ती को इस प्रकार अपमानित करके क्या मिलेगा?...यह अवश्य ही किसी और की इच्छा है; और दासी के पीछे उसी व्यक्ति का बल भी है। कौन है वह?

कुन्ती ने अपना आक्रोश प्रकट नहीं होने दिया। शान्त स्वर में बोली, "किसे ढूँढ रही हो तुम—किसी मोटे लड़के को अथवा भीम को?"

"क्यों? भीम मोटा नहीं है क्या?"

"नहीं!" कुन्ती स्थिर वाणी में बोली, "वह बलिष्ठ है और इस वय में भी तुम जैसी अशिष्ट दासियों की ग्रीवा मरोड़ देने में समर्थ है।"

दासी न भयभीत हुई, न लज्जित। वह मौन भी नहीं रही। तुनक कर बोली, "जानती हूँ! अब कोई भी सुरक्षित नहीं है यहाँ। किसी की ग्रीवा मोड़ी जायेगी और किसी का सिर फोड़ा जायेगा। तुम लोग आ जो गये हो।"

"अपनी मर्यादा के भीतर रह।" कुन्ती का स्वर कुछ प्रखर हुआ।

"मर्यादा! ऊँह!" दासी और भी ऐंठ कर बोली, "जाने क्या समझते हैं स्वयं को! कहाँ से आ कर गले पड़ गये; और स्वयं को स्वामी ही समझने लग गये! राजाप्रसाद की सारी मर्यादाएँ ही नष्ट हो गयीं।" उसने घूर कर कुन्ती को

देखा, "मैं कहे देती हूँ, अपने उस मोटे लड़के को समझा लो। अब यदि कभी उसने मेरे सुशासन पर हाथ उठाया, तो मैं भी उसका सिर फोड़ दूँगी। किसी की चिन्ता नहीं है मुझे!"

"तुम सुशासन की दासी हो?" कुन्ती का स्वर धीमा हो गया।

"मैं उसकी धात्री हूँ। दूध पिलाया है उसको मैंने अपना। उसका रक्त बहते नहीं देख सकती। हाँ! किसी गुमान में मत रहना।"

दासी बड़ी ठसक से मुड़ी और चली गयी।

दासी चली गयी और कुन्ती को दोहरी चिन्ता ने दबोच लिया : क्या सचमुच भीम ने सुशासन का सिर फोड़ दिया है? कुन्ती के मन में गान्धारी के पुत्रों के व्यवहार को ले कर चाहे कितना भी आक्रोश और विरोध हो; किन्तु यह उसने कभी नहीं चाहा कि उनमें इस प्रकार की शत्रुता पनपे कि वे एक-दूसरे के सिर फोड़ दें। इससे तो उनमें भाइयों का-सा स्नेह और सौहार्द कभी भी विकसित नहीं हो पायेगा। उल्टे दो पक्ष बन जायेंगे; वैर-विरोध बढ़ेगा। और यदि स्थिति मार-पीट की हो आयी तो भीम किस-किससे लड़ेगा? वे लोग तो अनेक हैं; फिर उनके दास-दासियाँ भी उनके साथ हैं। भीम के पक्ष से कौन लड़ेगा—युधिष्ठिर? उसकी तो वैर-विरोध, लड़ाई-झगड़े में वैसे भी कोई रुचि नहीं है...अर्जुन, नकुल और सहदेव अभी छोटे हैं।...बेचारा अकेला भीम किस-किससे लड़ेगा?...पर भीम इतना ऊधम मचाता ही क्यों है? इस प्रकार तो वह किसी-न-किसी झंझट में फँस ही जायेगा...

कुन्ती ॠष्य शृंग से अपने घर आयी थी। किन्तु यह उसका घर है क्या? उसे चारों ओर अपने विरोधी-ही-विरोधी दिखायी पड़ते हैं।...एक सम्राट पाण्डु के न रहने से संसार में उसका कोई नहीं रहा। यदि वे होते तो कुन्ती के पुत्र इतने असुरक्षित होते? इस दासी का इतना साहस होता कि आ कर वह महारानी कुन्ती को अपमानित कर ऐसे धमका जाती, जैसे कोई किसी चाण्डाल को भी नहीं धमकाता...आज एक दासी ने इस प्रकार का व्यवहार किया है, कल दूसरी भी करेगी। और फिर...

कुन्ती अपने ऊहा-पोह में बैठी रह गयी : वह भीम की सुरक्षा का प्रबन्ध करे या उसके लौटने पर उसको धमकाए कि वह गान्धारी के पुत्रों से न लड़ा करे? किन्तु क्या भीम सचमुच किसी से लड़ता है? वह तो इतना अबोध है कि जैसे शुद्ध शैशव ही हो—सशरीर! किसी से वैर नहीं, विरोध नहीं। सब कुछ क्रीड़ा-ही-क्रीड़ा है। वह तो निश्छल पवन का एक झकोरा है, जो एक स्थान पर स्थिर नहीं रहता। सदा गतिमान है। मार्ग में कोई आ जाये, तो वह दुलरा भी सकता है, धकिया भी सकता है। कुन्ती नहीं चाहती कि उसके मन में वैमनस्य

का अंकुर जड़ जमाये...

तभी अपनी सदा की मुद्रा में भीम भागता-दौड़ता आया : स्वेद से गीला और हाँफता हुआ, “माँ! माँ! जानती हो, आज सुशासन का सिर फट गया। उसे खेलना भी नहीं आता माँ! दौड़ता भी है तो न धरती देखता है न आकाश! वन्य-शूकर के समान सिर झुका कर भागता है और भागता ही चला जाता है। आज भी दौड़ा और वृक्ष की निचली शाखा से अपना सिर मार लिया। और फिर कितना रोया माँ!...”

कुन्ती मुग्ध भाव से चुपचाप उसे देखती रही : वह सचमुच ही निर्दोष है अथवा झूठी कहानियाँ गढ़ने में दक्ष हो गया है?

“ऐसे क्या देख रही हो माँ? क्या तुम्हें मेरा विश्वास नहीं है?”

“तूने नहीं मारा सुशासन को?”

“मैंने? अरे, मुझे पकड़ने के लिये ही तो वह भाग रह था।”

“बातें मत बना। तूने नहीं मारा?”

“हाँ! यदि मैं भीम के रूप में आगे-आगे भाग सकूँ और उसी समय एक बड़ा वृक्ष बन उसके मार्ग में खड़ा हो सकूँ, तब तो मैंने ही मारा उसे!” भीम बोला, “तुम सुशासन को ही बुला कर क्यों नहीं पूछ लेती हो माँ! कि उसे मैंने मारा है या उसने अपना सिर वृक्ष की शाखा से दे मारा है।”

“तो उसकी दासी मुझसे यह कह कर लड़ने क्यों आयी थी कि तूने सुशासन का सिर फोड़ दिया है?”

“इसलिये माँ! क्योंकि वह उस वृक्ष की माता को कोई उपालम्भ नहीं दे सकती थी।” भीम के आनन पर क्रोध झलका, “सुशासन का तो नहीं, किन्तु किसी दिन मैं उसकी उस धात्री कलिका का सिर अवश्य फोड़ दूँगा। प्रतिदिन कुछ-न-कुछ कहती रहती है : कभी कहती है कि हमारे आ जाने से राजाप्रसाद में मक्खियाँ बढ़ गयी हैं, कभी कहती है कि हमारे आ जाने के कारण उसके राजकुमारों को पीने के लिये पूरा दूध नहीं मिलता। भगवान की दया है कि यह नहीं कहती कि हमारे आ जाने से वायु और आतप की भी कमी पड़ रही है, उसके राजकुमारों को।” उसने रुक कर कुन्ती को देखा, “उसे तो प्रतिदिन किसी-न-किसी से झगड़ना ही होता है। मुझसे झगड़ ले, भैया से झगड़ ले; आज तुमसे झगड़ गयी।”

कुन्ती कुछ शान्त हुई : भीम कदाचित झूठ नहीं बोल रहा था। सम्भवतः उस दासी का स्वभाव ही ऐसा हो। अन्यथा राजाप्रसाद इतने संकीर्ण नहीं होते कि उसमें छह प्राणियों के आ जाने से स्थान की कमी हो जाये, या खाद्य-सामग्री का अभाव हो जाये।...न ही राजाओं के मन इतने संकुचित होते हैं कि परिवार

के छः प्राणियों का पालन-पोषण उन्हें भारी पड़ने लगे। राजा की पाकशाला में तो प्रतिदिन सहस्रों ब्राह्मण भोजन कर जाते हैं, और राजा स्वयं को धन्य मानता है...किन्तु यदि उस दासी का स्वभाव ही ऐसा है, तो वह आज तक राजप्रासाद में टिकी कैसे हुई है? राजप्रासादों में दासियों की अशिष्टिता नहीं सही जाती। कशाघातों से उनकी पीठ छलनी कर दी जाती है...

किन्तु भीम तो कहता है यह युधिष्ठिर से भी झगड़ती है। युधिष्ठिर ने तो कभी चर्चा नहीं की!...पर युधिष्ठिर कोई चर्चा कहाँ करता है। वह तो जैसे इसी वय में माँ और भाइयों के लिये ढाल बनने के प्रयत्न में है। उसे आभास-भर हो जाये कि कोई चर्चा माँ को विचलित या आहत कर देगी, तो वह उस चर्चा को अपनी जिह्वा पर ही नहीं आने देगा।

सहसा कुन्ती का ध्यान अर्जुन की ओर चला गया।...भीम तो फिर भी भागता-दौड़ता आ जाता है, या कोई किसी उपालम्भ के व्याज से उसकी सूचना दे जाता है कि वह कहाँ है और क्या कर रहा है, किन्तु इस अर्जुन का तो कुछ पता नहीं लगता, किसी भी कोने में बैठा, कुछ सोचता रहता है।...जाने क्या करता रहता है...

कुन्ती उसे ढूँढने बाहर निकली तो देखा वह एक एकान्त वृक्ष के नीचे अकेला बैठा, ऊपर की ओर ताक रहा था।

कुन्ती के मन में जिज्ञासा हुई : क्या ताक रहा है, वह अकेला बैठा-बैठा?

"क्या ये लड़के तुम्हें अपने साथ नहीं खेलाते अर्जुन?"

वह कुछ अचकचा गया, जैसे उसका ध्यान भंग हो गया हो, "मैं स्वयं ही उनके साथ खेलने नहीं गया माँ।"

"पर क्यों?"

"उनमें से कोई मेरा मित्र नहीं है!"

"तो किसी को मित्र बना लो!"

"कोई इस योग्य नहीं लगा मुझे!" अर्जुन बोला, "उनमें से कोई ऐसा नहीं है माँ! जिस पर पूर्ण विश्वास किया जा सके। जिस पर पूर्णतः अवलम्बित रहा जा सके!"

"तो भीम कैसे खेलता है उनके साथ?"

"मध्यम का क्या है।...वह तो किसी के भी साथ खेल सकता है। किसी के साथ भी मित्रता कर सकता है, बिना यह विचार किये कि परिचय और मित्रता में भेद है।..."

"वह किसी के साथ भी घुल-मिल सकता है पुत्र!" कुन्ती ने समझाया,

"मित्र तो ऐसे ही बनाये जाते हैं।"

"मुझे मध्यम के समान ढेर सारे मित्रों का करना ही क्या है!" अर्जुन बोला, "मुझे तो एक-आध अच्छा मित्र मिल जाये, तो वही बहुत है।"

जाने यह स्वयं को क्या समझता है—कुन्ती ने सोचा—बित्ते-भर का लड़का और मित्र के गुणों पर विचार कर रहा है।

"अच्छा! यहाँ बैठे क्या कर रहे हो?" कुन्ती ने पूछा।

"अभ्यास!"

"किस बात का?"

"एकाग्रता का!"

"एकाग्रता का?" कुन्ती को आश्चर्य हुआ, "वह क्यों?"

"लक्ष-वेध के लिये माँ!"

"एकाग्रता का लक्ष-वेध से क्या सम्बन्ध?" कुन्ती ने आश्चर्य से पूछा।

"गुरु जी कहते हैं," अर्जुन बोला, "कि जब बाण-सन्धान के लिये लक्ष्य पर ध्यान केन्द्रित करो, तो लक्ष्य के अतिरिक्त और कुछ भी दिखायी नहीं देना चाहिए।"

"तुम्हारा और कोई भाई इस प्रकार एकाग्रता का अभ्यास नहीं करता।" कुन्ती ने कहा, "क्या उन्हें गुरु जी कुछ नहीं कहते?"

"कहते तो हैं!" अर्जुन बोला, "किन्तु उन लोगों को धनुर्धर नहीं बनना है।"

"क्यों? धनुष का संचालन तो वे भी करते हैं। बाण-सन्धान भी और लक्ष-वेध भी!"

बालक अर्जुन का आनन सहसा प्रौढ़ हो उठा, "बाण फेंकना और बात है माँ! और धनुर्धर बनना और! मुझे धनुर्धर बनना है।"

"तुम्हें और कुछ नहीं बनना—राजा? सेनापति? मन्त्री? योद्धा? विद्वान?"

"नहीं, मुझे केवल धनुर्धर बनना है माँ!"

"उससे क्या युद्ध कर विजय प्राप्त करोगे?"

"वह सब मैंने कुछ नहीं सोचा है। धनुर्विद्या का और कोई प्रयोजन मेरे मन में नहीं है। मैं तो धनुर्धारी होने के लिये ही धर्नुधर होना चाहता हूँ।" अर्जुन ने कहा, "गुरु जी कहते हैं कि कोई भी विद्या अपने आप में अपना प्रयोजन होती है, उसे किसी और प्रयोजन का हेतु मत बनाओ।"

कुन्ती को लगा, अर्जुन अपने सारे भाइयों से भिन्न है। युधिष्ठिर भी बहुत सोचता है। अनेक विषयों और प्रश्नों के विषय में सोचता है, और सत्य को खोजता है। किन्तु यह अर्जुन तो जैसे अपने-आपको संसार से काट कर, अपने

भीतर ही रम जाना चाहता है...गहरे-और-गहरे...उसे सारे जगत का सत्य नहीं चाहिए, किन्तु अपना सत्य उसे पूरा चाहिए...

"तुझे सुशासन की दासी तो कुछ नहीं कहती?" सहसा कुन्ती ने विषय बदल दिया।

"सुशासन की दासी!" अर्जुन बोला, "वह कलिका! वह तो हम सबको कुछ-न-कुछ कहती ही रहती है माँ! किन्तु वह मेरे लिये बहुत उपयोगी है।"

कुन्ती को आश्चर्य हुआ : वह पिशाची इसके लिये कैसे उपयोगी है?

"वह जब अपनी बकवाद आरम्भ करती है, तो मैं उस समय अभ्यास करने लगता हूँ कि कैसे अपने आस-पास की विभिन्न ध्वनियों की ओर से स्वयं को बधिर बना कर अपने लक्ष्य की ओर एकाग्र हो कर देखा जा सकता है। युद्ध में भी तो अनेक ध्वनियाँ होती हैं, जो धनुर्धारी को विचलित कर सकती हैं। लक्ष-वेध के लिये, उन सबकी ओर से स्वयं को बधिर ही बनाना पड़ता है माँ! ऐसा गुरु जी कहते हैं।"

"तू तो कीचड़ में से कमल खिला रहा है रे!" कुन्ती को उस पर प्यार आ गया, "शेष लोग भी तेरे जैसे हो जायें तो फिर झगड़ा ही क्या!" कुन्ती ने रुक कर कहा, "अच्छा! इतने एकाग्र मत हो जाना कि फिर भोजन ही विस्मृत हो जाये। समय से भोजन के लिये आ जाना!"

"अच्छा माँ!"

सन्ध्या समय विदुर आया।

कुन्ती जानती थी कि आवश्यकता होने पर हस्तिनापुर में वह दो ही व्यक्तियों से अपने मन की कोई बात कह सकती थी : एक पितृव्य भीष्म और दूसरा देवर विदुर। पितृव्य बड़े थे : सम्बन्ध में श्वसुर और वय की दृष्टि से प्रायः पितामह! उनके पास दैनन्दिन की साधारण बातें ले कर नहीं जाया जा सकता था। किन्तु, विदुर देवर था। वय और विचारों—से भी अनुकूल। उससे भी चर्चा नहीं करेगी, तो कदाचित कुन्ती का मस्तक फट जायेगा। जीवन में ऐसा बहुत कुछ है, जो कुन्ती चुपचाप पी जाती है; बहुत कुछ जो गोपनीय है, वह छिपाये भी रख सकती है; किन्तु अपमान का यह घूँट, कुन्ती के लिये हलाहल हो रहा था। इसे निगलने से अच्छा था कि वह उगल ही दे। कहीं ऐसा न हो कि इसे पचाने के प्रयत्न में वह नीलकण्ठ ही हो जाये....

विदुर ने सारी घटना सुनी और कुछ सोचता रह गया। कुन्ती उसकी ओर देखती रही : क्या सोच रहा है विदुर?

"भाभी!" अन्ततः वह बोला, "राजा धृतराष्ट्र या गान्धारी ने उसे आपका

अपमान करने के लिये भेजा हो, अथवा उसे उकसाया हो—ऐसा तो मैं नहीं समझता। उन्हें इस घटना की सूचना हो ही, यह भी आवश्यक नहीं है। किन्तु..."

"किन्तु क्या विदुर?"

"मुझे ऐसा लगता है कि वे लोग अपने व्यवहार अथवा वार्तालाप से ऐसा आभास अवश्य देते होंगे कि उनके मन में आपके लिये कोई सम्मान नहीं है। आप लोग उन पर बलात आरोपित हैं।...तभी तो वह दासी ऐसा दुस्साहस कर पायी।...और मेरा तो यह भी अनुमान है कि यदि इसकी सूचना उन्हें हो भी जाये, तो वे लोग उस दासी को कोई दण्ड भी नहीं देंगे।"

"कारण?"

"वे नहीं चाहते कि हस्तिनापुर में आपका निवास सुविधापूर्ण और सम्मानजनक हो।"

"पर क्यों?"

कुछ देर तक विदुर जैसे किसी असमंजस में कुन्ती की ओर देखता रहा; और फिर बोला, "क्या आप सचमुच नहीं समझतीं?"

"कुछ समझती तो हूँ!" कुन्ती बोली, "किन्तु चाहती हूँ कि कोई और भी उसकी पुष्टि करे कि मेरा अनुमान सत्य है अथवा नहीं!"

"भाभी! पाण्डु के हस्तिनापुर में न रहने से धृतराष्ट्र को बहुत लाभ हुआ है।"

"देख ही रही हूँ!"

"यदि आप लोग भी हस्तिनापुर में न रहें तो धृतराष्ट्र की अगली पीढ़ी को भी उतना ही लाभ होगा।"

"तो फिर मेरा अनुमान सत्य है।"

विदुर कुछ नहीं बोला। बैठा, शून्य में देखता रहा, जैसे अभी कुछ कहना शेष हो। फिर बोला, "मुझे तो कुछ और गहरे षड्यन्त्रों का आभास मिल रहा है। मैं चाहता हूँ कि आप उन सबसे भी सावधान रहें।"

कुन्ती की आँखें, विदुर के चेहरे पर टँग गयीं।

विदुर का वर्ण साँवला था। ललाट प्रशस्त था। आँखें छोटी थीं, किन्तु भँवें पर्याप्त सघन थीं। नासिका उठी हुई किन्तु पर्याप्त स्थूल थी। वह किसी भी प्रकार सुन्दर नहीं था; किन्तु उसके आनन पर करुणा का भाव था। वह करुणा उसके प्रति आत्मीयता जगाती थी। विदुर का व्यक्तित्व शुद्ध और सरल था। सर्वथा ऋजु! उसमें कहीं कोई दुराव अथवा जटिलता नहीं थी। वह भीतर-बाहर से एक था। न किसी के प्रति झूठी सहानुभुति जताता था, न

किसी की झूठी प्रशंसा करता था। यदि उसे किसी षड्‌यन्त्र का आभास मिला है, और वह उसके प्रति कुन्ती को सावधान कर रहा है, तो कुन्ती को उसका विश्वास करना चाहिए और सावधान हो जाना चाहिए।

"शकुनि अपने वार्तालाप में युधिष्ठिर, भीम तथा अर्जुन के लिये कौन्तेय शब्द का प्रयोग करता है। नकुल और सहदेव को वह माद्रेय कहता है; और इन पाँचों भाइयों की एक साथ चर्चा करनी हो, तो वह इन्हें पाण्डव कहता है।" विदुर ने थम कर कुन्ती को देखा।

"तो इसमें असत्य क्या है?" कुन्ती समझ नहीं पा रही थी कि विदुर किस षड्‌यन्त्र की चर्चा कर रहा है।

"इसकी तुलना में वह धृतराष्ट्र के पुत्रों का धृतराष्ट्र अथवा गान्धारी के नाम पर नामकरण नहीं करता। उन्हें वह कौरव कहता है।"

कुन्ती की आँखों के सम्मुख से जैसे कोई अन्धकार हट गया।

'समझ रही हैं भाभी?"

"समझ रही हूँ विदुर। वह दुष्ट मेरे पुत्रों को कौरव वंश के उत्तराधिकारी ही स्वीकार नहीं करना चाहता।"

"इतना ही नहीं," विदुर बोला, "वह कौन्तेयों और माद्रेयों में भी पृथकता की खाई खोदना चाहता है।"

कुन्ती सर्वथा निस्तेज-सी हो गयी : उसके ये अबोध बालक इन धूर्तों से कैसे पूरे पड़ेंगे। इससे तो अच्छा था कि वे लोग उन सात्विक ऋषियों के मध्य ऋष्य शृंग के आश्रम में ही रहते। न बनते उसके पुत्र राजकुमार, किन्तु इस प्रकार के नीच लोगों से अपनी सुरक्षा के लिये उन्हें निरन्तर चिन्तित तो नहीं रहना पड़ता।

"मैंने बहुत सूक्ष्मता से निरीक्षण किया है," विदुर पुनः बोला, "जब वह धृतराष्ट्र के सम्मुख इस प्रकार की चर्चा करता है, तो धृतराष्ट्र उसे कभी नहीं टोकता। मुझे लगता है कि उसे हतोत्साहित करना तो दूर, उल्टे वह उसे प्रोत्साहित करता है...।" विदुर, कुन्ती की चिन्ता देख कर कुछ संकुचित हुआ, "मैंने केवल आपको सावधान करने के लिये चर्चा कर दी है; आप चिन्ता न करें। अभी महाराज धृतराष्ट्र इतने शक्तिशाली नहीं हुए हैं कि पितृव्य भीष्म की इच्छा के विरुद्ध वे हस्तिनापुर का राज्य हस्तगत कर लें।"

"पितृव्य क्या सोचते हैं?"

"पितृव्य जिस प्रकार धृतराष्ट्र को महाराज विचित्रवीर्य का क्षेत्रज पुत्र स्वीकार करते हैं, उसी प्रकार वे इन पाँचों भाइयों को महाराज पाण्डु के पुत्र मानते हैं।"

लगा, कुन्ती की चिन्ता कुछ कम हुई।

"अब तो पितृव्य का ही सहारा है।" वह बोली।

दासी ने आ कर कुन्ती को विधिवत प्रणाम किया।

कुन्ती को आश्चर्य हुआ। सुशासन की धात्री के उस व्यवहार के पश्चात कुन्ती ने कभी यह कल्पना भी नहीं की थी कि हस्तिनापुर के राजप्रासाद की कोई दासी उसके साथ इस प्रकार के शिष्टाचार का निर्वाह करेगी।

"क्या बात है?"

"देवी को महारानी गान्धारी ने स्मरण किया है।" दासी बोली, "यदि आपको असुविधा न हो, तो कृपया मेरे साथ चलें। महारानी प्रतीक्षा कर रही हैं।"

कुन्ती के मन में जैसे कोई वक्रता से मुस्कुराया : 'अब कुन्ती देवी हो गयी और गान्धारी महारानी।' किन्तु फिर उसने स्वयं को शान्त किया : कुन्ती 'देवी' तो हुई, नहीं तो सुशासन की धात्री ने तो 'आर्या' भी नहीं रहने दिया था।

"कोई विशेष प्रयोजन?"

"महारानी ने ऐसा कोई संकेत नहीं दिया है।"

"तुम बाहर प्रतीक्षा करो! मैं अभी आती हूँ।"

प्रसाधन की दृष्टि से कुन्ती को कोई विशेष तैयारी नहीं करनी थी; किन्तु उसके लिये मानसिक तैयारी बहुत आवश्यक थी : आज महारानी गान्धारी ने उसे कैसे स्मरण कर लिया।...गान्धारी के साथ कुन्ती का कभी कोई विशेष सम्पर्क नहीं रहा। विवाह के पश्चात जब कुन्ती हस्तिनापुर में आयी थी, तब, पहले विवाह के समारोहों और बाद में पाण्डु के व्यवहार ने कभी इतना अवसर ही नहीं दिया कि वह निर्बंध और सहज वातावरण में गान्धारी से मिलती और उसे जानने का प्रयत्न करती। उसके पश्चात पाण्डु की दिग्विजय और मृगया का चक्र आरम्भ हो गया; और कुन्ती हस्तिनापुर ही छोड़ गयी। पुनः हस्तिनापुर लौटने तक गान्धारी महारानी हो चुकी थी और स्वेच्छा से उसके निकट जाने का अधिकार कुन्ती के पास बचा ही नहीं था।

अब गान्धारी ने बुलाया है, तो कुन्ती को जाना ही चाहिए। समान धरातल पर नहीं तो छोटे-बड़े के धरातल पर ही सही; किन्तु पारिवारिक सम्बन्ध तो है...

"चलो!" कुन्ती बाहर निकल आयी।

कुन्ती ने गान्धारी को प्रणाम किया।

गान्धारी के चेहरे पर एक शिष्ट मुस्कान उभरी, "आओ कुन्ती! कितने

दिन हो गये, मैं सोचती ही रही कि तुम आओगी, तुम आओगी; किन्तु तुम तो आयी ही नहीं। क्या मुझसे मिलने का मन नहीं होता?"

कुन्ती, स्नेह के प्रदर्शन की उपेक्षा न कर सकी। उसका तना मन कुछ ढीला हुआ, "आप इस प्रकार कैसे सोच सकती हैं दीदी!" वह मधुर भाव से बोली, "घर का काम है...।"

"तुम्हारे पास दासियाँ नहीं हैं?"

भौचक-सी कुन्ती, गान्धारी के चेहरे की ओर देखती रह गयी : क्या वह नहीं जानती कि कुन्ती के पास अपने लिये एक भी दासी नहीं है। प्रासाद की दासियाँ ही गान्धारी के आदेश पर कोई कार्य कर आयें, तो कर आयें...सम्भव है कि गान्धारी को कुछ ज्ञात ही न हो। वह बेचारी तो आँखों पर पट्टी बाँध कर अपने कक्ष में बैठी है। उसके आस-पास दास-दासियों के झुण्ड हैं। उसका कोई काम रुकता नहीं है। उसे कैसे ज्ञात होगा कि कुन्ती अपने उस दो कक्षों वाले खण्ड में कैसे निर्वाह कर रही है...कुन्ती को लगा, उसकी स्थिति उस निर्धन सम्बन्धी की-सी है, जो समानाधार पर मिलने के लिये अपने किसी ऐसे अत्यन्त धनी सम्बन्धी के घर चला आया हो, जो निर्धनता की समस्या को समझता ही न हो।

"बच्चे भी तो हैं।" कुन्ती जैसे अपना स्पष्टीकरण दे रही थी।

"मुझसे अधिक हैं क्या?" गान्धारी जैसे परिहासपूर्वक मुस्कुराई; किन्तु कुन्ती के देखते-देखते ही उसके चेहरे पर कटुता बिखरी और वह कटुता विषाद में परिणत हो गयी।

कुन्ती के मन में अनेक प्रश्न कुलबुला रहे थे : गान्धारी के मन का रहस्य क्या है?...और कुन्ती को पहली बार लगा कि किसी के माथे, कपोल और अधरों से कितना भी अभिव्यक्त क्यों न हो; आँखें बन्द हों तो सम्प्रेषण हो नहीं सकता। गान्धारी के सारे रहस्य तो उसकी बन्द आँखों के बन्दी थे। उसके अधर कुछ कहते भी थे, तो वे अर्धोन्मीलित भाव और भी रहस्यपूर्ण हो जाते थे।

"अधिक तो आपके ही हैं।" अन्ततः कुन्ती बोली, "किन्तु मुझे तो यहाँ आस-पास एक भी नहीं दिखता। मेरे बालक तो जैसे मेरे घुटनों से चिपके रहते हैं।"

"मैं उन्हें अपने निकट बहुत अधिक नहीं रहने देती।" गान्धारी बोली, "दासियाँ और धात्रियाँ ही देखभाल करती हैं उनकी। या फिर वे कृपाचार्य की देख-रेख में रहते हैं।..."

कुन्ती को सुशासन की धात्री स्मरण हो आयी, जैसे अनायास ही उसके

मुख से निकल गया, "हाँ! कुछ दिन हुए, सुशासन की धात्री मुझसे भी झगड़ा करने आयी थी।"

किन्तु इस चर्चा से गान्धारी के चेहरे पर कुन्ती द्वारा अपेक्षित एक भी भाव नहीं उभरा।

"हाँ! वह है ही झगड़ालू!" गान्धारी ने झगड़े की चर्चा को ऐसे उड़ा दिया, जैसे कोई बिना सोचे-समझे, अनायास, भटक आयी किसी मक्खी को उड़ा देता है। उसे एक क्षण को भी नहीं लगा कि किसी दासी का कुन्ती से लड़ने जाना, उसके लिये अपमानजनक भी हो सकता है, "उसे सुशासन के सम्मुख और कोई सूझता ही नहीं। उसके लिये किसी से भी लड़ लेती है। सिर चढ़ी है और क्या!"

कुन्ती चुपचाप गान्धारी को देखती रही : इस वक्तव्य के पश्चात उसके पास कहने को रह ही क्या गया था।

"तुम्हारे तो तीन ही बालक...।"

"तीन नहीं पाँच!" कुन्ती ने गान्धारी को वाक्य पूरा नहीं करने दिया।

"किन्तु दो तो माद्री के हैं न!" गान्धारी धृष्टतापूर्वक बोली।

"नहीं देवि! अब वे भी मेरे ही हैं।" कुन्ती का स्वर जैसे प्रतिक्रिया में कठोर हो गया, "उनमें किसी प्रकार का भेद सम्भव नहीं है।"

"मैं तो समझ रही थी कि अब तुम हस्तिनापुर में आयी हो तो मेरा कुछ हाथ बँटाओगी। मैंने तुम्हारी प्रबन्ध-पटुता की बहुत प्रशंसा सुनी है कुन्ती।" ...गान्धारी अपने प्रवाह में कहती चली गयी, "मेरे पति प्रज्ञाचक्षु हैं। मैंने स्वयं आँखों पर पट्टी बाँध ली है। बालक अभी इस योग्य हैं नहीं। सारी व्यवस्था दास-दासियों पर ही छोड़नी पड़ती है। परिवार का कोई व्यक्ति देखने वाला हो तो प्रासाद की व्यवस्था ही और ढंग की हो जाती है।"...

"मैं नहीं थी तो क्या," कुन्ती अत्यन्त शालीन स्वर में बोली, "विदुर और पारंसवी तो थे यहाँ! वे आपके सहायक हो सकते थे।"

लगा, कुन्ती ने जैसे कोई अभद्र बात कह दी हो। गान्धारी के चेहरे पर प्रकट हुए विकार को विलीन होने में कुछ समय लगा। इस बार गान्धारी बोली तो उसका स्वर कुछ अधिक ही आत्मीय था, "विदुर हमारे परिवार का व्यक्ति कैसे हुआ? पारंसवी मेरे लिये तुम्हारे तुल्य कैसे हो सकती है। दासी मर्यादा को मैं अपनी सास मान लूँ क्या?"

कुन्ती हतप्रभ नहीं हुई। बोली, "मुझे तो यही बताया गया है कि माता अम्बिका ने विदुर-माता को सदा अपनी सहोदरा का-सा सम्मान दिया है। महामुनि तथा पितृव्य भीष्म ने भी कभी इन तीनों भाइयों में कोई भेद नहीं

किया है।..."

"और कुन्ती!" गान्धारी ने कुन्ती को अपने पक्ष में और तर्क एकत्रित करने नहीं दिये, "माता अम्बिका पुरानी पीढ़ी की महिला थीं। उन लोगों को न तो अपने परिवार की उच्चता का ध्यान था, न अपने पद का। जाने क्यों दास-दासियों में इतनी रुचि होती थी उनको। हमारे गान्धार में तो दास-को-दास ही माना जाता है।" गान्धारी बिना रुके बोलती चली गयी, "जहाँ तक पितृव्य का प्रश्न है, उनका अपना तो कोई है नहीं। उन्हें क्या पड़ी है कि अपने-पराये में कोई भेद करें। महामुनि तो वीतराग संन्यासी हैं, उन्हें तो सारी सृष्टि एकसमान दिखायी पड़ती है।"

"उनके तो तीनों ही औरस पुत्र हैं।" कुन्ती कहे बिना न रह सकी।

"किन्तु उसकी माता तो दासी ही थी न!" गान्धारी बोली, "पिता एक हो तो भी माता के भेद से पुत्रों में भेद करना ही पड़ता है। अब महाराज के लिये सुयोधन और युयुत्सु एक तो नहीं हो सकते। इतनी दासियाँ उनकी सेवा करती हैं; किन्तु वे उनकी रानियाँ तो नहीं हो सकतीं।"

कुन्ती की बुद्धि ने बहुत कहा कि वह इस तर्क-वितर्क में न पड़े; किन्तु वह अपनी आहत भावना का क्या करती। बोली, "आर्यपुत्र ने विदुर को सदा अपना भाई ही माना है। मैं भी उन्हें कुछ और नहीं मान पाती।"

"पाण्डु अपनी इस भूल के कारण इतना अशान्त और विचलित रहा।" गान्धारी निर्द्वंद्व भाव से बोली, "विदुर आध्यात्मिकता का बहुत चर्वण करता है न! स्वयं तो राजप्रासादों से तनिक भी दूर नहीं होना चाहता और पाण्डु को सदा ही संन्यास का मन्त्र दे कर कभी हस्तिनापुर में टिकने नहीं दिया। उसी के विकृत चिन्तन के कारण, पाण्डु कभी सुख से हस्तिनापुर में निवास नहीं कर सका।"

कुन्ती का मन हो रहा था कि वह चीत्कार कर कहे कि मैं जानती हूँ कि पाण्डु को किसने हस्तिनापुर में टिकने नहीं दिया; और स्वयं पाण्डु क्यों राजप्रासादों से भागता फिरा। किन्तु कहने का लाभ क्या था! गान्धारी यदि कुन्ती को बहकाने का प्रयत्न नहीं भी कर रही थी, तो भी यह उसकी अन्धी आँखों और संकीर्ण तथा स्वार्थी मन का सत्य था। वह कुन्ती के लिये सर्वथा अग्राह्य था। वह गान्धारी के सत्य को असत्य में नहीं बदल सकती थी; और कुन्ती उस असत्य को स्वीकार नहीं कर सकती थी...

सहसा कुन्ती ने विषय बदल दिया, "आप मुझे सहायता के लिये निर्देश दे रही थीं।"

विषय-परिवर्तन गान्धारी को रुचा नहीं; किन्तु बलात वह भी स्वयं को

वहाँ से खींच लायी, "मैं देख तो नहीं सकती, किन्तु मुझे बताया गया है कि जिन परिचारिकाओं को प्रासाद के प्रसाधन और अलंकरण का दायित्व सौंपा गया है, या तो उनमें क्षमता ही नहीं है, या फिर उनकी रुचि प्रासाद से अधिक महाराज के प्रसाधन में है। इसलिये हमारे प्रासाद का अलंकरण कुरुकुल के गौरव के अनुकूल नहीं है। मैं चाहती हूँ कि यह कार्य स्वयं कुरुकुल की रानी की रुचि के अनुकूल, उसके निर्देशन में हो। सारी दासियाँ, परिचारिकाएँ तथा सज्जाकार तुम्हारी आज्ञा का पालन करेंगे।"

कुन्ती जैसे क्षण-भर में ही भोजपुर में पहुँचे गयी। राजा कुन्तीभोज का सारा प्रासाद न केवल कुन्ती के सौन्दर्य-बोध से सज्जित होता था; वहाँ की प्रत्येक गतिविधि कुन्ती के मनोनुकूल उसकी आज्ञाधीन होती थी। वहाँ का जीवन जैसे कुन्ती के अपने व्यक्तित्व का प्रतिबिम्ब ही था। इसी सुरुचि, व्यवस्था-चातुर्य तथा प्रबन्ध-पटुता के ही कारण दुर्वासा के आतिथ्य का दायित्व भी अबोध कुन्ती के कंधों पर डाल दिया गया था।...और कुन्ती आज भी अपने हृदय में एक घाव लिये जी रही है। इसी हस्तिनापुर में कहीं है वह। उसका देव-शिशु!...कैसा होगा वह? कितना बड़ा हो गया होगा?...

"क्या कहती हो कुन्ती?"

कुन्ती अपनी क्षणिक निद्रा से जागी, "जैसी आपकी इच्छा दीदी! जैसी आपकी आज्ञा।"

कुन्ती अपने आवास पर लौटी तो विचित्र प्रकार की मनःस्थिति में थी। जाने कैसे तो एक मदिर उल्लास का अनुभव कर रही थी, जिससे मन-ही-मन बहुत हल्का अनुभव कर रही थी; और दूसरी ओर उसका अपना ही मन उस उल्लास पर एक प्रश्नचिह्न लगा रहा था। ऐसा क्या मिल गया था उसे, जिसे वह उपलब्धि मान कर प्रसन्न हो?...बहुत टटोलने पर वह इतना ही समझ पायी थी कि वह प्रसन्न थी कि गान्धारी ने उसकी ओर आत्मीयता का हाथ बढ़ाया था। उसे परिवार के सदस्य के रूप में मान्यता दी थी। उसे हस्तिनापुर के राजप्रासाद में कुछ-कुछ वैसा अधिकार मिलने जा रहा था, जैसा उसे भोजपुर के राजप्रासाद में प्राप्त था। इतना अधिकार तो उसे सम्राट पाण्डु की पत्नी बन कर भी नहीं मिला था, जितना गान्धारी ने अकस्मात ही दे डाला था...

किन्तु मन का दूसरा स्वर कहता था : इसमें प्रसन्न होने की क्या बात थी। हस्तिनापुर के राजप्रासाद पर स्वामित्व तो उसका अपना अधिकार था ही। उसके लिये गान्धारी की मान्यता की क्या आवश्यकता थी? गान्धारी ने उसे अधिकार दिया नहीं है; वरन उसके अधिकांश अधिकारों से वह उसे वंचित किये बैठी है...

सन्ध्या समय कुन्ती ने विदुर और पारंसवी से मिलने जाने की तैयारी की। हस्तिनापुर में और ऐसा कौन था, जिससे वार्तालाप कर वह अपने मन के द्वन्द्व से मुक्त हो सके।...जाने क्यों आज सहसा उसे अपनी सास की याद आ रही थी। अम्बालिका ने कहा था कि वह उसे सुख तो नहीं दे सकती, पर उसका दुख अवश्य बाँट सकती है...आज कुन्ती को लग रहा था कि सत्यवती, अम्बिका और अम्बालिका का हस्तिनापुर छोड़ कर जाना कुन्ती के हित में नहीं था। वे इसी राजप्रासाद में होतीं, तो कदाचित कुन्ती न तो इतनी अकेली होती, न इतनी असहाय! उनके वर्तमान होने पर कदाचित उसे लगता कि वह अपने ससुराल में है—अपने पति के घर! किन्तु उन सबके चले जाने से जैसे अकस्मात ही सारा हस्तिनापुर धृतराष्ट्र और गान्धारी का हो गया था।...हाँ! पितृव्य भीष्म अभी हैं, किन्तु उन्हें कुन्ती क्या कहे।...

भीम और अर्जुन खेलने के लिये बाहर गये हुए थे। युधिष्ठिर बैठा, किसी पोथी के पृष्ठ उलट रहा था। कुन्ती को लगा, वह पढ़ नहीं रहा—कुछ खोज रहा है।

"क्या खोज रहा है तू युधिष्ठिर?" वह पूछे बिना नहीं रह सकी।

युधिष्ठिर ने पोथी पर से औचक ही सिर उठाया, जैसे माँ का प्रश्न वह समझ न पाया हो। क्रमशः उसकी आँखों के धुँधलके कुछ साफ हुए। धीरे से बोला, "माँ! मैं खोज रहा हूँ कि सत्य क्या है?"

कुन्ती के मन में थोड़ी खीझ जागी : यह इतना-सा लड़का, इतने बड़े-बड़े प्रश्नों से क्यों उलझा रहता है। संसार में इतने और लोग भी तो हैं—किसी को सत्य-सन्धान की आवश्यकता नहीं है। कोई राज्य को खोज रहा है, कोई अधिकार को; कोई धन को, कोई यश को; कोई सुख को; कोई भोग को; और यह बैठा सत्य को खोज रहा है...

"क्या आवश्यकता है तुझे सत्य की?" स्वर में हल्का-सा विरोध था।

"क्योंकि सत्य ही धर्म का मार्ग दिखाता है।" युधिष्ठिर पूरी निष्ठा से बोला।

"धर्म का क्या करेगा तू?" इस बार स्वर में विरोध नहीं, परिहास था।

"आचार्य कहते हैं, धर्म ही संसार को धारण करता है।" वह बोला, "अधर्म इसका क्षय करता है। मानव का जन्म सृष्टि के क्षय के लिये नहीं, उसे धारण करने के लिये हुआ है।"

कुन्ती का मन कुछ हल्का हो आया, "अच्छा है पुत्र! तू धर्म का सन्धान कर। तेरे पितामह भीष्म, महामुनि व्यास और तेरे काका विदुर भी इसी कार्य में लगे हैं। मैं व्यापक मानवीय धर्म तो नहीं खोजती, किन्तु अपने व्यक्तिगत

धर्म का शोध मैं भी करती आयी हूँ।...अच्छा!" उसने एक बार पूछा, "मैं तेरे विदुर काका के घर जा रही हूँ। नकुल और सहदेव को साथ ले जाऊँ, या तेरे पास छोड़ जाऊँ?"

युधिष्ठिर एक क्षण के लिये मौन रहा, जैसे निर्णय न कर पा रहा हो; फिर बोला, "जैसी तुम्हारी इच्छा माँ! किन्तु काका से मिलने को मैं भी उत्सुक हूँ।"

"तो तू भी चल!"

विदुर अपने परिवार के साथ राजप्रासाद के परिसर में ही एक पृथक छोटे भवन में रहता था। उसके जन्म के समय उसकी माता को दासत्व से मुक्त करते हुए यह आवास दिया गया था।

भवन के सामने अनेक बालक खेल रहे थे। उनमें विदुर के बच्चे भी थे। नकुल और सहदेव जा कर उनमें ही मिल गये।

"आइये! आइये!" पारंसवी ने उनका स्वागत किया, "आज तो युवराज भी आये हैं।"

"युवराज!" अनायास ही कुन्ती के चेहरे पर कटुता उभरी।

उन्हें बैठा कर जब विदुर और पारंसवी भी बैठ गये तो कुन्ती बोली, "आज मुझे महारानी गान्धारी ने बुलाया था।"

"प्रासाद में बड़ी चर्चा है इस बात की!" पारंसवी मुस्कुरायी, "जाने कितनी ही दासियाँ यह समाचार मुझे दे गयी हैं।"

"अच्छा!" कुन्ती को आश्चर्य हुआ, "क्या यह इतनी महत्वपूर्ण घटना है?"

"राजप्रासादों में महत्व का गणित बहुत विचित्र है भाभी।" विदुर बोला, "यहाँ किसी दास-दासी अथवा सामान्य नागरिक की हत्या का कोई महत्व नहीं है; किन्तु अपने प्रकोष्ठ से निकल कर आपका महारानी के प्रकोष्ठ मे जाना अथवा यहाँ आना अधिक महत्वपूर्ण है। आपके यहाँ आने की सूचना अब तक सारे हस्तिनापुर में प्रचारित हो चुकी होगी!"

"इस प्रचार का तो मुझे पता नहीं, किन्तु महत्व का गणित यहाँ सचमुच विचित्र है।" पारंसवी मुस्कुरायी, "तुम बताओ भाभी! महारानी के वार्तालाप से तुम्हारे महत्व में वृद्धि हुई अथवा उसमें न्यूनता आयी?"

सहसा विदुर ने युधिष्ठिर की ओर देखा, "तुम मेरे ग्रन्थागार में जाओ पुत्र! सम्भव है कि तुम्हें अपनी रुचि का कोई अच्छा ग्रन्थ मिल जाये। यहाँ बैठ कर तुम्हें तनिक भी लाभ नहीं होगा! मैं अभी वहीं आ जाऊँगा।"

युधिष्ठिर उठ गया। कुन्ती को अच्छा लगा। विदुर ने उचित क्षण पर उसे भीतर भेज दिया था...

"मैं स्वयं यह निर्णय नहीं कर पायी हूँ।" कुन्ती ने पारंसवी के प्रश्न के उत्तर में कहा।

"महारानी ने तुम्हें राजप्रासाद की व्यवस्था सौंप कर तुम्हारा महत्व बढ़ाया; और दासियों को यह सूचना दे कर कि उन्होंने प्रासाद की व्यवस्था के लिये प्रबन्ध-पटु मुख्य दासी के स्थान पर कुन्ती की नियुक्ति कर दी है, तुम्हारा समस्त महत्व ध्वस्त कर दिया।" पारंसवी आक्रोश-शून्य नहीं थी, "इस गणित को क्या कहोगी भाभी?"

कुन्ती का मन जैसे एकदम बुझ गया : इस सारे परिवेश में कहीं कुछ ऐसा था जो कुन्ती के अधिकार का निषेध कर रहा था।

"इन बातों से मन दुखी न कीजिए भाभी!" विदुर बोला, "यह तो राजप्रासाद की राजनीति का प्रसाद है।...अच्छा!" वह उठ खड़ा हुआ, "मैं युधिष्ठिर को देख आऊँ!"

"काका!" युधिष्ठिर ने विदुर से पूछा, "वय में बड़े लोग आदरणीय होते हैं?"

"हाँ पुत्र! हम वय को उसका सम्मान अवश्य देते हैं।"

"क्या हमें उन आदरणीय लोगों की अनीति पर विचार करने का अधिकार है?"

"अवश्य पुत्र! यदि हम वृद्धों की अनीति का तिरस्कार नहीं करेंगे, तो युवकों में नीति का संचार कहाँ से होगा।" विदुर का स्वर गम्भीर था, "अपनी अगली पीढ़ी को अनीति का संस्कार देने वाले अदूरदर्शी लोग यह देख नहीं पाते कि वे उन्हें विष-पान करा रहे हैं, जिसका अवश्यम्भावी परिणाम मृत्यु ही है। युवा पीढ़ी को यदि जीवन चाहिए, तो उसे वृद्धों की अनीति का तिरस्कार करना ही होगा।"

"इसे अविनय तथा उद्दण्डता नहीं माना जायेगा?"

कुछ कहने से पूर्व विदुर को सोचना पड़ा, "नीति और वृद्ध में से किसी एक का तिरस्कार करना अनिवार्य हो जाये तो युवक नीति का तिरस्कार न करे!"

उसने रुक कर युधिष्ठिर को देखा, "जीवन, विनय से भी बड़ा है पुत्र।"

2

भीष्म को समाचार मिला; और उन्हें लगा कि वर्षों की साधना से अनुशासित उनका मन सहसा सर्वथा अमर्यादित हो उठा है। इतने उद्विग्न तो इधर वे वर्षों से नहीं हुए थे। इच्छा हुई कि इसी समय जा कर, धृतराष्ट्र की बाँह पकड़ कर उसे राज सिंहासन से उठा दें, उसका किरीट उससे छीन लें और कहें, 'नराधम! तू कुरुओं के इस सिंहासन के सर्वथा अयोग्य है। तुझे प्रजा-पालन नहीं आता। तुझसे न्याय की रक्षा नहीं हो पायेगी। तू केवल अपने स्वार्थ के लिये जीवित है। और ऐसा व्यक्ति भरत, नहुष, ययाति और शान्तनु के उत्तराधिकारी के रूप में भरतों के इस पवित्र सिंहासन पर बैठने के योग्य नहीं है।"

इस समय इस दृष्टिहीन धृतराष्ट्र के लिये उनके मन में तनिक भी सहानुभूति नहीं थी। उन्होंने अपने हाथों उसका पालन-पोषण क्या इसलिये किया था कि वह अनीति और अत्याचार का उपकरण बने। विधाता ने उसे दृष्टि नहीं दी, बुद्धि तो दी है। देख नहीं सकता, विचार तो कर सकता है। ....और फिर स्वयं भीष्म बैठे हैं, मन्त्रिगण हैं...नगर के ब्राह्मण हैं, आचार्य हैं, ऋषि-मुनि हैं। कर्म से पहले विचार होना चाहिए; किसी से तो मन्त्रणा की जानी चाहिए...जिससे अपने कुटुम्ब...अपने भाई के परिवार का पालन नहीं हो सकता, वह प्रजा का पालन क्या करेगा....

वे भवन के बाहर आये। रथ तैयार खड़ा था। वे बिना कुछ कहे, रथारूढ़ हुए। सारथि ने अश्व हाँक दिये। रथ जब मुख्य पथ पर आ गया, तो उसने मुड़ कर पूछा, "आर्य, कहाँ जायेंगे?"

"राजभवन ले चलो।"

वे फिर अपनी चिन्ता में लीन हो गये : कुरुकुल का परिवेश इधर बड़ी तीव्र गति से परिवर्तित हो रहा था। जिस कुल में सदा त्याग का महत्व था, वहाँ ग्रहण का महत्व बढ़ता जा रहा था। पहले वय, ज्ञान और चरित्र का महत्व था, अब पद का महत्व है। भीष्म ने अपना राज्याधिकार छोड़ दिया तो कदाचित! मूर्खता की; और आज जो उच्च पदों पर अधिकार जमाये बैठें हैं, वे स्वयं को बुद्धिमान समझ रहे हैं। भीष्म ने अपने त्याग से इस कुल का निर्माण किया था; और अब धृतराष्ट्र अपने भोग की प्रवृत्ति से इसका विनाश करके रहेगा। वह नहीं समझता कि सृष्टि को धारण करने वाला धर्म है। अधर्म सदा विनाश करता है। हम अपनी रक्षा के लिये ही धर्म की रक्षा करते हैं। धर्म हमारा रक्षक है। हम उसकी रक्षा नहीं करेंगे, तो हमारी रक्षा कौन करेगा?...

भीष्म ने सिंहासन-कक्ष में प्रवेश किया और उसका आवेश जैसे झाग के समान भीतर-ही-भीतर बैठ गया।

धृतराष्ट्र सिंहासन पर बैठा था। चँवर धारिणियाँ चँवर डुला रही थीं। मन्त्री तथा सेनापति हाथ बाँधे खड़े थे।...धृतराष्ट्र कुरु-सम्राट था। बालक नहीं था, जिसकी वे डाँट-डपट करने आये थे। अब ऐसा सम्भव नहीं था कि वे आते ही उसे ताड़ना देते। उसे अपना निर्णय और आदेश परिवर्तित करने के लिये कहते। उससे अधिकारपूर्वक पूछते कि उसने ऐसा निर्णय क्यों किया...! भीष्म का अधिकार तो एक कुलवृद्ध का अधिकार मात्र था। वे सम्राट का ध्यान किसी समस्या की ओर आकृष्ट कर सकते थे, उसके सम्मुख कोई प्रस्ताव रख सकते थे। किन्तु वे धृतराष्ट्र को बालक समझ कर उसे आदेश नहीं दे सकते थे।...

भीष्म एक आसन पर बैठ गये। मन्त्री और सेनापति आज्ञाएँ और निर्देश प्राप्त कर चले गये।

एकान्त हुआ तो भीष्म बोले, "राजन! तुमने कुन्ती और उसके पुत्रों को राजभवन से हटा कर, उस खण्डहर जैसे पुराने भवन में भेज दिया है...केवल इसलिये कि कुन्ती ने गान्धारी की इच्छा को आदेश के रूप में ग्रहण नहीं किया?"

धृतराष्ट्र ने अपनी अन्धी आँखें झपकायीं और बोला, "हाँ! उन्हें एक पृथक प्रासाद दे दिया है।"

"कारण?"

"उन्हें अपना स्थान पर्याप्त नहीं लग रहा था; और राजभवन में हमें भी स्थान कुछ कम पड़ रहा था। उस प्रकोष्ठ की भी सुयोधन को आवश्कता थी, जिसे वे लोग घेरे हुए थे," धृतराष्ट्र निर्लज्ज भाव से बोला, "और फिर राजप्रासाद में तो राजा और उसका परिवार ही रह सकता है।"...उसने अपनी अन्धी आँखें अनुमान से भीष्म के चेहरे पर टिकायीं "इस नगण्य-सी बात को जानने के लिये पितृव्य को सभा में आना पड़ा।"

भीष्म का आवेश पुनः घनीभूत हो उठा : इस धूर्त के पाखण्ड को वे कुछ-कुछ पहचानने लगे थे।

"यह उचित नहीं हुआ धृतराष्ट्र!" वे बोले।

धृतराष्ट्र का रजो तेज कुछ कम नहीं हुआ। वह कुछ और प्रखर हो कर बोला, "या तो आप ही निर्णय कर दें कि हस्तिनापुर का राजा कौन है या फिर इस प्रकार राजकाज में हस्तक्षेप करना छोड़ दें।"

भीष्म मौन रहे। आज धृतराष्ट तो उनसे बात कर ही नहीं रहा था,

बात करने वाला मात्र हस्तिनापुर का राजा था। राजा के सम्मुख केवल प्रजा होती है, पिता, पितामह, कुलवृद्ध...कोई नहीं होता।...अब धृतराष्ट्र न केवल अधिकारों का नियन्त्रण करने लगा था, वरन उन्हें जताने भी लगा था।

भीष्म को चुपचाप देख कर धृतराष्ट्र ने जैसे अपने मन की बात स्पष्ट कर दी, "मैं समझता हूँ कि राजा को अपने निर्णय स्वतन्त्र रूप से लेने का अधिकार है; और उनके औचित्य के विषय में प्रश्न करने का अधिकार किसी को नहीं होना चाहिए।"

भीष्म को लगा, धृतराष्ट्र राजा के महत्व के विषय में कम, उन्हें उनकी अपनी महत्वहीनता के विषय में अधिक बता रहा था। उनके महत्व और अधिकार को धृतराष्ट्र स्वीकार नहीं कर रहा था, जैसे चित्रांगद और विचित्रवीर्य नहीं करना चाहते थे...शायद कोई भी शासक अपनी स्वच्छन्दता, या कदाचित अपनी स्वेच्छाचारिता पर किसी का अनुशासन पसन्द नहीं करता।...और अब यदि उन्हें लग रहा था कि कुन्ती और उसके बालकों के साथ न्याय नहीं हो रहा, तो वे क्या कर सकते थे? धृतराष्ट्र राजा था। जब तक वह सिंहासन पर बैठा था, वही उस प्रासाद में रहेगा।...उसके मन में कदाचित कहीं भी यह विचार नहीं था कि वह राज्य की देख-भाल के लिये सिंहासन पर बैठाया गया है। कादाचित उसके मन में कहीं भी युधिष्ठिर के लिये सिंहासन ख़ाली करने का विचार नहीं था। युधिष्ठिर वयस्क हो जायेगा, सक्षम हो जायेगा—तो क्या धृतराष्ट्र उसके लिये सिंहासन ख़ाली कर देगा?...पाण्डु के पुत्र को राज्य क्या तभी मिलेगा, जब धृतराष्ट्र अपनी आयु पूरी कर चुकेगा? फिर तो धृतराष्ट्र पाण्डु की प्रजा का पालन नहीं कर रहा, स्वयं राज्य का अधिपति बन बैठा है।...दृष्टिहीन राजा...उसने यह भी स्पष्ट कर दिया था कि वह पाण्डवों को अपने परिवार का अंग नहीं मानता, उसका परिवार तो उसकी अपनी पत्नी और सन्तान तक ही सीमित था।

भीष्म उठ कर बाहर आ गये। रथ में बैठे और सारथि को चलने का संकेत किया।

सहसा उसका ध्यान मार्ग की ओर गया, "हम किधर जा रहे हैं?"

"अपने भवन की ओर आर्य!"

"नहीं! कुन्ती के नये आवास की ओर चलो!" वे बोले; और फिर उन्होंने मन-ही-मन दोहराया, "नया आवास!"

रथ रुका तो भीष्म ने पुनः ध्यान से निरीक्षण किया : इस भवन को किसी भी प्रकार प्रासाद नहीं कहा जा सकता था। अधिक-से-अधिक यह प्राचीन भवन का ध्वंसावशेष मात्र हो सकता था। भीष्म के अपने शैशव में

एक वृद्ध मन्त्री इसमें रहा करते थे। उनके देहान्त के पश्चात से यह बन्द पड़ा था...बन्द पड़ा होने के कारण निश्चित रूप से स्वच्छ नहीं होगा; उसमें चमगादड़ों, मूषकों और सर्पों ने अपना आवास बना लिया होगा। मनुष्यों के रहने योग्य तो यह कदापि नहीं था। धृतराष्ट्र के भृत्यों तक के घर इससे अच्छी अवस्था में थे।...

कुन्ती ने द्वार पर आ कर उनको प्रणाम किया। अगवानी कर भीतर ले गयी और एक आसन पर बैठाया।

"कैसी हो पुत्रि?"

"आपकी कृपा है तात!"

"बालक कहाँ हैं?"

"यहीं कहीं खेल रहे होंगे!"

"स्वस्थ तो हैं न?"

"भगवान की दया है!"

भीष्म का मन हुआ कि कहें कि राजभवन से उनको हटा दिये जाने से वे प्रसन्न नहीं हैं; और वे चाहते हैं कि उन्हें कोई अच्छा स्थान दिया जाये... किन्तु क्या वे यह भी स्वीकार करें कि अब उनके पास कोई नैतिक अधिकार भी नहीं रह गया है—न शासन में और न परिवार में!...क्या वे एक असहाय वृद्ध के समान यह कहें कि धृतराष्ट्र उनका कहना नहीं मानता, अन्यथा वे तो उनके लिये बहुत अच्छा प्रबन्ध करना चाहते थे।...

सहसा उनका मन जैसे सजग हो गया : भीष्म! कुन्ती अपने बच्चों को ले कर हस्तिनापुर आयी है— यह मान कर कि यह उसका घर है, यहाँ उसके अपने लोग हैं।...अब यदि तुम यहाँ अपनी असहायता जताते-जताते, उसे यह आभास भी दे गये कि वह न केवल अपने परिवार के सुरक्षित परिवेश में नहीं है, वरन उन लोगों के मध्य है, जो या तो उनकी सुख-सुविधा का प्रबन्ध करना नहीं चाहते, अथवा कर नहीं सकते...क्या भीष्म, उसके मन में धृतराष्ट्र-विरोधी भावना जगाने के निमित्त बनना चाहते हैं? क्या वे इस परिवार में द्वेष का बीज बोना चाहते हैं?...उन्होंने धृतराष्ट्र और पाण्डु के पुत्रों को ही नहीं, स्वयं धृतराष्ट्र और पाण्डु को भी अपने पुत्रों के समान पाला है। तो क्या वे अपने पुत्रों को एक-दूसरे के विरुद्ध प्रेरित करेंगे? क्या वे उन्हें जतायेंगे कि वे स्वयं तो उन्हें बहुत सारी सुख-सुविधाएँ देना चाहते हैं; किन्तु दूसरा पक्ष उसका विरोध कर रहा है। वह क्या उन्हें दो पक्षों में विभाजित कर देना चाहते हैं।...

किन्तु उनसे कहे बिना भी तो रहा नहीं जाता, "यह भवन तो तुम लोगों के रहने के योग्य नहीं है कुन्ती!"

"और उपाय ही क्या है तात!" कुन्ती बोली, "वैसे आप चिन्ता न करें। मुझे और मेरे बच्चों को ऋषिकुल में रहने का पर्याप्त अभ्यास है। यह तो भवन है, हम तो बिना भवन के भी रह सकते हैं। मुझे अपने पुत्रों के लिये सुख-सुविधा की इतनी कामना नहीं है, जितनी उनकी शिक्षा-दीक्षा की। उनको उचित तथा उपयोगी शिक्षा मिले; उनका शारीरिक, मानसिक और नैतिक विकास हो। वे धर्म, नीति और न्याय के मार्ग पर चलें। उनका परस्पर सौहार्द बना रहे।..."

"कृप क्या उनकी ठीक से देख-भाल नहीं कर रहा?"

"नहीं ऐसा कुछ नहीं है।" कुन्ती बोली, "मैं तो मात्र अपनी कामना प्रकट कर रही हूँ।"

भीष्म कुछ देर तक चुपचाप सोचते रहे और फिर जैसे अपने किसी भीतरी दबाव से बाध्य हो कर बोले, "क्या तुम्हें इस भवन में सचमुच कोई कष्ट नहीं है?"

"कुछ असुविधाएँ अवश्य हैं।" कुन्ती धीरे से बोली, "किन्तु कष्ट की कोई बात नहीं है। मेरे पुत्र मेरे साथ हैं। थोड़े-से परिश्रम से हम इस भवन को सुव्यवस्थित कर लेंगे। मेरे पुत्रों में निर्माण की अपार क्षमता है तात!"

"वह क्षमता उन्होंने तुमसे ही पायी है पुत्रि!" वह मुस्कुराये, "तुम उनकी शिक्षा की चिन्ता मत करना। उसकी व्यवस्था मैं करूँगा।"

तभी प्रभंजन के समान भागते-दौड़ते भीम ने प्रवेश किया, "माँ! हस्तिनापुर किसका है?"

कुन्ती ने दृष्टि उठा कर देखा : अपनी कटि पर दोनों हाथ रखे, आँखों में जिज्ञासा नहीं, एक चुनौती लिये, भीम खड़ा था; जैसे अपनी जिज्ञासा की शान्ति के लिये माँ के सामने खड़ा न हो, किसी न्यायाधिकरण में खड़ा निर्णय की माँग कर रहा हो; और निर्णय भी ऐसा, जो उसके मनोनुकूल हो। उसकी मुद्रा ऐसी आक्रामक थी कि जैसे मनोनुकूल उत्तर न मिलने पर, वह सामने खड़े व्यक्ति पर प्रहार कर देगा।

भीम की ऐसी मुद्रा देख कर कुन्ती स्वयं भी अपनी प्रतिक्रिया समझ नहीं पाती थी। पुत्र के इस सामर्थ्य पर वह चकित हो; उसे इस प्रकार बढ़ते देख कर प्रसन्न हो; अथवा इन चुनौती-भरे आक्रामक प्रश्नों में उलझते देख कर वह दुखी हो। अभी वय ही क्या है भीम का और कैसे-कैसे द्वन्द्वपूर्ण प्रश्न पूछता है वह! प्रश्न तो कभी-कभी युधिष्ठिर भी पूछता है; किन्तु उसके प्रश्नों में मात्र जिज्ञासा होती है। वह अपने मन के द्वन्द्वों से मुक्त होने के लिये पूछता है। अपने ज्ञान के रिक्त खण्डों की पूर्ति के लिये जिज्ञासा करता है। उसके पास

प्रश्न होता है, इसलिये वह उत्तर माँगता है; समस्या होती है, इसलिये समाधान माँगता है; किन्तु भीम के पास न द्वन्द्व है, न जिज्ञासा। उसके पास तो जैसे उत्तर पहले से तैयार है; समाधान उसके मन में है। वह अपने समाधान की पुष्टि के लिये ही प्रश्न करता है; और स्पष्ट जता देता है कि यदि उसके विचारों की पुष्टि नहीं की गयी, तो वह संघर्ष के लिये प्रस्तुत है...अर्जुन तो प्रश्न पूछता ही नहीं। वह केवल देखता है और भीतर-ही-भीतर बहुत कुछ समझ जाता है। जो नहीं समझ पाता, उसको समझ पाने की धैर्यपूर्वक प्रतीक्षा करता है...

"बताती क्यों नहीं माँ!" भीम जैसे धमकाता हुआ आगे बढ़ा; और कुन्ती जानती थी कि अब भी वह नहीं बोली, तो वह उससे लिपट जायेगा और उसे झकझोरने लगेगा, जैसे वह वृक्षों को झकझोरने का प्रयत्न करता है।

"पहले पितामह को प्रणाम करो!" कुन्ती बोली, "यह क्या सीख रहे हो—गुरुजनों के सम्मुख उद्दण्डता?"

भीम ने आगे बढ़ कर भीष्म के चरण छुए। भीष्म ने आशीर्वाद दिया, "चिरंजीवी हो वत्स! कुरुकुल की योग्य सन्तान बनो।"

"अब बताओ माँ!" भीम पुनः कुन्ती की ओर मुड़ा।

"क्या बताऊँ तुझे!" उसे बहलाने के लिये कुन्ती सायास हँसी, "हस्तिनापुर भी कोई खिलौना है कि कह दूँ कि तेरा है या अर्जुन का है।" भीम पर अपनी बात का प्रभाव देखने के लिये कुन्ती रुकी। भीम कदाचित उससे सहमत हो कर अपनी भूल समझ रहा था।

'जितना उग्र है, उतना भोला भी है....' कुन्ती ने मन-ही-मन सोचा...'जिस त्वरा से उत्तेजित होता है, उसी शीघ्रता से शान्त भी हो जाता है।'

"कल तू पूछेगा कि यह आकाश किसका है? गंगा किसकी है?" कुन्ती ने उसकी शान्ति को और भी दृढ़ करने के लिये कहा।

किन्तु इस बार भीम पर उसका उल्टा ही प्रभाव हुआ। वह जैसे माता के कथन के प्रतिकार में चिल्लाया, "तो फिर सुयोधन क्यों कहता है कि हस्तिनापुर उसका है? वह क्यों कहता है कि उसके पिता यहाँ के स्वामी हैं और हम उसके आश्रित हैं?"

कुन्ती सनाका खा गयी। आज फिर कोई बखेड़ा खड़ा हो गया क्या?

"बोलो! क्यों कहता है सुयोधन?" भीम फिर उत्तेजित हो कर बोला।

एक बार तो कुन्ती के मन में आया कि वह कह दे कि सुयोधन तो मूर्ख है। बकवाद करता है, करने दो।...किन्तु यह कहा नहीं उसने। पूछा, "और क्या-क्या कहता है सुयोधन?"

"सुयोधन कहता है कि जिस प्रकार उसने हमें हस्तिनापुर के राजप्रासाद से निकलवा कर, इस खण्डहर में डलवा दिया है, उसी प्रकार....।"

"यह खण्डहर है?" कुन्ती बोली, "यह भी तो राजप्रासाद ही है। पुराना है, तो क्या हुआ?"

"सुयोधन कहता है।" भीम ने अत्यन्त सरलता से कहा।

कुन्ती का मन जैसे बहुत कुछ कहना चाह रहा था; किन्तु उसने स्वयं को रोका, "उसी प्रकार...।"

"उसी प्रकार राजा बनते ही वह हमें इस प्रासाद से ही नहीं, हस्तिनापुर से ही निकलवा देगा।"

कुन्ती धक्क-सी रह गयी : सुयोधन ने अपनी भावी नीति घोषित कर दी थी। कोई संदेह नहीं कि समय आने पर वह वही करेगा!

"पर क्यों कहता है यह सब सुयोधन?" कुन्ती ने आवेश में पूछा। उसे लगा कि उसका आक्रोश सुयोधन के सम्मुख असहाय हो कर भी भीम का दमन करने के लिये बढ़ रहा है, "तूने ही कुछ ऐसा किया या कहा होगा।"

"मैंने?" माँ के क्रोध के सम्मुख, भीम हतप्रभ-सा खड़ा रह गया, "मैंने क्या किया है माँ?"

"यदि तूने ऐसा कुछ नहीं किया तो सुयोधन ऐसी अनर्गल बातें क्यों करता है! वह उन्मत्त है क्या?"

"वह उन्मत्त नहीं प्रमत्त है माँ!" भीम बोला, "खेलता भी है; पराजित हो कर रोता भी है; और फिर निर्लज्ज हो कर धमकियाँ देने लगता है।"

"वह खेल में तुझ से पराजित हुआ है?" कुन्ती ने प्रायः शान्त हो कर पूछा।

"मैं उसे प्रतिदिन पराजित करता हूँ।" भीम गर्व से बोला, "उसमें है ही क्या! न वह मेरे समान धावक है, न मल्ल! मेरे समान वह तैर भी नहीं सकता।"

कुन्ती बिना कोई उत्तर दिये, सोचती रह गयी...यह बालकों की क्रीड़ा है या सुयोधन की, उसके समर्थ पुत्रों के प्रति ईर्ष्या?

"बताओ न माँ!" माँ को मौन देख कर, भीम पुनः अपने प्रश्न पर उतर आया था, "हस्तिनापुर किसका है?"

तभी कहीं से युधिष्ठिर उधर से आ निकला। उसने कदाचित भीम का प्रश्न सुन लिया था। अपने इस वयस में भी वह पर्याप्त गम्भीर और प्रौढ़ बन गया था; किन्तु इस समय भीम के इस प्रश्न को सुन कर, कदाचित उसे भी परिहास सूझा। बोला, "हस्तिनापुर पितामह का है। बोलो! अब क्या करोगे?"

उसने आगे बढ़ कर भीष्म के चरण छुए।

युधिष्ठिर की अपेक्षा के प्रतिकूल भीम एकदम गम्भीर हो गया। बोला, "पितामह का है तो ठीक है। ऐसा कुछ नहीं है, जो पितामह का है, और हमारा नहीं है; किन्तु जो कुछ सुयोधन का है, वह हमारा नहीं है।"

युधिष्ठिर को लगा कि परिहास आगे नहीं चल पायेगा। भीम ने सर्वथा सत्य कहा था। उसे स्वीकार करना ही पड़ेगा।

भीष्म को संतोष हुआ : इन बच्चों के लिये सुयोधन चाहे पराया हो, भीष्म पराये नहीं हैं।

वे अत्यन्त शान्त स्वर में बोले, "पुत्र! हस्तिनापुर ही नहीं, कोई भी नगर, नगरवासियों का होता है। शासक का धर्म, प्रजा का न्यायपूर्वक पालन करना है। इसलिये उसे नगर अथवा राज्य का स्वामी कहा जाता है। जैसे माता-पिता अपनी सन्तान के स्वामी हैं, क्योंकि वे उसे जन्म दे कर उसका पालन-पोषण करते हैं। जिस क्षण अपने लाभ के लिये वे सन्तान का उपयोग करने लगते हैं, उसी क्षण से उनका स्वामित्व समाप्त हो जाता है।"

लगा, भीम को इन बातों में रुचि नहीं थी। वह तो मात्र इतने से ही सन्तुष्ट था कि हस्तिनापुर सुयोधन का नहीं है।

भीम और युधिष्ठिर चले गये।

"मैं भी जा रहा हूँ कुन्ती!" भीष्म बोले, "इधर से निकल रहा था, सोचा, तुम लोगों को देखता चलूँ!" वे उठे, "और पुत्रि! बच्चों की शिक्षा-दीक्षा की चिन्ता मत करना—वह मैं देखूँगा। कृप से भी चर्चा करूँगा। इन बालकों की क्षमता का पूर्ण विकास होना चाहिए।" वे रुके, "एक रथ और सारथि मैं अपनी ओर से भिजवा दूँगा।...अस्वीकार मत करना।"

भीष्म न रुके, न उन्होंने कुन्ती की ओर देखा, न उसके उत्तर की प्रतीक्षा की। कदाचित वे आशंकित थे कि कहीं कुन्ती उनका प्रस्ताव अस्वीकार न कर दे।...

कुन्ती को एकान्त मिला!

जब तक भीम उसके सम्मुख खड़ा पूछ रहा था, और भीष्म वहाँ उपस्थित थे, तब तक कुन्ती ने उस प्रश्न को बार-बार टालने का प्रयत्न किया था; किन्तु उनके हटते ही जैसे उसका अपना मन, घाव पर आ कर बैठ जाने वाली किसी धृष्ट मक्खी के समान बार-बार पूछ रहा था : हस्तिनापुर किसका है?

ऋष्य शृंग से लौट कर अपने बच्चों के साथ कुन्ती हस्तिनापुर में प्रवेश पाने के लिये, जब वर्धमान-द्वार के बाहर बैठी थी, उसी क्षण से उसके मन

में यह प्रश्न उठ रहा था, 'हस्तिनापुर किसका है?'...पुत्रों सहित कुन्ती को राजप्रासाद में ही टिकाया गया था, किन्तु स्वामी के रूप में नहीं; अकस्मात आ गये किसी अतिथि के समान। वे ऐसे आगन्तुक थे, जिसका तिरस्कार नहीं किया जा सकता था, अतः बाध्यता में उन्हें ठहरा लिया गया था।...किन्तु महारानी गान्धारी के सम्मुख कुन्ती एक निर्धन आश्रिता मात्र थी।...उसका मन बार-बार ऐंठ-ऐंठ कर पूछना चाहता था कि सम्राट पाण्डु की पत्नी क्यों महारानी नहीं है? युवराज युधिष्ठिर की माता, क्यों राजमाता नहीं है?...

कुन्ती का मन आये दिन किसी-न-किसी बात से आहत हो जाता था। उसकी इच्छा होती थी कि इसी क्षण हस्तिनापुर छोड़ कर, कहीं दूर निकल जाये, जहाँ न कौरव-वंश हो, न राजप्रासाद और न उसकी यह शरणागतों की-सी स्थिति!...किन्तु वह यहाँ से कैसे जा सकती थी? जिस उद्देश्य से वह ऋष्य शृंग का आश्रम छोड़ कर आयी थी, हस्तिनापुर त्याग कर वह सिद्ध होगा क्या?

...और कुन्ती को लगता कि उसके भीतर एक नयी कुन्ती जाग रही है। वह कुन्ती, जो इन छोटी-छोटी बातों से पीड़ित नहीं होती; जो अपने ऊपर किये गये छोटे-बड़े आघातों से और भी दृढ़ होती है; क्योंकि आघात का उत्तर पलायन नहीं होता!...कुन्ती आक्रमण के उत्तर में यदि प्रत्याक्रमण नहीं कर पायेगी, तो प्रति-रोध तो करेगी, अपनी सुरक्षा के लिये प्रयत्नशील तो होगी! कुन्ती या तो यह मान ले, कि ये बालकों की बातें हैं, जिनका कोई अर्थ नहीं होता, और उनकी उपेक्षा कर जाये; या फिर वह माने कि यह रणनीति है और रणनीति में उसे पीछे नहीं हटना है...राजनीति में अधिकार का प्रश्न उठेगा ही। उसके लिये बल प्रयोग भी होगा और शक्ति-परीक्षण भी! कुन्ती न स्वयं बल-प्रयोग कर सकती है न शक्ति-परीक्षण! उसे तो उस दिन की प्रतीक्षा करनी होगी, जिस दिन उसके पुत्र, समर्थ हो जायेंगे! अपना अधिकार माँगेंगे और अधिकार न मिलने पर, बल-प्रयोग कर उसे प्राप्त कर सकेंगे। उसने राजसमाज को बहुत निकट से देखा है; राजनीति हिंसा से शून्य नहीं हो सकती। जो राजनीति के क्षेत्र में प्रवेश करेगा, उसे विरोधी की हिंसा का सामना भी करना ही पड़ेगा, और कदाचित स्वयं भी हिंसा का अवलम्ब ग्रहण करना पड़ेगा।

भीष्म के मन में राजकुमारों की शिक्षा की समस्या, एक नये रूप में खड़ी हो गयी थी। वे जितना अधिक सोचते थे, उन्हें लगता था कि पाण्डवों की देख-भाल उन्हीं का दायित्व है : उनकी सुविधाएँ, लालन-पालन, शिक्षा-दीक्षा।

धृतराष्ट्र अपने भ्रातुष्पुत्रों के प्रति प्रेम का चाहे कितना भी नाटक करे; किन्तु उसके मन में उनकी तनिक भी चिन्ता नहीं है। बहुत सम्भव है कि उसे पाण्डवों के उत्थान में अपने पुत्रों का पराभव दिखायी देता हो। ईर्ष्यालु तो वह अपनी बाल्यावस्था से ही था। उसने अपनी अक्षमता को अपना भाग्य कभी भी स्वीकार नहीं किया था; और अब तो शकुनि हस्तिनापुर की राजनीति में बहुत गहरे धँस चुका था।...धृतराष्ट्र को अपने सामने, भविष्य में हस्तिनापुर का शासन सँभालने के लिये, अपने पुत्र बड़े होते हुए दिखायी पड़ रहे थे... बहुत सम्भव है, हस्तिनापुर में राज्याधिकार के लिये टकराव हो...ऐसे में उन्हें इन पितृहीन पाण्डवों की चिन्ता करनी ही होगी...

"सारथे!" वे सहसा बोले, "कृप की पाठशाला की ओर चलो।"

कृप की शिक्षा में कहीं कोई-न-कोई त्रुटि अवश्य है—वह सोच रहे थे—अन्यथा धृतराष्ट्र और पाण्डु के पुत्रों में कोई विभाजक रेखा होनी नहीं चाहिए थी। सहपाठियों में तो भाइयों से बढ़ कर प्रेम हो जाता है; पाठशालाओं और आश्रमों में सारे मतभेद भुला दिये जाते हैं। पारम्परिक शत्रुताएँ तक लाँघ कर गुरु-पुत्र एक-दूसरे के ऐसे मित्र बन जाते हैं कि...पर इस पाठशाला में मतभेद क्यों पनप रहे हैं? सुयोधन क्यों कहता है कि उसके पिता हस्तिनापुर के स्वामी हैं। वह अपने भाइयों तथा सहपाठियों को इस प्रकार भेद-दृष्टि से क्यों देखता है? कृप उसे शील और विनय का संस्कार क्यों नहीं दे पाये?

उन्होंने पाठशाला में प्रवेश किया।

कृप ने आगे बढ़ कर उनका स्वागत किया, "पधारें कुरुश्रेष्ठ!"

भीष्म एक आसन पर बैठ गये, "कैसे हो आचार्य?"

"कृपा है आर्य!" कृप मुस्कुराये, "लगता है आज आपने मुझ पर ही दया की है। आज तो बालक-वृन्द पाठशाला में नहीं हैं।"

"हाँ आचार्य! सोचा, आज बालकों की अनुपस्थिति में ही तुमसे कुछ चर्चा कर ली जाये।"

"कोई विशेष प्रयोजन?"

"विशेष प्रयोजन क्या होगा," भीष्म बोले, "थोड़ी-सी सामान्य चर्चा।" उन्होंने रुक कर कृप की ओर देखा, "जिन बालकों को तुम्हारे हाथों सौंपा है, वे कच्ची मिट्टी हैं। तुम उन्हें आकार भी दोगे और पकाओगे भी! यह तुम देखोगे कि वह मिट्टी कैसी है; और यह थोड़ा-बहुत मैं देखूँगा कि उन्हें तुम कैसा आकार दे रहे हो। जितना ताप उन्हें दे रहे हो—वह ताप उनके लिये अपर्याप्त तो नहीं है। कहीं वे कच्चे तो नहीं रह जायेंगे।...या फिर ताप इतना अधिक तो नहीं है कि वे भस्म हो जायें...।"

"अवश्य तात!" कृपाचार्य उल्लसित हो उठे, "यद्यपि आप क्षत्रिय हैं; किन्तु आप में गुरु के समस्त गुण विद्यमान हैं। बालकों की शिक्षा के निरीक्षण के लिये, धर्मतः आप ही अधिकारी हैं।" क्षण-भर रुक कर वह बोले, "इन बालकों की मिट्टी को मैंने अच्छी तरह परखा है। वे लोग सच्चे क्षत्रिय हैं। रजोगुण कूट-कूट कर भरा है उनमें। युधिष्ठिर में अवश्य चिन्तन की मात्रा, क्षत्रिय के लिये अपेक्षित मात्रा से कुछ अधिक है। उसका शरीर भी शेष बालकों की अपेक्षा कुछ कोमल है। किन्तु भीम, अर्जुन, सुयोधन, सुशासन इत्यादि राजकुमारों की शरीर-क्षमता सन्तोषजनक है। वे लोग अच्छे योद्धा बनेंगे। मेरा विचार है कि इस समय हस्तिनापुर में सर्वश्रेष्ठ योद्धाओं का निर्माण हो रहा है। हाँ।..."कृपाचार्य ने जैसे अपनी बात समाप्त कर पुनः जोड़ा, "हाँ! अधिरथ का पुत्र वसुषेण कर्ण सूतपुत्र होते हुए भी क्षत्रियों के गुणों से परिपूर्ण है। वह युद्धकला में इनमें से किसी से भी कम नहीं होगा; किन्तु मेरी इच्छा उसे राजकुमारों के समकक्ष शिक्षा देने की नहीं है। न ही मैं उसे वे सारी विद्याएँ सिखाऊँगा, जिनके कारण वह राजकुमारों की समता कर सके।"

भीष्म ने कृपाचार्य को कुछ असहज दृष्टि से देखा, "मुझे आश्चर्य है आचार्य! कि तुम अपने शिष्यों में वर्ग-भेद कर रहे हो! गुरु के रूप में तो तुम्हारी यह चिन्ता ही नहीं होनी चाहिए कि तुम्हारा कौन-सा शिष्य किस वर्ग अथवा परिवार से आया है। गुरु का धर्म तो अपने शिष्य की सम्पूर्ण क्षमताओं का विकास करना है।"

कृपाचार्य ने क्षण-भर हतप्रभ हो कर भीष्म को देखा : यह कुरुवृद्ध मेरी परीक्षा लेने तो नहीं आया? क्या यह जानना चाहता है कि मैं राजकुल का कितना अनुग्रह मानता हूँ और मैं उनके प्रति कितना निष्ठावान हूँ?

"आपने तो ठीक ही कहा आर्य! किन्तु विवेकी व्यक्ति वही है, जो शुष्क काष्ठ को उतना ही जलाये, जितने से वह चूल्हे का ईंधन बन सके, न कि उसे इतना भड़कने का अवसर दे कि वह दावाग्नि का निमित्त बन, प्रलय-दाह कर दे!"

भीष्म मौन रहे। उन्होंने इस चर्चा को आगे नहीं बढ़ाया।

कृपाचार्य उनका चेहरा देख कर भाँपने का प्रयत्न करते रहे कि इस उत्तर से भीष्म ने उनके विषय में क्या धारणा बनायी होगी।

"आजकल उन्हें कौन-कौन सी विद्याएँ सिखा रहे हैं आचार्य?"

"गदा-युद्ध, मल्ल-युद्ध, खड्ग-युद्ध, धनुर्युद्ध। शक्ति, भाला, मूसल इत्यादि का प्रक्षेपण। अश्वारोहण, रथ-संचालन।"

"क्या उन्हें धर्मशास्त्र, न्यायशास्त्र तथा राजनीतिक शास्त्र भी पढ़ाया

जा रहा है?"

"उनका अभ्यास कराने के लिये ब्राह्मण अध्यापक हैं।" कृपाचार्य की वाणी में न उन विषयों के लिये सम्मान था, न उनके अध्यापकों के लिये, "युद्ध-विज्ञान सिखाने का दायित्व मैंने स्वयं ग्रहण किया है।"

"क्या उनकी शारीरिक क्षमता और शक्ति बढ़ाने के लिये क्रीड़ाओं का भी आयोजन होता है?"

"हाँ आर्य! प्रतिदिन व्यायाम कराया जाता है। वे भागते हैं, तैरते हैं, विभिन्न प्रकार की क्रीड़ाएँ करते हैं। दल बना कर विभिन्न प्रकार के खेल खेलते हैं।"

"खेलना क्यों आवश्यक है उनके लिये?" भीष्म ने पूछा, "व्यायाम तो वैसे भी वे पर्याप्त कर ही लेते हैं।"

"खेल के अभाव में प्रतिस्पर्धा उत्पन्न नहीं होती आर्य!" कृपाचार्य बोले, "मैं चाहता हूँ कि मेरे शिष्यों में ऐसी महत्वाकांक्षा जागे कि किसी भी क्षेत्र में वे किसी को स्वयं से आगे बढ़ने न दें।"

भीष्म कुछ देर तक चुपचाप बैठे कुछ सोचते रहे और फिर धीरे से बोले, "आचार्य! क्षत्रिय के लिये शस्त्र-ज्ञान भी आवश्यक है और शस्त्र-परिचालन का अभ्यास भी; किन्तु उससे भी अधिक आवश्यक है, न्याय और अन्याय का ज्ञान, धर्म और अधर्म का निर्णय। क्षत्रिय का शस्त्र केवल अन्याय के प्रतिरोध में ही उठना चाहिए। क्षत्रिय यदि न्यायान्याय के निर्णय के बिना शस्त्र-परिचालन का अभ्यस्त हो जायेगा, तो वह दस्यु हो जायेगा। तुम कुरुकुल के कुमारों को क्षत्रिय बना रहे हो या दस्यु?"

"क्षत्रिय! तात सच्चे क्षत्रिय! जिनके सम्मुख कोई शस्त्र उठाने का साहस नहीं करेगा।"

"एक बात और है।" भीष्म बोले, "मैं चाहता हूँ कि चाहे वे युद्ध-विद्या सीखें, चाहे क्रीड़ा में भाग लें, चाहे शास्त्र-ज्ञान प्राप्त करें, चाहे प्रतिस्पर्धाओं में व्यस्त रहें; किन्तु इन सबके माध्यम से वे परस्पर एक-दूसरे के निकट आयें, स्नेह करना सीखें, दूसरे की सुख-सुविधा के लिये त्याग और बलिदान करना सीखें। उनमें स्वार्थशून्यता तथा सहिष्णुता का भी विकास होना चाहिए। अच्छे योद्धा बनने से पहले वे अच्छे मानव बनें। मैं चाहता हूँ कि अभी वे लोग शस्त्र-संचालन से अधिक समय क्रीड़ाओं में लगाएँ। अपना मानसिक और शारीरिक विकास करें, किन्तु दूसरों के गुणों का भी आदर करना सीखें। उनमें पूज्य के प्रति पूजा का भाव जाग्रत हो। उन्हें धन, सत्ता, शासन के लोभी, अहंकार की पुत्तलिकएँ, शस्त्र चमकाने वाले दुर्वृत्त मत बनाना। उन्हें अपना

रक्त दे कर प्रजा का पालन करने वाले, अपना सुख-भोग त्याग, निर्बलों की रक्षा करने वाले क्षत्रिय बनाना। ऐसा न हो कि इनके कारण कुरुकुल किसी भी रूप में कलंकित हो।"

"आप निश्चिन्त रहें आर्य!"

भीष्म चले आये; किन्तु उनके मन में कृपाचार्य के सम्बन्ध में निश्चित धारणाएँ बन रही थीं।...कुरुकुल ने शैशव से कृप तथा उसकी भगिनी कृपी का पालन-पोषण किया था, इसलिये वह इस राजकुल का ऋणी था। उसी ऋण के कारण कदाचित उसमें राजकुल के प्रति इतनी निष्ठा थी; और अपनी क्षमता-भर वह उस ऋण से उऋण होने का प्रयत्न कर रहा था। किन्तु क्षमता-भर पूरी निष्ठा से अध्यापक का कार्य करते हुए भी, क्या प्रकृति से वह गुरु होने योग्य था? वह शस्त्र-व्यवसायी ब्राह्मण, क्या एकान्त में कभी तनिक भी चिन्तन करता था कि राजनीति क्या है? क्षत्रिय का धर्म क्या है? मानव में किन गुणों का विकास होना चाहिए? क्या वह कभी अपने वर्तमान को भूल एक क्षण के लिये भविष्य में जीता था? क्या वह मानवता के दीर्घ इतिहास तथा अनन्त भविष्य के विषय में भी कुछ सोचता था?...

भीष्म का मन कहता था कि यह ब्राह्मण न इस दायित्व के योग्य था, न इस पद के। अधिकार-भोग की जो कुमन्त्रणा धृतराष्ट्र से सुयोधन को मिल रही थी, कृपाचार्य उसमें वृद्धि ही करेगा, उसका नियन्त्रण करने वाला ऋषि वह नहीं है। कुरुकुल के राजकुमारों के गुरु के रूप में उदात्त धरातल पर जीने वाला, सात्त्विक प्रकृति वाला एक अधिक कुशल गुरु चाहिए...

भीष्म को विदा कर कृपाचार्य कुछ चकित-से बैठे रह गये : किसलिये आये थे भीष्म? और जो कुछ उन्होंने कहा था, उस सबका अभिप्राय क्या था? क्या सचमुच वे चाहते हैं कि कुरुकुल के राजकुमारों को योद्धा न बना कर ऋषि के रूप में उनका विकास किया जाये?

कृपाचार्य ने तनिक भी विलम्ब नहीं किया। उन्होंने अपना रथ तैयार करवाया और महाराज धृतराष्ट्र की सेवा में उपस्थित हो गये।

धृतराष्ट्र ने उन्हें ससम्मान भीतर बुलवाया, "आचार्य! कैसे कष्ट किया आपने?"

कृपाचार्य ने देखा, वहाँ शकुनि और कणिक के अतिरिक्त और कोई नहीं था। उन्होंने सारा वृत्तान्त कह सुनाया। धृतराष्ट्र ने धैर्यपूर्वक सब कुछ सुना और पूछा, "आपका क्या मत है आचार्य?"

"मैं क्या कहूँ महाराज! मैं तो शस्त्रों का आचार्य हूँ। मेरा मत है कि क्षत्रिय और शस्त्र पर्याय हैं। क्षत्रिय युद्ध का अभ्यास नहीं करेगा, तो और क्या करेगा?"

"आर्य भीष्म ने कुछ अनुचित नहीं कहाँ है आचार्य!" शकुनि अत्यन्त मधुर स्वर में बोला, "राजकुमारों को जानना चाहिए कि उन्हें शस्त्र-प्रयोग कहाँ करना है। उन्हें न्याय की रक्षा करनी है। न्याय, अपने अधिकारों की रक्षा में है। उन्हें प्रत्येक स्थिति में अपने अधिकारों की रक्षा के लिये तत्पर रहना चाहिए। उन्हें दुर्धर्ष-योद्धा होना ही चाहिए।"

"सबसे बड़ी बात यह है आचार्य! कि संसार में दो प्रकार के लोग होते हैं : एक वे जो विनाश से डरते हैं, दूसरे वे जो न केवल विनाश से डरते नहीं हैं, वे विनाश कर भी सकते हैं।" कणिक ने मुस्कुरा कर कहा, "आप राजकुमारों का विकास इस प्रकार करें कि न वे हत्या से भयभीत हों, न विनाश से। युद्ध उन पर आरोपित करने की आवश्यकता न हो, वे युद्ध को आमन्त्रित करते रहें। जो युद्ध और संघर्ष से इसलिये डरता है कि युद्ध से विनाश होगा, वह अपने अधिकारों को छोड़ कर भाग जाता है। आप राजकुमारों को ऐसे योद्धा बनायें कि लोग उनको देख कर अपने अधिकार छोड़ कर भाग जायें। क्षत्रिय के जीवन का सत्य केवल भोग है।..."

"जिसने समस्त भोगों का त्याग कर दिया हो, वह व्यक्ति क्षत्रियों के लिये अनुकरणीय नहीं है।" धृतराष्ट्र ने कहा, "आप पितृव्य के चिन्तन से विचलित न हों। मैं अपने पुत्रों को वीर क्षत्रिय बनते देखना चाहता हूँ—क्लीव नहीं।"

कृपाचार्य लौटते हुए सोच रहे थे : भीष्म शिक्षा के आदर्श की बात कर रहे थे, और धृतराष्ट्र अपने पुत्रों को अधिकारों के लिये भूखे संघर्षशील क्षत्रिय बनाना चाहते हैं। क्या करें कृपाचार्य? किन्तु वे तो राजा की सेवा में थे। वे वही करेंगे, जो उनका स्वामी चाहेगा। वे ऋषि अथवा गुरु नहीं थे, वे तो राजकर्मचारी थे; और राजकर्मचारी का प्रथम धर्म था—राजा की आज्ञा का पालन। उनकी आजीविका ही नहीं, हस्तिनापुर में उनका सारा महत्व धृतराष्ट्र की कृपा पर निर्भर करता था। कृपाचार्य कभी नहीं चाहेंगे कि शिक्षा के आदर्शों पर खरे उतरने के प्रयत्न में वे धृतराष्ट्र के मन से उतर जायें और हस्तिनापुर में उपलब्ध सुख-सुविधाएँ छोड़ कर, वन में कोई आश्रम बना कर शिष्यों की प्रतीक्षा करें...पर भीष्म...

आज पाठशाला में विशेष समारोह था।

क्रीड़ा का महत्व वैसे भी कृपाचार्य की शिक्षण-योजना में कम नहीं था;

किन्तु भीष्म से इस विषय में चर्चा होने के पश्चात वे कुछ अधिक ही सक्रिय हो गये थे। यद्यपि धृतराष्ट्र ने स्पष्ट कह दिया था कि उनके मन में पितृव्य भीष्म के विचारों के प्रति कोई विशेष सम्मान नहीं था, फिर भी कृपाचार्य को भीष्म का अनावश्यक विरोध उचित प्रतीत नहीं हुआ।...उनके दृष्टिकोण में इतना अन्तर अवश्य आया था कि पहले जहाँ सारा बल शारीरिक व्यायाम तथा शक्ति-संवर्धन पर था, अब कुछ ऐसी क्रीड़ाएँ भी रखी गयी थीं, जिनमें मात्र मनोरंजन ही होता था; अथवा एक पक्ष के अंग बन कर खेलते हुए, व्यक्ति का महत्व कम करना पड़ता था; या फिर साथ मिल कर खेलने-भर का ही महत्व अधिक था। भीष्म चाहते थे कि राजकुमारों में क्रीड़ा के माध्यम से सौहार्द बढ़े, तो कृपाचार्य को इसमें क्या आपत्ति हो सकती थी।

कृपाचार्य ने महाराज धृतराष्ट्र के साथ-साथ राजपरिवार के प्रत्येक सदस्य को क्रीड़ावलोकन के लिये आमन्त्रित किया था। किन्तु यह भी उन्होंने स्पष्ट कर दिया था कि यह कोई प्रतिस्पर्धा नहीं थी, न ही यह कोई विशिष्ट प्रदर्शन ही था। यह तो राजकुमारों का अभ्यास-मात्र था। ये क्रीड़ाएँ महत्वपूर्ण नहीं थीं, न उनका परिणाम ही महत्वपूर्ण था। महत्वपूर्ण तो वे क्षमताएँ थीं, जो इन क्रीड़ाओं के माध्यम से उन्हें प्राप्त होने वाली थीं। इस आयोजन में न कोई श्रेष्ठतर सिद्ध होगा, न कोई हीनतर! इन क्रीड़ाओं को देखते हुए, यह तो भूल ही जाना चाहिए कि कहाँ कौन-सा व्यक्ति है—यह तो एक दृश्य था, जिसमें प्रत्येक बिन्दु अपने स्थान पर महत्वपूर्ण था।

धृतराष्ट्र को इस प्रकार के अभ्यास अथवा मनोरंजन में कोई रुचि नहीं थी। जिस व्यक्ति को कुछ दिखायी न देता हो, वह ऐसे समारोहों में बैठ कर क्यों अपना समय नष्ट करे?...वैसे भी राजा के पास इतना समय कहाँ होता है कि वह प्रत्यक्ष लाभ के अभाव में भी कहीं अपने समय का व्यय करे।

किन्तु भीष्म आये थे और पूरे समारोह के लिए आये थे। भीष्म के मन में कहीं रंचमात्र भी ऐसा आभास नहीं था कि यह उत्सव अथवा ये क्रीड़ाएँ महत्वपूर्ण नहीं थीं। उन्हें प्रसन्नता थी कि वे शिक्षा को, शिक्षा के रूप में ही महत्व देने में कुछ सफल हुए हैं। शिक्षा कोई युद्ध तो थी नहीं, जिसमें एक पक्ष की जय और दूसरे पक्ष की पराजय होनी ही चाहिए थी। शिक्षा, व्यक्ति की अपनी क्षमताओं के विकास के लिये है, न कि अपनी जय और दूसरे की पराजय प्रमाणित कर, अपने अहंकार के पोषण के लिये...

क्रीड़ाएँ आरम्भ हुईं।

जिन क्रीड़ाओं में राजकुमारों को दो दलों में विभक्त हो कर खेलना था,

उनमें भीष्म ने ध्यान से देखा : कृप ने सावधानीपूर्वक, दल इस प्रकार बनाये थे कि धृतराष्ट्र के पुत्र और पाण्डु के पुत्र अलग-अलग दल न बना सकें। भीम और सुयोधन एक पक्ष में थे, अर्जुन और सुशासन दूसरे में। नकुल एक पक्ष में था, तो सहदेव दूसरे में।...भीष्म देखना चाहते थे कि ये राजकुमार क्रीड़ा में अपने पक्ष के प्रति निष्ठावान थे या अपने सम्बन्धों के प्रति। भीम, सुयोधन को पराजित देखने के लिये अपने पक्ष को पराजित होने देगा या अपने पक्ष को विजयी बनाने के लिये अपनी पूर्ण क्षमता से संघर्ष करेगा, चाहे उससे सुयोधन भी विजयी होता हो।

एक के पश्चात एक क्रीड़ाएँ निबटती गयीं और भीष्म को यह देख कर प्रसन्नता हुई कि जिस प्रतिस्पर्धा, विरोध और द्वेष की आशंका उन्हें थी, वह उन्हें कहीं भी दिखायी नहीं दिये। बालकों के साधारण-से झगड़े को कदाचित उनकी कल्पना ने बहुत विराट रूप दे दिया था।...

तभी समारोह के समापन के रूप में कृपाचार्य ने अन्तिम क्रीड़ा की घोषणा की। अतिदीर्घ धावन! इसमें पाठशाला का सबसे क्षमतावान धावक चुना जाना था। इस प्रतियोगिता के लिये पाठशाला के सभी छोटे-बड़े ब्रह्मचारी एकत्रित हो गये। इसमें न तो अवस्था-भेद था, न कोई वर्ग-भेद। सबको एक साथ दौड़ना था। जिसकी क्षमता जहाँ समाप्त हो जाये, वह वहीं रुक जाये। निर्णायक देख लेंगे कि अपनी अवस्था के अनुसार उसमें पर्याप्त क्षमता है या नहीं। शेष धावक दौड़ते जायें, सबसे अन्त में जो धावक बचेगा, वह सर्वक्षमतावान धावक कहलायेगा।

उद्घोषक के संकेत पर एक भीड़ जैसे एक साथ दौड़ी। प्रतियोगिता जैसा तो दृश्य ही नहीं था। बीच में छोटे-छोटे बालक आ जाते थे और बड़े-बड़े क्षमता-वान धावक मार्ग न मिलने के कारण दाँत पीस कर रह जाते थे; किन्तु उनमें से किसी ने भी, किसी को ठेल कर धक्का अथवा दे कर आगे निकलने का प्रयत्न नहीं किया था...

क्रीड़ा आगे बढ़ती गयी और भीष्म के मन में एक विचित्र प्रकार का वैराग्य घर करता गया।...जाने क्यों उनका मन इस क्रीड़ा को जीवन से जोड़ता गया। जब व्यक्ति जन्म लेता है तो इस क्रीड़ा के आरम्भ के समान ही एक भरा-पूरा संसार होता है उसके आस-पास। सब लोग जैसे एक ही दिशा में दौड़ रहे होते हैं, एक ही लक्ष्य की ओर। चारों ओर से सहयोग, अवसर और मार्ग मिलते चलते हैं और व्यक्ति आगे बढ़ता चलता है।...और फिर सहसा जाने क्या हो जाता है कि जैसे-जैसे वह आगे बढ़ता है, वैसे-वैसे ही अनेक लोग अपनी-अपनी इच्छा से, अपनी-अपनी क्षमता के अनुसार, अपनी-अपनी बाध्यताओं के बन्धन

में बँधे, उसका साथ छोड़ जाते हैं। जब-जब वह दृष्टि उठा कर देखता है तो पाता है कि कुछ और लोग उसका साथ छोड़ चुके हैं, और वह पहले की तुलना में और भी अकेला हो गया है...और यह क्रीड़ा इसी प्रकार बढ़ती गयी तो अपनी चरम उपलब्धि के क्षणों में वह सर्वथा एकाकी होगा।...उपलब्धि क्या एकाकीपन का पर्याय है? अपनी उपलब्धि के पश्चात जब सचमुच व्यक्ति चाहता है कि उसके चारों ओर उसके सुहृद और आत्मीयजन हों, जो उसकी उपलब्धि का समारोह मना सकें, उसके सुख को बाँट सकें, उसी क्षण वह पाता है कि जब उसका सुख बाँटने वाले थे, तब तक कोई उपलब्धि नहीं थी, और अब उपलब्धि है तो उसे बाँटने वाला कोई नहीं है...

और अगले ही क्षण भीष्म के मन ने अपने प्रश्न से जैसे उनकी चिन्तन-प्रक्रिया उलट दी...विजय के क्षण तक लोग साथ छोड़ जाते हैं अथवा महत्वाकांक्षी व्यक्ति स्वयं ही दूसरों की संगति का तिरस्कार करता चलता है? लोग उसका श्रम देख कर, उससे उदासीन होते जाते हैं, या वह ही अपने श्रम की व्यस्तता बनाये रखने के लिये लोगों से तटस्थ होता जाता है? क्या महत्वाकांक्षी व्यक्ति सर्वथा आत्मलीन और स्वार्थी नहीं होता?...

अपने प्रश्न का कोई उत्तर भीष्म अभी सोच भी नहीं पाये थे कि उनके वैराग्य ने जैसे अपने हस्तक्षेप से विवाद ही समाप्त कर दिया; 'कोई अपनी इच्छा से न किसी का साथ छोड़ता है, न छुड़वाता है भीष्म! यह तो काल है, जो निरन्तर सृष्टि को निगल रहा है। उनके अपने माता-पिता, भाई तथा अन्य कुटुम्बी उन्हें छोड़ गये या भीष्म ने स्वयं को उनसे पृथक कर लिया?...यह तो काल की ही गति है...'

सामने क्षेत्र में प्रायः प्रतियोगी एक-एक कर रुक गये थे। पाँच-छह धावक ही अब भी अपना प्रयत्न चलाये जा रहे थे। उनमें सबसे पीछे भीम था और सबसे आगे सुयोधन। कदाचित यह दौड़ का अन्तिम चक्र प्रमाणित हो, या शायद एक-आध चक्र और...

तभी भीम ने जैसे सहसा अपनी बची-खुची क्षमता से अपना वेग बढ़ाया। वह पीछे अवश्य था किन्तु थका हुआ नहीं था। कदाचित उसने अब तक शेष धावकों को अधिक वेग से दौड़ने का अवसर दे कर, अपनी क्षमता को अन्तिम खण्ड के लिये बचा रखा था।...'हाँ! ठीक ही तो था।' भीष्म सोच रहे थे, 'जीवन में पहले ही चक्र में अपनी समस्त ऊर्जा लगा कर, प्रथम आने वाला व्यक्ति अगले चक्र में सम्मिलित ही नहीं हो पाता। जीवन तो वस्तुतः 'अतिदीर्घ धावक' ही था। किसी एक चक्र में किसी एक उपलब्धि के लिये अपनी सम्पूर्ण ऊर्जा और क्षमता को दाँव पर नहीं लगाना चाहिए। जीवन किसी भी एक चक्र

अथवा किसी भी एक उपलब्धि से बहुत बड़ा था...'

भीम सारे धावकों को पीछे छोड़, सुयोधन के समकक्ष पहुँच गया था... और...और वह उससे आगे निकल रहा था...सुयोधन ने भी अपना सम्पूर्ण बल लगा दिया था। उसका आनन रक्तिम हो उठा था। वह भीम को किसी भी अवस्था में आगे बढ़ने नहीं देना चाहता था। जो अब तक की सारी दौड़ में सब से आगे रहा हो, वह अन्तिम चक्रों में किसी को आगे निकलते कैसे देख सकता है?...किन्तु भीम तो आगे निकल गया था। वह और आगे निकल रहा था। उन दोनों का अन्तराल कदाचित और भी बढ़ेगा...किन्तु तभी सुयोधन अपने स्थान से कूदा और भीम से जा टकराया।...

भीष्म समझ नहीं पाये कि यह कैसे हुआ—क्या सुयोधन दौड़ जीतने के उद्देश्य से कूदा था, या...?

सुयोधन के धक्के से भीम तनिक लड़खड़ाया। उसने दृष्टि उठा कर सुयोधन को देखा भी; किन्तु न वह रुका और न ही उसके प्रयत्न में कोई कमी आयी...

यदि इस धक्के से भीम लड़खड़ा कर गिर पड़ता तो उसे बड़ी शारीरिक क्षति हो सकती थी...भीष्म सोच रहे थे इस वेग से भागते हुए व्यक्ति का सन्तुलन तनिक-सा भी बिगड़ जाये, तो वह घातक हो सकता है...

सुयोधन और भीम अब भी साथ-साथ भाग रहे थे; किन्तु स्पष्ट दिखायी दे रहा था कि सुयोधन की शक्ति सर्वथा समाप्त हो चुकी है। कदाचित वह केवल अपने आत्मबल अथवा हठ से ही दौड़ रहा था। शरीर का समस्त रक्त जैसे उसके चेहरे पर संचित हो गया था। शरीर स्वेद से नहाया हुआ था। जाने श्वास की गति...

तभी सुयोधन लड़खड़ाया...और जाने कैसे गिरते-गिरते भी उसने भुजा बढ़ा कर भीम की टाँग पकड़ ली और भीम मुँह के बल भूमि पर आ गिरा...

अब क्षेत्र में दौड़ने वाला कोई नहीं था, और विजयी भी किसे कहा जायेगा?...दोनों प्रायः साथ-साथ ही गिरे थे...

किन्तु भीम को सुयोधन ने सायास ही गिराया था, भीष्म सोच रहे थे...यह सुयोधन तो पूरा दुर्योधन है। स्वयं तो गिरा ही, उसे भी गिरा दिया...अवश्य ही भीम को गहरा घाव लगा होगा...दुर्योधन है यह दुर्योधन...भीष्म उठ कर क्षेत्र की ओर चल दिये।

कृपाचार्य तथा कुछ अन्य अध्यापक भी साथ-साथ ही उनके पास पहुँचे।

सुयोधन अभी भूमि पर औंधा पड़ा था। भीम उठ कर खड़ा हो गया था।

उसके घुटने छिल गये थे, हथेलियों पर भी रक्त छलछला आया था, और चेहरे पर भी रगड़ के चिह्न थे; किन्तु कदाचित किसी अस्थि पर चोट नहीं आयी थी, जिसका भीष्म को अधिक भय था।

भीम क्रोध से दाँत पीस कर कह रहा था, "इसने मुझे गिराया है। इस दुष्ट ने जान-बूझ कर मेरी टाँग पकड़ ली थी। अन्यथा मैं अब भी दौड़ सकता हूँ।" भीम कदाचित पुनः भागने की तैयारी में था।

"तुम्हें और भागने की आवश्यकता नहीं है।" कृपाचार्य ने उसकी पीठ पर थपकी दी, "तुम सर्वक्षमतावान धावक स्वीकार किये गये।"

भीष्म को भीम की उतनी चिन्ता नहीं थी। इतनी-सी चोट भीम के लिये अत्यन्त साधारण बात थी; वैसे भी वह किसी शस्त्र का घाव नहीं था। आचार्य कृप ने उसे सर्वक्षमतावान धावक भी स्वीकार कर लिया था। भीष्म चिन्तित थे दुर्योधन को ले कर। दुर्योधन में दुष्टता की प्रवृत्ति बढ़ती जा रही थी। इससे न केवल इन भाइयों में वैमनस्य बढ़ेगा, वरन दुर्योधन का अपना विकास भी रुक जायेगा। उसकी सारी ऊर्जा अपना विकास करने के स्थान पर दूसरों का ह्रास करने में लग जायेगी। कुरुकुल की यह द्विगुणित क्षति भीष्म कैसे सहन करेंगे..

भीष्म को लगा कि उनके भीतर का क्षत्रिय तो इस समय भी दुर्योधन को पहले उठा कर सीधा खड़ा कर देना चाहता है; फिर उससे पूछना चाहता है कि उसने ऐसा क्यों किया; और फिर उसे किसी स्तम्भ से बाँध कर कम-से-कम पच्चीस कशाघातों का दण्ड देना चाहता है; ताकि दुर्योधन के मन में दुष्कृत्यों से बचने की प्रवृत्ति विकसित हो, भीम का रोष शान्त हो और सब लोगों के मन में नियमों के लिये सम्मान पुष्ट हो।...किन्तु दूसरी ओर भीष्म का वात्सल्य था, जो दुर्योधन को समझाना चाहता था कि जो कुछ उसने किया है, वह उचित नहीं है। भविष्य में उसे ऐसा कुछ भी नहीं करना चाहिए, और अपने भाइयों से तो उसे बस प्रेम ही करना चाहिए...

दुर्योधन अपने-आप उठ कर खड़ा हुआ। उसने अपने चारों ओर कदाचित यह भाँपने के लिये दृष्टि घुमायी कि आस-पास के लोगों की प्रतिक्रिया क्या है। उसने अपना मुँह लटकाया और भीम के पास खड़े कृपाचार्य के पास आ कर कहा, "आचार्य! भीम ने भागते हुए मुझे लँगी लगा दी थी, अन्यथा प्रथम मैं ही आता। आचार्य! भीम को इसका दण्ड मिलना चाहिए..."

भीष्म और नहीं सुन सके। वे उसके और निकट आ गये, "दुर्योधन! तुम मेरे साथ आओ।"

अपना नया नाम सुन कर वह चौंका; किन्तु कुछ बोला नहीं। चुपचाप

उनके पीछे चल पड़ा। भीष्म ने उससे एक शब्द भी नहीं कहा और आ कर अपने रथ में बैठ गये...

दुर्योधन समझ नहीं पाया कि उससे क्या अपेक्षित था। वह रथ के पास खड़ा रह गया।...क्या पितामह उसे पिता जी के पास ले जाना चाहते हैं—उस पर आरोप लगाने के लिये? उसे दण्डित करवाने के लिये?...वह मन-ही-मन हँसा...पितामह भी तो एक दासी के ही समान व्यवहार कर रहे थे, जो उसे डराने के लिये कहती थी, 'चलिये! आपको महाराज के पास ले चलूँ। वे आपको दण्ड देंगे।' वह दासी भी जानती है और दुर्योधन भी कि दण्डित करना तो दूर, पिता जी उसे फटकारेंगे भी नहीं।...पितामह की स्थिति भी राजप्रासाद की एक दासी के ही तुल्य तो है। वयोवृद्ध वे अवश्य हैं, जैसे दासी वय में उससे बड़ी होती है; न दासी उसे दण्डित कर सकती है, न पितामह। वह महाराज का ज्येष्ठ राजकुमार है—सम्भावित युवराज! उसे कौन दण्डित करेगा?...

"आओ दुर्योधन!" पितामह ने कहा, "आ कर रथ में मेरे साथ बैठो। तुम से कुछ बातें करनी हैं।"

दुर्योधन के मन में आया, कह दे, 'मुझे नहीं करनी है कोई बात; और न मुझे साथ जाना ही है।' किन्तु दृष्टि उठा कर पितामह की ओर देखा तो श्वेत केशों और दाढ़ी वाले उस तेजस्वी व्यक्ति की अवज्ञा कर सकने का साहस वह जुटा नहीं पाया। चुपचाप आ कर रथ में बैठ गया।

"चलो सारथि!" भीष्म ने आदेश दिया।

रथ ने जब तक गति नहीं पकड़ी, भीष्म जैसे अपने आवेश को संयमित करते रहे। वे दुर्योधन को समझाना चाहते थे, उसे डाँटना नहीं चाहते थे। इसके लिये आवश्यक था कि वे स्वयं को सर्वथा शान्त रखते।

रथ जब अपनी पूरी गति पर आ गया तो वे बोले, "वत्स! हम कहाँ जा रहे हैं?"

"मुझे क्या पता।" बहुत प्रयत्न करने पर भी दुर्योधन अपनी उद्दण्डता छिपा नहीं पाया।

"हम अपने घर जा रहे हैं।"

"किसके घर?" दुर्योधन के शब्दों में जिज्ञासा कम और पितामह की भूल जता कर उनका अपमान करने की इच्छा अधिक थी, "मेरे या आपके?"

भीष्म ने उसके स्वर में अवहेलना के भाव को पहचाना; किन्तु उसकी उपेक्षा करते हुए बोले, "इससे कोई अन्तर नहीं पड़ता। मैं केवल इतना ही समझाना चाहता हूँ कि हम एक स्थान से दूसरे स्थान तक जा रहे हैं। हमारा

लक्ष्य एक विशिष्टि स्थान तक पहुँचना है, तो हमें उसके लिये क्या करना होगा?"

दुर्योधन कुछ नहीं बोला। उसने पितामह की ओर देखा-भर। किन्तु पितामह स्पष्ट रूप से देख रहे थे कि उन आँखों में न उनके लिये सम्मान था, न स्नेह और न ही कोई अन्य मैत्रीपूर्ण भाव!

"क्या करना होगा?" पितामह ने कुछ डपट कर पूछा।

"आपका प्रश्न ही मेरी समझ में नहीं आया है।" दुर्योधन ने पूर्ण अवज्ञा से कहा।

भीष्म की खीझ कुछ बढ़ी; किन्तु उन्होंने स्वयं को संयमित किया, "तो प्रश्न और उत्तर, मैं दोनों ही समझा देता हूँ।" उन्होंने सायास दुर्योधन को घूरा, "हमें एक स्थान से चल कर दूसरे स्थान तक पहुँचना है, तो हमें अपने गन्तव्य की ओर चलना पड़ेगा, चाहे पदाति चलें, चाहे अश्व पर चलें, अथवा रथ में। किन्तु हम उस दिशा में गतिशील रहें, इसका हमें ध्यान रखना होगा। हम शीघ्र अथवा विलम्ब से वहाँ पहुँच ही जायेंगे। किन्तु" उन्होंने जैसे जान-बूझ कर अपना वाक्य अधूरा छोड़ कर उसका प्रभाव दुर्योधन के चेहरे पर देखा, और अपना वाक्य पुनः वहीं से आरम्भ किया, "किन्तु यदि हम अपना चलना बन्द कर, उस गन्तव्य की ओर बढ़ने वाले अन्य लोगों को रोकने के प्रयत्न में लग जायेंगे, तो बहुत सम्भव है कि वे लोग अपने गन्तव्य पर कुछ विलम्ब से पहुँचें, किन्तु इतना ध्रुव निश्चित है कि हम अपने गन्तव्य तक कभी नहीं पहुँचेगे।"

"किन्तु आप मुझे यह सब क्यों बता रहे हैं?" दुर्योधन के स्वर में अब भी अवज्ञा का भाव था।

"मैं तुम्हें समझा रहा हूँ कि परमश्रेष्ठ धावक बनने के लिये तुम्हें अपनी क्षमता का विकास करना चाहिए; भीम के मार्ग में विघ्न उपस्थित करने से, वह परमश्रेष्ठ धावक बने या न बने, किन्तु तुम कभी धावक नहीं बन सकोगे।"

दुर्योधन ने मुख दूसरी ओर मोड़ लिया : उसे पितामह का उपदेश नहीं सुनना था। ये तो उसे कभी भी अपने मन की नहीं करने देंगे। इससे तो अच्छा है कि मनोरंजन की कोई ऐसी योजना बनाये जिसमें इन वृद्धों में से कोई भी न हो। और वहीं...वहीं वह भीम को ऐसी लंगी लगाए कि...

"सुनो वत्स!" भीष्म ने अपने सम्पूर्ण रोष का दमन करते हुए उसे समझाया, "जीवन में सदा से दो दृष्टिकोण रहे हैं : एक है निर्माण का और दूसरा विनाश तथा ध्वंस का। आत्म-निर्माण करने वाले लोगों ने सदा सात्विक और सुखी जीवन व्यतीत किया है। विनाश तथा ध्वंस करने वालों ने चाहे थोड़ा बहुत मानसिक सुख पाया हो; किन्तु न कभी वे अपना विकास कर पाये

और न उन्होंने कभी अपना पूरा विकास किया। तुम अपना विकास करो, तो ऐसा कोई गन्तव्य नहीं है, जहाँ तुम पहुँच न पाओ; इसलिये तुम अपना विकास करो।...समझ रहे हो न?"

"हाँ पितामह!" दुर्योधन ने बहुत तत्परता से अपना सिर हिलाया और मन-ही-मन वह कल्पना कर रहा था...'प्रमाण-कोटि! हाँ प्रमाण-कोटि। उदक्-क्रीड़न।...वहाँ परिवार के किसी वृद्ध को नहीं ले जायेंगे...और भीम को ऐसी लँगी...'

"प्रकृति ने इतने ग्रह बनाये हैं," दुर्योधन को समझाने का भीष्म अन्तिम प्रयत्न कर रहे थे, "सब अपनी-अपनी कक्षा में ही चलते हैं और अपना गन्तव्य खोजते हैं। कोई दूसरे की कक्षा में जा कर उसे रोकने का प्रयत्न नहीं करता। यदि कभी कोई ग्रह अपनी कक्षा छोड़ता है, तो सर्वनाश हो जाता है। समझते हो?"

"हाँ!" दुर्योधन बोला, किन्तु उसका मस्तिष्क प्रमाण-कोटि में उदक्-क्रीड़न की योजना बुनने में उलझा हुआ था।

3

गंगा के जल से बाहर निकल कर भीम वहीं रेत पर बैठ गया। वह सोच रहा था कि जल-क्रीड़ा पर्याप्त हो गयी फिर थोड़ा विश्राम कर पुनः पानी में उतरा जाये...अभी अनेक लोग तैर रहे थे और भीम का मन जल-क्रीड़ा से तो कभी भरता ही नहीं था। वैसे भी प्रमाण-कोटि में आ कर गंगा मनोहर भी तो कितनी हो गयी थी। हस्तिनापुर की नागरिक हलचल ने गंगा को अपने प्राकृतिक रूप में जैसे रहने ही नहीं दिया था। प्रमाण-कोटि में वह अपने नैसर्गिक रूप में थी—देव सरिता गंगा। ऐसा सुन्दर और आकर्षक स्थान खोज, मनोरंजन के लिये वहाँ आने की योजना बनाने के लिये तो दुर्योधन की प्रशंसा की ही जानी चाहिए।

उसे लगा, कोई आ कर उसके बहुत निकट खड़ा हो गया था।

भीम ने अपनी ग्रीवा घुमा कर देखा : दुर्योधन था। उसे आश्चर्य हुआ—दुर्योधन कैसे उसके निकट आ गया। उन दोनों में तनाव तो बना ही रहता था। उसे एक भी ऐसा अवसर स्मरण नहीं था, जब दुर्योधन अपनी इच्छा से प्रसन्नवदन कभी उसके निकट आया हो। उसने हाँफते हुए बालू पर हाथ मारा, "आओ! यहाँ बैठो धर्मावतार।"

वह जानता था, दुर्योधन उसके इस संबोधन से छिटक जायेगा और

मुँह बना कर किसी और दिशा में चल देगा। भीम के परिहास की प्रतिक्रिया दुर्योधन में सदा 'द्वेष' के रूप में हुई थी।...

किन्तु आज दुर्योधन ने बुरा नहीं माना। मुस्कुरा कर, उसके निकट बैठ गया, "मैं तो आज पूर्णतः थक गया।"

भीम को लगा, आज तो सब कुछ ही उसकी अपेक्षा के विपरीत हो रहा था : एक तो दुर्योधन उसके निकट आ गया, दूसरे उसके निमन्त्रण पर उसके निकट बैठ भी गया; और अब यह भी स्वीकार कर रहा है कि वह थक गया है, यद्यपि न वह थका हुआ निढाल लग रहा था, और न ही वह भीम के समान हाँफ रहा था।...किन्तु शायद यह इतने आश्चर्य की बात नहीं थी।...पाठशाला में हुई क्रीड़ाओं के बाद दुर्योधन का व्यवहार कुछ-कुछ मैत्रीपूर्ण होता गया था। इस उदक-क्रीड़न समारोह का आयोजन तभी तो हो पाया था...कदाचित इस समारोह के माध्यम से दुर्योधन ने उन पाँचों भाइयों की ओर मैत्री का हाथ बढ़ाया था।...

"तुम भी थक जाते हो?" भीम ने पुनः परिहास किया, "मैं तो मान बैठा था कि तुम कभी थकते ही नहीं हो; या शायद तुम थक भी जाते हो, तो तुम्हारी ऐंठ नहीं थकती।"

"अरे, मैं भी कोई भीम हूँ, जो कभी थकता ही न हो।" दुर्योधन के स्वर में चाटुकारिता की गन्ध थी, "मुझमें न तुम जैसा बल है, न तुम जैसी ऊर्जा!"

भीम के लिये यह अभूतपूर्व अनुभव था : दुर्योधन स्वयं अपने मुख से भीम की प्रशंसा कर रहा था।

और सहसा इन सबसे भी कुछ अधिक आश्चर्यप्रद शब्द दुर्योधन के मुख में निकले, "मित्र कुछ खिलाओ! बड़ी भूख लगी है।"

भीम की प्रतिक्रिया कुछ विचित्र हुई : एक ओर तो उसे, दुर्योधन का यह सारा व्यवहार कुछ अटपटा-सा लग रहा था। उसका मन हो रहा था कि वह पूछे कि क्या दुर्योधन ने भाँग खा ली है...आज वह उसे 'मित्र' कह कर पुकार रहा था, और दूसरी ओर दुर्योधन के शब्दों ने जैसे भीम की भूख जगा दी थी। उसे अकस्मात ही स्मरण हो आया कि उसने तो बहुत देर से कुछ खाया ही नहीं है। उसे स्वयं अपने आप पर ही आश्चर्य हुआ कि उसने इतनी देर से कुछ खाया भी नहीं और उसे अपनी भूख की भी याद नहीं रही...सर्वव्यापी भूख भीम की सम्पूर्ण चेतना पर व्याप्त हो गयी।

वह हँसा, "वाह दुर्योधन! तुम सचमुच ही मेरे मित्र हो। खाने का स्मरण दिलाने वाला सचमुच कोई मित्र ही हो सकता है। वस्तुतः तैरने में इतना श्रम

हो जाता है कि भूख चमक उठती है। प्रबन्ध तो ऐसा होना चाहिए कि कोई तैर कर जल से बाहर निकले तो सरिता-तट पर ही दासियाँ मोदकों के थाल ले कर उसके सम्मुख उपस्थित हो जायें अथवा मध्य धारा से ही तट पर मोदकों के थाल दिखायी पड़ने लगें। कोई दौड़ कर आये तो दासी मिष्ठान की मंजूषा लिये उसके इतने निकट हो कि लगे कि वह उस मंजूषा तक पहुँचने के लिये ही दौड़ रहा था।"

दुर्योधन का हास्य उन्मुक्त भी था और आत्मीय भी, "वाह भीम! मैंने कुछ खिलाने को कह दिया, तो आदर्श प्रबन्ध का चित्र खींच कर मेरे प्रबन्ध में ही त्रुटियाँ निकालने लगे।"

"नहीं! त्रुटियाँ नहीं निकाल रहा हूँ।" बहुत दिनों के पश्चात मित्र-भाव से निकट आये दुर्योधन को भीम रुष्ट नहीं करना चाहता था, "मैं तो अपने मनोनुकूल प्रबन्ध की कल्पना कर रहा था।"

"तो फिर देखो, मेरा प्रबन्ध!" दुर्योधन ने ताली बजायी।

वृक्षों के पीछे कहीं से निकल कर परिचालक उसके निकट आ गया।

"वह पेटिका लाओ, मोदकों वाली। सँभाल कर रखी है न?"

परिचालक ने हाथ जोड़, सिर झुका कर स्वीकृति दी और तत्काल पेटिका ले भी आया। दुर्योधन ने उसका आवरण हटाया : उसमें ऊपर तक मोदक-ही-मोदक भरे पड़े थे।

"चुपचाप खा लो।" दुर्योधन बोला, "कहीं अन्य लोगों तक सूचना पहुँच गयी तो देखने को भी कुछ नहीं बचेगा।"

दुर्योधन ने एक मोदक स्यवं अपने हाथ से भीम को खिलाया, "तो खाओ हमारी अनश्वर मैत्री के नाम पर एक मोदक।"

कुछ मोदक भीम ने अपने हाथों से खाये और कुछ दुर्योधन ने खिलाये। सहसा भीम को लगा, उसकी खाने की इच्छा अब शेष नहीं है, उसे अब भूख नहीं रही...अकस्मात ही वह अत्याधिक थकान का अनुभव करने लगा था। जाने कैसी तो नींद आ रही थी। इच्छा हो रही थी कि वहीं लेट जाये, तत्काल...

वह उठा, "अच्छा! मैं तनिक अपने मण्डप में जा रहा हूँ। थोड़ा सो लूँ। श्रेष्ठ पुरुषों के दो ही व्यसन होते हैं : निद्रा तथा आहार! निद्रा पूरी कर भोजन के लिये आऊँगा।...देखो! ध्यान रखना। ऐसा न हो सारा भोजन समाप्त हो जाये और तुम्हारी प्रबन्ध-पटुता की पोल खुल जाये।"

"नहीं मित्र! भोजन-सामग्री का तनिक भी अभाव नहीं है। एकदम नहीं।" दुर्योधन बोला, "तुम्हारे लिये तो मैंने पहले से ही भोजन अलग करवा कर रख दिया है। ऐसा कैसे हो सकता है कि उसी को भोजन न मिले, जिसे भोजन की

सबसे अधिक आवश्यकता है।...भोजन का सुख और स्वाद तो उसके पारखी ही जानते हैं और इस समय सारी सृष्टि में तुमने बड़ा भोजन का पारखी कौन है?..."

भीम को वार्तालाप में भी अब रस नहीं आ रहा था। उसे यह तो लग रहा था कि दुर्योधन इस समय उससे बहुत प्रसन्न है; और वह उससे, इस प्रसन्नता का कारण भी जानना चाहता था; किन्तु वह इतना थका हुआ था, इतना कि उसके पाँव जैसे सीधे भी नहीं पड़ रहे थे। चलना भी दूभर हो गया था। ऐसी थकान तो भीम ने पहले कभी नहीं जानी थी। अब वह बस सो ही जाना चाहता था...

"मैं तुम्हें तुम्हारे मण्डप में छोड़ आऊँ क्या?" दुर्योधन ने पूछा।

"नहीं! मैं चला जाऊँगा।"

भीम भारी डगों से चलता हुआ अपने मण्डप तक आया और लेटते ही गहरी नींद सो गया।

रथों की दौड़ पूरी कर युधिष्ठिर रथ से उतरा, तो उसे ध्यान आया कि उसने बहुत देर से अपने भाइयों को नहीं देखा है। तनिक देख ले कि कौन क्या कर रहा है, तो फिर वह किसी और क्रीड़ा में लगे। जाने उसका मन भी क्यों माता कुन्ती के समान हो गया था, जो अपने पुत्रों से प्रहर-भर भी विलग हो कर व्याकुल हो जाती थी। माँ के व्यवहार को देख कर उसके मन में सदा उस कुक्कुटी का बिम्ब उभरता था, जो सदा अपने बच्चों को अपने पँखों में छिपाये उनकी रक्षा करती रहती थी।

उसने सारथि चिरन्तन को रथ सौंपा और स्वयं अश्वशाला की ओर चल पड़ा।

नकुल वहीं था। नकुल की विशेष रुचि अश्वों में ही थी। इसी वय में अश्व-विद्या में उसकी अच्छी गति हो गयी थी। वह अच्छा अश्वारोही हो गया था। इस समय वह दौड़ते हुए अश्व की पीठ पर खड़ा खड्ग-संचालन का अभ्यास कर रहा था।

"वन में बहुत दूर मत जाना नकुल!" युधिष्ठिर बोला, "और भोजन के लिये ठीक समय पर आ जाना।"

अपनी ही बात पर उसे पुनः माता याद हो आयी : कहीं ऐसा तो नहीं कि माता निकट नहीं होती, तो युधिष्ठिर अनायास ही उनका स्थान ग्रहण कर लेता है?...

"अच्छा भैया!"

"सहदेव कहाँ है?"

"खड्ग-संचालन क्षेत्र में!"

"तुम दोनों एक साथ क्यों नहीं रहते? मुझे सबको अलग-अलग स्थानों पर देखना पड़ता है।"

"उसके साथ रह कर मेरा अभ्यास पूरा नहीं होता ज्येष्ठ।" नकुल बोला, "आधा समय तो वह आकाश के ग्रह-नक्षत्रों को देखता रहता है, वायु को सूँघता है और दिशाओं को घूरता है।"

युधिष्ठिर मुस्कुरा कर आगे बढ़ गया : वह जानता था कि सहदेव का अधिक समय पर्यवेक्षण में व्यतीत होता है। वह बोलता भी बहुत कम था। अधिकांशतः केवल पूछे गये प्रश्नों का उत्तर देता था—कदाचित वह इतना आत्मलीन रहता था कि किसी से बात करने की उसे इच्छा ही बहुत कम होती थी। दूसरे की बात सुन कर वह शान्त ही रहता था, प्रतिक्रियावश कुछ कहने की इच्छा उसमें कम ही जागती थी। वह उस जलराशि के समान था, जिसमें कंकड़ फेंकने पर, कंकड़ तो डूब जाता था, किन्तु जल में लहर उत्पन्न नहीं कर पाता था।

युधिष्ठिर खड्ग-संचालन-क्षेत्र में आया। सहदेव वहीं था। वह चुपचाप खड्ग के विचित्र अभ्यास करता रहता था। इस समय भी वह अनेक खड्ग-धारियों से घिरा हुआ था। वे लोग सब ओर से उस पर निरन्तर आघात कर रहे थे और वह उन सबका प्रतिरोध कर आत्मरक्षा का अभ्यास कर रहा था।

युधिष्ठिर को देख कर वह रुक गया। उसकी आँखें पूछ रही थीं, 'क्या बात है ज्येष्ठ?"

"अपना अभ्यास करते रहो। मैं बस तुम्हें देखने ही आया था।" युधिष्ठिर ने कहा, "भीम कहाँ है?"

"जब मैंने देखा था, तब मध्यम जल-क्रीड़ा में लगे हुए थे।"

"और अर्जुन?"

"मैंने उन्हें देखा नहीं है। वे धनुर्मण्डप में ही होंगे!"

अनुमान से युधिष्ठिर भी जानता था कि अर्जुन धनुर्मण्डप में ही होगा। उसे धनुर्विद्या की ही धुन थी। सहसा युधिष्ठिर को यह सोच कर अच्छा लगा कि वे पाँचों भाई पृथक-पृथक विद्याओं में विशेषज्ञता प्राप्त कर रहे हैं। वस्तुतः वे पाँचों अपने-आपमें स्वतन्त्र व्यक्तित्व नहीं हैं। वे पाँचों मिल कर ही एक पूर्ण व्यक्ति का निर्माण करते हैं। वे मानो एक ही व्यक्ति के विभिन्न आयाम हैं। उनमें से कोई भी स्वयं को पृथक और पूर्ण नहीं समझता। अपने-आपमें वे अंगी नहीं, अंग मात्र हैं...

युधिष्ठिर ने दूर से अर्जुन को भी देखा। वह रथ में खड़ा था। अश्वों की वल्गा उसने अपने मुख में थाम रखी थी; और दोनों हाथों में धनुष-बाण थामे, वह चलते रथ में से लक्ष्य-वेध का अभ्यास कर रहा था।

अर्जुन दूर था और व्यस्त था। उससे भीम के विषय में पूछना सम्भव नहीं था।...सम्भव है वह मल्लों के साथ भिड़ा हो, अथवा अपने प्रिय गदा-युद्ध में व्यस्त हो।...वैसे उसका क्या पता है। तैरने जाता है तो लगता है जैसे सातों समुद्रों का मन्थन करके ही लौटेगा; दौड़ने लगता है तो पूरी पृथ्वी की परिक्रमा से कम की बात ही नहीं सोचता...

फिर भी उसकी खोज-ख़बर रखना बहुत आवश्यक था। उसके सम्बन्ध में, युधिष्ठिर के मन में एक हल्की-सी आशंका बनी ही रहती थी...कहीं वह दुर्योधन से ही भिड़ा हुआ न हो। युधिष्ठिर जानता है कि भीम अकारण ही किसी से लड़ता-भिड़ता नहीं है; किन्तु उसमें सहिष्णुता बहुत कम है। किसी भी बात की प्रतिक्रिया उसमें दूसरों की अपेक्षा उग्रतर होती है; और अपनी शारीरिक शक्ति के कारण फिर वह ऊधम भी काफ़ी मचा लेता है। कहीं मल्ल-यद्ध की स्थिति आ जाये तो उसे वह व्यायाम के अवसर के रूप में ग्रहण करता है। उसके लिये जैसे युद्ध तो कहीं है ही नहीं, सब कुछ क्रीड़ा ही है। दुर्योधन, दुशासन, शकुनि और कर्ण की आँखों में वह खटकता भी अधिक है। उनकी मनमानी में एक वही तो आड़े आता है...

युधिष्ठिर का आशंकित मन कभी-कभी चिन्तित भी हो उठता था।

सहसा उसे विकर्ण दिखायी दिया।

"तुमने भीम को कहीं देखा है?"

"अभी थोड़ी देर पहले ही तो उसे देखा था," विकर्ण बोला, "वह अपने मण्डप की ओर जा रहा था। कह रहा था कि तैरते-तैरते बहुत थक गया है, थोड़ी देर विश्राम करेगा।"

"अच्छा!" युधिष्ठिर भीम के मण्डप की ओर चल पड़ा।

भीम और थक जाये—युधिष्ठिर को आश्चर्य हुआ—वह तो हाँफ जाये, स्वेद से स्नान कर ले; किन्तु, न तो उसकी कल्पना में थकने-जैसी कोई अवधारणा थी, और और न यह शब्द उसके शब्द-भण्डार का अंश था...

युधिष्ठिर भीम के मण्डप में आया। विकर्ण ने ठीक ही कहा था : भीम जैसे प्रगाढ़ निद्रा में लीन था।

एक बार तो युधिष्ठिर के मन में आया कि उसे सोने ही दे—बेचारा थक गया होगा; किन्तु दूसरे ही क्षण उसे लगा कि यदि भीम सोया रह गया और भोजन का समय निकल गया तो बाद में उसे असुविधा ही होगी।

युधिष्ठिर मन-ही-मन मुस्कुराया : इस समय भी उसके मन में माता कुन्ती का ही द्वन्द्व जागा था। वे ही सदा अपने पुत्रों की नींद और भोजन को ले कर द्वन्द्व में पड़ी रहती थीं : स्वास्थ्य के लिये दोनों में से कौन-सी वस्तु अधिक हितकर थी?...कभी भोजन के लिये निद्रा त्यागने को कहतीं; और कभी निद्रा के लिये भोजन की अवहेलना करने को तत्पर दीखतीं...

"भीम उठो! चलो भोजन कर लो।"

एक बार पुकारने पर तत्काल उठ खड़े हो जाने वाले भीम पर युधिष्ठिर के इस निमन्त्रण का भी कोई प्रभाव नहीं पड़ा।

"उठो भीम!" युधिष्ठिर ने उसे हिलाया, "फिर भोजन का समय नहीं रहेगा।"

भीम हल्के से कुनमुनाया।

युधिष्ठिर ने उसे झँझोड़ा, "भीम!"

भीम ने अत्यन्त मन्थर गति से अपनी निद्रासक्त आँखें खोलीं, "मैं अत्यन्त क्लान्त हूँ ज्येष्ठ! मुझे निद्रा की अत्यधिक आवश्यकता है।"

"तुम्हारे शरीर को आहार की भी तो अत्यधिक आवश्यकता है। भोजन करके फिर सो जाना भाई!" युधिष्ठिर ने मनाया, "भोजन न मिला, तो बाद में भूख तुम्हें व्याकुल करेगी; और मैं तुम्हारी सहायता नहीं कर पाऊँगा।"

भीम उठ तो बैठा; किन्तु यह उसका सहज रूप नहीं था। युधिष्ठिर को लगातार यह लग रहा था कि भीम के व्यवहार में कुछ-न-कुछ असहज अवश्य था।...उसने अनेक बार भीम को श्रम करते देखा था; किन्तु वह इस प्रकार ध्वस्त हो कर तो कभी भी नहीं पड़ा था। उसने उसे अनेक बार सोते से जगाया था किन्तु उठने में उसने इतना विलम्ब तो कभी नही किया था; और न ही उठने के पश्चात अपनी क्लान्ति की ऐसी चर्चा ही की थी। भीम कितनी भी प्रगाढ़ निद्रा में क्यों न हो, दो-तीन-बार पुकारने पर वह तत्काल उठ कर खड़ा हो जाता था और उसके चेहरे पर न निद्रा को कोई चिह्न अवशिष्ट रह जाता था, न तन्द्रा का। स्फूर्ति तो भीम का सर्वप्रमुख गुण था...किन्तु आज...

युधिष्ठिर के साथ-साथ भीम भोजन-शाला तक आया; किन्तु वह कहता ही रहा कि उसे सो लेने दिया जाता तो अच्छा था...इस समय उसे भोजन की न कोई विशेष आवश्यकता थी, न इच्छा।...

"तुम स्वस्थ तो हो भीम?" युधिष्ठिर ने पूछा भी।

"हाँ! स्वस्थ ही हूँ।" भीम बोला, "मेरे स्वास्थ्य को क्या हुआ है।" बस, किंचित क्लान्ति है और उसी के कारण तनिक शिथिलता है।"

भीम ने जैसे-तैसे कुछ खाया। उसने भोजन नहीं किया, बस यत्किंचित

निग्रण किया। भोजन का गुणगान करते हुए, उसके स्वाद का विश्लेषण करते हुए, रस ले कर खाने वाला भीम जैसे वहाँ था ही नहीं।

"अच्छा! मैं विश्राम कर लूँ। अपराह्न में मुझे गदा-युद्ध का अभ्यास करना है।"

भीम चला गया।

सबने भोजन किया और पुनः अपनी-अपनी क्रीड़ाओं तथा प्रतिस्पर्धाओं में लग गये। युधिष्ठिर खड्ग-युद्ध के अभ्यास के लिये चला तो गया; किन्तु उसका मन अपना सहज उल्लास लौटा नहीं पा रहा था।

"यदि मध्यम का स्वास्थ्य ठीक न हो, तो मैं मण्डप में उसके समीप ही रहूँ?" अर्जुन ने चलते-चलते पूछा।

"नहीं! तुम अपना लक्ष्य-वेध का अभ्यास क्यों छोड़ते हो।" युधिष्ठिर ने कहा। वस्तुतः अर्जुन को उसके अभ्यास से वंचित कर, स्वयं अपने अभ्यास के लिये चले जाना उसे बड़े भाई की दृष्टि से स्वार्थपूर्ण लग रहा था; और अपना अभ्यास छोड़, सोये हुए भीम के निकट बैठे रहना, उसे किसी अबोध, चिन्तित वृद्धा माता की भावुकता के समान उपहासजनक लग रहा था। "भीम को अपनी निद्रा पूरी कर लेने दो। सो कर भी यदि वह स्वस्थ न हुआ, तो वैद्य की सहायता लेनी पड़ेगी।"

दुर्योधन दबे-पाँव भीम के मण्डप के निकट आया और उसके द्वार पर रुक गया। उसके साथ, उसके अनेक साथी थे। उन्हें वहीं रुकने का संकेत कर वह आगे बढ़ा। उसने मण्डप में झाँक कर देखा—भीम पड़ा सो रहा था—अचेत!

दुर्योधन ने धीरे-धीरे मण्डप में निःशब्द प्रवेश किया। भीम के निकट जा कर उसका निरीक्षण किया। फिर मन्द स्वर में उसे दो-तीन बार पुकारा। न केवल भीम ने कोई उत्तर नहीं दिया, उस पर दुर्योधन की चेष्टाओं का कोई प्रभाव भी दिखायी नहीं पड़ा। दुर्योधन ने उसे हल्के-हल्के हिलाया; और जब भीम की ओर से तब भी कोई प्रतिक्रिया नहीं हुई, तो दुर्योधन ने उसे ज़ोर से झँझोड़ा।...भीम तब भी अचेत सोया रहा...

दुर्योधन के चेहरे पर प्रसन्नता प्रकट हुई। उसने पलट कर द्वार की ओर देखा और अपने साथियों को भीतर आने का संकेत किया।

"अचेत है एकदम, मृतक के समान!" दुर्योधन दबे स्वर में बोला, "इसे भली प्रकार से बाँध लो, किन्तु लताओं से ही बाँधना। रस्सी का प्रयोग मत करना, ताकि इसका शव यदि कहीं बहता हुआ किनारे लग भी जाये, तो लोग यही समझें कि बहते हुए नदी के शैवाल इत्यादि इसके शरीर के साथ उलझ

गये हैं। ऐसा न लगे कि किसी ने इसे बाँधा है।"

उसके सहयोगी, आवश्यक उपकरणों के साथ पहले ही तत्पर थे। उन्होंने तत्काल लताएँ इत्यादि निकालीं और भीम को दृढ़ता से बाँध दिया। उसे हिला-डुला कर सन्तोषजनक ढंग से देख लिया कि कहीं कोई न्यूनता तो नहीं रह गयी।

सब प्रकार से सन्तुष्ट हो कर उन्होंने दुर्योधन की ओर देखा।

"ठीक है?" दुर्योधन ने पूछा।

उन्होंने स्वीकृति में सिर हिला दिया।

"वैसे तो कोई सम्भावना नहीं है; किन्तु किसी कारण से इसकी चेतना लौट आयी तो इन्हें खोल तो नहीं पायेगा?"

"नहीं महाराज! यह तो मनुष्य है; हमने तो ऐसा बाँधा है कि हाथी का बल भी इसे तोड़ न पाये।"

"उठा लो।" दुर्योधन बोला, "वहीं ले चलना जहाँ नदी का जल गहरा हो। आस-पास विषैले सर्प पर्याप्त संख्या में हों।...इसके जीवित रहने की कोई भी सम्भावना न बचे।"

"आपके आदेश का पालन होगा महाराज!"

वे लोग चले गये।

दुर्योधन खड़ा-खड़ा मुस्कुराता रहा : उसे लग रहा था, जैसे उसके जीवन की सबसे बड़ी अभिलाषा आज पूरी हो गयी।...यही था उसके मार्ग का रोड़ा ...उसके बाद है ही कौन? युधिष्ठिर किसी भी प्रकार से न तो योद्धा ही है; और न राजनीतिज्ञ। उसे तो धमका देना ही पर्याप्त है...या फिर उसकी हत्या करवाने में श्रम ही कितना लगेगा...अर्जुन है...किन्तु वह नासमझ है और उसके शरीर में बल ही कितना है?...वैसे भी वह दुर्योधन से छोटा है। दुर्योधन के होते हुए वह हस्तिनापुर का युवराज नहीं हो सकता! अब दुर्योधन को हस्तिनापुर का युवराज होने से कोई नहीं रोक सकता...

दुर्योधन उल्लसित मन से क्रीड़ास्थल की ओर लौट आया। किन्तु उसका मन अब भी किसी क्रीड़ा में लग नहीं रहा था...जब तक उसे यह सूचना न मिल जाये कि भीम को नदी के जल में प्रवाहित कर दिया गया है, तब तक उसके लिये एक स्थान पर टिकना कठिन था।

वह रथ ले कर निकल पड़ा। वह इधर-उधर घूमता रहेगा। कोई उस पर संदेह भी नहीं करेगा और उसे समाचार भी मिल जायेगा।

वह सारे प्रमाण-कोटि में घूमता फिरा : किन्तु उसकी दृष्टि गंगा के तट पर ही टिकी हुई थी।...तभी उसे दुःशासन दिखायी दिया।

उसने रथ रोक लिया, "दुःशासन!"

"हो गया भैया।"

"कोई त्रुटि तो नहीं हुई?"

"नहीं भैया। उसे मैंने अपने हाथों से गंगा में डुबोया है।"

"विषैले सर्पों के स्थान पर?"

"हाँ भैया।"

"नदी में जल उथला तो नहीं था?"

"नहीं! हाथी की पीठ पर हाथी खड़ा हो जाये, तो वह भी डूब जाये।"

"किसी ने देखा तो नहीं?"

"कौन होता देखने वाला! सब तो अपनी-अपनी क्रीड़ाओं में लगे हुए हैं।"

दुर्योधन का मन हुआ, ज़ोर का अट्टहास करे; किन्तु उसने स्वयं को संयत किया, "सिंहासन पर बैठते ही तुम्हें युवराज बना दूँगा।"

दुःशासन हँसता हुआ चला गया।

सन्ध्या होने को हुई। युधिष्ठिर का मन पुनः भीम की ओर भटक गया : क्या वह अब तक सो ही रहा होगा?...वैसे कोई बहुत असाधारण बात तो नहीं थी। भीम को जितना प्रिय भोजन था, उतनी ही प्रिय निद्रा भी थी। अवसर मिलने पर वह कई-कई प्रहर सोया रह सकता था।...किन्तु फिर भी देख लेना चाहिए। कहीं वह अस्वस्थ ही न हो...

वह भीम के मण्डप में आया।...भीम मण्डप में नहीं था।...तो क्या भीम की नींद पूरी हो गयी? वह उठ कर चला गया है...कहाँ गया होगा?

युधिष्ठिर ने गंगा के तट पर एक लम्बा चक्कर लगाया। तैरने वाले और तट पर खड़े लोगों से पूछा भी; पर किसी ने भीम को नहीं देखा था।...

युधिष्ठिर ने मल्लशाला और गदा-युद्ध शाला भी देखी। भीम कहीं नहीं था। अब? अर्जुन, नकुल और सहदेव—सब ही मिले; किन्तु भीम नहीं मिला। ...युधिष्ठिर की चिन्ता सघन होने लगी : कहाँ चला गया है भीम?

दुर्योधन ने उसे रोका भी, "क्या बात है, बहुत चिन्तित लग रहे हो?"

"तुमने भीम को कहीं देखा है?"

"किसी को देखने का अवकाश किसे है?" उसकी प्रसन्नता जैसे फूटी पड़ रही थी, "सब ही तो अपनी क्रीड़ाओं में लगे हैं, वह भी लगा होगा। वह मोटा कहीं टिक कर बैठने वाला तो है नहीं।"

"नहीं! वह कहीं भी नहीं दिख रहा। मैं सब जगह देख आया हूँ।"

"अरे, तो किसी पशु के पीछे वन में फँस गया होगा। उसे खाने को भी तो बहुत कुछ चाहिए होता है। देखना, अभी मृग मार कर लायेगा और फिर उसे भून कर पूरा-का-पूरा खा जायेगा।"

युधिष्ठिर कुछ नहीं बोला। दुर्योधन की इन कल्पनाओं से उसे कोई सन्तोष नहीं हुआ था; और दुर्योधन से बात करने का कोई लाभ भी नहीं था। सम्भव है, इस समय वह मदिरा के प्रभाव में हो। युधिष्ठिर ने सुना था कि इधर उसका सुरापान का अभ्यास बहुत बढ़ गया था।...

युधिष्ठिर आगे बढ़ गया।

"अरे धर्मराज!" दुर्योधन चिल्ला कर बोला, "कहीं ऐसा न हो कि वह हस्तिनापुर लौट गया हो।"

"किसी को बिना कुछ कहे, वह हस्तिनापुर क्यों लौट जायेगा?" युधिष्ठिर ने आपत्ति की।

"अम्मा की याद आ गयी होगी।"

दुर्योधन के साथियों ने ज़ोर का अट्टास किया।

युधिष्ठिर के चिन्तित मन को दुर्योधन का अभद्र परिहास अच्छा नहीं लगा। किन्तु वह कर ही क्या सकता था। वह भीम की ओर से चिन्तित था और जानता था कि दुर्योधन से सुसंस्कृत व्यवहार की अपेक्षा भी नहीं की जा सकती। वह जैसे-जैसे बड़ा होता जा रहा था, वैसे-वैसे और भी अभद्र होता जा रहा था। वैसे ही उसने अपने संगी-साथी चुन लिये थे। अपने छोटे भाइयों को भी उसी मार्ग पर ले जा रहा था। जो मन में आता था, कह बैठता था। जिसको इच्छा होती, पीट बैठता था। मदान्ध हो रहा था एकदम—दुर्वृत्त! साथ में गुण्डों की टोली लिये चलता था।...उसकी इन्हीं बातों से भीम उग्र हो उठता था।...कदाचित सारे कुरु-राज्य में एक मात्र भीम ही ऐसा व्यक्ति था, जो उसकी आलोचना करता था, अथवा ईंट का जवाब पत्थर से देता था...पर भीम इस समय पता नहीं कहाँ था!

युधिष्ठिर के मन में इच्छा हुई कि वह तत्काल हस्तिनापुर लौट जाये। जा कर देखे, बहुत सम्भव है कि किसी कारण से भीम सचमुच ही हस्तिनापुर लौट गया हो...किन्तु यदि वह यहीं-कहीं पास ही मृगया कर रहा हो तो? या तैरता-तैरता गंगा में ही दूर निकल गया हो...इधर युधिष्ठिर हस्तिनापुर जाये और उधर भीम प्रमाण-कोटि में प्रकट हो जाये...और फिर अर्जुन, नकुल और सहदेव यहीं हैं...

सन्ध्या ढलने लगी तो शिविर उखड़ने लगा; और हस्तिनापुर लौटने की तैयारी होने लगी।

युधिष्ठिर को चिन्तित देख, अर्जुन बोला, "ज्येष्ठ! आप कहें तो मैं सारा प्रमाण-कोटि एक बार फिर से देख आऊँ। सम्भव है मध्यम यहीं कहीं हो।"

"नहीं!" युधिष्ठिर बोला, "फिर तुम्हें मैं कहाँ खोजता फिरूँगा?" युधिष्ठिर ने नकुल और सहदेव को भी पुकार लिया, "तुम लोग अब कहीं मत जाना। बल्कि नकुल! तुम चिरन्तन से कहो कि वह रथ तैयार करे। अन्धेरा हो रहा है, हमें हस्तिनापुर लौट जाना चाहिए।"

नकुल चिरन्तन को खोजने चला गया।

"और ज्येष्ठ! यदि मध्यम यहीं कहीं पड़े सो रहे हों तो?" सहदेव बोला।

"सम्भावनाएँ तो अनेक हो सकती हैं।" युधिष्ठिर ने सहदेव की बात टाल दी; किन्तु उसके अपने मन में असंख्य आशंकाएँ जाग्रत हो उठीं...दोपहर से ही भीम नींद से अत्यधिक निढाल हो रहा था। सचमुच ही यदि वह किसी कारण से उठ कर मण्डप से बाहर आया हो और फिर वन में ही कहीं लेट गया हो तो? उसकी तो नींद भी ऐसी है; और भीम को न किसी प्रकार की चिन्ता होती है, न आशंका। वन की भूमि को तो वह जैसे अपना घर ही समझता है...यह वन है, यहाँ अनेक हिंस्र पशु हैं...और फिर दुर्योधन और उसके मित्र भी तो हैं...कहीं कोई दुर्घटना हो गयी...

'नहीं!' युधिष्ठिर ने स्वयं को संयत किया, 'इस प्रकार आशंकाओं से उन्मत्त होने का कोई लाभ नहीं है। बहुत सम्भव है कि भीम उनसे पहले हस्तिनापुर लौट गया हो। सम्भव है, वह उनसे पहले लौट कर उनको चकित कर देना चाहता हो। है तो खिलंदरा ही। उसके विनोद भी विचित्र होते हैं... किस समय उसके मस्तिष्क में कौन-सी सनक समा जाती है, यह भी तो किसी को पता नहीं लगता...'

रथ तैयार हो गये और शिविर का सारा सामान छकड़ों पर लाद दिया गया। एक रथ में चार-चार, पाँच-पाँच व्यक्ति आरूढ़ थे। दुर्योधन जैसे पूर्णतः मद्य के प्रभाव में था। वह उच्च स्वर में लगातार कुछ-न-कुछ बोलता जा रहा था। कभी गाने लगता था। कभी अपने किसी साथी को गाने और चिल्लाने के लिये उकसाने लगता था। दुःशासन और दुर्योधन का परम मित्र कर्ण, उसे सँभालने में लगा हुआ था।

चिरन्तन रथ ले आया तो युधिष्ठिर ने अर्जुन, नकुल तथा सहदेव को उसमें बैठने के लिये कहा। उन्हें बैठा कर वह स्वयं भी आ गया।

"चलो!" उसने धीरे से कहा।

उनका रथ चला। साथ में अनेक और रथ भी चल पड़े। अपनी-अपनी गति के अनुसार सबने मार्ग में कहीं-न-कहीं अपना स्थान बना लिया।

सहसा दुर्योधन का रथ, उनके समकक्ष आ गया, "आओ!" दुर्योधन मद्यप के समान चिल्लाया, "देखें कौन रथ-संचालन में अधिक प्रवीण है। चाहो तो सारथि रथ हाँके या मेरी और युधिष्ठिर की प्रतियोगिता हो जाये।"

चिरन्तन ने युधिष्ठिर की ओर देखा।

"तुम अपनी गति से चलते हो।" युधिष्ठिर ने धीरे से कहा।

"क्यों? नहीं है साहस?" दुर्योधन पुनः चिल्लाया, "अरे वह मोटा नहीं है तो मुँह क्यों लटका लिये। रथ-संचालन का अभ्यास तो करते ही रहना चाहिए।"

"दिन-भर में पर्याप्त अभ्यास हो गया है।" युधिष्ठिर ने धीरे से कहा और दूसरी दिशा में देखने लगा।

दुर्योधन ने एक अट्टास किया और रथ को भगा कर आगे निकाल ले गया।

"आप एक बार मुझे आदेश दे कर देखें राजकुमार!" चिरन्तन बोला, "मैं इसकी सारी हेकड़ी भुला दूँगा।"

"मैं तुम्हारी योग्यता से परिचित हूँ चिरन्तन!" युधिष्ठिर बोला, "किन्तु मदिरा में उन्मत्त उस मूर्ख दुर्योधन की बातों से क्या उत्तेजित होना।"

कुन्ती ने द्वार पर ही उनका स्वागत किया, "आ गये मेरे बच्चो!" और दूसरे ही क्षण उसने प्रश्न किया, "भीम कहाँ है?"

"भीम आया नहीं क्या?" युधिष्ठिर ने पूछ तो लिया; किन्तु ग्लानि से उसका मुख स्वयं झुक गया।...उसने कैसे यह स्वीकार कर लिया कि उन सबको बिना बताये, बिना कुछ कहे, क्रीड़ा छोड़ कर भीम घर आ जायेगा—माँ से मिलने? भीम इतना छोटा बच्चा तो नहीं है कि माँ के बिना वह कहीं रह ही न सके।

"भीम कहाँ है?" कुन्ती ने पुनः पूछा, और तत्काल उसके स्वर में आशंका ध्वनित होने लगी, "कहाँ छोड़ आये हो उसे?"

"अन्दर चलो माँ!" युधिष्ठिर धीरे से बोला।

"मैं पूछती हूँ भीम कहाँ है?" कुन्ती ने कुछ आवेश के साथ कहा।

"भीतर चलो माँ! अभी बताते हैं।" युधिष्ठिर कुन्ती के कंधों को थाम कर भीतर ले गया।

कुन्ती समझ गयी : कुछ-न-कुछ अघटनीय घट गया है। उसका मुख कुछ

पीला हो गया था और टाँगें जैसे काँपने-सी लगी थीं।

युधिष्ठिर ने अत्यन्त सावधानीपूर्वक बहुत ही कोमल शब्दों में माँ को सारी स्थिति समझायी।

कुन्ती अवाक बैठी रही। क्षण-भर को तो उसे ऐसे लगा, जैसे सब कुछ थम-सा गया है, जड़ हो गया है, कहीं कोई स्पन्दन शेष ही नहीं है। फिर जैसे बर्फ़ पिघली। उसकी आँखों में पानी झलमलाया, "मुझ अभागिन के साथ कुछ-न-कुछ तो ऐसा होना ही था। मेरा ऐसा भाग्य कहाँ कि मैं किसी भी अवस्था में कुछ दिन सुख और शान्ति के व्यतीत कर सकूँ ।"

"निराश न हो माँ!" युधिष्ठिर ने माँ को अपनी बाँहों में समेट कर सांत्वना दी, "भीम कोई छोटा बच्चा तो नहीं है कि मार्ग भूल जायेगा। कहीं चला गया होगा। अब हम लोगों को वहाँ न देख कर, लौट कर घर ही तो आयेगा, और कहाँ जायेगा?"

युधिष्ठिर की जिह्वा जो कुछ कह रही थी, उसका अपना मन ही उसे स्वीकार नहीं कर रहा था।...प्रमाण-कोटि से चलते समय ही क्यों, भीम को उस प्रकार अस्वाभाविक और असहज ढंग से सोते देख कर ही उसका मन खटका था।...किन्तु फिर भीम चला कहाँ गया?...

कुन्ती कुछ देर तक चिन्तित-सी अपने पुत्रों को एक-एक कर देखती रही; फिर उसने धीरे से पूछा, "तुमने भीम को अन्तिम बार कब देखा था?"

"भोजन के समय!" युधिष्ठिर बोला।

"उसने ठीक से भोजन किया था?"

"नहीं माँ!" युधिष्ठिर बोला, "मुझे तब ही शंका हुई थी कि वह स्वस्थ नहीं है। बहुत शिथिल था। वह कह रहा था, बहुत थका हुआ है, और उसे नींद भी बहुत आ रही थी।...भोजन तो उसने नाममात्र का ही किया था।"

"मेरे मन में तो दुष्कल्पनाएँ-ही-दुष्कल्पनाएँ जाग रही हैं युधिष्ठिर।" कुन्ती बोली, "घर से तो एकदम स्वस्थ गया था, तो वहाँ ऐसा क्या हो गया, जो न उससे खाया गया, न खेला गया।...कहीं उसे सुयोधन ने तो कुछ कर-करा नहीं दिया?"

"शंका तो मुझे भी है माँ!" युधिष्ठिर ने बहुत धीरे से स्वीकार किया, "किन्तु मेरा मन मानना नहीं चाहता कि सुयोधन दुष्टता की इस सीमा तक भी जा सकता है।..."

"माँ!" अर्जुन ने कुन्ती के कंधे को हथेली से दबाया, "यदि मध्यम का कोई अनिष्ट हुआ, तो सच कहता हूँ, मैं उसके शत्रुओं को इन बाणों से वेध डालूँगा।"

"जब तक किसी दुर्घटना का निश्चित प्रमाण न मिल जाये, हमें आशा त्यागनी नहीं चाहिए।" युधिष्ठिर ने जैसे अर्जुन की बात का तिरस्कार करते हुए कहा।

कुन्ती ने सिर उठा कर जैसे पहली बार अर्जुन के तेजस्वी मुख-मण्डल को देखा, उसका अज्जु अब बड़ा हो गया था। वह अब बालक नहीं था। वह योद्धा बनेगा, यशस्वी धनुर्धर! उसके चेहरे पर तो जैसे कोई चिन्ता और आशंका भी नहीं थी।

नकुल और सहदेव, माँ के सम्मुख भूमि पर बैठे मानो उसे सांत्वना देने के लिये तड़प रहे थे; किन्तु शब्दों में कुछ कह नहीं पा रहे थे।

सहसा कुन्ती को लगा, उसके पुत्र अब बड़े हो गये हैं। वे माँ के संरक्षण में नहीं हैं, माँ उनके संरक्षण में है। माँ का दुख उन्हें पीड़ित करता है, अपने दुख से अधिक...

कुन्ती ने आँखें पोंछ लीं। वह एक संकल्प ले कर उठी, "उठो पुत्रो! हमें हताश हो कर नहीं बैठना है। हमें भीम को खोजना होगा। वह खिलंदरा अवश्य है, किन्तु नासमझ नहीं है। अपनी इच्छा से वह कहीं नहीं गया होगा, वह अवश्य ही किसी संकट में फँस गया है।"

"ठीक कहती हो माँ!" युधिष्ठिर बोला, "किन्तु खोजने की कोई दिशा तो होनी चाहिए। प्रमाण-कोटि में जितना ढूँढना सम्भव था, उतना मैं ढूँढ आया हूँ। आने से पहले मैंने वहाँ पूरे दो चक्कर लगाए थे। इसलिये वहाँ कहीं उसके होने की सम्भावना नहीं है।" उसने रुक कर माँ की ओर देखा, "और उसे बलात कहीं ले जाना, दो-चार लोगों के लिये सम्भव नहीं है। अपनी इच्छा से वह कहीं गया नहीं होगा...।"

"अपनी इच्छा से वे कहाँ गये होंगे।" सहदेव बोला, "दोपहर को जो उनकी स्थिति थी, वह कहीं जाने की थी क्या? अपने पैरों चल कर अपने मण्डप तक जाना भी कठिन हो रहा था उनके लिये।"

सबने सहदेव को देखा : वह ठीक कह रहा था।

समग्र परिवेश पर एक तीक्ष्ण निःशब्दता छा गयी थी, जिसकी चुभन का बोध सबको हो रहा था।

"ऐसी स्थिति में तुम लोगों ने उसे मण्डप में अकेले छोड़ कर भूल की।" कुन्ती ने चिन्तित गम्भीरता से कहा, "युधिष्ठिर! तुम विदुर काका को बुला लाओ पुत्र! उन्हें सूचना दें और उनसे कुछ विचार-विमर्श करें। सम्भव है, वे कोई मार्ग सुझा सकें।" कुन्ती कुछ रुक कर बोली, "इस अन्धकार में तुम लोग भीम को खोजने कहाँ जाओगे। और पुत्र!" उसने युधिष्ठिर को साभिप्राय

देखा, "निःशस्त्र बाहर मत जाओ। अकेले भी मत जाओ। अर्जुन को साथ ले जाओ! पुत्र अर्जुन! तुम अपना धनुष और कुछ बाण अवश्य ले जाना। संकट का आभास होते ही बाण चला देना।"

"माँ!" युधिष्ठिर बोला, "तुम समझती हो कि किन्हीं लोगों ने स्वेच्छा से भीम का कोई अनिष्ट किया है?"

"मैं कुछ नहीं समझती पुत्र! तुम जाओ। इस समय मेरा चित्त ठिकाने नहीं है।" और फिर उसने जोड़ा, "अधिक समय मत लगाना। एक क्षण भी अनावश्यक मत रुकना। जब तक तुम लोग नहीं आओगे, मेरे प्राण सूली पर टँगे रहेंगे।"

"चल अर्जुन!" युधिष्ठिर बाहर की ओर चल पड़ा।

"नकुल-सहदेव! जाओ पुत्र। बाहर का द्वार ठीक से बन्द कर लो, और फिर आ कर मेरे निकट बैठ जाओ।"

"हम भी ज्येष्ठ के साथ जायें माँ?" नकुल ने पूछा।

"नहीं पुत्र! मैं अपने सारे पुत्रों को एक साथ बाहर भेजने का जोखिम नहीं उठाना चाहती!"

विदुर ने आने में अधिक विलम्ब नहीं किया। लगता था, युधिष्ठिर और अर्जुन के पहुँचते ही वह चल पड़ा था।

रथ के रुकने का शब्द सुनने के पश्चात युधिष्ठिर और अर्जुन के स्वर पहचान कर कुन्ती ने द्वार खोल दिया।

भीतर प्रवेश करने के पश्चात द्वार बन्द हो जाने तक विदुर ने कुछ नहीं बोला। भीतर के कक्ष में आ जाने के पश्चात ही उसने मुख खोला, "यह तो बहुत बुरा हुआ भाभी!"

"तुम्हें क्या लगता है विदुर! क्या हुआ है भीम को?"

"अभी कुछ नहीं कहा जा सकता, भाभी!" विदुर बोला, "वैसे हमें अभी यही मानना चाहिए कि भीम स्वेच्छा से ही कहीं इधर-उधर चला गया होगा; और जिस कार्य से भी गया होगा, उसे पूर्ण कर लौट आयेगा।...या फिर यदि किसी संकट में फँस गया होगा, तो उससे उबर कर लौट आयेगा।"

"मैं तुमसे भेद की एक बात कह रही हूँ विदुर!" कुन्ती बोली, "मैं बहुत दिनों से देख रही हूँ; पर किसी से कहती कुछ नहीं।"

"क्या भाभी?"

"हमारा हस्तिनापुर आना जेठ-जेठानी को तनिक नहीं भाया है। सुयोधन और सुशासन इत्यादि निरन्तर हमारा अपमान करते रहे हैं। वे लोग हस्तिनापुर

में हमें कोई अधिकार नहीं देना चाहते। सिवाय भीम के, हम में से किसी ने भी उनका कोई प्रतिरोध नहीं किया है। भीम ही सुयोधन की प्रत्येक अनुचित बात पर अड़ता था। वह सुयोधन और उसके भाइयों पर भारी भी पड़ता था। ...मेरे मन में बार-बार एक ही शंका उठ रही है कि कहीं ऐसा तो नहीं कि सुयोधन ने उसका वध करवा दिया हो?..."

विदुर ने भरपूर दृष्टि कुन्ती पर डाली : किन्तु उसकी आँखों में न स्तब्धता थी, न विमूढ़ता और न ही किसी प्रकार की आकस्किता का भाव। वह बोला, "यह बहुत असम्भव नहीं है भाभी! मेरे मन में कुछ-कुछ आशंका उसी दिन से थी, जिस दिन से सुयोधन ने प्रमाण-कोटि में उदक-क्रीड़न की तैयारी आरम्भ करवायी थी।"

"क्यों काका?" सहसा युधिष्ठिर ने पूछा।

"पुत्र! तुम लोगों के प्रति सुयोधन का व्यवहार कभी भी सौहार्दपूर्ण नहीं रहा। जब और जैसे भी सम्भव हुआ है, उसने सदा तुम लोगों का अपमान और अवहेलना करने का प्रयत्न किया है।...फिर ऐसा क्या हो गया कि उसका तुम लोगों के लिये प्रेम उमड़ा और वह तुम लोगों को साथ ले कर उदक-क्रीड़न का उत्सव मनाने चल दिया। जब कभी शत्रु भाव रखने वाला कोई व्यक्ति बहुत आत्मीयता जताये तो उसे शंका की दृष्टि से ही देखना चाहिए पुत्र!"

युधिष्ठिर मन-ही-मन विदुर की बात पर विचार करता रहा; और फिर बोला, "उसने मुझसे कहा था काका! कि उसे समाचार मिला है कि गंगा के तट पर यह एक अत्यन्त मनोरम स्थल है। वहाँ एक सुन्दर उद्यान है, जो आधा जल में है और आधा स्थल पर। वहाँ क्रीड़ा और स्पर्धा का बहुत अच्छा अवसर है; और उसकी कोई भी स्पर्धा भीम से प्रतियोगिता किये बिना दक्षपूर्ण नहीं हो सकती।"

"सत्य यह है पुत्र! कि उसने कई मास के समय में यह स्थल अपने शिल्पी लगा कर इस रूप में बनवाया है, जिस रूप में तुमने उसे देखा है। पहले वह गंगा का साधारण तट मात्र था। इसमें संदेह नहीं है कि वह अत्यन्त मनोरम था। कुछ ऐसा भी था कि कहीं भूमि दूर तक जल में चली गयी थी और कहीं जल कुछ दूर तक भूमि में प्रविष्ट हो गया था। जल और स्थल का संगम वह अवश्य था; किन्तु सुयोधन ने वहाँ उद्यान बनवाया। उद्यान में सेतु बनवाये। वह अत्यन्त रम्यस्थली बन तो गयी; किन्तु यह सारा निर्माण गोपन रूप में हुआ। और फिर उसने यह कार्यक्रम बना डाला। मेरा मन यह नहीं मानता कि उसने इतना उद्यम और व्यय केवल तुम लोगों के साथ मनोरंजन के लिये किया था।"

"तुम्हें इस प्रकार की आशंका थी तो तुमने इन लोगों को रोका क्यों नहीं विदुर?" कुन्ती ने कहाँ, "हमें तनिक सावधान तो कर देते।"

विदुर ने जैसे अपनी भूल स्वीकार की; सिर झुका कर बोला, "मेरे पास कोई प्रमाण नहीं था।"

"एक बात मेरी समझ में नहीं आयी काका!" सहसा बीच में सहदेव बोला, "सुयोधन न राजा है, न युवराज। किन्तु फिर भी उसकी प्रत्येक इच्छा, राज कर्मचारियों के लिये सम्राट के आदेश का-सा महत्व क्यों रखती है?"

"उसे राज्य का इतना धन मनमाने रूप में व्यय करने का अधिकार किसने दिया है?" अर्जुन ने सहदेव के ही प्रश्न को पुष्ट किया।

"यह है तो अनियमितता ही; किन्तु महाराज धृतराष्ट्र की इच्छा के कारण सबको मान्य हो रहा है।" विदुर बोला, "किन्तु मैं प्रमाण-कोटि की बात कह रहा था। वहाँ का निर्माण जिस गुप्त रीति से हुआ था, और जिस सौहार्द से आग्रहपूर्वक वह तुम लोगों को वहाँ ले कर गया था, उसी से मुझे संदेह हुआ था, कि वह कोई षड्यन्त्र रच रहा है; और भीम के इस प्रकार विलुप्त हो जाने से मेरा संदेह प्रमाणित हो रहा है।"

"हस्तिनापुर में यह कैसा राक्षसी राज्य है?" कुन्ती आवेशमय स्वर में बोली, "यहाँ क्या कोई भी उस सुयोधन...सुयोधन क्यों, उस दुर्योधन से यह नहीं पूछ सकता कि उसने भीम की हत्या क्यों की? क्या वह सारे विधि-विधान, नियमों, नीति और सारी दण्ड-संहिता से मुक्त है? क्या वह हस्तिनापुर का सर्वनियन्ता ईश्वर है?"

विदुर उसे शान्त दृष्टि से देखता रहा। कुन्ती कह चुकी तो वह बहुत धीरे से बोला, "तुम्हारे दुख, पीड़ा और कष्ट को मैं भली प्रकार समझ रहा हूँ भाभी! किन्तु मुझे सुयोधन...।"

"उसे दुर्योधन कहो।" कुन्ती बोली।

"उस दुर्योधन को दण्डित करवाने से अधिक मुझे तुम्हारे इन शेष चार पुत्रों की सुरक्षा की चिन्ता है। जो एक का वध कर सकते हैं, वे दूसरे और तीसरे का भी कर सकते हैं। जब देश में राक्षसी शासन होता है, तो विधि-विधान से सहायता की अधिक आशा नहीं करनी चाहिए। विधि-विधान तो राजा की नीति है; किन्तु जब स्वयं राजा ही अनीति पर उतर आये तो नीति का अपना क्या बल! समझ लो कि इस समय हस्तिनापुर पर चक्षुहीन धृतराष्ट्र का नहीं, दुर्योधन के गुण्डों का राज्य है। हमें अपनी रक्षा स्वयं करनी है। उसके लिये उचित है कि हम अपना दुख भुला कर भी यही प्रकट करें कि हमें दुर्योधन पर कोई संदेह नहीं है।"

कुन्ती का चेहरा भय से एकदम श्वेत हो गया।...विदुर ठीक कह रहा था। यह समय आक्रामक होने का नहीं था। उन्हें अपनी सुरक्षा की अधिक चिन्ता करनी चाहिए।

"क्या पितृव्य भीष्म को भी सूचित नहीं करना चाहिए?" कुन्ती ने इतने धीमे स्वर में विदुर से पूछा, मानो वह स्वयं अपने-आपसे ही पूछ रही हो।

"पितृव्य भीष्म को यदि हमने यह सूचना दी, तो वे शान्त नहीं बैठेंगे।" विदुर बोला, "वे सम्भवतः धृतराष्ट्र और दुर्योधन दोनों को ही ताड़ित करेंगे। बात खुल जायेगी और पाण्डव और भी असुरक्षित हो जायेंगे। धृतराष्ट्र के राजा होते हुए पितृव्य दुर्योधन को न मृत्यु-दण्ड दिलवा पायेंगे, न उसे निगड़बद्ध करवा पायेंगे और न राज्य से निष्कासित करवा पायेंगे। वह स्वतन्त्र और समर्थ रहेगा, तो क्या वह शान्त बैठा रहेगा? नहीं भाभी! अपने पुत्रों को पहले समर्थ हो लेने दो। तब तक हमें सहन करना ही होगा।"

दो क्षणों के लिये एक सर्वव्यापी मौन छा गया।

"पर इतना कुछ घटित हो जाये और पितृव्य को सूचना ही न हो, यह क्या उचित होगा विदुर?" कुन्ती धीरे से बोली, "भविष्य में जब उन्हें पता चलेगा तो क्या उन्हें दुख नहीं होगा कि हमने उनके साथ परायों का-सा व्यवहार किया...और पता तो उन्हें लगेगा ही। क्या वे यह नहीं पूछेंगे कि हम अपने-आपको उनसे अधिक समझदार और समर्थ समझते हैं? क्या मैं उनकी सहायता के बिना अपनी और अपने पुत्रों की रक्षा कर लूँगी?"

विदुर ने सिर झुकाये हुए कुन्ती की बात सुनी और वैसे ही सिर झुकाये बैठा रह गया। कुछ बोला नहीं, बस सोचता ही रहा।

"कुछ बोलते क्यों नहीं विदुर?" कुन्ती ने कहा।

विदुर ने जैसे उनींदी आँखों और अनमने भाव से ऊपर की ओर देखा, "आकाश बहुत समर्थ है भाभी! वह धरती को आच्छादित भी किये रहता है; किन्तु न तो वह सूर्य के ताप से धरती की रक्षा कर सकता है, न वर्षा की ताड़ना से..." उसने अपनी दृष्टि कुन्ती की ओर फेरी, "पितृव्य को भी आकाश ही समझो भाभी!" उसकी दृष्टि कुन्ती से हट कर युधिष्ठिर पर पड़ी। फिर जैसे उसने चारों भाइयों को अपनी दृष्टि में समेट लिया, "पुत्रो कुछ बातों का तुम लोग भी ध्यान रखो। एकाकी कहीं मत जाओ। निःशस्त्र बाहर मत निकलो। दुर्योधन तथा उसके मित्रों की दी हुई अथवा उसके दासों की पकायी हुई कोई वस्तु मत खाना। दुर्योधन के रचे हुए उत्सवों में बहुत सावधान हो कर सम्मिलित होना; तथा दुर्योधन के द्वारा निर्मित प्रत्येक भवन को संदेह की दृष्टि से देखना। उसमें सजग हो कर रहना; और उसके कर्मचारियों पर कभी

विश्वास मत करना।"

'मैं तो आज तक उपेक्षा, अपमान और अवहेलना का प्रतिवाद करने की ही तैयारी करती रही। मैं क्या जानती थी कि यहाँ हत्याओं का दौर आरम्भ हो जायेगा।' कुन्ती कदाचित अपने-आपसे ही कह रही थी।

कुन्ती ने सारी रात बड़ी बीहड़ व्याकुलता में काटी। एक ओर उसका मन जैसे पूर्णतः विश्वास कर चुका था कि दुर्योधन ने उसके भीम की हत्या करवा दी है; और दूसरी ओर उसका एक और मन था, जो इसे अनवरत नकारता जा रहा था। उसकी आस्था उसे बार-बार विश्वास दिलाती थी कि ऐसा सम्भव नहीं था...या उसे कम-से-कम तब तक ऐसा विश्वास नहीं करना चाहिए, जब तक उसे वध का निश्चित प्रमाण न मिल जाये। भीम यदि जीवित है और किसी संकट में फँसा हुआ है, तो कुन्ती को उसकी सहायता करने का प्रयत्न करना चाहिए। हाथ-पर-हाथ धरे बैठे रहने का अर्थ था, भीम के विरुद्ध उस संकट की सहायता। भीम को मृत्यु की ओर धकेलना...और कुन्ती ऐसा कैसे कर सकती थी?...

किन्तु दूसरे ही क्षण उसका मन कुछ और चिन्तित हो जाता....भीम की खोज और सहायता के लिये वह किसे भेजेगी? अपने पुत्रों ही को तो। हस्तिनापुर की सेना तो जायेगी नहीं! यही युधिष्ठिर ही तो जायेगा उसे खोजने ...या अर्जुन...या नकुल...या सहदेव। या ये चारों। पर इनमें से कौन इतना समर्थ है कि वह दुर्योधन के षडयन्त्रों का सामना कर सके?...कहीं ऐसा न हो कि भीम की सहायता करते-करते, ये स्वयं ही किसी संकट में जा फँसें...

सारी रात कुन्ती कोई निर्णय नहीं कर पायी : वह भीम के लिये दूसरे पुत्रों को संकट में डाले या इनकी सुरक्षा के लिये, भीम को त्याग दे। इनमें से कोई भी विचार अधिक देर तक टिक नहीं पाता था, जैसे दोनों में निरन्तर मल्ल-युद्ध हो रहा था। दोनों ही चतुर थे, स्फूर्तिपूर्ण थे, शक्तिशाली थे। कभी पहला, दूसरे को पटक कर, स्वयं ऊपर आ जाता था, कभी दूसरा पहले को चित कर उसके वक्ष पर आ बैठता था।

और फिर रात-भर न जाने कैसी-कैसी आहटें होती रही थीं, कैसे-कैसे शब्द और ध्वनियाँ। उसे बार-बार लगता था कि किसी की पद-चाप उनके द्वार की ओर आ रही है; जैसे कोई कपाट थपथपा रहा है; या जैसे भीम अपने भारी स्वर को दबा कर धीरे से पुकार रहा है, 'माँ!'...

वह कितनी ही बार अपनी शैया से उठी। द्वार तक गयी भी। बस कपाट-भर नहीं खोले। डरती थी, कपाट खोल दिये और सामने भीम के स्थान पर दुर्योधन हुआ तो? उसके पुत्र सोये हुए हैं; ऐसा न हो कि वह निद्रालीन

पाण्डवों का वध कर जाये...

उसने कपाट से कान लगा कर सुना, बाहर कोई शब्द नहीं था। पता नहीं क्या बात थी कि शैया पर लेटते ही उसके कान इतने सजीव कैसे हो जाते थे, या फिर शैया के आस-पास स्वरों, शब्दों और ध्वनियों का इतना सजीव संसार कहाँ से उपस्थित हो जाता था : किन्तु कपाट के निकट आते ही सब कुछ पूर्ण निःस्तब्धता में विलीन हो जाता...और वह सोचती ही रह जाती कि सत्य क्या है...

प्रातः उसने अपने पुत्रों को देखा : वे सब शैया से उठ कर आये थे; किन्तु उनकी आँखों से स्पष्ट था कि उनमें से कोई भी रात-भर ठीक से सोया नहीं था।

"माँ! आज मैं पाठशाला नहीं जाऊँगा।" नकुल बोला।

"क्यों वत्स?"

"मध्यम को खोजने जाना है।"

"तुम कहाँ खोजोगे उसे?"

"प्रमाण-कोटि में माँ!" "वह बोला, "सम्भव है मध्यम मृगया के लिये वन में रह गये हों, सम्भव है कहीं सोये हुए छूट गये हों, सम्भव है..."

कुन्ती के मन में एक खीझ उठी : पहले भीम के कारण वह कम चिन्तित है कि अब यह एक नया झँझट खड़ा कर रहा है। किन्तु, दूसरे ही क्षण वह नकुल पर रीझ भी उठी– कितनी चिन्ता है उसे अपने मध्यम की! लगता है रात-भर इसी चिन्ता में व्याकुल रहा होगा...

कुन्ती ने बढ़ कर उसे वक्ष से लगा लिया, "मैं तेरी चिन्ता समझती हूँ मेरे लाल! किन्तु तू उसे कहाँ खोजेगा पुत्र?"

"भीम को खोजने हम जायेंगे माँ!" युधिष्ठिर बोला, "वह हमसे सदा के लिये विलग हो गया है, यह मान कर निष्क्रिय हो कर घर में पड़े रहना न हमारे लिये सम्भव है न ही उचित, माँ!"

"पर खोजेगा कहाँ? प्रमाण-कोटि में तो तुम उसे दो बार ढूँढ आये हो!" कुन्ती बोली।

युधिष्ठिर ने अपना चेहरा दूसरी ओर मोड़ लिया। लगा, माँ की आँखों में देख कर कदाचित वह ऐसी बात नहीं कह पायेगा, "सम्भव है गंगा में उतराया अथवा वन में पशुओं द्वारा घसीटा जाता उसका शव ही कहीं मिल जाये।"

बहुत रोकने पर भी कुन्ती के मुख से सिसकी निकल ही गयी "युधिष्ठिर।"

"हाँ माँ। हमें सत्य का साक्षात्कार करने के लिये, स्वयं को तैयार करना

ही होगा।" उसने आगे बढ़ कर एक अभिभावक के समान कुन्ती को ठीक वैसे ही कण्ठ से लगा लिया, जैसे थोड़ी देर पहले, कुन्ती ने नकुल को अपने वक्ष से लगा लिया था, "मैं कब चाहता हूँ कि ऐसा हो; किन्तु यदि ऐसा हो ही गया है तो हमें उसकी सद्‌गति के लिये भी तो...।" और फिर रुक कर जैसे स्वयं को भी विश्वास दिलाता हुआ बोला, "सत्य से मुँह मोड़ कर जीवित नहीं रहा जा सकता माँ!"

कुन्ती को लगा : युधिष्ठिर सचमुच बड़ा हो गया है। शायद बड़ा हुआ नहीं है, आवश्यकता देखते हुए, उसने बलात स्वयं को बड़ा कर लिया है। वह सत्य का अन्वेषक था। अपनी बाल्यावस्था से ही सत्य को खोजा करता था। अब सत्य का साक्षात्कार करना चाहता था...ठीक ही तो कह रहा था, यदि भीम विलग हो ही गया था, तो धैर्यपूर्वक इस सत्य को स्वीकार कर लेना ही चाहिए। क्या कुन्ती ने पहले सत्य को स्वीकार नहीं किया? पर वह तो नवजात बालक था। उसको देखा ही कितनी देर था। किन्तु भीम...पला-पलाया, तरुणाई की देहरी को छूता, इतना ऊधम मचाने वाला भीम...आज घर में कैसी निःस्तब्धता थी...श्मशान की-सी नीरवता!...घर में आज भीम ही तो नहीं था...

ठीक कह रहा है युधिष्ठिर! भीम को खोजना तो होगा। वह अपने हाथों में से भीम को इतनी सरलता से खिसक जाने नहीं देगी। वह अपनी हथेलियों में से फिसलते भीम को पकड़ने का प्रयत्न तो करेगी ही...

"जाओ पुत्र! किन्तु अकेले मत जाना! अर्जुन को भी साथ ले जाना, और चिरन्तन को भी।..."

"मैं भी साथ जाऊँगा माँ!" सहदेव बोला।

"मैं भी," नकुल ने कहा।

"नहीं! तुम दोनों मेरे साथ रहोगे घर पर।" और फिर उसका स्वर कोमल हो गया, "माँ की रक्षा के लिये भी तो किसी को घर पर रहना ही चाहिए।"

नकुल और सहदेव के चेहरों पर द्वन्द्व प्रकट हो गया : माँ की बात का प्रत्याख्यान वे नहीं कर सकते थे, किन्तु घर पर रुके रहना तो उनके मनोनुकूल हो ही नहीं सकता था।

युधिष्ठिर ने उन दोनों को अपनी भुजाओं में भर लिया, "माँ तुम्हें रोकने के लिये ही ऐसा कह रही हैं।" और वह कुन्ती की ओर मुड़ा, "इन्हें भी हमारे साथ जाने दो माँ!...वैसे तुम्हारी बात भी ठीक है, हमें तुम्हारी सुरक्षा के विषय में भी सावधान रहना चाहिए। यद्यपि मैं समझता हूँ कि दुर्योधन तुम्हारे साथ ऐसा व्यवहार नहीं करेगा; क्योंकि तुमसे उसकी कोई स्पर्धा नहीं है।"

इस सारे वातावरण में कुन्ती पहली बार मुस्कुरायी, "मेरी चिन्ता मत करो पुत्र। मैंने तो इन बालकों की रक्षा के लिये ही अपनी रक्षा की बात उठायी थी।"

तभी चिरन्तन ने आ कर कुन्ती को प्रणाम किया, "राजकुमार तैयार हैं क्या राजमाता?"

"हाँ! तैयार तो हैं।" कुन्ती बोली, "किन्तु वे पाठशाला नहीं जायेंगे। वे लोग भीम को खोजने के लिये जाना चाहते हैं।"

"वे ठीक ही सोचते हैं राजमाता! मैं भी रात-भर यही विचार करता रहा कि मध्यम को खोजने का एक बड़ा अभियान आरम्भ किया जाये। उन्हें खोजा तो जाये, चाहे वे किसी भी अवस्था में हों।..."

कुन्ती ने उसकी ओर देखा। चिरन्तन ने सिर झुका लिया। कदाचित उसे लगा था कि वह कुछ अनुचित कह गया था।...

"हाँ! खोजना तो उसे होगा ही।" कुन्ती बोली, "इन लड़कों को तुम्हारे भरोसे ही भेज रही हूँ चिरन्तन! सावधानी से ले जाना और सुरक्षित लौटा लाना। बीहड़ तथा जोखमपूर्ण स्थानों पर मत जाना। शत्रुओं से सावधान रहना।" और सहसा वह चौंक कर बोली, "तुम रात-भर विचार करते रहे—तो तुम भी हमारे समान सोये नहीं क्या?"

"सोना क्या था राजमाता! हमारी बस्ती में तो वैसे ही रात-भर हड़बोंग मचा रहा था। मैं ही क्या, वहाँ तो कोई बच्चा भी नहीं सो पाया होगा।"

"क्यों? क्या हुआ तुम्हारी बस्ती में?" युधिष्ठिर ने पूछा।

"युवराज! वह रसोइया था न सुयोधन का—वही चक्रवाल। वह हमारी ही बस्ती में रहता है न! वह भी प्रमाण-कोटि से नहीं लौटा। कुछ पता ही नहीं चला कि कहाँ रह गया। उसकी पत्नी प्रतीक्षा करती रही, सबसे पूछती रही। जब काफ़ी रात बीत गयी और वह नहीं आया, तो वह सुयोधन से पूछने गयी। सुयोधन तो मिला नहीं, उसके भाइयों ने उसे डाँट-डपट कर उल्टे पाँव लौटा दिया। कुछ लोगों का कहना है कि उसे पीटा भी गया है। पता नहीं पीटा है या नहीं; किन्तु सारी रात बस्ती में कोई सो नहीं पाया।"

चिरन्तर चुप हो गया, तो भी कोई कुछ नहीं बोला। कुन्ती पर्याप्त विचलित-सी लग रही थी और युधिष्ठिर चिन्तित। अर्जुन अपेक्षाकृत कुछ अधिक गम्भीर हो गया लगता था।

"तो हम जायें माँ?" अन्ततः युधिष्ठिर ही बोला; किन्तु इस प्रश्न में भी जैसे अनुमति लेने का भाव नहीं था, सूचना मात्र थी।

उसने भाइयों को संकेत किया और स्वयं भी आगे बढ़ चला।

"ठहरो युधिष्ठिर!" कुन्ती जैसे कुछ असहज हो उठी थी।

"क्या बात है माँ?" चारों भाइयों ने आश्चर्य से अपनी माँ को देखा।

"मैंने अपना निश्चय बदल दिया है पुत्र।" कुन्ती शून्य में घूरती हुई बोली, "तुममें से कोई भी भीम को खोजने नहीं जायेगा।"

"क्यों?" युधिष्ठिर बोला, "इतनी-सी देर में क्या हो गया?"

"मेरा निश्चय बदल गया है।" कुन्ती का स्वर दृढ़ ही नहीं, पर्याप्त आदेशात्मक था, "मैं कह रही हूँ, तुममें से कोई भी बाहर नहीं जायेगा।...और चिरन्तर! तुम भी अपने घर जाओ। राजकुमार आज कहीं भी नहीं जायेंगे।"

प्रत्येक व्यक्ति की दृष्टि में अनेक जिज्ञासाएँ भी थीं, अनेक प्रतिक्रियाएँ भी; किन्तु बोला कोई भी कुछ नहीं।

हस्तिनापुर के मुख्य पथ पर एक शव औंधा पड़ा था।

उससे कुछ दूरी पर एक छोटी-सी भीड़ एकत्रित थी। न तो कोई उसके निकट ही जा रहा था, और न भीड़ छँट रही थी। कुछ लोग चले जाते थे, तो कुछ नये आ कर उस भीड़ में मिल जाते थे। एक कौतुहल था; और उस कौतुहल पर एक भय टँगा हुआ था। लोग जैसे मूक हो गये थे और दृष्टि-ही-दृष्टि में एक-दूसरे से प्रश्न पूछते थे; किन्तु सारे प्रश्न अनुत्तरित ही रह जाते थे। किसी को अपने किसी भी प्रश्न का उत्तर नहीं मिल रहा था। प्रश्न बढ़ते जा रहे थे, और भय गहराता जा रहा था।

युयुत्सु ने भीड़ देखी तो अपना रथ रोक लिया।

रथ पर खड़े-खड़े ही उसने दृष्टि घुमाई। उसे समझने में तनिक भी कठिनाई नहीं हुई कि भीड़ क्यों जमा है। उसने घोड़ों को संकेत किया। रथ आगे बढ़ा और आ कर शव के पास रुक गया। युयुत्सु रथ से नीचे उतरा और शव के पास आया। क्षण-भर के लिये उसने कुछ सोचा और झुक कर शव को पलट दिया : उसने तत्काल पहचान लिया, शव युधिष्ठिर के सारथि चिरन्तन का था।

उसके चेहरे पर एक व्यंग्यात्मक मुस्कान उभरी : उसे इस बात की ही आशंका थी।

उसने भीड़ की ओर देखा, "तुममे से कोई पहचानता है इसे?"

किसी ने कोई उत्तर नहीं दिया।

"यह चिरन्तर सारथि है। जाओ, सूतों की बस्ती में सूचित करो। इसके सम्बन्धी इस शव को उठा ले जायें और इसकी अंत्येष्ठि का प्रबन्ध करें।"

भीड़ में से कोई कुछ नहीं बोला; किन्तु उन सबकी आक्रोश-भरी हुंकार उसे निरन्तर कोंच रही थी।

"कह दोगे?" उसने भीड़ से पूछा।

उसे फिर कोई उत्तर नहीं मिला। भीड़ उसे उसी प्रकार ताकती रही।

युयुत्सु रथ में लौट आया। उसने रथ को मोड़ा। भीड़ की ओर पीठ होते ही कोई चिल्लाया, "यह अत्याचार कब तक चलेगा राजकुमार?"

युयुत्सु को लगा, कि किसी ने चिल्लाने वाले के मुख पर हाथ रख दिया है और वह स्वर घुट कर रह गया है। उसने रथ पुनः मोड़ा। वह भीड़ के निकट आया; किन्तु भीड़ अब फिर से सामान्य हो चुकी थी।

"आप लोग मुझसे कुछ कहना चाहते हैं?" उसने पूछा।

"कुछ नहीं राजकुमार। कुछ नहीं!" भीड़ में से अनेक लोगों ने सिर हिला दिये।

युयुत्सु सोचने का प्रयत्न करता रहा कि यह सब क्या था?...लोग इस प्रकार भयभीत क्यों थे? क्या खुल कर एक सीधा-सादा प्रश्न करने का भी अधिकार उनको नहीं था? भीड़ का वह अकेला स्वर किस अत्याचार की बात कर रहा था?...और सहसा उसके मस्तिष्क में बिजली कौंधी। उसे लगा, वह समस्या को समझ रहा था...

उसके शरीर में असाधारण स्फूर्ति का संचार हुआ और उसने रथ की गति बढ़ा दी। वह सूतों की बस्ती की ओर जा रहा था।

आधे प्रहर के पश्चात युयुत्सु के रथ ने पाण्डवों के भवन के अहाते में प्रवेश किया। वहाँ चारों ओर नीरवता थी। द्वार बन्द था और बाहर कहीं कोई भी दिखायी नहीं दे रहा था।

उसने कपाट थपथपाये।

थोड़ी देर के पश्चात कुन्ती ने द्वार खोला। युयुत्सु ने प्रणाम किया।

"आओ पुत्र! कैसे आये?" कुन्ती ने स्वागत किया; किन्तु स्वर में संशय भी था, और कहीं हल्की-सी आपत्ति भी।

"काकी! कोई शंका न करें। मुझे अपने पुत्रों-सरीखा ही समझें।" युयुत्सु बोला, "आज आपमें से कोई बाहर नहीं गया क्या?"

"नहीं पुत्र! कोई विशेष बात है क्या?"

युयुत्सु भीतर आ कर एक आसन पर बैठ गया। पाण्डवों ने उसे घेर लिया।

"भीम का कोई समाचार मिला?"

"नहीं!" युधिष्ठिर बोला, "तुम्हें कुछ मालूम हुआ?"

"नहीं! भीम का तो कोई समाचार नहीं है।" वह बोला, "किन्तु कुछ सूचनाएँ हैं मेरे पास, जिन्हें जोड़ कर कुछ निष्कर्ष निकालने का प्रयत्न कर रहा हूँ।"

"क्या सूचनाएँ हैं?"

"भीम प्रमाण-कोटि में ही कहीं विलीन हो गया। प्रमाण-कोटि में भोजन पकाने वाला रसोइया चक्रवाल घर नहीं लौटा; और चक्रवाल की बस्ती में रहने वाला तुम्हारा सारथि चिरन्तन मार डाला गया।"

"चिरन्तन मार डाला गया?" कुन्ती और उसके चारों पुत्रों के चेहरे विकारग्रस्त हो उठे, "तुम्हें किसने बताया?"

"मैंने स्वयं उसका शव, मुख्य पथ पर देखा है! वहाँ तो मुझे किसी ने नहीं बताया था; किन्तु मैंने अपने कुछ विश्वस्त लोगों से पता लगाया है कि उसे सुयोधन ने सार्वजनिक स्थान पर स्वयं अपने हाथों, थप्पड़ों, घूसों तथा घुटनों से पीट-पीट कर मार डाला था। लोग इतने भयभीत हैं कि कोई अपने मुख से सुयोधन का नाम तक लेने का साहस नहीं करता।..."

"पर क्यों मार डाला दुर्योधन ने उसे?"

युयुत्सु ने रुक कर अर्जुन को देखा : वह 'सुयोधन' को 'दुर्योधन' कह रहा है। ठीक ही तो कह रहा था : वह सुयोधन है ही कहाँ। वह तो दुर्योधन ही है।

"क्योंकि वह जान गया था कि चक्रवाल रसोइए ने दुर्योधन के..." वह रुक कर मुस्कुराये बिना नहीं रह सका। कितने सहज रूप से उसने भी 'दुर्योधन' नाम स्वीकार कर लिया था, "क्योंकि चक्रवाल ने दुर्योधन के आदेश पर कुछ खाद्य पदार्थों में विष मिलाया था; और वे खाद्य पदार्थ स्वयं दुर्योधन ने भीम को खिलाये थे...।"

"सारी योजना स्पष्ट है।" अर्जुन बोला, "मध्यम को विष दिया गया। विष देने वाला रसोइया विलुप्त हो गया; और इस भेद को जानने वाला चिरन्तर मार डाला गया, ताकि किसी को भेद का पता न चले।..."

"भेद खुलने का भय नहीं है दुर्योधन को।" युयुत्सु बोला, "नहीं तो वह स्वयं अपने हाथों से सार्वजनिक स्थान पर चिरन्तर की हत्या न करता।"

"तो?"

"यह तुम लोगों के लिये चेतावनी है।" वह बोला।

"ओह! तो यह सत्य है कि मेरे भीम को दुर्योधन ने विष दिया?" कुन्ती ने पूछा, "या मात्र संदेह अनुमान है तुम्हारा?"

"सत्य है काकी!"

कुन्ती ने एक भरपूर दृष्टि युयुत्सु पर डाली, "एक बात पूछती हूँ पुत्र! मेरी बात का बुरा न मानना और सच-सच उत्तर देना।"

"पूछें काकी!"

"तुम हमें ये सूचनाएँ क्यों दे रहे हो? तुम भी तो दुर्योधन के भाई हो!"

युयुत्सु उस स्थिति में भी मुस्कुराया, "भाई तो मैं दुर्योधन का हूँ; किन्तु महारानी गान्धारी का पुत्र नहीं हूँ। मेरी माँ क्षत्राणी नहीं, वेश्या है; और वह महाराज की रानी नहीं है।"

"तो?"

"तो मेरे लिये एकदम आवश्यक नहीं है कि मुझे दुर्योधन के दुष्कृत्यों से सहानुभूति हो। मैं किसी लोभ में, उसके पापों का सहगामी नहीं हो सकता। मुझे उससे कोई लाभ होने की सम्भावना भी नहीं है।"

"क्यों? वह राजा बनेगा, तो तुम युवराज नहीं बनोगे?" कुन्ती बोली, "दुर्योधन से छोटे तुम्हीं तो हो।"

"दुर्योधन से छोटा मैं ही हूँ; किन्तु दुर्योधन का युवराज महारानी गान्धारी का दूसरा पुत्र दुःशासन होगा, वेश्या-पुत्र युयुत्सु नहीं।"

कुन्ती चुप हो गयी—वह देख रही थी, युयुत्सु 'सुशासन' को भी दुःशासन कह रहा था। साथ ही एक संशय उसके मन में जागा : युयुत्सु का दुर्योधन-द्रोह ईर्ष्या-जनित तो नहीं है?

"और काकी!" युयुत्सु बोला, "यदि मुझे लाभ हो भी तो मैं पाप का समर्थन कभी नहीं करूँगा।"

"तुम्हें लोभ नहीं है," युधिष्ठिर बोला, "पर क्या तुम्हें उसका भय भी नहीं है?"

"मैं धृतराष्ट्र का पुत्र हूँ इसलिये भयभीत होने का कोई कारण नहीं है।" वह हँसा, "वैसे भी मैं इस हस्तिनापुर में स्वतन्त्रतापूर्वक सत्य के मार्ग पर चलने, न्याय-पक्ष का समर्थन करने का अधिकार माँगने की धृष्टता कर रहा हूँ।" वह उठ कर खड़ा हो गया, "अच्छा! मैं चलता हूँ। आप लोग सावधान रहें।..."

4

भीष्म प्रसन्न थे कि सारे लड़के मिल कर उदक-क्रीड़ा के लिये एक साथ प्रमाण-कोटि गये थे।...बीच-बीच में उनके कानों में कुछ ऐसी बातें भी पड़ी थीं, जो उनके मनोनुकूल नहीं थीं। जब-जब उन्हें लगता था कि धृतराष्ट्र और

पाण्डु के पुत्र अलग-अलग दलों में विभाजित हो रहे हैं, या उनमें किसी प्रकार का वैमनस्य बढ़ रहा है—उन्हें अच्छा नहीं लगता था। भीम और दुर्योधन में कोई मतभेद हो जाये, कहा-सुनी हो जाये, मारपीट भी हो जाये, तो वे उससे विचलित नहीं होते थे। लड़के हैं, इतना ऊधम तो करेंगे ही। किन्तु, वह झगड़ा दो दलों का हो और उनमें विभाजन धृतराष्ट्र और पाण्डु के पुत्रों के आधार पर हो, इसे वे शुभ लक्षण नहीं मानते थे : उस प्रकार के विभाजन में उन्हें कुरुक्षेत्र का सम्पूर्ण विनाश ध्वनित होता सुनायी पड़ता था।...इसलिये जब उन्हें सूचना मिली कि दुर्योधन ने प्रमाण-कोटि में उदक-क्रीड़न का आयोजन किया है, और उसमें वे सारे लड़के, बिना किसी भेद-भाव के गये हैं, तो उन्हें अच्छा लगा। वे धृतराष्ट्र और पाण्डु के पुत्र नहीं थे, वे सब भीष्म के पौत्र थे। सारे भरतवंशी कौरव थे। उनमें किसी भी प्रकार का विभाजन या विरोध तो होना ही नहीं चाहिए था।

अब वे लड़के लौट आये थे। शिष्टाचार की दृष्टि से उचित तो यही था कि ये लोग पितामह से मिलने आते और वहाँ हुई स्पर्धाओं के विषय में बताते। किन्तु शायद कृपाचार्य ने इन लड़कों को यह सारा शील-व्यवहार सिखाया ही नहीं था।...कृपाचार्य को ही वे क्या दोष देते! इन लड़कों को कुछ सिखाना सरल था क्या। लड़के तो आजकल...स्वयं भीष्म ही इन लड़कों को वह सब सिखा पाये हैं क्या, जो कुछ वे इन्हें सिखाना चाहते थे?...इसलिये उन्होंने निश्चय किया कि वह स्वयं ही उनसे मिल आयें।

पहले धृतराष्ट्र का भवन पड़ता था। भीष्म वहीं पहुँचे।

"कैसे हो पुत्रो?"

"अत्यधिक प्रसन्न हैं पितामह!" दुर्योधन बोला, "प्रमाण-कोटि अत्यधिक रमणीक स्थली है। वहाँ तो बार-बार जाने का मन होता है। आप कभी वहाँ गये हैं पितामह?"

भीष्म ने सहास उसे देखा, "गया हूँ वत्स! मैंने राज्य में दूर-दूर तक यात्राएँ की हैं। प्रमाण-कोटि तो यहीं निकट ही है। तुमने कैसे कल्पना कर ली थी कि मैं वहाँ कभी नहीं गया हूँगा।"

"आप वृद्ध हैं न पितामह!"

"वृद्ध हो गया हूँ पुत्र! जन्म से तो वृद्ध नहीं था।" पितामह हँसे, "तुम लोगों को वहाँ जाने का कोई लाभ भी हुआ?"

"लाभ-ही-लाभ हुआ पितामह!" दुर्योधन बहुत ही उल्लसित था।

"क्या लाभ हुआ?" दुर्योधन का उल्लास भीष्म को कुछ असाधारण लगा, "द्यूत में अधिक राशि जीत आये हो क्या?"

"नहीं पितामह!" दुर्योधन ने कुछ इस प्रकार कहा, जैसे भीष्म अपने अज्ञान में उसकी उपलब्धियों को अत्यन्त साधारण बना रहे हों, "हमने दौड़ने का अभ्यास किया, जल-क्रीड़ा की, तैरने की प्रतियोगिताएँ कीं, खड्ग, गदा, मल्ल-युद्ध, लक्ष्य-संधान। क्या नहीं था वहाँ। मुझे तो पहली बार मालूम हुआ कि क्षत्रिय राजकुमारों के लिये कैसा परिवेश अपेक्षित है। अग्नि होगी, तो-ही-तो कोई उसमें तपेगा।"

भीष्म को अच्छा लगा, यद्यपि उनके मन में दुर्योधन को ले कर सदा यह संदेह बना ही रहता था कि उनके सामने जिन आदर्शों में वह अपनी आस्था व्यक्त करता था—वह उसकी अपनी आस्था थी, अथवा भीष्म को प्रसन्न करने के लिये वह सुग्गे के समान उन वचनों का वाचन मात्र करता था।

"किसी के साथ झगड़ा तो नहीं हुआ?" भीष्म ने पूछा।

"नहीं! किसी की कहा-सुनी तक नहीं हुई।"

"तुम में और भीम में भी नहीं?"

"नहीं पितामह!" दुर्योधन बोला, हमें तो व्यर्थ ही लांछित किया जाता है। इस बार तो हमारा ही व्यवहार सबसे अधिक मैत्रीपूर्ण रहा है।"

"सुखी हुआ!" भीष्म बोले, "इसी प्रकार मैत्रीभाव बनाये रखो। कुरुकुल का इसी में कल्याण है।"

भीष्म उठ खड़े हुए। वह वस्तुतः प्रसन्न थे।

"एक दुर्घटना भी हुई पितामह!" उनके उठते-उठते विकर्ण बोला!

"क्या?" भीष्म की दृष्टि उस पर ठहर गयी।

"तू चुप रह!" दुःशासन ने उसे डाँटा।

"क्यों? उसे बोलने का अधिकार क्यों नहीं है?" भीष्म ने दुःशासन की ओर देखा; और फिर वह विकर्ण की ओर पलटे, "कैसी दुर्घटना हुई पुत्र?"

विकर्ण तत्काल बोल नहीं पाया। दुःशासन का निषेध जैसे उसकी चेतना पर टँगा हुआ था। उसकी दृष्टि एक बार दुःशासन पर टिकी भी। फिर सहसा ही उसने ऐसी मुद्रा बनायी, जैसे न उसे दुःशासन की कोई चिन्ता हो, और न वह उससे डरता हो, "हमारा रसोइया चक्रवाल प्रमाण-कोटि से नहीं लौटा है पितामह! वह वहीं-कहीं खो गया है।"

"खो क्या गया है।" दुर्योधन बोला, "वहाँ से कुछ दूरी पर ही उसका श्वसुरालय है। वहीं चला गया होगा।"

"जाता तो कह कर नहीं जाता?" विकर्ण पुनः बोला।

"तू चुप रह।" दुःशासन ने उसे पुनः डाँटा।

भीष्म की मुद्रा कठोर हो गयी, "तुम विकर्ण को धमका रहे हो, दुःशासन!

वह भी मेरे सामने। बड़ों की उपस्थिति में इस प्रकार का व्यवहार शील-विरुद्ध है। फिर विकर्ण तुम्हारा भाई है। मैं तुम सबसे मिलने आया हूँ। मैं चाहता हूँ कि तुम लोग मुझसे पूरी आत्मीयता से अपने मन की बात करो। तुम उसे एक सूचना भी नहीं देने देते। तुम्हें अपने भाइयों के दमन का अधिकार किसने दिया?"

दुःशासन के चेहरे पर उद्दण्डता के भाव थे। उस पर भीष्म की ताड़ना का तनिक भी प्रभाव नहीं हुआ था। अपनी उद्दतता को छिपाने का भी उसने कोई प्रयास नहीं किया था। बड़े अविनयी भाव से बोला, "बकवाद इसका स्वभाव बन गया है। जब सुयोधन भैया आपसे बात कर रहे हैं, तो इसे बीच में बोलने की क्या आवश्यकता है।"

"इसी तर्क के अनुसार जब वह मुझसे बात कर रहा है, तो तुम्हें उसे इस प्रकार धमकाने का क्या अधिकार है?"

दुःशासन ने बुरा-सा मुँह बनाया; किन्तु उसके चेहरे पर न तनिक-सी लज्जा का भाव व्यक्त हुआ, न ग्लानि का।

"हाँ ! तुम क्या कह रहे थे विकर्ण?" उन्होंने पूछा।

"यदि चक्रवाल कहीं जाता तो कह कर भी तो जा सकता था। उसने कोई सूचना नहीं दी और वह लुप्त हो गया। उसकी कोई चिन्ता भैया सुयोधन नहीं कर रहे हैं। जब वह देर रात तक घर नहीं पहुँचा, तो उसकी पत्नी उसे खोजती हुई आयी थी : किन्तु सुशासन ने न चक्रवाल को खोजने का प्रयत्न किया, न उसकी पत्नी से ठीक से बात की, और न उससे तनिक भी सहानुभूति प्रकट की। पितामह! क्या हमारा अपने भृत्यों के प्रति कोई दायित्व नहीं है?"

भीष्म गम्भीरतापूर्वक उसे देखते रहे : यह लड़का ठीक कह रहा था। स्वामी का अपने भृत्यों, दासों तथा सेवकों के प्रति भी कोई दायित्व होता है।

"तुमने ठीक ही किया पुत्र! जो मुझे बता दिया!" वे बोले, "मैं देखूँगा, उसे खोजने के लिये क्या किया जा सकता है। यदि वह संकट में है, तो उसकी सहायता की जानी चाहिए : और यदि वह अपनी इच्छा से बिना बताये चला गया है, तो उसे उसके लिये दण्डित किया जाना चाहिए।"

भीष्म चल पड़े। उनके मन में चक्रवाल के लिये चिन्ता थी : वह कहाँ रह गया? कहीं ये लड़के ही तो अपनी असावधानी में उसे प्रमाण-कोटि में नहीं छोड़ आये?...या वह वन में किसी हिंस्र पशु के हाथ तो नहीं पड़ गया?...या कहीं सचमुच ही वह अपनी इच्छा से भाग गया है?...किन्तु चक्रवाल से अधिक चिन्ता उन्हें दुर्योधन और दुःशासन की थी। वे क्यों इस सूचना को प्रकट नहीं होने देना चाहते थे? दुःशासन क्यों इस प्रकार विकर्ण को धमका रहा था?

धृतराष्ट्र के इन दोनों बड़े पुत्रों का व्यवहार अत्यन्त अभद्र और चिन्ताजनक होता जा रहा था। जब वे अपने भाई से इस प्रकार व्यवहार कर रहे थे, तो अन्य लोगों से कैसा व्यवहार करेंगे!...अपनी उपस्थिति में विकर्ण का इस प्रकार धमकाया जाना, उन्हें अत्यन्त उद्दण्ड और अशोभनीय लगा था। इस लड़के का नाम तो दुःशासन होना चाहिए था। 'सुशासन' की तो कहीं कल्पना भी नहीं है उसके मन में!...

इसी चिन्ता में डूबे-डूबे, भीष्म कुन्ती के आवास पर आये।

युधिष्ठिर ने द्वार खोल कर उन्हें प्रणाम किया।

"प्रसन्न रहो वत्स!" भीष्म ने आशीर्वाद दिया : किन्तु उनकी दृष्टि ने तत्काल भाँप लिया कि युधिष्ठिर आज सहज प्रसन्न नहीं है।

"स्वस्थ तो हो वत्स?" भीष्म ने पूछा, "आज प्रसन्न दिखायी नहीं देते।"

"स्वस्थ हूँ पितामह!" युधिष्ठिर ने धीरे से कहा, "भीम प्रमाण-कोटि से घर नहीं लौटा है।..."

भीष्म अवाक-से खड़े युधिष्ठिर को देखते रहे।

'भीम प्रमाण-कोटि से घर नहीं लौटा है! उनका मन जैसे उन्हें चेतावनी दे रहा था, 'और दुर्योधन तथा उसके भाइयों ने इसकी चर्चा तक नहीं की।'

"लौटते हुए तुम लोगों ने देखा नहीं कि वह तुम्हारे साथ नहीं है?" उन्होंने पूछा।

"वह हमें प्रमाण-कोटि में मिला नहीं। हमने समझा कि सम्भवतः वह हम सबसे आगे-आगे घर चला आया है।"

"चलो, भीतर चलो!" पितामह कुछ क्षण मौन रह कर बोले, "कुन्ती कहाँ है?"

"सब लोग भीतर ही हैं।"

भीष्म भीतर की ओर चले तो उनकी दृष्टि यह देखने से न चूकी कि सदा उन्मुक्त रहने वाला बाहरी द्वार आज युधिष्ठिर ने बड़ी सावधानी से बन्द कर दिया था।

कुन्ती ने अर्जुन, नकुल और सहदेव के साथ आकर उनको प्रणाम किया।

"प्रसन्न रहो पुत्रि!" भीष्म बोले, "युधिष्ठिर कह रहा है कि भीम प्रमाण-कोटि से घर नहीं लौटा।"

"हाँ पितृव्य!"

"तुमने मुझे सूचित नहीं किया?"

"अभी तो हम उसके आने की प्रतीक्षा कर रहे हैं पितृव्य! उपद्रवी लड़का है; जाने कहाँ रह गया है।..."

भीष्म बैठ गये। वे मौन थे, जैसे मन-ही-मन सोच रहे हों, योजनाएँ बना रहे हों, या स्थिति का विश्लेषण कर रहे हों।

"ये लड़के अब स्वयं को बहुत स्वतन्त्र समझने लगे हैं।" अन्ततः वे बोले, "यह नहीं समझते कि इनके इस प्रकार के कार्यों से माता-पिता को कितनी चिन्ता होती है। बालकों का उपद्रव, बालकों जैसा ही रहे तो ठीक है; उसे वयस्कों जैसा नहीं होना चाहिए। प्रमाण-कोटि में छूट जाने का क्या अर्थ हुआ।" सहसा वे युधिष्ठिर की ओर मुड़े, "और युधिष्ठिर! तुम सबसे बड़े हो। तुम्हें चाहिए था कि जब तक भीम मिल न जाता, तुम वहाँ से किसी को भी न आने देते!"

युधिष्ठिर का मुख जैसे ग्लानि से म्लान हो गया, "भीम के न मिलने से मैं बहुत चिन्तित हो गया था पितामह! दुर्योधन की यह बात कहीं मेरे हृदय में चुभ गयी कि कहीं ऐसा न हो कि भीम किसी कारण से सचमुच हस्तिनापुर लौट आया हो और हम लोग वहीं बैठे प्रतीक्षा करते रहें।...फिर यह सारा आयोजन तो दुर्योधन का था। वह न मुझे बड़ा मानता है, न कोई अधिकार ही उसने मुझे दिया था। उसने जब प्रयाण का आदेश दे दिया, और सारे मण्डप समेट कर छकड़ों पर लाद दिये गये, तो मैं वहाँ अपने इन तीन छोटे भाइयों के साथ क्या करता? भीम की चिन्ता मुझे थी, पर इन तीनों की चिन्ता भी तो थी मुझे।"

भीष्म को लगा कि वे व्यर्थ ही इस लड़के पर झल्ला रहे हैं। युधिष्ठिर की अवस्था ही क्या है। ऐसी स्थिति में तो अच्छे-अच्छे वयस्क भी घबरा जायेंगे। ...पर यह भीम! यह कोई-न-कोई उपद्रव करता ही रहता है। इस बार, उसके दुर्योधन के साथ किसी झगड़े का समाचार नहीं मिला तो यह बवण्डर उठ खड़ा हुआ।...और सहसा वे कुन्ती की ओर मुड़े, "सुनो कुन्ती! भीम यदि स्वेच्छा से कहीं गया है, तो एक-आध दिन में स्वयं लौट भी आयेगा : किन्तु यदि न भी लौटा तो तुम इन लड़कों को उसके संधान के लिये मत भेज देना। उसे खोजने का कार्य मैं स्वयं करूँगा। ये भी बच्चे हैं। यह न हो कि तुम इन्हें भीम के पीछे भेज दो, और बाद में इन्हें खोजने के लिये हमें भटकना पड़े।"

"जैसी आपकी इच्छा पितृव्य!"

"और मैं देख रहा हूँ," वे उठते हुए बोले, "तुम मुझसे कुछ परायों जैसा व्यवहार कर रही हो। भीम नहीं लौटा था, तो उसकी सूचना सबसे पहले मुझे मिलनी चाहिए थी। ये लड़के तुम्हारे पुत्र अवश्य हैं; किन्तु मेरे भी पौत्र हैं। मुझे भी इनकी चिन्ता रहती है।"

"अभी तो मैं अपने ऊहापोह से ही उबर नहीं पायी पितृव्य!" कुन्ती बोली,

"अन्यथा में आपको अवश्य सूचित करती।"

"मुझे सूचना पहले दिया करो और अपने ऊहापोह से बाद में निबटती रहा करो।" उन्होंने मुस्कुराने का प्रयत्न किया, "वार्धक्य का यही तो एक गुण है कि वह कर्म करे-न-करे, चिन्ता अवश्य करता है। मुझे सूचना नहीं दोगी, तो मैं स्वयं को उपेक्षित मानने लगूँगा। बुढ़ापे की सबसे बड़ी पीड़ा, अपने अंगों के शिथिल होने की नहीं है पुत्रि! अपने सम्बन्धों के शिथिल होने की होती है। अपने ही परिवार में अनावश्यक और उपेक्षित हो जाने की पीड़ा वृद्धावस्था को असह्य कटुता से भर देती है।"

अपने अवसाद को झटक कर कुन्ती सायास मुस्कुरायी, "मेरे और मेरे पुत्रों के लिये आप कभी भी अनावश्यक नहीं होंगे पितृव्य! और आपकी उपेक्षा करना तो हमारे लिये पाप होगा।"

"भीम की चिन्ता मुझ पर छोड़ दो।" वे द्वार से बाहर निकलते हुए बोले, "मैं स्वयं उसकी खोज में जाऊँगा।"

कुन्ती कुछ नहीं बोली।

कुन्ती और उसके पुत्रों का प्रणाम स्वीकार कर भीष्म अपने रथ में बैठ गये। वे सारथि को चलने का आदेश देने ही वाले थे कि कुन्ती बहुत धीरे से बोली, "तात! एक सूचना आपको और देनी है।"

भीष्म ने उत्सुकता से उसकी ओर देखा।

"हमें सूचना मिली है कि हमारे सारथि चिरन्तन का वध हो गया है।"

भीष्म चौंके, "चिरन्तन का वध?"

लगा, उनके भीतर जैसे कोई बवण्डर उठ खड़ा हुआ हो।

"मैं खोज करूँगा। प्रजा के प्रत्येक व्यक्ति की रक्षा, राज्य का दायित्व है। उसके हत्यारे का संधान, और उसको दण्डित करने का कर्तव्य राजा का है; और वह उसे करना होगा।"

उन्होंने सारथि को संकेत किया, "चलो! चिरन्तन के घर चलो।"

आधे प्रहर के ही भीतर भीष्म, धृतराष्ट्र से मिलने के लिये राजसभा के सिंहासन-कक्ष में जा पहुँचे। धृतराष्ट्र वहाँ नहीं था। वे राजभवन में लौटे। ज्ञात हुआ कि राजा अभी अपने विश्राम-कक्ष में हैं। भीष्म प्रतीक्षा नहीं कर सकते थे। वे राजा के विश्राम-कक्ष के द्वार पर पहुँचे।

"महाराज धृतराष्ट्र से कहो, मैं तत्काल उनसे मिलना चाहता हूँ।"

प्रतिहारी सिर झुका कर, सूचना देने के लिये चला गया।

भीष्म ने कक्ष में प्रवेश किया तो धृतराष्ट्र ने उठ कर उनके स्वागत का प्रयास

किया, "पितृव्य को अन्धे धृतराष्ट्र का प्रणाम!"

"ईश्वर तुम्हें सद्‌बुद्धि दे धृतराष्ट्र! व्यक्ति चाहे अन्धा हो, किन्तु राजा को अन्धा नहीं बने रहना चाहिए। उसे सहस्र नेत्र होना चाहिए।"

धृतराष्ट्र के चेहरे पर जैसे श्मशान की भस्म का ढेर लग गया। उसने अपने सम्पूर्ण शरीर में कम्पन का अनुभव किया। अधर सहसा ही एकदम सूख गये, "क्या बात है पितृव्य! आपके स्वर में रोष ध्वनित हो रहा है। मुझसे कोई अपराध हुआ क्या?"

"नहीं! तुमसे अपराध नहीं हुआ राजन! किन्तु तुमसे प्रमाद अवश्य हो रहा है। इसलिये मैं तुम्हारे पास आया हूँ।" भीष्म स्थिर वाणी में बोले।

रंगे हाथों पकड़े गये किसी अपराधी के समान धृतराष्ट्र कुछ देर मौन बैठा, अन्धी आँखों से शून्य में घूरता रहा। अन्ततः वह धीरे से बोला, "मुझे बतायें तो कि क्या हुआ है।"

"क्या तुम्हें सूचना नहीं है कि सारथि चिरन्तन का वध हस्तिनापुर के मुख्य पथ पर सैकड़ों लोगों की उपस्थिति में हुआ है?"

धृतराष्ट्र के जैसे प्राण लौट आये। उसे सहज-सामान्य होने में एक क्षण भी नहीं लगा। बोला, "नहीं! मुझे किसी ने सूचित नहीं किया।"

"क्या राजा इस प्रतीक्षा में बैठा रहेगा कि कोई आये और उसे सूचित करे कि उसके राज्य में क्या-क्या अपराध हो रहे हैं? क्या यह राजा का दायित्व नहीं है कि वह ऐसी व्यवस्था करे कि उसके राज्य में अपराध न हों; हों तो उसकी सूचना राजा को तत्काल मिले; और सूचना मिलते ही अपराधी को बन्द कर उसे दण्डित करने की प्रक्रिया आरम्भ हो जाये।"

"ऐसा ही होता है पितृव्य!" धृतराष्ट्र निर्लज्ज भाव से बोला।

"तो फिर तुम्हें अभी तक यह सूचना नहीं मिली कि चिरन्तन का वध सार्वजनिक स्थल पर अनेक प्रत्यक्षदर्शियों के सम्मुख किया गया है; और उसका शव कम-से-कम दो प्रहरों तक मुख्य मार्ग पर ही पड़ा रहा?"

"हाँ! इसकी सूचना मुझे नहीं मिली!"

"क्यों?"

"किसी के प्रमाद के कारण! मैं देखूँगा..."

"यह किसी का प्रमाद नहीं, तुम्हारा अपना ही प्रमाद है राजन!" भीष्म बोले, "चलो! मैं तुम्हें सूचना दे रहा हूँ—चिरन्तन का वध तुम्हारे पुत्र दुर्योधन ने किया है।"

धृतराष्ट्र जैसे जड़ हो गया। उसकी अन्धी आँखें पलकें झपकाना भी भूल गयीं। क्रमशः उसमें प्राणों का स्पन्दन हुआ, "आपके पास क्या प्रमाण है?"

"मेरे कहने के पश्चात भी तुम्हें प्रमाण की आवश्यकता है!" भीष्म का स्वर कुछ तीखा हुआ, "मेरा कहना क्या पर्याप्त प्रमाण नहीं है?" उनके आवेश में कुछ अवरोह आया, "फिर भी यदि तुम कहते हो तो मैं अपना प्रमाण प्रस्तुत करूँगा। बताओ, कितने साक्षी उपस्थित करूँ, जिन्होंने अपनी आँखों से यह अपराध होते देखा है।?"

धृतराष्ट्र किंकर्त्तव्यविमूढ़-सा बैठा-बैठा अपनी अन्धी आँखों से शून्य को घूरता रहा और फिर उन्मत्त-सा अपने हाथों से अपना माथा पीटने लगा, "मार डालो। मार डालो मेरे पुत्रों को। एक-एक कर सबको सूली पर चढ़ा दो। मैं अन्धा हूँ, कुछ कर नहीं सकता। कुछ कह नहीं सकता। एक नीच सारथि के प्राणों के लिये राजकुमारों के प्राण ले लो। कर दो कुरुवंश का नाश!..."

और अपने उन्माद में धृतराष्ट्र सहसा ही मंच छोड़ कर नीचे उतर आया और फ़र्श पर सिर पटकने लगा, "कोई नहीं चाहता कि मैं प्रसन्न रहूँ। कोई मेरे पुत्रों को सुखी नहीं देख सकता...।"

दासियों ने आगे बढ़ कर धृतराष्ट्र को सँभाला, "महाराज!"

"छोड़ दो मुझे!" वह बोला, "मैं, यहाँ, इसी क्षण मर जाऊँगा यदि मेरे पुत्र और एक सारथि—एक समान हैं, तो फिर क्या करना है मुझे, इस राज्य और इस जीवन का। सारथि ही जीवित रहें, राजकुमार मर जायें। क्या आवश्कता है पृथ्वी को राजकुमारों की..."

भीष्म ने धृतराष्ट्र को रोकने का तनिक-सा भी प्रयास नहीं किया। वह खड़े-खड़े देखते रहे : यह धृतराष्ट्र का प्रलाप था या नाटक? अपने इस उन्माद के माध्यम से वह क्या प्रकट करना चाहता था...क्या वह, यह सिद्ध करना चाहता था कि राजा का अपनी प्रजा की सुरक्षा के प्रति कोई भी दायित्व नहीं था? क्या राजा और राजकुमार सर्वोपरि थे? स्वेच्छाचारी और परम स्वतन्त्र थे? उन पर देश और राज्य का कोई विधान लागू नहीं होता था? नियम और विधान क्या असहाय प्रजा के लिये ही हैं?...धृतराष्ट्र राजा तो बना रहना चाहता है; जीवन के सारे भोग तो वह चाहता है; किन्तु वह यह नहीं जानता कि क्षत्रिय राजा का सबसे बड़ा दायित्व 'दुष्ट-दलन' है। यदि राजा अपराधियों को दण्ड न दे तो देश में अपराध-वृत्ति विकसित होने लगती है और अपराधी शक्तिशाली होने लगते हैं। तब न कोई न्याय रह जाता है, न शासन, न व्यवस्था। यदि सत्ता के केन्द्र में ही अपराधी विराजमान हों; यदि राजकुमार ही हत्यारे हो जायें, तो देश में सुशासन की कोई सम्भावना रह ही नहीं जाती। तब न तो समाज रहेगा, न देश, न राष्ट्र! वन्य-जीवन व्याप्त हो जायेगा सब ओर। क्षत्रिय राजा के राज्य और राक्षसों की बस्ती में क्या अन्तर रह जायेगा?...

धृतराष्ट्र से कोई अपेक्षा करना ही व्यर्थ था। निश्चित रूप से अपने पुत्र के मोह में फँसा हुआ राजा न उसे अपराधी स्वीकार कर सकता था और न ही उसे दण्डित कर सकता था।...अब कुरु-राज्य, धर्म-राज्य नहीं रह जायेगा; कुरुक्षेत्र, धर्मक्षेत्र नहीं होगा। प्रजा कुरुराजाओं के न्याय की दुहाई नहीं देगी। धनी और समर्थ लोग हस्तिनापुर छोड़ कर अन्यत्र जाने का प्रयास करेंगे...न विद्वान यहाँ रहना चाहेंगे, न ज्ञानी, न कलाकार, न व्यापारी...

तो क्या भीष्म को ही कुछ करना होगा?...

भीष्म कुछ करना चाहेंगे तो उन्हें सत्ता अपने हाथ में लेनी होगी। यह सम्भव नहीं है कि राजसिंहासन पर धृतराष्ट्र बैठा हो और दुर्योधन को दण्डित करने का राजसी अधिकार भीष्म को प्राप्त हो। व्यक्तिगत शौर्य के बल पर यदि वह ऐसा कुछ करना चाहेंगे, तो उन्हें हस्तिनापुर की राजसत्ता का विरोध करना पड़ेगा। सम्भवतः प्रजा न्याय-पक्ष में उनका साथ देना चाहे और वह राजसत्ता से विद्रोह करे।...तो क्या भीष्म कुरुओं के राजा के विरुद्ध प्रजा का नेतृत्व करेंगे? जिस भीष्म ने आज तक सारे प्रयत्न कुरु-वंश के शासन की रक्षा के लिये ही किये हैं, वे स्वयं ही उसके विनाश के कारण बनेंगे?...वैसे भी उन्होंने राजनीति से, सत्ता से, शासन से स्वयं को पृथक कर लिया है, तो फिर वह यह सब किसके लिये करेंगे?...प्रजा का पालन, प्रजा की रक्षा राजा का काम है। राजा धृतराष्ट्र है। यह उसका दायित्व है कि वह देखे कि अपराधी कौन है।...दण्डित किसे करना है।...

किन्तु यह भीष्म का अन्तिम निर्णय नहीं हो सकता था...वे राजा नहीं हैं; किन्तु वे एक धर्मपरायण चिन्तनशील प्राणी हैं। वे देख रहे हैं कि उनके सामने-सामने अधर्म हो रहा है। एक बलवान और समर्थ व्यक्ति, एक निर्बल और असहाय व्यक्ति की हत्या कर रहा है।...तो क्या धर्मपरायण भीष्म का दायित्व नहीं कि वे बलवान को रोकें, निर्बल की सहायता करें; और अपराधी को दण्डित करें। उसके लिये सत्ता और अधिकार की क्या आवश्यकता है। उनके गुरु परशुराम बिना किसी राजकीय अधिकार के ही, अम्बा की न्याय की पुकार पर उन्हें दण्डित करने आये थे। तो क्या भीष्म को न्याय की पुकार नहीं सुननी चाहिए? क्या उन्हें सारथि चिरन्तन के हत्यारे को दण्डित नहीं करना चाहिए? और फिर वे चाहे राजा न हों, कुरु-वृद्ध तो हैं ही। वे इस वंश के सबसे वयोवृद्ध पुरुष हैं। इन लड़कों के अभिभावक हैं। क्या यह उनका धर्म नहीं है कि वे अपने वंश के लड़कों को अधर्म के मार्ग पर न चलने दें? क्या दुर्योधन के अभिभावक के रूप में उन्हें इस अपराध के लिये उसे दण्डित नहीं करना चाहिए?...

सहसा उनके अपने भीतर कोई सूक्ष्म शरीर जैसे आकार ग्रहण करने लगा ...यह मूर्ति कदाचित माता गंगा की थी। वह हँस रही थी, "देवव्रत! रजोगुण छूटता नहीं तुझसे?...इससे चिपटे रहने के लिये तू कोई-न-कोई व्याज खोज ही लेता है...।"

भीष्म जैसे कुछ दूसरे ही हो गये...दुर्योधन को मार्ग पर लाने का दायित्व उसके पिता धृतराष्ट्र का था; और अपराधी को दण्ड देने का कार्य देश के राजा का।...यदि वह दूसरों के कार्य में हस्तक्षेप करेंगे, दूसरों के दायित्व को ओढ़ेंगे, तो भीष्म, भीष्म कैसे रह पायेंगे...

भीष्म का सारा आवेश झाग के समान बैठ गया। यह भीष्म का धर्म नहीं था। वे विचित्रवीर्य के पुत्र धृतराष्ट्र के विरुद्ध न तो राजनीतिक शक्ति बनना चाहते थे, न उसके मार्ग की बाधा। वे न अपनी प्रतिज्ञा तोड़ना चाहते थे, न अपने मन में राजसत्ता का लोभ जगाना चाहते थे...

तो उनका धर्म?

वह न धृतराष्ट्र को बदल सकते हैं, न दुर्योधन को। यदि हस्तिनापुर को इनसे मुक्ति चाहिए तो उसे अपना राजा बदलना पड़ेगा...ओह! युधिष्ठिर कब बड़ा होगा और सिंहासन पर बैठ कर सम्पूर्ण राजसत्ता अपने हाथ में लेगा?...

...अभी निराशा की कोई बात नहीं है। आशा की एक किरण उन्हें दिखायी दे रही है। अपनी मर्यादा में रहते हुए भी वे हस्तिनापुर में धर्म की स्थापना में सहायक हो सकते हैं। यदि युधिष्ठिर का युवराज्याभिषेक हो जाये तो दुर्योधन के अधिकार अपने-आप संकुचित होने लगेंगे। युवराज के रूप में युधिष्ठिर, धृतराष्ट्र के अधर्ममय कृत्यों पर अंकुश लगा सकेगा। वह उसे धर्म-संगत परामर्श दे पायेगा...और वयस्क होते ही वह हस्तिनापुर का राजा होगा, पूर्ण शक्ति सम्पन्न सर्वाधिकार प्राप्त कुरुवंश का धर्मराज....

उन्हें लगा, उन्हें युधिष्ठिर की शिक्षा-दीक्षा की ओर अधिक ध्यान देना चाहिए। कृपाचार्य उसके लिये पूर्ण गुरु नहीं हो सकता।...युधिष्ठिर के लिये ही क्यों, इन सारे राजकुमारों के लिये कोई और योग्य गुरु ढूँढना होगा।...पर वह मोटा भीम कहाँ चला गया?...

भीम को लगा जैसे अन्धकार कुछ विरल होता जा रहा है, या कदाचित वह अन्धकार से प्रकाश के लोक में आ रहा है।...क्या वह सोया हुआ था और अब उसकी नींद उचट गयी है। चेतना के कुछ और सघन होते ही उसने कई बातों का अनुभव एक साथ किया। कदाचित वह जल में था और गतिशील

था, किन्तु वह स्वयं तैर नहीं रहा था। वह तैरता कैसे...उसके तो हाथ-पैर ही नहीं, जैसे सारा शरीर जकड़ा हुआ था...नहीं, शायद बँधा हुआ था।...वह गतिशील कैसे था?...

उसने प्रयत्नपूर्वक आँखें खोलीं और इधर-उधर देखा : उसके साथ, दोनों ओर, दो व्यक्ति तैर रहे थे; और अपने साथ-साथ उसे भी लिये जा रहे थे...

पर उसको बाँधा किसने? वह जल में कब उतरा?...उसे कुछ स्मरण नहीं था। स्मरण करने की आवश्यकता भी नहीं थी...सम्भवतः जल में अचेत हो जाने के कारण शैवाल इत्यादि ने उसे लपेट लिया था।...पर वह अचेत हुआ ही कैसे? वह अचेत हो कर जल में गिरा या जल में गिर कर अचेत हुआ?...

उसने अपने सम्पूर्ण बल का प्रयोग किया...एक-एक कर बन्धन टूटने लगे।...वह शैवाल में मात्र लिपटा हुआ नहीं था। उसे वनस्पति तन्तुओं से भली प्रकार बाँधा गया था। पर वे तन्तु इतने दृढ़ भी नहीं थे कि भीम का बल उनसे पराजित हो जाता।...

साथ तैरने वाले व्यक्तियों को भी ज्ञात हो गया था कि भीम की मूर्च्छा टूट गयी है। वे उसके असाधारण बल से भी अवगत हो गये थे।...उसने अपने बन्धन बड़ी सरलता से तोड़ दिये थे और मुक्त हो कर वह स्वतन्त्र रूप से तैर रहा था। वे लोग उससे कुछ हट कर साथ-साथ तैरते हुए, तट तक आये थे।

तट तक आने के क्षण तक भीम यही समझ रहा था कि वे लोग उसकी सहायता और सुरक्षा के लिये उसके साथ-साथ तैर रहे थे; किन्तु तट पर पग धरते ही उनका व्यवहार जैसे बदल गया था।...

तट पर जहाँ वे लोग जल से बाहर निकले थे, वहाँ उनके कुछ साथी पहले से विद्यमान थे। उसके साथ आने वाले व्यक्तियों ने चिल्ला कर उनसे कुछ कहा, और वे लोग अपनी उत्सुकता में कुछ आगे बढ़ आये।

भीम को अब भी कुछ थकान लग रही थी। पता नहीं यह कैसी थकान थी। तैरने से तो वह कभी इस प्रकार थकता नहीं था।...

वह आस-पास खड़े लोगों की चिन्ता किये बिना भूमि पर बैठ गया... उसे धीरे-धीरे कुछ बातें याद आ रही थीं।....वे लोग उदक-क्रीड़न के लिये प्रमाण-कोटि में गंगा-तट पर आये थे। दुर्योधन ने उसे खाने के लिये मोदक दिये थे। तभी से उसे नींद-सी आने लगी थी...वह शायद अपने मण्डप में आ कर सो गया था...पर फिर यह जल?...

भीम ने दृष्टि उठा कर देखा : सन्ध्या ढल रही थी। थोड़ी देर में पूर्ण अन्धकार हो जायेगा...वह कहाँ था? यह कौन-सा स्थान था? उसके भाई कहाँ

थे? और हस्तिनापुर के सारे लोग?...

भीम उठ कर खड़ा हो गया।

सहसा उसके आस-पास हलचल मच गयी...वे लोग चिल्ला-चिल्ला कर आपस में कुछ कह रहे थे। उनकी भाषा का कोई-कोई शब्द ही भीम को समझ में आता था। किन्तु उनकी उत्तेजना को समझने के लिये उनकी भाषा को जानना आवश्यक नहीं था।

भीम आगे बढ़ा।

तभी उसके आस-पास की भीड़ अनुशासित हो गयी। वे लोग दो पंक्तियों में बँट गये थे और भीम को चारों ओर से घेर रहे थे।

भीम को उनकी कोई विशेष चिन्ता नहीं थी, न उसे किसी प्रकार का कोई भय सता रहा था। वे उसे घेर कर नाचना चाहें, नाचें। बैठना चाहें, बैठें।...पर क्या वे लोग उसे अपना बन्दी समझ रहे हैं?...भीम को हँसी आ गयी। बन्दी समझना चाहें, समझें। भीम को उसमें क्या असुविधा थी...किन्तु उनमें से एक कुछ अधिक धृष्टता कर बैठा। वह रज्जु ले कर उसकी ओर बढ़ा। भीम ने उसे विस्मय से देखा : क्या चाहता है वह? वह आ कर भीम के सम्मुख खड़ा हो गया और कुछ बोला। कुछ शब्द भीम के परिचित थे। पर उनका ठीक-ठीक अर्थ भीम की समझ में नहीं आया। वह हाथ और बन्धन के विषय में कुछ कह रहा था।....वे लोग कदाचित नाग जाति के थे...वे शब्द नाग भाषा के ही थे...

भीम ने जब कोई उत्तर नहीं दिया तो उस व्यक्ति ने एक हाथ से भीम की कलायी थामी और उस पर रज्जु लपेटने का प्रयत्न करने लगा।...तब भीम की समझ में आया कि वह उसे बन्दी बना रहा था।

भीम ने मुस्कुरा कर उसे देखा और हल्के-से धक्के से उसे परे धकेल दिया।

बन्दी करने आया वह नाग अपने-आपमें या तो पर्याप्त असावधान था, अथवा पूर्णतः विश्वस्त! अन्य लोगों ने उसे सँभाल न लिया होता तो वह भूमि पर गिर ही पड़ा होता।

अपने पैरों पर पुनः खड़े हो कर उसने अपने साथियों को कोई आदेश दिया। उनके तेवर आक्रमण करने के-से बन गये थे।...और अगले ही क्षण उन्होंने भीम पर जैसे सामूहिक आक्रमण ही कर दिया। किन्तु वे भीम के बल से परिचित नहीं थे...और फिर भीम का वह मल्ल-युद्ध का अभ्यास...कई-कई मल्लों से एक साथ लड़ने का प्रशिक्षण...थोड़ी ही देर में उन लोगों को ज्ञात हो गया कि भीम उनके बस का नहीं था। इतनी ही देर में उनके कई साथी भीम

के हाथों पिट चुके थे अथवा भूमि पर रगड़े जा चुके थे...

उनके नेता ने उन्हें पुनः कोई आदेश दिया।

आदेश का पालन हुआ। वे लोग भीम को छोड़ कर हट गये और कुछ दूर जा कर, भीम को केन्द्र में रख कर वृत्ताकार बैठ गये। वे भीम के निकट नहीं आ रहे थे; किन्तु उसे मुक्त कर दूर भी नहीं जा रहे थे। कदाचित वे अपने अन्य साथियों की प्रतीक्षा कर रहे थे।

भीम की इच्छा हो रही थी कि उनसे मैत्रीपूर्ण ढंग से बात करे, उन्हें बताये कि वह स्वयं कौन है, और उनसे उनका परिचय माँगे। वह यह जानने को अत्यधिक व्यग्र था कि वह प्रमाण-कोटि से यहाँ तक कैसे आ गया? हस्तिनापुर के शेष लोग कहाँ हैं और वह हस्तिनापुर से कितनी दूर है? रात होने को थी। उसे अपने भाइयों और माता के निकट जाना चाहिए था। वे लोग अवश्य ही चिन्ता कर रहे होंगे।

किन्तु उसे इस विचित्र खेल में भी आनन्द आने लगा था। उसका मन हो रहा था कि ये सब मिल कर फिर से उस पर आक्रमण करें और वह फिर से उन्हें खदेड़े। अखाड़े में किये गये मल्ल-युद्ध के अभ्यास में यह आनन्द कहाँ था। अभ्यास तो फिर अभ्यास ही था।...किन्तु वे लोग उस पर आक्रमण नहीं कर रहे थे।...एक बार तो भीम के मन में आया कि वह उनमें से एक-आध को उठा कर दूर फेंक दे, या फिर किन्हीं दो को गर्दन से पकड़ कर उनके मुण्ड परस्पर भिड़ा दे...शायद उसके पश्चात वे लोग उस पर आक्रमण करें...

पर भीम का अपना विवेक ही उसे इस प्रकार के कृत्य से रोक रहा था। उसके लिये तो यह क्रीड़ामात्र होगी, किन्तु वे अपरिचित लोग, जो पहले से ही विरोध का कुछ भाव लिये बैठे थे, उसे अवश्य ही अपना शत्रु समझने लगेंगे। बिना सोचे-समझे, इस प्रकार की विचित्र और अज्ञात स्थिति में इतने लोगों को अपना शत्रु बना लेना, भीम के हित में तनिक भी नहीं था...

किन्तु भीम की समझ में यह नहीं आ रहा था कि इस प्रकार उसे घेर कर बैठे रहने का क्या अर्थ हो सकता है। वे लोग भीम के थक जाने या सो जाने की प्रतीक्षा कर रहे हैं या अपने और साथियों के आ जाने की। और साथियों के आने का अर्थ है, पुनः भीम पर आक्रमण तथा हिंसा। सामान्यतः इन बातों की भीम को चिन्ता नहीं होती। यदि उसकी गदा उसके हाथ में होती, फिर तो कोई बात ही नहीं थी।...किन्तु भीम का वह निश्चिन्त विवेक भी उसे यह समझा रहा था कि किन्हीं अज्ञात कारणों से जिन परिस्थितियों में वह फँस गया है, वहाँ उसे किसी प्रकार की कोई सहायता मिलने की कोई भी सम्भावना

नहीं है; और उसके इन अपरिचित विरोधियों के साथियों की संख्या बढ़ती ही जायेगी...

पर विरोध का कोई कारण भी तो भीम की समझ में आये। वे लोग उससे बात तो करें। उसे बतायें तो कि इस विरोध का कारण क्या है? वे लोग उससे चाहते क्या हैं?...भीम उनसे अकारण ही शत्रुता नहीं चाहता, किन्तु वह उनसे भयभीत नहीं है। वे यदि उसे क्षति पहुँचाने का प्रयत्न करेंगे, तो निश्चय ही भीम उनसे युद्ध करेगा; जैसे भी होगा, जिस प्रकार भी बन पड़ेगा...

तभी उनकी एक और टोली आती हुई दिखायी दी। टोली में अधिक लोग नहीं थे। कदाचित यह उनके योद्धाओं की टोली थी ही नहीं। नवागंतुकों का सबने सिर झुका कर अभिवादन किया...सम्भवतः वे कोई विशिष्टि लोग थे...यूथपति, राजा, सेनापति, जनप्रमुख....

वे लोग घेराबन्दी पार कर भीतर आये : किन्तु भीम से थोड़ी दूर ही खड़े हो गये। उन्होंने भीम का पूरी गम्भीरता से निरीक्षण किया। थोड़ी देर परस्पर विचार--विमर्श किया...और तब एक अत्यन्त वृद्ध व्यक्ति उसके निकट आया। उसकी मुद्रा में तनिक भी आक्रामकता नहीं थी, और इतने वृद्ध व्यक्ति पर आघात करने की बात भीम के लिये अकल्पनीय थी। वह वृद्ध तो पितृव्य भीष्म से भी अधिक वय का प्रतीत हो रहा था। सामान्य भाव से मुस्कुराता हुआ आ कर, वह भीम के सम्मुख खड़ा हो गया।

"भय न करो पुत्र! हम तुम्हारे शत्रु नहीं हैं।" वह बोला, "हम तुम्हें कोई क्षति नहीं पहुँचाना चाहते। हमारे युवक तुमसे भयभीत हैं। सम्भव है, इन लोगों ने तुमसे बहुत शिष्ट व्यवहार न किया हो...।"

भीम कुछ आश्वस्त हुआ...वह वृद्ध अच्छी संस्कृत नहीं बोल रहा था; किन्तु उसकी बात भीम की समझ में आ रही थी। भीम भी अपनी बात उसे समझा पायेगा...

"ये लोग मुझसे भयभीत क्यों हैं?" भीम ने पूछा।

वृद्ध हँसा, "वास्तविक बात तो विधाता ही जाने; किन्तु ये लोग कह रहे हैं कि तुम्हारी मृत्यु हो गयी थी। तुम्हारे परिवार वालों ने तुम्हारे शव को भली प्रकार शिलाओं से बाँध कर तुम्हें जल-समाधि दे दी थी। इन लोगों ने अनेक विषैले सर्पों को तुम्हारे शव से लिपटते हुए देखा था। उन सर्पों ने तुम्हें दंशित न किया हो—यह सम्भव नहीं है। एक शव को विषैले सर्प काटें तो उसकी क्या हानि हो सकती है—यही सोच कर इन्होंने सर्पों को हटाया नहीं। किन्तु उसके पश्चात ही तुम्हारे शव में स्पन्दन हुआ। तुम में जीवन के चिह्न दिखायी पड़ने लगे। ये लोग उसे कोई प्रेत-बाधा समझ कर भयभीत हो गये। किन्तु

अपने औत्सुक्य का शमन भी नहीं कर पाये। ये लोग तुम्हारे शव को साथ ला रहे थे तो सहसा तुम सक्रिय हो गये। तुमने अपने बन्धन तोड़ दिये और स्वयं ही तैरने लगे। ये लोग मानते हैं कि या तो तुम स्वयं ही प्रेत-योनि के जीव हो, या फिर किसी प्रेतात्मा ने तुम्हारे इस मृत शरीर पर आधिपत्य कर लिया है। यही कारण है कि ये लोग तुम्हें बाँध कर ही रखना चाहते थे, ताकि तुम इन्हें कोई हानि न पहुँचा सको।"

"किन्तु मेरी तो मृत्यु नहीं हुई थी।" भीम बोला, "इन्होंने इतने सारे अनुमान कैसे लगा लिये कि मेरे परिवार ने मेरे शव को जल-समाधि दी थी और..."

"तुमने सत्य ही कहा है," वृद्ध मधुर भाव से बोला, "ये सब इनके अनुमान मात्र ही हैं; किन्तु ये मिथ्या कथन नहीं कह रहे वत्स! तुम्हारा शरीर वनस्पतियों के कठोर-कठोर तन्तुओं में दृढ़तापूर्वक बाँधा गया था—यह तो अपने बन्धन तोड़ते समय, तुमने भी देखा ही होगा।"

"हाँ आर्य! देखा था।"

"यह बताओ कि तुम्हारे यहाँ जीवित व्यक्ति को इस प्रकार बाँध कर नदी में बहा देने का कोई उत्सव होता है क्या?"

"नहीं!"

"तो फिर तुम्हें क्यों बहाया गया?"

"कहीं ऐसा तो नहीं कि मैं तैरते-तैरते अचेत हो गया होऊँ और फिर शैवाल तन्तुओं से लिपटता चला गया होऊँ?"

वृद्ध ने मौन रह कर कुछ क्षणों तक भीम को निर्निमेष देखा : वस्तुतः वह भीम को देख नहीं रहा था, वह उसके कथन पर विचार कर रहा था। विचार कर वह किसी निष्कर्ष पर पहुँचा। उसने पलकें झपकाईं और बोला, "चलो विचार करने की दृष्टि से तुम्हारी बात मान लेते हैं : किन्तु ऐसी स्थिति में तुम्हें अपनी अचेतावस्था से पूर्व की स्थितियों का स्मरण होना चाहिए। क्या तुम्हें ऐसा कुछ स्मरण है कि तुम गंगा के जल में तैर रहे थे?"

भीम ने स्मरण करने का प्रयत्न किया, "नहीं! मैं अपने मण्डप में सो रहा था।"

"तो तुम गंगा के जल में कैसे पहुँचे?" वृद्ध मानो अपने अनुमान की सत्यता प्रमाणित होने पर मुस्कुराया, "और फिर हमारे युवकों का कहना है कि वे वनस्पति-तन्तु जल-वनस्पति के नहीं, स्थल-वनस्पति के थे। इतना ही नहीं, उन तन्तुओं में गाँठें मछलियों ने तो नहीं ही लगायी होंगी। फिर तुम्हारे शरीर के साथ भारी पत्थर किसने बाँधे थे; और क्यों बाँधे थे? शव को जल-समाधि

देते हुए, ये पत्थर इसलिये बाँधे जाते हैं कि शव कहीं फूल कर जल के ऊपर न आ जाये। वह जल के भीतर तल पर ही रहे और जल-तन्तु उसे खा जायें।"

भीम कुछ नहीं बोला। वह चिन्तन की मुद्रा में चुपचाप खड़ा रहा।

वृद्ध पुनः बोला, "एक और बात विचार करने की है।"

भीम ने उसकी ओर देखा।

"हमारे युवकों ने निश्चित रूप से विषैले सर्पों को तुम्हारे शरीर से लिपटते और तुम्हें दंश मारते देखा है। इसमें वे भूल नहीं कर सकते।..."

"क्यों?"

"क्योंकि हम लोग नाग-जाति के हैं। विभिन्न प्रकार के सर्पों और उनके विष आदि के विषय में हमारे युवक प्रशिक्षित हैं।"

"तो?"

"सर्प-दंश के पश्चात सामान्यतः एक जीवित मनुष्य को अचेत हो जाना चाहिए था और अचेत व्यक्ति को मृत्यु को प्राप्त हो जाना चाहिए था। किन्तु तुम्हारे साथ इसके ठीक विपरीत हुआ," वृद्ध हँसा, "तुम मृत से अचेत हो गये और अचेत से सचेत हो गये।"

"इसका क्या अर्थ है?"

"इसका अर्थ है कि तुम्हारे शरीर में कालकूट अथवा ऐसा ही कोई बहुत भयंकर विष पहले से ही वर्तमान था, जिसने तुम्हें अचेत कर रखा था; और अचेतावस्था से तुम क्रमशः मृत्यु की ओर जा रहे थे।" वृद्ध मुस्कुराया, "मैं यह मान कर चल रहा हूँ कि तब तक तुम मृत नहीं थे—केवल मूर्च्छित थे।"

"तो?" भीम ने बिना सोचे-समझे अपना प्रश्न दोहराया।

"सर्प-दंश ने तुम्हारे शरीर में पहले से विद्यमान विष का प्रतिकार कर डाला और तुम चेतना की ओर लौटने लगे।" वृद्ध ने रुक कर उसे देखा, "यदि हम इस अनुमान को सत्य मान लें तो तुम न कोई प्रेत हो और न ही किसी प्रेतात्मा ने तुम्हारे शव पर आधिपत्य जमा रखा है। तुम जीवित मनुष्य हो; किन्तु तुम्हें बहुत विचित्र स्थिति में जीवन मिला है। विधाता ने तुम पर असाधारण और असामान्य कृपा की है। वैसे इस प्रकार की घटनाओं में कई बार पहले से विद्यमान विष अथवा सर्प-दंश से शरीर में प्रविष्ट विष में से कोई अंश अविनष्ट स्थिति में रह कर शरीर की हानि भी कर सकता है। हम उसका भी उपचार जानते हैं। हम तुम्हारी पूर्ण चिकित्सा भी कर देंगे; किन्तु उससे पहले हम तुम्हारा परिचय जानना चाहते हैं वत्स!"

वृद्ध के तर्कों ने जहाँ भीम की अनेक उलझनों को सुलझाया था, वहाँ

उसके मन में अनेक नये प्रश्न भी खड़े कर दिये थे। क्या सचमुच उसके शरीर में विष प्रविष्ट हो गया था? पर कैसे? क्या भोजन में उसे विष दिया गया था? किन्तु भोजन तो सबने एक साथ ही किया था।...तो क्या सुयोधन के वे मोदक? उनको खाने के पश्चात से ही उसे नींद आनी आरम्भ हो गयी थी। क्या उसी के कारण वह अचेत हो गया था? क्या सुयोधन ने ही उसे बँधवा कर गंगा में फिकवा दिया था?

भीम की आँखें क्रोध से फड़कने लगी थीं।

"क्या बात है वत्स? तुमने अपने विषय में कुछ नहीं बताया।"

"मैं कुछ सोच रहा था आर्य!" भीम पहली बार हँसा : बाल्यावस्था की निष्कलुष हँसी, "मैं हस्तिनापुर के स्वर्गीय महाराज पाण्डु का पुत्र हूँ—भीम! मेरी माता का नाम कुन्ती है।"

वृद्ध ने जैसे किसी आवेश में आ कर, आगे बढ़ कर भीम के कंधों पर हाथ रखने का प्रयास किया; किन्तु भीम के आकार-प्रकार के कारण वह बहुत सुविधाजनक नहीं था; अतः उसने उसकी कटि पर ही अपनी हथेलियाँ जमायीं। अब तक के सारे वार्तालाप में उसकी वाणी मधुर ही रही थी; किन्तु अब तो जैसे वह स्नेहप्लावित हो गयी थी, "तुम कुन्ती के पुत्र हो—पृथा के?"

"हाँ!" भीम बोला, "आप मेरी माता को जानते हैं क्या?"

वृद्ध का उल्लास अत्यन्त व्यग्र हो उठा था, "मैं तुम्हें अपने वक्ष से नहीं लगा सकता, तुम ही मेरे कण्ठ से लग जाओ पुत्र! आओ, मेरे वक्ष को शीतल करो।"

वृद्ध ने अपनी भुजाएँ फैला दीं।

भीम चकित और अवाक् खड़ा था : जाने कौन था वह वृद्ध! क्यों इतना प्रसन्न था; और माता कुन्ती से कैसे परिचित था। भीम ने झुक कर पहले अपना मस्तक वृद्ध के कंधे पर रखा और फिर उसे अपनी भुजाओं में भर लिया।

वृद्ध उसके शरीर को सहलाता रहा, जैसे अपनी कोई चिर-तृषा मिटा रहा हो; और फिर आलिंगन त्याग कर सीधा खड़ा हो गया, "मुझे पहचानते हो वत्स? जानते हो, मैं तुम्हारा कौन हूँ?"

"नहीं आर्य! मैं आपसे पहले कभी नहीं मिला।"

"सत्य कहते हो पुत्र! हमारी भेंट पहले कभी नहीं हुई।" वह बोला, "मैं आर्यक नाग हूँ—तुम्हारे मातामह का मातामह! मेरी पुत्री मारिशा का पुत्र था, तुम्हारा मातामह शूरसेन!" और सहसा ही आर्यक का स्वर उल्लास शून्य हो गया, "एक बार मारिशा यहाँ से गयी क्या, फिर कभी उसे देख ही नहीं पाया।

उसे क्या, किसी को भी नहीं देखा। बस सुनता ही आया–उसके पुत्रों और पौत्रों के विषय में सुनता रहा। मारिशा की पौत्री कुन्तीभोज के घर पर पल रही है–यह भी सुना। पाण्डु के साथ पृथा के विवाह की भी चर्चा सुनी। फिर तुम्हारे पिता के देहान्त की भी सूचना आयी। मैं बस सुनता ही रहता हूँ पुत्र! कुछ कर नहीं पाता। कोई मुझसे मिलने नहीं आता। मैं किसी के पास जा नहीं सकता। यहाँ बैठा-बैठा अपने युवकों द्वारा लाये गये समाचार सुनता रहता हूँ और विधाता को कोसता रहता हूँ–क्यों मुझे इतना दीर्घायु किया? पुत्री तो क्या दौहित्र तक का देहान्त हो गया और मैं अभी बैठा ही हूँ..." सहसा उसने रुक कर आँखों में आये अश्रु पोंछ डाले, "आज रोऊँगा नहीं। आज हर्षोल्लास का दिन है, आज तो उत्सव है। आज मेरे दौहित्र का दौहित्र मेरे घर आया है।"

वृद्ध भीम की भुजा पकड़ कर, अपने साथ आये लोगों के निकट ले गया, "इन्हें प्रणाम करो पुत्र भीम! ये हमारे राजा हैं, नागराज वासुकि?"

भीम ने उसे प्रणाम किया। वासुकि ने आशीर्वाद की मुद्रा में हाथ उठा दिया।

आर्यक ने उपस्थित लोगों को भीम का परिचय दिया और फिर घोषणा कर दी, "भीम मेरे घर पर रहेगा।"

भीम के लिये यह सारा अनुभव अद्भुत था : जीवन के यथार्थ जैसा तो यह था ही नहीं। स्वप्नलोक की कथा थी जैसे...जहाँ कोई नियम नहीं होते. ..बड़े-से-बड़ा अनिष्ट भी उसके अनुकूल होता जाता था : एक व्यक्ति जिसे शत्रुतावश विष दे दिया गया हो, जिसकी हत्या हो चुकी हो, जिसके अन्तिम संस्कार के रूप में उसे बाँध कर जल-समाधि भी दे दी गयी हो–उसका विष-उपचार करने के लिये मानव-शत्रु सर्प आ जायें और अपने दंश से काल का नहीं, अश्विनी कुमारों का कार्य कर जायें।...और फिर शत्रुताभाव से उसे बन्दी बना कर जो लोग अपने स्थान पर ले आयें, वे भी उसके अपने सम्बन्धी निकल आयें...

बीच-बीच में भीम के मन में माता और भाइयों की स्मृति कौंध जाती थी...वे लोग अत्यन्त व्याकुल होंगे।...वे उसे खोज रहे होगें...

किन्तु यह वृद्ध आर्यक था, जो भीम को न इस अद्भुत घटना का रस ले पाने का अवकाश दे रहा था, न किसी की चिन्ता कर पाने की स्वतन्त्रता। वह अपनी बातों और योजनाओं में भीम को अनवरत उलझाये हुए था।...

आर्यक के साथ-साथ भीम भी उसके घर आया। जिसे आर्यक ने अपना घर कहा था, वह कुटीरों का पूरा एक ग्राम था। आर्यक का परिवार ही इतना

बड़ा था। प्रत्येक दम्पत्ति के पास अपना एक पृथक कुटीर था; किन्तु शेष सारी सम्पत्ति ही नहीं, जीवन-चर्या भी पूर्णतः सामूहिक ही थी।

पुत्रों, पौत्रों-प्रपौत्रों, प्रपौत्रियों से भीम की भेंट करवा कर आर्यक ने उसे आदेश दिया कि वह नहा कर आये। भीम की इच्छा थी कि वह पेट भर भोजन करे और तान कर सो जाये; किन्तु आर्यक का विचार था कि पहले उसका विष-उपचार होना चाहिए। ऐसा न हो कि उसके शरीर में विष का कोई अंश रह जाये और विलम्ब होने से वह उसकी हानि करे।

यद्यपि आज भीम का अधिकांश समय गंगा के जल में ही बीता था, तो भी उसे नहाने के लिये जाना ही पड़ा। वृद्ध आर्यक का स्नेहाग्रह इतना वेगपूर्ण था कि उसे टालना भीम के लिये कठिन हो गया था।

भीम नहा कर आया तो आर्यक ने उसे एक पृथक स्थान पर खड़े अश्वत्थ वृक्ष के नीचे बने चबूतरे पर बैठा कर, उसे घेरते हुए गेरू के अनेक वृत्त बनाये। कुछ अन्य आकृतियाँ भी बनायीं, जो भीम की समझ से बाहर थीं। आकृतियाँ बना लेने के पश्चात उसने भीम के लिये अबोधगम्य भाषा में कुछ मन्त्र पढ़े और भीम पर पुष्पों के साथ कुछ अन्य सुगन्धित वस्तुओं की वर्षा की। फिर निश्चिन्त हो कर उसने भीम को एक बड़े भाण्ड में से ढाल कर पीने के लिये एक तरल पदार्थ दिया।

भीम ने पात्र पकड़ कर आर्यक की ओर देखा, "यह क्या है तात?"

"रस!" आर्यक मुस्कुरा कर बोला, "इसे पी जाओ वत्स! यह तुम्हारे शरीर में अवशिष्ट सम्पूर्ण विष को नष्ट कर देगा और भविष्य में भी तुम्हें किसी प्रकार के विष का कोई भय नहीं रहेगा।"

"औषध है तात?"

"हाँ!" आर्यक बोला, "किन्तु हम इसे 'रस' कहते हैं। यह संजीवनी है पुत्र! जीवन-रस!"

भीम ने तनिक अनिच्छा से एक घूँट पिया। एक घूँट कण्ठ के नीचे उतारते ही, उसके चेहरे के भाव बदल गये। जिसे वह औषध समझ कर बहुत अनिच्छा-से गटक रहा था, वह तो वस्तुतः रस था—अत्यन्त स्वादिष्ट और स्फूर्तिदायक! भीम ने ललकपूर्वक पात्र खाली कर दिया।

"स्वादिष्ट है?" आर्यक ने पूछा।

"अलौकिक है।" भीम की प्रसन्नता अत्यन्त मुखर हो कर उसके चेहरे पर प्रकट हुई थी।

"इसे पियो पुत्र! जितना पी सको, उतना पियो।" आर्यक बोला, "यह हम नागों की एक विशिष्टि उपलब्धि है, जो भाग्य से ही तुम्हें मिल रही है?"

भीम की रुचि आर्यक की बातों की तुलना में, रस में ही अधिक हो गयी थी। भीम पात्र-पर-पात्र पीता गया, और आर्यक भाण्ड में से उँढेलता ही चला गया।

भीम की भूख मिटती चली गयी और उसे नींद घेरती गयी। उसे स्वयं ही पता नहीं चला कि कब उसके हाथ से पात्र छूट गया और कब वह उसी आसन पर लेट गया।

आर्यक ने देखा : भीम सो गया था। अब उसे जगा कर भोजन कराना कठिन था। उसकी कोई विशेष आवश्यकता भी नहीं थी। उसने पर्याप्त रस पी लिया था—अकेले ही अनेक लोगों के बराबर! उससे उसमें असाधारण ऊर्जा और शक्ति का संचार होगा। आज भोजन नहीं भी करेगा, तो कोई हानि नहीं है। कुन्ती का यह पुत्र अत्यन्त बलशाली था। इतना रस पीने के पश्चात उसे निद्रा की ही आवश्यकता थी।...हाँ! उसके भोजन न करने से आर्यक की बड़ी पुत्रवधू को पर्याप्त निराशा होगी। उसने भीम जैसे विशिष्ट अतिथि के लिये आज बहुत समारोहपूर्वक भोजन बनाया था।

आर्यक ने एक कम्बल मँगवा कर भीम को ओढ़ा दिया और उसके आस-पास कोलाहल करते बच्चों को दूर भगा दिया।

प्रातः लोगों के कामकाज की ध्वनियों से भीम की नींद टूटी। उसने पहले तो आश्चर्य से इधर-उधर देखा, जैसे उसकी समझ में न आ रहा हो कि वह कहाँ है और उसके आस-पास के ये नारी-पुरुष कौन हैं। किन्तु अगले ही क्षण क्रमशः उसे अपने रसपान तक की घटनाएँ याद हो आयीं।...और उसके साथ ही उसे स्मरण हो आया कि वह अपने भाइयों और माता से दूर है। उन्हें उसकी कोई सूचना नहीं होगी। वे लोग उसे खोज रहे होंगे। माता अवश्य दुखी होंगी और उसके विषय में विभिन्न दुष्कल्पनाओं से घिरी होंगी...

आर्यक ने आ कर उसके सिर पर हाथ फेरा, जैसे वह निकट ही कहीं बैठा, उसके जागने की प्रतीक्षा कर रहा था, "नींद पूरी हो गयी पुत्र?"

"हाँ तात!" भीम उठ कर खड़ा हो गया, "मैं अब अपने घर जाऊँगा।"

"बहुत उतावले हो!" आर्यक मुस्कुरा कर बोला।

"माता और भाई मेरी प्रतीक्षा कर रहे होंगे।"

"मैं समझता हूँ।" आर्यक कुछ गम्भीर हो गया, "इच्छा तो मेरी यह थी कि जब संयोग से हमारे मध्य आ ही गये हो तो कुछ दिन यहीं रहो। हमारा आतिथ्य ग्रहण करो...।"

"तात! इस समय हमें जाने दें।" भीम बोला, "मैं फिर आऊँगा।"

आर्यक के चेहरे पर अवसाद से भीगी एक मुस्कान उभरी, "फिर आना

प्रायः सम्भव नहीं होता पुत्र! जीवन के संघर्ष में किसे इतना अवकाश मिला है कि वह अपनी ऐसी भावुक इच्छाओं को पूर्ण कर सके...। पर मैं समझता हूँ पुत्र! मैं कुन्ती को अधिक समय तक क्लेश की स्थिति में नहीं रखना चाहता।" वह बोला, "तुम नहा-धो कर तैयार हो जाओ। मेरे पौत्र तुम्हें गंगा-तट पर वहीं पहुँचा देंगे, जहाँ उन्होंने तुम्हें पाया था।" उसने रुक कर भीम को देखा, "किन्तु पुत्र! उन लोगों की खोज करना, जिन्होंने तुम्हें विष दे कर तुम्हारी हत्या करने का प्रयत्न किया है; और उनसे सावधान रहना। सर्प-दंश ने यदि तुम्हारे शरीर के विष का प्रतिकार न किया होता तो तुम कदापि इस समय तक जीवित नहीं रहते।"

"मैं ध्यान रखूँगा तात!"

"तुम क्या शत्रुओं के मध्य रहते हो?" सहसा आर्यक ने पूछा।

"हैं तो वे हमारे बन्धु ही।" भीम का स्वर अतिरिक्त रूप से गम्भीर हो गया, "किन्तु जाने क्यों हमारे शत्रु हो रहे हैं।"

"बन्धु-बान्धवों की परस्पर शत्रुता, कुल के विनाश की द्योतक होती है पुत्र!" आर्यक बोला, "तुम उनसे सावधान रहना।"

भीम ने आ कर भीष्म को प्रणाम किया।

भीष्म ने अतृप्त नेत्रों से तन्मय हो कर उसे देखा, जैसे अपनी तृष्णा को शान्त कर रहे हों; फिर बोले, "कहाँ रह गये थे तुम?"

भीम ने अकबका कर पितामह को देखा : क्या बताये वह—सत्य? असत्य?? सत्य बताना घातक हो सकता था...और असत्य...असत्य अनुचित था।

"अब चुप खड़ा है।" भीष्म स्वयं समझ नहीं पा रहे थे कि उनके आक्रोश में कितनी वास्तविकता थी और कितना मात्र प्रदर्शन था, "उपद्रव करने से पहले क्यों नहीं सोचता कि परिवार में सब लोगों को चिन्ता होगी, सब व्याकुल हो इधर-उधर दौड़ रहे होंगे, सबकी मनःशान्ति नष्ट हो जायेगी।" और सहसा उनका स्वर कुछ मन्द हुआ, "क्या कहीं सोया रह गया था?"

एक बार तो भीम के मन में ज्वार उठा : कह डाले दुर्योधन के सारे दुष्कृत्यों की गाथा। समझ जायें पितामह भी कि वह कैसे सोया था। दुर्योधन ने तो चाहा था कि वह एक बार ही सदा के लिये सो जाये।...अपने आवेश में कदाचित वह कुछ कह भी डालता, पर तभी उसकी दृष्टि पहले युधिष्ठिर पर पड़ी और फिर कुन्ती पर...उनकी आँखों में स्पष्ट निषेध था।...भीम खीझ उठा...ये लोग नहीं उसे सत्य कहने देंगे, न असत्य...

"नींद सबको प्यारी होती है," अन्ततः भीष्म ही बोले, "किन्तु सोने की भी कोई सीमा होती है। कौन नहीं सोता : किन्तु कोई तुम्हारे समान भी सोता है।..."

भीम को लगा, यदि वह कुछ नहीं बोला तो पितामह बोलते ही जायेंगे। कब तक सुनता रहेगा वह? इससे तो अच्छा है कि वह एक बार सत्य बता ही दे!

"मैं सोया नहीं था पितामह!" वह बलपूर्वक बोला।

कुन्ती का मन काँप उठा : आवेश में कहीं भीम सत्य ही न बता दे... छोटे-छोटे पुत्र हैं उसके। आरम्भ से ही उसने असत्य-भाषण का निषेध किया है।...और आज वह इन्हें सत्य भी नहीं बोलने दे रही। तो क्या करें उसके ये अबोध बच्चे! कुन्ती मन-ही-मन ग्लानि का अनुभव कर रही थी...कैसे असमंजस में डाल दिया है उसने अपने बच्चों को...यह कैसी नीति सिखा रही है वह अपने पुत्रों को?...

पर सहसा उसके अपने मन ने ही दूसरा तर्क किया...उसके पुत्र न किसी तपोभूमि में रह रहे थे और न ही वे ऋषिकुमार थे। वे राजकुमार थे और एक क्रूर, अन्यायी तथा सर्वभक्षी राजनीतिक परिवेश में पल रहे थे, जहाँ सत्य और न्याय की चर्चा भी घातक हो सकती थी : उनके लिये नीति तथा राजनीति—दोनों का ही ज्ञान तथा व्यवहार आवश्यक था। नीति सिखाते-सिखाते वह उनके प्राण नहीं ले सकती थी। उन्हें सीखना होगा कि विपत्ति काल में नीति के साथ-साथ उन्हें अपनी रक्षा कैसे करनी है। राज परिवारों में, राजाओं के व्यवहार में, राजनीति के कठिन क्षणों में बहुत कुछ ऐसा होता है—जो सर्वथा गोपनीय होता है। राजकुमारों का सम्पूर्ण जीवन, ऋषि पुत्रों के समान सर्वविदित नहीं हो सकता...क्या स्वयं कुन्ती ने अपने कानीन पुत्र की बात गुप्त नहीं रखी?

"सोए नहीं थे तो क्या मृगया के लिये चले गये थे?" भीष्म कुछ और रुष्ट हो गये लगते थे। उन्होंने स्पष्ट देखा था कि भीम के मन में न ग्लानि थी, न आँखों में संकोच : वह तो ऐसे व्यवहार कर रहा था, जैसे उससे कोई भूल हुई ही न हो।...जैसे उसने प्रमाद से किसी के लिये कोई असुविधा खड़ी न की हो।...

भीम ने एक बार फिर अपनी माता और युधिष्ठिर की ओर देखा और असहाय-सी स्थिति में सिर झुका लिया। उसने यह तो कभी सोचा ही नहीं था कि उसी की हत्या का प्रयत्न किया जायेगा, और उसी को अपराधी के समान अपने ऊपर लगाए गये अरोपों का उत्तर देना पड़ेगा।

"बार-बार माता की ओर क्या देखते हो," भीष्म की खीझ जैसे रह-रह कर ज्वालामुखी के समान फूट रही थी, "वे तुम्हें बचा लेंगी क्या? वे तुम्हारे पितामह से भी बड़ी हैं?" और सहसा जैसे उनका रोष चुक गया, "मैं मृगया का विरोधी नहीं हूँ। क्षत्रिय कुमार मृगया तो करते ही हैं; किन्तु जाने से पहले किसी को सूचना तो देनी चाहिए न!"

उन्होंने रुक कर भीम की ओर देखा : किन्तु जब भीम इस बार भी कुछ नहीं बोला तो वे पुनः बोले, "या तुमने सोच लिया है कि घर के बड़ों के मन पत्थर के हो गये हैं, उन लोगों को कोई चिन्ता ही नहीं होती। तुम्हें क्या पता है कि जब तक तुम नहीं आये, पीछे हम सबके लिये एक-एक क्षण कैसा भारी हो रहा था। तुम वहाँ आखेट करते फिर रहे थे; और हमारे मन घायल मृगों के समान रक्त-वमन कर रहे थे..."

भीम को पुनः लगा कि यदि वह अब भी नहीं बोला तो कदाचित पितामह का व्याख्यान कभी समाप्त न हो। कभी-कभी वृद्धों को चुप कराना कितना कठिन हो जाता है।...पर क्या कहे वह?...अन्ततः अपनी असहायता में पैर पटक कर वह उद्धत ढंग से बोला, "मैं मृगया के लिये नहीं गया था।"

भीष्म के रोष को जैसे अपने मुक्त-प्रवाह में अवरोध पा कर धक्का लगा; और वह चौंक कर किंकर्तव्यविमूढ़-सा खड़ा हो गया : वह समझ नहीं पा रहा था कि वह इस अवरोध से टकरा कर, उससे बड़ा हो कर, उसके ऊपर से निकल जाने का प्रयत्न करे अथवा अवरोध को स्वयं से बड़ा मान कर उसके इस पार ही रुक जाये।

भीम जैसे अब भी अपने किये पर लज्जित नहीं था; वह तो अब भी उद्धत उद्दण्ड-सा उनके सम्मुख खड़ा था। यह लड़का ऐसा ही है आरम्भ से...

"तो कहाँ गये थे, फिर बताते क्यों नहीं?" भीष्म का क्रोध जैसे किसी असमंजस में खड़ा सोच रहा था कि ज्वालामुखी के समान भड़के या शान्त हो कर सो जाये।

भीम ने पुनः अपना सिर झुका लिया था।

इस बार भीष्म को कुछ विस्मय हुआ : यह लड़का अपनी ओर से तो कुछ बताता नहीं—जो कुछ वे कहते हैं उसका निषेध कर देता है, जैसे किसी धर्म संकट में पड़ा हो।...तो यदि वे ही कुछ और कुरेदें, कुछ और प्रस्ताव रखें, तो वह बता देगा क्या?...उसके बाल-हठ के सामने वे कैसे असहाय हो रह हैं...वह कदाचित यह समझ रहा था कि वह सत्य कह देगा तो पितामह उसे दण्डित करेंगे।...अरे पितामह किसी को क्या दण्डित करेंगे। पितामह का वह तेज ही कहाँ रह गया है? जब वे दुर्योधन जैसे अपराधी को सारथि चिरन्तन

के वध का दण्ड नहीं दे सके, तो बाल्यावस्था की चंचलता तथा अबोधता की साक्षात प्रतिमा—अपने इस पौत्र को वे क्या दण्डित करेंगे...

"तो क्या जल-क्रीड़ा कर रहे थे?"

पितामह का प्रश्न सुन कर भीम के मन में उत्साह जागा : हाँ! उसके लिये मार्ग निकल आया था।

उसने सिर झुका कर जैसे अपनी भूल स्वीकार की, "हाँ पितामह! मैं गंगा में बहुत दूर तक निकल गया था।"

भीम की इस आत्मस्वीकृति पर जैसे भीष्म के मन में स्नेह का उत्स फूट आया। एक उन्मादी इच्छा उठी कि भीम को उसके कंधों से पकड़, वक्ष से लगा लें और कहें, 'इसमें तेरी कोई भूल नहीं हैं पुत्र! गंगा तो है ही ऐसी! पहले मन को बहा ले जाती है और फिर तन को। मैं भी उसमें कितने-कितने योजन तैर जाया करता था...'

किन्तु उन्होंने अपनी भावुकता के अश्व की वल्गा खींच ली।...उन्होंने ऐसा कुछ कह दिया तो, भीम और भी उत्साहित होगा और गंगा में ही घर कर लेगा। गंगा के मोह से वे परिचित थे। उनके पिता शान्तनु उसी मोह के बन्दी रहे। भीष्म भी आजीवन उस मोह के पाश से मुक्त नहीं हो पाये हैं। और अब भीम...नहीं! नहीं!

"क्रीड़ा का उन्माद कोई अच्छी बात नहीं है।" भीष्म ने कृत्रिम रोष जताया, "अपने-आपको अनुशासित करना सीखो।...जिन लोगों के साथ गये थे, उन्हीं के साथ रहना चाहिए था, ऐसे तो तुम युद्ध करने जाओगे, तो तुम्हें यह भी ध्यान नहीं रहेगा कि तुम कहाँ हो और तुम्हारी सेना कहाँ है।..."

भीष्म ने दृष्टि उठा कर भीम की ओर देखा : भीम उनकी बात कदाचित ध्यान से सुन नहीं रहा था या शायद सुन तो रहा था, किन्तु उनसे सहमत नहीं हो रहा था। उसके आनन पर उद्धतता अब भी थी, जैसे उस पर अनुशासन न किया जा रहा हो, दमन किया जा रहा हो।...कैसे थोड़ी-थोड़ी देर में एक दीर्घ निःश्वास छोड़ कर उपेक्षापूर्वक आकाश की ओर देखता था...

भीष्म को अपने इस उद्दण्ड पौत्र का यह रूप एकदम अच्छा नहीं लगा।

उन्होंने कुन्ती को देखा : वहाँ भी उन्हें सहमति नहीं दिखी। उसके चेहरे पर कुछ विरोध था, कुछ भय और कैसा तो असहाय क्रोध!...तो क्या कुन्ती भी उनसे सहमत नहीं है?...लड़का तो उद्धत है ही, किन्तु उसकी माता? कुन्ती ने तो कभी गुरुजनों की अवज्ञा नहीं की थी। कुन्ती उन वधुओं में से नहीं थी, जिसके लिये कुल-वृद्ध उपेक्षणीय होते हों।...तो फिर?...उन्होंने युधिष्ठिर

को देखा : वह इन लड़कों में सबसे बड़ा है; अनुशासन का महत्व समझता है ...किन्तु भीष्म को उसके चेहरे पर भी अपने लिये सहमति नहीं मिली। वह भी उनको कुछ उतना ही उदास लगा, जैसे किसी विराट शिला के असह्य बोझ के नीचे दबा व्यक्ति पीड़ित तो हो, किन्तु कराह न सकता हो...छोटे तीनों लड़के भी पर्याप्त सहमे हुए लग रहे थे...

भीष्म का मन उचाट हो गया!...कैसी है यह माता और उसके ये पाँचों पुत्र? जैसे किसी अभेद्य आवरण से ढँके हुए घट हों। न उनके भीतर से कुछ प्रकट होता है, न उनके भीतर कोई झाँक सकता है। उनकी यह गोपनीयता और उनका यह मौन भीष्म को तनिक भी अच्छा नहीं लगता। इनसे तो धृतराष्ट्र ही अच्छा, जो सिर पटक-पटक कर यह तो कहता है कि उसे क्या चाहिए। दुर्योधन, यह तो जता ही देता है कि वह पितामह के अधिकारों को मान्यता नहीं देता...यह कैसी स्थिति है कि भीष्म पर दायित्व तो है, किन्तु उनके पास अधिकार कोई नहीं है। वे बच्चों को समझा भी नहीं सकते, उनकी ताड़ना भी नहीं कर सकते! यदि कुन्ती ही उनके इस अधिकार को मान्यता नहीं देगी, तो ये बच्चे कैसे स्वीकार करेंगे कि भीष्म को यह अधिकार है और होना भी चाहिए...

फिर जैसे आकस्मिक रूप से उनका तेज जागा, "भविष्य में होने वाली ऐसी किसी क्रीड़ा में भीम सम्मिलित नहीं होगा; उसकी उद्दण्डता का यही दण्ड है।"

क्षण-भर के लिये भीम के चेहरे पर एक अत्यन्त विस्फोटक भाव जागा; किन्तु अगले ही क्षण वह उसे ऐसे गटक गया, जैसे कोई थूक निगल जाता है; और फिर जैसे उसने एक अच्छे काम के लिये प्रशंसा पाने के लिये अपनी माता की ओर देखा।...भीष्म ने भी पहचाना : कुन्ती के आनन पर पुत्र के लिये एक अत्यन्त अनुकूल भाव था।...

भीष्म को आश्चर्य हुआ : संयम भीम का गुण नहीं था। वह तो अपने असंयम के लिये ही जाना जाता था...इन माँ-बेटों में कोई ऐसा सूत्र अवश्य था, जिसे भीष्म पकड़ नहीं पा रहे थे...वे जैसे सब मिल कर एक थे। भीष्म उनमें से एक नहीं थे। वहाँ केवल भीष्म ही बाहरी व्यक्ति थे...

वहाँ और रुकना भीम को एकदम अनावश्यक लगा। वे जाने के लिये मुड़े, "भविष्य में इस प्रकार की घटना की पुनरावृत्ति न हो!"

भीष्म रथ में बैठने से पहले मुड़े।...उन्हें आश्चर्य हुआ, कुन्ती और उसके पाँचों पुत्र सिर झुकाये हुए, उनके पीछे-पीछे रथ तक आये थे। किसी ने भी उनकी अवज्ञा नहीं की थी—उनके उस मोटे, उद्धत और उद्दण्ड पौत्र—भीम

ने भी नहीं। इस समय उनमें से किसी के भी चेहरे पर किसी प्रकार का कोई प्रतिवाद अथवा विरोध नहीं था। उन सबने उनके चरण-स्पर्श कर प्रणाम किया...भीष्म को लगा, वे उनके लिये पराये नहीं थे, बाहरी नहीं थे, उन्हीं में से एक थे...

अपने भवन की ओर लौटते हुए भीष्म कुछ भी निर्णय नहीं कर पा रहे थे। कुन्ती और उनके पुत्रों के व्यवहार का क्या अर्थ था? यदि उनके मन में पितामह के लिये सम्मान था, तो वे भीम की ताड़ना से सहमत क्यों नहीं थे?...और यदि वे भीष्म को उपेक्षा की दृष्टि से देखते थे तो फिर उनके प्रति सम्मान व्यक्त करने के लिये इस प्रकार की क्या आवश्यकता थी? उनकी आँखों का वह स्नेह सम्मान?...पितामह का अधिकार?...और सहसा जैसे उनका अपना ही मन उन पर धिक्कार बरसाने लगा।...अधिकार? अपना यह अधिकार दुर्योधन को क्यों नहीं जताते? उस हत्यारे को अनुशासित क्यों नहीं करते? वह तो एक निर्दोष, निरीह मनुष्य की हत्या कर आया, तो उसे दण्डित करना तो दूर, उसे ताड़ना का एक शब्द तक नहीं कहा; और भीम जैसे बच्चे की तनिक-सी असावधानी पर उसे दण्डित कर आये, '...भविष्य में ऐसी किसी क्रीड़ा में भीम सम्मिलित नहीं होगा...।' इसका अर्थ तो यही हुआ कि वे भी निर्बल और असहाय पर ही अपने अधिकारों का परीक्षण करते हैं। भीम का पिता नहीं है, वे लोग एक प्रकार से उन पर आश्रित हैं, इसलिये पितामह भी पहुँच गये, 'उद्दण्डता का दण्ड देने।' क्यों नहीं दिया उन्होंने दुर्योधन को उसके अपराध का दण्ड?...आज पाण्डु जीवित होता, हस्तिनापुर का सम्राट होता, तो भीष्म उसके पुत्र को इस प्रकार दण्डित करने के अधिकार का प्रयोग करते? दुर्बल को तो सभी दबा लेते हैं, किन्तु अधिकार का प्रयोग तो सबल पर होना चाहिए...

भीष्म का मन जैसे ग्लानि में डूबने लगा...

भवन में पहुँचने तक वे ऐसे अन्यमनस्क रहे, जैसे किसी वन में भटक गये हों, और उन्हें कोई मार्ग न सूझ रहा हो।...जो किया, वह अनुचित हुआ; और उचित क्या है?...

अपने भवन में पहुँच कर उन्होंने रसोइये को बुलाया, "आज भोजन में क्या है?"

उसे आश्चर्य हुआ : आज वर्षों बाद भीष्म ने भोजन में रुचि दिखायी थी। इधर तो वह जो भी शाक-पात बनवा देता था, वह बिना ध्यान दिये चुपचाप खा लेते थे।

"कुछ विशेष पकाना है स्वामि?"

"आज अच्छा भोजन बनाओ—स्वादिष्ट। माँस भी हो और मिष्ठान भी। मात्रा भी पर्याप्त रखना।" भीष्म बोले, "आज मेरे पौत्र मेरे साथ भोजन करेंगे।"

"कौन-से पौत्र—सुयोधन और उसके भाई?"

"नहीं! युधिष्ठिर और उसके भाई।"

"किन्तु वे तो केवल पाँच ही हैं। अधिक मात्रा का क्या करना है?"

"अरे वह मोटा है न—भीम! वह बड़ा पेटू है; बहुत खाता है।" भीष्म की वाणी में स्नेह छलछला रहा था, "मैं चाहता हूँ कि वह छक कर खाये। बहुत दिनों से उसने मेरे साथ बैठ कर भोजन नहीं किया है। क्या उनका अपने पितामह के अन्न पर कोई अधिकार नहीं!..."

भीष्म अपने भीतर ही कहीं खो गये थे!

5

द्रोण ने खटखटाने के लिये साँकल पकड़ा और जैसे कुछ सोच कर उसे छोड़ दिया।

"क्या बात है?" कृपी ने पूछा।

द्रोण ने कोई उत्तर नहीं दिया; किन्तु उनका असमंजस उनके चेहरे पर झलका अवश्य। दूसरे ही क्षण जैसे उन्होंने एक नये संकल्प के साथ कपाट थप-थपाने के लिये हाथ उठाया; किन्तु शब्द उत्पन्न करने के स्थान पर उनकी हथेली कपाट के साथ निःशब्द चिपक गयी।

कृपी को आश्चर्य हुआ : द्रोण असमंजस में पड़े रहने वाले व्यक्ति नहीं थे। उनकी तो इच्छाएँ भी जैसे झंझावात के समान चलती हैं। किसी का साहस नहीं हो सकता कि मार्ग में बाधा उत्पन्न करे। मार्ग में आयी सारी बाधाओं को उनके संकल्प वैसे ही रौंद देते हैं, जैसे हाथी का पाँव दूर्वा को रौंदता है...। फिर इतना असमंजस?

"किस बात का संकोच है आर्यपुत्र?" कृपी ने धीरे से पूछा।

"रात्रि के दो पहर व्यतीत हो चुके हैं," द्रोण बोले, वे लोग सो गये होंगे। उनकी नींद में विघ्न डालना क्या उचित है?"

...और मन-ही-मन वह सोच रहे थे कि उन्होंने अपने अधैर्य में कदाचित एक गलत निर्णय ले लिया था। कृप कौरवों का आचार्य है। वह अपना पद और सम्मान क्यों छोड़ना चाहेगा? कोई भी क्यों छोड़ना चाहेगा?...और ऐसा

तो सम्भव ही नहीं है कि कृप और द्रोण—दोनों एक ही राजा की सेवा में हों और द्रोण, कृप के अधीन कोई पद स्वीकार कर लें। अधीन न भी हों, तो भी उससे हेठा पद स्वीकार करना कदाचित उनकी प्रकृति के अनुकूल नहीं पड़ेगा।...और यदि कृप का महत्व छीन कर द्रोण को दे दिया जायेगा तो कृप के मन में ईर्ष्या नहीं जायेगी क्या?...

कृपी को वे क्या उत्तर देते!

"इतना चिन्तन-मनन और सोच-विचार कर तो आपने यहाँ आने का निश्चय किया और अब जब भाई के द्वार पर आ ही खड़े हुए हैं, तो कैसा संकोच कर रहे हैं आप?" कृपी धीरे से बोली, "या फिर आपके मन में श्वसुरालय में आ कर टिकने के संदर्भ में आपत्तियाँ जागने लगी हैं?"

"नहीं कुछ ऐसा नहीं है।..."

द्रोण कुछ और कहते, उससे पहले ही कृपी ने आगे बढ़ कर अधिकारपूर्वक साँकल खटखटा दिया।

"रात्रि की स्तब्धता में इस प्रकार शब्द कर रही हो।" इस बार द्रोण के स्वर में संकोच नहीं, आशंका बोल रही थी, "अनेक लोग तो जाग जायेंगे, उन्हें ज्ञात हो जायेगा कि कृपाचार्य के घर अर्द्ध-रात्रि के अन्धकार में कोई आया है। और जब लोगों में कौतुहल जागता है तो फिर कुछ भी गुप्त नहीं रह पाता। तुम चाहती हो, प्रातः तक सारे हस्तिनापुर में प्रचारित हो जाये कि कौरवों के चिर शत्रु पांचालों का मित्र द्रोण नगर में है; और कौरव मुझे निगड़बद्ध कर अपमानित करने की तैयारी करें।"

"ऐसा कुछ नहीं होगा," कृपी ने कुछ उपेक्षा से कहा, "मेरा पालन-पोषण इसी हस्तिनापुर में हुआ है। मैं कौरवों को भली प्रकार जानती हूँ। महाराज शान्तनु ने अपनी सन्तान के समान पाला था हमें। आर्य भीष्म का भी हमारे प्रति वात्सल्य-भाव रहा है, चाहे पितृवत कहिये, चाहे ज्येष्ठ भ्रातावत।" उसने द्रोण को जैसे सहमत करने के लिये उनकी ओर देखा, "कृपाचार्य की बहन उनके घर आयी है—यह किसी को ज्ञात हो जाये, तो उसमें कोई हानि नहीं है।..."

कृपी ने पुनः साँकल खटखटा दिया।

द्रोण के मन में खीझ उठी : मूर्खता कितनी दुस्साहसी होती है। वे जिन संकटों को अपने सामने दृश्यमान देख रहे हैं, उनके विषय में कृपी कल्पना भी नहीं कर सकती। किस आत्मविश्वास से उसने पुनः साँकल बजा दिया है। और चेहरे पर भाव भी कैसे हैं—जैसे संसार-भर की बुद्धि उसी में आ विराजी हो और द्रोण सर्वथा मूर्ख ही हों।...सदा मौन और संकुचित रहने वाली कृपी

आज वाचाल भी कितनी हो गयी थी—क्या यह अपने भाई के सामर्थ्य का विश्वास था?...द्रोण सोच रहे थे...उनका और कृपी का एक ही पक्ष था; किन्तु फिर भी जहाँ वे स्वयं को सर्वथा असुरक्षित पा रहे थे, वहीं अपने सम्बन्धों के कारण वह सम्पूर्ण तथा निःशंक सुरक्षा का अनुभव कर रही थी।...

"कौन है इस समय?" भीतर से एक स्वर आया, "अरे भाई, गुरु जी प्रगाढ़ निद्रा में हैं।"

कपाट खुले। एक ब्रह्मचारी दीपक लिये खड़ा था।

उसने प्रौढ़ वय के एक भद्र पुरुष को अपनी पत्नी और बच्चे के साथ खड़े देखा तो कुछ संकुचित हो गया, "क्षमा कीजिएगा। मैंने समझा कोई ब्रह्मचारी अथवा कर्मचारी आया है।"

"कोई बात नहीं!" कृपी अत्यन्त कोमल स्वर में बोली, अपने आचार्य को सूचना दो—उनकी बहन अपने पति और पुत्र के साथ आयी है।"

ब्रह्मचारी पहले ही कम प्रभावित नहीं था, अब यह जान कर कि आगंतुक गुरु जी के इतने निकट के सम्बन्धी हैं, वह जैसे अपने-आप में ही समा जाने का मार्ग ढूँढने लगा, "आइये! आइये! पधारिये! मैं गुरु जी को सूचना किये देता हूँ।" और ब्रह्मचारी भागता हुआ, भीतर कहीं खो गया।

द्रोण ने कृपाचार्य के आवास को देखा : कैसा वैभवशाली भवन था। राजप्रासाद के ही किसी प्रखण्ड-सा लगता था...और वे...द्रोणाचार्य वह...आज तक तपोवनों और आश्रमों के कुटीरों के ही मोह में पड़े रहे; और स्वयं को तपस्वी मान, प्रसन्न होते रहे।...तपस्या ने क्या दिया उन्हें? अपमान और तिरस्कार...अभाव और असुविधाएँ...अपने विकृत चिन्तन का काल्पनिक गौरव! ...कृप जैसे लोग हैं, जो राजाश्रय में कितने सुख से जीवन व्यतीत कर रहे हैं। न किसी प्रकार का अभाव, न वन्य-जीवन की कठिनाइयाँ...अपनी अल्प विद्या का भी भरपूर मूल्य पा रहे हैं कृपाचार्य!...और आर्यावर्त्त में धनुर्वेद का सबसे बड़ा आचार्य, द्रोणाचार्य,...धूलिधूसरित पड़ा है स्वर्ण-खण्ड, और पीतल राजकिरीटों में जड़ा हुआ चमक रहा है...द्रोणाचार्य आज संसार-भर से पूछना चाहते हैं कि स्वर्ण होने का महत्व अधिक है अथवा राजमुकुट में जड़े होने का?...

तभी कृपाचार्य ने आ कर; आश्चर्य मिश्रित सुख से उनका स्वागत किया, "कृपी तुम? अरे आप आचार्य!..." और जैसे अपने आश्चर्य को सँभाल कर बोले, "बिना किसी सूचना के अकस्मात...।"

"बात ही कुछ ऐसी हो गयी भैया!" कृपी बोली, "बहुत त्वरित निश्चय था यहाँ आने का! संदेश भेजने के लिये किसी पथिक की प्रतीक्षा ही नहीं की। तत्काल ही चल पड़े।...तनिक विश्राम कर लें, तो तुम्हें सब कुछ विस्तार से

सुनाऊँगी।"

"अरे हाँ!" कृपाचार्य जैसे अपने व्यवहार पर हँसे, "मैं तो भूल ही गया कि तुम लोग लम्बी यात्रा करके आये हो और क्लान्त हो। आओ।" कृपाचार्य ने एक ओर मुड़ कर पुकारा, "प्रभूदत्त! पुत्र, हाथ-मुँह धोने के लिए जल की व्यवस्था कर दो।" फिर कृपी की ओर मुड़ कर धीरे से पूछा, "आचार्य इस समय कुछ भोजन करेंगे क्या?"

"भोजन की चिन्ता मत करो।" कृपी बोली, "भोजन हमने मार्ग में ही कर लिया था। अश्वत्थामा को तो भूखा नहीं रख सकते थे न!"

"ओह! यह अश्वत्थामा तो लगता है कि खड़ा-खड़ा ही सो गया।" कृपाचार्य ने अश्वत्थामा के केशों को स्नेह से दुलराया।

"बस विश्राम की व्यवस्था कर दो।"

"थोड़ा फलाहार?" कृप ने आग्रह किया।

"नहीं! इस समय कुछ नहीं।" इस बार द्रोण बोले, "अब प्रातः स्नान-ध्यान के पश्चात ही खाने की बारी आयेगी।"

"जैसी आपकी इच्छा!" कृप की द्रोण के स्वर में निहित आदेश को स्वीकार करना पड़ा।

यद्यपि रात को सोने में अत्यन्त विलम्ब हो गया था, फिर भी द्रोण प्रातः अपने समय से ही उठे और अपने नित्य-कर्म में लग गये। कृप भी अपनी समस्त जिज्ञासाओं को संयत किये हुए अपनी दिनचर्या की ओर उन्मुख तो हुए किन्तु उनका ध्यान कृपी और द्रोण की ओर ही लगा रहा। उन्हें जहाँ अपनी बहन कृपी अत्यन्त सहज और आश्वस्त लग रही थी; वहीं द्रोण की भाव-भंगिमा अत्यन्त तनावपूर्ण तथा आशंकित लग रही थी।

...किन्तु अनुकूल अवसर पाये बिना वे जिज्ञासा भी कैसे करते!

भोजन के समय परिवेश कुछ निश्चिन्तता का-सा था। कृपाचार्य सोच ही रहे थे कि वे बात कहाँ से आरम्भ करें कि द्रोण बोले, "कृप! मैं चाहता हूँ कि हस्तिनापुर में मेरा यह प्रवास कुछ समय तक गोपनीय ही रहे।"

कृपाचार्य के लिये द्रोण की यह इच्छा, उनके हस्तिनापुर आगमन से भी अधिक चकित कर देने वाली थी, "क्यों? ऐसा कौन-सा कारण है?" और सहसा जैसे वे सचेत हो गये, "हाँ! यदि यह कारण भी गोपनीय न हो तो!"

"नहीं! तुमसे गोपनीय नहीं है!" द्रोण कुछ खुल कर सहज भाव से बोले, "तुम जानते ही हो कि कुरुओं और पांचालों में परम्परागत अमैत्री है। मेरे पिता और मैं—दोनों ही पांचालों से सम्बन्धित रहे हैं; अतः हम उनके पक्ष

के लोग माने जाते हैं। यदि कुरुओं को यह ज्ञात हो जाये कि पांचालों का एक मित्र अज्ञात रूप से रात के अन्धकार में हस्तिनापुर में घुस आया है, तो उनको संदेह होगा, उनके मन में विरोध जागेगा; और बहुत सम्भव है कि वे लोग हमारा कुछ अनिष्ट करना चाहें।...मैं जानता हूँ कि वे लोग ब्रह्महत्या नहीं करेंगे; किन्तु वे मुझे कदाचित अपने राज्य में रहने न दें।...और इस समय स्थिति कुछ ऐसी है कि मैं कुरु-राज्य से बाहर जाना नहीं चाहता!"

कृप ने द्रोण को एक तपस्वी अथवा धनुर्वेद के प्रकाण्ड पण्डित के रूप में ही देखा था। उन्हें द्रोण का यह रहस्यमय रूप सर्वथा नवीन ही नहीं, कुछ विचित्र भी लगा। यह तो जैसे किसी गूढ़-पुरुष का-सा व्यवहार था।

...कृप का माथा ठनका : कहीं द्रोण सचमुच ही तो कुरुओं का कोई भेद लेने नहीं आये!...यदि ऐसा है तो यह कृप के हित में नहीं है। यह तो भीष्म जैसे उदार और सहिष्णु व्यक्ति के कारण ही सम्भव हुआ कि कृपी का विवाह द्रोण के साथ करके भी कृप हस्तिनापुर के राजपरिवार के अंग बन कर रहते चले गये। यदि कोई और व्यक्ति हस्तिनापुर की राजनीति का सूत्रधार होता, तो कृप कब के हस्तिनापुर से अपमानित कर निकाल दिये गये होते।...और अब यदि द्रोण ने कृप के ही घर में आश्रय ले कर, राजपरिवार के विरुद्ध अथवा राजपरिवार का अहित करने का कोई प्रयत्न किया तो भीष्म भी कृपाचार्य की रक्षा नहीं कर पायेंगे...

कृप को सावधान रहना चाहिए।...

और आज कृप को पहली बार लगा कि कृपी का द्रोण के साथ सम्बन्ध करते हुए उन्होंने कदाचित कुछ अधिक ही शीघ्रता की थी। उस समय उन्होंने सोचने-समझने की कोई आवश्यकता नहीं समझी थी—या...कदाचित सोचने-समझने का अवकाश ही नहीं था।...वे दोनों भाई-बहन, माता-पिता के अभाव में हस्तिनापुर के राजप्रासाद में पाले गये थे। तपस्वी-समाज से उनका कोई सम्पर्क ही नहीं रहा था। कृप के पास अपना कोई आश्रम भी नहीं था कि विभिन्न आश्रमों में ही कोई सम्बन्ध होता...और सबसे बड़ी बात थी कि कृपी का रूप आकर्षक नहीं था और उसका वयस बढ़ता जा रहा था। अपनी युवती बहन का शीघ्रातिशीघ्र विवाह कर, अपने दायित्व से मुक्ति पाने की कितनी व्यग्रता थी कृप के मन में...और तभी कृप ने यह भी जाना था कि ऋषियों, मुनियों, तपस्वियों, वनवासी ब्राह्मणों के समाज में भी गृहस्थों के समान कुल-गोत्र का विचार होने लगा था। अब वे भी सन्तान को ईश्वर का पवित्र प्रसाद समझ कर ग्रहण नहीं करते थे, वे भी विचार करने लगे थे कि माता-पिता कौन थे? उनमें वर्ण-संकरता तो नहीं थी?...ऋषियों, मुनियों

की आकस्मिक कामोत्तेजना से उन्पन्न सन्तानों को समाज में स्थान पाने में कठिनाई होने लगी थी...

कृपी का वयस बढ़ता जा रहा था और कृप उसके लिये कोई उपयुक्त वर खोज नहीं पा रहे थे।...ऐसे में उन्हें जब द्रोण-जैसा वर दिखायी पड़ा तो सोचने-विचारने का अवकाश ही कहाँ था उनके पास! द्रोण की अवस्था कृपी से कुछ अधिक ही थी। उनका सम्बन्ध पांचालों की राजसभा से चाहे नहीं था, किन्तु वे द्रुपद के गुरु-पुत्र थे। पांचालों के राज्य में रहते थे और अपेक्षित यही था कि वे पांचाल राजपुत्रों को शस्त्र-शिक्षा देंगे।...उन्होंने अपना आश्रम नहीं बनाया था, उनके पास गोधन भी नहीं था। राजा से कोई ब्रह्मवृत्ति भी नहीं लेते थे...किन्तु कृप ने उस समय कुछ नहीं सोचा था। सोचना-विचारना उन्हें अपने हित में नहीं लगा था। यदि उस समय वे सोच-विचार करते रहते और उस अवसर का सदुपयोग न करते तो कदाचित कृपी आज भी उन्हीं के समान अविवाहित बैठी रहती!...आज जब अपने पति तथा पुत्र के साथ उसके घर आयी है, तो कृप को भी एक परिवार की-सी अनुभूति हुई है। परिवार में रहने का सुख ही कुछ और है...

द्रोण अपना प्रवास गोपनीय न मानते तो कृप को कोई कठिनाई नहीं थी। वे निर्दोष भाव से किसी को भी बता सकते थे कि उनकी बहन अपने परिवार सहित उनसे मिलने आयी है। उनके भगिनी-पति पांचालों के राजगुरु हों तो हुआ करें। राजपरिवारों की मैत्री-अमैत्री से सामान्य जन अपने सम्बन्ध तो त्याग नहीं देंगे न!...पर वह स्वयं ही स्वयं को गुप्त रखना चाहते हैं...जाने द्रोण के मन में क्या है।...कहीं ऐसा न हो कि द्रोण को अपने घर में आश्रय देने के परिणामस्वरूप स्वयं कृपाचार्य ही निराश्रित हो जायें...

कृप को वनों में, आश्रमों में या साधना-स्थलों में तपस्वियों के समान रहने का अभ्यास नहीं है। अपने जीवन में उनकी स्मृति जहाँ तक जाती है, उन्हें हस्तिनापुर का राजप्रासाद ही याद आता है। उन्हें राजप्रासाद के संरक्षित और व्यवस्थित वातावरण में ही रहने का अभ्यास है। यदि द्रोण के किसी कृत्य के कारण उनका यह आश्रय छिन गया तो वन में नदी-तट पर कहीं कुटिया बना कर रह पायेंगे कृपाचार्य?...भीष्म जैसे व्यक्ति की ही बात होती तो कृपाचार्य को इतना आशंकित होने की आवश्यकता नहीं थी; किन्तु अब हस्तिनापुर की सत्ता भीष्म के नहीं, धृतराष्ट्र के हाथों में थी। धृतराष्ट्र के हाथों से भी छन कर क्रमशः वह सुयोधन के व्यक्तित्व में संचित होने लगी थी। था तो अभी वह बालक ही, किन्तु उसकी मनमानी को कोई रोक नहीं सकता था। न धृतराष्ट्र हृदय से सरल था और न सुयोधन! वे

भीष्म के समान क्षमावान नहीं थे! द्रोण की किसी बात से उन्हें अपने विरोध की आशंका हुई तो उनका व्यवहार क्या होगा; इसकी कल्पना तक कठिन थी कृप के लिये। यह दशरथ अथवा राम की राजसभा तो थी नहीं कि कुल-गुरु वसिष्ठ का आदेश, राजा को भी मान्य हो। कृप का पद आचार्य का था; और धृतराष्ट्र तथा सुयोधन के लिये वह शस्त्र-विद्या सिखाने वाले कर्मचारी मात्र थे...और द्रोण...

भोजन कर द्रोण बाहर चले गये। कृप का इतना भी साहस नहीं हुआ कि वह द्रोण से पूछ ही लेते कि वे कहाँ जा रहे हैं।...वैसे भी वे समझ नहीं पा रहे थे कि अपने प्रवास को गोपनीय रखने के इच्छुक द्रोण इस प्रकार दिन-दहाड़े बाहर कहाँ जा रहे हैं...

द्रोण के जाने के पश्चात घर में कृपी को अकेली पा कर कृप कुछ आश्वस्त हुए।...द्रोण वय में उनसे बड़े थे, सम्बन्ध भी उनसे ऐसा था कि हर बार कृप को ही दबना पड़ता था। वैसे भी द्रोण सदा गुरु-गम्भीर बने रहते थे।...उनसे आग्रह-पूर्वक प्रश्नोत्तर उनके वश की बात नहीं थी; किन्तु कृपी से तो पूछा ही जा सकता था। वह उनकी बहन थी, एक-मात्र बहन...दोनों साथ-साथ पल कर बड़े हुए थे और कृपी के सिवाय उनका कोई था भी तो नहीं संसार में...

कृपी के मन में भी बहुत सारा ऊहापोह था। रात को तो भाई से बात करने का अवसर ही नहीं मिला था। वैसे भी वह अपने पति के सम्मुख कुछ कहना नहीं चाहती थी।...एकान्त पाते ही उसने बात आरम्भ की।

"भैया! इस प्रकार अकस्मात ही हमें अपने द्वार पर आया देख, तुम्हें आश्चर्य तो हुआ होगा!"

"प्रसन्नता हुई कृपी!" कृप ने स्वयं को सहज करने का प्रयत्न किया, "विवाह के पश्चात तुम एक बार भी तो मायके नहीं आयी।"

"कहते तो ठीक हो भैया!" कृपी का स्वर मन्द भी था और मन्थर भी, "वस्तुतः न तो मेरी गृहस्थी सामान्य है और न मेरा पति।"

कृप ठिठक गये : क्या उनकी बहन अपने पति के साथ प्रसन्न नहीं है।

"क्या बात है कृपी?" उन्होंने रुक कर पूछा, "क्या तुममें और आचार्य में कोई... ।"

"नहीं! ऐसा कुछ विशेष नहीं है।" कृपी ने मुस्कुराने का प्रयत्न किया, "मैं तो केवल इतना कह रही थी कि मेरे पति अन्य साधारण लोगों के समान नहीं हैं। इसलिये साधारण स्त्रियों के समान मायके आ-जा नहीं सकी।"

"क्या केवल इतनी-सी ही बात है?" कृप ने पूछा।

"बात तो केवल इतनी-सी ही है!" कृपी ने सहज विश्वास के साथ कहा, "किन्तु भैया! बात छोटी नहीं है! इसी एक बात से और अनके बातें जुड़ती चली जाती हैं न!"

"मैं समझा नहीं!" कृप अपनी बहन को आश्चर्य से देख रहे थे। कृपी तो बहुत स्पष्ट और सीधी बात करने वाली लड़की थी—ये पहेलियाँ वह कब से बुझाने लगी...क्या कृपी कुछ बदल गयी है?...और जैसे उन्होंने पिछली रात अपने घर आयी बहन को पहली बार ध्यान से देखा : कृपी वैसी ही थी...किन्तु बिल्कुल वैसी तो नहीं थी! विवाह के समय एकदम युवती थी कृपी...और अब लौटी है तो उसका यौवन प्रौढ़ावस्था को आलिंगनबद्ध करता-सा लग रहा था। रात के अन्धकार में वह ठीक से देख नहीं पाये : कृपी के केशों में कहीं-कहीं श्वेतता झाँकने लगी थी। चेहरे पर तो नहीं, किन्तु माथे पर कुछ गहरी रेखाएँ भी तो खिंच गयी थीं। कदाचित वे ही झुर्रियों में परिणत होंगी...

कृपाचार्य को लगा, अपनी बहन को इस रूप में पहचानते ही उन्हें एक झटका-सा लगा था...किन्तु अगले ही क्षण सँभल कर वे मन-ही-मन हँसे...अब वे स्वयं भी तो कृप नहीं रहे थे। उनकी दाढ़ी का कितना बड़ा भाग श्वेत हो चुका था। वह और कृपी समवयस्क ही तो थे।...और कृपी का यह तरुण पुत्र अश्वत्थामा! इसकी तरुणाई का भी तो कोई मूल्य इसकी माता को चुकाना पड़ेगा...कृपी वैसी ही युवती कैसे रह सकती थी?

"आचार्य के लिये सामान्य सामाजिक व्यवहार कोई महत्व नहीं रखता क्योंकि उसके लिये उनके पास समय नहीं है।" कृपी बोली, "उनकी दृष्टि में प्रत्येक व्यक्ति का एक ही घर होता है। स्त्रियों को जो अपने दो-दो घर—मायका और ससुराल—बनाये रखने का अभ्यास है, यह उनको प्रिय नहीं है। जब तक मैं मायके में थी, मायके की थी; विवाह हो गया तो ससुराल की हो गयी, अर्थात उनकी हो गयी। अतः मायके लौटने का कोई अर्थ ही नहीं था।"

"इसका अर्थ है कि बहुत प्रेम करते हैं तुमसे?"

"प्रेम!..." कृपी कुछ रुकी, "प्रेम तो करते ही हैं। किन्तु उनके प्रेम का लक्ष्य मैं नहीं हूँ।"

"कृपी! आज तुम्हारी बातें मेरी समझ में नहीं आ रहीं।" कृप को कहना ही पड़ा, "तुम तो बहुत स्पष्टवादिनी हुआ करती थीं। ये कूटोक्तियाँ..."

"मैं तो अब भी स्पष्ट ही कह रही हूँ भैया!" इस बार मुस्कुराने के लिये कृपी को प्रयास नहीं करना पड़ा; मुस्कान सहज ही उसके अधरों पर आ गयी थी, "किन्तु जिसके विषय में कह रही हूँ, वह इतना सरल नहीं है कि उसके विषय में कही गयी तथ्यात्मक उक्तियाँ बहुत स्पष्ट हो सकें।"

"तो उसे स्पष्ट बना कर ही कहो!"

"पत्नी के प्रति उनका प्रेम भी बहुत सन्तुलित और मर्यादित है, जैसा कि जीवन में किसी भी उपयोगी वस्तु के प्रति होता है। पत्नी में उनकी आसक्ति नहीं है। आसक्ति उनकी केवल धनुर्वेद में है।"

"तो इसमें इतना असाधारण क्या है?" कृप ने पूछा, "यह तो सबके साथ होता है।"

"मैंने सबके साथ तो ऐसा होता नहीं देखा भैया!" कृपी बोली, "पत्नी के साथ रहते हुए उन्हें धनुर्विद्या का स्मरण बना रहता है; किन्तु धनुष के हाथ में आते ही पत्नी विस्मृत हो जाती है। क्या सबके साथ ऐसा ही होता है?"

"ऐसा समझने का कोई कारण?" कृप बोले, "मेरा विचार है कि यह तो सारे बुद्धिजीवियों का लक्षण है। वे पत्नी चाहते हैं, ताकि विद्या की सेवा कर सकें, विद्या इसलिये नहीं चाहते कि पत्नी की सेवा कर सकें।"

"ठीक कहते हो भैया! किन्तु मुझे एक भी आचार्य ऐसा दिखायी नहीं देता, जिसके पास अपना आश्रम न हो, भूमि न हो, गोधन न हो, सेवा के लिये शिष्य और कर्म कर न हों। राजप्रासादों का विलास तो आश्रमों में नहीं होता, किन्तु उनके सात्विक और सरल जीवन की आवश्कताओं की पूर्ति के लिये समस्त साधन अवश्य उपलब्ध होते हैं।"

"आचार्य के पास क्या आवश्यक साधन नहीं हैं?"

"इन्होंने कभी आश्रम की स्थापना ही नहीं की। कभी सामान्य अर्थों में शिष्य स्वीकार ही नहीं किये। क्या तुम विश्वास करोगे भैया! कि हमारे पास कभी एक गाय भी नहीं रही।"

"एक गाय भी नहीं?" कृप के स्वर में आश्चर्य था।

"हाँ! एक गाय भी नहीं! ब्राह्मण—वह भी द्रोण जैसे आचार्य के घर एक गाय भी नहीं! मेरे पुत्र अश्वत्थामा ने मेरा ही स्तनपान किया है, उसने कभी गोरस नहीं चखा।"

"आचार्य ने क्या कभी उसकी आवश्यकता नहीं समझी?"

"उनका ध्यान ही कभी इस ओर नहीं गया!" कृपी बोली, "महाराज द्रुपद के पुत्रों को शस्त्र-शिक्षा दी; किन्तु कभी यह नहीं सोचा, कि राजा से कभी एक गाय ही ले लें। मान लिया कि ब्राह्मण का काम विद्यादान है। उसके प्रतिदान में कभी धन अथवा कोई पदार्थ भी स्वीकार किया जा सकता है—यह तो उन्होंने कभी सोचा ही नहीं। परिणाम यह हुआ कि आचार्य तो और अधिक ज्ञान अर्जित करने के लिये, अपनी विद्या में और अधिक वृद्धि करने के लिये, अपनी तपस्या में और अधिक सघनता लाने के लिये या तो एक से दूसरे आश्रम

की यात्राएँ करते रहे, ऋषियों की सेवा करते रहे, या फिर अधिक-से-अधिक आत्मलीन होते गये।...और पीछे मैं और पुत्र अश्वत्थामा निर्धन से निर्धनतर होते गये। हमारी कठिनाइयाँ बढ़ती चली गयीं...।"

"तो तुमने आचार्य को समझाया नहीं?"

"आचार्य ने मुझे कभी इसका अवसर ही नहीं दिया!" कृपी बोली, "उनके सामने अपने विद्या-जगत की इतनी समस्याएँ होती थीं कि हमारी समस्याएँ उनके सामने कोई अर्थ ही नहीं रखती थीं।...यदि मैंने सायास कभी चर्चा कर भी दी तो उन्होंने मुझे समझा दिया कि ब्राह्मण को सन्तोषी होना चाहिए। उसे धन की कामना नहीं करनी चाहिए।..."

"मैं उन्हें कुछ समझाने का प्रयत्न करूँ?" कृप ने जैसे अपनी बहन की पीड़ा से उद्विग्न हो कर पूछा।

"नहीं! अब उसकी आवश्यकता नहीं रही!"

"क्यों?"

"प्रकृति ने स्वयं ही उन्हें समझा दिया है।"

"कैसे?"

"मैं स्वयं नहीं जानती थी कि पत्नी में उनकी आसक्ति हो या न हो, किन्तु पुत्र में उनकी भरपूर आसक्ति है। जानती भी कैसे! उन्होंने उसे कभी प्रकट ही नहीं होने दिया। मैं क्या जानती थी कि ऊपर से इतने अनिर्लिप्त दिखने वाले व्यक्ति के मन में कहीं गहरे कुछ लिप्ति भी है।..."

कृप ने कुछ नहीं पूछा, किन्तु उनके जिज्ञासु नयन जैसै निरन्तर प्रश्न कर रहे थे कि वह लिप्ति प्रकट हुई क्या?

"एक दिन अश्वत्थामा घर आया तो बहुत उद्विग्न था। उसने बताया कि उसके मित्र अनवरत गोरस की चर्चा करते हैं। वे लोग गोरस का पान करते हैं, इसलिये उसका स्वाद भी जानते हैं; और जब अश्वत्थामा उनकी चर्चा में भाग नहीं ले पाता, क्योंकि उसने कभी गोरस चखा ही नहीं है, तो वे लोग उसे निरन्तर चिढ़ाते रहते हैं।...वह मुझ से भी रुष्ट था कि मैं उसे गोरस पिलाती क्यों नहीं। मेरा तर्क उसकी समझ में नहीं आ रहा था कि हमारे पास गाय नहीं है, इसलिये उसे गोरस उपलब्ध नहीं करा सकती। वह इतना पीड़ित था कि यदि मैं उसे गोरस न देती, तो मुझे भय था कि उद्विग्न हो कर वह कहीं चला ही न जाये; अथवा अपने आपको कुछ कर ही न ले। जब कभी उसे भावना का उन्माद हो आता है तो वह आपे में नहीं रहता।...उसके अश्रु, उसकी हिचकियाँ, और उसके आनन पर चिपकी वह पीड़ा, मेरे लिये सर्वथा

असह्य थी।...मैं गोरस कहाँ से लाती।...एक-आध दिन की बात होती तो कहीं से माँग भी लाती। किन्तु दारिद्र्य एक-आध दिन में मिटने वाली स्थिति तो है नहीं! मेरे सामने कोई विकल्प नहीं था। मैं अपनी द्ररिद्रता को तो दूर नहीं कर सकती थी, न पुत्र की इच्छा ही पूर्ण कर सकती थी; किन्तु बाल-बुद्धि को भ्रमित तो कर ही सकती थी। मैंने बड़ी कठिनाई से अपने अश्रु थामे और एक कटोरी आटा जल में घोल कर उसे थमा दिया, 'ले। पी ले यह गोरस।' उसने कटोरी थाम ली। मुझ से यह भी नहीं पूछा कि गोरस कहाँ से आया। एक क्षण पहले तक जब घर में गोरस की एक बूँद तक नहीं थी, तो फिर कटोरा भर गोरस कहाँ से आ गया।...वह तो कटोरी थाम कर ही मग्न हो गया। मैं ऊपर से मुस्कुरा रही थी; किन्तु भीतर से मेरा मन जैसे रो रहा था, मैं अपने इस अबोध बालक के साथ छल कर रही थी। जिस पुत्र को मैंने सदा यह शिक्षा दी थी कि कठिन घड़ी में भी सत्य बोल, उसी पुत्र के साथ स्वयं छल कर रही थी, झूठ बोल रही थी...मन में कहीं यह बात भी थी कि जल और आटे का यह घोल उसे स्वादिष्ट नहीं लगेगा तो वह अपने-आप ही गोरस पीने की हठ छोड़ देगा और भविष्य में मुझ से कभी गोरस नहीं माँगेगा। किन्तु वह तो उसी घोल को चख-चख कर मग्न हो रहा था। उसकी प्रशंसा कर रहा था। अपने भाग्य पर इठला रहा था। मैंने यह भी देखा कि वह उसे पी नहीं रहा था, उसके घूँट नहीं भर रहा था, वह तो जैसे जिह्वा के स्पर्श से उसे चख रहा था। कदाचित उसे भय था कि घूँट भर-भर कर पियेगा तो कटोरी-भर गोरस कितनी देर चल पायेगा। मेरा मन अपने उस दुख के मध्य भी कहीं यह कहना चाह रहा था कि 'पुत्र! यदि तुझे यह गोरस भी स्वादिष्ट लग रहा है तो निश्चित ही इसे पी जा। ऐसा गोरस तो तुझे मैं भाण्ड भर कर बना दूँगी।' किन्तु उसे वह घोल पी कर प्रसन्नता में नृत्य करते देख, मैं अपने पुत्र की अबोधता का सुख नहीं उठा पायी। मेरा हृदय जैसे फटा जा रहा था। मन हो रहा था कि एक बार इच्छा-भर रो लूँ—हिचकियों और अश्रुओं के साथ! मन में संचित पीड़ा का सरोवर एक बार पूरा-का-पूरा उँडेलने का अवकाश और अवसर पा लूँ...किन्तु पुत्र को सम्मुख देख स्वयं को रोके रखने के सिवाय और कोई उपाय नहीं था...।"

"मैंने तो तुम्हारी ऐसी स्थिति की कभी कल्पना भी नहीं की।" कृप एक लम्बा निःश्वास छोड़ कर बोले, "नहीं तो दो-चार गायें भिजवाना कोई ऐसा कठिन काम तो था नहीं।"

"तुम कल्पना कैसे करते भैया! तुम्हें कभी बुलाया होता, तुम्हारे पास

कभी आयी होती, तब न!" कृपी का स्वर कैसा तो हो गया था, "कोई कैसे सोच सकता था कि आचार्य द्रोण अपनी विद्या और ज्ञान के होते हुए भी इतने निर्धन हैं। स्वेच्छा से अंगीकार की गयी निर्धनता से भी अधिक निर्धन। सर्वथा कंगाल। जबकि आचार्य के तनिक से प्रयत्न से, अपने सामर्थ्य के अहंकार को तनिक-सा भूल कर, कुछ शब्द कहने से, आवश्यकता-भर धन हमें मिल सकता था। परन्तु, तुम जानते हो न बुद्धिवादियों का अहंकार! मन में इच्छा होगी, किन्तु कहेंगे नहीं, उसके लिये उद्यम नहीं करेंगे। उन्हें तो स्वतः प्राप्त समृद्धि चाहिए। यह नहीं सोचते कि जिस सरस्वती के चरणों में वे दिन-रात पड़े रहते हैं, उससे प्रतिस्पर्धा करने वाली लक्ष्मी स्वतः चल कर उनके पास क्यों आयेगी!..."

"फिर क्या हुआ कृपी?" कृपाचार्य ने टोका।

तभी कक्ष में से निकल कर अश्वत्थामा आया, "मैं बाहर खेलने जाऊँ माता? बाहर कुछ बालक खेल रहे हैं।"

कृपी कोई उत्तर देती, उससे पूर्व ही कृपाचार्य धीरे से अपनी बहन से बोले, "आचार्य हस्तिनापुर में अपने प्रवास को गुप्त रखना चाहते हैं।"

"तो?" कृपी ने अपने भाई की ओर देखा।

"अश्वत्थामा बालकों के साथ खेलने जायेगा तो..." कृप ने वाक्य अधूरा छोड़ दिया।

"कृपी अपने पुत्र के साथ अपने भाई के घर आयी है—इसमें कुछ भी गोपनीय नहीं है।" वह बोली और अश्वत्थामा की ओर मुड़ी, "अपने पिता की कोई चर्चा किसी से मत करना पुत्र!"

"अच्छा माता!"

"जाओ!"

अश्वत्थामा को बाहर भेज और कपाट बन्द कर कृपी लौटी।

"अश्वत्थामा कटोरी को अपने अधरों से लगाए उल्लास के उन्माद में नृत्य करता हुआ, कुटीर से बाहर चला गया। बाहर उसके वे मित्र खेल रहे थे, जो प्रतिदिन गोरस का पान करते थे और अश्वत्थामा को चिढ़ाया करते थे। वह अपनी कटोरी के साथ उनके सम्मुख पहुँच कर आज उल्टे उन्हें ही चिढ़ाने लगा, 'लो देखो! मैं भी गोरस पी रहा हूँ।" उन बालकों ने पहले अश्वत्थामा को देखा और फिर उसकी कटोरी को। उनमें से एक ने पूछा, 'तेरे घर में गाय है?' 'नहीं, गाय तो नहीं है।' अश्वत्थामा ने अपनी सम्पूर्ण अबोधता के साथ उत्तर दिया। 'तो गोरस किसी वृक्ष से टपकता है क्या?' बालक हँसे।

और उसके पश्चात वे हँसते ही चले गये, 'अश्वत्थामा वृक्ष का गोरस पीता है।...'"

कृपी ने रुक कर अपने भाई को देखा; जैसे किसी प्रश्न का उत्तर माँग रही हो; किन्तु कृपाचार्य क्या करते। मुख नीचा किये, चिन्तन की मुद्रा बनाये बैठे रहे।

"मैं अपनी कुटिया में से सब कुछ देख रही थी। अपने पुत्र की पीड़ा और उसका अपमान मुझ से देखा नहीं जा रहा था। चाहती थी कि किसी प्रकार अश्वत्थामा को उन लोगों के मध्य से हटा लूँ, ताकि वह उनके वाग्वाणों से और आहत न हो; किन्तु मैं स्वयं उन बालकों के सम्मुख पड़ना नहीं चाहती थी। भय था कि मुझे एक मूर्ख बालक की माता के रूप में अपमानित न करें; अथवा मेरे पुत्र को यह न बता दें कि गोरस के रूप में गोधूमचूर्ण का घोल पिला कर, उसे इस अपमानजनक स्थिति तक पहुँचाने वाली माता मैं ही हूँ...

"तभी स्वयं आचार्य घर लौटे। उन्होंने अपने पुत्र का पीड़ित और अपमानित चेहरा देखा। अपने मुख से उन्होंने कुछ नहीं कहा। अश्वत्थामा की भुजा पकड़ कर उसे कुटिया में ले आये। अश्वत्थामा उनसे बहुत कुछ कहता रहा, अन्य बालकों के व्यवहार के प्रति अपना रोष जताता रहा; किन्तु आचार्य जैसे वहाँ थे ही नहीं। वे अपमान का घूँट पी कर निस्तेज ही नहीं, जैसे अचेत हो गये थे। मन में गहरा घाव था। कुटिया में आ कर चुपचाप बैठ गये। अश्वत्थामा को उन्होंने अपनी गोद में बैठा लिया और मेरी ओर देख कर बहुत ही दृढ़ और कठोर स्वर में बोले, 'मेरा पुत्र अब कभी गोधूमचूर्ण का घोल नहीं पियेगा। वह गोरस ही पियेगा, शुद्ध गोरस।'...जाने उनके मन में क्या था कि मेरा मन काँप-काँप गया। मुझे वह स्वर उनका नहीं लगा। उसमें जाने कैसा तो पैशाचिक अट्ठहास था, जैसे कुछ टूट-टूट कर गिर रहा हो...ध्वंस...ध्वंस...ध्वंस...

"उसके पश्चात आचार्य जैसे अपने-आपमें कहीं गुम हो गये। जाने क्या सोचते रहते थे। उनकी सारी एकाग्रता नष्ट हो गयी थी। रात को ठीक से सो भी नहीं पाते थे। कई बार आधी-आधी रात को उठ कर टहलने लगते थे। भोजन में भी उनकी रुचि पहले से कम हो गयी थी...

"मैंने जब पूछा कि वह किस बात की इतनी चिन्ता कर रहे हैं, तो बोले, 'चिन्ता नहीं कर रहा, पश्चाताप कर रहा हूँ।'

"'किस बात का?'

"'अपने पाप का।'

"'कौन-सा पाप?'

"उन्होंने मेरी ओर इस प्रकार देखा, जैसे मैंने कोई मूर्खतापूर्ण प्रश्न कर दिया हो। बोले, 'तुम नहीं जानती, कौन-सा पाप?'

"मेरी दृष्टि में तो आपने आज तक कोई पाप किया ही नहीं है।' मैं बोली।

"'तुम्हारी दृष्टि में तो पाप नहीं है।' वह बोले, 'किन्तु पाप का फल अपने मुख से बोलता है। मेरा परिवार भूखा और कंगाल है—क्या यह मेरे पाप का फल नहीं है?'

"'इसमें पाप की क्या बात है।' मैंने कहा, 'आपने धनार्जन का प्रयत्न नहीं किया बस!"

"'नहीं! केवल इतनी-सी बात नहीं है।' वे दुखी मन से बोले, 'मैंने लक्ष्मी का अपमान किया है। यह उसी पाप का फल है। मुझे विधाता ने जो विद्या दी है, उससे बहुत कम में लोग धनाढ्य, शूरवीर और चक्रवर्ती सम्राट बने बैठे हैं; और मैं हूँ कि उस विद्या को या तो संचित मात्र करता जा रहा हूँ, या फिर निःशुल्क वितरित करता जा रहा हूँ। यह उस विद्या का भी अपमान है और लक्ष्मी का भी।...मैंने उस विद्या का व्यापार नहीं किया। यह पाप है न! संसार में रह कर मैं सांसारिक बनना नहीं चाहता। क्या यह पाप नहीं है?...किन्तु अब मैं यह पाप और नहीं करना चाहता...।'

"'क्या करेंगे आप?'

"उन्होंने तत्काल कोई उत्तर नहीं दिया। मैंने मान लिया कि वे इतने आत्मलीन हैं कि उन्होंने मेरा प्रश्न सुना ही नहीं होगा। किन्तु उन्होंने मेरा प्रश्न सुन लिया था। शायद वे स्वयं अपने-आपसे उसका उत्तर माँग रहे थे। और जब कोई उत्तर नहीं मिला तो बोले, 'मैं स्वयं नहीं जानता...।'

"'राजाश्रय की याचना करेंगे?' मैंने पूछा, 'अपने शिष्यों से विद्या का शुल्क लेंगे? अथवा राजपुरोहित बन कर किसी की चाकरी करेंगे?'

"मेरा प्रश्न उन्हें अत्यन्त अपमानजनक लगा था। तड़प कर बोले, 'मैं नहीं जानता कि क्या करूँगा, किन्तु लक्ष्मी की उपेक्षा का पाप, अब और नहीं करूँगा।' वे कुछ दे और उसी मनःस्थिति में रहे। उनकी पीड़ा देख-देख कर मुझे भी बहुत कष्ट होता था; किन्तु मैं कर ही क्या सकती थी। विधाता से यही प्रार्थना करती थी कि वह किसी प्रकार उनका कष्ट दूर करे।...कभी-कभी तो मुझे लगता था कि वे कोई बहुत ही भयंकर संकल्प कर रहे हैं। उनकी आँखों के भाव मुझे बहुत भयानक लगते थे। उनमें में झाँकती सर्वग्रासिनी प्रतिहिंसा मुझे दहला देती थी।...उस भयानक मूर्ति में से

अपने सौम्य पति की आकृति ढूँढती रहती थी; किन्तु वह जाने कहाँ लुप्त हो गयी थी।...और फिर कभी-कभी उनकी आकृति अत्यन्त निरीह हो जाती थी, जैसे अभी हाथ जोड़ कर दया की याचना करेगी। जाने क्यों उनकी उस तपस्या-सिद्ध दृढ़ मूर्ति में से एक दीन भिक्षुक प्रकट होने लगता था। भिक्षुक मूर्ति के लिये बहुत दया उपजती थी मेरे मन में; किन्तु फिर भी मैं भयभीत हो जाती थी...जाने उनके मन में क्या है। जाने वे क्या सोच रहे हैं। जाने वे क्या कर बैठेंगे...।"

"तुमने बहुत कष्ट सहा है बहन।" कृपाचार्य अपनी सहानुभूति प्रकट करने के लिये जैसे शब्द नहीं खोज पा रहे थे, "कहीं तुमने मुझे एक संदेश भिजवा दिया होता।"

"संदेश भिजवाने का कोई साधन होता, तो अवश्य भिजवा देती," कृपी बोली, "किन्तु एक तो वहाँ से इधर आने वाला कोई नहीं था, दूसरे इनकी विक्षिप्तावस्था जैसे बढ़ती ही जा रही थी। चिन्तित माता और विक्षिप्तप्रायः पिता के निकट रह कर अश्वत्थामा के लिये भी जीवन कितना सुखद हो सकता था। मुझे भय था कि कहीं बालक इस अवस्था से कोई अप्रिय प्रभाव ही ग्रहण न कर ले...

"तभी एक दिन यह सन्ध्या समय बाहर से लौटे तो मुझे कुछ आश्वस्त-से लगे। मुझे भी अच्छा लगा। कुटिया के भीतर हमारे उस छोटे-से संसार में हल्का-सा सन्तोष लौटा। आचार्य ने अश्वत्थामा को पास बैठा कर प्यार किया और मुझे भी मीठी दृष्टि से दुलराया। मुझ से रहा नहीं गया तो मैंने पूछ ही लिया, 'क्या कोई सुखद समाचार है?' 'हाँ!' वे बोले, 'महेन्द्रगिरि पर अपने आश्रम में भगवान परशुराम, योग्य ब्राह्मणों को अपना सर्वस्व दान कर रहे हैं।'

"उनका यह सुखद समाचार सुन कर मैं प्रसन्न नहीं हो सकी।" पूछा, 'आप वहाँ जायेंगे?'

"'हाँ।'

"'कब?'

"'सोचता हूँ कल प्रातः ही यात्रा आरम्भ करूँ।'

"'यह तो लम्बी यात्रा है। बहुत समय लगेगा इसमें।'

"'हाँ। कृपी!' उनका स्वर स्नेह-सिंचित था, 'जानता हूँ कि यात्रा लम्बी है। बहुत समय लगेगा मुझे आने-जाने में। तुम दोनों को असहाय छोड़ रहा हूँ। किन्तु, सोचता हूँ कि जहाँ अब तक इतना कष्ट दिया है, थोड़ा और सही।

इसके पश्चात तुम्हें कष्ट नहीं होगा। तुम लोगों को मुझ से पृथक भी नहीं रहना होगा, और निर्धनता के अभिप्राय का बोझ भी नहीं ढोना होगा...।'

"'आप क्या लेने जा रहे है वहाँ—भृगुश्रेष्ठ का आशीर्वाद?' मैंने उनका अभिप्राय भाँपते हुए भी पूछा।

"'नहीं!' वे पुनः गम्भीर हो गये, 'अब और आशीर्वाद नहीं! बहुत बटोर लिये आशीर्वाद और प्रशस्तियों के भण्डार...'

"'तो क्या लेने जा रहे हैं—ज्ञान?'

"'धन!' वे बोले, 'जो आज तक नहीं माँगा, अब वही माँगूँगा।' उनका स्वर पर्याप्त कटु हो आया था।

"'एक ब्राह्मण दूसरे ब्राह्मण से धन की याचना करेगा?' मैंने चकित हो कर पूछा।

"'हाँ!' वे बोले, 'मुझे धन की आवश्यकता है। और मैं धन के लिये न अपने शिष्यों से शुल्क की याचना करना चाहता हूँ, न राजाश्रय की आकांक्षा करता हूँ; और न ही पुरोहित का धंधा अपनाना चाहता हूँ।'

"मैं यात्रा की कठिनाई और दूरी—दोनों ही समझ रही थी; और साथ-ही-साथ समझ रही थी आचार्य की मनःस्थिति। मैं उन्हें इतने दिनों से अपने-आपसे लड़ते हुए देख रही थी। उनके भीतर संकल्प और विकल्प का युद्ध चल रहा था, शुभ और अशुभ का, हित और अहित का...आज उन्हें एक अवसर मिला था, जो उनके मनोनुकूल था। यदि इस मार्ग पर चल कर वे अपनी मनोकामना पूरी कर सकें, तो वे अपने मन के पिशाच से भी मुक्ति पा लेंगे। उनकी प्रतिहिंसा कदाचित अपनी विध्वंस-लीला न रचे।...यदि वे पुनः स्वस्थ हो सकें; यदि उनका सहज विश्वासी, विराट रूप लौट सके, तो महेन्द्रगिरि तक की यात्रा कितनी भी लम्बी हो—मैं उसे सहन कर सकती हूँ।...भगवान परशुराम से धन की याचना में उनका अहं पीड़ित नहीं होता था, उनका संकल्प खण्डित नहीं होता था, अतः उनकी प्रतिहिंसा-राक्षसी, काल-नागिन सी विनाश नृत्य नहीं कर सकती थी। सबके हित के लिये, सबके शुभ के लिये मुझे उनकी यह यात्रा स्वीकार करनी ही थी..."

"तो आचार्य महेन्द्रगिरी तक गये क्या?" कृपाचार्य ने पूछा।

"हाँ! गये! बड़े उल्लास के साथ, जीवन की ओर बड़ी आशापूर्ण दृष्टि से देखते हुए, वे गये। हम दोनों को अनेक आश्वासन दे गये। कह गये कि इस प्रकार की, अपने लिये सौभाग्य-याचना की वह अन्तिम यात्रा थी। उसके पश्चात उन्हें इस प्रकार भटकना नहीं पड़ेगा; और हमें उनकी मौन प्रतीक्षा नहीं

करनी होगी...।"

कृपाचार्य अपनी बहन से पूछना चाहते थे कि क्या आचार्य को भगवान परशुराम से धन की प्राप्ति हुई?...किन्तु पूछने का जैसे साहस नहीं हो रहा था।...जिस अवस्था में कृपी और द्रोणाचार्य अपने पुत्र को ले कर उनके द्वार पर आ खड़े हुए थे, उससे यह तो लगता ही नहीं था कि उनको कहीं से कुछ भी प्राप्त हुआ होगा। फिर क्या यह प्रश्न कृपी के क्षतों को और भी छील नहीं देगा?...

किन्तु कृपी, जैसे आज इतने अन्तराल के पश्चात भाई के स्नेह की छाया पा कर कुछ आश्वस्त हुई थी। वह जैसे पुनः अपने मायके की सुरक्षित परिधि में आ गयी थी। इतनी लम्बी अवधि तक उसके दुख की रुद्ध गाथा, अब अपना निकास पा कर निरवरोध प्रवाहित हो रही थी...

"हमने वे दिन बड़े ही कष्ट और व्यग्रता में व्यतीत किये। पर एक आशा थी कि आचार्य लौटेंगे, तो कदाचित हमारी सारी भौतिक समस्याओं का समाधान हो जायेगा। आशा में बहुत बल होता है न भैया!" कृपी ने अश्रु-भरी आँखों से भाई की ओर देखा।

कृपाचार्य ने चुपचाप सिर हिला दिया।

"किन्तु महेन्द्रगिरि से जब आचार्य लौटे तो उनकी स्थिति और भी विचित्र थी। वे पहले से और अधिक ज्ञानवान और विद्या-धनी हो कर लौटे थे; किन्तु जिस धन के लिये वह इतनी दूर की यात्रा कर भृगुश्रेष्ठ के पास गये थे, वह धन उनको नहीं मिला। भगवान परशुराम के पास पहुँचने में उन्हें कुछ विलम्ब हो गया था। भगवान अपना धन पहले ही ब्राह्मणों में वितरित कर चुके थे। उनके पास बचे थे कुछ अस्त्र-शस्त्र—और उनके संचालन की विद्या। वे भी इसलिये बचे थे क्योंकि उन्होंने संकल्प कर लिया था कि वे किसी क्षत्रिय को शस्त्र-विद्या का दान नहीं करेंगे..."

"यह संकल्प उन्होंने कब किया?" कृपाचार्य चौंके, "पहले तो उनका ऐसा कोई संकल्प नहीं था। उन्होंने कुरुश्रेष्ठ भीष्म को अस्त्र-विद्या का दान किया था। वे उनके गुरु रहे हैं...।"

"हाँ! किन्तु शायद राजकुमारी अम्बा के संदर्भ में कुरुश्रेष्ठ भीष्म का व्यवहार देखने के पश्चात उन्होंने ऐसा संकल्प कर लिया था।" कृपी बोली।

"वे केवल ब्राह्मणों को शस्त्र-विद्या देना चाहते थे, और ऐसे ब्राह्मण उनके पास पहुँचे ही नहीं, जो युद्ध-विशारद होना चाहते हों।...आचार्य के पास

पहले ही शस्त्रों और शस्त्र-विद्या का कोई अभाव नहीं था; फिर भी उन्होंने भगवान परशुराम के शस्त्रास्त्रों को ग्रहण किया। एक ओर उनका सामर्थ्य पहले से बढ़ गया तथा दूसरी ओर उसी अनुपात में उनकी निर्धनता। वे नहीं जानते थे कि अपनी इस उपलब्धि पर उन्हें प्रसन्न होना चाहिए था अथवा अपनी वंचना पर दुखी! महेन्द्रगिरि तक की यात्रा उनकी उपलब्धि थी अथवा उनकी वंचना और पीड़ा की करुण गाथा!...उन्होंने जब एक साधारण थके-हारे, हताश मनुष्य के समान मेरे कंधे पर अपना भाल टेक कर व्यथा-बोझिल स्वर में कहा था, 'कृपी! मैं नहीं जानता कि मेरे जीवन की कोई सार्थकता भी है या नहीं।' तो मेरा हृदय भी टुकड़े-टुकड़े हो गया था...."

कृपी ने रुक कर, अपनी आँखों में छलक आये अश्रु पोंछे और संकुचित-सी मुद्रा में भाई की ओर देखा, "क्षमा करना भैया! अब भी जब उन दिनों को स्मरण करती हूँ, तो मन भर आता है।"

अनायास ही कृपाचार्य का हाथ बहन के कंधे पर जा टिका, "दुखी मत हो बहन! बस समझ लो कि अब तुम्हारे कष्टों के दिन समाप्त हो गये।"

"चाहती तो हूँ कि इस बात का विश्वास कर पाऊँ।" कृपी धीरे से बोली, "किन्तु मेरा मन कुछ इतना अविश्वासी हो गया है कि किसी भी सुन्दर कल्पना पर मेरी आस्था टिकती ही नहीं। लगता है कि जैसे विधाता ने मेरे लिये सुख का कोई क्षण रचा ही नहीं है।"

"कृतघ्न मत बनो कृपी!" कृपाचार्य का आस्था में डूबा स्वर गूँजा, "विधाता ने तुम्हें जैसा पति दिया है, वैसा पति पाना किसी भी ब्राह्मण-कन्या के लिये स्वप्न हो सकता है। एक पुत्र है तुम्हारा! वह भी अपने पिता के ही समान विद्यावान तथा गुणवन्त बनेगा। धनुर्वेद के इतिहास में तुम्हारे पति का नाम अमर रहेगा। इतना यश है तुम्हारे पति के भाग्य में! और तुम...।"

"तुम नहीं जानते भैया! कि मेरे पति के मन में कितनी प्रतिहिंसा है। कितनी घृणा है उनके मन में इस सारे समाज और सामाजिक व्यवस्था के प्रति! जब कोई गुणी व्यक्ति अर्थ-लोलुप हो जाता है, स्वार्थ के सर्प उसमें घर कर जाते हैं, तो वह समाज का शुभेच्छु नहीं रह जाता। समाज की जितनी हानि वह कर सकता है—उतनी साधारण व्यक्ति नहीं कर सकता।..."

"ठीक कहती हो बहन! पर ऐसी आशंका तुम्हें क्यों है?"

कृपी ने उत्तर नहीं दिया। वह अपने स्थान से उठी और घट के पास जा कर उसने पात्र भर कर जल पिया। लगा, उसके मन को जल की शीतलता ने कुछ शान्त किया। मुहँ पोंछ कर आँचल से थोड़ी देर तक बयार करती रही।

फिर बोली, "अश्वत्थामा जाने कहाँ चला गया है।"

"कहाँ जायेगा।" कृपाचार्य बोले, "तुम चिन्ता मत करो। यहीं कहीं होगा। बाहर बहुत सारे बालक खेल रहे थे—उसने स्वयं ही तो कहा था—उन्हीं के साथ खेल रहा होगा।"

कृपाचार्य आ कर कृपी के पास बैठ गये, "मुझे बताओ। तुम किस बात से आशंकित हो।"

कृपी कुछ देर सोचती रही, जैसे स्मृति के तार जोड़ रही हो।

"महेन्द्रगिरि से लौट कर आचार्य बहुत दुखी थे। उन्हीं दिनों मैंने उनसे कहा था कि वे एक आश्रम स्थापित कर लें। शिष्यों को कुछ शिक्षा वे दें, कुछ मैं दूंगी। थोड़े-बहुत ब्रह्मचारी आ ही जायेंगे। हम एक सामान्य-सा गुरुकुल चलाते रहेंगे। हमारी आजीविका और साधना दोनों ही चलती रहेंगी। उन्होंने मेरी बात सुन कर निषेध में सिर हिलाया था—'नहीं! ऐसा नहीं हो सकता।' कारण पूछने पर उन्होंने अत्यन्त पीड़ित दृष्टि से मुझे देखा था और कहा था, 'असाधारण व्यक्ति का अभिशाप यही है कि वह कभी साधारण जीवन नहीं जी सकता'।"

"ठीक ही तो कहा था आचार्य ने!" कृप बोले, "किन्तु इसमें चिन्ता की क्या बात है?"

"असाधारण व्यक्ति को साधारण जीवन जीना पड़े तो उसे असह्य पीड़ा होती है...और पीड़ा कभी-कभी मनुष्य को पशु बना देती है। मैं नहीं जानती कि आचार्य के मन में क्या है; किन्तु मुझे लगता है कि उनके मन में कोई बहुत भयंकर संकल्प है। कभी-कभी मुझे उनकी आँखों में विनाश दिखायी देने लगता है। वे हस्तिनापुर आने से इतना डरते थे और फिर वे हस्तिनापुर ही आ गये हैं।...आज वे हस्तिनापुर में उपस्थित हैं और हस्तिनापुर के एक-एक कण से भयभीत हैं। मैं कहती हूँ भैया! आचार्य आतंक के मध्य जी रहे हैं। वे भीतर से जितने भयभीत होते हैं, ऊपर से उतने ही निश्चिन्त दिखने का प्रयत्न करते हैं।..."

कृपाचार्य जैसे कुछ समझ नहीं पाये, "हस्तिनापुर से भयभीत होने का तो कोई कारण नहीं है। राजाओं की मैत्री-अमैत्री से विद्वानों, आचार्यों और साधकों का क्या सम्बन्ध?"

"यह तो मैं नहीं जानती!" कृपी बोली, "किन्तु जब उन्होंने गुरुकुल की स्थापना अस्वीकृत कर दी तो मैंने हस्तिनापुर आने के लिये भी कहा था। उनका

उत्तर था, 'राजनीति भयशून्य नहीं हो सकती और हस्तिनापुर में राजनीति से तटस्थ रह कर अस्तित्व ही सम्भव नहीं है। हस्तिनापुर तो उदात्त सिद्धान्तों का श्मशान है। वहाँ पतन से समझौता किये बिना जीवन सम्भव नहीं है।'

"तो फिर आचार्य हस्तिनापुर चले कैसे आये?" कृपाचार्य के स्वर में किंचित अचंभे का भाव था।

"तत्काल निश्चय नहीं किया था आचार्य ने हस्तिनापुर आने का। बहुत उद्विग्न होने पर एक दिन आचार्य ने जैसे किसी रहस्य का उद्‌घाटन करते हुए बहुत धीरे से कहा था, 'कृपी! मैंने यह स्थान त्यागने का निश्चय किया है। सदा के लिये। सपरिवार तुम्हारे और अश्वत्थामा के साथ।' मुझे बहुत आश्चर्य हुआ। आचार्य ने यात्राएँ तो बहुत-सी की थीं, किन्तु अपना स्थान त्यागने की चर्चा उन्होंने कभी नहीं की थी। अपनी साधना-स्थली भी कभी कोई त्यागता है क्या! पर जब उन्होंने निश्चय कर ही लिया था, तो वे उसे पूरा भी करेंगे ही।"

"'कहाँ जाने का निश्चय किया है?'

"'सोचता हूँ द्रुपद के पास काम्पिल्य जाऊँ।'

"उन्होंने मेरी ओर देखा, जैसे जानते हों कि मेरी प्रतिक्रिया बहुत अनुकूल नहीं होगी।"

"'क्या विचार है तुम्हारा?'

"'मेरा क्या विचार!' मैंने कहा, 'किन्तु आप ही सदा राजाश्रय के विरुद्ध रहे हैं। राजाश्रय में ऋषि की स्वतन्त्रता का क्या होगा?'

"उनकी आँखों में उग्रता जागी, 'राजाश्रय की याचना करने नहीं जा रहा हूँ। द्रुपद मेरा सहपाठी है, गुरुभाई है, मेरे पिता का शिष्य है; उसके राजकुमारों को मैंने शिक्षा दी है। इन सम्बन्धों के कारण क्या मैं अपनी स्वतन्त्रता बनाये रखते हुए, उसके राज्य में नहीं रह सकता?'

"'आज तक तो आपने द्रुपद के पास जाने की इच्छा कभी प्रकट नहीं की।'

"पता नहीं वे मेरे प्रश्न को टालने के लिये टहलते रहे अथवा अपने मन को स्पष्ट रूप से जानने का प्रयत्न करते रहे। और फिर जैसे किसी परिणाम पर पहुँच कर बोले, 'मेरा अकृत्रिम जीवन तो मेरी इसी साधना-स्थली में ही सम्भव है कृपी। इससे बाहर जा कर वह मुझे कहीं नहीं मिलेगा। यह मैं पहले भी जानता था, आज भी जानता हूँ—इसलिये आज तक इस यात्रा को टालता रहा।...' फिर वे टहलने लगे। टहलते-टहलते सहसा वे रुके और बोले, 'अब तुम्हें मैं कैसे समझाऊँ कि मेरा नैसर्गिक जीवन क्या है; और मैं कैसा जीवन चाहता हूँ। मेरा सारा जीवन अपने भीतर से परिचालित है। बाहर से मैं कोई

निणर्य, कोई निश्चय, कोई आदेश, कोई बाध्यता नहीं चाहता। मेरा जीवन तो एक समाधि जैसा है, जो बाहर की किसी भी गतिविधि को मात्र विघ्न मानता है। मैं चाहता हूँ कि एक खुले वन-प्रान्तर में मैं अपने धनुष-बाण के साथ सर्वथा एकाकी रहूँ।...किन्तु शायद गृहस्थी में यह सम्भव नहीं है। गृहस्थी के अपने कुछ पूर्वाधार हैं। मैं उनकी उपेक्षा नहीं कर सकता। अपने ऋषि होने का दण्ड मैं अपने पुत्र को नहीं दे सकता। उसके लिये जीवने की आवश्यक सुविधाएँ तो मुझे जुटानी ही होंगी।...मुझे द्रुपद के पास जाना ही होगा...'

"मैं समझ रही थी कि वे अपने दायित्व से बँधे, अपनी इच्छा के विरुद्ध, द्रुपद के पास जा रहे थे। सम्भवतः अपने बाल-सखा से मिल कर उन्हें प्रसन्नता ही होती; किन्तु वे एक याचक के रूप में राजा की सभा में नहीं जाना चाहते थे। बहुत सम्भव है कि वे राज-वैभव से आतंकित हों। या यह भी सम्भव है कि उनका अहंकार ऋषि को राजा से बड़ा मानता हो। वे बहुधा कहा करते थे कि ऋषि का पुत्र स्वतः ही ऋषि नहीं बन जाता। उसे ऋषि बनने के लिये वह सारी साधना करनी पड़ती है, जो उसके पिता ने की थी; किन्तु राजा का पुत्र स्वतः ही राजा बन जाता है। उसे कोई श्रम नहीं करना पड़ता, स्वयं को किसी योग्य सिद्ध नहीं करना पड़ता, कुछ अर्जित नहीं करना पड़ता। ज्ञान से शून्य होने पर भी वह ज्ञानियों से श्रेष्ठ माना जाता है; बुद्धि हीन हो कर भी बुद्धिमान माना जाता है; वीरत्व से रिक्त हो कर भी वीर होने का सम्मान पाता है।..." कृपी ने अपने आख्यान का सूत्र तोड़ा, "मुझे लगता है कि उनके मन में राजाओं के विरुद्ध बद्धमूल वैर है। फिर भी वे द्रुपद के पास जा रहे थे।"

तभी अश्वत्थामा भीतर आया, "माता!"

"क्या बात है पुत्र! क्रीड़ा में मन नहीं लगा।"

"नहीं! शरीर क्लान्त लग रहा है।..."

"यह क्लान्ति नहीं है पुत्र!" कृपी बोली, "शिथिलता है। लगता है, तुम अभी पूर्णतः स्वस्थ नहीं हुए हो। अभी विश्राम करो।"

"तुम मेरे ग्रन्थागार में चले जाओ।" कृप ने कहा, "मन बहल जायेगा। सम्भव है पढ़ते-पढ़ते निद्रा आ जाये। कुछ सो लोगे तो शरीर को विश्राम मिलेगा और स्वस्थ हो जाओगे।"

अश्वत्थामा बिना कुछ कहे भीतर चला गया। लगा, उसने मातुल के प्रस्ताव को निर्विरोध रूप से स्वीकार कर लिया था।

कृपी जैसे अश्वत्थामा के जाने की प्रतीक्षा में ही थी। उसके जाते ही

उसने अपनी कथा का टूटा सूत्र पुनः पकड़ लिया।

"अपनी कुटिया छोड़ कर जब हम चले तो अश्वत्थामा कुछ शिथिल-सा था। मैंने उसका कपाल छुआ। ज्वर नहीं था; किन्तु ज्वर आ जाने की सम्भावना तो थी ही। मार्ग में यदि उसे ज्वर आ गया, तो हम क्या करेंगे? हमारे पास न रथ थे, न अश्व! हमें तो पदाति ही जाना था।...

"अश्वस्थ बच्चे के साथ यात्रा करने की मेरी इच्छा नहीं थी। हम कितने ही साधनहीन सही, किन्तु घर-तो-घर ही होता है। जैसे भी थे, किन्तु यहाँ कुछ पड़ोसी तो थे, जिन्हें हम वर्षों से जानते थे। आवश्यकता के समय वे सामर्थ्य-भर सहायता तो कर ही देते। और फिर रोग दूर करने का सबसे सरल मार्ग तो विश्राम ही था। मैं कुछ नहीं कर सकती थी, तो भी कम-से-कम अश्वत्थामा के निकट बैठ उसका कपाल सहला सकती थी; आवश्यक होने पर वस्त्र से बयार कर सकती थी; जल पिला सकती थी; कोई औषधि पीस कर, घोल कर, दे सकती थी। वह लेटा रहेगा, उसके शरीर को विश्राम मिलेगा, तो रोग अपने-आप भाग जायेगा...यात्रा में बहुत चाहने पर भी, उसे कितनी सुविधा से ले जा सकूँगी। इतने बड़े अश्वत्थामा को गोद मे ले कर, न मैं चल सकती थी, न आचार्य! उसे यदि ज्वर में भी पदाति चलना पड़ा, तो उसका कष्ट बढ़ सकता था। ऐसे समय में, मार्ग में यदि विश्राम करने के लिये कोई उपयुक्त स्थान न मिला, तो हम क्या करेंगे?

"किन्तु आचार्य अब रुकने के लिये सहमत नहीं थे। उनके मन में एक बार जो कुछ समा जाता था, जब तक उसे वे कर नहीं डालते थे, वे शान्त नहीं हो सकते थे। उन्हें रोकने का अर्थ था, उनकी प्रतीक्षा की यातना को बढ़ाना।...वैसे भी एक तो वह रुकते ही नहीं, रुकते जो इतने पीड़ित रहते कि मैं अपराध-बोध से ही मर जाती।

"ईश्वर का नाम ले कर हमने यात्रा आरम्भ की। अश्वत्थामा शिथिल अवश्य था, किन्तु फिर भी वह चल पा रहा था। हमारी यात्रा की गति मन्थर थी; किन्तु न तो यात्रा स्थगित करनी पड़ी और न ही हमें कोई असाधारण कष्ट हुआ। यात्रा के श्रम से क्रमशः अश्वत्थामा को ज्वर हो गया था और चलना उसके लिये कठिन होता जा रहा था। ईश्वर की इतनी दया अवश्य रही कि हम गंगा-तट के निकट पहुँच रहे थे। वहाँ तक हम दोनों उसे सहारा दे कर धीरे-धीरे ले जा सकते थे...।

"द्रुपद की राजधानी जितनी निकट आती जा रही थी, आचार्य की व्यग्रता उतनी ही बढ़ती जा रही थी। वैसे तो मैंने भी पुत्र की अस्वस्थता के कारण

उन्हें यात्रा स्थगित करने के लिये नहीं कहा था; किन्तु जितनी मेरी इच्छा हो रही थी कि हम कहीं रुक कर विश्राम कर लें, उनकी उतनी ही व्याकुलता, यात्रा शीघ्र समाप्त कर लेने की थी। उनका विचार था कि सारा कष्ट तब तक का ही था, जब तक हम द्रुपद की राजधानी में नहीं पहुँच जाते।

"हम गंगा-तट पहुँचे तो सन्ध्या ढल रही थी। अब शेप यात्रा नौका में होनी थी। पदाति चलने की आवश्यकता नहीं थी। नौका में लेटा-लेटा अश्वत्थामा हमारे साथ काम्पिल्य तक पहुँच जायेगा।...जहाँ हम खड़े थे, वहाँ से काम्पिल्य कुछ ही कोस दूर गंगा के उस पार था...

"हम घाट की ओर बढ़े तो हमारी अपेक्षा के अनुसार कोई भी केवट उत्सुकता से यह पूछने नहीं आया कि हम कहाँ जायेंगे। वे सब निश्चिन्त अपने स्थान पर बैठे रहे। अन्ततः आचार्य ने ही एक से कहा, 'भैया! हमें गंगा पार काम्पिल्य में जाना है।'

"मैं चकित थी कि आचार्य के स्वर में रंचमात्र भी आदेश नहीं था। उनके स्वर में ऐसी छलछलाती अनुमय मैंने पहले कभी नहीं सुनी थी। उन परिस्थितियों में भी मैं चकित थी कि आचार्य इतने दीन कैसे हो गये।

"'धर्मार्थ नौका उस पार गयी है, लौटेगी तो उसमें चले जाना।' केवट ने उत्तर दिया।

"'क्या ये नौकाएँ उस पार नहीं जातीं?' आचार्य ने पूछा।

"'नौकाएँ हैं, तो पार क्यों नहीं जायेंगी।' केवट ने आचार्य पर एक वक्र दृष्टि डाली, 'किन्तु इसमें शुल्क लगता है। तुम्हारे पास निष्क हो तो निकालो, ये सारी नौकाएँ गंगा पार जायेंगी।'

"आचार्य मौन खड़े रहे। निष्क उनके पास था, न मेरे पास। हमारे पास तो कोई साधारण-सी मुद्रा भी नहीं थी।...आचार्य ने जैसे साहस बटोर कर अपना संकोच तोड़ा, 'मेरे पास शुल्क देने के लिये धन नहीं है; किन्तु मुझे शीघ्र ही काम्पिल्य पहुँचना है। मेरा पुत्र अस्वस्थ है। विलम्ब हो गया तो रात हो जायेगी। द्रुपद सो जायेगा...।

"मैंने स्पष्ट देखा कि केवट के मुख पर विद्रूप की मुस्कान उभरी। कदाचित आचार्य के मुख से राजा की इस रूप में चर्चा उसे हास्यास्पद लगी थी। किन्तु आचार्य का ध्यान उस ओर नहीं था। वे अपने प्रवाह में कहते गये, 'अधिक रात हो जाने के कारण यदि हम द्रुपद तक नहीं पहुँच पाये तो रात को हम राजधानी में कोई ठिकाना कैसे खोज पायेंगे।...'

"'ठीक है!' केवट अपनी मुस्कान रोक कर बोला, 'तुम जैसे लोगों के लिये ही राजा ने धर्मार्थ नौका चला रखी है।'

"'किन्तु मेरा पुत्र अस्वस्थ है।'

"'यदि हम लोगों के अस्वस्थ पुत्रों को निःशुल्क गंगा पार करायेंगे, तो हमारे अपने पुत्र अस्वस्थ हो जायेंगे।' इस बार केवट ने अपनी हँसी रोकने का प्रयत्न नहीं किया, 'अस्वस्थ लोग तो हमें दुगुना शुल्क दे कर गंगा पार करते हैं।'

"आचार्य का आक्रोश जागा, 'तुममें रंचमात्र भी मानवता नहीं है क्या?'

"केवट तनिक भी हतप्रभ नहीं हुआ। आचार्य की तुलना में कुछ अधिक ही कटु हो कर बोला, 'हमारे मरने-जीने पर पूजा-पाठ करते हुए तो कभी किसी ब्राह्मण ने अपनी दक्षिणा नहीं छोड़ी...'

"मैं आचार्य को उनकी भुजा पकड़ कर वहाँ से हटा लायी : ऐसे व्यक्ति से तर्क करने का क्या लाभ जो साधारण पुरोहित और ऋषि का अन्तर नहीं जानता। उसे क्या पता था कि वह आचार्य द्रोण से बात कर रहा है, जिन्होंने राजकुमारों को शिक्षा देते हुए भी उनसे कोई शुल्क नहीं लिया।

"आचार्य हट तो आये; किन्तु शान्त नहीं हुए।

"'मैंने भी धन अर्जित किया होता तो आज स्वर्ण-निष्कों की थैली इसके मुँह पर मारता।" वे कह रहे थे, 'जब समाज में सब कुछ धन से ही नियन्त्रित होता है, तो मुझे भी केवल धन ही अर्जित करना चाहिए था, और मैं मूर्खों के समान ज्ञान अर्जित करता रहा, पुण्य अर्जित करता रहा, यश अर्जित करता रहा...'

"प्रतीक्षा करने के सिवाय और कोई उपाय नहीं था। हमने वही किया। अन्ततः धर्मार्थ नौका आयी और हमने अपनी यात्रा का अन्तिम चरण पूरा किया। हमारे काम्पिल्य पहुँचने तक सन्ध्या पूर्णतः ढल चुकी थी और अन्धकार क्रमशः अपना अधिकार बढ़ाता जा रहा था।

"अब हम द्रुपद की राजधानी में थे। आचार्य तो सीधे ही राजप्रासाद में जाना चाहते थे; किन्तु दण्डधरों ने हमें जाने नहीं दिया, 'यह महाराज से मिलने का समय नहीं है। इस प्रकार किसी को भी महाराज के निकट जाने की अनुमति नहीं है।'

"आचार्य को इस प्रकार दण्डधरों द्वारा बलात रोका जाना अच्छा नहीं लगा होगा। उस व्यक्ति के मन की क्या स्थिति होगी जो शस्त्रास्त्रों का इतना बड़ा ज्ञाता हो, जो युद्ध-विद्या-विशारद हो, और उसे साधारण दण्डधर इस प्रकार रोक दें...किन्तु आचार्य उनसे लड़ नहीं सकते थे।

"रात गहराती जा रही थी। अश्वत्थामा ज्वर के कारण शिथिल था। हम लोग भूखे-प्यासे भी थे और श्रान्त-क्लान्त भी।

"'मेरा इसी समय द्रुपद से मिलना बहुत आवश्यक है।' आचार्य ने दण्डधरों के नायक से कहा।

"'सम्मान से 'महाराज द्रुपद' कहो।' नायक ने आचार्य को डाँट दिया, 'क्या हो तुम?'

"'क्या हूँ?' आचार्य को यह प्रश्न अपमानजनक लगा, 'पूछो कौन हूँ मैं।'

"'हम 'कौन को अधिक महत्व नहीं देते।' नायक बोला, 'हमारे लिये 'क्या' ही अधिक महत्वपूर्ण है।'

"'मैं राजगुरु हूँ।' आचार्य बोले।

"नायक ने उन्हें उपहास की दृष्टि से देखा, 'राजगुरु प्रासाद में रहते हैं। राजसी काषाय धारण करते हैं। महाराज उन्हें दिन में चार बार नमस्कार करते हैं। ऐसा राजगुरु तो हमने प्रथम बार ही देखा है, जो धूलि-धूसरित वस्त्र लपेटता हो, और जिसे राजधानी में कोई पहचानता भी न हो।'

"आचार्य का क्षोभ सीमा को लाँघ गया, 'मैं द्रोणाचार्य हूँ। राजकुमार धृष्टद्युम्न मुझसे धनुर्विद्या सीखने मेरे आश्रम में आया था।...'

"'सुनो ब्राह्मण!" नायक बोला, 'राजकुमार किस व्यक्ति से, कहाँ क्या सीखने गये, इससे हमें कुछ भी लेना-देना नहीं है। हम तो जानते हैं कि राजगुरु एक पद है। राजसभा में उनका विशिष्ट आसन है। वे महाराज के साथ, सभा में अपने उसी आसन पर विराजते हैं। तुम जैसा कोई भी वैरागी केश और श्मश्रु बढ़ा कर, चीथड़े धारण कर, आ कर कहे कि मैं राजगुरु हूँ, तो क्या हम मान लेंगे।' उसने अपनी पलकें झपका कर अन्तिम उपदेश दिया, 'तुम क्या हो, यह अधिक महत्वपूर्ण नहीं है। अधिक महत्वपूर्ण यह है कि महाराज तुम्हारा कितना महत्व स्वीकार करते हैं। हम महत्व के सेवक नहीं, महाराज के सेवक हैं।'

"दण्डधरों से विवाद व्यर्थ था। वे बिना सोचे-समझे, बुद्धि के समस्त द्वार बन्द किये, कदाचित आदेशों का आशय समझे बिना ही उनका पालन कर रहे थे। इससे अधिक की न उनमें क्षमता थी, और न ही शायद उनसे अपेक्षा थी।

"उन्होंने हमारे आवास का भी वहीं प्रबन्ध कर दिया, जहाँ साधारणतः सामान्य ब्राह्मण और तपस्वी ठहराए जाते थे।...आचार्य का रोष बढ़ता ही जा रहा था। वे राजा के बाल-सखा थे, राजकुमारों को उन्होंने शस्त्र-विद्या सिखायी थी। यह सम्बन्ध न भी होता, तो भी वे द्रोण थे—आर्यावर्त्त के श्रेष्ठ शस्त्र-विशारद! उनका स्वागत होना ही चाहिए था। राजा को स्वयं उनका स्वागत करने के लिये आना चाहिए था। उन्हें सम्मानपूर्वक ले जा कर अपने प्रासाद में अपने साथ ठहराना चाहिए था; और यहाँ उन्हें रोक कर, साधारण

भिक्षोपजीवी ब्राह्मणों के साथ ठहरा कर इस प्रकार प्रतीक्षा करायी जा रही थी, जैसे वे राजा के दर्शनों के आतुर कोई अकिंचन याचक हों, भिक्षुक हों। ...एक बार तो इतने रुष्ट हुए कि उन्होंने वापस लौट चलने की इच्छा प्रकट की।...पर मैं सोच रही थी कि अस्वस्थ बालक के साथ, इतनी दूर की कष्टप्रद यात्रा करके आये हैं, तो राजा से साक्षात्कार किये बिना नहीं लौटना चाहिए। ...आचार्य को अपनी अवमानना पीड़ित कर रही थी—यह मैं समझ रही थी; किन्तु शासन के अपने नियम होते हैं। प्रत्येक स्थान की अपनी पद्धति होती हैं। गुरुकुलों और राजसभाओं की पद्धति एक ही तो नहीं हो सकती।...ऋषि तो असाधारण होते हुए भी स्वयं को सदा साधारण बनाने का प्रयत्न करता रहता है; और राजा साधारण हो कर भी स्वयं को असाधारण प्रमाणित करना चाहता है। ऋषि के द्वार सबके लिये खुले होते हैं। राजा चयन करता रहता है कि किसे वह अपने निकट आने दे, किसे न आने दे; किसे मित्र माने, किसे अमित्र; किस पर कृपा करे, किस पर कोप! कदाचित यदि वह अपने महत्व का यह कृत्रिम घटाटोप न बुने तो वह अपना पद ही न बनाये रख सके।

"मैं अपनी क्षमता-भर आचार्य को शान्त बनाये रखने का प्रयत्न करती रही; किन्तु उनका आहत और पीड़ित अहंकार जैसे सागर की लहरों के समान उफ़न-उफ़न कर उमड़ आता था। उन्हें अपने चारों ओर अपनी अवमानना और उपेक्षा दिखायी पड़ रही थी। इतने बड़े आचार्य को साधारण दण्डधरों की इच्छा के अनुसार चलना पड़ रहा था। उनके पास न कोई पद था, न महत्वपूर्ण व्यक्ति होने का प्रमाण! उनका महत्व तो केवल एक नाम में था—आचार्य द्रोण! जो कोई इस नाम के महत्व को जानता था, वह नाम सुनते ही उनके चरणों में लोट जाता था। जो उस नाम का महत्व नहीं जानता अथवा नहीं समझता था, उसको समझाना बहुत कठिन था। कोई गुणी अपना बखान अपने मुख से नहीं करना चाहता, किन्तु वह चाहता है कि उसका महत्व समझा और स्वीकार किया जाये...

"किसी प्रकार रात कटी। प्रातः हम लोग भी अन्य बहुत सारे सामान्य जनों के साथ राजा के दर्शनों के लिये चले। दण्डधर थोड़े-थोड़े लोगों को राजसभा में जाने की अनुमति दे रहे थे। वे लोग लौट आते; भीतर स्थान बन जाता तो कुछ अन्य लोगों को भेज दिया जाता।...हमारी भी बारी आयी!

"द्रुपद की सभा असाधारण भव्यता लिये हुए थी। पर्याप्त ऊँचाई पर स्थित राजसिंहासन पर द्रुपद विराजमान था। अपने-अपने पदों के अनुसार पदाधिकारी बैठे थे। बड़े अनुशासित ढंग से एक-एक व्यक्ति को राजा के निकट जाने दिया जाता था। कहने को तो वह निकट था, किन्तु फिर भी राजा

से पर्याप्त दूरी होती थी। वह व्यक्ति निवेदन करता और राजा अपना आदेश दे देता। वह व्यक्ति लौट आता था।...

"अपनी बारी आने पर आचार्य आगे बढ़े। राजा ने कहा, 'प्रणाम करता हूँ भूदेवता! अपनी इच्छा कहें।'

"आचार्य अब तक पर्याप्त तप चुके थे। द्रुपद के व्यवहार में भी अपने लिये आत्मीयता न पा कर, जैसे उनका धैर्य समाप्त हो गया। बोले, 'द्रुपद! मैं तुम्हारा मित्र द्रोण!'

"द्रुपद की त्यौरियाँ चढ़ गयीं। यह कौन व्यक्ति था, जो राजसभा में 'महाराज' अथवा 'राजन' सम्बोधन न कर, उसे नाम से पुकार रहा था और स्वयं को उसका मित्र बता रहा था। राजा कुछ कहता, उससे पूर्व ही आचार्य बोले, 'क्या राजा बन जाने के कारण, तुम अपने स्थान से उठ कर, अपने बाल-सखा को वक्ष से नहीं लगा सकते?'

"क्षण-भर के लिये द्रुपद की आँखों में रोष झलका; किन्तु उसने स्वयं को संयमित किया। सायास नम्र हो कर बोला, 'आचार्य द्रोण! मुझे प्रसन्नता है कि आप मेरी सभा में आये हैं। मेरी इच्छा है कि यह हमारा अल्पकालीन साक्षात्कार ही न हो। आप कुछ दिन हमारा आतिथ्य ग्रहण करें। लौटने की कोई जल्दी तो नहीं है न?'

"आचार्य कुछ आश्वस्त हुए। द्रुपद का व्यवहार चाहे बहुत आत्मीय नहीं था, जिसकी कल्पना करते आये थे, फिर भी वह सम्मानजनक तो था ही। उनका रोष कुछ कम हुआ। द्रुपद के सम्मानपूर्ण व्यवहार से उन्हें अपना महत्त्व कुछ बढ़ता दिखायी दिया। बोले, 'लौटने की शीघ्रता कैसी! मैं तो सदा के लिये अपने मित्र की राजधानी में निवास करने आ गया हूँ।'

"द्रुपद के आनन पर अप्रसन्नता की एक हल्की-सी मलिनता झलकी; किन्तु उसने उसे तत्काल नियन्त्रित कर लिया। बोला, 'आपका स्वागत है आचार्य! पंचाल में आपको आश्रय दे कर मुझे प्रसन्नता होगी।'

"द्रुपद का एक-एक शब्द नपा-तुला था; मानो वह आचार्य की राजसभा की मर्यादा समझा रहा था। उसने एक बार भी आचार्य को अपना मित्र नहीं कहा था, न उनके द्वारा कहे गये मित्र सम्बोधन को ही स्वीकृति दी थी। वह अपनी औपचारिकता शालीनता से आचार्य के सम्मुख इस तथ्य को स्पष्ट कर रहा था कि आचार्य का व्यवहार राजसभा की मर्यादा के अनुकूल नहीं था; और इस समय वे दो मित्रों के रूप में नहीं मिल रहे थे—द्रुपद राजा था, और आचार्य राजसभा में आये एक याचक आगंतुक!

"मैंने आचार्य की ओर देखा। उनके चेहरे पर थोड़ी देर पहले आया

आश्वस्ति का भाव विलीन हो चुका था। उनका रोष जैसे पहले से भी अधिक उत्तप्त हो उठा था। वे प्रचण्ड हो उठे थे। यह उनका स्वभाव ही है। मन में आये भाव का दमन अधिक देर तक नहीं कर सकते। जब फूट पड़ते हैं तो किसी विघ्न बाधा को नहीं मानते। बोले, 'मैं किसी याचक के समान राजा की सभा में आश्रय माँगने नहीं आया हूँ। मैं तो अपने बाल-सखा के पास आया हूँ, जिसके निकट मैत्री के आधार पर सुरक्षित रह सकूँ।'

"मैं आज तक समझ नहीं पायी कि इतने महान बुद्धिजीवियों का विवेक भी अपने भावावेगों के सम्मुख कहाँ खो जाता है।...इसे स्वीकार करने में क्या आपत्ति हो सकती थी कि हम लोग वस्तुतः निराश्रित थे और आश्रय चाहते थे। आश्रय राजा ही दे सकता है, और उसे ही दे सकता है, जो स्वयं को उसकी प्रजा माने। आचार्य याचना भी कर रहे थे और उसे स्वीकार भी नहीं करना चाहते थे।

"सिंहासनासीन राजा, अपनी ही सभा में अपने सभासदों के सम्मुख अपने प्रति ऐसे वचन कैसे सुनता। द्रुपद बोला तो उसका स्वर भावनाशून्य और शुष्क था, 'मित्रता किसी समानाधार पर ही हो सकती है आचार्य!'

"'क्या गुरुकुल में हम मित्र नहीं थे?" आचार्य ने तड़प कर पूछा।

"'तब हम समान थे।' द्रुपद बोला, 'दोनों ही गुरुकुल के ब्रह्मचारी थे। एक ही स्थान पर रहते थे, एक ही भोजन करते थे, एक ही गुरु से एक ही कक्षा में शिक्षा पाते थे। तब हमारे जीवन में न कुछ असम था, न भिन्न! किन्तु जीवन अब तक वहीं थमा हुआ खड़ा नहीं है आचार्य! उसके पश्चात हमने वर्षों जीवन के भिन्न मार्गों पर यात्रा की है। आरम्भ स्थल एक होने पर भी अब हम पृथक गंतव्यों तक पहुँच चुके हैं। जितना जीवन हमने एक साथ व्यतीत किया था; उससे कहीं अधिक हमने पृथक-पृथक व्यतीत किया है। आचार्य का मित्र तो एक आचार्य ही हो सकता है; और राजा का मित्र एक राजा ही!'

"आचार्य के लिये यह उससे भी बड़ा अमपान था, जितना अपमा दण्डधर-नायक ने किया था। वह तो फिर अज्ञानी था, मूढ़ था, उन्हें पहचानता नहीं था। किन्तु द्रुपद! ऊँचे राजसिंहासन पर बैठा द्रुपद!...आचार्य का आनन अपमान से तप्त हो उठा। वे क्षण-भर भी नहीं रुके। बोले, 'तो ठीक है द्रुपद! समता तो अब स्थापित होगी ही! देखना यही है कि उसका आधार ज्ञान होता है अथवा राजसत्ता!'

"आचार्य मुड़े और बाहर की ओर चल पड़े। राजसभा से बाहर आ कर, न वे रुके, न उन्होंने देखा कि मैं उनके साथ आ रही हूँ या नहीं; अश्वत्थामा अपने

स्वास्थ्य की उस दशा में साथ चल पा रहा है या नहीं। वे तो चले जा रहे थे। जाने किधर! अपने रात वाले डेरे की ओर वे नहीं जा रहे थे। उस ओर जाने की कोई विशेष आवश्यकता भी नहीं थी। किन्तु वे जा किधर रहे थे?...

"'आर्यपुत्र!' मैंने पुकारा।

"उनकी गति मन्थर अवश्य हुई, किन्तु वे रुके अब भी नहीं।

"'अश्वत्थामा इस गति से नहीं चल पायेगा।'

"वे अब भी नहीं रुके। चलते-चलते ही बोले, 'आ जाओ।'

"'तनिक रुकिये तो।'

"'अब पांचालों की धरती पर रुकना पाप है।' वे बोले।

"कुछ वे मन्थर हुए, कुछ हमने अपनी-गति बढ़ायी। जब हम निकट आये तो मैंने कहा, 'अब कहाँ जायेंगे?'

"उन्होंने मुझ पर दृष्टि डाली अवश्य; किन्तु बोले कुछ नहीं। मैंने सोचा कि विचार कर रहे होंगे, थोड़ी देर में स्वयं ही उत्तर दे देंगे। किन्तु उन्होंने कोई उत्तर नहीं दिया। विक्षिप्त की भाँति चलते ही चले गये। जब मुझे विश्वास हो गया कि अब यह मेरा प्रश्न भी भूल चुके होंगे तो मैंने पुनः पूछा, 'अब कहाँ जायेंगे?'

"'मालूम नहीं!' वे बोले।

"'तो आप कहाँ चलते जा रहे हैं?'

"'मालूम नहीं!'

"मैं खीझ उठी, 'आपको स्वयं से कोई मोह नहीं है, तो हम पर तो दया कीजिए। अश्वत्थामा ने रात को भी कुछ विशेष नहीं खाया। प्रातः से भी वह जल पी कर ही हमारे साथ दौड़ रहा है। आपको अपने मान-अपमान की पड़ी है और मुझे अपने पुत्र के प्राणों की चिन्ता है।...'

"उनके चरण थम गये। उनके चेहरे पर भी पश्चाताप का भाव प्रकट हुआ। किन्तु कुछ बोले नहीं।

"मुझे लगा, कदाचित मैं ही कुछ उग्र हो उठी थी। उनकी पीड़ित मनःस्थिति में मुझे उनके साथ सहानुभूति होनी चाहिए। यदि मैं भी कटाक्ष करने लगूँगी तो उनका आहत मन शान्ति कैसे पायेगा।

"क्या आप वापस डेरे पर जाना चाहते हैं?' मैंने स्नेहमिश्रित स्वर में पूछा।

"'डेरे पर ऐसा क्या रखा है कि वहाँ लौटूँ।' उनकी आँखों में अश्रु छलछला आये थे।

"मैं स्तब्ध रह गयी। उनकी व्यथा मेरे अनुमान से कहीं अधिक थी। मैंने पहली बार देखा कि असमर्थ पति और असमर्थ पिता की यातना कितनी सघन होती है।...मैं अवाक खड़ी उन्हें देखती रही। सांत्वना देने के लिये भी मेरे पास शब्द नहीं थे।...किन्तु मैं यह भी जानती थी कि मैंने ही सांत्वना न दी, तो उन्हें कौन सांत्वना देगा; और अब न दी, तो फिर कौन-सा उपयुक्त अवसर आयेगा...

"'हम वापस अपने स्थान पर लौट जायें।' मैं धीरे से बोली, 'वहाँ कोई राजा हमें पीड़ित करने तो नहीं आयेगा।'

"'नहीं!' वे बोले, 'मैं अपनी टाँगों में दुम दबाये भीत कुकुर के समान अपनी गुफा में लौट जाना नहीं चाहता। मैं कितना भी असहाय क्यों न होऊँ...' अपने स्वर की थरथराहट छिपाने के लिये वे मौन हो गये। जब स्वयं को सँभाल चुके, तो ही बोले, 'अब मुझे कर्म-क्षेत्र में उतरना ही होगा।...मैंने बहुत विश्वास किया है मानवता पर, मानवीय गुणों पर, मित्रों पर, समाज पर ...किन्तु अब किसी का विश्वास नहीं करूँगा। केवल अपनी बुद्धि पर चलूँगा, स्वार्थ-बुद्धि पर..।'

"'तो कहीं बैठ जायें।' मैं बोली, 'कुछ देर विश्राम कर लें। कुछ विचार कर लें। कहाँ जाना है...' मेरे मन में बहुत देर से विचार कुलबुला रहा था कि कहूँ, कि चलिये हस्तिनापुर चलते हैं, भैया के पास...किन्तु कहने का साहस नहीं हुआ।

"लगा कि वे शान्त हो रहे हैं। बोले, 'चलो, गंगा-तट पर किसी वृक्ष की छाया में विश्राम कर लें।...और किसी की छाया तो अब रही नहीं।'

"हम लोग गंगा-तट पर पहुँचे। एक सघन वृक्ष देख कर उसकी छाया में बैठ गये।" आचार्य नहीं बैठे। वे पात्र ले कर, गंगा-जल लाने के व्याज से कहीं चले गये।...बहुत सम्भव है कि वे कुछ समय के लिये पूर्ण एकान्त चाहते हों—हमसे भी दूर, जहाँ वे केवल अपने-आपसे विचार-विमर्श करना चाहते हों, विवाद करना चाहते हों...

"मैं विकट द्वन्द्व में थी। उन्हें अकेला छोड़ूँ या नहीं? बहुत सम्भव है वे एकान्त में मन को एकाग्र कर सकें और कुछ शान्ति पा सकें; किन्तु यह भी तो सम्भव है कि अपने मान-अपमान, अपनी असहायता तथा समाज में अपने स्थान को ले कर वह अपने एकान्त चिन्तन में और उग्र हो उठें। किन्तु अब वे जा चुके थे, मेरे पास सिवाय प्रतीक्षा के और कोई विकल्प नहीं था...

"आचार्य ने लौटने में बहुत विलम्ब नहीं किया।...लौटे तो न केवल बहुत शान्त लगे, वरन अपने परिवेश के प्रति कुछ जागरूक भी थे। ये हमारे लिये

वृक्षों से तोड़ कर कुछ फल तथा पात्र में गंगा-जल लाये थे। मुझे अच्छा लगा। अपनी विक्षिप्तता से बाहर निकल कर उन्हें हमारा कुछ ध्यान तो आया। अश्वत्थामा को आहार की आवश्यकता भी थी। स्वास्थ्य की इस स्थिति में फल ही उसके लिये उचित आहार था। हम तीनों उस वृक्ष की छाया में बैठे जब फल खा रहे थे तो मुझे पारिवारिक आत्मीयता की एक सुखद अनुभूति हुई!...जाने लोग इतना अधिक धन-वैभव तथा सांसारिक भौतिक सम्पदा किसलिये चाहते हैं, जो व्यर्थ ही परस्पर कलह उत्पन्न करती है...

"आचार्य की अनुकूल मनःस्थिति देख कर मैंने साहस किया, 'कहाँ जाने का निर्णय किया है आपने?'

"'अभी कुछ निश्चय कर नहीं पाया।'

"'मेरा प्रस्ताव है...' मैं रुक गयी : कहीं मैं उनकी मनःशान्ति भंग तो नहीं कर रही।

"उन्होंने मेरी ओर देखा : बोलो।'

"'आप उद्विग्न तो नहीं होंगे?'

"'नहीं!' वे उदासीनता से बोले, 'अब क्या उद्वेग और किसका उद्वेग।'

"'क्यों न हम हस्तिनापुर चलें, भैया के पास!' मैंने क्षण-भर रुक कर देखा। उनकी प्रतिक्रिया सर्वथा प्रतिकूल नहीं थी। वे विचार कर रहे थे। यही समय था।...मैंने सोचा...इस समय उनको सहमत किया जा सकता है। 'आपत्ति के समय लोग आत्मीयजनों के पास ही तो जाते हैं। हमारा और है ही कौन! भैया का अपना परिवार भी नहीं है। आपके सास-ससुर भी नहीं हैं। वहाँ आपको किसी भी प्रकार की असुविधा नहीं होगी। भैया कौरव राजकुमारों के आचार्य हैं। उनका महाराज के पास आना-जाना है...'

"'क्या मैं धृष्टद्युम्न का आचार्य नहीं था? क्या मैं द्रुपद का बाल-सखा नहीं था?' उन्होंने मेरी बात काट दी। उनका स्वर भी पर्याप्त कटु हो आया था।

"मेरी सारी आशा नष्ट हो गयी। मेरा तो अन्तिम सहारा ही हस्तिनापुर था। जाने क्यों मेरे मन में आस्था थी कि किन्हीं अनुकूल क्षणों में मैं उन्हें मना लूँगी। किन्तु हस्तिनापुर के पक्ष में मेरे जितने भी तर्क थे, वे उन्होंने एक बार ही काट कर धर दिये थे। मेरा मन एकदम रुआँसा हो आया था...अब संसार में हमारे लिये कहीं कोई आश्रय नहीं था।...

"आचार्य किसी प्रस्तर मूर्ति के समान जड़ हो गये थे, जिनमें कहीं कोई स्पन्दन नहीं था। पहले भी दो-एक अवसरों पर उनके साथ ऐसा ही हुआ था। जाने उनके प्राण किस अज्ञात गह्वर में समा जाते थे, और वे मेरे लिये

एकदम अपरिचित हो जाते थे।...मुझे लगता था, मेरे सामने, मेरे इतने निकट बैठा यह व्यक्ति जाने कौन था। उसकी आकृति-प्रकृति, भाव-भंगिमा...कुछ भी तो मेरे परिचित आचार्य जैसा नहीं था...किन्तु कुछ समय पश्चात जैसे उनके श्वास लौटे। शरीर में स्पन्दन जागा। चेहरे पर कुछ भाव आये। वे बोले, 'अच्छा! मैं हस्तिनापुर जाऊँगा।' और इसके पहले कि मैं किसी प्रकार का कोई उदगार प्रकट करती, उन्होंने अपने एक ही वाक्य से मेरा समस्त उल्लास ध्वस्त कर दिया, 'इसलिये नहीं कि हस्तिनापुर में कृपाचार्य हैं; इसलिये भी नहीं कि कौरवों का राज्य अत्यन्त वैभवशाली है; वरन इसलिये कि पांचाल द्रुपद के सबसे बड़े शत्रु कौरव ही हैं। मैं अपने शत्रु के शत्रुओं का मित्र बनने का प्रयत्न करूँगा।'"

कृपाचार्य स्तब्ध रह गये।

कृपी सायास मुस्कुरा कर बोली, "मेरी भी यही स्थिति हुई थी भैया! इसलिये मैं कहती हूँ कि कभी-कभी मुझे इनसे डर लगने लगता है।..."

"कोई बात नहीं बहन!" कृपाचार्य अपनी स्तब्धावस्था से उबरे, "आचार्य के मन में क्या है, यह तो वे ही जानें। मेरी अपनी इच्छा है कि तुम सब लोग यहीं रहो। आचार्य को कोई-न-कोई सम्मानजनक पद मिल ही जायेगा; और मेरा एक परिवार हो जायेगा। मैं तुम्हें विश्वास दिलाता हूँ कि अश्वत्थामा के लिये मेरे मन में भी पुत्र का-सा ही स्नेह है। उसके लिये, यहाँ गोरस का ही नहीं, किसी भी वस्तु का अभाव नहीं होगा।...और धृतराष्ट्र को यह समझाना तनिक भी कठिन नहीं होगा कि आचार्य पांचालों के मित्र नहीं, मेरे सम्बन्धी हैं।"

6

कृपाचार्य के घर से निकल कर आचार्य द्रोण नगर में नहीं गये। इस समय उनके मन में न नगर देखने का उल्लास था और न ही किसी से मिलने की कोई इच्छा। अभी तो उनकी सबसे बड़ी समस्या थी कि वे स्वयं को हस्तिनापुर में किस प्रकार प्रकट करें कि परिणाम उनके प्रतिकूल हो ही न सके। वे कैसे अपना मन निकाल कर कौरवों को दिखायें कि अब उनके मन में द्रुपद के लिये तनिक भी मैत्री-भाव नहीं है। यहाँ कौन उनका विश्वास करेगा?

...और फिर कृपाचार्य क्यों चाहेंगे कि हस्तिनापुर में द्रोण के पैर टिकें। अपना साम्राज्य कौन छोड़ना चाहता है।...और सहसा द्रोण का मन जैसे एकदम ठिठक गया : उन्हें लगा कि उन्होंने अपने जीवन की सबसे बड़ी भूल

कर डाली है। उन्हें यदि हस्तिनापुर आना ही था, तो कृप के घर पर टिकने की भूल नहीं करनी चाहिए थी। उन्होंने उससे कहा तो है कि उनका आगमन गोपनीय है, किन्तु वह उसे गोपनीय रखना क्यों चाहेगा?...उन्हें कुरु-सम्राज्य से निष्कासित करवाने के लिये उसे बस इतना ही तो करना है कि राजपरिवार के किसी सदस्य के कान में यह सूचना डाल दे कि द्रोण हस्तिनापुर में हैं। शेष सब अपने-आप ही होता जायेगा। उन्हें निगड़बद्ध करने का आदेश दे दिया जायेगा। दण्डधर उन्हें घसीट कर राजसभा में ले जायेंगे। वहाँ उन्हें अपमानित किया जायेगा और आर्यावर्त्त के सबसे महान शस्त्र-विशारद इस द्रोण को धक्के दे कर कुरु-राज्य से बाहर कर दिया जायेगा।...

द्रोण अपनी ही दुष्कल्पनाओं से सहम उठे।...इससे पहले कि उनके साथ ऐसी कोई दुर्घटना घटे, उन्हें कोई-न-कोई ऐसा चमत्कार कर दिखाना था, जिससे उन्हें कृपाचार्य तो क्या स्वयं धृतराष्ट्र भी हानि न पहुँचा सके...

द्रोण ने घूम-घूम कर वह सारा क्षेत्र देखा। यह कृपाचार्य की पाठशाला ही थी, युद्धशाला किसी भी स्थिति में नहीं थी। शस्त्रास्त्रों के अभ्यास के प्रमाण यहाँ थे, किन्तु युद्ध के लिये तैयार किये जाने वाले सेनापतियों के अभ्यास के लिये आवश्यक सामग्री यहाँ दिखायी नहीं दे रही थी।...यहाँ द्रोण की आवश्यकता तो थी; किन्तु द्रोण तथा इस पाठशाला के मध्य का मार्ग अभी प्रशस्त नहीं था।

द्रोण घूमते रहे; किन्तु उन्होंने स्वयं को कम-से-कम लोगों की दृष्टि में पड़ने दिया। अधिकांशतः वे अदृश्य ही रहे।...वैसे भी जब तक किसी को बताया ही न जाता, तब तक कौन जान सकता था कि यह साधारण-सा दिखने वाला व्यक्ति, वही प्रसिद्ध आचार्य द्रोण है।

अनेक स्थानों पर विभिन्न वय के बालक, विभिन्न प्रकार के अभ्यास करते दिखायी पड़े। अनेक स्थानों पर कक्षाओं में अध्यापक, बालकों को शास्त्रों का ज्ञान भी दे रहे थे। किन्तु द्रोण को लगा कि यह सब अत्यन्त सामान्य, परम्परागत तथा निम्नस्तरीय है। इसमें सुधार और विकास का अभी बहुत अवकाश है। यदि उन्हें अवसर मिल जाये तो वे सिद्ध कर दें कि जो शिक्षा राजकुमारों को दी जा रही है, वह पर्याप्त नहीं है...

सन्ध्या समय द्रोण वापस लौटे, तो कृपी ने पूछा, "कहाँ चले गये थे आप? भैया आपको राजसभा के कुछ अधिकारियों से मिलाना चाहते थे।"

'इसी का तो मुझे भय था।' द्रोण ने मन-ही-मन सोचा, 'मैं जानता था कि वह मुझे राजसभा के अधिकारियों से मिलाने को उत्सुक है।'

"क्या बात है?" कृपी को अपने पति के चेहरे के भाव कुछ विचित्र लगे।

"अभी मैं किसी से मिलना नहीं चाहता।" द्रोण बोले, "मैं कृप को बता चुका हूँ कि हस्तिनापुर में हमारा आगमन पूर्णतः गोपनीय है।"

कृपी यह भी जानती थी। उसने द्रोण को यह कहते हुए सुना भी था। किन्तु उसका मन इस स्थिति को स्वीकार नहीं कर रहा था। उसका मन जैसे निरन्तर चीत्कार कर रहा था कि द्रोण ऐसा व्यवहार क्यों कर रहे हैं? क्यों गोपनीय है उनका हस्तिनापुर में होना?...

कृपी की आँखों के सम्मुख शैशव के चित्र घूम रहे थे...शान्तनु ने उन दोनों भाई-बहनों को अपनी सन्तान के समान ही पाला था। उनकी चर्चा करते हुए, उन्हें कभी गौतम शरद्वान की सन्तान नहीं कहा था। वे उन्हें सदा अपनी पोषित सन्तान ही कहते थे। यदि ब्राह्मण का धर्म बीच में न आ पड़ा होता, तो कदाचित उन दोनों की शिक्षा-दीक्षा भी राजपरिवार के सदस्यों के ही समान हुई हुई होती; और कदाचित उनके विवाह भी क्षत्रियों के राजपरिवारों में ही होते। ...वैसे भी भैया कृप कितने ब्रह्म-चिन्तक हैं और कितने शस्त्र-व्यवसायी—यह कहना कठिन ही है।...

शान्तनु के पश्चात भीष्म! भीष्म को जितना कृपी ने देखा है, अपने प्रति उन्हें सदा अनुकम्पा से भरा ही पाया है। उनका व्यवहार कभी एक अग्रज के समान स्नेह लिये होता था, कभी पिता का-सा वात्सल्य लिये हुए। कृपी को पूर्ण विश्वास है कि यदि अभी, इसी क्षण वह अपने पति और पुत्र के साथ कुरुश्रेष्ठ भीष्म की शरण में चली जाये तो आर्य भीष्म तत्काल स्नेह की छाया जैसा अपना हाथ उनके सिर पर रख देंगे। वे कभी नहीं पूछेंगे कि इससे पहले आचार्य द्रोण का किससे क्या सम्बन्ध था...

किन्तु आचार्य के मन में जाने क्या है?...उसे उनका मन दिखायी ही नहीं पड़ता। वह तो मात्र उनका चेहरा देख पाती है, जिस पर कभी उसे विनाश की छाया घनी होती दिखायी देती है और कभी स्वार्थ की...

कृपाचार्य रात को सोने के लिये बिस्तर पर लेटे तो उनका मन कृपी की सुनायी हुई सारी घटनाओं की जुगाली करने लगा...

वे दोनों भाई-बहन चाहे राजपरिवार के आश्रय में पले थे, किन्तु कृपी को अपने जीवन की जहाँ से स्मृति है, उन्हें स्मरण है कि उन्होंने सदा यही माना था कि उनके अपने माता-पिता नहीं थे, भाई-बन्धु नहीं थे। राजप्रासाद में उनका अपना वैसा कोई अधिकार नहीं था, जैसा किसी का अपने परिवार में

होता हैं। वे राजपरिवार की कृपा पर पल रहे थे। जब तक राजा उनसे प्रसन्न थे, सब ठीक ही था, किन्तु राजाओं की कृपा को अकृपा में बदलते समय ही कितना लगता है। और कहीं ऐसा कुछ हो गया तो...

उन पर स्वयं अपने से अधिक कृपी का दायित्व था। उसकी शिक्षा-दीक्षा और विवाह...आरम्भ से ही कृप ने उसे कभी अपनी समवयस्क नहीं माना था। उसे स्वयं से छोटी और प्रत्येक रूप में अपने ऊपर निर्भर ही समझा था। यही कारण था कि द्रोण से उसका विवाह करने के पश्चात उन्होंने मान लिया था कि उनका दायित्व पूरा हुआ और फिर अपने विकास के लिये जैसे वे पूर्णतः आत्मलीन हो गये थे। कृपी के विवाह से अब तक जैसे उनके जीवन में कृपी का कोई अस्तित्व ही नहीं रह गया था,...तब तक, जब तक वह आ कर उनके द्वार पर खड़ी ही नहीं हो गयी।

कृप स्वयं अपने-आपको ही समझ नहीं पा रहे थे। अपनी बहन से उन्हें इतना अनुराग था। उसका कष्ट वे सुन नहीं सकते थे; किन्तु अपने जीवन में से उन्होंने उसे इस प्रकार निकाल रखा था, जैसे उसके निकट आने से उनका अपना जीवन अव्यवस्थित हो जायेगा?...इतने वर्षों तक उन्होंने बहन की सुध ही नहीं ली। मान लिया कि उसे वे एक सुखद पारिवारिक जीवन दे आये हैं; और वह उसमें पूर्णतः सन्तुष्ट है। जैसे एक माता अपने बालक से प्रेम भी करती है, और यह भी चाहती है कि वह चुपचाप कहीं खेलता रहे, अथवा सोया रहे; क्योंकि यदि वह उसके आस-पास रहेगा तो माँ का ध्यान बँटेगा और वह अपना काम नहीं कर पायेगी।...किन्तु कृप ने अपना दायित्व तो पूरा किया। कृपी का विवाह कर उसे पति-गृह तो पहुँचा दिया...या शायद कृप की भूल यह थी कि उन्होंने अपना दायित्व कृपी के विवाह तक ही समझा था।...किन्तु अब वे स्पष्ट देख रहे थे कि दायित्व तो कभी समाप्त होते ही नहीं हैं। शायद दायित्वों के रूप बदल जाते हैं। कृप के अपने जीवन में तो यह सब नहीं हुआ; किन्तु उन्होंने देखा तो है। आर्य भीष्म के जीवन से और अच्छा उदाहरण क्या होगा। वह कब से अपने दायित्वों के पूर्ण होने की प्रतीक्षा कर रहे हैं, और दायित्व हैं कि मायावी निशाचरों के समान नये-नये रूप धारण कर उनको व्यस्त रखने को पुनः आ कर उनके सम्मुख खड़े हो जाते हैं। वे जीवन को पकड़ते हैं, जैसे कोई बालुका को अपनी मुट्टी में भरता है, और रेत मुट्ठी से निकल कर भूमि पर बिखर जाती है तथा एक नया रूप धारण कर लेती है...

किन्तु आर्य भीष्म की समस्याएँ कुछ और हैं तथा कृपाचार्य की कुछ और! वे निणर्य नहीं कर पा रहे कि पुत्री अथवा भगिनी के प्रति माता-पिता अथवा भाई का दायित्व कहाँ तक है। उसका पालन-पोषण कर उसे पति को

सौंप दिया तो क्या यह भी देखते रहना पड़ेगा कि पति उसके साथ दुर्व्यवहार तो नहीं करता। और यदि करता है तो...

आचार्य द्रोण अपनी पत्नी अथवा पुत्र से प्रेम नहीं करते—यह तो कृप नहीं कह सकते—न ही यह कह सकते हैं कि उन्होंने उनके साथ दुर्व्यवहार किया।...किन्तु अपनी साधना में लगे होने के कारण, समर्थ होते हुए भी, उन्होंने उनके लिये जीवन की सुख-सुविधाएँ जुटाने के लिये पर्याप्त उद्यम नहीं किया...क्या यह उनकी इच्छा थी? नहीं! कदाचित यह उनकी इच्छा नहीं थी। तो क्या अपनी साधना के प्रति उनका राग, अपने परिवार के प्रति राग से भी बढ़ कर था।

कृप कुछ समझ नहीं पा रहे! अपनी साधना में लगे रह कर परिवार की उपेक्षा करना श्रेयस्कर है अथवा परिवार की सुख-सुविधा के लिये साधना को तिलांजलि दे देना। अपने परिवार का भली-भाँति पालन-पोषण करना जीवन का श्रेय है, अथवा अपनी साधना में लगे रह कर जीवन में कुछ उच्चतर उपलब्धियाँ हस्तगत करना? जब तक इन प्रश्नों का उचित समाधान नहीं होगा, तब तक कृप यह निर्णय नहीं कर पायेंगे कि द्रोण अपने परिवार की दुर्दशा के लिये दोषी हैं अथवा नहीं...

किन्तु इतना तो निश्चित है ही कि अब कृप अपनी बहन की उपेक्षा नहीं करेंगे। अपने जीवन में किसी और बड़ी उपलब्धि के लिये वे नहीं चाहेंगे कि उनकी बहन उनके जीवन से दूर चली जाये। उसकी सुख-सुविधा के लिये, उसके पति और पुत्र की उन्नति और समृद्धि के लिये वे कुछ भी करेंगे...कुछ भी...

आचार्य तो उन्हें कुछ करने का अवसर ही नहीं दे रहे हैं। वे कहते हैं कि हस्तिनापुर में उनका निवास गोपनीय है।....गोपनीय...यदि कृपी, अश्वत्थामा और आचार्य के आने का समाचार तत्काल प्रचारित हो जाये, तो कृपाचार्य की दृष्टि में यह एक साधारण और सहज बात होगी; किन्तु यदि उनका आना इस प्रकार थोड़े समय तक गुप्त रहा अथवा गुप्त रखा गया; और किसी दुर्घटना के पश्चात प्रकट हुआ, तो कौन मानेगा कि द्रोण के किसी दुष्कृत्य में कृप सहभागी नहीं हैं?...आचार्य की इस गोपनीयता का अभिप्राय क्या है? कहीं वे कुछ ऐसा तो नहीं करने जा रहे, जिससे कृप की बहन को और भी कष्ट उठाना पड़े?...कृपाचार्य को सावधान रहना पड़ेगा...

पिछले कई दिनों से स्वयं को प्रकट किये बिना द्रोण पाठशाला क्षेत्र में कौरव राजकुमारों के आस-पास मँडरा रहे थे। कभी विश्राम के व्याज से, कभी वृक्षों तथा पशु-पक्षियों का निरीक्षण करते हुए, वृक्षों की ओट में वे निरन्तर

राजकुमारों के आस-पास बने हुए थे। अब तक वे उनमें से अनेक को आकृति से ही नहीं, उनके गुणों से भी पहचानने लगे थे; किन्तु बहुत विचार करने पर भी उन्हें कोई ऐसा उपयुक्त अवसर नहीं मिलता था, जिस पर प्रकट हो कर वे अपने मनो-नुकूल प्रभाव उत्पन्न कर सकते।...जब कृपाचार्य राजकुमारों के साथ होते थे, उस समथ तो उन्हें वहाँ से विलुप्त ही हो जाना पड़ता था। किन्तु यह उनका सौभाग्य ही था कि कृपाचार्य आजकल अश्वत्थामा को ले कर अपने घर पर ही बहुत व्यस्त थे। राजकुमारों के साथ व्यतीत करने के लिये उनके पास बहुत कम समय था।

इस समय भी खुले क्षेत्र में कुछ बालक गुल्ली-डण्डा खेल रहे थे। और उनके परे कौरव राजकुमार अनेक प्रकार के व्यायाम और शस्त्राभ्यास कर रहे थे। आस-पास कृपाचार्य तो क्या कोई साधारण अध्यापक भी नहीं था। इस समय कदाचित सभी बालकों को सर्वथा उन्मुक्त छोड़ दिया जाता था, ताकि वे अपने मनचाहे खेल खेल सकें।...

द्रोण भी बैठे हुए वृक्ष और आकाश देख रहे थे। वे सिवाय प्रतीक्षा के और कर ही क्या सकते थे।...

सहसा उन बालकों में कोई विवाद उठ खड़ा हुआ और उनके स्वर ऊँचे उठ गये। द्रोण का ध्यान उधर गया : किस कारण झगड़ रहे हैं ये लोग?

वृक्षों की ओट के कारण यद्यपि वे बालक उन्हें दिखायी नहीं दे रहे थे, किन्तु स्वर अत्यन्त स्पष्ट थे। उनमें दो दल हो गये लगते थे। एक दल दूसरे पर आरोप लगा रहा था कि उनकी असावधानी के कारण ही उनका बीटा कुएँ में जा गिरा है। दूसरा दल अपने बचाव में कह रहा था कि डण्डे से मारते हुए यह ध्यान नहीं रखा जा सकता कि बीटा किस दिशा में जायेगा। मारने वाले का लक्ष्य तो केवल इतना ही होता है कि बीटा दूर-दूर जा गिरे। इस स्पष्टीकरण के उत्तर में जैसे तड़प-कर पहले दल में से किसी ने कहा, कि क्या उन्हें ज्ञात नहीं था कि यहाँ एक सूखा कुआँ भी है; और जब ज्ञात था तो क्या उसका ध्यान नहीं रखा जाना चाहिए था। जहाँ तक दिशा की बात थी, क्या बाण चलाते हुए, खड्ग अथवा गदा घुमाते हुए वे दिशा का ध्यान नहीं रखते? यही शस्त्र विद्या सीख रहे हैं वे? शत्रु किसी दिशा में खड़ा होगा और बाण किसी और दिशा में मार कर, यह कहेंगे कि हमने बाण सबसे अधिक दूर फेंक दिया है?...

द्रोण की रुचि जागने लगी थी। यह लड़का तो पर्याप्त मेधावी लगता है। वह शस्त्र-विद्या को दैनन्दिन जीवन के साथ जोड़ रहा है। सम्भव है, इसी

विषय पर कुछ और बातें भी हों...

सहसा किसी ने पुकारा, "भीम भैया! यहाँ आओ।"

द्रोण की जैसे सारी तन्द्रा उड़ गयी। वे उठ कर खड़े हो गये। उन्होंने वृक्षों के बीच में से झाँक कर देखा : भीम ही नहीं उसके साथ कुछ और राजकुमार भी थे। द्रोण के मन में अनेक सम्भावनाएँ जागीं...

द्रोण उठ कर वृक्षों की छाया से निकल आये और उन बालकों से कुछ दूरी पर इस प्रकार खड़े हो गये, जैसे कोई पथिक बालकों के विवाद को सुनने के लिये कौतुकवश ठहर गया हो। उन्होंने देखा, उस भीड़ में भीम के अतिरिक्त अर्जुन, युधिष्ठिर, नकुल, सहदेव, दुर्योधन, दुःशासन, विकर्ण, युयुत्सु तथा और भी अनेक लोग थे। वे सब उस कुएँ को घेर कर खड़े विचार कर रहे थे; किन्तु बीटा निकालने का उद्यम कोई नहीं कर रहा था।

द्रोण उनके निकट आ गये, "क्या बात है बालको?"

राजकुमारों ने पलट कर देखा : एक तपस्वी ब्राह्मण खड़ा था। उसके केश प्रायः श्वेत थे तथा तन दुर्बल चाहे न हो, किन्तु क्षीण अवश्य था।

युधिष्ठिर ने उन्हें हाथ जोड़ कर प्रणाम किया, "आप कौन हैं आर्य?"

"एक ब्राह्मण!" द्रोण बोले, "क्या समस्या है तुम्हारी?"

"इन बालकों का बीटा इस जलविहीन कूप में गिर गया है आर्य! और ये बालक उसे निकालने में असमर्थ हैं।" युधिष्ठिर ने नम्र और शालीन वाणी में उत्तर दिया।

द्रोण का मन अजाने ही तुलना कर रहा था—युधिष्ठिर और द्रुपद की! कितना अन्तर है दोनों में।...और सहसा उनके अपने ही मन ने क्रूर अट्ठहास कर उनकी सारी कोमल भावनाएँ छिन्न-भिन्न कर दीं।...बाल्यकाल में द्रुपद भी युधिष्ठिर जैसा ही था—नम्र और शालीन! किन्तु सिंहासन पर बैठते ही कैसा हो गया है! सिंहासन पर बैठते ही युधिष्ठिर भी वैसा ही हो जायेगा। ये सब घृणा के ही योग्य हैं...

उन्होंने स्वयं को संयत किया। आगे बढ़ कर कुएँ में झाँक कर देखा, "असामर्थ्य का कारण?"

"नीचे कौन उतरेगा!" दुःशासन कुछ उद्दण्डता से बोला, "उतरते हुए फिसल कर गिरे तो अस्थियों का चूर्ण हो जायेगा। फिर तल में जाने साँप हों, बिच्छू हों या कोई और विषैला जन्तु हो...और फिर बाहर निकलने का संकट!"

"बाहर निकलने का क्या संकट हो सकता है?" द्रोण ने पूछा।

"अरे, यह सीधी चढ़ाई स्वयं तो कोई चढ़ नहीं पायेगा और ये लोग..."

उसने अपने साथियों की भीड़ की ओर देखा, "सहायता करने के स्थान पर भाग खड़े होंगे।"

द्रोण क्षण-भर कुछ सोचते रहे; और फिर बोले, "कुएँ में उतरे बिना क्या तुम लोग बीटा बाहर नहीं निकाल सकते?"

"क्या बीटा स्वयं सीढ़ियाँ चढ़ कर ऊपर आ जायेगा?" दुर्योधन अत्यन्त अपमानजनक ढंग से हँसा।

"बीटा सीढ़ियाँ नहीं चढ़ेगा," द्रोण कुछ शुष्क और कठोर स्वर में बोले, "तुम्हारे अस्त्र उसे ऊपर उठा लायेंगे।"

दुर्योधन पुनः हँसा, "हाँ! हमारा अस्त्र जैसे कौआ हो और बीटा अपूप! अस्त्र जायेगा और बीटा को अपनी चोंच में दबा कर ऊपर आ जायेगा।"

"इतना भी नहीं कर सकते तो धिक्कार है तुम्हारे शस्त्र-ज्ञान को। धिक्कार है तुम्हारे क्षत्रियत्व को।"

राजकुमारों की भृकुटियाँ तन गयीं। यह ब्राह्मण अपनी मर्यादा नहीं समझ रहा है।

"आप हमें इस प्रकार न धिक्कारें।" युधिष्ठिर का स्वर अब भी शालीन था, "हम तो विद्यार्थी हैं। गुरु जितनी विद्या देते हैं, उतनी हम ग्रहण करते हैं, और उनका अभ्यास करते हैं।..."

द्रोण कोई कठोर बात कहते, उसके पहले ही अर्जुन ने अत्यन्त सम्मान के साथ पूछा, "क्या अस्त्रों के लिये यह कार्य सम्भव है आर्य?"

"तुम्हें इतना भी ज्ञात नहीं है?" द्रोण के स्वर में अब भी तीखा व्यंग्य था, भर्त्सना से भरा हुआ, "कौन अज्ञानी देता है तुम्हें शस्त्रास्त्रों की शिक्षा?"

"आप हमारे गुरु की अवमानना न करें आर्य!" अर्जुन ही पुनः बोला।

"गुरु, गुरु होने योग्य भी तो हो।" द्रोण बोले, किन्तु तत्काल ही जैसे उनका मन काँप गया...क्या कर रहे हैं वे? वे जानते हैं कि इन राजकुमारों के गुरु कृपाचार्य हैं। कृप से उनका निकट सम्बन्ध है। हस्तिनापुर में कृप ही उनके आश्रयदाता हैं। क्या यह कृतघ्नता नहीं है?

क्षण-भर को जैसे द्रोण स्तब्ध रह गये; किन्तु उसी क्षण उनकी स्वार्थ-बुद्धि ने फूत्कार किया : आज तक यही सब तो करते रहे हैं वे—अपने आदर्शों में घिरे और बँधे! व्यवहार का कभी ध्यान नहीं किया उन्होंने। आज से वे व्यावहारिक क्षेत्र में उतर रहे हैं—सांसारिक सफलता प्राप्त करने के लिये।...और आदर्शों पर चल कर जीवन में अपनी महत्वाकांक्षाएँ पूरी नहीं की जा सकतीं।

उनका विवेक जैसे जड़ हो गया था; किन्तु वह जड़ता कितनी चुभने वाली थी, जैसे चक्षुओं में बालुका कण नहीं, कंकड़ियाँ पड़ गयी हों। अगले ही क्षण

चमत्कार-सा करते हुए, विवेक की उस जड़ शिला में जैसे दो सुन्दर पुष्प खिले, 'द्रोण! व्यवहार के नाम पर अधर्म को स्वीकार मत कर! कृतघ्नता से बड़ा पाप कोई नहीं है। पतन की ओर ले जाने वाली महत्वाकांक्षा का त्याग कर।...'

द्रोण मानो एक व्यक्ति नहीं रह गये थे : उनके भीतर ऐसा विकट विभाजन पहले कभी नहीं हुआ था। उनका विवेक उन्हें निरन्तर चेतावनी दे रहा था, उनकी चेतना उससे सहमत थी; किन्तु उनकी प्रतिहिंसा किसी भी उपदेश के लिये बधिर हो चुकी थी। वह मात्र बोल रही थी, सुन कुछ भी नहीं रही थी।...

"गुरु का स्वाँग करने से कोई गुरु की पूजा के योग्य नहीं हो जाता।" अन्ततः द्रोण बोले।

युधिष्ठिर के चेहरे पर अब भी कोई विकार नहीं आया था। वह सहज भाव से बोला, "गुरु की योग्यता परखना हमारा धर्म नहीं है आर्य! आप ज्ञानी हैं, सम्भवतः हमारे गुरु से भी अधिक समर्थ हों आप! किन्तु उससे हमारे लिये न तो हमारे गुरु की महिमा कम होती है, न वे हमारे लिये अपूजनीय हो जाते हैं... ।"

"अरे, ओ धर्मराज!" दुर्योधन जैसे खीझ कर "बोला, पहले यह तो पूछ कि बीटा कुएँ से बाहर कैसे निकाला जायेगा, शास्त्रार्थ बाद में करना!"

दुर्योधन की उक्ति का प्रभाव युधिष्ठिर पर कम, स्वयं द्रोण पर अधिक हुआ।...प्रकृति का कितना भेद था इन बालकों में...द्रोण सोच रहे थे...बार-बार वाग्वाण मारने पर भी युधिष्ठिर और अर्जुन अपनी विनय नहीं छोड़ रहे थे, और दुर्योधन और दुःशासन की प्रत्येक भंगिमा और प्रत्येक शब्द उद्दण्डता और अवमानना से पूर्ण था। उनका अहंकार...किन्तु भीम इतना तटस्थ क्यों था...

यह सब सोचने का यह उपयुक्त अवसर नहीं था—द्रोण ने स्वयं को समझाया, दुर्योधन की यह चेतावनी, युधिष्ठिर के लिये कम, उनके लिये ही अधिक थी। युधिष्ठिर के लिये यह पूछना उतना लाभदायक नहीं था, जितना द्रोण के लिये स्वयं यह कर दिखाना।...

"लाओ! मुझे दो अपना यह धनुष!" उन्होंने युधिष्ठिर से उसका धनुष ले लिया, "और यह तूणीर मुझे दो।" उन्होंने अर्जुन के कंधे पर टँगा, सींक-बाणों से भरा तूणीर भी ले लिया, "और देखो! मैं यह बीटा कैसे ऊपर लाता हूँ।"

राजकुमार आश्चर्य से उन्हें देख रहे थे, जैसे कोई असम्भव कार्य सम्भव होने जा रहा हो।...

द्रोण का हाथ प्रत्यंचा को जितना ही खींच रहा था, उनका मन उतना ही संकुचित हो रहा था : क्या इन अबोध बालकों को इस प्रकार चमत्कृत कर वे

धूर्तता का काम नहीं कर रहे? क्या यह उनके स्तर के आचार्य के गौरव के अनुकूल कृत्य है?...

किन्तु यह संकोच उनका कार्य-कलाप नहीं रोक पाया।

उन्होंने लौह फलक वाला पहला सींक बाण खींच कर मारा। बाण जा कर कूप के तट में पड़े बीटा में सीधा चुभ गया। द्रोण ने दूसरा बाण, पहले बाण में चुभो दिया और तीसरा दूसरे में। राजकुमार खड़े, आश्चर्य से इस अज्ञात व्यक्ति का कौशल देख रहे थे; और द्रोण, एक में दूसरा बाण चुभोते हुए, जैसे बाणों की एक रस्सी बटते जा रहे थे, जिसका एक सिरा बीटा में चुभा हुआ था और दूसरा सिरा निरन्तर ऊपर उठता हुआ, उनके निकट आता जा रहा था।

जब दूसरा सिरा कूप के मुख पर आ गया, तो द्रोण ने हाथ बढ़ा कर उसे पकड़ लिया। वे बाणों की रस्सी को खींचते हुए बीटा को वैसे ही ऊपर ले आये, जैसे कोई कुएँ में से जल की बाल्टी निकालता है।

अर्जुन ने सबसे आगे बढ़ कर बीटा को हाथ में ले लिया। उसने उसे घुमा-फिरा कर देखा और बोला, "आश्चर्य है, बीटा की तनिक भी क्षति नहीं हुई। अद्‍भुत धनुर्विद्या है यह तो। यदि मैंने लौह-फलक वाला बाण मारा होता तो इसके दो टुकड़े हो गये होते।..."

"धनुर्विद्या का यह एक महत्वपूर्ण अभ्यास है पुत्र!" द्रोण की वाणी में अर्जुन के लिये सचमुच स्नेह था। उन्हें उसकी प्रतिक्रिया से वास्तविक सुख हुआ था। उसका वय कम था, किन्तु धनुर्वेद में उसकी रुचि अन्य राजकुमारों की अपेक्षा कहीं अधिक और गम्भीर थी, "धनुर्वेद में जहाँ हम यह ध्यान रखते हैं कि हमारे बाण को कितनी दूर जाना है, वहीं हम यह भी ध्यान रखते हैं कि उसे किस तीव्रता से जाना है। उसका वेग कितना हो कि वह लक्ष्य के टुकड़े कर दे। उसका वेग कितना हो कि वह लक्ष्य की क्षति न करे, उसकी आकृति को अक्षुण्ण रखे, किन्तु उसमें चुभ जाये। उसका वेग कितना हो कि लक्ष्य का मात्र स्पर्श करे। यदि वह किसी जीव की त्वचा है तो, उसमें एक ख़रौच तक भी न आये।" उन्होंने रुक कर सारे राजकुमारों को देखा, किन्तु पुनः अर्जुन को ही सम्बोधित किया, "जब हम बाण छोड़ते हैं, तो इस प्रकार का नियन्त्रण भी कर सकते हैं कि बाण एक-दूसरे के पश्चात अपने लक्ष्य तक पहुँचें, अथवा पूर्वापर क्रम से चलाये हुए सारे बाण एक ही साथ अपने लक्ष्य तक पहुँचें।

"हमारी कक्षा में तो कभी इसकी चर्चा नहीं हुई।" अर्जुन के मुख से जैसे अनायास ही निकल गया...और कितनी वंचना का भाव था उसकी आकृति पर, जैसे जीवन की पूर्णता के क्षण में किसी ने अनुभव किया हो कि उसका

सम्पूर्ण जीवन निष्फल ही व्यतीत हुआ है...और सहसा उसके चेहरे का भाव बदला, "आप हमें यह सब सिखा देंगे आर्य?" कितनी लालसा थी उसकी याचना में, मानो अनुरोध न कर रहा हो, कोई वरदान माँग रहा हो।

"अरे, हमें कौन-सा कूप से बीटा निकालना है।" दुर्योधन ने उपेक्षा-भरे भाव से कहा, "हमें तो युद्ध करना है युद्ध; और उसके लिये हमारी गदा ही पर्याप्त है।"

द्रोण अर्जुन को कुछ कहने जा रहे थे कि दुर्योधन की बात सुन कर रुक गये। उन्हें लगा, दुर्योधन की बात का उत्तर देना आवश्यक है। बोले, "युद्ध में जो व्यक्ति जितनी दूर से आघात कर सके, वह उतना ही प्रबल है। इसलिये शस्त्रों से अस्त्र श्रेष्ठ हैं, अस्त्रों से दिव्यास्त्र और दिव्यास्त्रों से देवास्त्र! शस्त्रों पर गर्व करने वाला योद्धा अन्ततः मूर्ख सिद्ध होगा। युद्ध-विद्या के इतने विकास के पश्चात भी यदि तुम अपने आदिम शस्त्र से ही युद्ध करना चाहते हो तो विधाता भी तुम्हारी रक्षा नहीं कर पायेंगे।..."

"आर्य। आप हमें यह सब सिखा देंगे न?" अर्जुन का स्वर विनय और याचना से पूर्ण था।

द्रोण के मन में एक नैसर्गिक लहर उठी कि कहें, 'अवश्य! क्यों नहीं सिखाऊँगा पुत्र।' किन्तु तत्काल ही उन्होंने स्वयं को रोका और बोले, "पहले सिखाया करता था पुत्र। किन्तु आजकल तो आजीविका की खोज में हूँ।"

अर्जुन जैसे अवाक रह गया : आजीविका के अन्वेषी इस ब्राह्मण से वह क्या कहता। आजीविका तो सबको चाहिए ही...

"आय! आपने अपना परिचय तो दिया ही नहीं।" सबको मौन देख कर युधिष्ठिर बोला।

द्रोण के मन में एक धूर्त मुस्कान अंकुरित हुई; किन्तु उन्होंने अपने मन के भाव को प्रकट नहीं होने दिया। बोले, "तुम इस घटना की चर्चा अपने पितामह से करना और उनसे ही मेरा परिचय माँगना.... ।"

सन्ध्या समय भीष्म को अपने द्वार पर खड़ा देख, कृपाचार्य चकित रह गये, "आप!"

"आचार्य तुम्हारे विरुद्ध एक अभियोग ले कर आया हूँ।"

कृपाचार्य धक्क से रह गये। उन्हें यह भय त्रस्त्र करता ही रहता था कि आचार्य द्रोण की उपस्थिति गुप्त नहीं रह पायेगी; और तब कृपाचार्य की सदाशयता पर किसी को विश्वास भी नहीं रह जायेगा। अन्ततः वही हुआ था।

"स्पष्ट कहें तात!" कृपाचार्य अपने संशय की पुष्टि कर लेना चाहते थे।

भीष्म ने आसन ग्रहण किया। सुविधापूर्वक बैठ कर सर्वथा उत्तेजना-शून्य; निष्कम्प स्वर में बोले, "तुमने अपने घर में किसे छिपा रखा है?"

कृपाचार्य को अपने पैरों के नीचे से धरती खिसकती-सी लगी। उनका संशय यथार्थ था। किन्तु अब धैर्य और विवेक का ही सहारा था। बोले, "किसी को भी छिपाया नहीं है तात! हाँ! कुछ अतिथि अवश्य आये हुए हैं।"

"उनकी सूचना मुझे क्यों नहीं दी गयी?"

कृपाचार्य को कोई उत्तर नहीं सूझा। कुछ कहने के लिये उन्होंने मुँह खोला और फिर चुप रह गये। किन्तु अगले ही क्षण बोले, "हाँ। यह कृपी की भूल थी। उसे आपसे मिलने के लिये अवश्य जाना चाहिए था। किन्तु वह अपनी ही समस्याओं में ऐसी उलझी हुई है, कि न उसे शिष्ट आचरण का ध्यान रहा, न आपके स्नेह का!"

"द्रोण को बुलाओ!"

भीष्म के स्वर की निश्चितता से कृपाचार्य के सारे शरीर में कँपकँपी-सी फैल गयी। उनके पास अब कोई विकल्प नहीं था। न वह अब छिपा सकते थे, न टाल सकते थे। द्रोणाचार्य की इच्छानुसार, उन्होंने उनका आगमन गुप्त ही रखा था, फिर भी भीष्म को किन्हीं सूत्रों से यह ज्ञात हो ही गया था, तो वे क्या कर सकते थे!...

द्रोण ने आ कर तपस्वी ब्राह्मण की मुद्रा में भीष्म को आशीर्वाद देने के लिये अपना हाथ ऊपर उठा दिया।

कृपाचार्य ने देखा कि भेद खुल जाने के कारण न तो द्रोण के चेहरे पर ही किसी प्रकार की कोई अप्रसन्नता थी; और न ही उनके इस प्रकार अपने आगमन को गुप्त रखने के कारण, भीष्म ही उनसे रुष्ट लग रहे थे।

"आचार्य!" भीष्म बोले, "मैं इस गोपनीयता का उद्‌देश्य समझ नहीं पाया हूँ।"

द्रोण के मन में असमंजस जागा : जिस सहज रूप से भीष्म स्वयं ही कृपाचार्य के घर आये थे और उनसे बिना किसी दुराव और छल-छन्द के प्रत्यक्ष वार्तालाप कर रहे थे, उससे तो लगता था कि उनके मन में द्रोण के प्रति कोई विपरीत भाव नहीं था।...किन्तु द्रोण का अपना संशयग्रस्त मन कहता था कि अब तक जिसे अमित्र ही माना है, उस पर इस प्रकार सहज विश्वास नहीं करना चाहिए।...वस्तुतः विश्वास तो किसी पर करना ही नहीं चाहिए...

"यह गोपनीयता नहीं थी आर्य!" अन्ततः द्रोण बोले, "एक असहाय ब्राह्मण

की ओर से अपनी रक्षा के विचार से बरती गयी थोड़ी-सी सावधानी थी।"

"यदि सावधानी ही बरतनी थी तो शत्रु-प्रदेश में आये ही क्यों?"

"मित्र शत्रुओं-सरीखा व्यवहार करने लगे, तो शत्रुओं की भूमि की ओर भी अग्रसर होना पड़ता है।"

"शत्रु-भाव ले कर?" भीष्म के स्वर में स्पष्ट शुष्कता थी।

"ब्राह्मण की किसी से क्या शत्रुता!" द्रोण कम्पित हृदय से बोले, "शत्रुता और मित्रता तो राजाओं की होती है आर्य! मैं तो विद्या का दान करने वाला एक साधारण ब्राह्मण हूँ। कौरवों से मेरी शत्रुता इतनी ही तो है कि उनके शत्रु पांचाल राजकुमारों ने कभी मुझसे शिक्षा ग्रहण की थी। यदि कौरव राजकुमार भी मेरे पास आये होते, तो क्या मैंने उनका तिरस्कार किया होता!"

"वह एक अलग प्रश्न है!" भीष्म का स्वर एक निष्कम्प स्थिरता लिये हुए था, "आचार्य, आप शत्रु-राज्य के निवासी हैं और शत्रुओं के राजगुरु हैं।"

"मैं गंगाद्वार का त्याग कर आया हूँ। अब शत्रु राज्य का निवासी नहीं हूँ। और यदि उन्होंने मुझे अपना राजगुरु स्वीकार किया होता तो वे मुझे इस प्रकार अपमानित न करते।"

"तो मैं अब क्या समझूँ?"

द्रोण के स्वर में जैसे पहली बार दीनता आयी, "मैं क्या कहूँ आर्य! कुछ कहने की स्थिति में नहीं हूँ। अब तक की तपस्या और साधना को पर्याप्त मान, गृहस्थ-धर्म की ओर प्रवृत्त हुआ हूँ। आजीविका की खोज में निकला हूँ।...जिन्हें आप मेरा मित्र मान रहे हैं, उन्होंने मेरे साथ शत्रुओं का-सा व्यवहार किया है।" कुछ साहस जुटा कर द्रोण ने कहा, "आप मेरे वचन पर विश्वास कर सकें तो करें; अन्यथा इस समय कोई प्रमाण देने की स्थिति में नहीं हूँ।"

भीष्म ने अपना सिर उठा कर सीधे द्रोण की आँखों में देखा और स्थिर दृष्टि से देखते ही रहे, मानो परख रहे हों कि द्रोण की आँखें सत्य के ताप में कितनी निर्मल रह सकती हैं; और फिर बोले, "मैं आपका विश्वास करता हूँ।"

द्रोण के चेहरे पर से आतंक छँट गया और वे कुछ निश्चिन्त दिखायी दिये, "मैं कृतज्ञ हूँ कि आपने इस विपन्नता में भी मेरा विश्वास किया।"

"और यदि आप एक दायित्व स्वीकार करें," भीष्म अपने पिछले वाक्य की निरन्तरता में ही बोले, "तो आपकी आजीविका की भी व्यवस्था हो जायेगी।"

"दायित्व क्या होगा आर्य?"

"कौरव राजकुमारों को शस्त्रास्त्रों और युद्ध-विद्या में पारंगत कर दें।"

"क्या गुरुकुल स्थापित करना होगा?"

कृपाचार्य के मन में कहीं कोई एक शिखर ढह गया : द्रोण ने एक बार भी नहीं कहा था कि यह कार्य कृपाचार्य कर तो रहे हैं।...किन्तु कृप का विवेक कह रहा था, उन्हें प्रसन्न होना चाहिए था, यह सब उनकी बहन के सुख के लिये ही तो था...

"यद्यपि व्यक्तिगत रूप में मैं यही चाहता हूँ," भीष्म बोले, "किन्तु धृतराष्ट्र और गान्धारी अपने पुत्रों को हस्तिनापुर के बाहर के किसी गुरुकुल में नहीं भेजना चाहेंगे।"

"कारण?"

"वे देख चुके हैं कि पाण्डु हस्तिनापुर से बाहर रहा तो सिंहासन धृतराष्ट्र के हाथों में चला गया।" भीष्म बोले, "धृतराष्ट्र के पुत्र गुरुकुल में नहीं जायेंगे तो पाण्डु के पुत्र क्यों जायेंगे—वे तो पहले से ही वर्षों तक आश्रम-जीवन व्यतीत करके आये हैं।"

"तो?"

"वर्तमान पाठशाला में ही राजकुमारों का प्रशिक्षण हो।"

"आप भी जानते ही होंगे," द्रोण ने कृप से दृष्टि बचाते हुए, कुछ संकोच के साथ कहा, "कि वर्तमान पाठशाला युद्ध-विद्या के लिये पर्याप्त नहीं है।"

"जानता हूँ।"

"तो मुझे गंगा-तट पर युद्ध-शाला स्थापित करने का अधिकार दिया जाये।" द्रोण बोले, "युद्ध-शाला को राज्य का आश्रय मिले; किन्तु मैं राज कर्मचारी न माना जाऊँ। युद्ध-शाला के प्रधान के रूप में सारे निर्णय स्वतन्त्र रूप से करने का अधिकार मुझे हो—जैसा अधिकार गुरुकुल के कुलपति को होता है। युद्ध-शाला में किसी को..." द्रोण ने रुक कर भीष्म को देखा, "राजा को भी हस्तक्षेप करने का अधिकार नहीं होगा।..."

भीष्म हँसे, "स्वतन्त्रता तो आत्म-निर्भरता का दूसरा नाम है आचार्य! प्रकृति ने तो अपने विधान के अन्तर्गत सबको ही पूर्ण स्वतन्त्रता दी है। हम स्वयं ही अपनी अकर्मण्यता, लोभ, भय तथा अहंकार के कारण अपनी स्वतन्त्रता से क्रमशः वंचित होते जाते हैं।"

द्रोण मौन-भाव से भीष्म को देखते रहे।

"आप समझ रहे हैं आचार्य!" भीष्म पुनः बोले, "राज्य के पास अनुकम्पा और त्रास दोनों के ही पर्याप्त साधन हैं। स्वतन्त्र शिक्षक अपने लोभ और भय के अनुपात में ही अपनी स्वतन्त्रता, राज्य को स्वेच्छा से समर्पित करता चलता है। वैसे कौरव अपने गुरुओं का पर्याप्त सम्मान करते हैं; और हम जिसका सम्मान करते हैं, उसे वंचित नहीं रहने देते।"

"समझ रहा हूँ।" द्रोण बोले, "प्रयत्न करूँगा कि अपनी सीमाओं में आत्म-निर्भर रह सकूँ, ताकि मेरी स्वतन्त्रता भी अक्षुण्ण बनी रहे।...किन्तु..." द्रोण रुक गये।

"कहिये!"

"आप इसे मेरी अशिष्टता न मानें।" द्रोण बोले, "किन्तु संशयग्रस्त मन सदा ही भीरु भी होता है और आशंकित भी; और राजशक्ति के प्रति मैं संशयमुक्त नहीं हूँ।"

"आप निःशंक कहें।" भीष्म बोले।

"क्या महाराज धृतराष्ट्र आपके दिये हुए वचनों का सम्मान करेंगे?"

"इस विषय में मेरे सारे वचन उसे मान्य होंगे।" भीष्म बोले, "आज तक इन बालकों की शिक्षा-दीक्षा की सारी चिन्ता मैंने ही की है। धृतराष्ट्र को इन बातों में न रुचि है, न उसके पास इनके लिये समय है।"

"और...और गुरु-दक्षिणा?"

भीष्म की मुखाकृति पर अरुचि का भाव जागा, जैसे उनके सम्मुख कोई अभद्र बात कह दी हो।...किन्तु तत्काल ही उन्होंने स्वयं को संयत किया, "गुरु-दक्षिणा तो गुरु की इच्छा तथा शिष्य की क्षमता पर निर्भर करती है आचार्य।"

"राजशक्ति तो मध्य में बाधा खड़ी नहीं करेगी?"

"नहीं!"

"उस समय राजनीतिक कारण तो बीच में नहीं आयेंगे?"

"नहीं!" भीष्म ने दृढ़ता से कहा।

"तो आप अपने वचन को स्मरण रखें आर्य!..."

भीष्म कुछ व्यग्र हो उठे, "भीष्म के वचन को संसार स्मरण रखता है...।"

द्रोण को अपनी भूल दिखायी पड़ी। बोले, "तो मैं कल से अपना कार्य आरम्भ कर दूँगा।"

क्षण-भर में ही भीष्म जैसे राजपुरुष से कुलवृद्ध हो गये। उनके चेहरे पर अधिकार के स्थान पर वात्सल्य का भाव उदित हुआ, "तो आचार्य! अपनी सुविधा से कृपी और अश्वत्थामा को ले कर मेरे भवन में आइयेगा। उसे देखे हुए एक लम्बा समय बीत गया है।"

भीष्म जाने के लिये मुड़ गये। द्रोण के मन में क्षण-भर के लिये भी नहीं आया कि वह कहें, 'आर्य! रुकिए मैं उन्हें अभी बुलाता हूँ।'...उनकी आँखें तो वर्तमान को चीर कर भविष्य में झाँक रही थीं; जहाँ उनके स्वप्न आकार ग्रहण कर रहे थे, उनकी इच्छाएँ घटनाओं में परिणत हो रही थीं...उनकी कल्पना में

एक बिम्ब था...पांचाल द्रुपद के हाथ-पाँव बँधे हुए थे, किसी दस्यु के समान... वह उनके चरणों के निकट भूमि पर पड़ा भीत तथा कातर दृष्टि से उनकी ओर देख रहा था...सहसा उन्होंने अपना दायाँ पाँव उठा कर गर्वपूर्वक उसके वक्ष पर रख दिया, जैसे कोई आखेटक बाण से हत व्याघ्र के वक्ष पर रख देता है..।

विदुर ने भीष्म के चरण स्पर्श कर प्रणाम किया।

भीष्म ने आशीर्वाद दिया और बोले, "बहुत दिनों के पश्चात आये हो विदुर! कैसे हो?"

"आपकी कृपा है पितृव्य। आपने गृहस्थी के जिस जंजाल में बाँध दिया है, उसी में फँसा हूँ।"

भीष्म हँसे, "गृहस्थी जंजाल है; और उसी से इतना प्यार करते हो? जंजाल में इतनी आसक्ति विवेक का लक्षण तो नहीं है विदुर!"

विदुर भी हँस पड़ा, "यही तो प्रकृति की माया है पितृव्य! कई जंजाल उसने इतने मोहक बनाये हैं...या कदाचित जंजालों को ही मोहक बनाया है। ...और हम, यह जानते हुए भी कि ये जंजाल हैं, उनके मोह को जीत नहीं पाते।"

"और मुझे देखो वत्स!" भीष्म ने कहा, "मैं तुम्हारे समान गृहस्थ नहीं हूँ, किन्तु न तो जंजाल से मुक्त हूँ और न ही अपने मोह को जीत पाया हूँ।"

"नहीं पितृव्य! आपकी यह गृहस्थी, आपका मोह नहीं है; यह तो आपकी तपस्या है। यदि आपने यह दायित्व अपनी साधना के रूप में ही न अपनाया होता, तो इस कुरुवंश का क्या होता।"

भीष्म हँसे, "मेरे मन में भी यही था पुत्र! मैं निरन्तर यह सोचा करता था कि यह मेरा दायित्व है, यदि मैं इसे पूरा नहीं करूँगा, तो अनर्थ हो जायेगा। मैं प्रतीक्षा कर रहा था कि मेरा दायित्व पूर्ण हो तो मैं मुक्त हो कर चैन की साँस लूँ। एक दिन जाने कैसे मैंने यही बात कृष्ण द्वैपायन से कही कि मुझे यह चिन्ता है कि यदि कहीं अकस्मात ही मेरा जीवन समाप्त हो गया, तो इन छोटे-छोटे बालकों का क्या होगा।...तो जानते हो कृष्ण द्वैपायन ने क्या कहा?"

विदुर ने जिज्ञासा-भरी दृष्टि भीष्म की ओर उठायी।

"उसने कहा, 'क्या आप पालन-पोषण कर रहे हैं इन बालकों का?'...मैंने इस विषय में बहुत सोचा। वह ठीक ही पूछ रहा था। यदि विधाता की इच्छा न हो, तो किसी के किये क्या हो सकता है। मेरे रहते हुए, मेरी आँखों के सामने चित्रांगद और विचित्रवीर्य चले गये, पाण्डु चला गया। क्या कर सका

मैं? इसी प्रकार यदि विधाता नहीं चाहेगा, तो इन बालकों के लिये भी क्या कर सकूँगा मैं?"

भीष्म ने विदुर पर दृष्टि टिकायी; किन्तु विदुर अब भी कुछ नहीं बोला। कदाचित वह अब तक समझ नहीं पाया था, कि भीष्म का चिन्तन किस दिशा में जा रहा है; और वे किस निश्कर्ष पर पहुँचना चाहते हैं।

"अभी थोड़ी देर पहले ही मैं सोच रहा था," भीष्म पुनः बोले, "मुझ अविवाहित को यह इतनी बड़ी गृहस्थी इसलिये नहीं सौंपी गयी कि मैं उसका पालन करूँ। यह मुझे इसलिये सौंपी गयी, ताकि मैं इसके अवलम्ब से अपना जीवन व्यतीत कर सकूँ। कदाचित मैं इस परिवार के लिये आवश्यक नहीं हूँ यह परिवार मेरे लिये आवश्यक है।" भीष्म ने रुक कर विदुर की ओर देखा, और हँस कर बोले, "विधाता भी कैसी-कैसी घटनाएँ गढ़ता है।...यदि चित्रांगद और विचित्रवीर्य जीवित रह कर स्वयं ही अपने परिवारों का पालन-पोषण करते तो मेरे जीवन कर अवलम्ब क्या होता? मेरे जीवन का कोई व्याज बना रहे, इसलिये विधाता ने चित्रांगद और विचित्रवीर्य को दीर्घ जीवन नहीं दिया। धृतराष्ट्र को ज्ञानचक्षु और पाण्डु को रागी उत्पन्न किया। और मेरा अहंकार अनवरत मेरे कानों में यह कहता रहता है कि इनका पालन पोषण मैं कर रहा हूँ। जैसे परिस्थितियों से बाध्य हो कर कोई भारी बोझा उठा रहा हूँ।...है न विचित्र बात कि व्यक्ति समझता है कि वह दूसरों के लिये इतना त्याग और श्रम कर रहा है, जबकि वास्तविकता यह है कि दूसरे लोग उसे यश देने के लिये अपने प्राण दे रहे हैं।..."

"पितृव्य! यह आपकी उदारता है।" विदुर बोला, "हममें से किसने आपसे वात्सल्य नहीं पाया। आपने हममें से किसके लिये कष्ट नहीं उठाया। मैंने सुना है, कल ही आपने कौरव राजकुमारों की युद्ध-शिक्षा के लिये द्रोण को उनका आचार्य नियुक्त किया है।"

"हाँ! हमारा सौभाग्य देखो विदुर! द्रोण जैसा युद्ध-विशारद स्वेच्छा से हस्तिनापुर में आ उपस्थित हो गया। वस्तुतः तुम लोगों के लिये किसी महान युद्ध-विशारद गुरु की आवश्यकता ही नहीं थी। तुम्हारी युद्ध में रुचि ही नहीं थी, पाण्डु कठोर श्रम कर ही नहीं सकता था; और धृतराष्ट्र दृष्टिहीन था। किन्तु धृतराष्ट्र और पाण्डु के पुत्रों के लिये, जब-जब मैंने किसी महान युद्धाचार्य के विषय में सोचा, मेरे सामने दो ही नाम आये, एक तो गुरु सान्दीपनि और दूसरे आचार्य द्रोण। किन्तु इन दोनों में से किसी की भी प्रवृत्ति कौरवों की ओर नहीं थी। मैं कल्पना भी नहीं कर सकता था कि आचार्य द्रोण गंगाद्वार को छोड़ कर हस्तिनापुर आ जायेंगे; वे पांचालों को त्याग कर कौरवों को

अंगीकार करेंगे। इसलिये जैसे ही मुझे युधिष्ठिर की सूचना से यह आभास हुआ कि आचार्य हस्तिनापुर में हैं और आजीविका की खोज में हैं, तो मैंने तत्काल निर्णय किया कि यदि आचार्य के मन में कोई दुर्भाव नहीं है तो उन्हें कौरव राजकुमारों के युद्धाचार्य के रूप में नियुक्त कर दिया जाये।"

"यह तो आपने उचित ही किया तात!" विदुर बोला, "किन्तु मेरे मन में एक आशंका है।"

"बोलो वत्स!"

"पितृव्य! जिन परिस्थितियों में द्रोण हस्तिनापुर आये हैं, उनसे आपको यह नहीं लगता कि वे द्रुपद के प्रति अपने द्वेष के कारण हस्तिनापुर आये हैं। यहाँ आ कर वे द्रुपद के प्रति अपनी शत्रुता का निर्वाह कर रहे हैं।"

"यह तो स्पष्ट ही है।"

"तो उस व्यक्ति को अपने बालकों के आचार्य के रूप में नियुक्त करना क्या उचित है, जिसके मन में सबके लिये सद्भावना न हो कर मात्र प्रतिहिंसा है। उसकी प्रतिहिंसा हमारे राजकुमारों के मार्ग को कहीं वक्र न कर दे।"

"ऐसा क्यों सोचते हो विदुर?" भीष्म बोले, "उस व्यक्ति के मन में किसी के प्रति वैर, विरोध और प्रतिहिंसा हो सकती है; किन्तु जिसके प्रति प्रतिहिंसा है, वह हमारा मित्र नहीं है, इसलिये उससे हमारी कोई क्षति होने की सम्भावना नहीं है।...और वह व्यक्ति युद्ध-विद्या का आचार्य है। उसमें अपने शिष्यों को श्रेष्ठ योद्धा बनाने की अद्भुत क्षमता है। हम उसके इन गुणों का लाभ क्यों न उठायें।"

"पितृव्य! मेरी वाचालता क्षमा करें।" विदुर के अधरों पर एक संकुचित मुस्कान थी, "मैं समझता हूँ कि गुरु होने के योग्य वही व्यक्ति है, जो आकाश के समान उदार और धरती के समान सहनशील हो; जिसका मन तनिक भी संकुचित न हो। जो किसी व्यक्ति, जाति अथवा राज्य के नाम पर मानवता का विभाजन न करता हो। जिसके मन में व्यक्तिगत हानि-लाभ की बात आती ही न हो।..."

"तुम ठीक कहते हो वत्स! मैं तुमसे कहीं भी असहमत नहीं हूँ।" भीष्म बोले, "किन्तु युद्धाचार्य तो वही होना चाहिए, जिसे युद्ध-विद्या का ज्ञान हो। हमें द्रोण से उसकी विद्या चाहिए; उसके भाव नहीं।"

"किन्तु क्या कोई व्यक्ति अपनी विद्या और भावों को पृथक रख सकता है पितृव्य?"

"तुम इस समय मात्र सैद्धान्तिक विचार के धरातल पर हो।" भीष्म बोले, "और मैं कुरु-वंश के वृद्ध के रूप में एक निश्चय कर रहा हूँ। हमारे वंश

का हित इसमें है कि हमारे बालक वीर योद्धा बनें, ताकि भविष्य में वे अपने शत्रुओं का नाश कर, अपने राज्य की रक्षा कर सकें। यह मेरा कुल-धर्म है कि मैं अपने वंश को शक्तिशाली बनाऊँ। यदि मैंने इस अवसर का लाभ उठा कर द्रोण की योग्यता का उपयोग नहीं किया तो हमारी आने वाली पीढ़ियाँ मुझे कोसेंगी!"

विदुर कहना चाहता था कि भीष्म स्वार्थ की बात सोच रहे हैं, धर्म की नहीं; और स्वार्थ कभी भी किसी का धर्म नहीं हो सकता, धर्म तो मानवीय न्याय का दूसरा नाम है। भला स्वार्थ, मानवीय न्याय को कैसे प्रतिष्ठित कर सकता है।...वह यह भी कहना चाहता था कि पितृव्य का धर्म-बोध कहीं भ्रमित हो रहा है।.. किन्तु यह सब कहना मर्यादा का उल्लंघन होता।...विदुर एक भूल के सुधार के प्रयत्न में दूसरी भूल नहीं करना चाहता था। बोला, "पितृव्य! क्या व्यापक मानवीय हित में ही व्यक्ति को अपना हित नहीं खोजना चाहिए? पूर्ण का हित होगा, तो अंश भी उससे लाभान्वित होगा; अंशी का धर्म ही क्या अंश का धर्म नहीं है? जब-जब हमने व्यक्ति, परिवार अथवा जाति के हित की बात सोची है, मानवता का अहित किया है। क्या हमें अपने राजकुमारों को यह नहीं सिखाना चाहिए कि मनुष्य एक व्यक्ति तो है ही, किन्तु वह सृष्टि की बहुत बड़ी इकाई का एक अंग भी है; अतः उसे व्यक्ति के धरातल पर नहीं, सृष्टि की उस बड़ी इकाई के अंग के रूप में जीना चाहिए। उसे अपना विस्तार करना चाहिए, संकोच नहीं।"

भीष्म हँसे, "ऋषियों जैसी बातें कर रहे हो, राजनीतिज्ञों जैसी नहीं। राजनीति में हम सदा यह सोचते हैं कि हम अपने शत्रु की शक्ति कैसे कम कर सकते हैं, कैसे उसे दुर्बल बना सकते हैं, कैसे उसे पराजित कर सकते हैं। जिसने अवसर का लाभ नहीं उठाया, वह राजनीति के क्षेत्र में सदा ही हारा है।"

"पितृव्य! मेरी अशिष्टता क्षमा करें। किन्तु मुझे लगता है कि राजनीति को हम शिक्षा से दूर ही रखें तो उचित है। क्या आपको नहीं लगता कि यदि अपने राजनैतिक लक्ष्यों की सिद्धि को दृष्टि में रख कर हम शिक्षक और आचार्य नियुक्त करेंगे तो गुरुकुलों और पाठशालाओं में ज्ञान की उपासना स्थगित हो जायेगी। आचार्य यदि शिक्षण-संस्थानों के लिये अपना जीवन समर्पित करने के स्थान पर, उन्हें अपने स्वार्थ-साधन का माध्यम बनायेंगे तो हमारी भावी पीढ़ियाँ वास्तविक शिक्षा कब और कैसे पायेंगी?"

भीष्म थोड़ी देर मौन रहे, जैसे अपने मन के द्वन्द्व से उबरने का प्रयत्न कर रहे हों। फिर धीरे से बोले, "तुम ठीक कहते हो विदुर! मैं कहीं भी तुमसे असहमत नहीं हूँ; किन्तु मैं ऐसी परिस्थितियाँ कभी उत्पन्न नहीं होने दूँगा,

जिनमें द्रोण जैसा युद्धाचार्य पांचालों के राज्य में लौट जाये।"

"मातुल! आप तो कहते हैं कि पिता जी अत्यन्त शूरवीर हैं और सम्पूर्ण आर्यावर्त्त में उनके समान शस्त्रास्त्रों का ज्ञाता भी और कोई नहीं है।" कृपाचार्य के निर्देशन में अभ्यास करता हुआ अश्वत्थामा रुक कर बोला, "आप केवल उनकी प्रशंसा के लिये ही तो ऐसा नहीं कहते?"

"नहीं वत्स! मैं किसी की झूठी प्रशंसा क्यों करूँगा?" कृपाचार्य हँसे।

"पिता जी को प्रसन्न करने के लिये।" अश्वत्थामा सहज भाव से बोला।

"और मैं तुम्हारे पिता जी को झूठी प्रशंसा से प्रसन्न करना क्यों चाहूँगा?"

"क्योंकि वे बहुत बड़े आचार्य नियुक्त हुए हैं न!" अश्वत्थामा उल्लसित स्वर में बोला, "पिता जी कह रहे थे कि वे अपनी युद्धशाला बनवा रहे हैं, जहाँ वे साधारण क्षत्रिय कुमारों को ऐसे महायोद्धाओं में परिणत कर देंगे, जो किसी भी शक्तिशाली साम्राज्य को सहज ही उलट कर धर देंगे। वे कह रहे थे कि आगामी कुछ वर्षों में स्थिति यह हो जायेगी कि आर्यावर्त्त में उनकी अनुमति के बिना किसी राजा का राज्याभिषेक नहीं हो सकेगा...।"

कृपाचार्य चौंके; और जैसे अपने आश्चर्य को ही वाणी देने के लिये बोले, "बहुत महत्वाकांक्षी हैं, तुम्हारे पिता जी!"

"वे कह रहे थे कि उसी युद्धशाला के प्रांगण में गंगा के तट पर हमारा अपना आवास-भवन बनेगा। हम उसमें रहेंगे। अब हमारे कष्ट के दिन समाप्त हो गये हैं।"

"तुम्हें इन सब बातों में संदेह है क्या?" कृपाचार्य ने स्नेह से पूछा।

"नहीं! संदेह तो न मैं पिता जी की बातों में करता हूँ, न आपकी बातों में। किन्तु सोचता हूँ कि पिता जी यदि इतने ही वीर हैं तो वे द्रुपद से अपमानित हो कर यहाँ क्यों चले आये? उन्होंने वहीं अपनी धनुर्विद्या का प्रदर्शन क्यों नहीं किया?"

कृपाचार्य को तत्काल कोई उत्तर नहीं सूझा।

"बताइये मातुल!" अश्वत्थामा ने आग्रह किया।

"मैंने कभी इस पर विचार नहीं किया है, पुत्र!" कृपाचार्य बोले, "पर इसका कारण कदाचित अभ्यास की कमी ही है। आचार्य ने शस्त्रास्त्रों का अभ्यास तो अवश्य किया है; सैन्य-संचालन और व्यूह-रचनाओं का भी अध्ययन किया है; किन्तु उन्होंने आज तक युद्ध तो कोई भी नहीं किया। सम्भवतः उन्हें इतना क्रोध ही न आया हो कि वे द्रुपद को युद्ध में पराजित करने, अथवा उसका वध करने की बात सोचते। बहुत सम्भव है कि द्रुपद की राजसभा में उसके

पदाधिकारियों, सेनापतियों और सैनिकों को देख कर युद्ध की बात उनके मन में ही न आयी हो। उन्हें यही लगा हो कि वे सर्वथा एकाकी हैं, मित्रविहीन हैं, शत्रुओं से घिरे हुए हैं।" कृपाचार्य क्षण-भर रुक कर बोले, "युद्ध भी तो अभ्यास की वस्तु है। व्यक्ति को युद्ध करना भी सीखना पड़ता है; और तब वह क्रमशः, उसमें अग्रसर होता है।"

"पिता जी, द्रुपद से भयभीत तो नहीं हैं न?" अश्वत्थामा ने कुछ इस व्यग्रता में पूछा, जैसे वह अपने पिता के माथे पर लगा कलंक धो डालना चाहता हो।

"नही वत्स! तुम्हें इस प्रकार सोचना ही नहीं चाहिए।" कृपाचार्य बोले, "तुम्हारे पिता, आचार्य द्रोण संसार में किसी से भी भयभीत नहीं हैं। वे चाहें तो अकेले-एकाकी, बिना किसी की सहायता के सम्पूर्ण संसार की सेनाओं को ध्वस्त कर सकते हैं।"

सन्ध्या समय एकान्त पा कर कृपी अपने भाई के पास आयी, "भैया! अश्वत्थामा तुमसे क्या-क्या पूछा करता है? क्या-क्या कहता रहता है??"

"क्यों? क्या हुआ?" कृपाचार्य ने पूछा।

"उसने मुझे बताया कि प्रातः उसकी तुमसे क्या-क्या बातें हुई हैं।" कृपी आ कर कृपाचार्य के निकट बैठ गयी, "क्या तुम्हें सचमुच लगता है कि आचार्य, द्रुपद से एकदम नहीं डरते?"

कृपाचार्य ने चौंक कर अपनी बहन को देखा, "क्या अभिप्राय है तुम्हारे इस प्रश्न का? कहीं तुमने ही तो अश्वत्थामा के मन में यह बात नहीं डाली?"

"नहीं। अश्वत्थामा से तो मैंने कुछ नहीं कहा; किन्तु तुमसे कहती हूँ" कृपी बोली, "उस दिन मैंने आचार्य की आँखों में सचमुच ही भय और असहायता की परछाइयाँ देखी थीं। इधर उनके हाव-भाव से लगता है कि वे निर्धनता से भी बहुत भयभीत हैं।...और उनकी स्थिति देख-देख कर मैं भयभीत हो जाती हूँ।"

"क्यों? तुम्हें क्या भय है?" कृपाचार्य के स्वर में जिज्ञासा भी थी और बहन को सांत्वना देने का प्रयत्न भी।

"जो व्यक्ति अपने सुखों के वंचित होने से डरता है, वह जीवन के सम्मुख कभी वीरतापूर्वक खड़ा नहीं हो सकता।" कृपी बोली, "मैं तो यहाँ के राजसुखों को छोड़ कर गंगाद्वार में सर्वथा निर्धनता के जीवन को अंगीकार करने गयी थी। तब मुझे लगा था कि मेरा पति वीर है, निर्द्वंद्व है, लोभमुक्त है—इसलिये

वह सत्य के मार्ग से डिग नहीं सकता, प्रलोभन उसे न्याय से विचलित नहीं कर सकते..."

"अब क्या लगता है कृपी?"

"अब लगता है कि समय आने पर वह न्याय की दृष्टि से नहीं, हानि-लाभ की व्यावसायिक दृष्टि से जीवन को तौलेगा और अपना विक्रय करने में भी संकोच नहीं करेगा।"

"तुम आचार्य के प्रति अन्याय कर रही हो।" कृपाचार्य बोले, "बुद्धिजीवी को भी, ज्ञान की साधना करने वाले को भी, जीवन में सुख-सुविधाओं को प्राप्त करने का अधिकार है। आचार्य की इच्छाएँ कुछ अनुचित तो नहीं।"

"सुख-सुविधाओं को अर्जित करने और उनके लिये अपना विक्रय करने में अन्तर है।" सहसा कृपी रुक गयी, जैसे स्वयं को संतुलित कर रही हो; फिर वह सायास हँसी, "मेरी बातों का बुरा मत मानना भैया! मेरी मानसिक स्थिति इन दिनों ठीक नहीं है।..."

"क्या हुआ है तुम्हें?" कृपाचार्य की वाणी में वास्तविक चिन्ता थी, "मैं समझता हूँ कि ये दिन तो तुम्हारे प्रसन्न होने के हैं। आचार्य को जैसा पद, सम्मान और अधिकार हस्तिनापुर में मिला है, वह असाधारण है। भौतिक सुख-सुविधा का भी तुम्हें अभाव नहीं रहेगा। अश्वत्थामा का भविष्य भी अब किसी प्रकार कष्टकर नहीं हो सकता। फिर तुम..."

"यह सब तो जानती और समझती हूँ भैया!" कृपी धीरे से बोली, "किन्तु मैं नारी हूँ। अपने मायके और ससुराल के दोराहे पर खड़ी हूँ..."

"मैं समझा नहीं।"

"कहीं यह न हो कि मेरे पति की समृद्धि का मूल्य मेरे भाई को चुकाना पड़े। मेरे पति के सम्मान में वृद्धि, मेरे भाई के सम्मान में कमी न कर दे।... उन्होंने जो कुछ भी प्राप्त किया है, वह सब तुम्हें वंचित करके ही तो...।"

"पगली!" कृपाचार्य का मन ही विचलित नहीं हुआ, उनकी आँखों में जल भी भर आया, "बचपन में भी ऐसा ही कुछ किया करती थी तुम! सुनो कृपी!" कृपाचार्य का हाथ, बहन के कंधे पर आ टिका, "मेरी ओर से तुम तनिक भी आशंकित मत रहो। तुम्हारे सिवाय मेरा अपना और है ही कौन! जो कुछ तुम्हारा है, वह मेरा भी है। समझ लो, मैंने अपनी सारी सुख-सुविधाएँ, महत्वाकांक्षाएँ, मान-अपमान—सब तुम्हारे साथ सम्मिलित कर दिये हैं। मेरा भविष्य अब अश्वत्थामा है। मेरे जीवन की सारी रिक्तियाँ और शून्य, तुम्हारे यहाँ आ जाने से भर गये हैं।"

कृपी अपने नयनों में स्नेह और प्रशंसा के भाव भरे, अपने भाई को देखती

रही। फिर बोली, "तुम्हारे जैसा भाई बड़े पुण्य से मिलता है भैया!...अश्वत्थामा को पिता का ज्ञान तो सुलभ था; किन्तु उनकी संगति उसे प्राप्त नहीं थी। मुझे लगता है कि तुम्हारी संगति से अश्वत्थामा का एकाकीपन भी मिट गया है। मैं तृप्त हुई भैया!"

स्नेह के आवेग में कृपाचार्य ने बहन के सिर पर अपना हाथ रखा। उसके केशों को हल्के से सहलाया; और जैसे स्वयं को संतुलित करने के लिये बाहर चले गये।

7

गंगा के निकट आचार्य द्रोण की नयी युद्धशाला बन गयी थी। उसी के परिसर में ठीक गंगा के तट पर आचार्य के निवास के लिये एक भवन का भी निर्माण हो गया था। कृपाचार्य भी आचार्य द्रोण के साथ, इसी भवन में रहने के लिये आ गये थे। आचार्य के भवन के साथ ही जुड़ा हुआ शस्त्रागार था। उससे कुछ दूर हट कर अन्य आचार्यों तथा अध्यापकों के रहने की व्यवस्था थी। दूसरी ओर युद्धशाला का छात्रावास था। आचार्य ने अपने शिष्यों को दो वर्गों में विभक्त कर दिया था। पहले वर्ग में कौरव राजकुमार थे; और गुरु द्रोण मन-ही-मन जानते थे कि थोड़े ही दिनों में इस युद्धशाला की ख्याति चारों ओर फैल जायेगी; और अनेक मित्र राजाओं के राजकुमार भी, युद्ध-विद्या की शिक्षा के लिये इसी युद्धशाला में आने लगेंगे। राजकुमारों के लिये शाला-परिसर में रहना अनिवार्य था। वे आचार्य की देख-रेख में, उन्हीं के द्वारा निर्दिष्ट भोजन करेंगे। प्रातः और सायं उनके निर्देशन में, उनके बताये हुए व्यायाम करेंगे। दिन-भर विभिन्न अध्यापकों और आचार्यों से विभिन्न विषयों की मौखिक और व्यावहारिक शिक्षा ग्रहण करेंगे।

आचार्य की मान्यता थी कि राजकुमारों का यह प्रशिक्षण इतना सघन तथा विस्तृत था कि उनका शाला-परिसर में रहना अनिवार्य था। जब तक उनकी शिक्षा पूरी नहीं हो जाती, तब तक आचार्य, राजकुमारों का, राजप्रासाद के विलासपूर्ण वातावरण में रहना उचित नहीं समझते। शिक्षा के इस काल में आचार्य उन्हें अपने साथ हस्तिनापुर के आस-पास के वनों में विभिन्न प्रकार के अभ्यासों के लिये भी ले जायेंगे।

शिष्यों के दूसरे वर्ग में साधारण जन थे। ये बालक राजपरिवार से सम्बन्धित कर्मचारियों तथा विभिन्न पदाधिकारियों के पुत्र थे। इन्हें प्रातः युद्धशाला में आना था और दिन-भर शिक्षा प्राप्त कर सन्ध्या समय वापस

अपने घर लौट जाना था। केवल राजकुमारों के लिये होने वाले कार्यक्रमों में भाग लेने की अनुमति दूसरे वर्ग के शिष्यों को नहीं थी।

युद्धशाला के केन्द्रीय कक्ष में कौरव राजकुमार उपस्थित थे। आज आचार्य उन्हें यहीं सम्बोधित करने वाले थे।

आचार्य का मन आज उल्लसित था। उनका एक चिरप्रतीक्षित स्वप्न पूर्ण हुआ था। जब कभी उन्होंने अपने मन में एक ऐसी युद्धशाला की कल्पना की भी थी, तो क्या उन्हें यह आशा थी कि वे अपनी कल्पना को साकार कर पायेंगे?...अद्‌भुत बात तो यह थी कि अपने चरम उत्कर्ष के क्षणों में भी जिस स्वप्न के साकार होने की आशा उन्हें नहीं थी, वही स्वप्न उनके जीवन की परम पराजय और परम हताशा के परिणामस्वरूप साकार हो गया था; जैसे किसी ने श्मशान की राख में से दिव्य जीवन पा लिया हो।...शायद सृष्टि का कुछ ऐसा ही विधान है कि वर्तमान को पुर्णतः दाँव पर रख कर ही भविष्य की विजय का सुख प्राप्त किया जा सकता है।...अब आचार्य के मन में पूर्णतः स्पष्ट था कि इस युद्धशाला का लक्ष्य क्या था। उनके पास विभिन्न राजवंशों के राज कुमार आयेंगे, आचार्य उन्हें अदम्य और दुर्द्धर्ष योद्धाओं में परिणत करेंगे। वे योद्धा उनके सम्मुख श्रद्धा और भक्ति से नत होंगे। उनके आदेशों का पालन करेंगे।...एक दिन आयेगा, जब द्रोण इस सम्पूर्ण आर्यावर्त्त के निर्विवाद सैनिक अधिनायक होंगे। वे इन राजवंशों को अपनी उँगलियों के संकेतों पर नचायेंगे। तब वे देखेंगे कि कौन किसको आश्रय देने की क्षमता रखता है।...कई बार तो अपने चिन्तन में आचार्य इतने लीन हो जाते हैं कि उन्हें अपना वर्तमान परिवेश पूर्णतः विस्मृत हो जाता है।...उन्हें लगता है कि वे घृणा के महासागर के मध्य एक टापू के समान स्थित हैं। उन्हें द्रुपद से नहीं, भगवान परशुराम के समान सारे क्षत्रियों से ही घृणा है। जैसे वे सबके विनाश के लिये ही प्रयत्नशील हों। समस्त क्षत्रियों का नाश! सम्पूर्ण क्षत्रिय जाति का नाश!...इन सबको इतना हिंस्र बना दिया जाये कि ये सर्वनाश के पूर्व रुकें ही नहीं...

आचार्य ने कक्ष में प्रवेश किया। राजकुमारों ने उन्हें साष्टांग दण्डवत प्रणाम किया। आशीर्वाद दे कर आचार्य ने उन पर एक विहंगम दृष्टि डाली।...और सहसा आचार्य की दृष्टि एक तरुण पर पड़ी।...यह कुरु राजकुमार नहीं था। तो यह यहाँ कैसे? उन्होंने संकेत किया, "खड़े हो जाओ।"

तरुण खड़ा हो गया। द्रोण ने देखा : वह वय में कदाचित इन सारे राजकुमारों से बड़ा था, युधिष्ठिर से भी कुछ बड़ा। लम्बा, ऊँचा और छरहरा

शरीर। सारे वर्ग में केवल भीम ही उससे लम्बा रहा होगा। उसके केश और नयन सुनहले थे। उनमें अग्नि का अंश था, अथवा सूर्य का तेज। लम्बी, नुकीली नासिका, ऊँचा भाल! तरुण का व्यक्तित्व तेजस्वी भी दिखायी देता था और प्रखर भी।

"कौन हो तुम?"

"मैं कर्ण हूँ।" वह बोला, "महाराज के सारथि का पुत्र!"

"तुम कौरव राजकुमार नहीं हो?" द्रोण ने पूछा।

"नहीं!" उसने निःसंकोच कहा।

"तो फिर तुम इस वर्ग में क्या कर रहे हो?" न चाहते हुए भी द्रोण के स्वर में ताड़ना थी, "तुम नहीं जानते कि यह वर्ग केवल राजकुमारों का है?"

"जानता हूँ!"

"तो फिर यहाँ क्यों बैठे हो? अपने वर्ग में क्यों नहीं जाते?"

कर्ण सिर झुकाये, चुपचाप खड़ा रहा; किन्तु उसके चेहरे पर निरुत्तर होने की असहायता और दीनता नहीं थी, वहाँ दमन की प्रतिक्रियास्वरूप उत्पन्न विस्फोटक उग्रता प्रत्यक्ष बैठी थी।

"'बोलो।" द्रोण ने उसे धमकाया।

कर्ण ने प्रचण्ड आँखों से गुरु की ओर देखा, "गुरुदेव! विद्या का दान, वर्ग के आधार पर नहीं, योग्यता के आधार पर होना चहिए। ज्ञान उनकी सम्पत्ति है, जो उसे ग्रहण करने की क्षमता रखते हैं। सरस्वती का वहन हंस करते हैं, काग उसमें असमर्थ होते हैं।"

क्षण-भर के लिये द्रोण जैसे हतप्रभ रह गये; किन्तु अपने-आपको सँभालने में उन्हें अधिक समय नहीं लगा। बोले, "विद्या के योग्य वह है, जिसे उसकी आवश्यकता है। राजकुमारों और सारथि-पुत्रों—दोनों को ही युद्ध-विद्या की शिक्षा दी जाती है, किन्तु राजकुमारों को योद्धा के रूप में शस्त्रास्त्रों का ज्ञान, उनकी परिचालन-विधि, विभिन्न शस्त्रों की काट, व्यूह-रचना, व्यूह-प्रवेश, व्यूह-भंग इत्यादि कलाओं की शिक्षा दी जाती है। सारथि-पुत्रों को सारथि के रूप में रथ-निर्माण, रथ-संचालन, अश्वों के प्रकार, उनकी गति, शत्रु के अस्त्रों से आत्मरक्षा, रथी के आदेशों को समझने, उसके हित को ध्यान में रखने, उसके हताहत होने पर अपनी बुद्धि से निर्णय करने की शिक्षा दी जाती है।"

"किन्तु यदि मुझमें राजकुमारों के ही समान योद्धा बनने की क्षमता हो तो?" कर्ण तनिक भी निस्तेज नहीं हुआ था, "मुझे युद्ध-शिक्षा क्यों नहीं दी जायेगी? मैं योद्धा ही बनना चाहता हूँ, सारथि नहीं।"

"राजकुमारों को योद्धा के रूप में प्रशिक्षित किया जाता है, ताकि वे युद्ध

कर सकें। अपने शत्रुओं को पराजित कर सकें। अपने राज्य की रक्षा कर सकें।" द्रोण बोले, "सारथि-पुत्र को योद्धा के रूप में क्यों प्रशिक्षित किया जाये? ताकि वह विप्लव फैला सके? राज-वंशों को उलट-पलट सके? प्रत्येक साधारण जन को राजकुमारों के समकक्ष युद्ध-प्रशिक्षण देना, न राजवंशों के हित में है, न शासन-तन्त्र के। इसलिये यह वर्ग मात्र राजकुमारों का है कर्ण! तुम अपने वर्ग में जाओ।"

गुरु के आदेश ने कर्ण को जैसे बाँध दिया था। बोला, "जाता हूँ गुरुदेव! किन्तु मैं सारथि नहीं योद्धा बनना चाहता हूँ।"

"सैनिक भी योद्धा ही होता है कर्ण!" गुरु बोले, "युद्ध का ज्ञान तुम्हें दिया जायेगा। शस्त्रास्त्रों से परिचय कराया जायेगा। उसके परिचालन की साधारण विधियाँ भी सिखायी जायेंगी। तुम चाहो तो सैनिक बन सकते हो; किन्तु तुम्हें सेनापति नहीं बनाया जा सकता। उसके लिये राजा अथवा राजकुमार होना आवश्यक है।...या कम-से-कम क्षत्रिय योद्धाओं का वंशधर होना तो अनिवार्य है ही। सारथि-पुत्र उस विद्या का क्या करेगा?..."

"गुरुदेव!" कर्ण के स्वर में आग्रह भी था और असहायता भी।

"जाओ।" गुरु ने निर्द्वंद्व आदेश दिया। द्रोण को स्वयं अनुभव हो रहा था कि किसी की याचना, आग्रह अथवा अनुनय-विनय उन्हें विगलित नहीं करती थी, उल्टे उनकी खीझ को और भी बढ़ा जाती थी।

कर्ण ने हताशा-भरी एक दृष्टि दुर्योधन पर डाली और जैसे अपने पैरों को घसीटता हुआ वह बाहर की ओर चला।...किन्तु उसके पैर थम जाना चाहते थे और उसकी दृष्टि घूम कर पाण्डवों पर टिकना चाहती थी। उसकी इच्छा हो रही थी कि वह चिल्ला कर कहे, 'ये कहाँ के राजकुमार हैं? इन्हें क्यों राजकुमारों के वर्ग में बैठाया गया है?'

किन्तु वह जानता था कि यह पूछने का उसे कोई अधिकार नहीं था। पाण्डु पत्नी कुन्ती उन्हें अपने साथ ले आयी थी और अपने तथा माद्री के पुत्र बता कर इन्हें स्वर्गीय सम्राट पाण्डु के क्षेत्रज पुत्रों की प्रतिष्ठा दिलवा चुकी थी। इन्हें वह सब कुछ मिल रहा था, जिनसे राजकुमार न होने के कारण वह स्वयं वंचित था; अपने मित्र दुर्योधन की कृपा के पश्चात भी...! धन-सम्पत्ति की कर्ण को कोई विशेष चिन्ता नहीं थी। वह जानता था कि जिस दिन वह धनार्जन करने निकलेगा, उस दिन उसे किसी वस्तु का अभाव नहीं रहेगा...और राजकुमारों के पास ही कौन-सा अटूट धनागार होता है। वे भी तो दूसरों को लूट कर ही धन एकत्रित करते हैं। यह तो कोई भी योद्धा कर सकता है।...शास्त्र-ज्ञान का अभाव भी उसे अधिक नहीं खलता था, उसकी क्षतिपूर्ति वह स्वाध्याय अथवा

मनन से जब चाहेगा कर लेगा। वैसे शास्त्रों में उसकी कोई निष्ठा भी नहीं थी। शास्त्र सदा ही तप-त्याग और आत्म-दमन सिखाते हैं। कर्ण को लगता था कि वह पहले से ही इतना वंचित, दमित और दलित था कि उसका सम्पूर्ण व्यक्तित्व तप, त्याग और आत्मदमन का विरोध करने लगता था। उसे लगता था कि उसे शास्त्र की नहीं, मात्र शस्त्र की आवश्यकता थी।...किन्तु शस्त्र-शिक्षा?... दुर्योधन उससे अधिक शस्त्र-शिक्षा पाता अथवा उससे श्रेष्ठ योद्धा बन जाता तो कदाचित उसे इतना कष्ट भी न होता। वह युवराज था! किन्तु ये कंगले पाण्डव, कहीं से आ कर राजकुमार भी बन जायें और शस्त्र-ज्ञान में भी उससे श्रेष्ठतर हो जायें—यह उसे किसी भी प्रकार स्वीकार्य नहीं था।...और यह अर्जुन...स्वप्नों में खोया, मुँदी-मुँदी आँखों वाला आत्मलीन छोकरा...यह उससे श्रेष्ठतर धनुर्धर हो जाये!...इस विचार से ही कर्ण का हृदय ईर्ष्या से दहकने लगता है।....

जब तक पाण्डव हस्तिनापुर में नहीं आये थे, कर्ण का जीवन शान्त ही नहीं, एक प्रकार से सुखद था। घर में तो वह माता-पिता का लाडला था ही। पिता के साथ वह राजप्रासाद में भी आया-जाया करता था। राजप्रासाद उसे आरम्भ से ही बहुत लुभाता था। वे ऊँचे-ऊँचे द्वार, ड्यौढ़ियाँ, विशाल कक्ष, सुसज्जित स्त्री-पुरुष, अनुशासन-बद्ध परिचारक तथा सुन्दर-सजीली दासियाँ...। जब से दुर्योधन से उसका परिचय हुआ था, तब से उसका अधिकांश समय उसी के साथ व्यतीत होने लगा था। राजकुमार की वेशभूषा उसे बहुत प्रिय थी। उसकी कितनी इच्छा होती थी कि वह भी वैसे ही वस्त्र पहने। उतने और वैसे ही आभूषण धारण भी करे। किसी सभा में उसके पहुँचते ही सब लोग उसकी ओर आकर्षित हो जायें। सबकी दृष्टि उस पर टिक जाये। सब उसे पहचानें। उसके महत्व को स्वीकार करें। उसकी इच्छा होती थी, सारी सृष्टि की गति-विधि का केन्द्र वही हो जाये।...और दुर्योधन ने उसे बहुत महत्वपूर्ण बना भी दिया था।...दुर्योधन ने पाया था कि वय में बड़ा होने के कारण कर्ण अनेक क्षेत्रों में उससे कहीं अधिक समर्थ था; फिर भी वह उसे वह सारा आदर और सम्मान देता था, जो स्वयं से बड़े व्यक्ति को देना चाहिए। कदाचित इसलिये कि वह राजकुमार था। कर्ण के रूप में दुर्योधन को दुःशासन से भी अधिक समर्थ अनुचर मिल गया था; और कर्ण, दुर्योधन का मित्र हो कर अनेक स्थानों पर राजकुमारों से भी अधिक महत्वपूर्ण हो उठता था। राजप्रासाद के सारे कर्मचारी जानते थे कि अधिरथ का यह पुत्र राजकुमार दुर्योधन का बहुत प्रिय मित्र था। उसकी उपेक्षा बहुत महँगी पड़ सकती थी। उससे न केवल कर्ण रुष्ट हो जायेगा, स्वयं राजकुमार दुर्योधन को भी अप्रसन्नता होगी।...किन्तु तभी ये पाण्डव आ गये थे। कर्ण ने देखा था : सब उससे छोटे थे। एक भीम थोड़ा

बलिष्ट था, शेष सब तो दुबले-पतले, निरीह-से लगते थे। तपस्वियों-जैसा वेश था उनका। शरीर पर कोई आभूषण तक नहीं था। दुर्योधन ने उसे बताया था, बेचारों के पिता का देहान्त हो गया था; और अपने अनाथ और असहाय बच्चों को ले कर उनकी माता आश्रय पाने के लिये महाराज धृतराष्ट्र के द्वार पर आ खड़ी हुई थी। कर्ण, दुर्योधन से सहमत था कि ऐसे लोगों को किसी प्रकार का कोई सम्बन्धी मान कर उनकी कोई सहायता तो की जा सकती थी, दान के रूप में थोड़ा-बहुत धन भी दिया जा सकता था; किन्तु ये लोग तो एकदम सिर पर ही चढ़ते जा रहे थे। वे शरणार्थी हो कर भी स्वामी बन जाना चाहते थे। वे राजप्रासाद में रहना चाहते थे, राजसी वस्त्राभूषण पहनना चाहते थे; और उनकी माता चाहती थी कि युधिष्ठिर को हस्तिनापुर का युवराज ही बना दिया जाये। कर्ण भी बहुत हँसता था दुर्योधन के साथ-साथ—राह चलते भिक्षुकों को भी कोई युवराज बना देता है?...किन्तु कर्ण देखता रहा कि पाण्डवों का महत्व क्रमशः बढ़ता रहा था, जिसे वह अत्याधिक इच्छा होने पर भी किसी प्रकार रोक नहीं पा रहा था। पाण्डवों के आने से पहले राजकुमारों में दुर्योधन सबसे अधिक शक्तिशाली था; किन्तु भीम ने उसे एक प्रकार से निरस्त कर दिया था। कर्ण ने कभी स्वयं भीम से मल्ल-युद्ध करने का प्रयत्न नहीं किया था, न कभी भीम ही उससे उलझा था; किन्तु जब कभी आपस में गुत्थमगुत्था होने का अवसर आता और भीम अकेला ही दुर्योधन के दो-दो, तीन-तीन, चार-चार भाइयों को अपनी भुजाओं में भर कर काष्ठ के कुन्दों के समान हवा में लहराता और दुर्योधन खड़ा दाँत पीसता रहता, तो कर्ण के वक्ष पर जैसे साँप लोटने लगते थे।...ऐसे समय में कर्ण किसी प्रकार स्वयं को समझाता कि शारीरिक बल में भीम यदि उससे अधिक है भी, तो क्या हुआ। शारीरिक बल तो पशु में भी अधिक होता है। भीम तो है ही पशु! उसमें बुद्धि तो नाममात्र की भी नहीं है। कर्ण मनुष्य है, उसमें बुद्धि है। बुद्धि के आधार पर उसने शस्त्र-ज्ञान प्राप्त किया है। इन्हीं शस्त्रों के आधार पर मनुष्य पशुओं से श्रेष्ठ है। कर्ण भी अपनी बुद्धि और शस्त्रों के अवलम्ब पर उस पशु भीम से श्रेष्ठ है। किन्तु जिस दिन कृपाचार्य ने यह घोषणा की कि वह मौनी अर्जुन शस्त्र-संचालन में दक्ष होता जा रहा है और धनुर्विद्या में तो वह अपने बड़े भाइयों को भी पीछे छोड़ रहा है...सम्भ्वतः वह कर्ण से भी आगे बढ़ जाये, तो कर्ण को बहुत धक्का लगा था।...आज तक पाठशाला में यह सर्वमान्य था कि राजकुमार न होते हुए भी वह शस्त्र-विद्या में राजकुमारों से श्रेष्ठ है...और अब अत्यन्त क्षुद्र-सा अर्जुन, कभी कुछ न बोलने वाला मौनी अर्जुन, भीम की ओट में चुपचाप खड़ा, उनींदी आँखों से सबको असहाय-सा देखते रहने वाला

साँवला-सा लड़का—जिसे कर्ण अथवा दुर्योधन ने कभी तनिक-सा भी महत्व नहीं दिया था—वह अर्जुन धनुर्वेद में कर्ण से आगे बढ़ जायेगा...कर्ण को लगा था, जैसे वह अपने आवेश में अर्जुन का गला घोंट देगा...कर्ण की सारी विशिष्टता छीन लेने वाला अर्जुन!...कर्ण राजकुमार न होते हुए भी राजकुमारों से श्रेष्ठ था।...अब वह न राजकुमार था, न उनसे श्रेष्ठ! वह पाठशाला का एक साधारण छात्र था—सूतपुत्र! हीन! साधारण!...और केवल इस अर्जुन के कारण!...इतना ही नहीं, जैसे-जैसे अर्जुन अपना विकास करता जाता था, वैसे-वैसे ही कर्ण हीन होता जाता था...कर्ण के मन में अर्जुन के विरुद्ध द्वेष संचित होता ही चला गया था।...

और अब आचार्य द्रोण ने उसे उस वर्ग से भी बहिष्कृत कर दिया था। अब धनुर्वेद का जो ज्ञान वह अर्जुन को देंगे, वह कर्ण को कभी नहीं मिल पायेगा। कर्ण, अर्जुन से और भी हीन होता जायेगा...कर्ण को लगने लगा था कि अब संसार में उसका एकमात्र शत्रु अर्जुन है, जो उसे प्रत्येक महत्व से वंचित करता जा रहा है, उसे निरन्तर हीन से हीनतर बनाता जा रहा है।...यदि वह स्वयं को अर्जुन से श्रेष्ठ सिद्ध नहीं करेगा, तो उसकी श्रेष्ठता कहीं भी सिद्ध नहीं हो पायेगी...

कर्ण की उस सारी पीड़ा का गुरु पर तनिक भी प्रभाव नहीं हुआ था। वह जैसे उसे विदा कर निश्चिन्त हो गये थे, जैसे कोई अपनी नाक पर आ कर बैठ गयी मक्खी को सहज रूप से उड़ा कर निश्चिन्त हो जाता है। उन्होंने अपने शिष्यों की ओर देखा और बोले, "कौरव राजकुमारो! तुम लोगों ने अब तक अपने गुरुओं से युद्ध-शिक्षा पायी है, और शस्त्रों के परिचालन का भी अभ्यास किया है। किन्तु वह सारा ज्ञान परम्परागत है, प्राचीन है, सर्वविदित है; अतः साधारण है। वैसा ज्ञान आर्यावर्त्त के प्रत्येक गुरुकुल में दिया जाता है। उस ज्ञान से तुम उन लोगों के लिये तो योद्धा हो गये, जिन्हें शस्त्र-ज्ञान नहीं है; किन्तु योद्धाओं के लिये तुम योद्धा नहीं हो। आज से तुम्हें जो प्रशिक्षण मैं देने जा रहा हूँ, वह असाधारण है, अब तक के प्राप्त ज्ञान से उच्चतर! यह परम गुरु भरद्वाज, महर्षि अग्निवेश, भगवान परशुराम तथा मेरी अपनी साधना का परिणाम है। इस ज्ञान के पश्चात तुम योद्धाओं के भी योद्धा हो जाओगे। संसार के श्रेष्ठ योद्धाओं के लिये भी अजेय हो जाओगे। जिस दिशा में धनुष की टंकार करते निकल जाओगे, उस दिशा के सिंहासन डोलने लगेंगे और किरीट तुम्हारे चरणों में आ गिरेंगे। दिग्विजय तुम्हारा विलास होगा। किन्तु उस शिक्षण के लिये आवश्यक है कि शिक्षा-दान के लिये गुरु जितने आतुर हों, तुम ग्रहण के लिये उससे भी अधिक व्यग्र रहो। जो सीख रहे हो, उसके महत्व को

समझो, उसमें आस्था रखो और उस पर गर्व करो। मैं तुम्हें वचन देता हूँ कि तुममें से जो प्रशिक्षण-क्षेत्र में जितना अधिक स्वेद बहाएगा, युद्ध-क्षेत्र में उसका रक्त उतना ही कम गिरेगा। यदि तुम इस ज्ञान का सम्मान नहीं करोगे, तो यह ज्ञान समय आने पर तुम्हारा सहायक नहीं होगा। तुम स्वेद नहीं बहाओगे तो तुम्हारे इस प्रमाद का प्रतिशोध युद्ध-क्षेत्र में तुम्हारा रक्त बहा कर लिया जायेगा।...यह मेरा वचन है।..." गुरु द्रोण रुक गये। उनका विवेक जैसे कह रहा था कि यह इन अबोध राजकुमारों से छल है।...यह उनकी श्रद्धा और आस्था का शोषण है, भावनाओं का दोहन है...किन्तु दूसरी ओर उनका संकल्प कह रहा था, 'तप्त लौह खण्ड पर घन का प्रहार कर द्रोण! तभी तो बाण फलक बनेगा...'; और फिर जैसे उनकी जिह्वा नहीं, उनका संकल्प ही बोला, "अब मैं गुरु के रूप में तुमसे एक वचन माँगता हूँ।" उनकी दृष्टि अपनी ओर देखते उन सारे जिज्ञासु चेहरों पर घूम गयी, "मेरे मन में एक कार्य करने की इच्छा है। वह कार्य कम, संकल्प अधिक है; अतः वह कार्य सरल नहीं है। मुझसे शस्त्र-शिक्षा प्राप्त कर लेने के पश्चात तुम्हें मेरी इच्छा पूरी करनी होगी। मैं अपने गुणवान शिष्यों के माध्यम से अपने अभीष्ट की सिद्धि चाहता हूँ।" गुरु की दृष्टि एक-एक राजकुमार के चेहरे पर रुकी, टिकी और आगे बढ़ गयी, "बोलो! तुम लोगों का क्या विचार है? क्या तुम अपने गुरु के संकल्प को पूर्ण करने का वचन दे सकते हो?..."

पूरे वर्ग पर जैसे निःस्तब्धता छा गयी। दुर्योधन ने बाहर की ओर झाँका। उसकी रुचि गुरु की इन बातों में नहीं थी। कृपाचार्य ने कभी इस प्रकार की बातें नहीं की थीं। उसका ध्यान कर्ण की ओर था। जाने वह क्या कर रहा था। अच्छा हुआ, वह चला गया। उसे आचार्य का यह भाषण तो नहीं सुनना पड़ा।...वैसे भी द्रोणाचार्य धनुर्वेद के विशेषज्ञ थे; और दुर्योधन की रुचि धनुष-बाण से अधिक अपनी गदा में थी...

युधिष्ठिर अत्यन्त संकुचित भाव से उठ कर खड़ा हुआ, "गुरुदेव! मुझे इस प्रकार का प्रश्न पूछने का अधिकार नहीं है; न ही शिष्य के रूप में शोभनीय है।" वह रुका, "किन्तु गुरुदेव! यदि यह जिज्ञासा किये बिना ही मैं आपको वचन दे दूँ, और बाद में उस कार्य के सम्पादन की क्षमता स्वयं में न पाऊँ तो मेरा वचन असत्य हो जायेगा। और गुरुदेव! गुरु को झूठा वचन देने से बड़ा दूसरा कोई पाप नहीं है। कृपया बतायें कि यह कार्य क्या है?"

द्रोण मुस्कुराए, "तुम्हारी सावधानी श्लाध्य है युधिष्ठिर! किन्तु मैं इस सावधान गुरु-भक्ति से तृप्त नहीं हो सकता।...गुरु के प्रति समर्पण और निष्ठा

में इतने नाप-तौल की आवश्यकता नहीं होती पुत्र!"

तभी अर्जुन उठ कर अपने स्थान पर खड़ा हो गया, "गुरुदेव! मैं आपका कार्य सिद्ध करने की प्रतिज्ञा करता हूँ। हम अपने गुरु की मनोकामना पूर्ण न कर पायें तो धिक्कार योग्य हैं। मैं आपको वचन देता हूँ कि मुझमें आपका कार्य पूर्ण करने की क्षमता नहीं भी होगी, तो मैं वह क्षमता अर्जित करूँगा।... और तब आपका कार्य सिद्ध करूँगा।"

"साधु पुत्र! साधु!" द्रोण अपने उल्लास को मर्यादित नहीं रख पाये। उन्होंने अर्जुन को वक्ष से लगा कर उसका माथा सूँघा, "तुम्हारी गुरु-भक्ति तुम्हें अजेय करे पुत्र! मैं तुम्हें संसार का सर्वश्रेष्ठ धनुर्धर होने का आशीर्वाद देता हूँ। तुम मेरे सर्वोत्तम शिष्य होगे—सर्वोत्कृष्ट धनुर्धारी।..."

अर्जुन का मन इस प्रकार उल्लास में बल्लियों कभी नहीं उछला था। भीम के समान उसने कभी हताशा, विरोध अथवा क्रोध प्रकट नहीं किया था; किन्तु रड़क तो उसके मन में भी थी। दुर्योधन और उसके भाई जिस प्रकार का व्यवहार उनसे करते थे, उसमें न तो तनिक-सा स्नेह था, न सौहार्द, सम्मान तो होना ही क्या था। किन्तु अर्जुन के अपने मन में कहीं गहरी आस्था थी कि यह समय तो मात्र परीक्षा की तैयारी का है, उनके निर्माण का है। अन्ततः तो अर्जुन स्वयं को श्रेष्ठ सिद्ध करेगा ही। भीम तो निरन्तर शारीरिक बल, ऊर्जा तथा साहस में स्वयं को उन सबसे श्रेष्ठ सिद्ध कर ही रहा था; किन्तु अर्जुन की श्रेष्ठता अभी तक उनमें से किसी पर कभी प्रकट नहीं हुई थी।...कृपाचार्य भी धनुर्विद्या सिखाते थे, कभी-कभी वे अर्जुन की प्रशंसा भी करते थे; किन्तु उन्होंने अर्जुन को कभी इन शब्दों में आशीर्वाद नहीं दिया था। गुरु द्रोण ने तो जैसे उसकी मनोकामना को ठीक उसी रूप में जान लिया था, जिस रूप में वह उसके मन में विद्यमान थी।...संसार का सर्वश्रेष्ठ धनुर्धारी! यही तो स्वप्न था उसका। उसे लग रहा था कि गुरु ने मानो आशीर्वाद ही नहीं दिया, संसार का सर्वश्रेष्ठ धनुर्धर घोषित ही कर दिया है... अब वह संसार का सर्वश्रेष्ठ धनुर्धर है। सारे संसार को यह स्वीकार करना ही पड़ेगा। आज नहीं करेगा तो कल करेगा। संसार का सर्वश्रेष्ठ धनुर्धर...

अर्जुन की आँखों में कृतज्ञता के अश्रु भर आये और सारे शरीर में जैसे रोमांच हो गया।

गुरु द्रोण की आँखों में जैसे उनका भविष्य साकार हो रहा था : आज मानो उन्हें अपने जीवन का सम्बल मिल गया था...उनकी सूक्ष्म कल्पना को जैसे स्थूल शरीर प्राप्त हुआ था; विचार, व्यवहार बन कर उनके सम्मुख खड़ा था। जीवन के अवसान के क्षणों में जब वे पलट कर अपने सारे जीवन का

निरीक्षण करेंगे, तो हताश हो कर असफलता का दीर्घ निःश्वास नहीं छोड़ना पड़ेगा। संसार से विदा होते हुए उनके मन में पूर्ण काम होने का भाव होगा और अधरों पर विजय की मुस्कान...

वे अपने शिष्यों को ले कर अभ्यास-क्षेत्र में आये। कक्षा से अभ्यास-क्षेत्र के मार्ग में जब-जब वे अपने प्रति सजग हुए; उन्हें लगा, जैसे उन्हें कोई उन्माद-सा हो गया हैः पूर्णता का उन्माद, सफलता का उन्माद, सार्थकता का उन्माद! आज उनका मन कितना हल्का था; परिवेश कितना सुखद था। प्रकृति का प्रत्येक तत्व जैसे आनन्दस्वरूप हो गया था। आत्म-विस्मृति की ऐसी स्थिति का अनुभव उन्होंने पहले कभी नहीं किया था। यह भी जैसे समाधि की ही स्थिति थी। वे चल रहे थे और पाँव जैसे धरती पर न पड़ कर, स्वर्ग की ओर जा रहे थे। आँखें, सामान्य भौतिक पदार्थ न देख कर, प्रकाश-ही-प्रकाश देख रही थीं। वायु कैसी सुगन्धित हो उठी थी। इन्द्रियों ने उन्हें इतना सुख तो पहले कभी नहीं दिया था।...आज उन्हें यह भी ध्यान नहीं था कि अश्वत्थामा कहाँ है। वह उनके शिष्यों की इस भीड़ में ही कहीं था, जैसे वह उनमें से ही एक हो। वे अर्जुन के साथ-साथ चल रहे थे। अनेक बार उनकी दृष्टि अनायास ही अर्जुन के विश्वस्त आनन पर जा पड़ती थी। उन्हें लगता था कि इस किशोर के आनन पर विश्व-विजय का भाव है।...वह अवश्य ही विश्वविजयी होगा और उसकी गुरु-भक्ति उसे बाध्य करेगी कि अपना विजित विश्व ला कर, वह उनके चरणों पर डाल दे, 'लीजिए गुरुदेव! यह सब आपका ही है। आपके लिये ही मैं यह भी न कर पाता तो मेरा जीवन धिक्कार-योग्य ही माना जाता।...'

उनका मन हो रहा था कि वे अर्जुन से इतनी दूरी भी न रखें। वे उसके एकदम साथ चलें—उसके कंधों पर हाथ रख कर, जैसे कोई वृद्ध व्यक्ति, लाठी पर अपना सम्पूर्ण बोझ डाल कर चलता है...

वे अभ्यास क्षेत्र में आये।

इस क्षेत्र को विशेष रूप से अभ्यास के लिये विकसित किया गया था। कुछ विशाल वृक्ष थे, जिन पर विभिन्न ऊँचाइयों पर अनेक प्रकार के लक्ष्यों का निर्माण किया गया था। कुछ लक्ष्य प्रकट थे, कुछ अदृश्य। फिर खुला क्षेत्र था, जिसमें दौड़ते हुए लक्ष्यों का संधान करना था। अन्तिम चरण में भागते हुए अश्वों तथा रथों पर से लक्ष-वेध करना था।

आचार्य द्रोण ने राजकुमारों को भूमि पर सुखावन में बैठने का आदेश

दिया; और बोले, "बालको! मैं यह मानता हूँ कि कृपाचार्य तुम्हें धनुर्विद्या की पर्याप्त शिक्षा दे चुके हैं। अपना प्रशिक्षण आरम्भ करने से पहले मैं जानना चाहूँगा कि तुम लोगों का अभ्यास किस कोटि का है! धनुर्वेद में उच्च प्रशिक्षण के लिये, यह तुम्हारी परीक्षा भी है।"

राजकुमारों ने उत्सुकता से गुरु की ओर देखा। दुर्योधन ने जैसे ऊबकर आस-पास देखा। कर्ण जाने कहाँ चला गया था। यह आचार्य द्रोण तो असाधरण रूप से वाचाल हैं। कृपाचार्य तो दो-चार आदेश दे कर, उन्हें अभ्यास करने के लिये छोड़ दिया करते थे।...कर्ण तो सूतपुत्र होने के नाम पर इनसे मुक्ति पा गया।... पर यह अर्जुन पर बहुत कृपालु हैं...जाने क्या देखा है इन्होंने इस मरगिल्ले अर्जुन में। एक वचन दे दिया तो गुरु जी धराशायी हो गये। उसकी भी जब इच्छा होगी, गुरु जी से ऐसा मृदु सम्भाषण करेगा कि गुरु जी उसकी बातों के माधुर्य से लिप्त हो जायेंगे। मीठा बोलने में अथवा कोई आश्वासन देने में व्यय ही क्या होता है। किन्तु इस समय चाटुकारिता की उसे क्या पड़ी थी...

"बालको! परीक्षा आरम्भ होती है।" द्रोण पुनः बोले, "सबसे पहले युधिष्ठिर तुम अपना धनुष ले कर यहाँ आ कर खड़े हो जाओ।"

युधिष्ठिर ने तत्काल आज्ञा का पालन किया।

"धनुष उठा कर बाण साधो।" गुरु ने आदेश दिया।

युधिष्ठिर ने वैसा ही किया।

"सामने के वट के वृक्ष पर भूमि से दस हाथ ऊपर काष्ठ का एक पक्षी बना हुआ है। उसके दक्षिण चक्षु में तुम्हें बाण मारना है। लक्ष्य साधो।"

युधिष्ठिर ने लक्ष्य साध धनुष की प्रत्यंचा खींची।

"तुम्हें क्या-क्या दिखायी पड़ रहा है?" गुरु ने पूछा।

"गुरुदेव! मुझे पक्षी दिखायी दे रहा है।" युधिष्ठिर ने कहा।

"पूरा पक्षी दिखायी दे रहा है?"

"हाँ, गुरुदेव!"

"वृक्ष भी दिखायी दे रहा है?"

"नहीं गुरुदेव!"

"केवल पक्षी दिखायी दे रहा है?"

"हाँ आर्य!"

"पूरा?"

"हाँ आर्य!"

"ठीक है। प्रत्यंचा ढीली कर दो और वहाँ से हट जाओ।" गुरु बोले।

युधिष्ठिर चकित था : क्यों बाण छोड़ने का आदेश नही दिया गुरु ने? बाण छोड़े बिना ही, उसकी परीक्षा कैसे हो गयी?

युधिष्ठर अपने स्थान पर लौट आया।

"दुर्योधन! तुम चलो!"

"मेरा नाम सुयोधन है गुरुदेव!" वह बोला।

"सुयोधन वह होता है जो युद्ध सुन्दर ढंग से लड़ता है; और दुर्योधन वह है जो विकट युद्ध करता है।" गुरु बोले, "बोलो! तुम कैसा युद्ध करोगे?"

"विकट युद्ध!"

"मैं पहले ही जानता था!" गुरु ने कहा, "इसलिये दुर्योधन कहा था। अब आओ।"

दुर्योधन आया। उसने तूणीर में से बाण निकाल धनुष पर रखा।

"अश्वत्थ वृक्ष की ओर देखो।"

दुर्योधन ने उधर देखा।

"वृक्ष के शिखर पर एक काष्ठ-पक्षी है। उसके वाम-चक्षु का वेधन करना है। बाण साधो।"

दुर्योधन ने बाण साधा। धनुष की प्रत्यंचा खींची और इससे पहले कि गुरु उससे कुछ पूछें अथवा आदेश दें, उसने बाण छोड़ दिया।

गुरु की भृकुटी तन गयी, "क्या किया तुमने?"

"लक्ष-वेध!" दुर्योधन पूर्ण निश्चिन्तता तथा आत्मविश्वास के साथ बोला।

"लक्ष-वेध हुआ क्या?" गुरु के स्वर में क्रोध था।

दुर्योधन ने उधर देखा : पक्षी के शरीर में कहीं भी बाण दिखायी नहीं पड़ रहा था।

"वृक्ष की बाईं ओर के क्षेत्र में किन्हीं झाड़ियों में बाण पड़ा होगा। जाओ उसे खोज कर लाओ।"

दुर्योधन ने अवज्ञा जताने के लिये, उद्दण्डता से धनुष को पटका और गुरु की बतायी हुई दिशा में बाण खोजने के लिये चल पड़ा।

"विद्यार्जन के लिये शालीनता और विनय की अत्यन्त आवश्यकता होती है; और गुरु के प्रति पूर्ण सम्मान की भी।" गुरु ने दुर्योधन की पीठ को कहा, "मेरा अनुमान है कि न कभी तुम धनुर्विद्या सीख पाओगे, न दक्ष सेनापति बन पाओगे।"

दुर्योधन चुपचाप आगे बढ़ता गया, मानो उसने गुरु की बात सुनी ही न हो।

'मुझे धनुर्विद्या सीख कर करना ही क्या है?' वह मन-ही-मन कह रहा था,

'मेरी तो गदा ही ठीक है।'

"भीम! तुम आओ।"

द्रोण को लगा कि उनका स्वर अब भी सामान्य नहीं हुआ है, उनका श्वास कुछ उग्र था और मन में ताप था। उन्होंने जाना कि शिष्य की उद्दण्डता गुरु के लिये बाण से भी अधिक कष्टप्रद होती है।...उन्हें लगा, प्रातः अर्जुन के व्यवहार से उनके मन में विद्यादान का जो उत्स फूटा था, दुर्योधन के व्यवहार से उसके प्रवाह में कहीं विघ्न उपस्थित हो गया है। उनके मन की प्रतिक्रिया अत्यन्त उग्र थी : तत्काल विद्यादान स्थगित करने की।...किन्तु उन्होंने स्वयं को सँभाला : ...'गुरु को तो निर्मल स्रोतस्विनी होना होगा। विद्यादान की अजस्र धारा। जो चाहे, उसमें से पान करे।'...किन्तु अगले ही क्षण उनका हृदय जैसे संकुचित हो उठा,...'नहीं! वे विद्या का मुक्त दान नहीं कर सकते। द्रोण ऐसा कभी नहीं करेंगे। उनका विद्यादान अपने लक्ष्य की ओर प्रेरित होगा। उन्हें अपनी आजीविका अर्जित करनी है...और...और जीवन के लक्ष्य की सार्थकता...

"धनुष-बाण उठाओ पुत्र!" उन्होंने भीम से कहा, "वट-वृक्ष के शिखर पर बँधे पक्षी को देखो। उसके किसी एक चक्षु को वेधना है। प्रस्तुत हो?"

"प्रस्तुत हूँ गुरुदेव!" भीम ने अत्यन्त नम्रता से गुरु की ओर देखा।

"मेरी ओर मत देखो वत्स! केवल लक्ष्य की ओर देखो।" गुरु बोले, "तुम्हें कौन-सा चक्षु दिखायी पड़ रहा है?"

"मुझे दोनों चक्षु दिखायी दे रहे हैं गुरुदेव!" भीम बोला; किन्तु इस बार उसने अपनी आँख लक्ष्य से नहीं हटायी, "जिसे कहें, उसे वेध दूँ।"

किन्तु गुरु ने बाण छोड़ने की आज्ञा नहीं दी। पूछा, "दोनों चक्षुओं के अतिरिक्त तुम्हें और क्या दिखायी पड़ रहा है?"

"मुझे पूरा पक्षी दिखायी पड़ रहा है।" भीम बोला।

"कुछ और भी?"

"हाँ गुरुदेव! मैं वृक्ष का अधिकांश भाग देख पा रहा हूँ। बस उसका स्तम्भ दिखायी नहीं दे रहा।" भीम अपनी इस असमर्थता पर कुछ संकुचित था।

"कोई बात नहीं वत्स!" गुरुदेव बोले, "वापस अपने स्थान पर लौट जाओ।"

भीम समझ नहीं पाया कि गुरु ने ऐसा आदेश क्यों दिया। पर सब कुछ समझना भीम के लिये आवश्यक ही कहाँ था। वह तो उतना ही समझता था, जितना उसके मार्ग में अवरोध होता था। वह बिना किसी रोष के, प्रसन्न वदन अपने स्थान पर लौट आया।

"दुःशासन!" गुरु ने पुकारा, "धनुष-बाण उठाओ और अश्वत्थ वृक्ष से बँधे, रज्जु से लटकते काष्ठ-पक्षी का लक्ष्य साधो।"

दुःशासन ने बिना एक भी शब्द कहे, गुरु के आदेश का पालन किया।

"तुम्हें क्या-क्या दिखायी दे रहा है?" द्रोण ने पूछा।

"क्या दिखायी देना चाहिए गुरुदेव?" दुःशासन ने भाव-शून्य ढंग से पूछा। उसके प्रश्न में न तो जिज्ञासा थी, न उद्‌दण्डता।

गुरु के उल्लास में पुनः बाधा पड़ी : यह इसकी वाचालता मात्र है, अथवा गुरु की अवज्ञा?...किन्तु अपने क्रोध को जैसे उन्होंने समझाया : अभी इन लोगों के साथ मेरा पूर्ण परिचय नहीं हुआ है। वे मेरी इच्छाओं और अपेक्षाओं को नहीं समझते और मैं उनके व्यवहार को पूर्णतः नहीं समझता। सम्भव है कि सम्प्रेषण अथवा परख में कहीं कोई अन्तराल हो। मुझे कुछ धैर्य रखना चाहिए।...

"तुम्हें वाम चक्षु दिखायी पड़ता है?"

दुःशासन ने जैसे और अधिक ध्यान से देखने का प्रयत्न किया और उसी प्रकार निर्विकार भाव से बोला, "कलाकार ने कदाचित वाम चक्षु को ठीक से चित्रित नहीं किया है गुरुदेव! रेखाएँ या तो इतनी धुँधली हैं कि दिखायी ही नहीं देतीं, या शायद रेखाएँ हैं ही नहीं। यह भी सम्भव है कि कलाकार ने किसी ऐसे रंग से रेखा बनायी हो, जो इतनी हल्की हो कि इतनी दूर से दिखायी ही न देती हो।"

द्रोण के मन में आया कि कहें, 'तुम तत्काल जा कर, राजवैद्य से चक्षु-परीक्षण कराओ। कहीं ऐसा तो नहीं कि पिता के प्रभाव से तुम्हारे चक्षुओं की ज्योति...' किन्तु उन्होंने कहा नहीं। बोले, "कोई बात नहीं वत्स! तुम धनुष-बाण रख दो और अपने स्थान पर लौट जाओ।"

दुःशासन ने धनुष-बाण रख दिये, "किसी को तो बाण चलाने दीजिए गुरुदेव। बाण चलाये बिना लक्ष-वेध की परीक्षा कैसे होगी?"

"समय आने पर बाण चलाने के लिये भी कहूँगा।" द्रोण ने हल्के रोष के साथ कहा, "शिष्य का धर्म, गुरु के आदेश का पालन करना है; गुरु को उपदेश देना नहीं। परीक्षा कैसे लेनी है और क्या परखना है—इन विधियों को परीक्षक निर्धारित करता है, परीक्षार्थी नहीं।"

दुःशासन कुछ नहीं बोला। वह बस सहज भाव से गुरु की ओर देख रहा था, जैसे पूछ रहा हो, कि मैंने ऐसा क्या कह दिया है, जिससे आप इस प्रकार रुष्ट हो रहे हैं।

"तुम आओ अर्जुन!" द्रोण चकित थे कि उनका स्वर स्वतः ही कैसे

स्नेह-सिंचित हो गया था।

अर्जुन धनुष-संचालन स्थल पर आया। उसने पूर्ण श्रद्धा से हाथ जोड़ कर पहले द्रोणाचार्य को प्रणाम किया और फिर धनुष-बाण उठा लिया। उसने किसी भी लक्ष्य की ओर देखने के स्थान पर गुरु की ओर देखा।

द्रोण के चेहरे पर सहज उल्लास जागा : अर्जुन में गुरु-भक्ति का असाधारण तत्व था, वैसे ही कदाचित उसमें ग्रहण-क्षमता भी हो। वे कोमल स्वर में बोले, "वत्स! वट-वृक्ष पर भूमि से बीस हाथ ऊपर बँधे काष्ठ-पक्षी के वाम-चक्षु को देखो।"

अर्जुन ने बिना एक भी शब्द कहे, वैसा ही किया।

"साधु वत्स!" गुरु बोले, "अब बताओ, तुम्हें क्या दिखायी पड़ रहा है?"...

"पक्षी का चक्षु गुरुदेव!"

"चक्षु में क्या वत्स?"

"मात्र पुतलिका!" अर्जुन बोला।

"क्या तुम्हें वृक्ष के पत्ते दिखायी नहीं दे रहे?"

"नहीं गुरुदेव!"

"पक्षी का शरीर?"

"नहीं गुरुदेव?"

"पूरी आँख?"

"नहीं गुरुदेव?"

"मात्र पुतलिक?"

"हाँ गुरुदेव!"

"तो बाण छोड़ो पुत्र! तुम लक्ष-वेध करोगे!"

अगले ही क्षण अर्जुन ने बाण छोड़ा और वह पक्षी के वाम चक्षु की पुतलिक में जा धँसा।

"साधु वत्स! साधु!" गुरु बोले, "धनुष-बाण रख दो और अपने स्थान पर लौट जाओ।"

अर्जुन अपने स्थान पर आ कर बैठ गया तो गुरु बोले, "तुम लोगों ने देखा वत्स! लक्ष-वेध में व्यापकता की नहीं, सूक्ष्मता की आवश्यकता होती है। तुम्हारी दृष्टि तीव्र होनी चाहिए और केन्द्रीभूत हो कर लक्ष्य पर, मात्र लक्ष्य पर टिकनी चाहिए। धनुर्विद्या में ध्यान की उतनी ही एकाग्रता की आवश्यकता है, जितनी समाधि में। धनुर्धारी पूरा योगी होता है। जैसे योगी अपने श्वास अथवा किसी एक चक्र पर अपना ध्यान केन्द्रित करता है, वैसे ही धनुर्धारी

अपने लक्ष्य पर अपना ध्यान केन्द्रित करता है...।"

"तो फिर हमारे पूर्व आचार्य ने हमें आज तक क्या सिखाया?" दुर्योधन ने द्रोण की बात बीच में ही काट दी, "क्या उन्होंने हमें धनुर्विद्या की शिक्षा नहीं दी?"

द्रोण को दुर्योधन की उद्दण्डता पुनः खटकी।...पता नहीं, वह उनका अपमान करने का प्रयत्न कर रहा था अथवा कृपाचार्य का। किन्तु उसके प्रश्न ने उन्हें अपनी बात और स्पष्ट करने का अवसर अवश्य दे दिया था।

"उन्होंने तुम्हें क्या सिखाया और क्या नहीं, यह मैं नहीं जानता; क्योंकि तुम और अर्जुन—दोनों ही उनके शिष्य रहे हो। किन्तु शायद तुम लोगों ने धनुष संचालन और लक्ष-वेध का अन्तर नहीं समझा है। एकाग्रता के बिना धनुष-संचालन हो सकता है और शत्रु-सेना पर लक्ष्य-विहीन बाण-वर्षा भी हो सकती है; किन्तु शत्रु सेना के योद्धा-विशिष्ट के शरीर के निश्चित अंग पर बाण मारना तो लक्ष-वेध से ही हो सकता है। इसके लिये तुम्हें चित्त की एकाग्रता का अभ्यास करना होगा।"

द्रोण के अपने ही शब्द, उनके मन ही नहीं, उनकी आत्मा में भी गूँजते जा रहे थे : धनुर्धारी की दृष्टि केन्द्रिभूत हो कर केवल लक्ष्य पर ही टिकी होती न। उसे अपने लक्ष्य के अतिरिक्त और कुछ भी दिखायी नहीं देता; कुछ भी नहीं!...उनकी दृष्टि भी अपने लक्ष्य पर टिकी हुई थी, मात्र अपने लक्ष्य पर। उन्हें और कुछ दिखायी नहीं दे रहा था। उनकी सारी वृत्तियाँ, सारी शक्तियाँ, उनकी बुद्धि, उनका विवेक, सब कुछ जैसे उस लक्ष्य की ओर प्रवृत्त था। उसके अतिरिक्त उन्हें न कोई दायित्व सूझता था, न आदर्श, न धर्म...वे अपना लक्ष-वेध करेंगे।...

सन्ध्या समय दुर्योधन, कर्ण को ढूँढता फिरा। वह उसे युद्धशाला के एक निभृत भाग में अनमना-सा बैठा हुआ मिल गया।

"क्या बात है कर्ण? तुम इतने अन्यमनस्क क्यों हो? प्रातः आचार्य ने तुम्हें वर्ग से बाहर क्या भेज दिया, तुम दिन-भर कहीं दिखायी ही नहीं दिये।" दुर्योधन ने अत्यन्त मैत्रीपूर्ण ढंग से उसके कंधे पर हाथ रखा।

"आचार्य ने मुझे वर्ग से बाहर नहीं भेजा; उन्होंने मुझे मेरा वर्ग बता दिया है।" कर्ण उदासीनता से बोला, "उन्होंने स्पष्ट कह दिया है कि मेरा और तुम्हारा वर्ग पृथक है। तुम्हारे वर्ग में प्रवेश करने का मेरा दुस्साहस उन्हें रुचिकर नहीं है। मुझे यह जीवन, बुद्धि, रण-कौशल केवल इसलिये मिला है कि मैं युद्ध में सारथि के रूप में क्षत्रिय राजकुमारों की सेवा करूँ अथवा सैनिक

के रूप में उनके लिये अनाम, कीर्ति-शून्य मृत्यु का वरण करूँ।..."

"तुम सदा ही बातों को इस प्रकार विकृत कर देते हो कि मेरा अपना सारा चिन्तन विकृत हो जाता है। उससे मेरी चिन्ता और भी बढ़ जाती है।" दुर्योधन बोला, "तुम यह क्यों नहीं सोचते कि पहले पाण्डव ही हमारे शत्रु थे, अब आचार्य द्रोण भी उनमें सम्मिलित हो गये हैं। हमारा शत्रु-वर्ग प्रबल हो गया है। हम पहले से भी दुर्बल हो गये हैं।..."

"वे तुम्हारे शत्रु हैं या मित्र!" कर्ण बोला, "वर्ग तो तुम्हारा भी वही है।"

"क्या वर्ग के पीछे पड़े हो।" दुर्योधन झल्ला कर बोला, "युद्धशाला में आचार्य वर्ग बना भी लेंगे तो क्या! शासन हाथ में आते ही सारे वर्ग मैं अपने मनोनुकूल बना लूँगा। राज्य की ओर से उनका समर्थन नहीं मिलेगा तो आचार्य क्या कर लेंगे?" दुर्योधन ने जैसे थूक गटकी, "इतनी-सी बात नहीं समझते हो कि पहले हम केवल भीम से ही उत्पीड़ित थे, अब उस मरगिल्ले अर्जुन के भी पँख निकलने लगे हैं। वह भीम के समान बलवान नहीं है; किन्तु उसका लक्ष-वेध...और अब आचार्य का प्रिय शिष्य हो गया है। जाने आचार्य उसे कौन-कौन सी विद्याएँ सिखाने जा रहे हैं। हमें इस अर्जुन का भी कोई समाधान ढूँढना होगा।..."

"तुम चाहो तो मैं उससे द्वन्द्व युद्ध करने के लिये प्रस्तुत हूँ। उसे समाप्त कर ही डालूँ, ताकि तुम्हारी कोई चिन्ता ही शेष न रहे।"

दुर्योधन ने देखा, कर्ण की सारी उदासीनता और अन्यमनस्कता तिरोहित हो गयी थी। वह कितना तत्पर था : जागरूक, सचेत और सन्नद्ध—अर्जुन से द्वन्द्व युद्ध करने के लिये। दुर्योधन जानता था कि कर्ण ने सदा अर्जुन को ही अपना प्रतिद्वन्द्वी माना है, भीम से तो जैसे उसे कोई प्रतिस्पर्धा थी ही नहीं। किन्तु दुर्योधन को तो इन दोनों से ही नहीं, इन पाँचों से ही निबटना था।...

"द्वन्द्व-युद्ध का न कोई अवसर है, न कोई संभावना।" दुर्योधन बोला, "इस हस्तिनापुर में तुम्हें कौन अनुमति देगा इसकी। तुम्हें अर्जुन के वर्ग में तो बैठने नहीं दिया आचार्य ने; और तुम उससे द्वन्द्व-युद्ध करने का स्वप्न देख रहे हो।... हाँ! कोई उपयुक्त अवसर आये तो न मैं पीछे हटूँगा, न तुम पीछे हटना। और द्वन्द्व-युद्ध करो तो मात्र अपनी श्रेष्ठता सिद्ध करने तक ही मत रुकना, उसका प्राणान्त ही करना। किन्तु इस समय..."

"तो फिर क्या करने को कहते हो?" कर्ण की आँखों में फिर से अवसाद घिर आया, "मुझमें क्षमता की कमी हो, प्रतीभा की कमी हो तो मैं स्वयं को हीन मान भी लूँ; किन्तु यहाँ तो स्थिति यह है कि प्रतिभा की ओर से आँखें इस प्रकार बन्द कर ली जायेंगी, जैसे उसका कोई अस्तित्व ही न हो।..."

"कृपाचार्य ने तो कभी ऐसा नहीं किया था। तब मुझे यह संकट कभी नहीं दिखायी पड़ा था। मैं आश्वस्त था कि अर्जुन कितना भी बड़ा धनुर्धर हो जाये, तुम सदा ही उसकी अपेक्षा अधिक समर्थ रहोगे। किन्तु आचार्य द्रोण..."

"मुझे तो लगता है कि अब कृपाचार्य भी मुझे और कुछ नहीं सिखाएँगे... ।" कर्ण बोला।

"क्यों?" कर्ण का वाक्य दुर्योधन के मन में भाले के समान चुभ गया।

"अब द्रोण युद्धशाला के आचार्य हैं, कुलपति! वर्ग-विभाजन कुलपति ही तो करेंगे। वे ही देखेंगे कि किस व्यक्ति में कैसी क्षमता है; और किसे, कैसी और कितनी शिक्षा दी जानी चाहिए। कृपाचार्य उनकी इच्छा के विरुद्ध तो कुछ नहीं कर पायेंगे।" कर्ण ऊपर से हताश होते हुए भी, जैसे इस संभावना से लड़ने को तत्पर हो रहा था।

'आचार्य द्रोण!'...दुर्योधन कुछ सोच रहा था, "तो आचार्य द्रोण का ही हृदय जीतने का प्रयत्न करना चाहिए।"

"कैसे?" कर्ण के स्वर में कुछ जिज्ञासा थी और कुछ शंका, "तुम तो कह रहे थे कि वे अर्जुन पर बहुत कृपालु हो गये हैं।"

सहसा दुर्योधन के नयनों में एक कौंध जागी, "आओ! मेरे साथ!"

"कहाँ?"

"तुम आओ तो!" दुर्योधन उसे प्रायः घसीटता हुआ अपने साथ ले चला।

अपने निवास के निकट, गंगा के घाट पर अश्वत्थामा बैठा था।

"गुरुपुत्र!" दुर्योधन ने पुकारा।

अश्वत्थामा ने जैसे चमत्कृत हो कर उसकी ओर देखा। उसे आज तक कदाचित ही कभी इस प्रकार सम्बोधित किया गया हो।

"मैं दुर्योधन हूँ गुरुपुत्र! और यह है मेरा मित्र कर्ण!" दुर्योधन बोला, "हमें पहचानते हो न? हम तुमसे मित्रता करने आये हैं।"

अश्वत्थामा के चेहरे पर उल्लास का भाव आया : गंगाद्वार में तो कभी कोई उससे मित्रता करने नहीं आया था; और जब कभी वह मित्रता करने गया, तो किसी ने भी उत्साह नहीं दिखाया। और यहाँ स्वयं महाराज धृतराष्ट्र का पुत्र उससे मित्रता करने आया है...यह दूसरा लड़का कर्ण है, जिसे पिता जी ने अपने वर्ग से बाहर भेज दिया था। उसे उन्होंने सूतपुत्र कहा था...किन्तु वह दुर्योधन का मित्र लगता है, अन्यथा वह राजकुमार के साथ इस प्रकार कैसे आता? उससे मित्रता करने पर दुर्योधन प्रसन्न होगा।...

दुर्योधन ने अपने कण्ठ में पहना स्वर्णहार उतारा, "यह लो गुरुपुत्र! हमारी

मित्रता का उपहार! इसे पहन लो और हमारे वक्ष से लग जाओ। आज से हम अभिन्न मित्र हुए।"

अश्वत्थामा स्वर्ण हार को हाथ में लिये सम्मोहित-सा खड़ा दुर्योधन को देखता रहा...उसने तो आज तक तपस्वियों का ही जीवन व्यतीत किया था। उसके पास तो क्या, उसकी माता के भी पास कोई स्वर्णाभूषण नहीं था। और दुर्योधन उसे स्वर्णहार दे रहा था।...उसने जैसे दुर्योधन के आदेश में बँधे हुए स्वचालित ढंग से हार अपने कण्ठ में धारण कर लिया और दुर्योधन के वक्ष से जा लगने के लिये भुजाएँ बढ़ा दीं।

दुर्योधन ने उसे अपनी बाँहों में भींच लिया, "मित्र! आज से हम दो से तीन हुए।"

किन्तु अश्वत्थामा का ध्यान उस ओर नहीं था। वह मुग्ध भाव से अपने हार को देख रहा था, "बहुत मूल्यवान है क्या?"

"बहुत!" इस बार कर्ण बोला, "इतना कि इसे हस्तिनापुर का युवराज ही धारण कर सकता है।"

अश्वत्थामा की समझ में जैसे कुछ नहीं आया। उसने जिज्ञासा-भरी दृष्टि से कर्ण की ओर देखा, "क्या इससे एक गाय का क्रय किया जा सकता है; ऐसी गाय जो गोरस देती हो?

"इस हार के मूल्य में तुम अनेक गोशालाओं को क्रय कर सकते हो।" कर्ण ने बताया।

"तो मैं वही करूँगा।" अश्वत्थामा से जैसे अपनी उल्लसित उत्तेजना सँभाली नहीं जा रही थी।

"नहीं मित्र!" दुर्योधन आश्वासन-भरे स्वर में बोला, "तुम इसे अपने कण्ठ में धारण करो। गोरस का तुम्हें यहाँ अभाव नहीं रहेगा। मैं कल ही पिता जी से कह कर तुम्हारे यहाँ पाँच कोड़ी गोधन भिजवा दूँगा।"

"पाँच कोड़ी?" अश्वत्थामा की आँखें आश्चर्य से फट गयीं, "तुम सत्य कहते हो?"

"इसमें युवराज को असत्य कहने की क्या आवश्यकता है?" कर्ण ने पूछा।

"नहीं! मेरा अभिप्राय वह नहीं था।" अश्वत्थामा कुछ झेंप गया, "वह तो प्रसन्नता के कारण मेरे मुख से निकल गया।"

"छोड़े इन बातों को।" दुर्योधन बोला, "आओ। कुछ देर गंगा में जल-क्रीड़ा करते हैं।"

अश्वत्थामा बिना कुछ कहे, उनके साथ चल पड़ा; किन्तु दुर्योधन स्पष्ट

देख रहा था कि अश्वत्थामा अब भी मुग्ध दृष्टि से अपने उस हार को देख रहा था। दुर्योधन मन-ही-मन मुस्कुराया।...अर्जुन का लक्ष-वेध तो अभ्यासपरक ही था, उसने तो वास्तविक जीवन में लक्ष-वेध किया है।...

साथ-साथ तैरते हुए दुर्योधन बोला, "गुरुपुत्र! मेरी हार्दिक इच्छा है कि जब अपने पिता के पश्चात मैं हस्तिनापुर के राजसिंहासन पर बैठूँ, तब तुम भी अपने पिता के पश्चात इस युद्धशाला के कुलपति आचार्य बनो।"

"मैं भी कुछ ऐसा ही सोच रहा हूँ।" अश्वत्थामा सहज भाव से बोला, "मेरी तनिक भी इच्छा नहीं है कि मैं वन में कुटिया बना कर तपस्या करूँ और मेरी सन्तान अन्न तथा गोरस को तरसे। मैं तो आचार्य के पद पर बैठ कर अपने शिष्यों को शिक्षा देने में ही अपनी तपस्या मान लूँगा।"

"हमारी भी यही इच्छा है।" दुर्योधन बोला, "किन्तु आचार्य को अपने विषय में तो प्रवीण होना ही चाहिए। न केवल प्रवीण, वरन सर्वश्रेष्ठ! तभी तो आचार्य का पद सुशोभित होगा।"

"हाँ! आचार्य को सर्वश्रेष्ठ होना ही चाहिए।" अश्वत्थामा बोला।

"किन्तु गुरुदेव ने तो अर्जुन को सर्वश्रेष्ठ धनुर्धारी होने का आशीर्वाद दिया है!" दुर्योधन ने उसे याद दिलाया।

"हाँ पिता जी ने तो ऐसा ही कहा था!" अश्वत्थामा कुछ चिन्तित था।

"क्या इस विषय में कुछ किया नहीं जा सकता?"

अश्वत्थामा बिना कुछ कहे, तट की ओर मुड़ गया। दुर्योधन और कर्ण ने भी उसका अनुसरण किया। अश्वत्थामा कुछ नहीं बोला। वह तैरता ही चला गया।

तट पर आ कर तीनों बालुका पर बैठ गये।

"किन्तु पिता जी ने तो अर्जुन को मात्र आशीर्वाद ही दिया था न!" अन्ततः अश्वत्थामा बोला, "उन्होंने उसे वरदान तो नहीं दिया। मुझमें क्षमता होगी तो मैं स्वयं ही उससे भी श्रेष्ठ धनुर्धर बनूँगा।"

"क्या ऐसा नहीं हो सकता कि गुरुदेव कर्ण को भी अपने ही वर्ग में शिक्षा दें। यदि ऐसा हो गया तो मैं तुम्हें विश्वास दिलाता हूँ कि अर्जुन कभी भी सर्वश्रेष्ठ धनुर्धर नहीं बन पायेगा। कर्ण अवश्य ही उससे श्रेष्ठतर सिद्ध होगा।"

"नहीं! शायद यह सम्भव नहीं है।" अश्वत्थामा बोला, "पिता जी अपनी नीति नहीं बदलेंगे। वे सूतपुत्र को धनुर्वेद की उच्च शिक्षा नहीं देंगे। पर कोई बात नहीं..." वह तनिक उत्साह के साथ बोला, "पिता जी मुझे जो कुछ सिखायेंगे, वह मैं कर्ण को सिखा दूँगा।"

कर्ण ने इस प्रस्ताव पर तनिक भी उत्साह प्रकट नहीं किया। दुर्योधन

अवश्य धीरे से बोला, "हाँ! इससे भी लाभ तो होगा ही।"

अश्वत्थामा के मन में दुर्योधन की बात घूमती रही : क्या सचमुच पिता जी की इच्छा है कि अर्जुन, उससे भी श्रेष्ठ धनुर्धर बने? क्या उन्हें अर्जुन अपने पुत्र से भी प्रिय है?...वह भी केवल इसलिये कि उसने उनकी इच्छा को पूर्ण करने की प्रतिज्ञा की है?...

रात को सोने से पूर्व उसने पूछा, "पिता जी! क्या आप अर्जुन को मुझ से भी श्रेष्ठ धर्नुधर बनायेंगे? उसे मुझसे अधिक शिक्षा देंगे?"

"किसने कहा पुत्र?" द्रोण ने तनिक विस्मय के साथ पूछा।

"आपने उसे संसार का सर्वश्रेष्ठ धनुर्धर होने का आशीर्वाद दिया है।"

"ओह! हाँ!" आचार्य जैसे क्षण-भर के लिये स्तब्ध रह गये; किन्तु उन्हें समाधान सूझने में अधिक समय नहीं लगा। बोले, "पुत्र! मैंने अपने शिष्यों में उसे सर्वश्रेष्ठ धनुर्धर होने का आशीर्वाद दिया है। तुम मेरे शिष्य नहीं, पुत्र हो। पुत्र का स्थान मेरी दृष्टि में शिष्य से भिन्न है और...और किसी भी प्रकार हीन नहीं है। पुत्र, पिता की सम्पूर्ण सम्पत्ति का अधिकारी होता है; और शिष्य को केवल वही मिलता है, जो गुरु उसे प्रदान करता है।"

"तो मुझे अर्जुन से आशंकित रहने की आवश्यकता नहीं है?"

"तनिक भी नहीं!" द्रोण बोले, "जो कुछ उसे सिखाऊँगा, तुम्हें उससे कुछ अतिरिक्त ही सिखाऊँगा। तुम्हें मैं अपना सम्पूर्ण ज्ञान दूँगा।"

द्रोण अपना अन्तिम और सम्पूर्ण सत्य कह चुके थे; किन्तु अश्वत्थामा जैसे उससे संतुष्ट नहीं था; वह उससे और अधिक स्पष्ट शब्दों में सुनना चाहता था।

"प्रातः उठने से ले कर प्रायः रात को सोने तक तो आपकी शिष्य-मण्डली आपके साथ रहती है, आप मुझे अतिरिक्त कब सिखायेंगे?"

द्रोण के अधरों पर मुस्कान की छाया झलकी, "तुम्हें उसकी चिन्ता करने की आवश्यकता नहीं। किस शिष्य को कब क्या सिखाना है, इसका निर्णय करने का दायित्व और अधिकार—केवल गुरु का है।"

अश्वत्थामा समझ गया कि पिता जी इससे अधिक स्पष्ट शब्दों में और कुछ नहीं कहेंगे; किन्तु उनके शब्द उसे टालने के लिये आश्वासन मात्र नहीं थे, अवश्य ही उनके मन में कोई योजना होगी...

"मातुल!" अश्वत्थामा ने प्रातः कृपाचार्य से कहा, "मैं पिता जी को कुछ समझ नहीं पा रहा हूँ। वे मुझसे अधिक प्रेम करते हैं अथवा अर्जुन से?"

"तुम्हारे लिये यह जानना क्यों आवश्यक है पुत्र?" कृपाचार्य के वाक्य में

जिज्ञासा नहीं, स्पष्ट निषेध था।

"आवश्यक क्यों नहीं।" अश्वत्थामा ने विरोध किया, "मैं उनका पुत्र हूँ। एकमात्र पुत्र। शिष्यों का क्या है, वे आयेंगे और सीख कर चले जायेंगे। शिष्य तो उनका धृष्टद्युम्न भी था; किन्तु पुत्र के साथ तो ऐसा नहीं है।...तो फिर मैं उनके जीवन में अपनी स्थिति जानना चाहता हूँ।"

कृपाचार्य चुपचाप अश्वत्थामा को देखते रहे, जैसे सोच रहे हों कि कहें या न कहें। फिर जैसे कोई निर्णय करके बोले, "पुत्र! जहाँ तक आचार्य को मैं समझता हूँ, उनके विषय में यह कहना बहुत कठिन है कि वे कब किससे प्रेम करेंगे।" उनका स्वर कुछ मन्द हुआ, "तुम बता सकते हो कि सूर्य किसके लिये तप रहा है? इसलिये कि वह समस्त जीव-जन्तुओं को अपने प्रकाश के माध्यम से जीबन दे सके या इसलिये कि वह सूर्य बना रहे?"

अश्वत्थामा अपनी दृष्टि में अस्पष्टता का भाव लिये कृपाचार्य को देखता रहा, "यह कहना तो कठिन है मातुल! प्रकाश देने में सूर्य तनिक भी कृपणता नहीं करता; और उसके लिये तो उसे जलना ही पड़ेगा। किन्तु औरों को प्रकाश देने के लिये वह तपता है—यह कितनी बड़ी साधना है...।"

"आचार्य के विषय में भी इसी प्रकार कुछ कहना बहुत कठिन है पुत्र! तुम्हारे विकास के लिये, तुम्हारी पूर्णता और सामर्थ्य के लिये वे सब कुछ करने को तत्पर होंगे।...किन्तु वे अपनी साधना छोड़ दें और मात्र तुम्हारा निर्माण करें—कदाचित यह उनकी प्रकृति नहीं है।"

अतृप्ति के लक्षण, अश्वत्थामा के चेहरे पर स्पष्ट थे, "क्या वे घोर स्वार्थी हैं?"

"नहीं! ऐसा तो नहीं है। कदाचित मेरे शब्द मेरा अभिप्राय अपनी पूर्णता में सम्प्रेषित नहीं कर पाये।" कृपाचार्य चिन्तनशील हो गये; थोड़ी देर जैसे वे कोई समाधान खोजते रहे; फिर बोले, "तर्क से शायद बात स्पष्ट न हो। हम एक उदाहरण लें। सूर्य का ही उदाहरण लें। अपनी कक्षा में घूमने वाले, सौर-मण्डल के ये सारे ग्रह, सूर्य से ही उत्पन्न हुए हैं पुत्र! अतः वे उसकी सन्तान हैं। उसी ने इनका पालन-पोषण किया है। तुम कह सकते हो कि उसने अपनी सन्तान का पोषण और विकास करने में अपने सुख-आराम और सुविधा का तनिक भी ध्यान नहीं रखा है। उसने उनको जन्म दिया, उनका पोषण और विकास किया। वह उनका जीवन और महत्व बनाये रखने के लिये, आज भी स्वयं तप कर उन्हें प्रकाश दे रहा है। क्या वह आदर्श जनक और पिता नहीं है?"

"हे मातुल! कोई जनक इससे अधिक और कर ही क्या सकता है?" अश्वत्थामा के मन में कोई संशय नहीं था।

"किन्तु," आचार्य बोले, "यदि उससे कहा जाये कि वह अपना सम्पूर्ण प्रकाश अपने द्वारा उत्पन्न किसी ग्रह को दे दे और स्वयं बुझ जाये, तो क्या वह सहमत होगा?"

"उसे सहमत होना भी नहीं चाहिए।" अश्वत्थामा बोला, "वह अपना सर्वस्व दे भी देगा, तो भी कोई और ग्रह, सूर्य नहीं बन पायेगा मातुल! और सूर्य के बुझ जाने से—हमारा सौर-मण्डल नष्ट हो जायेगा। यह तो स्रष्टा के प्रति अन्याय होगा—कृतघ्नता।"

"यही स्थिति आचार्य की भी है पुत्र! वे तुम्हें अश्वत्थामा बनाने के लिये सम्पूर्ण साधना करेंगे; किन्तु अपना द्रोणत्व तुम्हें दे कर, तुम्हें द्रोणोत्तर बना दें और स्वयं रिक्त हो जायें, शायद यह उनकी प्रकृति नहीं है। कदाचित उनके मन में यदि यह हो भी कि वे अपना सर्वस्व, तुममें संचित कर दें, तो भी तुम द्रोण नहीं बन सकते।..."

अश्वत्थामा ने कृपाचार्य को ऐसी दृष्टि से देखा जिससे कोई आहत प्राणी, आखेटक को देखता है।

कृपाचार्य ने उसके मन के मर्म को समझा। बोले, "हम केवल सम्भावनाओं की बात कर रहे हैं पुत्र! सम्भव है कि तुम अपने पिता से भी श्रेष्ठ धनुर्वेदज्ञ बनो। उसके लिये वे अपनी साधना के साथ-साथ पूर्ण प्रयत्न करेंगे; किन्तु वे अपनी साधना रोक कर, तुम्हारे निर्माण में जुट जायें, और तुम वह न बन सको, जो वे तुम्हें बनाना चाहते हैं, तो वे दोनों ओर से ही जायेंगे।" कृपाचार्य ने थम कर अश्वत्थामा के चेहरे पर दृष्टि डाली, "देखो! सरिता, बिना यह सोचे हुए कि परिणाम क्या होगा, अपना सारा जल उलीच कर सागर को दे देती है—यह उसका भाग्य है कि उसके जल से सागर, सागर बनता है। दूसरी ओर समुद्र, मेघों को जलद बनने के लिये पर्याप्त जल देता है; किन्तु स्वयं को कभी रिक्त नहीं करता।"

अश्वत्थामा का असमंजस बढ़ता जा रहा था...वह अपने पिता को क्या समझे?

"क्या पिता जी मुझसे प्रेम नहीं करते?" अन्ततः उसने पूछा।

"नहीं! ऐसी कोई बात नहीं है।" कृपाचार्य शीघ्रता से बोले, "मेरा अभिप्राय ठीक से समझो पुत्र! तुम्हारे प्रति तुम्हारे पिता का प्रेम, मोह की सीमा तक पहुँचा हुआ है। तुम्हारे ही कष्ट ने तो उनसे उनकी गंगाद्वार वाली तपोभूमि छुड़ायी और वे द्रुपद की सभा में याचक के रूप में उपस्थित हुए। उन्हें आहत करने का सबसे सरल मार्ग है, तुम्हें पीड़ित करना। तुम्हारा कष्ट वे देख नहीं पायेंगे। किन्तु तुमसे वे इसलिये प्रेम नहीं करते, कि तुम अश्वत्थामा

हो, प्रेम तो इसलिये करते हैं, क्योंकि तुम द्रोण-पुत्र हो। उनके जीवन का केन्द्र तुम नहीं हो, वे स्वयं हैं। महत्वाकांक्षी व्यक्ति ऐसा ही होता है पुत्र!"

अश्वत्थामा ने द्वन्द्व युक्त दृष्टि से कृपाचार्य को देखा, "मैं आपकी बात समझने-समझने को होता हूँ तो आप फिर एक अस्पष्ट सूत्र कह देते हैं।..."

"समय आने पर क्रमशः तुम सब कुछ समझ जाओगे पुत्र!" कृपाचार्य हँसे, "मैं तो केवल इतना ही कह रहा था कि वे तुमसे इतना प्रेम करते हैं कि तुम्हरी पीड़ा न देख सकने के कारण, अपनी साधना छोड़ धनार्जन के लिये गंगाद्वार से चले आये। अब वे तुम्हारे पालन-पोषण, शिक्षा-दीक्षा, सुख-सुविधा इत्यादि के लिये सब कुछ करेंगे; किन्तु तुम्हारे विकास में वे अपना अपमान नहीं भूलेंगे। अतः बे अर्जुन के माध्यम से अपना साध्य सिद्ध करेंगे।...मेरी बात समझ रहे हो न?" उन्होंने अश्वत्थामा को देखा, "वे प्रेम तुमसे करते हैं, अर्जुन से नहीं; किन्तु अर्जुन को वे संसार का सर्वश्रेष्ठ धनुर्धर बनायेंगे; और किसी को उसकी समता करने अथवा उससे श्रेष्ठतर होते देख, उसके मार्ग में विघ्न भी खड़े करेंगे, क्योंकि अर्जुन उनके लिये उपयोगी है।"

"अर्थात उनमें पुत्र के प्रति पूर्ण समर्पण नहीं है।" अश्वत्थामा के स्वर में अप्रसन्नता थी।

"समर्पण तो है, आत्मसमर्पण नहीं है।" कृपाचार्य बोले, "किन्तु मैं तुम्हारी अप्रसन्नता का तो कोई कारण नहीं देखता।"

"यह जान कर भी नहीं?"

"नहीं!" कृपाचार्य ने उत्तर दिया, "मैं भी सब कुछ जान कर अप्रसन्न नहीं हूँ। मैं अपना गंतव्य पा कर प्रसन्न हूँ; उन्हें अपना गंतव्य पा लेने दो।"

"आपने अपना गंतव्य पा लिया मातुल?"

"हाँ, पुत्र! मेरा गंतव्य तुम हो।" कृपाचार्य बोले, "मैं तुम्हारे साथ ही नहीं हूँ—तुम्हारे लिये ही हूँ। अच्छे में, बुरे में; सुख में, दुख में। मैं जीवन में तुम्हें न प्रेम का अभाव खलने दूँगा, न समर्पण का।"

"मातुल!" अश्वत्थामा की इच्छा हुई कि कृपाचार्य के कण्ठ से लिपट जाये।

8

राधा देख रही थी, कर्ण जब से युद्धशाला से लौटा था, अत्यन्त उद्विग्न था। आज उसने न तो ठीक से भोजन ही किया था, न उसके पास बैठ कर, प्रतिदिन के समान अपनी युद्धशाला की चर्चा ही की थी।...राधा ने जब-जब

उसके विषय में सोचा था, यही पाया था कि कर्ण का शरीर अब इतना बड़ा हो गया था कि उसकी गोद में समा नहीं सकता था; उसका सोचना-समझना भी कुछ इतना अधिक हो गया था कि राधा की बुद्धि उसके लिये छोटी पड़ने लगी थी। उसके लिये तो इतना ही पर्याप्त था कि उसका कर्ण नीरोग और हृष्ट-पुष्ट हो। गुरु से इतना ज्ञान पा ले कि पिता के स्थान पर राजा का सारथि हो सके।...और एक सुन्दर-सी वधू घर में आये, जो चन्द्रमा के समान पौत्रों को जन्म दे सके! किन्तु कर्ण जाने क्या-क्या सोचता था, और क्या-क्या करना चाहता था...

"वसु! क्या बात है पुत्र? जब से आया है, इसी प्रकार निढाल पड़ा है।" राधा बोली, "आज बहुत थक गया है क्या?"

"शरीर तो नहीं थका माँ!" कर्ण जैसे अपने-आपसे कह रहा था, "किन्तु लगता है मन थक गया है।"

"मन थक गया है! क्या कह रहा है रे!" राधा के चेहरे पर आश्चर्य था, "यह अवस्था तो मन के बहकने की होती है और तू कहता है कि मन थक गया है।" राधा उसके पास आयी, "कोई तरुणी है क्या जो तेरे मन को थका रही है?"

"नहीं माँ!" कर्ण के मन में आवेश जागा।...अब वह क्या समझाये अपनी इस अबोध माँ को, जो अपने इस सीमित-संकुचित संसार में अत्यन्त सन्तुष्ट है। अल्प-सन्तोषी है माँ। कुछ नहीं जानती, संसार के विषय में; पर कितनी सुखी है वह।...किन्तु न तो वह इतने से सन्तोष कर सकता है, न सुखी रह सकता है। कर्ण मात्र आजीविका, घर, पत्नी और बच्चों से सन्तुष्ट नहीं हो सकता। न उसका जीवन यहीं तक सीमित है, न संसार!...वह कैसे बताये अपनी माँ को कि उसके मन को थकाने वाली कोई तरुणी नहीं है; उसके मन को थका रहा है समाज, यह संसार और यह जीवन!...भेद-भाव तो कृपाचार्य के मन में भी था, किन्तु आचार्य द्रोण! ये तो उसे राजकुमारों के वर्ग में ही बैठने नहीं देंगे। तो क्या शिक्षा प्राप्त करेगा वह? उनका प्रयत्न उसे अभी से पंगु कर देने का है। स्पर्धा और प्रतियोगिता तो उनमें होती है, जिन्हें समान शिक्षा मिली हो, समान अवसर मिला हो। उसे भी राजकुमारों के वर्ग में सम्मिलित किया जाये। उसे भी उन्हीं गुरुओं से उतनी ही शिक्षा मिले, जितनी राजकुमारों को मिल रही है। उसे भी अभ्यास का उतना ही अवसर और उतनी ही सुविधा दी जाये, जितनी कि राजकुमारों को दी जा रही है। तब यदि कोई राजकुमार उससे श्रेष्ठ ठहरता है, तो कर्ण उसे स्वयं से श्रेष्ठतर स्वीकार कर लेगा। वह यह तो नहीं कहता कि हीन होते हुए भी, उसे श्रेष्ठ स्वीकार किया जाये। वह तो केवल

इतना ही कह रहा है कि उसे बलात हीन बनाने का प्रयत्न न किया जाये। जो वह है, उसे वही स्वीकार किया जाये; और वह अपना जितना विकास कर सकता है, उतना विकास करने का उसे पर्याप्त अवसर दिया जाये।...ये आचार्य द्रोण तो विचित्र माली हैं। वे किसी पौधे को तो अधिक उपजाऊ मिट्टी में रोपेंगे, मँगा-मँगा कर अधिक उर्वरक डालेंगे, उसे दिन में तीन-तीन बार सींचेगे, ताकि उसे जल का तनिक भी अभाव न हो; पशुओं से बचाने के लिये, उसके चारों ओर कँटीली बाड़ लगाएँगे; और दूसरे पौधे को उपजाऊ मिट्टी में पनपने ही नहीं देंगे; उसे वहाँ से उखाड़ कर, पथरीली धरती में रोप देंगे। उसे उर्वरक का निषेध कर देंगे, उसके लिये जल की व्यवस्था भी नहीं होने देंगे; और फिर उसकी जड़ों को काट-काट कर उसे बौना बना देंगे। ऐसे में वह बौना झाड़, वृक्ष के रूप में विकसित हुए अपने उस पड़ोसी पौधे को श्रेष्ठतर कैसे स्वीकार कर ले? कर्ण कैसे मान ले कि यह उसका भाग्य है।...वह उसे अपना भाग्य नहीं मानता।...वह इसे न्याय भी नहीं मानता। वह इस व्यवस्था को व्यवस्था ही नहीं मानता। वह इसके सम्मुख नतशिर नहीं हो सकता...

"वसु! क्या बात है पुत्र?" राधा ने पुनः पूछा।

"माँ!" कर्ण ने अनायास ही राधा की ओर देखा, "जैसे तेरी गोद, तेरे वसु के लिये छोटी पड़ने लगी है, वैसे ही यह युद्धशाला ही नहीं माँ! यह हस्तिनापुर भी तेरे वसु के लिये छोटा पड़ने लगा है।"...

"क्या कह रहा है तू!" "राधा हँसी, "तू भी कोई गंगा है या सूर्य कि तेरे लिये हस्तिनापुर छोटा पड़ने लगा है?"

कर्ण में एक अनाम-सा उत्साह जागा, "तुम ठीक कह रही हो माँ! जब तक सारे आर्यावर्त्त को अपने जल से सींच न ले, तब तक गंगा, गंगा नहीं हो सकती; इस सारी पृथ्वी को अपनी स्वर्णकिरणों से ऊष्म, प्रसन्न और अन्धकार-विहीन न कर ले, तब तक सूर्य, सूर्य नहीं हो सकता। वैसे ही तेरा वसु, जब तक अपने धनुष की टंकार से सारी पृथ्वी को प्रकम्पित न कर ले, तब तक वह वसुषेण नहीं हो सकता...।"

राधा उसकी ओर ताकती रही। उसकी समझ में कुछ नहीं आया कि वह क्या कह रहा था!

"सत्य तो यह है माँ! कि एक गुरु ही लघु हो गया है—तुच्छ, संकीर्ण और संकुचित!" कर्ण जैसे आविष्ट हो उठा था, "तुमने कभी सुना माँ! कि कोई गुरु ही ज्ञान का दान करते हुए, उसकी मात्रा नापने लगे, उसमें अपना हानि-लाभ देखने लगे?"

"नहीं पुत्र! गुरु तो गंगा के समान है—जिसको जब और जितना ज्ञान

चाहिए, अपनी ग्रहण-क्षमता के अनुसार ले जाये। गुरु के पास न ज्ञान का निषेध है, न अवरोध।"

"किन्तु अब हस्तिनापुर में वे गुरु नहीं रहे।" कर्ण बोला, "अब गुरु भी कूप के समान हो गये हैं, जिनसे चार भाजन जल अधिक निकाल लिया जाये, तो उनका जल सूख जाता है; नीचे से शिलाएँ निकल आती हैं। इसलिये वे गुरु देखते हैं कि किस भाजन में जल भरना है, और किसे रिक्त लौटा देना है।"

राधा आश्चर्य से अपने पुत्र को देखती रही, जैसे कह रही हो, कहीं ऐसा भी गुरु होता है, और कहीं ऐसी भी शिक्षा होती है?

"हस्तिनापुर में अब मुझे और ज्ञान नहीं मिल सकता माँ! यहाँ मेरे विकास के चारों ओर अब कँटीली बाड़ लग गयी है। ज्ञान कि इति! विकास का विराम!"

राधा अपने स्नेहिल नेत्रों से पुत्र की पीड़ा को देखती रही और सोचती रही: कहे या न कहे? कहीं ऐसा न हो कि उसके शब्द पुत्र को सांत्वना देने के स्थान पर और पीड़ा दे जायें..

"क्या-क्या सोचा था मैंने!" कर्ण जैसे अपने-आपसे कह रहा था, "कैसे-कैसे स्वप्न सँजोए थे मैंने! मैंने हिमालय के उच्चतम शिखर तक जाने का संकल्प किया था; गरुड़ के समान विस्तृत आकाश पर मँडराते हुए, सूर्य को छूने की आकांक्षा की थी और...और ये कहते हैं कि टीले पर ही बसेरा कर लो; कुक्कुट की उड़ान को ही अपना आदर्श मान लो...।"

राधा ने उसके सिर पर अपना हाथ रखा। उसके केश सहलाये और धीरे से बोली, "मेरी माने तो इतने ही में सन्तोष कर ले पुत्र! कृपाचार्य ने भी तुझे पर्याप्त शिक्षा दी है और..." उसने जैसे कर्ण को नहीं, स्वयं अपने-आपको तौला, "और यदि तुझे लगता है कि सन्तोष तेरे भाग्य में नहीं है पुत्र! तो अपने पँखों की शक्ति तौल! गरुड़ का क्रीड़ा-क्षेत्र कोई एक ग्राम नहीं होता, वह सागर और गिरिशिखर लाँघ कर, सहस्रों योजन की उड़ानें भर अपने प्राप्तव्य तक पहुँचता है।..."

कर्ण ने चकित नेत्रों से अपनी अबोध माँ को देखा : क्या वह समझ रही है कि उसने क्या कहा है?...वह समझती है या नहीं, किन्तु उसने कर्ण को समझा दिया है कि गरुड़ कल्पना की उड़ान नहीं, पँखों की उड़ान भरता है...ज्ञान, किसी एक व्यक्ति, किसी एक स्थान अथवा किसी एक युद्धशाला की थाती नहीं है...

"माँ !" कर्ण ने राधा को अपनी भुजाओं में भर लिया, "तुम नहीं जानती हो माँ! कि तुमने मुझे क्या दे दिया है।"

कर्ण की आँखों में निद्रा नहीं थी। उसे ऐसे में नींद आ भी कैसे सकती थी। उसे अपने विषय में कोई-न-कोई निश्चय करना ही था। द्रोण उसे विशिष्ट शिष्य के रूप में स्वीकार नहीं करेंगे और अल्पज्ञान से उसे सन्तोष होगा नहीं! कर्ण, मार्ग में तो कहीं विराम ग्रहण कर ही नहीं सकता। उसे तो शिखर तक पहुँचना ही है...तो फिर जो माँ ने सुझाया है, वह उसे करना ही है। उसे अपने लिये गुरु खोजना होगा, जो उसे ब्रह्मास्त्र तक की शिक्षा दे...संसार में धनुर्वेद का जितना भी ज्ञान है, वह सब ममता-भरी दृष्टि के साथ, उसकी झोली में डाल दे...

किन्तु कौन होगा वह गुरु?

द्रोण?

सान्दीपनि??

परशुराम???

द्रोण ने उसे अस्वीकार कर ही दिया है। सांदीपनि...सुना है, सांदीपनि भी द्रोण के ही समान, केवल क्षत्रिय राजकुमारों को ही विद्या का दान करते हैं। उनका शुल्क? उनकी गुरु-दक्षिणा?? और उसके राजकुमार होने का प्रमाण??? उनके गुरुकुल में भी वैसा ही व्यवहार होगा, जैसा आचार्य द्रोण ने किया है। राजन्य वर्ग नहीं चाहता कि अच्छी शस्त्र-विद्या किसी और वर्ग को मिले। अपना वर्चस्व बनाये रखने के लिये, उन्होंने शस्त्र-विद्या पर आधिपत्य जमा रखा है...और ये गुरु...अपने निहित स्वार्थों के कारण राजन्य वर्ग की इच्छा की उपेक्षा नहीं कर सकते...

सहसा कर्ण का मन जैसे उद्दीप्त हो उठा...गुरु परशुराम! गुरु परशुराम! कदाचित गुरु परशुराम के आश्रम में उसके राजकुमार होने का आग्रह नहीं किया जायेगा। उस आश्रम में तो क्षत्रियों के विरुद्ध आग्रह अब भी है। उस पीठ के आदिगुरु भगवान परशुराम ने तो क्षत्रियों से शत्रुता का ही निर्वाह किया था। उस पीठ पर बैठने वाले गुरुओं ने अनेक पीढ़ियों तक क्षत्रिय-विरोध को अपनी नीति बनाये रखा था।...कदाचित दशरथपुत्र श्री राम के समय से ही उस पीठ के गुरुओं ने क्षत्रियों के प्रति अपना विरोध शिथिल किया था। तभी तो देवव्रत भीष्म ने गुरु परशुराम के आश्रम में भी शिक्षा पायी थी।...किन्तु उनके उत्तराधिकारी, अगले कुलपति परशुराम ने पुनः ब्राह्मण-समर्थक नीति अपनायी थी; तभी तो उन्होंने संन्यास लेते हुए, जब अपना सर्वस्वदान किया, तो वह सब कुछ ब्राह्मणों की ही झोली में पड़ा—धन भी, शस्त्र भी और ज्ञान भी। आचार्य द्रोण भी तो वहाँ से शस्त्र तथा शस्त्र-ज्ञान दोनों लाये थे। यह भी विचित्र बात है कि गुरु किसी क्षत्रिय को शस्त्र-ज्ञान देना नहीं चाहता; और शिष्य केवल

क्षत्रियों को ही शस्त्रों की शिक्षा देना चाहता है। गुरु जिनको वंचित करना चाहता है, शिष्य उन्हीं का सबसे बड़ा समर्थक है—तो फिर गुरु परशुराम की मर्यादा भी कहाँ रह पायेगी।...अब महेन्द्रगिरि पर परशुराम की पीठ पर बैठे गुरु क्या नीति चला रहे होंगे : क्षत्रियों से मित्रता की अथवा अमित्रता की?...और वैसे कर्ण को क्या अन्तर पड़ेगा। वह तो क्षत्रिय भी नहीं है...

तो फिर क्या करे वह? वह न ब्राह्मण है, न क्षत्रिय! किन्तु उसे शस्त्र-ज्ञान तो चाहिए ही, जैसे भी हो, जहाँ से भी हो...

कर्ण को लगा, उसका मस्तिष्क जैसे तनाव से फट जायेगा। उसने अपनी मुष्टिकाएँ पलंग पर दे मारीं और आकाश की ओर देखा : वर्ण नहीं दिया, वर्ग नहीं दिया तो कामनाएँ क्यों दीं मुझे? इससे तो अच्छा था कि तू मुझे कामना-शून्य, महामूढ़ बनाता, जो किसी भी स्थिति में सन्तुष्ट रहता...

सहसा, जैसे उसके मन में कोई बोला, 'कामनाएँ ही नहीं दीं, तुझे क्षमता भी दी है। क्षमता, वर्ण से अधिक महत्वपूर्ण है।'

कर्ण पलंग से उठ खड़ा हुआ : मेरे पास क्षमता है, तो फिर मैं अपनी क्षमता से इन वर्णों और वर्गों की बाधाओं को चूर्ण कर दूँगा। वर्ण और वर्ग तो मनुष्य की देन है। क्षमता विधाता ने बनायी है। मनुष्य के विधान में चाहे उसका स्थान हीन हो, किन्तु ईश्वरीय विधान में उसका महत्व गौण नहीं है। सहसा, कर्ण का मन जैसे कृतज्ञता से आप्लावित हो उठा : 'विधाता!...'

यहाँ मुझे सब जानते हैं—कर्ण सोच रहा था—किन्तु सागर-तट पर बसे महेन्द्रगिरि के आश्रम में कौन मुझे पहचानता है। कौन जानता है कि कर्ण सूतपुत्र है—वह भी औरस नहीं, पालित! यदि व्यक्ति को वेश और अभ्यास से ही पहचाना जायेगा, तो कर्ण कोई भी वेश धारण कर सकता है, किसी भी अभ्यास में स्वयं को ढाल सकता है। वह स्वयं को क्षत्रिय भी प्रमाणित कर सकता है और ब्राह्मण भी।...किन्तु क्षत्रिय राजकुमार सिद्ध करने के लिये उसे अपना स्थान बताना होगा, वंश बताना होगा, राजन्य-वर्ग के अन्य प्रमाण देने होंगे!...और बहुत सम्भव है कि वर्तमान गुरु परशुराम क्षत्रिय-विरोधी ही हों। क्षत्रिय बन कर भी वह उनसे शिक्षा न पा सका तो?...उससे तो अच्छा है कि वह ब्राह्मण का ही वेश धारण करे। ब्राह्मण तो कोई भी साधारण व्यक्ति हो सकता है—ग्रामवासी, आश्रमवासी, तपस्वी, साधक...उसके लिये वंश का प्रमाण आवश्यक है न राजा का...और अधिक सम्भावना भी यही है कि वहाँ ब्राह्मण को शिक्षा का ही आग्रह अधिक होगा...

'क्या गुरु से मिथ्या भाषण करोगे?'

उसके मन में से एक स्वर उठा। कर्ण स्तब्ध रह गया : यह तो उसने

सोचा ही नहीं था।

किन्तु दूसरे ही क्षण उसके मन का जैसे कोई और तार बजा : 'सारा धर्म क्या तेरे ही भाग में पड़ा है? गुरुओं ने भी धर्म की मर्यादा तोड़ दी है। वे भी वर्ण और वर्ग पूछने लग गये हैं। ऐसे में सत्य का हिमालय क्या तुम ही उठाओगे? वे असत्य-कर्म कर रहे हैं और तुम असत्य भाषण भी नहीं कर सकते?'

'असत्य कर्म?' पहला स्वर बोला, 'इसमें असत्य कर्म क्या है?'

'क्यों? समाज के एक बृहत भाग को ज्ञान और क्षमता से हीन बनाये रखना सत्य-कर्म है क्या? क्यों प्रत्येक मनुष्य को अपने विकास का पूरा अवसर नहीं दिया जाता? क्यों किसी-न-किसी व्याज से उन्हें दलित और दमित रखा जा रहा है?...'

कर्ण को लगा, उसके मन में मात्र ज्ञान की पिपासा नहीं है, उसके मन में समाज के प्रति भीषण प्रतिहिंसा भी है। यह प्रतिहिंसा उससे मिथ्या-भाषण तो क्या, उससे कहीं अधिक क्रूर और पतित कर्म करवा सकती है। यह क्रूर समाज, जो उसे हीन होने का बोध दे रहा है—इसके शिरमौर लोगों को अपमानित और आहत करने में कर्ण को कदाचित कुछ सुख ही मिले।...जो समाज उसे वंचित कर रहा है, उसे वंचित करने में कर्ण को संकोच क्यों हो।... वह मिथ्या भाषण भी करेगा। गुरु को वंचित भी करेगा, सम्भव हुआ तो कुछ और भी करेगा...

कर्ण ने अपने-आपको ही ऐसी दृष्टि से देखा, जैसे वह सर्वथा किसी अपरिचित व्यक्ति को देख रहा हो!

9

मन्त्री कणिक ने आ कर महाराज धृतराष्ट्र को प्रणाम किया, "महाराज की जय हो!"

"कैसे हो मन्त्री?"

"महाराज की कृपा है।" कणिक बोला, "एक सूचना देना चाहता हूँ और थोड़ा मार्ग-दर्शन भी चाहिए महाराज! आपको कोई असुविधा तो नहीं होगी?"

"विचार-विमर्श में क्या असुविधा है मन्त्रीप्रवर!" धृतराष्ट्र की अन्धी आँखों ने मुस्कुराने का प्रयत्न किया, "आप तो मेरी आँखों का कार्य करते हैं। लोग समझते हैं कि धृतराष्ट्र अन्धा शासक है, अतः दयावश मुझे ज्ञान-चक्षु कहते हैं, यह नहीं जानते कि आप जैसे कितने ही चक्षु, उसके

मध्य रह कर, केवल मेरे लिये ही देखते हैं।"

"अनुकम्पा है महाराज की।" कणिक बोला, "महाराज का मुझ पर इतना विश्वास न होता तो मैं इतना कुछ देखने और कहने की धृष्टता ही कैसे कर पाता!"

"बोलो कणिक! क्या समाचार लाये हो!"

"महाराज! युवराज दुर्योधन ने..."

"क्या कहा?" धृतराष्ट्र के चेहरे पर जिज्ञासा से अधिक प्रसन्नता थी। कणिक समझ नहीं पाया कि महाराज सुन नहीं पाये या सुन कर भी पुनः सुनना चाहते हैं।

"युवराज दुर्योधन ने...।"

धृतराष्ट्र की इच्छा हुई कि कहे, 'कणिक! दुर्योधन को तब तक युवराज कहते रहो, जब तक कि सारा संसार उसे युवराज स्वीकार ही न कर ले। जानते हो कणिक! कई बार मन में आता है कि शासन का यह भार अपने कंधों से उतार कर रख दूँ! एक दृष्टिहीन व्यक्ति को प्रजा-पालन का यह दुःसह बोझ उठाने की आवश्यकता ही क्या है। मैंने तो शासन-भार इसलिये स्वीकार किया था कि कहीं वह पाण्डु के हाथ में न चला जाये। अब तो ऐसी बात नहीं है। किन्तु मुझे भय है कि जिस क्षण मैंने सिंहासन छोड़ने की चर्चा की, उसी क्षण से हस्तिनापुर के शासन के उत्तराधिकारी का प्रश्न उठ खड़ा होगा। पितृव्य भीष्म युधिष्ठिर को युवराज बनाना चाहेंगे। इसीलिये मैं सिंहासन त्यागने की चर्चा ही नहीं करता। तुम दुर्योधन को युवराज कह कर पुकारते रहो, ताकि प्रजा इसे शासन की भावी नीति के रूप में स्वीकार करने की मानसिकता बना सके।'

किन्तु, यह सब कहा नहीं धृतराष्ट्र ने। बोला, "हाँ! कहो। क्या कह रहे थे तुम!"

"महाराज! युवराज दुर्योधन ने अपना अमूल्य कण्ठहार, गुरुपुत्र अश्वत्थामा को दे दिया है।..."

धृतराष्ट्र ने कुछ क्षण सोचने की मुद्रा बनायी, फिर बोला, "गुरुपुत्र को कण्ठहार दे दिया है! यह तो कोई समाचार नहीं है कणिक! गुरुपुत्र को तो नित्य कुछ-न-कुछ देते रहना चाहिए।"

"महाराज! यह कण्ठहार साधारण हार नहीं है।" कणिक बोला, "यह राजकोश का सबसे बहुमूल्य कण्ठहार है। यह सामान्यतः युवराज के राज्याभिषेक के दिन उन्हें पहनाया जाता है। युवराज दुर्योधन अवसर से पूर्व ही हठपूर्वक उसे पहने हुए थे; और अब उसे उन्होंने गुरुपुत्र को दान कर दिया है।"

"क्या युवराज को इतना भी अधिकार नहीं है?" धृतराष्ट्र के स्वर में

ताड़ना थी, "तो वह युवराज कैसा?"

"महाराज! वह राज्य की सम्पत्ति है। आपकी सम्पत्ति! उसकी रक्षा करना हमारा धर्म है!"

"कणिक!" धृतराष्ट्र का स्वर अब भी कठोर था, "युवराज दुर्योधन मेरा पुत्र है और इस राज्य का स्वामी! एक कण्ठहार तो क्या, वह सम्पूर्ण साम्राज्य भी किसी को दे डालेगा, तो मैं तनिक भी आपत्ति नहीं करूँगा। तुम्हें भी इस बात को समझना चाहिए। न तो युवराज की इच्छा का विरोध होना चाहिए, न उसके कर्म में बाधा पड़नी चाहिए। युवराज की इच्छा और आदेश को, मेरी ही इच्छा और आदेश माना जाना चाहिए।"

कणिक असमंजस में थोड़ी देर चुप रहा, फिर बोला, "महाराज! यह सूचना आप तक इसलिये नहीं पहुँचायी गयी कि किसी का युवराज के कर्म से विरोध है और न ही इसलिये पहुँचायी गयी कि युवराज ने राज्य की कोई हानि की है।"

"तो फिर किसलिये पहुँचायी गयी?"

"महाराज! युवराज अभी बालक हैं। उनमें सांसारिक चतुरायी नहीं है। कहीं ऐसा तो नहीं कि किसी की धूर्तता, उनकी अबोधता को वंचित कर रही हो।"

धृतराष्ट्र के चेहरे पर हल्की-सी चिन्ता झलकी; उसने तत्काल कुछ कहा भी नहीं। कणिक भी धैर्यपूर्वक प्रतीक्षा करता रहा : कहीं ऐसा न हो कि अधैर्य से विपरीत प्रभाव पड़े।

अन्ततः धृतराष्ट्र ही बोला, "नहीं! ऐसा नहीं हुआ होगा। न युवराज इतना अबोध है, और न गुरुपुत्र इतना धूर्त!"

कणिक अब भी जाने के लिये, उठ कर खड़ा नहीं हुआ।

"और क्या बात है मन्त्रीवर?" धृतराष्ट्र ने पूछा। स्पष्टतः इस सारी चर्चा से उसका मन कहीं-न-कहीं उद्वेलित हो उठा; किन्तु ऊपर से उसने स्वयं को पूर्णतः स्थिर बनाये रखा था।

"भविष्य में क्या युवराज के ऐसे कृत्यों पर दृष्टि न रखी जाये?"

धृतराष्ट्र समझ गया कि कणिक इस प्रश्न के माध्यम से अपना रोष जता रहा है; कदाचित धृतराष्ट्र की प्रतिक्रिया उसे अच्छी नहीं लगी थी। बोला, "युवराज की सुरक्षा के लिये उस पर दृष्टि रखी जाये। सूचनाएँ मुझ तक आती रहें!"

"जो आज्ञा महाराज!" कणिक प्रणाम कर चला गया।

कणिक के जाने के पश्चात धृतराष्ट्र ने दुर्योधन को युद्धशाला से बुलवा भेजा। दूत ने आ कर सूचना दी, "महाराज! युद्धशाला के कुलपति आचार्य द्रोण ने

कहा है कि युद्धशाला के ब्रह्मचारी केवल गुरु की आज्ञा से कहीं आते-जाते हैं। उनके माता-पिता तथा अभिभावकों की इच्छाओं और निर्देशों का सम्मान यहाँ सम्भव नहीं है।"

धृतराष्ट्र ने कोई प्रतिक्रिया प्रकट नहीं की। बोला, "जाओ! तुम विश्राम करो।"

किन्तु उसका अपना मन विश्राम नहीं कर पाया। वह सिंहासन-कक्ष से उठ कर अपने शयन-कक्ष में चला आया।

"क्या बात है महाराज! आज सभा छोड़ कर असमय कैसे आ गये?" गान्धारी आ कर पास बैठ गयी, "स्वस्थ तो हैं न?"

"स्वस्थ तो हूँ; किन्तु थक गया हूँ!" धृतराष्ट्र का स्वर प्रसन्न नहीं था।

"ऐसा क्या किया, जिससे थक गये!" गान्धारी मुस्कुराई, "सिंहासन पर बैठना बड़े श्रम का कार्य होता है महाराज!"

"परिहास नहीं है यह!" धृतराष्ट्र बोला, "राजा हूँ मैं, और आदेश पितृव्य के चलते हैं। अब उन्होंने ला कर, एक आचार्य को भी मेरे सिर पर बैठा दिया है। वह कहता है कि युद्धशाला में राजा की आज्ञाएँ मान्य नहीं हैं।...मैं सबकी आज्ञाएँ मानूँ, क्योंकि मैं राजा हूँ?"

"राजा को ही सबकी आज्ञाएँ माननी पड़ती हैं महाराज! गान्धारराज को भी आपके पितृव्य की आज्ञा मान कर, अपनी पुत्री इसलिये हस्तिनापुर भेजनी पड़ी थी, क्योंकि वे राजा थे।..." गान्धारी को लगा, उसकी कटुता, अनायास ही उबल पड़ी थी। निश्चय ही, इस समय धृतराष्ट्र को सांत्वना की आवश्यकता थी, "वैसे जो कुछ मैंने सुना है, उसके अनुसार वस्तुतः आचार्य द्रोण, हस्तिनापुर में स्वयं को एक नये शक्ति-केन्द्र के रूप में स्थापित कर रहे हैं। अभी तक तो उनकी शक्ति के स्रोत पितृत्व ही हैं; किन्तु संभावना यही है कि बहुत शीघ्र ही वे स्वतन्त्र हो जायेंगे।"

"तुम यह सब कैसे जानती हो?"

"मैं भी इसी राजभवन में रहती हूँ और मेरे आस-पास भी अनेक दासियाँ हैं।" गान्धारी बोली, "और यह न भूलें कि शकुनि मेरा भाई है।"

"ओह!" धृतराष्ट्र बोला, "और क्या-क्या जानती हो तुम?"

"फिर कभी बताऊँगी! आप बतायें कि आपके साथ क्या हुआ है?"

धृतराष्ट्र ने उसे सारी घटना कह सुनायी।

"मैं समझती हूँ कि दुर्योधन अपनी समझ से सम्भावित शक्ति केन्द्र द्रोण को अपनी ओर प्रवृत्त करने के लिये ही गुरुपुत्र पर कृपालु हो रहा है।" गान्धारी बोली, "अर्जुन के विरुद्ध उसने कर्ण को साधा है; किन्तु द्रोण ने उसे

अब व्यर्थ कर दिया है। कदाचित इसीलिये वह गुरुपुत्र को साध रहा है।" वह रुक कर धृतराष्ट्र की ओर मुड़ी, "आप पितृव्य की सत्ता कम कीजिए। द्रोण अपने-आप दुर्बल हो जायेगा।"

"महारानी की जय हो।"

गान्धारी ने अपनी पट्टी बँधी आँखें द्वार की ओर उठायीं, "कौन है?"

"मैं हूँ महारानी! राधा! वसुषेण कर्ण की माता!"

"आओ राधा!" गान्धारी ने स्निग्ध स्वर में कहा, "क्या बात है—कुछ उद्विग्न लगती हो!"

"महारानी! वसु घर छोड़ कर कहीं चला गया है।"

"कब?"

"रात को घर पर ही सोया था; किन्तु प्रातः अपने बिस्तर पर नहीं था।"

गान्धारी चुपचाप कुछ सोचती रही, जैसे कोई गणना कर रही हो। फिर बोली, "तुम चिन्ता मत करो राधा! वह किसी नये गुरु की खोज में गया होगा। तुम्हारा पुत्र अब कुछ अधिक समर्थ हो कर ही लौटेगा।"

10

युद्धशाला में दिन का आरम्भ प्रार्थना से होता था और उसके पश्चात व्यायाम की बारी आती थी। इन सारे कार्यक्रमों में युद्धशाला के सारे शिष्य, सामूहिक रूप से सम्मिलित होते थे। आचार्य द्रोण ने व्यायाम के लिये भी शिष्यों के वय का दृष्टि से वर्ग नहीं बनाये थे। दौड़ने के अभ्यास में अर्जुन की दृष्टि बार-बार आचार्य-पुत्र पर पड़ी थी। आचार्य-पुत्र वय में कदाचित नकुल-सहदेव के ही समान था; किन्तु वह उनके बराबर ही दौड़ने का प्रयत्न कर रहा था। अपने वय के अनुसार उसे अच्छा धावक कहा जा सकता था; किन्तु सारे शिष्यों के बीच तो वह बार-बार पिछड़ ही रहा था...अर्जुन के मन में बार-बार एक विचित्र प्रकार का स्नेह उमड़ता था। उसकी इच्छा होती थी कि वह उसकी किसी प्रकार कोई ऐसी सहायता करे कि वह शेष लोगों के साथ ही दौड़ सके। किन्तु दौड़ने में कोई किसी की क्या सहायता कर सकता था। वह उसे गोद में उठा कर तो दौड़ नहीं सकता था...

भीम विचित्र धावक था। वह दौड़ते-दौड़ते किसी छोटे बालक को उठा कर अपने कंधे पर बैठा लेता था और भागता चला जाता था। वह युद्धशाला के विद्यार्थियों में सबसे बलिष्ठ था, इसमें कोई संदेह नहीं था; किन्तु यह तो

कदाचित उसका अभ्यास मात्र ही था कि वह अपने दोनों कंधों पर एक-एक बालक को बैठा कर, दौड़ता रहता था, और फिर भी उसके पिछड़ने का कोई प्रमाण नहीं था। कदाचित उसने यह अभ्यास किसी लक्ष्य-विशेष से आरम्भ नहीं किया था—यह उसकी क्रीड़ा मात्र थी, या फिर अपनी असाधारण शारीरिक शक्ति का अतिरिक्त विश्वास। किन्तु अब जैसे यह उसकी दिनचर्या ही हो चुकी थी।

व्यायाम की समाप्ति पर सारे छात्रों को, अपने दिन-भर के प्रयोग के लिये गंगा से जल भर कर लाना पड़ता था। आचार्य की दृष्टि से यह युद्धशाला का आवश्यक कार्य था—अन्यथा युद्धशाला के अन्तेवासियों के लिये इतना जल भरने के लिये कितने ही भृत्य लगाने पड़ते। साथ ही कहीं उसके पीछे राजकुमारों को अपने लिये श्रम करने तथा आवश्यकता पड़ने पर आत्म-निर्भर होने के लिये प्रशिक्षण देना भी था।...किन्तु शिष्यों की दृष्टि से यह क्रीड़ा मात्र ही थी। युद्धशाला के कठोर अनुशासन में यही एक काम था, जिसकी अवधि में उन पर किसी प्रकार का कोई अनुशासन नहीं था। उस समय उन्हें पूर्णतः उन्मुक्त वातावरण मिलता था। वे लोग परस्पर वार्तालाप करते, अपने मित्रों की संगति का सुख उठाते हुए, मन-माना समय ले कर जल भरने का काम करते थे। इसमें जो जितना अधिक समय लगाता था, वह अपने लिये मुक्त वातावरण का उतना ही अधिक समय पा जाता था। अतः कम-से-कम समय में जल भर कर लौट जाने की जल्दी किसी को भी नहीं रहती थी।...

फिर भी अर्जुन के मन में अनावश्यक विलम्ब करने की इच्छा कभी नहीं जन्मी थी। उसके ध्यान में निरन्तर यह बात बनी रहती थी—वहाँ आचार्य उनकी प्रतीक्षा कर रहे होंगे। उनके पहुँचते ही प्रशिक्षण आरम्भ हो जायेगा। गुरु न सिखाना चाहें तो और बात है; किन्तु यदि गुरु सिखाने को तत्पर खड़ा हो, तो शिष्य क्यों उसकी अवहेलना करे। अच्छा गुरु तो सौभाग्य से ही मिलता है।...तो फिर अपने ही सौभाग्य की अवहेलना करने का क्या लाभ? ...भीम ही कभी अपनी मस्ती में जल-क्रीड़ा न छोड़ना चाहे तो बात और थी; अन्यथा प्रमाण-कोटि की घटना के पश्चात से, अपने भाइयों के विषय में युधिष्ठिर इतना सावधान रहता था कि वह प्रायः किसी को पृथक होने नहीं देता था। वैसे तो वे पाँचों ही अपने-अपने स्थान पर पर्याप्त सावधान थे, फिर भी भीम का, किसी भी क्षण असावधान हो जाना कोई बहुत असम्भव नहीं था।...किन्तु युधिष्ठिर निरन्तर उन चारों की चौकसी करता ही रहता था।

अर्जुन ने जल का भाजन यथास्थान रखा और अभ्यास-क्षेत्र में आ गया।...

उसने आश्चर्य से देखा, अश्वत्थामा न केवल उससे पहले ही वहाँ उपस्थित था, वरन वह धनुर्विद्या का अभ्यास भी आरम्भ कर चुका था। उसने एक बाण छोड़ा और सामने के तीनों वृक्षों से अनेक लक्ष्य टूट-टूट कर भूमि पर गिर पड़े।

अर्जुन स्तब्ध-सा खड़ा रह गया। उसने तो इस प्रकार की विद्या पहली बार ही देखी थी। कैसा विचित्र बाण-संधान था कि बाण जैसे सीधी रेखा में न चला हो, न ही लक्ष्य से टकरा कर, उसके वेग में कोई मंदता आयी हो। वह तो जैसे धनुर्धर का छोड़ा हुआ बाण न हो, स्वयं ही कोई धर्नुधर हो, जो एक लक्ष्य पर आघात कर, स्वतन्त्र रूप से दूसरा आघात करने का निर्णय कर, पुनः अपनी दिशा और वेग का निर्धारण करता हो। अद्‌भुत!...

अर्जुन जा कर गुरु के सम्मुख खड़ा हो गया। पहले तो मन में एक जिज्ञासा उठी कि अभी शिष्य तो आये ही नहीं हैं, तो गुरु ने अभ्यास कैसे आरम्भ करवा दिया? फिर मन में एक पश्चाताप-सा जागा कि व्यर्थ ही विलम्ब कर दिया। गुरु को कदाचित अपने मन्त्र को दुहराना पड़े। अच्छा होता कि धनुर्विद्या के सारे छात्र एक साथ ही आ जाते, तो गुरु एक ही बार में सबको समझा देते। उन्हें बार-बार श्रम न करना पड़ता।...

गुरु ने उसकी ओर देखा, "अर्जुन! तुम कल के पाठ का अभ्यास करो।"

अर्जुन जैसे स्तब्ध रह गया : और यह जो उन्होंने अश्वत्थामा को अभी सिखाया था—उसकी कोई चर्चा ही नहीं!...किन्तु फिर जैसे स्वयं ही उसने अपने-आपको समझा लिया—गुरु अपनी इच्छा से, अपनी योजनानुसार उसे सिखायेंगे। यह निर्णय करने का अधिकार उसे नहीं है कि गुरु उसे कब क्या सिखायेंगे...उसे तो मनोयोगपूर्वक वह सीखते जाना है, जो गुरु उसे सिखा रहे हैं...गुरु का आश्रम कोई हाठ तो नहीं, जहाँ जा कर हम अपनी इच्छा से अपनी प्रिय वस्तु क्रय कर लायें। यह तो विद्या-प्राप्ति का क्षेत्र है, जहाँ गुरु अपनी इच्छा से विद्या का दान करते हैं। विक्रेता से तो कोई भी वस्तु, मूल्य चुका कर प्राप्त की जा सकती है, किन्तु दान तो मूल्य दे कर प्राप्त नहीं किया जा सकता। याचक तो दाता को अपनी सेवा से प्रसन्न ही कर सकता है या अपनी याचना से उसके मन में करुणा उपजा सकता है। और फिर विद्या-दान, अपने लाभ पर दृष्टि टिकाये हुए किसी व्यापारी का कार्य है भी नहीं। जब कभी भी अर्जुन, गुरु के विषय में सोचता है, तो उसके मन में एक वृक्ष का ही बिम्ब उभरता है। वृक्ष की जितनी सेवा की जाये, वह उतना ही फल देता है। फल आ जाने पर वृक्ष उसे अपने पास नहीं रखता। कोई भी इच्छुक उसे ले सकता है। कोई भी उसे ग्रहण नहीं करेगा, तो वृक्ष स्वयं ही उसे त्याग देगा।

कोई भी वृक्ष अपने लाभ के लिये फल उत्पन्न नहीं करता। वह दान के लिये ही है। किन्तु यदि ऋतु से पूर्व, समय से पहले वृक्ष से कोई फल प्राप्त करना चाहे, तो यह सम्भव नहीं है।...अर्जुन का मन गुरु के प्रति श्रद्धा से भर जाता है...और कौन है ऐसा जो जीवन-भर केवल इसलिये श्रमपूर्ण साधना करता है कि वह अपना अर्जित ज्ञान अपने शिष्यों को दे सके!...

अर्जुन पिछले दिन के पाठ का अभ्यास करता रहा, और एक-एक कर अन्य शिष्य भी आते रहे। आचार्य ने उस दिन का धनुर्वेद का नया मन्त्र आरम्भ किया...अर्जुन चकित-सा सोचता रह गया कि जो मन्त्र उन्होंने प्रातः अश्वत्थामा को दिया था, उसकी उन्होंने चर्चा तक नहीं की...

अर्जुन के हाथ धनुष और बाणों को साधते रहे; उसकी दृष्टि विभिन्न लक्ष्यों पर टिकी रही; किन्तु उसका मन अनवरत, प्रातः के मन्त्र पर ही टँगा रहा। आचार्य ने अपने शिष्यों को वह मन्त्र क्यों नहीं दिया, जो प्रातः अपने पुत्र को दिया था? क्या कारण हो सकता है? क्या वे अपने शिष्यों को उसके योग्य नहीं समझते? क्या यह उनकी शिक्षा देने की पद्धति है कि वे अपने समय से शिक्षण आरम्भ कर देंगे, चाहे कोई शिष्य उनके निकट आये या न आये? क्या वे उन्हें समय का महत्व सिखाना चाहते हैं? जो समय के इस महत्व को नहीं समझता, उसे दण्डित करना चाहते हैं?

किन्तु अर्जुन के मन में कहीं यह बात टिकती ही नहीं थी, कि कोई गुरु अपने शिष्यों को दण्डित करने के लिये उन्हें शिक्षा से वंचित कर देगा। गुरु का यह रूप, अर्जुन की बुद्धि में समाता ही नहीं है—जैसे वह उस वृक्ष की कल्पना नहीं कर पाता, जो अपने फल याचक को नहीं देता।...इतना ही नहीं, इसमें शिष्य के रूप में उसे अपनी निष्फलता का भी आभास हो रहा था। उसकी अपनी आत्मनिष्ठा भी जैसे आहत हो रही थी। उसका शिष्यत्व अपमानित हो रहा था। उसके लिये अपने प्रति यह कल्पना असह्य थी कि वह शिष्य-रूप में गुरु के निकट जाये और गुरु में गुरुत्व न जाग कर, तुच्छता जागे। वह ज्ञान के लिये हाथ पसार कर याचना करे और अपनी मुट्ठी बन्द कर ले...इसमें गुरु को ही क्या दोष देना। दोष तो उसकी याचना में भी हो सकता है।

उसके मन में आया कि वह युधिष्ठिर से भी बात करे, भीम को भी बताये कि आचार्य ने प्रातः अश्वत्थामा को जो मन्त्र दिया था, वह उन्होंने किसी और को नहीं दिया।...किन्तु, उसके अपने ही विवेक ने जैसे उसे रोक दिया : क्या वह अपने गुरु पर आक्षेप लगा रहा है? क्या वह गुरु में छिद्रान्वेषण कर रहा

है? यह शिष्य का धर्म नहीं है। श्रेष्ठ शिष्य का ऐसा आचरण नहीं होता।

वैसे भी धनुर्विद्या का एक मन्त्र न सिखाया जाने पर अर्जुन जिस प्रकार स्वयं को वंचित समझ रहा है, वैसा न युधिष्ठिर को लगेगा और न ही भीम को। युधिष्ठिर का जीवन तो जैसे सत्य और धर्म का अन्वेषण है—विद्या का उतना महत्व नहीं है, उसके लिये।...और भीम के हाथ में गदा आ जाये तो कोई शस्त्र उसके लिये महत्वपूर्ण नहीं रह जाता। बहुत सम्भावना है कि भीम, अर्जुन की इस चिन्ता का उपहास करे...

नहीं! किसी से कुछ कहने की आवश्यकता नहीं है। न ही और कुछ सोचने की। कल प्रातः अर्जुन प्रयत्न करेगा कि वह शीघ्रातिशीघ्र जल भर कर लौटे और सबसे पहले गुरु के निकट उपस्थित हो जाये। फिर गुरु जो कुछ भी बतायेंगे—जितना भी बतायेंगे—वह उस 'समग्र' को ग्रहण करेगा। जो कुछ गुरु देंगे, वह उस सबको प्राप्त करेगा।

अगले दिन प्रातः व्यायाम पूरा कर, अनायास ही अर्जुन की दृष्टि अश्वत्थामा को खोजने लगी। जाने क्यों उसके मन में एक अरूप-सा विचार उठ आया था कि अश्वत्थामा के पहुँचने पर ही आचार्य धनुर्वेद का मन्त्र आरम्भ करते हों। ...अश्वत्थामा के पहुँचने के पहले कदाचित ही वे शिक्षण आरम्भ करेंगे। यद्यपि उसका विवेक एक समानान्तर उदघोष करता चलता था कि अर्जुन ऐसे विचारों को अपने मन में न आने दे। यह गुरु के प्रति अश्रद्धा है; और अश्रद्धा से विद्या का नाश होता है।...अर्जुन को लगा कि उसके मन ने जैसे उसके विवेक की बात मान ली है। उसने उस दिशा में सोचना छोड़ दिया है, फिर भी उसकी आँखों ने जैसे अश्वत्थामा की खोज नहीं छोड़ी। अश्वत्थामा उससे छोटा था, उसके बराबर वेग से भाग भी नहीं सकता था, फिर भी वह कैसे सबसे पहले आचार्य के निकट पहुँच जाता था? यह कला तो उससे सीखनी ही होगी।

व्यायाम के पश्चात सबको अपने-अपने कुम्भ ले कर जल लाने के लिये जाना था। अर्जुन ने देखा, सबसे पहले अश्वत्थामा ही कुम्भागार की ओर भागा। निश्चित रूप से अन्य किसी शिष्य को जल लाने की कोई जल्दी नहीं थी। किन्तु अर्जुन को तो जल्दी थी ही।...

कुम्भागार के द्वार पर ही आचार्य-पत्नी खड़ी थीं। अश्वत्थामा को देखते ही उन्होंने कुम्भ उठा कर उसकी ओर बढ़ा दिया। कुम्भ ले कर अश्वत्थामा झपट कर पीछे लौटा।

अर्जुन भी जा कर आचार्य-पत्नी के निकट खड़ा हो गया। उसने उनके चरण छू कर प्रणाम किया। किन्तु आचार्य-पत्नी ने कोई भी कुम्भ उठा कर,

उसकी ओर नहीं बढ़ाया। आशीर्वाद दे कर भी, उनकी भुजा किसी कुम्भ की ओर नहीं बढ़ी। मुस्कुरा कर उन्होंने पूछा, "कैसे हो वत्स?"

अर्जुन को अच्छा लगा। आचार्य-पत्नी के प्रश्न में स्नेह था। उन्हें आचार्य के शिष्यों के कुशल-मंगल के समाचार में रुचि थी। किन्तु, अर्जुन यह भूल नहीं पा रहा था कि उसे विलम्ब हो रहा है। इतनी देर में तो अश्वत्थामा गंगा के जल तक जा पहुँचेगा, इसका अर्थ यह हुआ कि जब तक अर्जुन कुम्भ ले कर घाट पर पहुँचेगा, तब तक अश्वत्थामा, अभ्यास-क्षेत्र में पहुँच जायेगा; और जब तक अर्जुन जल का कुम्भ आचार्य-पत्नी को सौंप कर अभ्यास-क्षेत्र में पहुँचेगा, तब तक गुरुदेव अश्वत्थामा को धनुर्वेद का नया मन्त्र दे भी चुके होंगे।...

"आर्ये! मेरा कुम्भ!"

आचार्य-पत्नी ने तब भी कुम्भ उसकी ओर नहीं बढ़ाया। मुस्कुरा कर बोलीं, "खोज लो पुत्र! और हाँ! अपना ही कुम्भ ले कर जाना। वही देखो, जो कल ले कर गये थे। यह न हो कि तुम किसी और का कुम्भ ले जाओ और वह बेचारा अपना कुम्भ खोजता ही रह जाये।..."

अर्जुन का मन जैसे हताश हो गया : इतने कुम्भ थे यहाँ। उनमें से अपना कुम्भ अर्जुन कैसे खोज सकता है। और यदि वह खोज भी लेगा तो इस खोज में ही कितना विलम्ब हो जायेगा। और उधर...

किन्तु कुम्भ तो उसे खोजना ही था।

उस दिन अर्जुन का मन किसी काम में नहीं लगा। उसका ध्यान लौट-लौट कर उसी ओर चला जाता था। धनुर्विद्या में अश्वत्थामा कुछ ऐसा सीख रहा था, जो अद्भुद था और अर्जुन उससे वंचित हो रहा था।...गुरु ने उसे संसार में सर्वश्रेष्ठ धनुर्धर होने का आशीर्वाद दिया था और वह अपने ही गुरु से उनका सम्पूर्ण ज्ञान प्राप्त करने में असमर्थ होता जा रहा था...

उसका मन दूसरी दिशा में भी सोच रहा था : उसे गुरु के निकट पहुँचने में विलम्ब हो रहा था अथवा गुरु स्वेच्छा से उसे विलम्ब करवा रहे थे, ताकि अश्वत्थामा को वे दूसरों की तुलना में कुछ अतिरिक्त सिखा सकें...तभी तो आचार्य-पत्नी अपने हाथों से अश्वत्थामा को कुम्भ थमा देती हैं और दूसरों को अपना कुम्भ खोजना पड़ता है। अश्वत्थामा अपना कुम्भ ला कर माता को पकड़ा, बिना कुछ कहे-सुने भाग जाता था और अन्य शिष्यों को वे बताती हैं कि कुम्भ को कहाँ रखना है। वह स्थान खोजने और वहाँ तक कुम्भ पहुँचाने में भी समय व्यतीत होता है।...उधर गुरु किसी की प्रतीक्षा नहीं करते। अश्वत्थामा के पहुँचते ही वे उसे मन्त्र दे देते हैं...यह सब क्या है?...

सन्ध्या समय जब वह एकान्त में अपने भाइयों से मिला तो वह चर्चा किये बिना नहीं रह सका।

"तुम्हारा अभिप्राय है कि गुरुदेव जान-बूझ कर ऐसा करते हैं कि उन्हें एकान्त में अश्वत्थामा को कुछ अधिक सिखाने का अवसर मिल जाये?" युधिष्ठिर ने पूछा।

सहमति में अर्जुन ने सिर हिलाया, "मैंने देखा है कि अश्वत्थामा को जो कुम्भ आचार्य-पत्नि ने दिया था, उसका मुख, शेष कुम्भों की तुलना में बड़ा था। उसमें जल जल्दी भरा जा सकता था। शेष कुम्भों का मुख सँकरा है। उनमें जल भरने में अधिक समय लगता है। यह सब कुछ अकारण ही तो नहीं हो सकता।..."

"पर गुरुदेव ऐसा क्यों करेंगे?" युधिष्ठिर ने पूछा।

"कारण अत्यन्त स्पष्ट है।" भीम बोला, "अश्वत्थामा उनका अपना पुत्र है।"

"पर कोई गुरु अपने पुत्र और शिष्य में अन्तर नहीं करता!" सहदेव बोला, "गुरु से कुछ भी पाने के लिये, उनका शिष्य ही बनना पड़ता है। पुत्र भी शिष्य बन कर ही उनसे कुछ पा सकता है।"

"व्यर्थ का आदर्शवाद मत बघारो।" भीम कुछ अधिक बल दे कर बोला, "आदर्श में सबसे बड़ा दोष यही है कि वह व्यक्ति की आँखें बन्द कर देता है। जो कुछ तुम्हारी आँखों के सम्मुख घटित हो रहा है, वह तुम्हें दिखायी नहीं देता और जिसका अस्तित्व नहीं है, तुम उसको सत्य मान कर बैठे रहोगे।..."

"यदि ऐसा ही है मध्यम!" नकुल बोला, "तो आचार्य जब चाहें, जो चाहें, अश्वत्थामा को सिखा सकते हैं। वह उनका पुत्र है, उनके साथ रहता है। घर के अवरोध में वे जो कुछ सिखायेंगे, उसे कोई जान भी नहीं पायेगा।"

"तुम उन मूर्खों में से हो, जो स्वयं को अत्यन्त बुद्धिमान समझते हैं।" भीम बोला।

"भीम!" युधिष्ठिर के स्वर में विरोध था।

"रहने दें ज्येष्ठ!" नकुल मुस्कुरा कर बोला, "मुझे मध्यम की बात का बुरा नहीं लगता। यह तो उनकी शैली है। वे सचमुच ही मुझे मूर्ख नहीं मानते। है न मध्यम?" उसने निर्दोष आँखों से भीम की ओर देखा।

भीम की निर्बाध हँसी सारे परिवेश में एक गूँज छोड़ गयी, "वाह रे बुद्धिमान! चाटुकारिता कर मुझसे अपनी बुद्धि की पुष्टि चाहता है।"

किन्तु नकुल के प्रश्न का उत्तर अर्जुन ने दिया, "आचार्य अपने घर में अश्वत्थामा को कुछ नहीं सिखा सकते। धनुर्विद्या का अभ्यास तो अभ्यास-क्षेत्र

में ही हो सकता है। यदि आचार्य सचमुच यही चाहते हैं कि वे अपने पुत्र को कुछ ऐसा सिखा दें, जिसका ज्ञान उनके किसी भी शिष्य को न हो, तो उन्हें अपने सारे शिष्यों को कहीं और व्यस्त करना पड़ेगा और अभ्यास-क्षेत्र को केवल अश्वत्थामा के लिये ख़ाली रखना होगा। वैसे भी आचार्य का ऐसा कौन-सा समय है, जब अश्वत्थामा उनके निकट होता हो और हम सब नहीं होते? आचार्य का निद्राकाल? शेष सारा समय तो हम भी उनके निकट ही होते हैं। उनके ध्यान-काल तक में तो हम उनकी ध्यान-कुटिया के बाहर प्रहरी के रूप खड़े होते हैं।..."

"अर्जुन ठीक कह रहा है।" युधिष्ठिर धीरे से बोला, "इसका अर्थ स्पष्ट है कि आचार्य नहीं चाहते कि धनुर्वेद का यह मन्त्र-विशेष उनका कोई और शिष्य भी सीखे। हमें उनकी इच्छा का आदर करना चाहिए। अर्जुन! तुम्हें न तो यह प्रयत्न करना चाहिए कि तुम वह मन्त्र सीखो; और न ही इस बात के लिये आचार्य के प्रति मन में कोई दुर्भाव ही रखना चाहिए। गुरु की इच्छा को ईश्वर का आदेश मानना चाहिए।"

"फिर वही बात!" भीम के स्वर में झल्लाहट थी, "यह नहीं कहते कि जा कर पितामह से कहना चाहिए कि आचार्य ने कौरवों से युद्धशाला बनवायी है और अब उसमें धनुर्विद्या सिखा रहे हैं अपने ही पुत्र को। राज्य के धन से बनी हुई कोई भी संस्था किसी व्यक्ति की निजी सम्पत्ति नहीं हो सकती, चाहे वह व्यक्ति कोई क्यों न हो। यह तो प्रजा, राज्य तथा कौरवों—सब के साथ एक छल है।"

"मैं जानता हूँ, तुम सदा ऐसी ही बात कहोगे। तुमको राजमद कुछ अधिक ही चढ़ता है।" युधिष्ठिर बोला, "कहीं गुरुओं पर भी राजाओं का इस प्रकार अंकुश रहा है। धन तो सदा ही प्रजा की धरोहर है। उसके रक्षक क्षत्रिय राजा हैं। उसी प्रकार ज्ञान भी मानव-समाज की धरोहर है। उसके रक्षक आचार्य होते हैं। जिस प्रकार राजा अपनी बुद्धि के अनुसार उस धन का सर्वश्रेष्ठ उपयोग करता है, उसी प्रकार आचार्य का कार्य है यह देखना कि मानव-समाज की यह धरोहर किस प्रकार विकसित हो सकती है, किस प्रकार संचित हो सकती है; और किस प्रकार वितरित होनी चाहिए...।"

"आप ठीक कहते हैं ज्येष्ठ!" अर्जुन बोला, "किसी गुरु से बलात विद्या प्राप्त नहीं की जा सकती। किन्तु क्षत्रिय राजकुमार शस्त्र-विद्या के अधिकारी नहीं हैं—यह कहना उचित नहीं है। विशेष रूप से मैं, धनुर्वेद के एक मन्त्र का अधिकारी हूँ और दूसरे का नहीं हूँ—यह स्वीकार करना मेरे लिये कठिन है। मध्यम की नीति के अनुसार मैं पितामह से यह कहने तो नहीं जा रहा कि

आचार्य मुझे एक मन्त्र विशेष नहीं सिखा रहे; किन्तु आचार्य के निर्णय को अपने भाग्य का संकेत मान कर मैं निष्क्रिय नहीं रह सकता। धनुर्विद्या को मैं उसकी पूर्णता में प्राप्त करना चाहता हूँ। यह मेरे जीवन का लक्ष्य है।..."

"तो फिर साधना करो कनिष्ठ!" सहदेव बोला, "साधना के माध्यम से ही तो हम वे शक्तियाँ प्राप्त करते हैं जो प्रकृति ने सामान्यतः हमें नहीं दे रखीं।"

अर्जुन वहाँ से उठ आया। वह कहीं एकान्त में बैठ कर सोचना चाहता था। वह जानता था कि वह न युधिष्ठिर की नीति पर चल सकता था; और न भीम के समान आन्दोलन खड़ा करना चाहता था। कदाचित सहदेव ने ही ठीक कहा था—जो हमें स्वतः न मिले, उसके लिये हमें साधना करनी पड़ती है।...उसके मन में बहुत सारे क्षेत्रों की बहुत सारी महत्वाकांक्षाएँ नहीं जागतीं। वह बहुत कम से सन्तुष्ट और सुखी रह सकता है; किन्तु धनुर्विद्या तो उसके लोभ का क्षेत्र है। उसे ज्ञात हो कि धनुर्विद्या का कोई मन्त्र कहीं से उसे मिल सकता है—और वह उसे प्राप्त करने का प्रयत्न न करे, यह कैसे सम्भव है।... किन्तु यदि आचार्य उसे सिखाना नहीं चाहते तो?...उसका मन इस प्रश्न का कोई उत्तर न दे कर अपना ही एक प्रश्न रटता जा रहा था—'पर आचार्य क्यों सिखाना नहीं चाहते?'

सहसा उसका मन एक नयी दिशा में मुड़ गया : गुरु ने उसे संसार का सर्वश्रेष्ठ धनुर्धर होने का आशीर्वाद दिया है, फिर भी उनका मन उसके प्रति इतना उदार नहीं है कि वृक्ष के समान अपने सारे फल उसे दे सकें। कहीं कोई विरोध है, कोई अविश्वास, कोई दूरी, कोई अन्तर! गुरु के मन का कोई कोना है, जो उसे देख कर विलगित नहीं होता। उसने अपने गुरु के मन को पूर्णतः विजय नहीं किया है। उसकी गुरु-भक्ति में कहीं कोई कमी है, प्रयत्न में अपूर्णता है। सहदेव ठीक कहता है—उसे अभी साधना करनी चाहिए...

अर्जुन का मन शान्त नहीं था : उसके मन की व्याकुलता उसे गंगा तट पर ले आयी थी और वह एक वृक्ष के नीचे बैठा अनायास ही कंकड़ियाँ उठा-उठा कर जल में फेंकता जा रहा था : 'क्या गुरु के प्रति उसके समर्पण में कहीं सचमुच कोई कमी है? कहीं-न-कहीं, कोई-न-कोई कमी तो है ही। नहीं तो उसका समर्पण गुरु का मन जीत क्यों नहीं पाया? ऐसा कैसे हो गया कि गुरु के लिये शिष्य से बढ़ कर उनका पुत्र हो गया?'...सहसा उसके मन ने चेताया—वह ऐसा क्यों सोच रहा है? गुरु क्या मनुष्य नहीं हैं? वे व्यक्ति नहीं हैं? उनके अपने व्यक्मिगत सम्बन्ध नहीं हैं? गुरु, गुरु होते हुए भी व्यक्ति हैं; और उस व्यक्ति का अपना एक पुत्र है। व्यक्ति को पुत्र से बढ़ कर प्रिय,

और कोई नहीं होता...

किन्तु अर्जुन का हठी मन गुरु की पूर्णता में कहीं कोई कमी नहीं मानना चाहता था। गुरु अपूर्ण कैसे हो सकते हैं? उनमें मानवीय दुर्बलताएँ हो ही कैसे सकती हैं। वे तो पूर्ण मानव हैं। मानवता का सर्वश्रेष्ठ तत्व! यदि ऐसा नहीं होगा, तो वे अपने लिये भौतिक सुखों को अर्जित और संचित करने की प्रवृत्ति छोड़ कर, ज्ञान संचयन में कैसे लगेंगे? ज्ञान तो न किसी एक व्यक्ति की थाती है और न किसी एक व्यक्ति के लिये है। इसलिये तो ज्ञान को अर्जित तथा वितरित करने वाले व्यक्ति को अपने जीवन का लक्ष्य, भौतिक सुखों से दूर रखना पड़ता है। लोभ और स्वार्थ को विस्मृत करना पड़ता है। वह जानता है कि जो कुछ वह अर्जित कर रहा है, वह उसी का नहीं है, उसी के लिये नहीं है; और उसी तक सीमित रहेगा भी नहीं...

किन्तु अर्जुन के मन में अश्वत्थामा का वह बाण कैसी चुभन उत्पन्न कर रहा था, जिससे अश्वत्थामा ने एक साथ तीन वृक्षों के तीन लक्ष्य वेध दिये थे।...वैसे तो यह साधारण-सी बात थी। सुविधा से मान लिया जा सकता था कि उसमें कुछ चमत्कार अवश्य है; किन्तु अधिक उपयोगी नहीं है। देखने वाले को थोड़ा चमत्कृत कर देता है...और क्या?...किन्तु अर्जुन का मन कहता है कि तीन ही लक्ष्य क्यों। इसी मन्त्र की क्षमता बढ़ा कर तीन के स्थान पर तीस लक्ष्य-वेध भी किये जा सकते हैं।...और जब इसका प्रयोग युद्ध में किया जायेगा तो एक बाण से एक व्यक्ति नहीं मरेगा, सैनिकों की पंक्तियाँ कट जायेंगी। एक बाण की क्षमता, कितनी अधिक हो जायेगी; और वह धनुर्धर कैसा शक्तिशाली हो जायेगा...क्या आचार्य नहीं चाहते कि अर्जुन इतना शक्तिशाली बने?...क्या उनके मन में, शस्त्र-ज्ञान देने के अतिरिक्त भी, शक्ति और क्षमता की कोई योजना कार्य कर रही है?...

अर्जुन उठ कर, युद्धशाला में अपने कुटीर में आया!

भीम को भोजन करते देख, उसे ध्यान आया कि वह सन्ध्या से ही अन्यमनस्क-सा गंगा-तट पर बैठा रहा है। अर्थात वह युद्धशाला की अनेक गतिविधियों से अनुपस्थित भी रहा है। सम्भव है कि उसकी खोज भी की गयी हो; और उसके न मिलने पर गुरु कुछ रुष्ट भी हुए हों। किन्तु अर्जुन क्या करता? उसका मन तो जैसे उसके नियन्त्रण में ही नहीं था। उसे जब-जब अश्वत्थामा के उस बाण का स्मरण हो आता था, उसका मन इतना विषण्ण हो उठता था; और इन्द्रियाँ इतनी व्याकुल हो जाती थीं कि उसे जीवन निरर्थक-सा लगने लगता था।

उसे स्वयं आश्चर्य हो रहा था कि मन की इस खिन्न अवस्था में वह

गंगा-तट पर जीवित कैसे बैठा रहा। अपनी खिन्नता में वह गंगा के जल में कूद भी सकता था।

"आओ अर्जुन! भोजन करो।" भीम ने कहा; और अपने रसोइए को पुकारा, "अरे शार्दूल! अर्जुन को भी इसका भोजन दे, नहीं तो यह मेरे भाग में से ही खा जायेगा; और फिर तू कहेगा कि मैं अपने भाग से भी अधिक खाता हूँ।..."

अर्जुन जानता था कि भीम और शार्दूल में पर्याप्त मैत्री थी; और होनी भी चाहिए थी। भीम जैसा भोजन का पारखी शार्दूल को दूसरा कहाँ मिलेगा। भीम दूसरों के समान नहीं था कि जो कुछ सामने आया, चुपचाप खा लिया और उठ गये, जैसे भोजन न किया हो, किसी के आदेश का पालन किया हो। भीम न केवल दूसरों की तुलना में अधिक खाता था—वह भोजन में रुचि भी शेष लोगों से अधिक लेता था। उसके भोजन के साथ आस्वादन प्रक्रिया भी चलती थी। क्या पकाया गया है? कैसे पकाया गया है? कैसा पका है? किसने पकाया है?...ऐसा सम्भव ही नहीं था कि भीम और रसोइए में मित्रता न हो।

शार्दूल भोजन ले आया।

अर्जुन का ध्यान भोजन की ओर गया ही नहीं। उसका मन तो अब भी उसी मन्त्र में उलझा था, जो धनुर्धर को एकाधिक लक्ष्य-वेधन में समर्थ कर देता था।...

"भोजन कर लो।" भीम ने उसे समझाया, "इस बात का ध्यान रखो कि जहाँ कारण होता है, वहाँ, कार्य भी होता है। इसलिये जहाँ भोजन होता है, वहाँ भोजन करने वाला भी होता है। यह न हो कि स्वयं अपने आलस्य के कारण बैठे रहो और बाद में मुझे दोष दो कि तुम्हारा भोजन मैं खा गया।" भीम उच्च स्वर में हँसा, "मेरा तो अभ्यास ही है, एक के पश्चात दूसरा काम करते जाने का। एक थाली समाप्त कर मैं तत्काल दूसरी थाली की ओर आकृष्ट हो जाता हूँ।..."

तभी वायु का एक ज़ोर का झोंका आया और कक्ष का दीपक बुझ गया। अर्जुन की अरूचित में वृद्धि हुई। अँधेरे में कोई भोजन कैसे करेगा? उसकी इच्छा हुई कि वह उठ कर, कक्ष से बाहर चला जाये और ज्योत्स्ना धुले किसी टीले पर जा बैठे। शार्दूल कहीं से अग्नि ला कर दीपक प्रज्वलित कर ले तो वह आ कर भोजन कर सकेगा।...

वह जाने के लिये उठा; किन्तु भीम ने उसकी बाँह पकड़ ली, "कहाँ जा रहे हो? भोजन नहीं करोगे क्या?"

"अन्धकार में भोजन कैसे कर सकता हूँ?" अर्जुन बोला, "दीपक प्रज्वलित होते ही आ जाऊँगा।"

"क्यों? अन्धकार में भोजन क्यों नहीं कर सकते?" भीम ने पूछा, "देखो! मैं भोजन कर रहा हूँ या नहीं। इसमें प्रकाश की आवश्यकता ही क्या है? हाथ जानता है कि भोजन कहाँ है; और हाथ यह भी जानता है कि मुख कहाँ है। क्या तुम्हारे हाथ को इतना भी अभ्यास नहीं हुआ कि वह अन्धकार में, थाली में से एक ग्रास उठा कर मुख में डाल दे?"

भीम के वाक्य से, अकस्मात ही जैसे अर्जुन के मन में ज्ञान का एक उत्स फूट पड़ा, '...मध्यम ठीक कह रहा है। यह तो हाथ का अभ्यास मात्र है। प्रकाश हो या न हो, प्रत्येक ग्रास मुख में डालते समय हम क्या देखते हैं...कि भोजन कहाँ है, तथा क्या हमारा हाथ भोजन को ठीक दिशा में ले जा रहा है? नहीं। हाथ में यदि ग्रास आ गया, तो वह मुँह में ही जायेगा।...वैसे ही धनुष को यदि हम अपना हाथ मान लें और बाण को भोजन का ग्रास, तो बाण को भी अपने लक्ष्य तक ही पहुँचना चाहिए, जैसे ग्रास मुख तक पहुँचता है...।' अर्जुन के मन में जैसे आविष्कार का उल्लास जागा, '...मध्यम ठीक कह रहा है, यह सब तो अभ्यास से ही होता है। अभ्यास से अन्धकार में बाण चलाया जा सकता है। अभ्यास से एकाधिक लक्ष्यों का एक बाण से वेधन किया जा सकता है। अभ्यास से ध्वनि पर बाण चलाया जा सकता है। अभ्यास... अभ्यास...अभ्यास...'

भोजन करते हुए भी अर्जुन का हाथ इस प्रकार चल रहा था जैसे वह उसका धनुष हो और वह ग्रास को मुख तक न पहुँचा रहा हो, बाण को तूणीर में से ले कर लक्ष्य का वेधन कर रहा हो। मुख में डाले गये ग्रास के स्वाद के प्रति वह सजग नहीं था। वह क्या खा रहा था, उस पदार्थ से वह परिचित नहीं था—वह तो जैसे लक्ष्य-वेध का आनन्द प्राप्त कर रहा था...

भोजन के पश्चात वह उठा। उसने अपना धनुष और तूणीर उठाया और बाहर की ओर चल पड़ा।

"कहाँ जा रहे हो?" भीम ने पूछा, "सोना नहीं है क्या? भोजन के पश्चात सोना चाहिए।"

"भोजन करने जा रहा हूँ।" अर्जुन हँसता हुआ बोला और बाहर निकल गया। एक क्षण के लिये उसका ध्यान युधिष्ठिर की ओर गया भी। उसे अपने कुटीर में न पा कर युधिष्ठिर चिन्तित होगा। प्रमाण-कोटि की घटना के पश्चात से युधिष्ठिर अपने भाइयों की पूरी चौकसी करता था। थोड़ी देर के लिये भी, उनमें से कोई एक दिखायी न दे, तो वह चिन्तित हो उठता था।...किन्तु युधिष्ठिर उसके कुटीर में अब क्या करने आयेगा? अपने कुटीर में वह, नकुल तथा सहदेव—या तो सो गये होंगे, या सोने की तैयारी कर रहे होंगे।...भीम भी

थोड़ी देर में प्रगाढ़ निद्रा में खो जायेगा।...किसी को कुछ पता नहीं चलेगा।... वैसे भी कदाचित अब अर्जुन अपने वश में नहीं था। वह रुक नहीं सकता था। रूकने का अर्थ था, स्वयं को धनुर्विद्या के अमूल्य मन्त्रों से वंचित करना...

फिर भी जाते-जाते वह कह ही गया, "ज्येष्ठ आयें तो कहना कि मेरे लिये चिन्तित न हों। मैं लक्ष्य-वेध के अभ्यास के लिये जा रहा हूँ।"

आचार्य द्रोण की निद्रा समय से पहले उचट गयी।

उन्होंने चकित हो कर जैसे स्वयं अपने-आपसे ही प्रश्न किया, 'क्या हुआ? अभी तो प्रत्यूष वेला के आगमन में विलम्ब है। फिर?'

और फिर स्वतः ही उनका ध्यान एक-अस्पष्ट सी मन्द ध्वनि की ओर चला गया।...कोई ध्वनि थी जो प्रकृति के चक्र के समान अपने नियमित समय पर गुँजरित होती थी, जैसे निश्चित अन्तराल के पश्चात जल की कोई एक बूँद टपकती है।...कदाचित यही ध्वनि थी, जो अपनी निरन्तरता के कारण उनकी चेतना के लिये हथौड़े का कार्य कर रही थी, और उनकी निद्रा में बाधा बन रही थी...और दूसरे ही क्षण उनका ध्यान उस ध्वनि की प्रकृति की ओर चला गया। कैसी ध्वनि थी यह?...सम्भवतः यह धनुष की टंकार की ध्वनि थी...। किन्तु इस समय? रात्रि के तीसरे प्रहर में, कौन धनुष की प्रत्यंचा को छेड़ रहा था? यह युद्धशाला है, वन तो है नहीं कि कोई आखेट कर रहा हो। युद्धशाला में केवल उनके शिष्य रहते हैं, या फिर कुछ कर्मचारी। कर्मचारियों को धनुर्विद्या में कोई रुचि नहीं है।...तो क्या उनका कोई शिष्य इस समय धनुर्विद्या का अभ्यास कर रहा है? कौन है वह? निद्रा का मोह त्याग कर धनुर्विद्या की सेवा करने वाला कौन है?

द्रोण स्वयं को रोक नहीं पाये। उन्होंने पादुकाएँ भी नहीं पहनीं। सम्भव है वह धनुर्धारी अपनी गतिविधि को गुप्त ही रखना चाहता हो। ऐसे में पादुकाओं के शब्द से उसे ज्ञात हो जायेगा कि कोई आ रहा है, और उसकी गतिविधि अब गुप्त नहीं रह गयी है।...

द्रोण को स्वयं ही विचित्र लगा कि इस युद्धशाला के आचार्य और कुलपति होते हुए भी, वे इस प्रकार दबे-पाँव, गोपनीय रूप से क्यों जा रहे हैं? क्यों नहीं वे अधिकारपूर्वक प्रत्यक्ष रूप से जा कर देखते कि कौन है वह व्यक्ति; और रात्रि के इस प्रहर में बाण चलाने के पीछे उसका उद्देश्य क्या है?

किन्तु इस अवसर पर उन्होंने आचार्य के अधिकार का प्रयोग करना उचित नहीं समझा। यदि वह व्यक्ति अपनी इस गतिविधि को गुप्त ही रखना चाहता है तो उन्हें भी गुप्त रूप से ही उसका परिचय करना होगा...

ध्वनि से दिशा स्पष्ट थी। वे उसी दिशा में चल पड़े। जैसे-जैसे आगे बढ़ते जा रहे थे, शब्द तीव्रतर होता जा रहा था...या तो उनकी पदचाप से शब्द ही उत्पन्न नहीं हो रहा था, या फिर वह व्यक्ति अपने कर्म में इतना तल्लीन था कि उसे वह शब्द सुनायी ही नहीं पड़ रहा था, अथवा उसे अपनी गोपनीयता भंग होने का कोई भय नहीं था...

द्रोण उसके सर्वथा निकट पहुँच गये और उन्होंने आश्चर्य से देखा, वह व्यक्ति और कोई नहीं, उनका अपना शिष्य अर्जुन था।

"अर्जुन तुम?"

अर्जुन की भी जैसे समाधि भंग हुई। उसने गुरु को प्रणाम किया। द्रोण देख रहे थे कि उनके आ जाने से न तो वह व्याकुल हुआ था, न व्यथित; न ही गोपनीयता भंग होने की लज्जा अथवा पीड़ा उसके चेहरे पर प्रकट हुई थी। वह तो प्रसन्न ही दिखायी दे रहा है।

"क्या कर रहे हो पुत्र?"

"मन्त्र सिद्ध कर रहा हूँ गुरुदेव!"

"मन्त्र? कैसा मन्त्र?" द्रोण चकित थे।

"धनुर्विद्या का मन्त्र गुरुदेव!" अर्जुन बोला, "एक बाण से एकाधिक लक्ष्य-वेध। शब्दवेधी बाण। अन्धकार में लक्ष-वेध!"

द्रोण को लगा, जैसे अर्जुन उन्हें उपालम्भ दे रहा हो। वे समझ रहे थे कि अर्जुन को यह ज्ञात हो गया है कि उसे विश्व का सर्वश्रेष्ठ धनुर्धर होने का आशीर्वाद दे कर भी गुरु उसे वह सब नहीं सिखा रहे, जो अश्वत्थामा को सिखा रहे हैं।...किन्तु उपालम्भ की विधि? किस निरीह ढंग से वह उन्हें जता रहा है...

"यह सब कैसे करोगे पुत्र?"

"अभ्यास से गुरुदेव!"

द्रोण चमत्कृत हो गये : अर्जुन की वाणी में कहीं कोई विरोध अथवा उपालम्भ नहीं था। कहीं कोई कटुता नहीं थी, श्रम की क्लान्ति भी नहीं थी। वह सहज उल्लास के साथ कह रहा था, जैसे प्रसन्नता का संदेश दे रहा हो। द्रोण का मन विगलित होने लगा—इस शिष्य का आत्म-समर्पण अद्भुत है। ...और यही है, जो द्रुपद से उनका प्रतिशोध भी लेगा।...और फिर उन्हें स्वयं ही आश्चर्य हुआ...इस शिष्य से उन्हें इतनी अपेक्षाएँ हैं। यही जीवन में उनके लिये अद्भुत कर्म करेगा; और इससे ही वे अपनी विद्या को सुरक्षित रख रहे हैं।...अश्वत्थामा को वे द्रुपद के साथ युद्ध करने के लिये नहीं भेजेंगे और धनुर्विद्या वे उसी को सिखा रहे हैं। युद्ध में जाने से पहले यदि वे सैनिक को

शस्त्र नहीं देंगे तो सैनिक युद्ध कैसे करेगा?...

द्रोण जानते हैं कि वे पुत्र और शिष्य के द्वन्द्व से मुक्त नहीं हो पा रहे हैं।...वे यह भी जानते हैं कि वे पुत्र को अपना सब कुछ दे डालना चाहते हैं, उससे कुछ पाने की इच्छा उनकी नहीं है; जबकि शिष्य को उतना ही देना चाहते हैं, जितने से वह उनका काम साध पाये...उनको भय है कि उनका धन पा कर, उनका शिष्य, कहीं उनके पुत्र से अधिक धनी न हो जाये...

किन्तु यह शिष्य!...

"तुम कब से अभ्यास कर रहे हो पुत्र?" द्रोण ने पूछा।

"रात्रि भोजन के पश्चात से ही!"

"सोए नहीं?"

"यह जीवन सो कर नष्ट करने के लिये तो नहीं है गुरुदेव!"

"किन्तु पुत्र! निद्राहीन जीवन कब तक व्यतीत किया जा सकता है?"... द्रोण बोले, "जीवन के लिये निद्रा भी अनिवार्य है।"

अर्जुन ने उनकी ओर मूक पीड़ायुक्त आँखों से देखा; और फिर जैसे अपनी पीड़ा का दमन कर बोला, "धनुर्विद्याहीन जीवन का मुझे करना भी क्या है गुरुदेव! निद्रा तो प्रत्येक जीव के जीवन में है; किन्तु धनुर्विद्या किसी-किसी के भाग्य में होती है..."

"कब तक अभ्यास करोगे?"

"जब तक मन्त्र सिद्ध नहीं होता गुरुदेव!"

द्रोण कुछ देर खड़े, जैसे कुछ सोचते रहे। उनका विवेक अपनी तुच्छता से संघर्ष कर रहा था और एक प्रश्न बार-बार उनके मन में गूँज रहा था,... 'अपना स्वार्थ सिद्ध करने के लिये भी, ऐसे सुपात्र को धनुर्विद्या का ज्ञान नहीं दोगे तो तुम्हारी धनुर्विद्या वृक्ष पर लगे-लगे सड़ जाने वाले फल के समान नहीं हो जायेगी?'

अन्ततः द्रोण बोले, "तुम अब अपने कुटीर में जाओ पुत्र! जाओ, विश्राम करो। निश्चिन्त रहो। तुम्हारे इन सारे मन्त्रों की सिद्धि मैं करवाऊँगा।... जाओ।"

द्रोण का हाथ अर्जुन के सिर पर ठहरा। उन्होंने स्वयं अपनी वाणी में पहली बार स्नेह तथा संकल्प का ऐसा सम्मिश्रण अनुभव किया था...

11

दिन-भर के आखेट के पश्चात लौट कर राजकुमार युद्धशाला में गुरु को प्रणाम करने के लिये आये।

"कैसा रहा तुम लोगों का आखेट?" आचार्य ने पूछा।

उनकी दृष्टि अर्जुन की ओर घूम गयी। मन में था कि मृगया के लिये जाते तो सारे राजकुमार हैं, किन्तु मृगया का आनन्द तो धनुर्धर ही जानता है। गदा, खड्ग अथवा भाले से मृगया करने वाला, वस्तुतः मृगया नहीं करता। वह छोटे जीव-जन्तुओं की निरीह हत्या करता है या पशु-युद्ध करता है। इससे उसकी हिंस्र-वृत्ति चाहे शान्त हो जाये; किन्तु शस्त्र-विद्या की दृष्टि से आखेट, उसके लिये तनिक भी लाभदायक नहीं है। पशु न तो किये गये प्रहार को रोकता है और न ही पलट कर अपनी ओर से शस्त्र-प्रहार करता है। इसलिये मृगया-कर्मी को न तो आत्मरक्षा का ही कोई गुण सीखने में सहायता मिलती है, और न ही शत्रु के प्रहार को रोकने का अभ्यास ही होता है। इसलिये वे सारे राजकुमार या तो शाला के अनुशासन से मुक्त होने के लिये मृगया करने गये होंगे, या अपनी हिंस्र-वृत्ति की तृप्ति के लिये; अथवा स्वादिष्ट माँस के लोभ में।...किन्तु अर्जुन! अर्जुन वास्तविक धनुर्धारी है। मृगया में धनुर्धर का लक्ष्य-वेध का अभ्यास होता है। पूर्ण स्वतन्त्रता तथा क्षमता-भर तीव्र गति से भागता हुआ मृग भी शत्रु-सैनिक के समान, अभ्यास के लिये श्रेष्ठ लक्ष्य होता है। यदि वन में वृक्ष बाधा के रूप में आयें, तो वे युद्ध-भूमि में खड़े शत्रु सैनिकों के समान विघ्न उत्पन्न करते हैं। यदि युद्ध से कोई भेद है तो यही कि मृगया में शत्रु आक्रमण नहीं कर सकता। सिंह का आखेट करने पर, शत्रु के प्रत्याक्रमण का जोख़िम भी उठाना ही पड़ता है।...

किन्तु अर्जुन तो दिन-भर के इस आखेट से तनिक भी प्रसन्न दिखायी नहीं दे रहा था, जैसे कुछ अधिक प्राप्त करने की लालसा में जा कर वह अपना पिछला भी सब कुछ लुटा कर लौटा हो।

"कैसा रहा तुम लोगों का आखेट?" आचार्य ने अपना प्रश्न दोहराया। इस बार उनकी दृष्टि सारे राजकुमारों पर से घूम गयी।

सब लोगों ने अपने ढंग से मृगया के विषय में अपनी-अपनी प्रसन्नता व्यक्त की। उन्हें दिन-भर की स्वतन्त्रता मिली थी, किसी प्रकार का कोई नियम अथवा अनुशासन मानने की कोई अनिवार्यता नहीं थी। स्वयं अपने हाथों आखेट कर, सेवकों की सहायता से पका कर खाया था। भागे-दौड़े थे। वृक्षों और टीलों से टकराये थे, गिरे थे। सबके अपने-अपने, छोटे-छोटे सुख थे, इसलिये वह सारा दिन, उन्हें बहुत अच्छा लगा था; और वे चाहते थे कि

इस प्रकार का कार्यक्रम बार-बार बनाया जाये और ऐसे दिन अधिक संख्या में व्यतीत किये जायें।

"हमारे साथ एक महत्वपूर्ण घटना भी घटित हुई आचार्य!" इस उत्तेजना के परिवेश में युधिष्ठिर अत्यन्त शान्त भाव से बोला।

"क्या वत्स? कैसी घटना?"

"हम लोग सामान्यतः एक साथ ही रहे हैं। गुरुदेव!" युधिष्ठिर बोला, "फिर भी कभी-कभी विलग हो ही जाते थे। ऐसे ही किसी अवसर पर सेवक के साथ हमारा कुत्ता 'बघेरा' हमसे विलग हो कर कहीं भटक गया। हमने उसकी कोई विशेष चिन्ता भी नहीं की। हम जानते थे कि वह लौट ही आयेगा। मेरे लिये तो शेष लोगों को ही इकट्ठा रखना कठिन था, बघेरे को अपने ही साथ रखना तो बहुत ही बड़ा काम था। एक तो जाति का कुकुर, फिर स्वभाव का इतना चंचल। वह हमारे ही साथ कैसे रहता। और फिर वन में उसके भौंकने के अनेक लक्ष्य थे, झपटने के लिये अनेक जन्तु थे, सूँघने के अनेक पदार्थ थे।

"और फिर सहसा ही बघेरा बहुत आक्रामक ढंग से रोषपूर्ण स्वर में भौंकने लगा। उसका भौंकना, जब कुछ असाधारण रूप से बढ़ गया, तो हमारा ध्यान भी उधर आकृष्ट हुआ। मेरा मन हुआ कि जा कर देखूँ कि वह इतना व्यग्र क्यों है। कहीं कोई बड़ा पशु उस पर आक्रमण तो नहीं कर रहा। किन्तु मन में यह विचार भी आया कि सेवक उसके साथ ही है। यदि संकट की कोई बात होती, तो वह अवश्य पुकारता।...और जब तक कि हम कोई निर्णय करें, उसके भौंकने का शब्द बन्द हो गया। हम निश्चिन्त हो गये और अपने लक्ष्य-वेध में लग गये।

"किन्तु सबसे अधिक आश्चर्य हमें तब हुआ, जब बघेरा लौट कर हमारे पास आया। तब हमें ज्ञात हुआ कि उसका भौंकना, उसके शान्त हो जाने के कारण बन्द नहीं हुआ था। वस्तुतः अब वह भौंक ही नहीं सकता था। किसी ने बाणों से उसका मुँह भर दिया था...।"

"बाणों से?" आचार्य के मुख से अनायास निकला।

"मुझे तो ऐसा लगा गुरुदेव!" भीम बीच में ही बच्चों के उल्लास के साथ बोला, "कि किसी ने उसके मुख को तूणीर बना दिया हो। वैसे किसी को चुप कराने की तो यह अद्भुत युक्ति है गुरुदेव! किसी ने मुख खोला और हमने उसमें अपने शस्त्र रखने आरम्भ कर दिये।"

"बघेरा मर गया?" आचार्य द्रोण ने चिन्तित स्वर में पूछा।

बघेरा उनका प्रिय कुत्ता था।

"नहीं गुरुदेव!" युधिष्ठिर ने ही पुनः कहा, "उसका कष्ट दूर करने के

लिये हमने उसके मुख से एक-एक कर सारे बाण निकाल लिये। और बघेरे की मृत्यु तो बहुत दूर की बात है गुरुदेव! उसके मुख से तो रक्त की एक बूँद भी नहीं निकली। उसका मुख खोल कर भीतर से देखना तो सम्भव नहीं था; किन्तु बघेरे का व्यवहार बता रहा था कि उसके कण्ठ में कोई कष्ट नहीं था। कदाचित धनुर्धर ने बाण इस प्रकार मारे थे कि बघेरे का मुख भर तो जाये किन्तु बाण उसकी त्वचा को क्षति न पहुँचाए..."

"जैसे आपने कुएँ से बीटा निकालने के लिये बाण मारे थे," सहसा अर्जुन बोला, "बीटा में बाण चुभ तो गया था, किन्तु बीटा की तनिक भी क्षति नहीं हुई थी।"

आचार्य ने एक गहरी अर्थपूर्ण दृष्टि अर्जुन पर डाली और युधिष्ठिर से ही पूछा, "क्या बाणों के सिर पर लोहे का फल था?"

"नहीं गुरुदेव! बाण तो बिना फल के ही थे, किन्तु पर्याप्त नुकीले थे। साधारण धनुर्धारी यदि उनका प्रयोग करता, तो भी बघेरा पर्याप्त कष्टकर स्थिति में होता।"

आचार्य के मुख पर विस्मय प्रकट हुआ, "तुम लोगों ने उस धनुर्धर को खोजा नहीं?"

युधिष्ठिर मुस्कुराया, "हम तो शायद टाल भी जाते, किन्तु अर्जुन कहाँ मानने वाला था। हमने जा कर उसे ढूँढा। वह कोई भील था। बहुत ही दरिद्रावस्था में था। या कह सकते हैं कि अपनी तपस्या के कारण, वैसा हो गया था। शरीर पर मैल की परतें चढ़ी हुई थीं। सिर के केश, जटाओं में परिणत हो गये थे। वस्त्रों के नाम पर उसने चीथड़े धारण कर रखे थे। किन्तु वह सर्वथा एकाग्रचित हो कर अपना अभ्यास कर रहा था। मुझे लगा कि अपनी स्थिति के प्रति उसके मन में कोई संकोच नहीं था। शायद उसके प्रति वह सचेत ही नहीं था। उसकी सम्पूर्ण चेतना उसके धनुर्संचालन में ही तल्लीन थी।"...

"तुम लोगों ने पूछा नहीं कि वह कौन है? उसका गुरु कौन है?" आचार्य के स्वर में हल्की-सी उत्तेजना थी।

"हमने पूछा था गुरुदेव!" युधिष्ठिर बोला, "उसने बताया कि वह भिल्लराज हिरण्यधनु का पुत्र एकलव्य है; और गुरुदेव आश्चर्य की बात यह थी कि उसने बताया कि वह आचार्य द्रोण का शिष्य है...।"

आचार्य चौंके...द्रोण का शिष्य...वे अपनी स्मृति में जैसे कहीं बहुत गहरे उतर कर खोज रहे थे...कौन था यह—द्रोण का शिष्य एकलव्य? उसने कब उनसे धनुर्विद्या सीखी? कब?...और सहसा उन्हें स्मरण आया...आया तो था एक दिन...हस्तिनापुर की इसी युद्धशाला में...भिल्लराज का पुत्र एकलव्य। ...उसने याचना

की थी। वह धनुर्विद्या सीखना चाहता था...द्रोण को उसमें प्रतिभा और तेजस्विता दिखाई भी दी थी...किन्तु क्या लाभ, ऐसे युवक को शिष्य बनाने का? यदि उसमें प्रतिभा न हो, तो उस पर व्यर्थ श्रम करने का क्या लाभ? द्रोण को अपने शिष्यों की भीड़ तो इकट्ठी करनी नहीं थी...वे केवल उन्हीं लोगों को अपना समय, अपना श्रम और अपना ज्ञान देना चाहते हैं, जो उनका नाम उज्ज्वल करें। जो अपनी प्रतिभा से अपने गुरु का परिचय दे सकें।...और यदि उस युवक में वैसी प्रतिभा और तेजस्विता थी, यदि उसने सचमुच ही आचार्य द्रोण की विद्या को ग्रहण कर लिया, तो उसका अर्थ होगा—आर्यों की विद्या का भीलों में संचरण! शक्ति-सन्तुलन का नाश। तब भील भी वैसे ही सेनाएँ सज्जित कर युद्ध करेंगे, जैसे आर्य करते हैं। तब ब्राह्मण तथा गुरु की श्रेष्ठता स्वीकार करने वाले आर्यों का वर्चस्व समाप्त हो जायेगा।...द्रोण ने उसे शिष्य के रूप में स्वीकार नहीं किया था।...क्या, यह वही एकलव्य है?...

"क्या उसने मुझसे मेरे आश्रम में विद्या प्राप्त की थी?" द्रोण ने पूछा।

"यह तो हमने उससे पूछा नहीं!..."

"अच्छा! तुम लोग जाओ पुत्र!" द्रोण बोले, "और अर्जुन! तुम ठहरो पुत्र! तुमसे मुझे एक बात करनी है।"

शेष लोगों के चले जाने के पश्चात द्रोण बोले, "बैठो पुत्र! एक कुशासन ले लो।"

अर्जुन ने आज्ञा का पालन किया।

"तुम कुछ खिन्न प्रतीत होते हो!" आचार्य बोले।

अर्जुन ने उनकी ओर देखा और फिर धीरे से बोला, "प्रयत्न कर रहा हूँ कि खिन्नता दूर कर सकूँ। मैं इससे निरन्तर युद्ध कर रहा हूँ गुरुदेव! किन्तु सिवाय अपनी अक्षमता का साक्षात्कार करने के और कुछ नहीं कर पाया हूँ।"

"खिन्नता का कारण?"

अर्जुन मौन बैठा रहा, जैसे अपने मन में गुरु के प्रश्न का उत्तर ढूँढ रहा हो, या फिर अपने विचारों को सुनियोजित करने का प्रयत्न कर रहा हो, ताकि गुरु के प्रश्न का उचित उत्तर दे सके। फिर धीरे से बोला, "एकलव्य की धनुर्विद्या देख कर, मेरे मन में अपने गुरु के प्रति उपालम्भ जन्मा। इसलिये अपने-आपसे खिन्न हूँ कि मेरी श्रद्धा निर्बल क्यों है..."

द्रोण मन-ही-मन चमत्कृत हुए : अर्जुन उन्हें दोष नहीं दे रहा था। वह यह नहीं कह रहा था कि उन्होंने वचन दे कर भी उसे संसार का सर्वश्रेष्ठ धनुर्धर नहीं बनाया। यह कह रहा था कि उसकी श्रद्धा इतनी निर्बल क्यों है...

द्रोण का मन स्नेह से आप्लावित हो उठा।

किन्तु उन्होंने तो एकलव्य को शिक्षा दी ही नहीं है।...वह अपने गुरु के रूप में उनका नाम क्यों बता रहा है? अपनी विद्या का श्रेय उन्हें क्यों दे रहा है?...उसके इस वक्तव्य के पश्चात कौन इस बात को स्वीकार करेगा कि वे उसके गुरु नहीं हैं। अर्जुन के मन की पीड़ा वे समझते हैं। उन्हें अर्जुन से बहुत स्नेह है। वह उनके लिये बहुत उपयोगी है। उन्होंने उसे संसार का सर्वश्रेष्ठ धनुर्धर बनने का आशीर्वाद भी दिया है।...फिर भी सिखाया उन्होंने अश्वत्थामा को ही अधिक है...और अब यह एकलव्य...

"अच्छा पुत्र!" वे अत्यन्त कोमल स्वर में बोले, "अब तुम जाओ। विश्राम करो। दिन भर के थके होगे..."

अर्जुन ने कुछ कहा नहीं। बस उसकी खिन्न दृष्टि एक बार पुनः उनकी ओर उठ-भर गयी।

"कल हम—मैं और तुम, एकलव्य के पास जायेंगे। मैं देखूँगा कि वह मेरा कौन-सा शिष्य है, और कैसा शिष्य है।" द्रोण बोले। और फिर अजाने ही, एक कठोर भाव उनके चेहरे पर व्याप्त हो गया, "आशा है तुम्हारी खिन्नता, तुम्हें अधिक देर तक व्याकुल नहीं कर पायेगी।"

अर्जुन को तो उसकी खिन्नता दूर करने का आश्वासन दे कर भेज दिया; किन्तु द्रोण अपनी खिन्नता का क्या करते। वे समझ ही नहीं पा रहे थे कि कोई व्यक्ति अकारण ही अपनी सम्पूर्ण श्रेष्ठता का श्रेय किसी दूसरे को क्यों देगा?...यह सब अकारण नहीं हो सकता...उनका मन कहता था कि एकलव्य उनसे अपने तिरस्कार का प्रतिरोध ले रहा है। उसने जो कुछ भी, किसी भी गुरु से सीखा था—उसका श्रेय उन्हें दे कर वह उनका गौरव नहीं बढ़ा रहा था।...यह तो सोचा-समझा, सुविचारित षडयन्त्र था।...आज तो अर्जुन ही खिन्न है। कल जब भीष्म और धृतराष्ट्र इस प्रसंग को जान जायेंगे, तो क्या वे यह सोच कर खिन्न नहीं होंगे कि आचार्य ने युद्धशाला तो कौरवों के धन से कौरवों की धरती पर बनायी है और श्रेष्ठतर विद्या का दान वे अन्यत्र कर रहे हैं?...बहुत सम्भव है कि यह कौरवों के मन में उनके प्रति विरोध जगाने की ही चाल हो...हो सकता है कि इस कार्य के लिये द्रुपद ने ही एकलव्य को सहमत कर लिया हो और उसने प्रयत्नपूर्वक कौरव राजकुमारों के सम्मुख ऐसा प्रदर्शन कर द्रोण के प्रति उनका मन खट्ठा करना चाहा हो।...नहीं तो एकलव्य हस्तिनापुर के आस-पास के वनों में क्या कर रहा है, उसे तो अपने पिता के पास लौट जाना चाहिए था...

और सहसा द्रोण की आँखों के सम्मुख, शून्य में जैसे एक दृश्य घटित

हो गया...भीष्म और धृतराष्ट्र ने रुष्ट हो कर द्रोण को हस्तिनापुर से निकाल दिया है। वे असहाय और असुरक्षित वन-वन भटक रहे हैं और द्रुपद हँस रहा है और हँसता ही जा रहा है...

द्रोण के भयभीत मन ने जैसे अपना कवच कस लिया : द्रोण ऐसा कुछ भी नहीं होने देंगे। वे कौरवों के प्रति अपनी निष्ठा प्रमाणित कर देंगे।

अर्जुन मार्ग दिखाता हुआ आचार्य को एकलव्य के स्थान तक ले आया।

आचार्य ने एकलव्य के सम्मुख प्रकट होने से पूर्व, उसके विषय में अधिक-से-अधिक जान लेने की इच्छा से चारों ओर दृष्टि दौड़ाई। निकट ही न तो कोई ग्राम था, न मानवों की बस्ती। एकलव्य वन्य-पशुओं के मध्य, पूर्णतः वनवासी हो कर रह रहा था। उसने थोड़ी-सी भूमि साफ़ कर ली थी। एक ओर कदाचित उसका कुटीर था, उसके सम्मुख का सारा क्षेत्र उसका अभ्यास-क्षेत्र था। उसने अनेक प्रकार के लक्ष्य चिह्नित कर रखे थे। बाणों का भी अभाव प्रतीत नहीं होता था। अपने परिसर के केन्द्र में उसने किसी की मूर्ति स्थापित कर रखी थी।

यह युद्धशाला नहीं थी। यह तो किसी तपस्वी की तपोभूमि थी। वह शिक्षा प्राप्त नहीं कर रहा था; वह तो तपस्या कर रहा था। उसकी तपस्या का लक्ष्य कदाचित धनुर्विद्या ही थी।...द्रोण का मन क्षण-भर को काँप गया। यदि यह पाखण्ड नहीं है, तो वस्तुतः बहुत कठोर तपस्या है; और ऐसे औघड़ तपस्वी के लिये कुछ भी अप्राप्य नहीं है।...जाने क्यों इसने धनुर्विद्या के लिये तपस्या की है, यह तो ब्रह्म-प्राप्ति के लिये प्रयत्न करता, तो इसके लिये वह भी दुर्लभ नहीं होता।...

कल युधिष्ठिर ने इसका बहुत सटीक वर्णन किया था : चीथड़ों में लिपटा हुआ, शरीर पर मैल की परतें चढ़ी हुईं, सिर के केश जटाओं में परिणत हो चुके थे...किन्तु कितनी एकाग्रता से अभ्यास कर रहा था। उसके चेहरे पर परम सन्तोष था, पूर्ण आनन्द की-सी स्थिति...

द्रोण उसके सम्मुख जा कर खड़े हो गये।

उसका ध्यान भंग हुआ। क्षण-भर के लिये उसकी आँखों में आकस्मिकता की स्तब्धता झलकी और फिर उसने अपने गुरु को पहचान लिया। उसने साष्टांग दण्डवत प्रणाम किया और जैसे चरम उपलब्धि की भाव-विह्वलता के रूप में कहा, "गुरुदेव आप!"

अपने मन की सारी चेतावनियों के बाद भी द्रोण अनासक्त नहीं रह पाये। स्नेह-सिंचित स्वर में बोले, "मैं तुम्हारा गुरु कैसे हूँ एकलव्य? मैंने तो तुम्हें शिष्य-रूप में कभी स्वीकार ही नहीं किया।"

"चयन केवल गुरु की ओर से ही नहीं होता आचार्य!" एकलव्य हाथ जोड़े उनके सम्मुख खड़ा था, "कभी-कभी शिष्य भी अपना गुरु स्वयं नियुक्त कर लेता है।"

"किन्तु मैंने तो तुम्हें कुछ सिखाया ही नहीं।"

"फिर भी मैंने सब कुछ आप ही से सीखा है।" वह बोला।

"कब?"

"हर पल! हर क्षण!"

"कैसे?"

एकलव्य चलता हुआ, केन्द्र में स्थापित मूर्ति के सम्मुख जा खड़ा हुआ। द्रोण उसके पीछे-पीछे वहाँ पहुँचे!...और वे पहली ही दृष्टि में पहचान गये कि वह स्वयं उनकी ही मूर्ति थी!

"आप सदा मेरे निकट वर्तमान हैं गुरुदेव!" एकलव्य बोला, "देखा आपने! शिष्य की आतुरता को देख कर कोई भी गुरु उसका तिरस्कार नहीं कर सकता। आपको भी मेरे निकट आना ही पड़ा।...मैं तो आपके ही आदेश से सोता-जागता हूँ। आपके आदेश से ही धनुष उठाता हूँ, प्रत्यंचा चढ़ाता हूँ, बाण-संधान करता हूँ; और फिर लक्ष्य-वेध करता हूँ। आप ही मुझे बताते हैं कि विधि क्या हो। आप ही मेरे गुण और दोष बताते हैं। आप कभी मेरी ताड़ना करते हैं और कभी आशीष देते हैं। आपने मुझे सब कुछ दिया है गुरुदेव!...और यदि कुछ नहीं दिया, तो वह मेरे ही समर्पण की कमी के कारण..."

द्रोण का मन कह रहा था कि यह षडयन्त्र नहीं है, कदाचित यह पाखण्ड भी नहीं है। एकलव्य की भक्ति और समर्पण अद्भुत था...किन्तु कितना भयंकर!...यह समर्पण द्रोण के विवेक को आच्छादित कर सकता था! द्रोण उसको आशीर्वाद दे सकते थे...और द्रोण की कौरवों के प्रति निष्ठा कलंकित हो सकती थी...! नहीं! एकलव्य की यह अबोध अन्ध-भक्ति उस का विनाश करेगी...और उसके साथ-ही-साथ द्रोण का भी!...द्रोण यह स्थिति स्वीकार नहीं कर सकते...

उन्होंने शिष्य के रूप में उसे इसलिये अस्वीकार कर दिया था कि कहीं वह उनसे शिक्षा पा कर असाधारण धनुर्धर न बन जाये। उनके उस असहयोग के बाद भी, आज वह असाधारण रूप से श्रेष्ठ धनुर्धर बन गया था।...अर्जुन के मन की खिन्नता अकारण नहीं थी। अर्जुन तो क्या, अभी वे अश्वत्थामा को भी यह विद्या सिखा नहीं पाये हैं। उन्होंने आज तक जो कुछ सिखाया है, उसका सारा बल लक्ष्य-वेध पर है। एक लक्ष्य अथवा अनेक लक्ष्य! वे एक बाण से अनेक लक्ष्य, अनेक बाणों से एक लक्ष्य, एक ही क्षण में अनेक

बाणों से अनेक लक्ष्य—वेधना सिखा सकते हैं। किन्तु बाण-संधान के लिये लगाए बल पर कदाचित उन्होंने कभी ध्यान नहीं दिया। कितने बल से प्रहार किया जाये कि बाण लक्ष्य छुए-भर, कितने बल से प्रहार किया जाये कि बाण लक्ष्य में जौ-भर प्रवेश करे, कितने बल से प्रहार किया जाये कि बाण लक्ष्य में अंगुल भर प्रवेश करे।...इस विद्या में केवल बल का नियन्त्रण ही पर्याप्त नहीं है, यह जानना भी आवश्यक है कि लक्ष्य किस पदार्थ का बना है और वह बाण की गति में कितना प्रतिरोध उत्पन्न करेगा।...इसी विद्या के बल पर तो उन्होंने बीटा को कुएँ से निकाला था और कौरवों के घर में शरण पायी थी।...किन्तु अपने शिष्यों को तो उन्होंने यह सब नहीं सिखाया। यदि उनके शिष्यों ने बघेरा पर ऐसे बाण चलाये होते, तो वे बघेरा के तालू को छेद कर बाहर निकल आये होते... ।...एकलव्य ने यदि इस विद्या पर भी अधिकार पा लिया है तो समग्र धनुर्वेद पर अधिकार करने में उसे क्या कठिनाई होगी?

...और सहसा द्रोण का हृदय सर्वथा करुणाविहीन हो गया : वे अपने प्रतिद्वन्द्वी के प्रति कोमल नहीं हो सकते। ऐसी विद्या वे किसी के पास नहीं रहने देंगे। मिट्टी के द्रोण के इस शिष्य को वे इन सारी क्षमताओं के साथ, पृथ्वी पर उन्मुख विचरण नहीं करने देंगे...

"एकलव्य!"

"आर्य!"

"मैं तुम्हारा गुरु हूँ?"

"निःसन्देह गुरुदेव!"

"तुम मेरे शिष्य हो?"

"हाँ! गुरुदेव!"

"तो तुम मेरी गुरु-दक्षिणा देने को प्रस्तुत हो?" द्रोण समझ नहीं पा रहे थे कि वे एकलव्य की शक्ति का प्रयोग द्रुपद के विरुद्ध करें या...पर नहीं। दुपद से प्रतिशोध लेने के पश्चात भी एकलव्य मुक्त रूप से विचरण करेगा। इस धरती पर...और कौरवों के प्रति द्रोण की निष्ठा का प्रमाण?...द्रोण के मन का द्वन्द्व जैसे मिटता जा रहा था। उनकी बुद्धि प्रखर हो कर अपना आधिपत्य स्थापित कर रही थी...'कभी करुणा के बहकावे में मत आना द्रोण। करुणा आत्मघातिनी होती है। वह तुम्हें ही नहीं समस्त आर्य राज्यों को बहुत मँहगी पड़ेगी। हिंस्र शत्रुओं के प्रति करुणा नहीं दिखायी जाती। शत्रु से प्रेम करने वाला व्यक्ति मूर्ख होता है।...' '...किन्तु उसका समर्पण तो देखो।' करुणा ने प्रतिरोध किया, 'वह बिना शिक्षा पाये, गुरु-दक्षिणा देने के कठिन व्रत का निर्वाह करने को प्रस्तुत है। ऐसे निरीह, विश्वासी तथा समर्पित व्यक्ति को क्या

दण्डित करना चाहिए?' 'दण्डित करने का क्या अर्थ?' उनकी बुद्धि बोली, 'यह निरीह, सहज विश्वासी और समर्पित व्यक्ति कल कहीं और समर्पण कर बैठा तो अपना सारा ज्ञान और कौशल उसके चरणों में समर्पित कर देगा।...इसकी यह निरीहता, विश्वास और समर्पण—इसकी सरलता ही नहीं, मूर्खता का भी प्रमाण है। इतने गुणी व्यक्ति की मूर्खता हमारे लिये घातक हो सकती है।... इसकी मूर्खता दूर नहीं हो सकती, तो इसकी क्षमता को तो कम किया ही जा सकता है।...'

"क्यों नहीं गुरुदेव!" एकलव्य ऐसे मुस्कुरा रहा था, जैसे पूर्णकाम हो गया हो, "गुरु को दक्षिणा नहीं दूँगा तो मेरा ज्ञान सफल कैसे होगा!"

"क्या दक्षिणा दोगे?"

"जो गुरु की आज्ञा होगी।" एकलव्य के स्वर में पूर्ण आश्वस्ति थी, कहीं संशय का एक हल्का-सा कम्पन भी नहीं था, "मेरे लिये यही क्या कम है कि गुरु मेरी दक्षिणा स्वीकार कर मेरे शिष्यत्व को प्रामाणिकता प्रदान कर रहे हैं।"

क्षण-भर के लिये गुरु की आँखों में चिन्तन के जाले प्रकट हुए, किन्तु अगले ही क्षण उनका मन अपना मार्ग स्पष्ट देख रहा था, "कहीं तुम्हें गुरु-दक्षिणा अपनी क्षमता से अधिक न लगे।"

एकलव्य का आत्मविश्वास ऐसे मुस्कुराया कि आचार्य का मन डोल गया, "आप आज्ञा करें गुरुदेव! जितनी अधिक गुरु-दक्षिणा चुकाऊँगा, मेरी विद्या उतनी ही अधिक मूल्यवान हो जायेगी।..."

"तो एकलव्य!" द्रोण ने निष्कम्प स्वर में कहा, "अपने दाहिने हाथ का अँगूठा, अपने हाथ से पृथक कर मुझे गुरु-दक्षिणा में दे दो।"

द्रोण का स्वर चाहे निष्कम्प था, किन्तु वे एकलव्य की ओर देखने का साहस नहीं कर पाये।

...अर्जुन को लगा कि कदाचित आचार्य, एकलव्य की गुरु-भक्ति की परीक्षा ले रहे हैं। किन्तु अर्जुन की इस परीक्षा में कोई रुचि नहीं थी। उसकी एकलव्य से न कोई स्पर्धा थी, न ईर्ष्या! वह तो मात्र गुरु से पाया हुआ सर्वश्रेष्ठ धनुर्धर होने का आशीर्वाद, सत्य होते देखना चाहता था।...तो गुरु क्या करना चाहते थे...

एकलव्य के मन में क्षण-भर के लिये भी यह विचार नहीं आया कि गुरु उसका अँगूठा क्यों माँग रहे हैं। उसके लिये, गुरु की आज्ञा का पालन करने से बढ़ कर यह, अपने समर्पण के परीक्षण की घड़ी थी। उसके लिये यह महत्वपूर्ण था ही नहीं कि गुरु के मन में क्या है। उसने विद्या भी अपने समर्पण के बल पर ही पायी और वह दक्षिणा भी समर्पण का एक रूप थी।

वह यदि दक्षिणा देने में असमर्थ रहता है; उसका मन इस दक्षिणा के गुण-दोष, इसकी सार्थकता-निरर्थकता का विवेचन करने बैठ जाता है; अथवा उसके मन में इस आज्ञा अथवा आज्ञा देने वाले के विरुद्ध रोष का एक कण भी जागता है, तो गुरु के प्रति उसका समर्पण पूर्ण नहीं है...

एकलव्य ने तीक्ष्ण फलक का एक बाण उठाया और उसे अपने बाएँ हाथ में ले कर दाएँ हाथ का अँगूठा, उसके मूल से पृथक कर दिया। रक्त-रंजित उस माँस-पिण्ड को जल से धो स्वच्छ किया और अंजुलि में सुसज्जित कर गुरु की ओर बढ़ा दिया।

अँगूठा स्वीकार करते हुए द्रोण का मन विचलित नहीं हुआ, उनके हाथ नहीं काँपे...उनके चेहरे पर कहीं अपराध-बोध नहीं था।

"अखण्ड यश पाओ।" उन्होंने उसे आशीर्वाद दिया और मुड़ कर चल पड़े।

अर्जुन ने देखा, गुरु के चेहरे पर विजय और सफलता की मुस्कान थी। ऐसा नहीं लग रहा था कि अपने किसी शिष्य की इतनी कठोर परीक्षा ले, उसके जीवन की सम्पूर्ण साधना को ध्वस्त कर लौट रहे हैं। उनके चेहरे पर अपने मार्ग में आये विघ्नों को नष्ट कर, अपने गंतव्य की ओर सफलतापूर्वक बढ़ने का उल्लास और गर्व था...

अर्जुन को आश्चर्य हुआ : गुरु को एकलव्य का अँगूठा कटवाने की क्या आवश्यकता थी? वे उसे भी एकलव्य की विद्या सिखा देते तो अर्जुन निश्चित रूप से उससे श्रेष्ठतर धनुर्धर हो जाता।...तब एकलव्य का अँगूठा कटवाने की आवश्यकता नहीं पड़ती...क्यों किया गुरु ने ऐसा? क्या वे एकलव्य की विद्या अर्जुन को नहीं सिखा सकते थे? क्या वे एकलव्य से भयभीत थे?...क्या एकलव्य गुरु की निरर्थकता का प्रमाण था?...किन्तु गुरु से कुछ भी तो पूछा नहीं जा सकता था।...

अर्जुन को लगा, शायद वह भी मन में प्रसन्न है।...यदि गुरु उसे वह विद्या सिखा सकते, तो एकलव्य का अँगूठा क्यों कटवाते। और एकलव्य का अँगूठा, अपने स्थान पर रहते शायद अर्जुन संसार का सर्वश्रेष्ठ धर्नुधर हो नहीं सकता था। गुरु ने अपने आशीर्वाद की पूर्ति के लिये ही यह क्रूर कर्म किया है।

किन्तु अर्जुन को कहीं यह भी लग रहा था कि एकलव्य से पराजय ही उसकी नियति है।...यदि उसका अँगूठा न कटता, तो कदाचित अर्जुन उससे धनुर्विद्या में पराजित होता...कम-से-कम गुरु के इस क्रूर कृत्य से तो उनकी इसी आशंका का आभास होता है।...और अँगूठा काट कर एकलव्य ने गुरु के प्रति आत्मसमर्पण के क्षेत्र में उसे पराजित कर दिया है।...क्या अर्जुन के

लिये इस प्रकार अगूँठा देना सम्भव होता?...तभी तो गुरु ने उसे 'अखण्ड यश प्राप्ति' का आशीर्वाद दिया है...सर्वश्रेष्ठ धनुर्धर हो कर वह सफल योद्धा होता, अक्षय यश अर्जित करता।...अब उसने इस अपूर्व आत्म-समर्पण से वही यश सहज ही प्राप्त कर लिया है। गुरु ने उसे यही आशीर्वाद तो दिया है...

युधिष्ठिर ने सुना तो तत्काल उसके मुख से निकला, "यह तो नृशंसता है।"

किन्तु भीम ने आचार्य का समर्थन किया, "नृशंस हुए बिना भी कोई महत्वाकांक्षा पूरी हुई है ज्येष्ठ?"

"परन्तु अपनी महत्वाकांक्षाओं का मूल्य हम दूसरों से क्यों लेना चाहते हैं।" युधिष्ठिर बोला, "या फिर ऐसी महत्त्वाकांक्षाओं की सार्थकता ही क्या, जिसके लिये मनुष्य को इतना नृशंस होना पड़े।"

"यह गुरु-विरोध है।" अर्जुन धीरे से बोला।

"जानता हूँ।" युधिष्ठिर का स्वर उत्साहशून्य था, "इसके लिये मुझे गुरु क्षमा करें। किन्तु न तो महत्वाकांक्षा की यह क्रीड़ा मुझे रुचिकर है और न ही यह रण-नीति! स्पर्धा अपने विकास में होनी चाहिए, दूसरे के ह्रास में नहीं!"

अर्जुन जानता था कि युधिष्ठिर का कथन सत्य है, किन्तु फिर भी वह उसका समर्थन नहीं कर पा रहा था।...

12

अधिरथ को लगा, जैसे उसकी आत्मा उसके शरीर से निकल कर पवन के झोंके पर आरूढ़ किसी मेघ-खण्ड के समान, किन्हीं विचित्र लोकों में तैर रही थी; सहसा धरती पर पड़े उसके शरीर पर जैसे कोई संकट आ गया और उसने आत्मा को अपनी रक्षा के लिये पुकार लिया। आत्मा जैसे हाँफती हुई, अटपटे वेग से शरीर में प्रवेश कर गयी और तब अधिरथ अपने परिवेश के विषय में सजग हुआ। वह अपने घर में अपनी शैया पर सो रहा था। रात्रि का कदाचित एक-आध प्रहर व्यतीत भी हो चुका था।...एक शब्द था, जो बार-बार ध्वनित हो रहा था। कदाचित इसी शब्द ने उसकी आत्मा को अन्य लोकों से खींच कर धरती पर ला पटका था।...उसने उस शब्द को पहचाना...कोई उसके घर का बाहरी किवाड़ पीट रहा था।

उसने राधा की ओर देखा। वह अपनी शैया पर ही लेटी थी, किन्तु सोयी हुई नहीं थी।

"कोई हमारा किवाड़ पीट रहा है।"

"मैं देखती हूँ!" राधा उठ खड़ी हुई।

और सहसा अधिरथ के भीतर अलसाया हुआ पुरुष सावधान हो गया, "नहीं, ठहरो मैं, देखता हूँ।"

"तुम विश्राम करो! मैं देख देती हूँ।" राधा बोली, "तुम्हें दिन में तो विश्राम मिलता नहीं; रात्रि में ठीक से सोओगे नहीं, तो स्वास्थ्य कैसे ठीक रहेगा।"

"वह सब ठीक है," अधिरथ बोला, "किन्तु असमय में द्वार खटका है। कोई संकट की ही बात होगी। मुझे ही देखना होगा। अन्धे धृतराष्ट्र के राज्य में हस्तिनापुर इतना सुरक्षित नहीं है कि आधी रात में कोई बिना सोचे-समझे, अपने घर के कपाट खोल दे।"

अधिरथ उठ कर कक्ष से बाहर आया; किन्तु राधा भी अपने स्थान पर रुकी नहीं रह सकी। वह अधिरथ के पीछे-पीछे बाहरी द्वार तक आयी। उसके मन में अनेक आशंकाएँ थीं। अधिरथ का स्वास्थ्य आजकल ठीक नहीं चल रहा था। कुछ तो वय के कारण ही शरीर ढीला था, और कुछ श्रम भी आजकल अधिक करना पड़ रहा था। शरीर में सामर्थ्य न हो और इस प्रकार का श्रम करना पड़े; तो स्वास्थ्य कहाँ से ठीक रहे।...बढ़ती हुई अवस्था के साथ जहाँ एक ओर महाराज धृतराष्ट्र का शरीर शिथिल हो रहा था, वहीं दूसरी ओर उनका मन अधिक चंचल होता जा रहा था। कदाचित वे टिक कर अपने प्रासाद में रह नहीं सकते थे। उन्हें सारा दिन कहीं-न-कहीं आते-जाते रहना होता था। ऐसे में उन्हें रथ की भी आवश्यकता थी और सारथि की भी। जाने क्यों उन्हें सारथियों में अधिरथ पर ही इतना विश्वास था कि वे उसे तनिक भी विश्राम नहीं करने देना चाहते थे।

"...और क्या संकट होगा। तुम्हारे उस अन्धे महाराज के मन में इस समय कहीं जाने की उमंग समाई होगी। ऐसे समय में और कौन-सा सारथि मिलेगा। सोचा होगा, 'चलो! इस भले आदमी अधिरथ का ही द्वार खटखटाओ'।"

और राधा को लगा, मुख से चाहे वह कुछ भी कहे, किन्तु उसके मन में इस समय धृतराष्ट्र के प्रति कम, अपने कर्ण के प्रति अधिक रोष जागा था। क्या उसका पालन-पोषण कर इसलिये इतना बड़ा किया था कि अब, जब समय आया था कि वह अपने वृद्ध पिता के लिये अवलम्ब बनता—वह बिना कुछ कहे-सुने, बिना किसी को कोई सूचना दिये चुपचाप घर छोड़ कर चल दे?...वह यहाँ होता, तो बहुत सम्भव था कि राजकुमार दुर्योधन से अपनी मैत्री के कारण, वह राजा से कह कर, अपने पिता की कोई सहायता कर पाता। या फिर स्वयं पिता के कुछ दायित्व सँभालता, पिता के विश्राम की व्यवस्था करता,

छोटे भाइयों के सिर पर संरक्षण का हाथ रखता। कर्ण बालक नहीं था अब। गृहस्थी सँभालने का समय आ चुका था उसके लिये। वह जिस क्षण चाहता, राज-सेवा में उसे सारथि का पद प्राप्त हो सकता था। राजा तथा राजकुमार दोनों ही अत्यन्त कृपालु थे उस पर।...

अधिरथ ने राधा की बात का कोई उत्तर नहीं दिया। उत्तर देने की आवश्यकता भी नहीं थी। वह तो हर समय कुछ-न-कुछ बोलती ही रहती थी। सब कुछ वह उत्तर पाने के लिये कहती भी नहीं थी। तो यह एकदम आवश्यक नहीं था कि वह उसे उत्तर देता अथवा कोई प्रतिक्रिया व्यक्त करता...

वह धीरे-धीरे चलता हुआ आया और द्वार के निकट खड़ा हो गया।

"कौन है?' अधिरथ ने कपाट खोलने से पहले उच्च स्वर में पूछा।

"पिता जी! कपाट खोलिये!" किसी ने स्वर को सायास मंद कर कहा।

कपाट खटखटाने वाले ने अपने कण्ठ को अवरुद्ध कर स्वर दबा कर, ये शब्द कहे थे; किन्तु राधा को लगा, यह कर्ण का ही स्वर था। उसके अपने वसु का। अभी जिसे वह धिक्कारने के व्याज से स्मरण कर रही थी, उसी कर्ण का...

किन्तु अगले ही क्षण उसने अपने मन को झिड़क दिया : उसे तो हर समय प्रत्येक दिशा में कर्ण ही दिखायी पड़ता है; प्रत्येक शब्द कर्ण के ही कण्ठ का शब्द लगता है। मोह की भी कोई सीमा होती है...

"कपाट तो खोलूँगा ही।" अधिरथ अपने स्वर की उत्तेजना को संयत करता हुआ बोला, "किन्तु तुम कौन हो?"

"पहचाना नहीं पिता जी!" स्वर आया, "मैं हूँ आपका वसुषेण कर्ण!"

"मेरे वसुषेण होते तो मुझे इस प्रकार छोड़ कर, बिना कुछ बताये हुए घर से न भाग जाते।" अधिरथ की जिह्वा ने कहा और हाथों ने कपाट की अर्गला हटा दी।

राधा को लगा, उसके अपने मन में भी ठीक वही भाव थे, जो उसके पति ने व्यक्त किये थे। यदि द्वार पर खड़ा व्यक्ति उसका वसु ही था, तो वह कपाट खोल कर अपने घर में उसका स्वागत ही नहीं करना चाहती, अपनी दोनों भुजाएँ फैला कर उसे अपने आलिंगन में बाँध भी लेना चाहती है; किन्तु साथ ही वह अपना रोष भी अवश्य ही प्रकट करना चाहती है...वह उन्हें छोड़ कर इस प्रकार गुपचुप क्यों चला गया?...उसने उनसे दुराव क्यों किया? उसने उनकी आत्मीयता और विश्वास का प्रत्याख्यान क्यों किया?...

कर्ण ने भीतर प्रवेश कर दोनों के चरण छुए और उनके सम्मुख किंकर्तव्यविमूढ़-सा खड़ा हो गया। उसकी आँखों में संकोच भी था, हल्की-सी

ग्लानि भी, कुछ पीड़ा भी और कुछ प्रेम तथा उल्लास भी; किन्तु उसकी जिह्वा के पास एक भी शब्द नहीं था।

"आओ!" राधा ने कहा और भीतर के कक्ष की ओर मुड़ गयी। कर्ण भी बिना कुछ कहे हुए उसके पीछे चला; और बहुत कुछ कहने को आतुर, कपाट को अपने दाहिने हाथ में पकड़े खड़ा अधिरथ मानो अपने चरण घसीटता हुआ उन दोनों के पीछे-पीछे चल पड़ने को बाध्य हो गया।

कक्ष में आ कर राधा अपनी शैया पर बैठ गयी और उसने हाथ के संकेत से कर्ण को भी अपने निकट बैठने के लिये कहा। कर्ण, बिना कुछ कहे, चुपचाप माँ द्वारा बताये गये स्थान पर बैठ गया; जैसे वह अपने घर न लौटा हो, किसी पराये घर में गृहस्वामिनी की अनुमति से ही किसी स्थान-विशेष पर बैठने का अधिकारी हो...

कुछ देर तक अधिरथ चुपचाप खड़ा, रोषपूर्वक कर्ण को देखता रहा; किन्तु कर्ण का ध्यान उसकी ओर नहीं था। वह चुपचाप सिर झुकाये हुए, भूमि की ओर देख रहा था। अन्ततः अधिरथ भी अपनी शैया पर बैठ गया। वस्तुतः वह नहीं चाहता था कि इतने दिनों तक घर से विलुप्त पुत्र के रात्रि के इस प्रहर में चुपचाप लौट आने पर कोई बवण्डर खड़ा करे; किन्तु वह जानता था कि यदि उसके मन का रोष अपनी उपयुक्त अभिव्यक्ति न पा सका तो कदाचित उसका मस्तिष्क फट जायेगा। तो कुछ तो उसे कहना ही होगा; किन्तु अच्छा हो कि पहले राधा ही उसे डाँट-डपट ले। राधा की ताड़ना का वह बुरा नहीं मानता। जाने कैसे राधा की ताड़ना में भी प्रेम छलकता है, और उसके अपने प्रेम में भी ताड़ना घुली-मिली होती है। वह कर्ण को डाँटती भी है तो उससे यही आभास होता है कि कर्ण द्वारा पीड़ित किये जाने पर वह अपनी पीड़ा का विलाप कर रही है। उसकी ताड़ना कर्ण को अपराधी बना देती है।...इतने वर्ष साथ रह कर भी अधिरथ, राधा से ताड़ना की यह कला नहीं सीख पाया।...राधा, कर्ण को डाँट लेगी तो अधिरथ उसी से अपने मन को समझा लेगा। कहीं यह न हो कि पहले वह बोले और कोई इतनी तीखी और चुभती हुई बात कह दे कि इतने दिनों के पश्चात घर लौटे कर्ण के मर्म को छील कर रख दे; और कर्ण पुनः घर छोड़ कर चला जाये...ऐसी ताड़ना का भी क्या लाभ, जिससे उसी घटना की पुनरावृत्ति हो, जिसके लिये ताड़ना की आवश्यकता पड़ी थी।

...किन्तु न तो राधा ही कुछ पूछ रही थी...और न ही कर्ण को ही कोई स्वष्टीकरण देने की जल्दी थी...और अधिरथ का मन फटने-फटने को हो रहा था...

"कहाँ चले गये थे तुम?" अन्ततः जैसे अधिरथ के मन में बैठे क्रोध के

प्रेत ने पूछ ही लिया।

"मैं धनुर्विद्या प्राप्त करने के लिये गुरु परशुराम के आश्रम में चला गया था।"

"क्यों? क्या आवश्यकता थी उसकी?" अधिरथ के मन की कड़वाहट जैसे धुआँ बन कर, उसके शब्दों में सम्मिलित हो, कर्ण की आँखों और कानों के माध्यम से, उसके मन तक पहुँच रही थी।

"जब जल की धारा का एक मार्ग अवरुद्ध हो जाता है, तो वह दूसरा मार्ग खोज ही लेती है।" कर्ण धीरे से बोला।

"धारा बनना ही जल की एकमात्र नियति नहीं है।" अधिरथ का रोष कम नहीं हो रहा था। उसकी अपेक्षा के अनुसार कर्ण के व्यवहार में कहीं पश्चाताप अथवा ग्लानि नहीं थी। वह यह अनुभव ही नहीं कर रहा था कि उसने इस प्रकार घर से भाग कर, कोई भूल की थी, अथवा किसी को कोई कष्ट पहुँचाया था। वह तो अपने इस कृत्य को जैसे अपनी उपलब्धि के रूप में प्रस्तुत कर रहा था, "जल, सरोवर भी बन सकता है और समुद्र भी। और एक बार वह सम्रुद बन जाये तो पृथ्वी की सारी धाराएँ आ कर उसी में समा जाने को अपनी पूर्णता मानती हैं।"

कर्ण ने जीवन में जैसे पहली बार अपनी आँखें पूरी खोल कर, दृष्टि भर, अपने इस सारथि पिता को देखा : उसने यह बात तो सोची ही नहीं थी। गंगा-तट पर रहते-रहते उसने तो धारा बनने की ही महत्त्वाकांक्षा अपने मन में पाली थी। किन्तु वहीं रहने वाला उसका यह सारथि पिता सागर बनने की महत्वाकांक्षा की कल्पना कर सकता है? उसने कदाचित अपने पिता को कम जाना है, कम आँका है। उसने तो सदा यही सोचा था कि उसके पिता अपने इस नगण्य जीवन से ही इतने संतुष्ट हैं कि उन्होंने जीवन में गति की कभी कल्पना ही नहीं की। शायद सारथि जीवन की परिणति ही यही है कि वह दिन-भर चलता रहे, किन्तु गति से उसका कोई परिचय ही न हो। वह अपने आसन से ही चिपका रहे...किन्तु उसके पिता तो...

"आप ठीक कह रहे हैं पिता जी!" वह धीरे से बोला, "मैंने तो सागर खोजने की ही क्षमता विकसित की है; सागर बनने की नहीं। मैं तो आज तक इसी बात से भयभीत रहा कि यदि जल की धारा गतिमान नहीं होती, तो उसे धरती पी जायेगी।"

अधिरथ को लगा, उसका आवेग कुछ शान्त हो रहा है : उसका यह पुत्र अत्यन्त महत्वाकांक्षी रहा है, शायद इसलिये उसे कभी भी सन्तोष-धन नहीं मिला और अधिक पाने की आकांक्षा ने उसे अपने गुणों को पर्याप्त नहीं मानने

दिया। इसलिये उसने सदा अपने-आपको हीन और अक्षम माना। कदाचित इसलिये वह सदा भयभीत रहा है कि उसके अस्तित्व को धरती सोख न ले। बेचारे ने यह कभी नहीं सोचा कि जल के लिये यदि धरती द्वारा सोख लिये जाने का संकट है तो सागर द्वारा लील लिये जाने का भी; उतना ही संकट है। यदि धारा को धरती अपनी शत्रु दिखायी पड़ती है, तो उसका अर्थ यह तो एकदम नहीं है कि सागर उसका मित्र ही है।...धारा का अस्तित्व अपने मूल रूप में न तो धरती पर रहता है, न सागर में। यदि वह सागर में अपना अस्तित्व खो कर सारे सागर को अपना मान कर संतुष्ट हो सकती है, तो पृथ्वी की सारी हरीतिमा में वह अपना अस्तित्व क्यों नहीं खोजती? क्या विकास का एक ही मार्ग है—सागर में जा मिलना?

"पुत्र! सृष्टि के रहस्य अभेद्य हैं!" अधिरथ के स्वर में ताड़ना का भाव कम, प्रबोध का भाव अधिक हो गया था, "हम उतना ही समझते हैं, जितना समझने की क्षमता हमारी बुद्धि में होती है; किन्तु हमारी बुद्धि ही संसार का अन्तिम सत्य नहीं है।" उसने रुक कर कर्ण को देखा, "मैं तो आज तक यह समझ नहीं पाया कि पृथ्वी ने सागर को अपनी गोद में स्थान दे रखा है अथवा सागर ने पृथ्वी को अपनी भुजाओं में उठा रखा है? पृथ्वी, सागर को सोखती रहती है, या सागर पृथ्वी को घोलता रहता है? मैं तो आज तक यह निर्णय नहीं कर पाया, तुम कर पाओ, तो मुझे बताओ—हम धरती की सन्तान हैं अथवा सागर के पुत्र? हम अपने शरीर की मिट्टी को अपना मानें अथवा उसके जल-तत्व की रक्षा करें?..." उसने क्षण-भर रुक कर कर्ण की ओर देखा, "तुमने कभी सोचा है कि जिस समुद्र को अपना मान कर धारा उसकी ओर दौड़ती है, वह सागर उसके सम्पूर्ण अस्तित्व को लील जाता है; और जिस धरती को वह पराया मान, उससे दूर भागती है, वह धरती, तट बाँध कर उसके अस्तित्व की रक्षा करती है?"

"फिर तुमने अपना यह प्रलाप आरम्भ कर दिया!" राधा के स्वर में उत्तेजना थी, "यह नहीं कि इतने लम्बे अन्तराल के पश्चात जो पुत्र घर लौटा है, उसका कुशल-मंगल जानें, उसकी थकान मिटाने और उसे विश्राम देने का प्रयत्न करें। उल्टे आधी रात को जगा कर उसे भृत्तिका और जल-तत्व का महत्व समझा रहे हैं।..."

"मैं उसे भृत्तिका और जल-तत्व का महत्व नहीं समझा रहा हूँ सुमंगले! मैं तो केवल यह कह रहा हूँ कि जीवन में यह निर्णय करना बहुत कठिन है कि हमारा अपना कौन है और पराया कौन! हमारा मंगल एक में अन्तर्निहित हो जाने में है, अथवा दूसरे में लय हो जाने में। इस संश्लिष्ट सृष्टि में सन्तुलन

बनाये रखना बहुत आवश्यक है।..."

"तुम रहने दो।" राधा को अधिरथ के मन में झाँकने में कोई रुचि नहीं थी। उसे पूर्ण विश्वास था कि अधिरथ को ऐसी बातें कहने में सुख मिलता है, जो राधा की समझ से बाहर हों।

"पुत्र! यह बताओ कि गुरु परशुराम का आश्रम है कहाँ?"

इस बार संकट का अनुभव कर्ण को हुआ। माँ सहज ही यह समझ नहीं पायेगी कि आश्रम कहाँ है। उसके जानते, माँ ने बहुत कम भ्रमण किया है। संसार इतना कम देखा है कि उसे उसकी व्यापकता समझने में भी कठिनाई होगी!

"माँ! वह आश्रम यहाँ से बहुत दूर है। यहाँ से पूर्व की ओर माँ!" कर्ण को थोड़ी देर सोचना पड़ा, "इस प्रकार समझ लो कि पूर्व की ओर तनिक-सा दक्षिण हो कर, तब तक चलते चले जायें, जब तक धरती का अन्त नहीं आ जाता—तो हम गुरु परशुराम के आश्रम में पहुँच जायेंगे। सागर के तट पर महेन्द्रगिरि के ऊपर गुरु परशुराम का आश्रम है माँ!"

"तो तुम धरती के अन्त तक चलते चले गये थे पुत्र?"

"कौन जानता है कि धरती का अन्त कहाँ है।" अधिरथ जैसे अपने-आपसे कह रहा था।

"तुम चुप रहो।" राधा ने अपने पति को इस प्रकार डाँटा, जैसे कोई समझदार व्यक्ति नासमझ बालक को डाँटता है; और अधिरथ ने उसी प्रकार उपेक्षापूर्वक देखा, जैसे कोई समझदार व्यक्ति, किसी बालक की उद्दण्डता को उपेक्षा से देखता है।

"पिता जी ठीक कह रहे हैं माँ!" कर्ण ने पिता के समर्थन के विचार से नहीं, सत्य की रक्षा के विचार से कहा, "धरती का अन्त कोई नहीं जानता। धरती समाप्त होती है, तो सागर आरम्भ होता है, किन्तु सागर के पार पुनः धरती है। पृथ्वी पर सर्वत्र धरती तथा सागर साथ-साथ ही हैं।"

"मैं भी तुम्हें यही समझा रहा हूँ पुत्र!" अधिरथ कुछ उत्साह के साथ बोला, "यदि धरती का अन्त सागर का आरम्भ है, तो सागर का अन्त धरती का आरम्भ भी है। जीवन भी पृथ्वी के ही समान है पुत्र! इसमें भी यदि एक स्थान पर दुख का अवसान सुख में है, तो दूसरे स्थान पर सुख का अवसान दुख में भी है।...."

इससे पहले कि कर्ण यह विचार कर पाता कि पिता क्या कह रहे हैं, राधा ने पूछा, "तो इतनी दूर जाने में तुम्हें कष्ट तो बहुत हुआ होगा पुत्र?"

"कष्ट क्या है माँ! यात्रा का अपना ही एक सुख होता है।" कर्ण बोला,

"नये-नये स्थान। नये-नये लोग। पहले से कुछ भी निश्चित नहीं। नवीनता का सुख होता है यात्रा में माँ। अपने घर में तो प्रत्येक वस्तु, प्रत्येक घटना, प्रत्येक व्यक्ति पूर्ववत ही होता है। कुछ परिवर्तित ही नहीं होता। नवीनतान्वेषी व्यक्ति उससे ऊब जाता है।"

"यही तो अन्तर है पुत्र!" राधा ने उत्तर दिया, "तुम्हारे लिये परिवर्तन नवीनता उत्पन्न करता है और मेरे लिये अनिश्चितता। घर में मेरे लिये सब कुछ परिचित है, निश्चित है। यात्रा में कुछ भी निश्चित नहीं है—कब तक चलेंगे? कहाँ रुकेंगे? क्या खायेंगे? कब खायेंगे? कहाँ विश्राम करेंगे? विश्राम मिल पायेगा या नहीं? मार्ग में सहयात्री होंगे या नहीं? होंगे, तो कैसे होंगे?... मुझे तो यात्रा के नाम से ही भय-सा लगने लगता है पुत्र!"

"मैं जानता हूँ माँ! तुममें जो एक सन्तोष का भाव है, उसके कारण व्यतिक्रम तुम्हें अच्छा नहीं लगता; किन्तु संसार में ऐसे लोग भी तो हैं, जिनके लिये व्यतिक्रम ही क्रम बन जाता है।"

"अवश्य होंगे पुत्र!" राधा बोली, "तो तुम सुविधापूर्वक गुरु परशुराम के आश्रम तक पहुँच गये?"

"हाँ माँ! वैसे तो मैं अकेला ही चला था; किन्तु मार्ग में मुझे तपस्वियों का एक दल मिल गया था। उसी से मार्ग खोजने में तनिक भी असुविधा नहीं हुई।"

"गुरु परशुराम तुम्हें शिष्य रूप में पा कर प्रसन्न हुए होंगे।"

कर्ण का चेहरा जैसे बुझ गया। राधा का ध्यान उधर नहीं गया, किन्तु अधिरथ ने स्पष्टतः लक्ष्य किया कि असफलता की एक छाया आ कर, कर्ण के मुख पर पसर गयी। उस छाया को ही अलक्षित रखने के लिये कर्ण अपना चेहरा उनसे छिपा रहा था।

"क्यों? क्या गुरु प्रसन्न नहीं हुए?" अधिरथ ने बलपर्वक पूछा, "क्या तुममें उन्होंने एक अच्छे शिष्य के लक्षण नहीं देखे?"

कर्ण ने तत्काल कोई उत्तर नहीं दिया।

"क्यों? बोलते क्यों नहीं पुत्र?" राधा के स्वर में आग्रह था, "पिता की बात का उत्तर क्यों नहीं देते?"

"उत्तर तो मेरे अपने मन में भी स्पष्ट नहीं है माँ!" कर्ण ने माँ की ओर देखा, तो उसकी आँखों में से झांकते हुए पीड़ित अहंकार ने राधा को भी जैसे घायल कर दिया।

राधा के मन में सहस्रों प्रश्न थे; किन्तु वह समझ नहीं पा रही थी कि वह कौन-सा पहले पूछे।

"जिसे उन्होंने अपना शिष्य माना, उससे वे अत्यन्त प्रसन्न रहे माँ! जितना उन्होंने मुझे अपना शिष्य माना, उतने तो वे मुझ पर कृपालु ही रहे! किन्तु तथ्य तो यही है माँ! कि जिसे वे अपना शिष्य मानते रहे—वह मैं नहीं था। वह एक ब्राह्मण कुमार था।"

"इसका अर्थ?" अधिरथ, कर्ण की बात समझ नहीं पा रहा था।

"यह तो मुझे उनके आश्रम में जा कर ही मालूम हुआ था कि उनके आश्रम में मुक्तहस्त विद्यादान नहीं होता..." कर्ण कुछ थम कर बोला, "और यह भी सुखद संयोग ही था कि गुरु परशुराम को अपना परिचय देने से पूर्व ही मुझे यह ज्ञात हो गया।" उसने रुक कर अपने माता-पिता को देखा : उन दोनों की आँखों में अनेक प्रश्न तैर रहे थे; किन्तु शायद शब्दों में वे कुछ भी पूछना नहीं चाहते थे।

"गुरु परशुराम शस्त्र-विद्या के लिये केवल ब्राह्मण शिष्य स्वीकार करते हैं।" कर्ण बोला, "आचार्य द्रोण ने मुझ सूतपुत्र को राजकुमारों के साथ शस्त्र-शिक्षा देना अस्वीकार किया; किन्तु गुरु परशुराम तो क्षत्रियों को भी शस्त्र-शिक्षा नहीं देते।"

"यह झूठ है।" राधा बोली, "आर्यश्रेष्ठ भीष्म, उनके शिष्य रहे हैं।"

"मैं जानता हूँ माँ! किन्तु पितामह भीष्म को शस्त्र-शिक्षा देने वाले परशुराम, वर्तमान गुरु परशुराम के गुरु के भी गुरु रहे हैं।" कर्ण बोला, "एक परशुराम वे थे, जो भीष्म पितामह के गुरु थे। दूसरे वे थे जिन्होंने आचार्य द्रोण को अपने शस्त्रों का दान किया था। वे सर्वस्व दान कर, आश्रम छोड़, किसी अज्ञात स्थान की ओर चले गये हैं। अब वर्तमान परशुराम...।"

"तो परशुराम भी अनेक हैं?" राधा के मुख से जैसे अनायास निकल गया।

"परशुराम-पीठ का प्रत्येक कुलपति, परशुराम ही कहलाता है माँ!" कर्ण बोला, और प्रत्येक कुलपति का व्यक्तित्व तथा नीति, पिछले कुलपतियों से भिन्न भी हो सकती है।"

"तो तुम इतने दिन क्या करते रहे?" अधिरथ ने तीक्ष्ण दृष्टि से उसकी ओर देखा, "तुम्हें तो उन्होंने अपने शिष्य के रूप में स्वीकार नहीं किया होगा..."

"नहीं! मैंने उनके चरणों के निकट बैठ कर शस्त्र-विद्या का अभ्यास किया...।" कर्ण ने अधिरथ को देखते हुए कहा; और फिर सिर झुका कर बोला, "मैंने उन्हें अपना परिचय भार्गव गोत्र के एक ब्राह्मण कुमार के रूप में दिया...।"

अधिरथ की आँखों में रोष झलका, "तुमने फिर मिथ्या-भाषण किया। वह

भी गुरु के सम्मुख और विद्या-प्राप्ति के लिये!...छल किया गुरु से?"

"तो इसमें मेरा क्या दोष है?" कर्ण के स्वर में आक्रोश था, "जब सत्य बोल कर संसार में कुछ प्राप्त नहीं होगा, तो असत्य-भाषण नहीं होगा क्या? मैं इतना मूर्ख नहीं हूँ कि प्रत्येक स्थान पर सत्य बोल कर वंचित होता रहूँ। संसार में कुछ व्यावहारिक होना पड़ता है।..."

अधिरथ कुछ सोचता रहा, फिर जैसे अपने-आपसे बोला, 'कर्ण वहीं तक सत्य का समर्थक है, जहाँ तक उसे सत्य से लाभ होता है!'

"उन्होंने स्वयं मुझे बोलने को बाध्य किया।" कर्ण किसी हठी बालक के समान बोला, "यदि मेरा वास्तविक परिचय पा कर भी वे मुझे शस्त्र-विद्या का दान करते तो मैं मिथ्या-भाषण क्यों करता?"

"हाँ पुत्र! दोष तो सदा दूसरों का ही होता है। तुम दोषी हो ही कैसे सकते हो।"

पिता की बात जैसे कर्ण के मर्म में चुभ गयी, "मैं जानता हूँ कि आपको मेरा आचरण कभी उचित नहीं लगता; किन्तु आप मुझे बतायें कि विद्या का अधिकार सबको क्यों नहीं है? विद्या-दान के मध्य वर्ण कहाँ से आ जाता है? मैं शस्त्र-विद्या-विशारद क्यों नहीं हो सकता? क्या कमी है मुझमें? मानवों में वर्ण-भेद कर, वर्ग-भेद कर, कुछ को हीन और कुछ को श्रेष्ठ मानने का क्या अर्थ है? समाज में कुछ लोगों के लिये सुविधाएँ क्यों जुटायी जाती हैं और कुछ की इतनी उपेक्षा क्यों की जाती है?..."

"मैं कोई विद्वान पण्डित अथवा चिन्तक-विचारक नहीं हूँ पुत्र! इसलिये तुम्हारे प्रत्येक प्रश्न का उत्तर नहीं दे सकता। किन्तु तुमसे यह पूछना अवश्य चाहता हूँ कि तुम सामाजिक अन्याय की बात कर रहे हो या व्यक्तिगत लाभ की चिन्ता है तुम्हें?"

"मैं सामाजिक अन्याय का विरोध कर रहा हूँ पिता जी!"

"यदि ऐसा ही है पुत्र! तो तुम्हें स्वयं को ब्राह्मण कुमार बता कर शिक्षा ग्रहण नहीं करनी चाहिए थी। तुम्हें सूतपुत्रों के एक बड़े समुदाय को साथ ले कर आग्रह करना चाहिए था कि उन सबको शस्त्र-शिक्षा दी जाये!...सामाजिक न्याय की बात तुम्हारे मन में होती तो तुम सामाजिक विधान की बात करते। सूतपुत्रों के ही नहीं, सारे वर्णों के कुमारों के लिये नीति निर्धारित करते। शिक्षा के समग्र रूपों का विधान करते और अन्त में तुम भी किन्हीं ऐसे ही निष्कर्षों पर पहुँचते कि किसे किस प्रकार की विद्या दी जानी चाहिए...।"

"जाने क्यों आप सदा मेरा विरोध करते हैं।" कर्ण के स्वर में स्पष्ट खीझ थी।

"यही तो मैं कह रही हूँ।" राधा ने कर्ण के साथ अपना स्वर भी मिलाया, "इतने दिनों के अज्ञातवास के पश्चात पुत्र घर लौटा है और पिता है कि उसका कुशल-मंगल न पूछ कर, उसे स्नेह अनुराग न दे कर, जाने किन-किन विषयों का वितण्डावाद खड़ा कर, उसे सारी रात जगाये रखने का संकल्प किये बैठा है।"

"सत्य कहती हो भद्रे। किन्तु इतना तो तुम भी समझ ही लो कि पिता का दायित्व, माँ के समान बालक को लाड़-प्यार देने, पेट-भर खिलाने और सुख-पूर्वक सुलाने तक ही सीमित नहीं होता। पिता को पुत्र के शरीर की ही नहीं, उसके मन और उसकी आत्मा की भी चिन्ता करनी पड़ती है। यदि ऐसा न हो तो उसका भ्रमित मन उसके शरीर के साथ-साथ उसकी आत्मा को भी संकट में डाल देता है।..."

"तो उसके मन की चिन्ता आज, इसी समय करनी है क्या?" राधा के स्वर का विरोध कम नहीं हुआ था।

"तुम्हारे पुत्र ने ही चर्चा की थी। मैंने तो चर्चा को आगे ही बढ़ाया था।" अधिरथ बोला, "और वैसे भी आज यह आया है; हम एक साथ बैठे हैं, तो चर्चा हो रही है; अन्यथा इसके पास हमारे लिये समय ही कहाँ होता है। फिर यह होगा, इसका मित्र दुर्योधन होगा, गुरु-पुत्र अश्वत्थामा होगा और वह होगा राजा का साला गन्धार-कुमार शकुनि।..."

"ठहर जाओ माँ!" कर्ण बोला, "इस चर्चा में कोई हानि नहीं है। मैं पिता जी से ही पूछ लूँ कि क्या शिक्षा का अधिकार सबको नहीं है? शिक्षा और ज्ञान क्या ब्राह्मण और क्षत्रिय-पुत्रों की ही बपौती है?"

"शिक्षा का अधिकार तो सबका है पुत्र!" इस बार अधिरथ अत्यन्त शान्त स्वर में बोला, "क्योंकि अपने विकास का अधिकार समस्त जीवों को है–शारीरिक, मानसिक और आर्थिक विकास। अपनी आजीविका अर्जित करने के लिये भी विद्या प्राप्ति का अधिकार सबको है। किन्तु इसके पश्चात भी ज्ञान, चेतना तथा शारीरिक और मानसिक कौशल के अनेक क्षेत्र हैं; जिनके विषय में सामाजिक नेतृत्व यह तय करता है कि कौन-सा व्यक्ति, कौन-सी विद्या ग्रहण कर, समाज के लिये अधिक उपयोगी होगा। क्या तुम्हें नहीं लगता कि लोहार बनने की क्षमता रखने वाले व्यक्ति को चित्रकला सिखाने का कोई लाभ नहीं है। वह, विद्या और शिक्षक–दोनों का ही अपव्यय है। संगीतशास्त्र में पारंगत होने वाले व्यक्ति को मल्लविद्या सिखाने का क्या लाभ?...और शस्त्र-विद्या की शिक्षा तो बहुत ही सोच-समझ कर दी जानी चाहिए! शस्त्र तो केवल उनके हाथ में दिया जाना चाहिए, जो शरीर से ही नहीं, मन और आत्मा से भी

क्षत्रिय हों। जो केवल न्याय और सत्य की रक्षा के लिये शस्त्र धारण करता हो; जो निर्बल की आततायी से रक्षा करता हो; जो अधर्म, अन्याय, शोषण और अत्याचार के विरोध में अपने प्राण देने को आतुर हो।"...

"तो आपका विचार है कि सारे क्षत्रिय न्याय के लिये शस्त्र धारण किये खड़े हैं!" कर्ण के स्वर में स्पष्ट क्रोध था, "मैं कहता हूँ पिता जी! ये लोग शक्तिशाली होने के लिये, सत्ता को अपने हाथ में बनाये रखने के लिये, शस्त्र धारण करते हैं। ये लोग हम सूतकुमारों को हीन मानते हैं; और हमें हीन बनाये रखना चाहते हैं। वे चाहते हैं कि हम सदा उनके दास बने रहें। यह तो जातीय शोषण है पिता जी!"

अधिरथ का चेहरा क्षोभ से आरक्त हो गया। लगा, जैसे उसकी वाणी का विस्फोट होगा; किन्तु उसका संयम, उसके क्षोभ से अधिक बली प्रमाणित हुआ। उसने जैसे अपना सारा रोष पी लिया, "मैं जानता हूँ पूत्र! कि आज के ये सारे शस्त्रधारी क्षत्रिय न तो क्षत्रिय कहलाने योग्य हैं और न शस्त्र धारण करने के। इनमें धर्म, न्याय और विचार की मात्रा कम हो रही है—भोग, हिंसा और स्वार्थ की मात्रा बढ़ रही है। ये न्याय की स्थापना के लिये आत्मबलिदान के व्रतधारी सात्विक जीव नहीं हैं; ये भोग के लिये आतुर, अहंकार के बौराए हुए, रजोगुणी जीव हैं। इसलिये तो कहता हूँ कि शस्त्र-शिक्षा बहुत सोच-विचार कर, अत्यन्त संयमी और विचारवान लोगों को दी जानी चाहिए। यदि किसी अपात्र अथवा कुपात्र को कुम्भ-निर्माण की शिक्षा दी जायेगी, तो वह अपनी विद्या से यदि समाज का हित नहीं कर पायेगा तो अहित भी क्या करेगा। सुन्दर और कलात्मक कुम्भों का निर्माण नहीं करेगा तो कुछ कुरूप और कलाहीन भाजन गढ़ेगा; किन्तु कुपात्र के हाथ में शस्त्र दिया जायेगा, तो वह समाज का विनाश कर देगा।..."

"आप यह नहीं मानते कि वे हमें—सूतों को—स्वयं से हीन मानते हैं और हीन ही बनाये रखना चाहते हैं?" कर्ण ने पिता की बात बीच में ही काट दी।

"अवश्य मानता हूँ।" अधिरथ बोला, "सूत माता-पिता के घर में उत्पन्न हुआ हूँ। सूतों के समाज में पला और बढ़ा हूँ। किन्तु कर्ण! आज तक 'सूत-पुत्र' सम्बोधन से किसी सूत-पुत्र को मैंने इतना पीड़ित होते नहीं देखा, जितने पीड़ित तुम होते हो। क्षत्रियजन सूतों को कितना हीन मानते हैं—कह नहीं सकता; किन्तु तुम उसे जितना बड़ा कलंक मानते हो, वह मैं जानता हूँ।" अधिरथ ने कर्ण को देखा, "तुम्हारे वश में होता, तो तुम कब के अपने इस कलंक को धो चुके होते। तुम इसे इतना अपमानजनक मानते हो, इसलिये इससे मुक्त होने के लिये इस प्रकार तड़पते भी हो। जहाँ तक मैं समझता हूँ,

तुम्हें क्षत्रियों की घृणा से अधिक, अपना हीनता-बोध पीड़ित कर रहा है। यह हीनता का भाव ही तो है, जिसने तुम्हारे भीतर इतनी प्रतिहिंसा कूट-कूट कर भर रखी है। तुम्हारी महत्वाकांक्षा, अपनी विकास-भावना से प्रेरित नहीं है—वह तुम्हारी प्रतिहिंसा की उपज है।... तुम स्वयं ऊँचा उठने से अधिक, किसी और को नीचा दिखाना चाहते हो।..."

कर्ण ने पिता को देखा : वह नहीं जानता था कि पिता ने कभी उसके विषय में इतना सोचा था। क्या उसके पिता, उसके विषय में, उससे भी अधिक जानते हैं?

"पिता जी! यदि मैं शस्त्र-विद्या के क्षेत्र में और विकास करना चाहता हूँ, यदि मैं युद्ध-शास्त्र के विषय में और अधिक जानना चाहता हूँ तो इसमें हीन भावना और प्रतिहिंसा की बात कहाँ से आ गयी? यदि अर्जुन धनुर्विद्या से पारंगत होना चाहता है, तो उसके विषस में तो कोई ऐसी बात नहीं कहता।"

"यही बात है तेरी। यही बात! अच्छा हुआ, तूने स्वयं ही यह नाम ले लिया।" लगा, कि अधिरथ जैसे अपना सारा सन्तुलन खो बैठा है, "तेरी सारी महत्वाकांक्षा इसलिये है कि तू अर्जुन को नीचा दिखा सके। तेरी याचना सरस्वती के मन्दिर में भी कितनी तमोगुणी है—यह तूने कभी सोचा है? अरे धनुर्धर ही बनना चाहता है, तो जीवन में किसी ऊँची आकांक्षा को ले कर चल!" अधिरथ ने किसी प्रकार स्वयं को सन्तुलित किया, "तू कहता है कि ये क्षत्रिय हमें हीन समझते हैं—मैं पूछता हूँ कि क्या साधारण क्षत्रिय—ये द्वारपाल, ये रक्षक, ये साधारण सैनिक ही नहीं, साधारण गुल्मपाल और छोटे-मोटे सेनाधिकारी—ये सब हमसे अच्छे हैं क्या? उनका क्या स्थान है राजपरिवार में? अरे हम तो फिर राज-सहचर हैं। किन्तु तू उनसे अपनी तुलना नहीं करता। तू अपनी तुलना करता है, राजकुमारों से। तेरी सारी पीड़ा यही है कि तू राजकुमार क्यों न हुआ! क्षत्रियों से तेरा विरोध है तो दुर्योधन से क्यों नहीं है विरोध तेरा—केवल अर्जुन से ही क्यों है? और तेरा तिरस्कार तो ब्राह्मणों ने किया है—द्रोण हों या परशुराम। तू ब्राह्मणों का विरोध क्यों नहीं करता? तेरा सारा आक्रोश अन्ततः आ कर पाण्डवों, और उनमें भी अर्जुन पर ही क्यों केंद्रित हो जाता है? उसने क्या बिगाड़ा है तेरा?"

अधिरथ की दृष्टि आ कर जैसे कर्ण के चेहरे पर ही नहीं, उसकी आँखों में धँस गयी। वह जैसे कर्ण से अपने प्रश्नों का उत्तर माँग ही नहीं रहा था, बलात उसके भीतर वह उत्तर खींच निकालने का प्रयत्न कर रहा था।

"क्षमा करें तात!" अन्ततः कर्ण बोला, "मेरी समझ में यही नहीं आता कि आप महाराज धृतराष्ट्र की सेवा में रहते हुए भी, पाण्डवों के इतने बड़े

समर्थक क्यों हैं?" और सहसा उसके स्वर में आवेश का मिश्रण हो आया, "अपने मित्र और शत्रु चुनने का अधिकार किसी भी व्यक्ति को है।...मैंने अपने शैशव से महाराज धृतराष्ट्र को ही हस्तिनापुर के राजा के रूप में देखा है और मैं उन्हीं की महत्ता स्वीकार करता हूँ। साधारण राजकुमार ही नहीं, युवराज होते हुए भी सुयोधन ने सदा मुझे अपना मित्र माना है। मैं जानता हूँ कि मुझे क्षत्रिय राजकुमार की महत्ता नहीं मिल सकती; किन्तु मैं इन कंगले पाण्डवों को यह महत्ता बाँटते हुए, अथवा बलात ओढ़ते हुए नहीं देख सकता।...नहीं देख सकता।"

बात समाप्त करते-करते, कर्ण को स्वयं लगा कि आक्रोश के अतिरेक से उसका कण्ठ अवरुद्ध हो रहा है।

"यही तो तेरी अबोधता है।" इस बार अधिरथ का स्वर पूर्णतः कोमल था, "मैं वही तुझे समझाना चाहता हूँ पुत्र! हम राज-सहचर सूत हैं। मैं हस्तिनापुर के सम्राट का सारथि हूँ, धृतराष्ट्र का नहीं। सम्राट बदलते रहते हैं, किन्तु राज-तन्त्र और राजकर्मचारी वही रहते हैं। हमारी निष्ठा व्यक्तियों के प्रति नहीं है। मैं चाहता हूँ कि तुम भी इस तथ्य को पहचानो। अपने स्थान और धर्म को समझो। राजपरिवार की राजनीति में मत पड़ो। तुम उनके पक्ष और विपक्ष मत बनो। तभी तो मैं कहता हूँ पुत्र! कि धरती यदि जलधारा को सोख सकती है, तो समुद्र उसे लील सकता है। हम नहीं जानते हैं कि हमारे लिये धरती कौन है और सागर कौन! तुम जो हो! वही बने रहो। हमारा अपना ज्ञान ही अन्तिम सत्य नहीं होता। हम जिसे अपना अहित मान बैठते हैं—बहुत सम्भव है कि वह हमारे हित से भी बड़ा हितैषी हो। कौन जानता है, पाण्डव तुम्हारे मित्र दुर्योधन से भी बढ़ कर तुम्हारे आत्मीय बन जायें। तुम अपने स्थान पर स्थिर रहो पुत्र! दृढ़ बनो। अपना विकास करो। अपने मन में प्रतिहिंसा का विष मत पालो।..."

कर्ण की आँखों में आया वेग अदमनीय था। उसकी वाणी में उद्दण्डता थी, "यहीं आ कर मेरा संयम नष्ट हो जाता है तात! मैं उस मोटे भीम और उस काइयाँ अर्जुन को इस हस्तिनापुर में फलते-फूलते नहीं देख सकता। आप मुझे क्षमा करें, आपका आदेश और उपदेश—दोनों ही मेरे लिये अग्रहणीय हैं।..."

इस बार अधिरथ के कुछ कहने से पूर्व ही राधा बोली, "आप दोनों इस विषय को यहीं छोड़ कर, कोई और बात नहीं कर सकते? इससे तो अच्छा है कि आप मौन रहें। इतने दिनों के पश्चात पुत्र घर आया है। मुझे उससे प्रेम के दो बोल बोल लेने दीजिए। उसे कुछ खिला-पिला लेने दीजिये। और कुछ नहीं तो उसे विश्राम ही कर लेने दीजिए।..."

अधिरथ उठ खड़ा हुआ, "ठीक है। इसे खिलाओ-पिलाओ। इसके शरीर और मन को सुख और विश्राम दो।" उसने जैसे जाने से पहले अपनी पत्नी और पुत्र को देखा, "मैं भी अपने प्रेम के ही कारण इसे यह सब कह रहा था। प्रयत्न कर रहा था कि भविष्य में उसके मार्ग में आने वाली विघ्न-बाधाओं के प्रति उसे सचेत कर दूँ; किन्तु यदि पिता इतना ही समर्थ होता, तो कोई भी पुत्र जीवन में कष्ट ही क्यों पाता?...

खीझ और हताशा की साकार मूर्ति बना अधिरथ कक्ष से बाहर निकल गया।

कर्ण भी उठ खड़ा हुआ, "तुम भी विश्राम करो माँ! मुझे भोजन की आवश्यकता नहीं है! यदि नींद आ जाये तो इस समय सोना ही चाहूँगा।..."

राधा ने कुछ कहने से पहले ही कर्ण कक्ष से निकल गया।

अपनी शैया पर लेट कर भी कर्ण को नींद नहीं आयी।

उसने घर छोड़ने से पहले ही, इस विषय में कोई गम्भीर विचार नहीं किया था, और न ही लौटते ही समय सोचा था कि उसके माता-पिता उसके इस प्रकार चले जाने से क्या सोचेंगे और क्या अनुभव करेंगे।...वस्तुतः उसके मन में ऐसी धुन समायी थी कि किसी और के बारे में सोचने-विचारने, भावना-संवेदना, इच्छाओं आकांक्षाओं के लिये उसके मन में कहीं कोई अवकाश ही नहीं बचा था। उसके मन में कहीं गहरे यह बात समायी हुई थी कि जैसे ही वह हस्तिनापुर छोड़ने का विचार प्रकट करेगा, उसकी माँ उससे लिपट-लिपट कर रोने लगेंगी, पिता उसे हस्तिनापुर में रहने के सम्बन्ध उपदेश देने लगेंगे। ऐसी स्थिति में या तो वह जा ही नहीं पायेगा, अथवा माता-पिता से झगड़ा कर जाना होगा। क्या यही अच्छा नहीं कि वह चुपचाप ही चल दे...

'क्या इतनी ही बात थी?' उसके मन के किसी कोने में बैठे हुए, उसके आलोचक ने डपट कर पूछा।

कर्ण जैसे मन-ही-मन सहम गया।...क्या उसका कोई भेद खुल रहा था? ...पर यह तो उसके मन की ही ऊहापोह थी।...हाँ! बात केवल इतनी ही नहीं थी।...द्रोणाचार्य द्वारा तिरस्कृत होने पर उसके मन में कहीं यह भय बैठ गया था कि कदाचित कोई भी गुरु उसे शिक्षा नहीं देगा...कोई भी ब्राह्मण गुरु... यह भी सम्भव था कि हस्तिनापुर में लोगों को यह ज्ञात हो जाता कि वह गुरु परशुराम के आश्रम में जा रहा है तो आचार्य द्रोण अथवा पाण्डवों के इन हितैषियों में से कोई उन्हें भी समझा आता कि सूत-पुत्र को इतनी शस्त्र-विद्या और रणकौशल का क्या करना है।...वह अपने माता-पिता से ही क्यों, वह तो

सारे हस्तिनापुर से छिप कर भार्गव-आश्रम में गया था...

किन्तु वापस लौटते हुए उसके मन में कहीं भी तनिक-सा भी संशय नहीं था कि उसके माता-पिता, उसके मित्र तथा सहपाठी—उसे पुनः अपने बीच पा कर प्रसन्न होंगे।—माता तो प्रसन्न हुई भी! किन्तु पिता...प्रसन्न तो वे भी थे कि वह लौट आया, किन्तु उसके जाने से उत्पन्न खिन्नता, उनके मन से मिटी नहीं थी।...

क्यों इतने खिन्न थे पिता कि इतने लम्बे अन्तराल के पश्चात उसके लौटने पर भी वे उसको क्षमा कर, सहज नहीं हो पाये? क्या केवल इसलिये कि वह उनको सूचना दिये बिना चला गया था? नहीं! इतनी-सी बात से वे इतने लम्बे समय तक रोष पाले नहीं रह सकते। वह अपने पिता को जानता है। कारण कुछ और होना चाहिए।...क्या वे भयभीत थे कि वह योद्धा हो गया तो उसे हस्तिनापुर में सारथि का पद नहीं मिलेगा?—या वे यह मान बैठे थे कि भविष्य में युधिष्ठिर का हस्तिनापुर का राजा होना निश्चित था और सुयोधन का मित्र होने को कारण, कर्ण राजा का सारथि नहीं बन पायेगा।...उसे लगा, उसके मन में अपने पिता के लिये दया का भाव उत्पन्न हो रहा है—बेचारे! कितना सीमित संसार है उनका। कितनी छोटी-छोटी आशाओं-आकांक्षाओं को ले कर व्याकुल रहते हैं। वे जीवन को स्थिर और स्थायी मान बैठे हैं। वे तनिक-से परिवर्तन की भी कल्पना नहीं कर सकते। परिवर्तन की सम्भावना की चर्चा होते ही जैसे काँप उठते हैं। सारथि जैसे पद को वे इतना महत्वपूर्ण समझ बैठे हैं कि उस पद के छिन जाने की आशंका से उनके मन में पुत्र के घर लौटने पर सम्भावित प्रसन्नता का तनिक-सा भी स्फुरण नहीं हुआ; तनिक-सा मुस्कुरा भी नहीं सके वे। जीवन में कभी संकट नहीं झेले हैं उन्होंने। कभी निश्चित को छोड़, अनिश्चित को पाने का प्रयत्न नहीं किया उन्होंने! हस्तिनापुर के राजपरिवार के संरक्षण में बहुत सुरक्षित जीवन व्यतीत किया है उन्होंने।...

किन्तु कर्ण को ऐसी सुरक्षा नहीं चाहिए, जो जीवन को जड़ बना दे, उसका प्राण-रस छीन ले।—और वे पाण्डवों का पक्ष क्यों लेते हैं, जब कभी कर्ण पाण्डवों का विरोध करता है, वह उनके लिये असहनीय क्यों हो जाता है, क्या राजकर्मचारियों का सदा यही दृष्टिकोण होता है? क्या व्यक्ति के प्रति उसकी तनिक भी निष्ठा नहीं होती? सारी निष्ठा पद के प्रति ही होती है? क्या उनकी दृष्टि सदा यही देखती है कि सम्भावित शासक कौन है?

और सहसा कर्ण को लगा कि यदि राजकर्मचारियों का यही दृष्टिकोण होता है, तो भी उसके पिता के समस्त भय और आशंकाएँ व्यर्थ हैं।...यदि वह सुयोधन को ठीक-ठीक जानता है, तो युधिष्ठिर को हस्तिनापुर का राज्य कभी

भी प्राप्त नहीं हो सकता—किन्तु जाने, उसकी अनुपस्थिति में, पीछे हस्तिनापुर में क्या-क्या घटित हो गया है। उसने भी तो पिता से कोई समाचार नहीं पूछा। बस विवाद में उलझता ही चला गया। निश्चित रूप से पिता जी भी घर आये पुत्र का ऐसा स्वागत नहीं करना चाहते होंगे; किन्तु विवाद की तो प्रक्रिया ही ऐसी है, जिसमें उलझ कर व्यक्ति यह सोचता ही रह जाये कि विरोध करना तो नहीं चाहता था, फिर मैं विरोधी हो कैसे गया?...

उसे कल प्रातः सुयोधन से मिलना होगा। उससे सारे समाचार प्राप्त करने होंगे। हस्तिनापुर में रहने के लिये, हस्तिनापुर को जानना भी होगा। उसे जाने बिना, उसमें वास करना, किसी के लिये भी घातक हो सकता है।...

प्रातः गंगा में स्नान कर, और सूर्यदेव को अर्घ्य देकर कर्ण युद्धशाला की ओर चला गया। उसका सुयोधन से मिलना अत्यन्त आवश्यक था।...किन्तु जाने आजकल आचार्य ने अपने शिष्यों के लिये कैसा कार्यक्रम बना रखा था। वह उससे मिल भी पायेगा या नहीं। परम गुरु भार्गव के आश्रम की नियम-परायणता वह देख चुका था। आचार्य द्रोण ने तो अनुशासन को कभी आश्रम का विधान नहीं बनाया; किन्तु परशुराम के आश्रम में अनुशासन और विधान में कहीं कोई अन्तर ही नहीं था। उनके यहाँ नियम भंग करना अपराध था, जो विधान के अनुसार सर्वथा दण्डनीय था...

यह उसके लिये सुखद संयोग ही था कि सुयोधन और अश्वत्थामा दोनों ही प्रातः की उपासना के पश्चात अभ्यास-क्षेत्र में जाने से पूर्व ही उसे मिल गये। उसे इस प्रकार युद्धशाला-क्षेत्र में अपने सम्मुख खड़ा देख सुयोधन का उल्लास जैसे असन्तुलित वेग से, टूट कर उसकी ओर बढ़ा, "तुम कब आये कर्ण! हमें कोई सूचना ही नहीं दी।"

कर्ण मुस्कुराया, "सूचना देने ही तो आया हूँ। कल अर्द्ध रात्रि के समय तो मैं घर पर ही पहुँचा हूँ; और आज प्रातः तुम्हारे सम्मुख आ खड़ा हुआ हूँ राजकुमार! आशंका थी कि कहीं तुम लोग आचार्य के पास अभ्यास-क्षेत्र में चले गये तो कदाचित आज दिन-भर तुम लोगों से भेंट ही न हो पाये।..."

"नहीं! आजकल वह बात नहीं है।" दुर्योधन बोला।

"क्यों? अब क्या हो गया है?"

"अब आचार्य की ओर से शिक्षा समाप्त हो चुकी है।" दुर्योधन बोला, "अब सब लोग स्वेचछा से अभ्यास करने के लिये स्वतन्त्र हैं। अभ्यास न करना चाहें, न करें। किसी प्रकार का कोई प्रतिबन्ध नहीं है। किसी को कोई कठिनाई हो, कोई विशेष जिज्ञासा हो तो आचार्य के पास जा सकता है;

अन्यथा आचार्य अपनी साधना में रत हैं और हम लोग आत्मनिरीक्षण और आत्मपरीक्षण में लगे हुए हैं।"

"तो तुम लोग अपने-अपने परिवार में क्यों नहीं लौट जाते?" कर्ण को आश्चर्य हुआ, "जब यहाँ करने को कुछ है ही नहीं, तो व्यर्थ समय नष्ट करने का क्या लाभ?"

दुर्योधन हँसा, "आचार्य ने औपचारिक अनुमति नहीं दी है, इसलिये हम अपने परिवार में नहीं लौट रहे हैं।"

"वैसे कोई जाना चाहे तो कदाचित पिता जी को कोई आपत्ति नहीं होगी।" अश्वत्थामा बोला, "राजकुमार दुर्योधन अपनी इच्छा से युद्धशाला में ठहरे हुए हैं।"

"दुर्योधन!" कर्ण चौंका, "तुम युवराज को दुर्योधन कह रहे हो! उनके नाम को विकृत कर रहे हो!"

दुर्योधन हँसा, "मुझे स्वयं अपना यह नाम रुचिकर हो गया है। 'सुयोधन' में यह जो सुचारु ढंग से युद्ध करने की ध्वनि है, वह कुछ मेरे मनोनुकूल नहीं है। मैं तो दुर्द्धर्ष युद्ध करना चाहता हूँ, इसलिये दुर्योधन ही ठीक है। सुशासन ने भी अपना नाम दुःशासन ही कर लिया है—कठोर शासन। 'सुयोधन' और 'सुशासन' में जो कोमलता का भाव है—वह हमें तनिक भी प्रिय नहीं है।"

"ओह!" कर्ण मुस्कुराया, "तो आप लोग अपने परिवार में क्यों लौट नहीं रहे राजकुमार दुर्योधन!"

"यदि हम युद्धशाला छोड़ना चाहें तो आचार्य को आपत्ति नहीं होगी।" दुर्योधन बोला, "किन्तु अब, जब, इतने कठोर श्रम के पश्चात गुरु का अनुशासन कुछ शिथिल हुआ है, तब कोई क्यों चाहेगा कि वह अपने परिवार में लौट कर माता-पिता के अनुशासन में बँध जाये, अथवा माता-पिता द्वारा निश्चित की गयी, हाथ में जयमाला लिये प्रतीक्षारत कामिनी के कटाक्षों से विद्ध हो कर उसके बाहुपाश का बन्दी हो जाये।...अरे ये ही दिन हैं, उन्मुक्त वातावरण में मनचाहे विश्राम के...।"

"ओह! तो यह सत्ता-परिवर्तन के दिनों की स्वतन्त्रता है।" कर्ण हँसा, "वृषभ के कंधों पर पड़ा पहला जुआ कुछ शिथिल हुआ है; किन्तु वह इस भय से उसे झटक नहीं रहा कि कहीं उसे पूर्णतः मुक्त देख कर दूसरे स्थान पर जोत न दिया जाये।"

"सर्वथा उचित बिम्ब है यह हमारी परिस्थितियों का।" दुर्योधन ने अट्ठहास किया, "और एक बात और भी है।"

कर्ण ने उसकी ओर देखा, "क्या?"

"अरे वह मूर्ख भीम अब भी अनवरत परिश्रम कर रहा है। जब देखो, वह या तो मल्लशाला में स्वेद बहाता रहता है अथवा गदा-क्षेत्र में गर्जना करता फिरता है। उधर वह कन्या-राशि अर्जुन अपने धनुष की टंकार बन्द ही नहीं करता। जब देखो, तब लक्ष्य से दृष्टि चिपकाये, बाण को कान से सटाये, लक्ष्य भेद करता रहता है..."

कर्ण को लगा, दुर्योधन द्वारा तिरस्कारपूर्वक दी गयी यह सूचना उसके लिये कम महत्वपूर्ण नहीं है। यह सूचना पाते ही जैसे उसका उल्लास कहीं खो गया। लम्बे अन्तराल के पश्चात अपने मित्रों के साथ व्यतीत होने वाले यह निश्चिन्त क्षण, अब उतने आनन्दमय नहीं रहे थे।

"आओ! चल कर गंगातट पर कहीं बैठते हैं।" कर्ण और अश्वत्थामा के मध्य में चलते हुए दुर्योधन ने अपनी दोनों भुजाएँ फैला, उन दोनों की पीठ पर जैसे हल्का दबाव डाल कर, गंगा-तट की ओर मुड़ने के लिये प्रेरित किया, "बहुत दिनों के पश्चात मिले हैं। बहुत-सी बातें करनी हैं।" दुर्योधन कहता गया, "हमारा मित्र कर्ण वहाँ सर्वथा एकाकी और मित्रहीन रहा होगा। उसने अपने मन की बात कभी किसी से कही भी नहीं होगी। सुनाने के लिये उसके पास ढेर सारी बातें होंगी। सम्भव है कि उसकी बातों का ढेर पर्वत के बराबर ऊँचा हो।" दुर्योधन ने अश्वत्थामा की ओर देखा, "गुरु-पुत्र मेरे साथ ही था, किन्तु यह बोलता बहुत कम है। इतने दिनों तक मैं ही बोलता रहा हूँ। आज मुझे अपनी वाणी की थोड़ी बहुत प्रतिध्वनि तो मिलेगी ही!"

वृक्षों की छाया में स्वच्छ-सा स्थान देख कर वे बैठ गये।

"हाँ सुनाओ! तुम इतने दिन कहाँ रहे? क्या करते रहे?" दुर्योधन बोला, "हमें बता कर क्यों नहीं गये? तुम तो ऐसे विलीन हो गये जैसे धारा में लहर समा जाती है।"

कर्ण को लगा, उसका खोया उल्लास जैसे अभी लौटा नहीं है। जब तक उसके मन का बोझ हल्का नहीं हो जायेगा, कदाचित वह, सहज हो कर वार्तालाप नहीं कर पायेगा।...

"आचार्य ने तुम लोगों को युद्धशाला में क्यों रोक रखा है?" उसने दुर्योधन के प्रश्नों का उत्तर न दे कर, अपनी जिज्ञासा उनके सम्मुख रखी, "क्या वे तुम लोगों की परीक्षा लेंगे?"

"परीक्षा तो हमारी वे ले चुके हैं। अब तो उन्हें अपने लिये साधुवाद जुटाना है।" दुर्योधन हँसा तो उसके स्वर में परिहास के साथ थोड़ा उपहास भी था, "आचार्य ने इतना समय लगा कर, इतने श्रम से अपने शिष्यों को जो सिखाया है, राजपरिवार तथा प्रजा के सामने वे उसका प्रदर्शन नहीं करेंगे तो उनकी

प्रशंसा कैसे होगी; पता कैसे चलेगा कि उनकी उपलब्धियाँ क्या-क्या हैं?"

"क्यों? जब युद्ध होगा तो क्या पता नहीं चलेगा कि आचार्य के शिष्य कितने प्रबल तथा प्रखर योद्धा हैं?" कर्ण बोला।

"युद्ध तो जब होगा, तब होगा।" दुर्योधन बोला, "उतनी प्रतीक्षा कौन करे। बहुत सम्भव है कि हममें से अनेक लोगों को युद्धों में अपना सामर्थ्य प्रदर्शित करने का कभी अवसर ही न मिले।...वैसे भी आचार्य देव प्रशंसा पाने की शीघ्रता में हैं।..."

दुर्योधन ने अश्वत्थामा की ओर देखा। अश्वत्थामा प्रतिक्रियावश अपने अधरों पर क्षीण-सी मुस्कान ले आया; किन्तु उस मुस्कान में कहीं अपने पिता के तिरस्कार के प्रति निर्बल रोष की भावना भी थी।

"यह प्रदर्शन कैसे होगा?" कर्ण से पूछे बिना रहा नहीं गया।

"तुम्हें नहीं मालूम?...ओह! तुम तो कल रात ही लौटे हो। लगता है, अभी किसी ने तुमसे चर्चा नहीं की।" दुर्योधन बोला, "अरे भई! नगर के बाहर एक रंगशाला का निर्माण हो रहा है। उसमें सहस्रों आमन्त्रित नागरिक बैठेंगे। राजपरिवार के सदस्य भी होंगे। मन्त्री, सभासद तथा सेना-नायक होंगे। उन सबके सामने आचार्य अपने शिष्यों को नगाड़े की चोट पर प्रस्तुत करेंगे; और सबको दिखायेंगे कि उन्होंने अपने शिष्यों को क्या-क्या सिखाया है।"

"क्या-क्या सिखाया है?" कर्ण के मुख से जैसे अनायास ही निकल गया, "आचार्य ने अर्जुन को क्या-क्या सिखा दिया है?"

"क्या-क्या सिखा दिया है गुरु-पुत्र?" दुर्योधन ने अश्वत्थामा की ओर देखा।

"प्रायः सब ही कुछ सिखा दिया है।" अश्वत्थामा सरल भाव से बोला, "भूमि पर खड़े हो कर अश्वारोहियों, रथारोहियों तथा गजारोहियों से लड़ना, द्वैरथ-युद्ध करना, अनेक लोगों से एक साथ युद्ध करना, व्यूह रचना, व्यूह तोड़ना...शब्द-वेधी बाण चलाना।...और भी...धनुर्विद्या के प्रायः सारे मन्त्र। धनुष पर रख कर चलाये जाने वाले सारे अस्त्र!..."

"क्या आचार्य ने उसे ब्रह्मास्त्र भी दे दिया है?" कर्ण को लगा, उसके शब्दों में गूँज न हो कर सन्नाटा था।

उसने गुरु-पुत्र की ओर उस अपेक्षा से देखा कि अश्वत्थामा अभी अस्वीकृति में सिर हिला देगा।

"हाँ! पिता जी ने उसे ब्रह्मास्त्र भी दे दिया है।" अश्वत्थामा सहज भाव से बोला।

कर्ण को लगा, जैसे उसके वक्ष पर वज्रपात हो गया हो : अर्जुन ने

हस्तिनापुर में बैठे-बैठे ब्रह्मास्त्र प्राप्त कर लिया और वह जैसे सारी पृथ्वी का भ्रमण कर, वनों, सरिताओं, मरुभूमियों और पर्वतों पर भटकता फिरा...कुछ लोग भाग्य के कितने धनी होते हैं।

"अश्वत्थामा! अश्वत्थामा! अश्वत्थामा...।" जाने कैसा आवेश था यह! कर्ण को लग रहा था, कहीं वह अपना सन्तुलन खो कर अश्वत्थामा पर अपने बलिष्ट हाथों से प्रहार ही न कर बैठे...और जैसे स्वयं को संयत रखने के लिये ही, उसने अपनी दोनों मुट्ठियाँ धरती पर दे मारीं।

"क्या है कर्ण?" अश्वत्थामा ने शिशु की-सी अबोधता में उसकी ओर देखा, "तुम स्वस्थ तो हो?"

"मैं तो स्वस्थ ही हूँ।" कर्ण जैसे अवरुद्ध कण्ठ से बोला, "तुम लोग यहाँ बैठे क्या करते रहे? क्या तुम्हें नहीं लगता कि अर्जुन को ब्रह्मास्त्र की प्राप्ति नहीं होनी चाहिए थी? क्या आवश्यक था कि तुम्हारे पिता अर्जुन को उस प्रत्येक अस्त्र और विधि की शिक्षा देते, जो उन्होंने तुम्हें दी? क्या वे पुत्र और शिष्य में भेद नहीं कर सकते थे? उनके जीवन में जाने कितने शिष्य आयेंगे, किन्तु पुत्र तो एक तुम्हीं हो।..."

"ओह! यह बात है।" अश्वत्थामा उसी प्रकार भोली सरलता के साथ मुस्कुराया, "इसमें इतने आवेश में आने की क्या बात है कर्ण! यह अन्तर तो कोई भी व्यक्ति करेगा। पिता जी ने भी यह अन्तर किया ही था। किन्तु तुम कदाचित अर्जुन को नहीं जानते!"

"क्यों? इसमें अर्जुन के विषय में क्या जानना है? अर्जुन में ऐसी कौन-सी विशिष्टता है?"

अश्वत्थामा की दृष्ठि ऊपर उठी। अब उसमें शिशुओं का-सा भोलापन नहीं था। स्वच्छता उसमें अब भी थी; पारदर्शी स्वच्छता। उसमें जैसे ज्ञान का प्रकाश भर आया था। उसकी वाणी में गाम्भीर्य ही नहीं, अनुगूँज भी थी, जो केवल श्रद्धामिश्रित प्रशंसा के भाव से ही उत्पन्न हो सकती है, "अर्जुन शिष्य के रूप में संसार में अद्धितीय है। गुरु के प्रति उसका समर्पण और विद्या के प्रति उसकी निष्ठा अपने-आपमें सर्वथा सम्पूर्ण है। पिता जी का विचार है कि अर्जुन, शिष्य-भाव से जिस किसी के पास पहुँचेगा, वह गुरु अपनी कोई विद्या, कोई ज्ञान, अपने तक सीमित नहीं रख सकेगा। अर्जुन को अपने सम्मुख पा, गुरु के लिये कुछ भी अदेय नहीं रह जाता...।"

"ऐसा क्या है अर्जुन में?" कर्ण के स्वर में ऐसा चीत्कार था, जैसा कोई मार्मिक आघात खा कर किसी आहत कण्ठ से फूटता है, "ऐसा क्या किया है उसने?"

"तुम ज्ञान के प्रति उसकी आतुरता नहीं जानते!" अश्वत्थामा ने अत्यन्त शान्त स्वर में कहा।

"तुमने उसकी आतुरता देखी है; किन्तु क्या तुम मेरी आतुरता से परिचित नहीं हो गुरु-पुत्र!" कर्ण के स्वर में कटुता-ही-कटुता थी, "मुझे आचार्य ने सर्वथा ठुकरा दिया। और मैं ज्ञान के प्रति अपनी इसी आतुरता में महेन्द्रगिरि तक चलता चला गया। जानते हो, वहाँ क्या हुआ?" कर्ण रुक गया।

"क्या हुआ?" दुर्योधन बोला, "मैंने तुमसे पहले भी पूछा था, तुमने कुछ बताया ही नहीं।"

"जब मैं थका-हारा, भूखा-प्यासा गुरु भार्गव के आश्रम में पहुँचा तो मुझे उनसे मिलने का अवसर ही नहीं दिया गया। मुझे दो दिन आश्रम के बाहर प्रतीक्षा करनी पड़ी; और फिर मुझे भेंट का अवसर भी मिला तो गुरु से नहीं, व्यवस्थापक से। व्यवस्थापक से निबट कर मैं बड़ी कठिनाई से गुरु के सम्मुख उपस्थित हुआ।...और जानते हो, उन्होंने मुझसे क्या कहा?" कर्ण ने रुक कर उनकी ओर देखा।

अश्वत्थामा और दुर्योधन—दोनों में से कोई कुछ नहीं बोला। उन्होंने कर्ण की ओर देखा-भर!

"क्या चाहते हो?" गुरु ने कर्ण की ओर देखा।

"ज्ञान, गुरुदेव!" कर्ण ने अत्यन्त दीन स्वर में कहा।

"किस क्षेत्र का ज्ञान?"

"धनुर्वेद का ज्ञान गुरुदेव!"

"क्षत्रिय हो?" गुरु का स्वर अत्यन्त कठोर था और दृष्टि अत्यन्त तीक्ष्ण, जैसे कर्ण के मस्तक का भेदन कर, वे उसके मन की प्रत्येक बात जान लेंगे।

फिर वही बाधा...कर्ण का मस्तक जैसे भन्नाने लगा था। यदि वह क्षत्रिय नहीं है, तो क्या उसे कहीं भी ज्ञान नहीं मिलेगा?...संसार के इन सारे महान आचार्यों ने निश्चय कर लिया है कि संसार का ज्ञान जाति और वर्णों के कारागारों में बन्दी हो कर रह जायेगा।...कहाँ वह सोच रहा था कि वह महान गुरु भार्गव को अपना परिचय देगा, तो वे प्रसन्न हो कर उसे अपने वक्ष से लगा लेंगे और कहेंगे, 'तुम सच्चे जिज्ञासु हो कर्ण! तुमने ज्ञान के लिये इतनी दूर आने का श्रम किया है। मुझे तुम पर गर्व है। मुझे विश्वास है कि तुम मेरे सर्वश्रेष्ठ शिष्य होगे।...' और कहाँ यह व्यवहार!

अन्ततः कोई और विकल्प न पा कर कर्ण ने सत्य न बोलने का निश्चय किया।

"नहीं! मैं क्षत्रिय नहीं हूँ।"

गुरु ने भी शान्ति का निःश्वास छोड़ा, "अच्छा ही है कि तुम क्षत्रिय नहीं हो। नहीं तो मुझे, तुम्हें निराश करना पड़ता।"

"क्यों गुरुदेव?" कर्ण ने जिज्ञासावश पूछा।

"क्योंकि हमारे आश्रम में केवल ब्राह्मणकुमारों को ही शस्त्र-शिक्षा दी जाती है। तुम ब्राह्मण ही हो न?"

कर्ण की महत्वाकांक्षाओं का गरुड़ उस समय उसके मस्तक पर आ बैठा था। सत्यासत्य उसे विस्मृत हो गया। महत्वाकांक्षा के गरुड़ ने उसके मस्तक पर अपनी तीखी चंचु से प्रहार किया, 'बोल, हाँ! नहीं तो यहाँ से भी जायेगा। यहाँ कौन जानता है तुझे। किसे मालूम है कि तू सूतपुत्र है। व्यर्थ ही सत्यवादी बनने के पाखण्ड में अपने जीवन की चरम उपलब्धि को नष्ट मत होने दे।...बोल! बोल! मैं ब्राह्मण हूँ। ब्राह्मणों का ऐसा कौन-सा गुण है, जो तुझमें नहीं है...'

"हाँ! मैं ब्राह्मण हूँ।" कर्ण बोला।

"मैं तो तुम्हें देखते ही समझ गया था।" गुरु बोले, "ऐसा रंग-रूप सिवाय ब्राह्मण के और किसी का हो ही नहीं सकता।" उन्होंने रुक कर उसकी ओर देखा, "गोत्र?"

एक क्षण के लिये कर्ण की बुद्धि पर पुनः धुँधलका छा गया।...ब्राह्मण मात्र कह देना उसके लिये सरल था; किन्तु उसके आगे यह गोत्र-प्रगोत्र, जाति प्रजाति...

किन्तु तभी उसकी महत्वकांक्षा के गरुड़ ने पुनः उसके मस्तक पर चोंच मारी, गुरु, पिता के समान होता है। गुरु का गोत्र ही, शिष्य का भी गोत्र होता है।

धुँधलका छँट गया! उसे अपना मार्ग स्पष्ट दिखायी दे रहा था। उसे अपना बढ़ा हुआ पग पीछे नहीं हटाना था। उसका लक्ष्य कलुषित नहीं था। वह किसी की कोई हानि करने नहीं जा रहा था। किसी को वंचित नहीं कर रहा था। वह तो ज्ञान प्राप्त करना चाहता था। ज्ञान, जो सत्य है, ज्ञान जो ईश्वर है।...

"भार्गव!" उसने अपना गोत्र बता दिया।

गुरु प्रसन्न हो उठे, "समाज में शस्त्र-विद्या के सर्वोत्तम अधिकारी ब्राह्मण ही हैं पुत्र! और ब्राह्मणों में सर्वश्रेष्ठ हैं भार्गव! भार्गवों ने ही शस्त्रों के प्रयोग को विद्या के उच्चासन पर प्रतिष्ठित किया है और युद्ध-ज्ञान को शास्त्र का पद दिलाया है..."

"तात! क्षत्रिय क्यों शस्त्र-विद्या के अधिकारी नहीं रहे?" कर्ण से पूछे बिना

नहीं रहा गया, "परम्परा से तो शस्त्र-विद्या क्षत्रियों का ही अधिकार रहा है।"

"ठीक कहते हो वत्स! किन्तु क्षत्रियों ने अब इस विद्या को कलुषित कर दिया है। शस्त्र-ज्ञान और शस्त्र-प्रयोग अब क्षत्रियों के लिये न्याय और धर्म का उपकरण नहीं रहे; वे अत्याचार, शोषण और पीड़न के साधन हो गये हैं। शस्त्र-धारण और शस्त्र-परिचालन—इन दोनों का ही अधिकार केवल उन लोगों को है, जिनका विवेक स्थिर है। क्षत्रियों का न विवेक स्थिर है और न ही उनकी दृष्टि सत्य और धर्म पर टिकी है। उन्हें उन्माद हो गया है। सत्ता का मद, मनुष्य-को-मनुष्य नहीं रहने देता; वह उसे पशु बना देता है। इसलिये आज के क्षत्रिय भी पशु हो गये हैं।"...उन्होंने रुक कर कर्ण को देखा, "क्या नाम है तुम्हारा और कहाँ के निवासी हो?"

कर्ण को लगा, उसने एक बार के मिथ्या-कथन से, अपने-आपको बाँध लिया था। अब यदि वह उन्हें बताता है कि वह हस्तिनापुर के अधिरथ का पुत्र कर्ण है, तो बहुत सम्भव था कि किसी-न-किसी प्रकार, उनके कानों तक यह बात पहुँच ही जाती कि वह ब्राह्मण-पुत्र नहीं है। अब तो उसे सब कुछ ही गुप्त रखना होगा—नाम, पिता का नाम, निवास...

"मैं काशी के धर्ममित्र का पुत्र, ज्ञानमित्र हूँ गुरुवर!"

"उपयुक्त नाम रखा है, तुम्हारे पिता ने!"

"यह था गुरु के प्रति तुम्हारा पूर्ण समर्पण!" अश्वत्थामा के स्वर में कटुता का भाव स्पष्ट था, "गुरु से झूठ बोल कर, उससे ज्ञान प्राप्त करना। ज्ञान की चोरी...।"

"तो क्या करता मैं!" कर्ण खीझ कर बोला, "जब ज्ञान के सारे द्वार बन्द हो गये थे तो क्या करता मैं? आलसियों के समान निष्क्रिय हो कर चुपचाप बैठ जाता?" कर्ण ने क्षण-भर थम कर अश्वत्थामा को देखा, "मैं न तो आलसी हूँ और न ऐसी साधारण बाधाओं से हताश होने वाल जीव हूँ गुरु-पुत्र! मैं तो उन लोगों में से हूँ, जो रूठे भाग्य के हाथों से उपलब्धियों को बलात छीन लाते हैं।"

"मिथ्या भाषण कर!" अश्वत्थामा की वाणी में भर्त्सना का स्वर पर्याप्त मुखर हो आया था, "और फिर पूछते हो कि अर्जुन में ऐसा क्या है कि मेरे पिता शिष्य और पुत्र में अन्तर नहीं कर पाये।"

तो फिर बताते क्यों नहीं कि अर्जुन में ऐसा क्या है?" कर्ण ने आवेश में अपनी मुट्ठियों को एक बार फिर धरती पर दे मारा।

"पूर्ण समर्पण! गुरु-भक्ति!"

"आचार्य ने मुझे विद्या का दान अस्वीकार न किया होता, तो वे देखते कि कर्ण का समर्पण किस कोटि का है। मैंने गुरु परशुराम की इतनी सेवा की है, जितनी मानवता के इतिहास में आज तक किसी औरस पुत्र ने भी अपने पिता की न की होगी। उनकी नींद सोया, उनकी नींद जागा। उनकी आँखों के संकेत मात्र पर अपने प्राण समर्पित करने को प्रस्तुत था मैं।...गुरु को कितना स्नेह था मुझसे। वे गुरु भार्गव, जो अपना सामर्थ्य बनाये रखने के लिये, अपने किसी शिष्य का तनिक-सा सहारा भी नहीं लेते थे, जब अभ्यास करते थे, मुझे अपने साथ ले जाते थे। स्वयं इतना अभ्यास करते थे, किन्तु मेरे अभ्यास से चकित और प्रमुदित हो कर, सदा कहते थे कि मैं अपने प्रति इतना क्रूर क्यों हूँ।...और तुम जानते भी हो उस दिन क्या हुआ?"

"क्या हुआ?" अश्वत्थामा ने पूछा।

दुर्योधन कुछ नहीं बोला। वह अत्यन्त तटस्थ भाव से कर्ण और अश्वत्थामा का विवाद सुन रहा था, जैसे कोई वयोवृद्ध व्यक्ति बालकों के व्यर्थ के विवाद का आनन्द ले रहा हो।

गुरु भार्गव ने लक्ष्य-वेध में कुछ नये प्रयोग किये थे और उसके परिणामों से वे अत्यन्त उत्साहित हुए थे। इसी उत्साह के वेग में वे अपने वृद्ध शरीर की मर्यादा को भूल गये। और यह भी भूल गये कि पिछले दिनों के लम्बे उपवास ने उनके शरीर को पर्याप्त दुर्बल कर दिया था। उनका शस्त्राभ्यास तब तक निरन्तर चलता रहा, जब तक उनका शरीर सर्वथा असमर्थ हो कर हताश ही नहीं हो गया।...कर्ण, प्रातः से ही उनके साथ था। अपने उत्साह में वे वन के इस भाग में, आश्रम से बहुत दूर निकल आये थे। साथ आने के इच्छुक ब्रह्मचारियों को उन्होंने कब का लौटा दिया था। कर्ण का इतना अधिक आग्रह न होता, अपने प्रति उसके एकाग्र तथा सम्पूर्ण समर्पण से वे इतने प्रभावित न होते, तो कदाचित उन्होंने उसे भी अपने साथ आने की अनुमति नहीं दी होती।...अकेला वह ही उनके साथ था, इसलिये उनकी देख-भाल का सारा दायित्व उसी का था; और वह देख रहा था कि वे अपने वृद्ध शरीर की क्षमता को लाँघ कर, कहीं अधिक श्रम कर चुके हैं। अब उनकी देह शिथिल हो रही थी और उन्हें विश्राम की अत्यधिक आवश्यकता थी। वह यह भी जानता था कि गुरु भार्गव की आत्म-श्रद्धा कभी भी यह स्वीकार नहीं करेगी कि वे थक गये हैं और उन्हों विश्राम की आवश्यकता है।...वे आश्रम से इतनी दूर थे कि कर्ण, किसी और व्यक्ति की सहायता भी प्राप्त नहीं कर सकता था। वैसे भी वन में ऐसी सुविधा कहाँ थी, जहाँ वह उनसे विश्राम करने का आग्रह करता।

वह अपनी गुरु-भक्ति के कारण अत्यन्त चिन्तित था, और लगातार सोच रहा था कि ऐसा कौन-सा उपाय करे, जिससें गुरु अब और अधिक श्रम करने से विरत हो जायें तथा थोड़ा विश्राम कर लें।...सहसा उसके मन में आया कि वह अपनी ओर से गुरु से यह निवेदन करे कि थक गया है और विश्राम करना चाहता है। अतः वे लोग आश्रम की ओर लौट चलें।...किन्तु तत्काल उसके मन ने कहा--यह अवसर अपनी दुर्बलता प्रदर्शित करने का नहीं, अपना सामर्थ्य प्रमाणित करने का है। यदि उसने अपनी क्लान्ति की बात कही, तो बहुत सम्भव है कि गुरु न केवल इस समय उसे आश्रम में लौट जाने का आदेश दे दें, वरन भविष्य में भी ऐसे किसी अभियान में उसे अपने साथ रखना स्वीकार न करें। इसलिये उचित यही है कि वह उन्हें ही सहमत करे कि वे थक गये हैं, और उन्हें विश्राम की आवश्यकता है। वह समर्थ है, सक्षम है और उनकी देख-भाल कर सकता है।...

सहसा उनका हाथ काँपा और उनके मुख से अनायास निकला, "यह मुझे क्या हो रहा है? मेरा यह हाथ मेरा आदेश क्यों नहीं मान रहा?"

कर्ण को लगा, यही उचित अवसर था। यदि इस समय वह उन्हें विश्राम के लिये सहमत न कर पाया, तो वह अवसर पुनः नहीं आयेगा।...

"गुरुदेव! आप क्लान्त हो गये हैं।" वह धीरे से बोला, "आज प्रातः से ही बहुत अधिक श्रम किया है आपने। अब आपको थोड़ा विश्राम करना चाहिए।"

वे हँसे, "नये प्रयोग में पूर्ण दक्षता प्राप्त किये बिना विश्राम करना, परशुराम की मर्यादा नहीं है पुत्र! एक बार आश्रम में लौट गये तो यह प्रयोग आज अधूरा ही रह जायेगा। कल प्रातः पुनः आरम्भ करना होगा। और यह समय होते-होते तुम पुनः विश्राम का आग्रह करोगे।...क्या मैं मान लूँ कि अब इस शरीर में किसी नये प्रयोग में दक्षता प्राप्त करने का सामर्थ्य नहीं रहा? क्या परशुराम अब अस्तमान सूर्य है?"

वे हँस रहे थे किन्तु वह हँसी उनके आहत मन की पीड़ा की कथा कह रही थी। यह तो कर्ण ने उस दिन ही अनुभव किया था कि असफल हो जाने मात्र की पीड़ा, कोई पीड़ा नहीं है। वास्तविक पीड़ा तो यह मान लेने में है कि अब अन्त आ गया है और भविष्य में सफलता की आशा नहीं रही!

"नहीं गुरुदेव!" कर्ण बोला, "आपका सामर्थ्य ही तो हम सबकी शक्ति है। आप असमर्थ नहीं हुए हैं, केवल थक गये हैं। आश्रम तक लौटने की भी आवश्यकता नहीं है। आप यहीं थोड़ा विश्राम कर लें, और उसके पश्चात पुनः अपने प्रयोग को आगे बढ़ायें।..."

"यहाँ?" परशुराम ने चारों ओर दृष्टि दौड़ाई।

कर्ण समझ गया कि विश्राम के लिये तो वे सहमत हो गये हैं; किन्तु यहाँ कदाचित उन्हें विश्राम के लिये उचित स्थान और परिवेश दिखायी नहीं दे रहा था।

गुरु-सेवा की भावना में पूर्णतः मग्न, कर्ण अपने भाग्य को सराह रहा था। उसने तत्काल एक वृक्ष की छाया में, पेड़ों से गिरे हुए पत्तों को एकत्रित कर, एक शैया बनायी। उसने हाथ से धनुष ले कर वृक्ष की शाखा में टाँगा। तूणीर को वृक्ष के तने के साथ टिकाया और बोला, "विश्राम करें गुरुवर!"

वह देख रहा था कि गुरु का शरीर विश्राम के लिये व्याकुल था; किन्तु उनका मन जैसे हठ छोड़ नहीं रहा था। उसके लिये और थोड़ा आग्रह करने की आवश्यकता थी। उसने सस्नेह उनकी भुजा पकड़ी और उनसे लेट जाने का आग्रह किया; और जब वे लेटने के लिये तत्पर हो गये तो वह उनके सिर की ओर सुखासन में बैठ गया। उनके जटासुर वाले सिर को उसने अपनी जँघा पर टिकाया और वस्त्र से हवा करते हुए बोला, "आप थोड़ी देर तक निश्चिन्त हो कर निद्रा का सुख लें।"

गुरु ने मुस्कुरा कर कर्ण को देखा और बोले, "वत्स! संसार की रीति यही है कि स्वस्थ होने पर भी बालक ही अपने माता-पिता की गोद में सोते हैं। पिता पुत्र की गोद में सिर रख कर सोये तो मानना चाहिए कि वह स्वस्थ नहीं है। इस समय मैं अस्वस्थ नहीं हूँ; और तुम मेरे पुत्र भी नहीं हो... किन्तु कभी-कभी शिष्य भी अपनी सेवा से पुत्र का-सा अधिकार प्राप्त कर लेता है। इस समय ऐसा ही एक क्षण है। तुम्हारी सेवा से प्रसन्न होकर, मैं तुम्हें पुत्र-भाव से ग्रहण कर रहा हूँ। मैं अस्वस्थ नहीं हूँ, फिर भी तुम्हारी इस सेवा के सुख का लाभ उठाना चाहता हूँ। कदाचित संसार में किसी गुरु को इतना प्रिय शिष्य न मिला होगा; और किसी शिष्य को गुरु ने अपने औरस पुत्र का यह अधिकार न दिया होगा।"

गुरु ने आँखें बन्द कर लीं और कर्ण अपनी विह्वल अवस्था में कुछ कह नहीं सका। कुछ कहना आवश्यक था भी नहीं।

कर्ण की इच्छा तो बस इतनी ही थी कि गुरु उस समय कठोर श्रम से निरत हो कर थोड़ा विश्राम कर लें। इससे अधिक तो उसने कुछ सोचा भी नहीं था।...किन्तु वे सचमुच इतने थके हुए थे कि लेट कर आँखें मूँदते ही उन्हें नींद आ गयी। कर्ण के लिये यह अपनी अपेक्षा से भी अधिक फल पाने की स्थिति थी। और जब व्यक्ति अपनी अपेक्षा से भी अधिक फल पा जाये, तो उसकी रक्षा के लिये भी वह उतना ही सक्रिय हो जाता है।...उस समय, उसके मन में गुरु के लिये, कैसा तो स्नेह जागा, जो कभी अपने पिता के

लिये भी नहीं जागा था। वह अपनी ही सफलता से जैसे अभिभूत हो गया था—उसे लगा कि अब गुरु का मात्र श्रम से विरत होना ही पर्याप्त नहीं था, उनका लेट कर विश्राम करना भी पर्याप्त नहीं था, उनका सो जाना—और इस प्रकार उसकी गोद में सो जाना भी उसकी तृप्ति के लिये पर्याप्त नहीं था, कदाचित उन्हें अधिक-से-अधिक समय तक सुखपूर्वक सुलाये रखना ही उसकी सफलता होगी : जैसे उसकी किसी से प्रतिस्पर्धा हो कि कौन उन्हें अधिक समय तक सुलाये रख सकता है।...माँ भी तो अपनी गोद में सोये बालक की विघ्न-बाधाओं से रक्षा करती है—उस बालक की, जो प्रतिदिन उसकी गोद में सोता है।...गुरु का इस प्रकार गोद में सोना, क्या कोई दिनचर्या का अंग है? यह तो कोई बहुमूल्य, दुर्लभ क्षण है, जो विश्व के इतिहास में कभी-कभार ही आता है। और उसके लिये तो जैसे, उसके अपने पूर्व-जन्मों का कोई पुण्य उदित हुआ था—वह अपने गौरव के इन क्षणों को न कम होने देना चाहता था और न ही उसे समाप्त होने देना चाहता था...

"तो अन्ततः हुआ क्या?" दुर्योधन ने झल्ला कर पूछा, "गुरु पूरी नींद ले कर उठे और उन्होंने अपनी प्रसन्नता जतायी? तुम्हें कोई वरदान दिया? कोई नया शस्त्र दिया?"

"गुरु ने तुम्हें ब्रह्मास्त्र तो नहीं दे दिया?" अश्वत्थामा ने पूछा।

कर्ण के चेहरे का तेज, एक बार तपा कर पानी में डाल दिये गये ताँबे के समान काला पड़ गया था। अपनी आँखों में आ जाने वाले असफलता, पीड़ा तथा असहायता के आँसू रोकने के लिये वह उतना ही प्रयत्न कर रहा था, जितना कोई व्यक्ति, स्वयं को कुचले जाने से बचाने के लिये, अपने ऊपर आ गिरने वाली चट्टान को रोकने के लिये करता है।

दुर्योधन और अश्वत्थामा हतप्रभ रह गये। यह क्या हो गया उसे?

तब कर्ण जैसे अपने अश्रुओं को पी कर बोला, "मैं क्या जानता था कि जिसे मैं अपने सौभाग्य के उत्कर्ष का चरम क्षण मान रहा था, वही मेरे दुर्भाग्य का चरम क्षण था।..."

वह पुनः मौन हो गया; किन्तु इस बार दुर्योधन और अश्वत्थामा ने उससे कुछ पूछा नहीं। वे धैयपूर्वक उसके बोलने की प्रतीक्षा करते रहे।

कर्ण जब अपने इस सुख में समाधिस्थ होने का प्रयत्न कर रह था कि सहसा उसकी बायी जँघा में एक तीखी चुभन हुई, ऐसी जैसे किसी ने कोई तीखा शूल अत्यधिक वेग से चुभो दिया हो। वह उसका कारण जानने के लिये उठ खड़ा होना चाहता था; किन्तु उसकी गोद में सिर रखे गुरुदेव सुख की

निद्रा में निमग्न थे। वह जानता था कि वे बहुत कच्ची नींद सोते थे। उसके तनिक-से कम्पन से भी वे जाग सकते थे।...किन्तु इस रूप में स्थिर बैठना तो बहुत कठिन था। अब ऐसा लग रहा था, जैसे कोई किसी तीक्ष्ण शस्त्र से धीरे-धीरे उसके माँस को छील रहा था। पहले घाव की पीड़ा ही कम नहीं होती थी कि वही दंश पुनः पीड़ा जगा देता था।...उसने अपने हाथ से टटोल कर अनुभव करना चाहा कि वह क्या था? किन्तु न तो हिले-डुले बिना उसका हाथ नन्हे आक्रमणकारी तक पहुँच सकता था, न उसकी दृष्टि उसे देख सकती थी...और कर्ण गुरु-द्रोही नहीं हो सकता था...गुरु की निद्रा में विघ्न डाले बिना, जहाँ तक वह अपने हाथ से अनुभव कर सकता था—उसने प्रयत्न किया। उसका हाथ रक्त से जैसे भीग गया...अब तक उसे अनुमान हो चुका था कि यह कोई कृमि ही होगा, जो उसकी जँघा को नीचे से अपने नन्हे दाँतों से आरी के समान धीरे-धीरे काट रहा था। सम्भव है वह उसका रक्त-पान भी कर रहा हो; किन्तु जितना रक्त वह पी रहा था, उससे कहीं अधिक तो वह बहा रहा था...

वह समझ रहा था कि यह उसकी परीक्षा की घड़ी थी। बहुत सम्भव है कि गुरु ने सोने के लिये स्वेच्छा से यही स्थान चुना हो। यहाँ अलर्क नामक कृमि बहुत होते हैं। उनके दंश की यही प्रकृति है। वे रक्तपान भी करते हैं।...सम्भवतः गुरु ने अपने प्रति कर्ण की भक्ति की परीक्षा लेने के लिये ही, यहाँ, इस शयन की व्यवस्था की हो। सम्भव है कि गुरु का यह सारा व्यवहार, एक नाटक ही हो...यह नाटक हो या न हो...गुरु जानते हों, या न जानते हों...किन्तु कर्ण के लिये वह परीक्षा की ही घड़ी थी...और इस परीक्षा में उसे सफल होना ही था। वह अलर्क यदि कर्ण की पूरी जँघा भी खा जाये, तो भी वह हठपूर्वक, बिना हिले-डुले, इसी प्रकार यहाँ बैठा रहेगा...वह आज अपनी ही कष्ट-सहन-क्षमता और हठ की परीक्षा लेगा...

वह अपनी पीड़ा से लड़ता, अपने मानसिक ऊहापोह में लीन बैठा था कि अकस्मात गुरु ने आँखें ही नहीं खोल दीं—वे उठ कर बैठ गये।...उसने देखा, उनके कपोल पर रक्त लगा हुआ था—कदाचित उसी का अपना रक्त!...उन्होंने अपने हाथ से कपोल को छुआ। उनकी हथेली पर भी रक्त लग गया। और उसी क्षण उनकी दृष्टि कर्ण की जँघा पर पड़ी, जो इस समय तक रक्त-रंजित ही नहीं, रक्त-निमज्जित भी हो चुकी थी।

"यह क्या है ज्ञानमित्र! उठो। खड़े हो जाओ।"

आदेश में बँधा कर्ण, उठ खड़ा हुआ, और तब उसने अपने शत्रु को देखा—छोटा-सा कीट! अलर्क ही था। कैसे उसने उसे रक्त-निमज्जित कर

दिया था, जैसे किसी बड़े युद्ध में कर्ण ने कोई बड़ा घाव खाया हो।...और तब उसका ध्यान अपने गुरु की ओर गया। निद्रा का प्रभाव उन पर शेष नहीं था, न ही उसे इस प्रकार रक्त में भीगा देख, उनके मन में करुणा जागी थी।...उनकी आँखें, क्रोध से कुछ फैल गयीं थीं। उस क्लान्त मुख पर तेज भी पर्याप्त था। उन्होंने अत्यन्त कठोर स्वर में पूछा, "कौन है तू प्रवंचक?"

कर्ण समझ नहीं पाया कि गुरु उसे प्रवंचक क्यों कह रहे हैं—उसने तो यह सारा कष्ट इसलिये सहन किया था कि गुरु की सुख-निद्रा भंग न हो और गुरु उसकी इस सेवा का तिरस्कार कर...

"ब्राह्मण इतना सहनशील नहीं हो सकता और भार्गव ब्राह्मण तो किसी भी रूप में प्रतिवाद किये बिना इतना कष्ट सह नहीं सकता।" गुरु का क्रोध बढ़ता ही जा रहा था, जैसे पूर्ण चन्द्र की रात्रि में सागर की लहरें, "तू अवश्य ही क्षत्रिय है! बोल! तू क्षत्रिय ही है न? इतनी सहनशीलता और किसमें होगी? यह कष्ट-सहन-क्षमता...।"

कर्ण, गुरु के मन की स्थिति समझ गया। उन्हें पूर्ण विश्वास हो गया था कि वह क्षत्रिय ही है। क्षत्रिय—जिसके आधिपत्य का वे विरोध कर रहे थे। जिन्हें वे युद्ध-विद्या और शस्त्र-बल में आगे बढ़ने देना नहीं चाहते थे।...और एक क्षत्रिय ने मिथ्या-कथन कर, उन्हें भ्रम में रख, उनसे उनका ज्ञान प्राप्त कर लिया था...

वह हाथ जोड़, आँखों में अश्रु भरे, उनके चरणों पर गिर पड़ा। उनका क्रोध शान्त करने के लिये, वह मात्र प्रदर्शन नहीं था। अपनी भाग्यहीनता से वह इतना त्रस्थ हो गया था कि या तो वह क्षुब्ध ही हो सकता था, या दीन-हीन हो कर रुदन ही कर सकता था। और वे तो उसके गुरु थे। उनके सम्मुख वह अपनी पीड़ा न कहता तो किसके सामने कहता।...और फिर जो कुछ वे समझ रहे थे, कर्ण की वास्तविकता वह नहीं थी।...

"मैं क्षत्रिय नहीं हूँ गुरुदेव!" उसने बताया, "मैं हस्तिनापुर के अधिरथ का सूत पुत्र वसुषेण कर्ण हूँ।"

"सूतपुत्र कर्ण!" गुरु वैसे ही क्रोध में थे, "तूने मुझसे अपनी वास्तविकता क्यों छिपायी?"

"यदि मैं आपको अपना वास्तविक परिचय देता तो आप मुझे अपने शिष्य के रूप में स्वीकार ही नहीं करते।"

"तो यह है तुम्हारी नीति कर्ण!" गुरु का स्वर कुछ शान्त हुआ, "यदि याचना कर कोई वस्तु नहीं मिलेगी, तो तुम उसे चुरा लोगे?" गुरु की दृष्टि प्रखर हो कर उसकी आँखों में चुभने लगी थी, "कल तुम्हारी इच्छा धन, स्त्री

अथवा राज्य पाने की होगी—और याचना करने पर तुम्हें तुम्हारा मनोवांछित नहीं मिलेगा, तो तुम उसे चुरा लोगे?"

"नहीं गुरुदेव! मैं चोर नहीं हूँ। मैं चोर नहीं हूँ।" कर्ण ने आवेश में उनके चरणों पर अपना मस्तक पटका, "विद्या तो पराया धन नहीं है गुरुदेव! यह किसी व्यक्ति विशेष की सम्पत्ति तो नहीं है। ज्ञान तो प्रकृति का वैसा ही वरदान है, जैसे वायु, जल और प्रकाश है—कल कोई यह नियम बना दे कि जल, वायु और प्रकाश भी ब्राह्मणों को ही मिलेगा, तो यह न्याय तो नहीं होगा गुरुदेव!"

"गुरु से तर्क कर रहे हो; तो तर्क ही सही सूतपूत्र!" परशुराम का स्वर शान्त हो आया था, "जल, वायु और प्रकाश किसी व्यक्ति की सम्पत्ति नहीं है; किन्तु यदि कोई व्यक्ति, समाज अथवा राज्य, इनको अपने अवरोध में रख सके, तो वह उसकी सम्पत्ति है। जल व्यक्ति की सम्पत्ति नहीं, किन्तु कूप, व्यक्ति की सम्पत्ति हो सकता है, घाट व्यक्ति की सम्पत्ति हो सकता है। नदियों, सागर-तटों तथा भूमि के ऊपर के वायुमण्डल पर समाज और राज्य का नियन्त्रण होता है। उसी प्रकार सार्वभौम ज्ञान पर प्रत्येक प्राणी का अधिकार हो सकता है, किन्तु व्यक्तिगत ज्ञान पर व्यक्ति का ही नियन्त्रण है। तुम उसे उस व्यक्ति की इच्छा के विरुद्ध, बल अथवा छलपूर्वक प्राप्त नहीं कर सकते। ज्ञान-पिपासु उसे सदा ही गुरु की कृपा के रूप में प्राप्त करता है। उसे छल, प्रपंच, बलप्रयोग अथवा दुष्टता के माध्यम से प्राप्त नहीं किया जाता। उसका क्रय करना भी उसे दूषित करना है।" उन्होंने रुक कर कर्ण को देखा, "तुमने मुझे तो प्रवंचित किया ही है, तुमने यह भी स्पष्ट कर दिया है कि तुम अपने स्वार्थ के लिये किसी सामाजिक विधान को स्वीकार नहीं करोगे। दूसरे व्यक्ति अथवा समाज की इच्छा का तुम्हारे लिये कोई महत्व नहीं है। तुम अपनी इच्छा-पूर्ति के लिये उचित-अनुचित कुछ भी करोगे। तुम स्वेच्छाधारी हो सूतपुत्र!"

"नहीं गुरुदेव!" कर्ण की आँखों के अश्रु परशुराम के चरणों पर टपक आये, "नहीं गुरुदेव! नहीं! मुझे सूतपुत्र कह कर तिरस्कृत किया जा रहा था। मैं इस तिरस्कार का प्रतिशोध लेना चाहता था...।"

"शस्त्रबल से?" गुरु के अधरों पर व्यंग्य था, "जो तुम्हें सूतपुत्र कहेगा, तुम उसका वध करोगे?"

"नहीं गुरुदेव! क्षत्रियों की समकक्षता प्राप्त करके!"

"देखो कर्ण! इसका निर्णय मैं नहीं करूँगा कि सूतपुत्र कह कर कितना तुम्हारा तिरस्कार किया गया और कितना तुमने अपना तिरस्कार स्वयं ही मान लिया। अधिरथ सूत हो कर भी धृतराष्ट्र के मित्र हैं। वे इसे तिरस्कार नहीं

मानते। विदुर दासी-पुत्र हो कर भी हस्तिनापुर के मन्त्री हैं। उन्होंने तुम्हारे समान क्षत्रिय बनने का प्रयत्न नहीं किया। क्षत्रिय राजा, दीन-हीन ब्राह्मणों के चरण छूते हैं और उनकी आज्ञाओं का पालन करते हैं—उसे उन्होंने अपना तिरस्कार नहीं माना। विश्वामित्र ने अपना क्षत्रियत्व स्वीकार नहीं किया, इसलिये नहीं कि 'क्षत्रिय' हीन होता है, वरन इसलिये कि क्षत्रियत्व में उन्हें अपना पूर्ण विकास होता दिखायी नहीं देता। किन्तु उन्होंने स्वयं को ब्रह्मर्षि बताया नहीं, अपनी तपस्या से स्वयं को ब्रह्मर्षि बनाया। तुमने स्वयं को भार्गव-गोत्र का ब्राह्मण बताया—स्वयं को ब्राह्मण बनाने का कोई प्रयत्न नहीं किया। तुमने साधना और तपस्या का मार्ग छोड़ कर, छल और मिथ्याकथन का मार्ग अपनाया। तुम्हारे साधन शुद्ध नहीं थे। मुझे लगता है कि तुम्हारी आत्मा भी शुद्ध नहीं है।...तुम्हें शस्त्र-विद्या की आवश्यकता क्यों है? क्या करोगे तुम इस शस्त्र-बल का?"

कर्ण कुछ नहीं बोला।

"क्या तुम्हें आत्मरक्षा के लिये उसकी आवश्यकता है?"

"नहीं गुरुदेव!"

"तो क्यों चाहिए तुम्हें शस्त्रबल? और ब्रह्मास्त्र में तुम्हारी इतनी अधिक आसक्ति क्यों है?" परशुराम ने इस बार रुक कर उसे देखा, तो उनकी वाणी में भी तेज था और आँखों में भी, "इस बार असत्य भाषण मत करना, अन्यथा...।"

"नहीं! झूठ नहीं बोलूँगा, गुरुदेव!"

"तो सत्य बोलो।"

"मैं कुन्ती पुत्र अर्जुन की प्रगति से पीड़ित हूँ गुरुदेव! मैं उससे श्रेष्ठतर धनुर्धर योद्धा बनना चाहता हूँ।"

"मैं पहले ही समझ रहा था कि तुम्हारी वृत्ति सात्विक नहीं है। तुम अपना विकास नहीं चाहते, तुम दूसरे का विनाश चाहते हो। तुम्हारी वृत्ति निर्माण की है ही नहीं, तुम ध्वंस और विनाश के प्रवर्तक हो। तुम्हें अपने अहंकार की तृष्टि के लिये यह सब चाहिए। तुम्हारी ईर्ष्या और प्रतिहिंसा तुम्हें कभी उचित-अनुचित और धर्म-अधर्म का विचार करने नहीं देगी। तुम्हारा शस्त्रबल किसी सज्जन की रक्षा के काम नहीं आयेगा। सदा ही पापियों की ओर से उसका दुरुपयोग होगा। इसलिये द्रोण ने ठीक ही किया था कि तुम्हें विद्या नहीं दी। मैंने जितनी विद्या तुम्हें दी है, उतना ही पाप किया है। उचित तो होता कि अपने परशु के एक ही प्रहार से तुम्हारा मुण्ड, रुण्ड से पृथक कर देता, ताकि इस शुद्ध ज्ञान का दुरुपयोग न होता; किन्तु जिसे शिष्य के रूप

में सिखाया, पुत्रवत पाला—उसके वध के लिये यह हाथ उठना नहीं चाहता। ...पर अब इस आश्रम में तुम्हारे लिये कोई स्थान नहीं है। तुम इसी क्षण यहाँ से विदा हो जाओ। ऐसा न हो कि मेरा मन कुछ कठोर हो जाये और मेरा निश्चय बदल जाये...।"

"तो तुम वहाँ से चले आये?" सहसा दुर्योधन ने पूछा।

"नहीं! इतनी सरलता से तो नहीं आया। वस्तुतः गुरु का क्रोध कुछ कम होते देख, मेरी महत्वाकांक्षा पुनः उभर आयी थी। मेरा मन बार-बार कह रहा था कि यदि मैं आग्रह करूँगा तो कदाचित वे मान जायेंगे। मेरा ब्रह्मास्त्र-प्रशिक्षण आरम्भ ही हुआ था। यदि कुछ दिन और यह रहस्य न खुलता, तो मेरा ब्रह्मास्त्र-प्रशिक्षण पूरा हो चुका होता।...अब यदि मेरा आग्रह मान कर मुझे कुछ दिन और अपने आश्रम में रहने देते तो कदाचित मेरे जीवन की यह महत्वाकांक्षा पूरी हो सकती थी।..."

"तो तुमने यह दुराग्रह भी किया?" अश्वत्थामा के स्वर में कर्ण के लिये न तो सहानुभूति ही थी और न ही सम्मान!

"आग्रह तो मैंने किया ही—चाहे तुम उसे दुराग्रह कहो।..."

कर्ण ने पुनः हाथ जोड़ दिये। आँखों में हृदय की सम्पूर्ण दीनता को प्रदर्शित करते हुए वह गुरु के सम्मुख भूमि पर लेट गया, "मेरा इस प्रकार परित्याग न करें गुरुवर! बस मुझे ब्रह्मास्त्र का प्रशिक्षण पूरा कर लेने दें। ब्रह्मास्त्र पर अधिकार प्राप्त होते ही मैं यहाँ से चला जाऊँगा।"

"असम्भव!" परशुराम बोले, "मैंने तुम्हें दण्डित नहीं किया—क्या यह कम है?"

"गुरुदेव!" कर्ण उठ कर बैठ गया, "क्या मेरा अपराध इतना बड़ा है? मैंने तो अपने गुरु के कुल-गोत्र को अपना माना! क्या गुरु भी पिता के समान नहीं होता?"

"कुतर्क मत करो कर्ण!" गुरु बोले, "गुरु का महत्व, पिता के समान होता है। गुरु का सम्बन्ध, पिता का सम्बन्ध नहीं है। रंग-रूप, जाति-गोत्र इत्यादि हम पिता से प्राप्त करते हैं। गुरु, व्यक्ति की क्षमताओं का विकास करता है। तुम्हारा अपराध कितना छोटा या बड़ा है, मेरे लिये यह भी महत्वपूर्ण नहीं है। महत्वपूर्ण है तुम्हारी वृत्ति।...जीवन में कई बार अपना परिचय छिपाना भी पड़ता है। कई बार व्यक्ति कहीं अपना पूर्ण परिचय नहीं देना चाहता, अथवा छद्म परिचय देता है। ऐसे में हम उसे मिथ्यावादी नहीं मानते। हम यही मानते

हैं कि किसी प्रयोजन-विशेष से उसने छद्म-वेश धारण किया है। किन्तु हमें इस पर विचार करना पड़ता है कि उसका प्रयोजन अपने धर्म की रक्षा करना है अथवा किसी को प्रवंचित करना। तुमने मिथ्या कथन किया, गुरु को प्रवंचित किया, ज्ञान की चोरी की—और यह सब करवाया तुम्हारी तमोगुणोन्मुखी रजोवृत्ति ने। तुम्हारी क्षमता और शक्ति, समाज के कल्याण में नहीं, अपनी अहंकारमूलक महत्वाकांक्षा में लगेगी। तुम्हारी क्षमताएँ न्याय और धर्म का विचार नहीं करतीं। वस्तुतः प्रतिहिंसा उत्पन्न ही हीन वृत्तियों से होती है। तुम अब जाओ कर्ण! ब्रह्मास्त्र का जो प्रशिक्षण तुम्हें मिला भी है, उसे भी अभ्यास के अभाव में तुम भूल जाओगे।...जाओ।..."

कर्ण चुप हो गया। उसके मन का अवसाद उसके चेहरे पर प्रकट हो गया था।

"कोई बात नहीं मित्र!" दुर्योधन ने उसके कंधे पर हाथ रखा, "जो हो गया, उसकी चिन्ता मत करो। कोई आवश्यक तो नहीं कि सारा भोजन एक ही रसोइया पकाये। जो कुछ गुरु परशुराम से प्राप्त हो गया, हो गया—शेष कहीं और से प्राप्त कर लेना।" दुर्योधन ने उसकी भुजा पकड़ कर उसे अपने पास बैठा लिया, "अब तुम मेरी बात ध्यान से सुनो। तुम जो कुछ सीख कर आये हो, अभी हमारे लिये वही पर्याप्त है। कोई महायुद्ध तो हो नहीं रहा, जिसमें तुम्हें ब्रह्मास्त्र का प्रयोग कर शत्रु का नाश करना है।" उसने रुक कर कर्ण की ओर देखा, "और दूसरी बात यह है कि तुम आये बहुत समय से हो। मुझे तो तुम्हारा रहस्य खुल जाना और गुरु द्वारा तुम्हें इस प्रकार तिरस्कृत लौटा देना बहुत शुभ प्रतीत हो रहा है।... ।"

कर्ण ने आश्चर्य से उसे देखा, "क्या कह रहे हो?"

"देखो मित्र! हमने तुम्हें बताया कि हस्तिनापुर में रंगशाला बन रही है। उसमें सारे राजकुमार अपनी विद्या का प्रदर्शन करेंगे। युधिष्ठिर को तुम जानते ही हो—उसे कुछ नहीं आता। भीम की गदा, मैं अपनी गदा से उस दिन चपटी कर दूँगा। बहुत सम्भव है कि भीम रंगशाला से जीवित ही न निकले। नकुल-सहदेव बस यूँ ही। केवल वह अर्जुन है, जिसकी धनुर्विद्या को निरस्त करने के लिये हमारे पास कोई साधन नहीं था। अब तुम आ गये हो। रंगशाला में दिखायी जाने वाली धनुर्विद्या तो तुम सीख ही आये हो। तुम बस अर्जुन का यश निष्कलंक मत रहने देना। तुम इतना-भर तो कर ही देना कि अर्जुन निर्विवाद रूप से सर्वश्रेष्ठ वीर घोषित न हो सके।...ठीक है?"

"ठीक है..." कर्ण ने सहमति में सिर हिलाया।

"यही तो मैं कह रहा था," दुर्योधन बोला, "तुम यदि वहाँ ब्रह्मास्त्र सीखते

रह जाते और अर्जुन हस्तिनापुर का सर्वश्रेष्ठ योद्धा घोषित हो जाता, तो हम तुम्हारे ब्रह्मास्त्र का क्या करते? ब्रह्मास्त्र जैसे अस्त्र तो शोभा की वस्तु हैं। योद्धा उन्हें धारण किये रहता है और उनके प्रयोग का अवसर ही नहीं आता। जब कभी योद्धा उसके प्रयोग का संकल्प करता है, तो उसका अपना मन ही द्वन्द्व ग्रस्त हो जाता है, उसके अपने ही पक्ष के लोग, हाथ जोड़ कर प्रार्थना करने लगते हैं कि वह महाविनाश के इस अस्त्र का प्रयोग न करे। तो अर्जुन ब्रह्मास्त्र का बोझा ढोता रहे। उसका प्रयोग तो वह कर नहीं सकता। तुम उससे द्वन्द्व-युद्ध भी करोगे, तो भी वह तुम पर ब्रह्मास्त्र का प्रयोग नहीं कर सकता। समझे न?"

"तुम निश्चिन्त रहो मित्र!" कर्ण बोला, "अर्जुन को वह गौरव कभी प्राप्त नहीं होगा, जो तुम्हारे लिये अशान्ति का कारण बने।"

कर्ण चला गया तो अश्वत्थामा दुर्योधन की ओर मुड़ा, "मुझे तुम्हारा यह मित्र कर्ण कभी भी प्रिय नहीं रहा...।"

"क्यों?"

"उसकी बातों में सदा दूसरों के लिये उपेक्षा होती है। मुझे यह पिता जी का भी विरोधी प्रतीत होता है।" अश्वत्थामा बोला, "और गुरु परशुराम के साथ जो व्यवहार इसने किया है, वह किसी भी नैतिक मूल्य के अनुकूल है क्या?"

"गुरु-पुत्र!" दुर्योधन बोला, "नैतिकता अपने स्थान पर होती है और आकांक्षा अपने स्थान पर। तुम इसे इस प्रकार समझो कि यदि मैं धर्म-अधर्म, विधि-विधान तथा दूसरों की इच्छा-अनिच्छा के चक्र में पड़ा तो हस्तिनापुर का राज्य मुझे कभी नहीं मिल सकता—किन्तु यह राज्य मुझे प्राप्त करना ही है। नियमों का पालन तो वे करते हैं, तो असमर्थ होते हैं। जो हाथ बढ़ा कर वस्तु प्राप्त कर सकता है, वह नियम नहीं बनाता। तुम जो इतना सोचो," दुर्योधन ने उसका कंधा थपथपाया, "कर्ण का बल, सामर्थ्य और अधिकार जितना बढ़ेगा, पाण्डवों के शत्रु उतने ही प्रबल होंगे। वह कभी पाण्डवों का मित्र नहीं हो सकता। हमें पाण्डवों के विरुद्ध एक शस्त्र प्राप्त हो रहा है, तो हम उससे स्वयं को वंचित क्यों करें। मैं पूर्णतः आश्वस्त हूँ कि अब, जब कर्ण आ गया है तो रंगशाला में पाण्डवों का गौरव-गान सम्भव नहीं हो पायेगा।"

13

द्रोण का रथ, रंगशाला की निर्माणस्थली की ओर जा रहा था और आचार्य भविष्य के स्वप्नों में खोये हुए थे। उन्हें लग रहा था कि यह हस्तिनापुर के

राजकुमारों के कला-कौशल के प्रदर्शन की स्थली नहीं—यहाँ उनके अपने जीवन के स्वप्नों की अट्टालिका का प्रत्यक्ष निर्माण हो रहा था।

हस्तिनापुर आने से पूर्व उनको सदा यही लगा था कि वे स्वप्न ही देखते रहे हैं, उन्हें साकार कभी नहीं कर पाये। जाने ऐसा क्या था कि उनकी महत्वाकांक्षाएँ जितनी ऊँचीं थीं, उनके साधन उतने ही सीमित थे। उन्हें लगता था कि विधाता ने उनके भाग्य में केवल आकांक्षाएँ ही लिखी हैं, उनकी पूर्ति नहीं। जिनके मन में आकांक्षाएँ नहीं थीं—वे अपने स्थान पर सन्तुष्ट थे। उन्हें अभाव की पीड़ा तो नहीं सालती थी। अपने विषय में सोच-सोच कर, आचार्य ने यही पाया था कि उनकी क्षमताओं और गुणों का कभी आदर नहीं हुआ। जो सम्मान उन्हें मिलना चाहिए था, वह उन्हें कभी नहीं मिला। विधाता की भी विचित्र लीला थी, जिन्हें गुण और क्षमताएँ दीं, उन्हें सम्मान और प्रतिष्ठा नहीं दी; और जिन्हें सम्मान और प्रतिष्ठा दी, उनको कोई गुण नहीं दिया। कई बार वे सोच-सोच कर इतने चलित-चित्त हो जाते थे कि उन्हें यह जीवन, जीने योग्य नहीं लगता था...

उन्होंने सारथि को रथ रोकने का संकेत किया।

यहाँ से रंगशाला अपना पूर्ण विहंगम दृश्य प्रस्तुत कर रही थी। यह आचार्य के आज तक के देखे गये स्वप्नों का मूर्त रूप था। जिस गति से इस रंगशाला का निर्माण होता जा रहा था, मानो उतनी ही गति से उनके स्वप्न अपनी पूर्णता की ओर बढ़ रहे थे। अपने जीवन में पहले कभी उन्होंने सोचा भी नहीं था, कि मनुष्य के मन द्वारा देखे गये स्वप्न, की गयी आकांक्षाएँ, या हृदय में जन्मी याचनाएँ अपने सूक्ष्म संसार से निकल कर ऐसा ठोस और मूर्त रूप ग्रहण कर सकती हैं। जाने अब क्या हुआ था कि उनका मानसिक संसार और यह भौतिक संसार मिल कर एक हो गये थे। उधर उनके मन में एक निराकार और निर्गुण इच्छा जन्म लेती और इधर ईंट और गारे में उसका आकार स्पष्ट होने लगता था। कितनी सुविधा से उनकी इच्छाएँ पूरी हो रही थीं।...

उन्होंने सारथि को चलने का संकेत किया।

उनका रथ अब ढाल पर से नीचे उतर रहा था।...और सहसा उनका मन भी जैसे उल्लास के शिखर से अवसाद की ढाल पर चल पड़ा।...और कौन-सा ऐसा ऋषि, गुरु अथवा आर्चाय था, जिसे इस प्रकार अपनी आजीविका के लिये किसी राजकुल में शरण लेनी पड़ी हो। आर्यों का आदर्श यही रहा है कि गुरु अपने मनोनुकूल स्थान पर अपना आश्रम स्थापित करके रहता है। शिष्य उसके पास आते हैं। किरीटधारी राजा, उसके चरणों में सिर झुकाते हैं। उसकी इच्छाओं को जान कर, उनकी पूर्ति कर स्वयं को धन्य मानते हैं।

...उनके समान कौन-सा ऋषि अपनी तपस्या-भूमि को छोड़ कर राजाओं की ड्यौढ़ी पर आया, जैसे वे गुरु न हों, उन राजकुमारों के पिता द्वारा नियुक्त एक साधारण कर्मचारी हों। गुरु और राजकर्मचारी में बहुत अन्तर है...शायद इसलिये आज तक किसी ने उन्हें ऋषि द्रोण कह कर नहीं पुकारा, वे आचार्य द्रोण ही कहलाये। उनमें ऋषि का चरित्र, ज्ञान, साधना...कुछ नहीं है—वे तो मात्र अपने विषय में पारंगत विद्वान हैं। मात्र अपना विषय जानते हैं, उसके परे उनके ज्ञान का, उनकी साधना का कोई अस्तित्व नहीं?...

उनका मन जैसे खिन्न हो कर उनसे पूछ रहा था कि क्या यह आवश्यक था कि मनुष्य सफलता पाने के लिये, अपना स्तर नीचे गिराये? साधारण व्यक्ति के समान, साधारण लोगों के साथ लेन-देन का व्यापार करे? क्या लौकिक सफलता के लिये आवश्यक है कि व्यक्ति अपनी अन्तरात्मा का व्यापार करे? क्या यह सम्भव नहीं है कि व्यक्ति अपना कार्य करता रहे, उसमें उन्नति करे, मौलिकता तथा श्रेष्ठता लाये, और कोई अन्य व्यक्ति उसकी ग्रीवा में माला पहनाने के लिये पुष्प चुनता रहे? क्या यह आवश्यक है कि अपनी ग्रीवा में माला पहनने के लिये हम स्वयं ही पुष्प उपलब्ध करायें? चाहे अपनी वाटिका में उगाएँ अथवा हाट से क्रय करके लायें?...द्रोण ने तो कभी नहीं चाहा था कि राजसभाओं में उनकी जय-जयकार हो, वे स्वर्ण के सिंहासनों पर बैठें और उनके आगे-पीछे सशस्त्र प्रहरी मस्तक झुका कर उनका अभिवादन करें। किन्तु पता नहीं विधाता का विधान ऐसा है, या समाज का निर्माण कि यह साधक को उसकी साधना से विचलित करके ही पुरस्कृत करता है।... और जैसे द्रोणाचार्य का मन अपने ही विचार पर अटक गया—साधक को साधना से विचलित करके ही समाज पुरस्कृत करता है...साधना...विचलन... और पुरस्कार...

द्रोण की कल्पना में एक बिम्ब उभरा...एक मानव मूर्ति पद्मासन लगाए, ध्यान कर रही थी।...पहले तो उसका अपना मन ही नहीं सधता। वह चंचल बालक के समान इधर-उधर भागता है। साधक उसे अनुशासित करता है। फिर उसका तन उसे विचलित करने का प्रयत्न करता है। कहीं पीड़ा है, कहीं कष्ट; कहीं रोग है, कहीं असुविधा...। जब साधक उसकी उपेक्षा कर जाता है, तो कोई देवमूर्ति अवतरित होती है—'तुझे क्या चाहिए साधक? मुझसे कुछ माँग ले और अपनी साधना छोड़ दे। कुछ माँग ले और साधना छोड़ दे।...'

यह संसार साधना से इतना भयभीत क्यों है? क्यों वह साधक को अपने मार्ग पर नहीं जाने देता?...द्रोण को अपनी साधना-स्थली में एक गाय मिल गयी होती, तो द्रोण क्यों आते इस हस्तिनापुर में?...जाने क्यों विधाता ने नहीं

चाहा कि वे गुरु बन कर अपने आश्रम में रहें, उन्हें आचार्य बना कर राजसभा में ला पटका। अपने आश्रम में एक गाय नहीं दी और यहाँ पूरी गोशाला दे दी, राजसी भवन दे दिया। वस्त्र और आभूषण दे दिये।...किन्तु ऋषि को राजकर्मचारी बना दिया। वह राजकर्मचारी अब अपने प्रभुओं को दिखाना चाहता है कि वे देखें कि उनके निष्ठावान सेवक ने उनका कार्य कितनी निष्ठा से किया है। वे उससे प्रसन्न हों, उसका साधुवाद करें, सार्वजनिक रूप से उसकी प्रशंसा करें, उसे पुरस्कृत करें, उसको धन-धान्य दें...क्या यशस्वी आचार्य बनने के लिये एक ऋषि का यह अधःपतन अनिवार्य है?...

और सहसा द्रोण के भीतर किसी ने चीत्कार किया, "नहीं! ऐसा नहीं है। सामने निर्माणाधीन यह रंगशाला उनके पतन का प्रतीक नहीं है। यह उनके स्वप्नों की पूर्णता की ओर अग्रसर होने का मार्ग है। यह प्रथम सोपान है, उनके उत्थान का, ऊपर उठने का! इस रंगशाला में जब उनके द्वारा प्रशिक्षित योद्धा अपनी क्षमताओं का प्रदर्शन करेंगे, तो आर्यावर्त्त में ही नहीं, सम्पूर्ण जम्बूद्वीप में उनकी जय-जयकार होगी। उनकी कीर्ति पताका हिमालय के ऐसे शिखर पर लहराएगी, जहाँ से सारा संसार उसे देखेगा। सारे जम्बूद्वीप के राजवंश आ कर उनके चरणों में लेट जायेंगे कि वे उनकी राजधानी में पधार कर उनको कृतार्थ करें। उनके राजकुमारों को प्रशिक्षित करें। उनकी सेनाओं के नेता बनें...तब कौन-सा अभाव रह जायेगा द्रोण को? ऐसी कौन-सी वस्तु होगी, जो उनकी इच्छा होने पर, ला कर उनके चरणों में प्रस्तुत नहीं कर दी जायेगी?...

किन्तु यह अर्जुन की भूख, प्राप्ति की तृष्णा...यह उनका उत्थान है या पतन? व्यक्ति का विकास संचय से होता है या संचय-मुक्ति से?...वे तो अपने विकास के मार्ग पर आगे बढ़े थे। मानव की सीमाओं का अतिक्रमण कर वे पूर्णता की ओर अग्रसर हो रहे थे।...मानव की मृग-तृष्णाओं के जाल में उलझ कर सर्वग्रासिनी भुभुक्षा, कभी तृप्त न होने वाली पिपासा की अन्धी दौड़ में उलझ कर अन्ततः थक-हार कर हाँफते हुए, चिर तृषित सूखी जिह्वा को बाहर निकालते हुए पराजित हो, मृत्यु की गोद में गिर पड़ने को तो उन्होंने अपना लक्ष्य नहीं बनाया था।...तो फिर इस रंगशाला और उसमें अपना कौशल दिखाने वाले राजकुमारों की सफलता से उन्हें क्या मिलने जा रहा है?...

उन्होंने अपनी साधना की पूर्णता में ज्ञान नहीं पाया; उन्होंने तो अभी मात्र एक विद्या पायी थी—धनुर्विद्या; या फिर युद्ध-विद्या...और उसका भी उन्होंने व्यापार कर डाला! उस विद्या के विक्रय से मिला है, उन्हें यह आचार्य-पद...

द्रोण का रथ आ कर रंगशाला के द्वार पर रुक गया।

वे रथ से उतर कर आगे बढ़े ही थे कि अश्वत्थामा ने आ कर उन्हें

प्रणाम किया।

"पुत्र, तुम!" द्रोण कुछ चकित हुए, "तुम यहाँ क्या कर रहे हो?"

"रंगशाला का निर्माण देखने चला आया था पिता जी!" अश्वत्थामा बोला, "अब तो इसका निर्माण लगभग पूरा होने जा रहा है।"

द्रोण हँसे, "इसके निर्माण में तुम्हारी रुचि है?"

"हाँ पिता जी!"

"कारण?"

अनिर्णय में अश्वत्थामा थोड़ी देर मौन रहा; फिर जैसे किसी निष्कर्ष पर पहुँच कर बोला, "मुझे लगता है कि मेरा अपना भविष्य भी इसी रंगशाला के साथ जुड़ा हुआ है।..."

"तुम 'हमारा' न कह कर, 'मेरा' भविष्य कह रहे हो वत्स!"

"हाँ, पिता जी!"

"पर केवल तुम्हारा ही क्यों?"

अश्वत्थामा चुपचाप कुछ सोचता रहा और फिर बहुत सावधानी से बोला, "कदाचित मैंने उपयुक्त शब्दों का चयन नहीं किया। मुझे कहना चाहिए था कि हम सबका भविष्य इसी रंगशाला से जुड़ा हुआ है; किन्तु मैं केवल अपने ही भविष्य के लिये चिन्तित हूँ।"

"तुम्हारी बात स्पष्ट नहीं है पुत्र!" द्रोण बोले, "मेरी दृष्टि में यह रंगशाला मात्र यह प्रमाणित करेगी कि पिछले कुछ वर्षों में मैंने अपने शिष्यों पर कितना श्रम किया है। उसमें अनिश्चय कोई नहीं है। प्रमाण मेरे पास है, मैं केवल उसे प्रकट अथवा प्रदर्शित कर रहा हूँ। इसमें ऐसा कुछ नहीं होने जा रहा, जिस पर भविष्य में होने वाली हमारी सफलता अथवा असफलता निर्भर करे।"

अश्वत्थामा ने आज पहली बार पिता को इस दृष्टि से देखा था, जिसमें पिता के प्रति चाहे अवमानता न हो, किन्तु उनकी प्रज्ञा की अवज्ञा अवश्य थी, "पिता जी! क्या आप नहीं देख रहे कि इस रंगशाला में ही निर्णय होगा कि हस्तिनापुर का भावी सम्राट कौन है?"

द्रोण ने कौतुक से अपने पुत्र को इस दृष्टि से देखा, जैसे कोई वयोवृद्ध व्यक्ति निपट बालक को देखता है, जिसमें व्यक्त रूप से बालक को यह विश्वास दिला दिया जाता है कि उससे अधिक बुद्धिमान कोई नहीं है, जबकि मन-ही-मन वह जानता है कि बालक अपनी मूर्खता में ही स्वयं को बुद्धिमान समझ रहा है, "अच्छा! मैंने तो इस रंगशाला को कभी इस दृष्टि से देखा ही नहीं! तुम्हें यह किसने कहा पुत्र!"

"दुर्योधन ऐसा ही मानता है!"

द्रोण गम्भीर हो गये : यह अश्वत्थामा के बालपन की कल्पना नहीं थी, वह दुर्योधन का कोई षड्यन्त्र था।...उन्होंने अपनी भुजा फैला कर अश्वत्थामा को उसमें समेट लिया, "आओ मेरे साथ। हम दोनों मिल कर तनिक निरीक्षण कर लें कि रंगशाला का कितना निर्माण हो चुका है।" और रंगशाला में प्रवेश कर, उन्होंने कहा, "अब यह बताओ कि दुर्योधन ऐसा क्यों मानता है कि इस रंगशाला में ही इसका निर्णय होगा कि हस्तिनापुर का भावी सम्राट कौन होगा? यहाँ कोई प्रतिस्पर्धा तो होगी नहीं कि प्रथम आने वाले को हस्तिनापुर का राज्य पारितोषिक स्वरूप दिया जायेगा। न ही हस्तिनापुर किसी राजकुमारी का नाम है, जिसका यहाँ स्वयंवर हो रहा है, और जो उस महोत्सव में अपने प्रिय की ग्रीवा में जयमाला डाल देगी।"

अश्वत्थामा को पिता के स्वर में अपने प्रति उपहास का आभास हुआ, "आप इसे सत्य नहीं मानते?"

"सत्य मान लेने के लिये कारण जानना चाहता हूँ।"

"दुर्योधन कहता है कि चाहे यहाँ प्रतिस्पर्धा न हो और चाहे यह रण-क्षेत्र न हो, किन्तु यह निर्णय तो यहाँ हो ही जायेगा कि हममें से सर्वश्रेष्ठ योद्धा कौन है; और साथ-साथ यह भी प्रमाणित होगा कि धृतराष्ट्र के पुत्र अधिक बलशाली हैं अथवा पाण्डव कहलाने वाले, ये कुन्ती तथा माद्री के पुत्र!"

"तो?" द्रोण उससे और भी स्पष्ट कहलवाना चाह रहे थे, "यदि यह प्रमाणित हो गया कि अर्जुन सर्वश्रेष्ठ योद्धा है, तो क्या अर्जुन को युवराज घोषित कर दिया जायेगा?..."

"नहीं!" अश्वत्थामा बोला, "केवल सर्वश्रेष्ठ योद्धा घोषित होने से कुछ नहीं होगा। सर्वश्रेष्ठ योद्धा तो एक व्यक्ति ही होगा; किन्तु यहाँ तो दो दल हैं : एक धृतराष्ट्र के पुत्र और दूसरे पाण्डु के पुत्र! यदि पाण्डव अधिक बलशाली प्रमाणित हुए, तो युधिष्ठिर को युवराज बनना ही है; किन्तु यदि यह प्रमाणित हो गया कि धृतराष्ट्र के पुत्रों की ओर अधिक बल है, तो महाराज धृतराष्ट्र अपने ज्येष्ठ पुत्र दुर्योधन को युवराज घोषित कर देंगे।"

"बड़ा तो युधिष्ठिर है।" द्रोण बोले।

"हुआ करे।"

"राज्य युधिष्ठिर के पिता का है।"

"तो क्या!" अश्वत्थामा बोला, "दुर्योधन कहता है, राज्य उसका है, जो उस पर अधिकार जमा सके!"

"बल द्वारा अधिकृत राज्य स्थायी नहीं होता।" द्रोणाचार्य बोले, "राजनीति के मूल में भी नीति की आवश्यकता है।"

"दुर्योधन यह नहीं मानता।" अश्वत्थामा बोला, "वह मानता है कि राजनीति बल के आधार पर चलती है। शासन का मूल रहस्य ही शक्ति है।"

"और यह सब उसने किससे सीखा है?"

"अपने मामा शकुनि और कूटनीति के आचार्य कणिक से!"

द्रोण थोड़ी देर तक मौन चिन्तन करते रहे। अन्ततः बोले, "चलो मान लिया कि उस दिन यह निर्णय हो जायेगा कि हस्तिनापुर का भावी सम्राट कौन होगा, किन्तु उससे हमारे भविष्य पर क्या प्रभाव पड़ेगा?"

अश्वत्थामा ने भी तत्काल उत्तर नहीं दिया, जैसे वह जानता तो हो कि उसे क्या कहना है; किन्तु यह निर्णय नहीं कर पा रहा हो कि किन शब्दों में कहना है।

"तुमने बताया नहीं पुत्र! कि हमारे भविष्य पर उसका क्या प्रभाव पड़ेगा?" द्रोण ने पुनः पूछा, "मेरे लिये दोनों ही समान हैं। युधिष्ठिर सम्राट हो या दुर्योधन, दोनों ही मेरे शिष्य हैं।"

"मैंने आपके नहीं, अपने भविष्य की बात कही थी।" अश्वत्थामा तत्काल बोला।

"तुम्हारा भविष्य मुझसे पृथक है क्या?"

इस बार अश्वत्थामा को अपने द्वन्द्व में से निकलने में कुछ निमिष लगे, "है तो नहीं; किन्तु हो सकता है।"

"कैसे?"

"आपका सर्वप्रिय शिष्य है अर्जुन; और मेरा मित्र है दुर्योधन! यदि हम दोनों अपने-अपने पक्षों पर अड़े रहे, तो हमारा भविष्य एक-दूसरे से पृथक भी हो सकता है और भिन्न भी।"

इस बार अश्वत्थामा की बात को द्रोण, बालक की वाचालता मान, उसकी उपेक्षा नहीं कर सके। उसमें तरुणाई का आवेश था—विचार हो-न-हो, हठ अवश्य था; और विचार कार्यान्वित हो या न हो, हठ तो कार्यान्वित होता ही है।

"हमारे लिये इन दोनों में से किसी एक का पक्ष ग्रहण करना आवश्यक क्यों है पुत्र? क्या हम तटस्थ नहीं रह सकते?"

अश्वत्थामा को कहने में कुछ संकोच अवश्य था, वह तथ्य उसके कपोलों की लालिमा से स्पष्ट था; किन्तु फिर भी प्रयत्नपूर्वक वह कह ही गया, जैसे अपने पिता के सम्मुख बोलने के संकोच को हठपूर्वक तोड़, अपने वयस्क हो जाने का प्रमाण दे रहा हो, "राजनीति में या तो पक्ष होता है या विपक्ष। तटस्थता, राजनीति में होती ही नहीं। जो हमारे पक्ष में नहीं है, वह विपक्षी

ही है।"

"यह भी क्या दुर्योधन कहता है?"

"नहीं! यह मन्त्री कणिक कहते हैं।"

द्रोण की गम्भीरता कुछ अधिक गहरी हो गयी, "लगता है, जितना ज्ञान तुमने मुझसे ग्रहण किया है, उससे कहीं अधिक तुमने कणिक और दुर्योधन से ग्रहण किया है।"

"आप युद्ध-विद्या के आचार्य हैं पिता जी! व्यावहारिक राजनीति के नहीं!"

"जिस राजनीति की तुम चर्चा कर रहे हो, वह मनुष्य की हीन वृत्ति पर टिकी हुई है, अतः पशुबल को एकमात्र सत्य मानती है। उससे मानव का कल्याण नहीं हो सकता।" द्रोण के स्वर में पहली बार कुछ आवेश झलका, "और यदि बल से ही निर्णय होना है, तो सुन लो अश्वत्थामा! मैं आज ही निर्णय कर देता हूँ कि सर्वश्रेष्ठ योद्धा अर्जुन ही प्रमाणित होगा और शक्ति की दृष्टि से भी पाण्डव ही भारी पड़ेंगे।..."

अश्वत्थामा ने पिता की ओर इस प्रकार देखा, जैसे कोई समझदार वयस्क, अबोध बालक की ओर देखता है, "क्या आपको ज्ञात है कि कर्ण हस्तिनापुर में लौट आया है?"

इस सर्वथा असम्बद्ध प्रश्न को सुन कर द्रोण चौंके, "तो?"

"वह गुरु परशुराम से धनुर्विद्या सीख कर आया है; और वह रंगशाला में अर्जुन को चुनौती देगा!"

"गुरु परशुराम!" द्रोण चौंके, "किन्तु गुरु परशुराम तो मात्र ब्राह्मण कुमारों को धनुर्विद्या सिखाते हैं।..."

"उसने स्वयं को ब्राह्मण-पुत्र बता कर ही यह शिक्षा ग्रहण की है।" अश्वत्थामा का मस्तक संकोच से नत हुआ; किन्तु अगले ही क्षण जैसे उसने सायास अपना मस्तक ऊँचा उठा लिया, "किन्तु उससे क्या! धनुर्विद्या तो वह सीख ही आया है।..."

"मैं उसे रंगशाला में राजकुमारों के समकक्ष अपनी कला का प्रदर्शन करने की अनुमति ही नहीं दूँगा।" द्रोण बोले, "यह हस्तिनापुर के राजकुमारों की विद्या-प्रदर्शन की रंगशाला है, कोई सार्वजनिक प्रदर्शनशाला नहीं, जहाँ कोई भी आ कर किसी को ललकार सके।..."

अश्वत्थामा हतप्रभ रह गया : यह तो उसने सोचा ही नहीं था। यदि पिता उसे अनुमति नहीं देंगे, तो वह अर्जुन को चुनौती कैसे देगा? और यदि

वह अर्जुन को चुनौती ही नहीं दे पाया तो निश्चित रूप से अर्जुन ही सर्वश्रेष्ठ योद्धा प्रमाणित होगा।...ऐसे में दुर्योधन की इच्छा...और यदि युधिष्ठिर हस्तिनापुर का युवराज बना...

"पिता जी!"

"हाँ, पुत्र!"

"आप मुझे इच्छापूर्ति का वरदान देंगे?"

द्रोण ने पुत्र को पितृ-स्नेह की दृष्टि से देखा : कोई पिता अपने पुत्र को कैसे कह सकता था कि वह उसे इच्छापूर्ति का वरदान नहीं देगा...

"आपने मेरे सुख के लिये साधना-स्थली छोड़ी थी पिता जी! माँ तथा मातुल दोनों ही कहते हैं कि आपको संसार में मुझसे अधिक प्रिय और कोई नहीं है, कुछ नहीं है...।"

"तुम्हारी माँ तथा मातुल ठीक कहते हैं पुत्र!"

"तो पिता जी! मेरी यह इच्छा पूरी होने दीजिए। आपने कर्ण को शिक्षा नहीं दी; एकलव्य का अँगूठा गुरु-दक्षिणा में ले लिया। आपने अर्जुन को अपने सर्वश्रेष्ठ शिष्य के रूप में प्रशिक्षित किया है। अब आप उसकी परीक्षा होने दीजिए। कर्ण आपके गुरु की पीठ से विद्या अर्जित करके आया है। उसे अर्जुन के साथ स्पर्धा करने दीजिए। उसकी भी परीक्षा हो जायेगी पिता जी! और आपकी भी।..."

द्रोण के मन में भयंकर द्वन्द्व चल रहा था।

"पिता जी! यदि आपने कर्ण को रोक दिया तो मैं समझूँगा कि एक तो आपको गुरु के रूप में अपनी क्षमता पर विश्वास नहीं है, और दूसरे, पिता के रूप में आपको मुझसे प्रेम नहीं है।..."

द्रोण को लगा कि पिता के रूप में उनके मन ने अपने घुटने टेक दिये हैं...और गुरु के रूप में उनका अहंकार कुछ और भी स्फीत हो गया है। उनका मन भी कहीं यह इच्छा करने लगा कि अर्जुन और कर्ण की स्पर्धा हो जाये। सारा संसार अपनी आँखों से देख ले कि गुरु के रूप में द्रोण क्या हैं। गुरु परशुराम से भी अधिक समर्थ!...और वह सूतपुत्र कर्ण भी देख ले कि प्रवंचना से पाई गयी विद्या से कोई कितना वीर हो सकता है...

"पिता जी!" अश्वत्थामा पुनः बोला, "क्या आप मुझे इच्छापूर्ति का वरदान नहीं देंगे?"

द्रोण ने जैसे अपनी आँखों में सारा वात्सल्य ढाल कर पूछा, "और यदि इस स्पर्धा में अर्जुन विजयी हुआ, तो पुत्र?"

अश्वत्थामा क्षण-भर अवाक रह गया, जैसे इस सम्भावना पर तो उसने

कभी विचार ही नहीं किया था।

"अब मुझे कहने दो पुत्र! कि तुम्हें अपने पिता की क्षमताओं पर तनिक भी विश्वास नहीं है। तुम यह पहले ही स्वीकार कर चुके हो कि तुम्हारे पिता का शिष्य पराजित ही होगा...।"

"नहीं पिता जी!" अश्वत्थामा ने स्वयं को सँभाला, "मुझे अर्जुन प्रिय नहीं है। वह बहुत आत्मकेन्द्रित लगता है मुझे। फिर भी मैं आपको वचन देता हूँ कि यदि अर्जुन विजयी हुआ तो मैं दुर्योधन का पक्ष छोड़ पाण्डवों का मित्र बन जाऊँगा। आप कर्ण और अर्जुन की प्रतियोगिता होने दें।..."

द्रोण मन-ही-मन अपना ही ताना-बाना बुन रहे थे...यदि यह अनुमति दे देते हैं तो उनका पुत्र उनसे प्रसन्न होगा; और उनका शिष्य, गुरु परशुराम के शिष्य को पराजित कर, उनकी कीर्ति का ध्वज और भी ऊँचाई पर फहरा आयेगा।...उनकी इसमें हानि ही कहाँ है।...एक स्वर्धा की अनुमति मात्र दे देने से उन्हें गुरु परशुराम पर विजय प्राप्त हो रही है...

'और यदि अर्जुन पराजित हुआ?' उनके मन के किसी कोने में से स्वर उठा।

'असम्भव!' द्रोण का सम्पूर्ण व्यक्तित्व चीत्कार कर उठा।

"पिता जी!"

"तुम्हारी इच्छा पूरी हो पुत्र!" द्रोण धीरे से बोले, "कर्ण तथा अर्जुन की स्पर्धा में मैं बाधा नहीं बनूँगा।"

अश्वत्थामा को लगा, यदि उसने स्वयं को बलात नहीं रोका तो वह छोटे-से किसी शिशु के समान अपने पिता से लिपट जायेगा।...

14

भीष्म को लगा, उसके मन में जैसे क्षोभ और हताशा का उदय एक ही साथ हुआ है; और यह निर्णय करना, उसके लिये भी कठिन हो रहा था कि उन्हें दुख अधिक है या क्रोध।...

कहाँ वे यह सोच रहे थे कि एक लम्बी प्रतीक्षा के पश्चात आज वह दिन आया है कि एक सौ पाँच कुरु राजकुमार अपनी शिक्षा और प्रशिक्षण पूर्ण कर, अपने गुरु का आशीर्वाद पायेंगे। अपने ज्येष्ठ भ्राता युधिष्ठिर के नेतृत्व में, वे लोग हस्तिनापुर के राज्य का दायित्व सँभालेंगे। उनके परामर्श के लिये धृतराष्ट्र और विदुर होंगे...और भीष्म अपने दायित्व को पूरा हुआ देख, अपनी मुक्ति की बात सोचेंगे...और यहाँ अपने गुरुओं और कुल-वृद्धों को प्रणाम करने के

लिये भी वे एक सौ पाँच इकठ्ठे नहीं आये, वे पाँच पृथक और सौ पृथक ही आये। अपनी माताओं को प्रणाम करने वे पृथक-पृथक जाते तो भीष्म उसका कारण समझ सकते थे; किन्तु अपने गुरु द्रोण को भी, वे उनके शिष्यों के रूप में नहीं, पाण्डवों और धार्तराष्ट्रों के रूप में ही प्रणाम करेंगे? अपने पितामह को प्रणाम करने के लिये भी वे पृथक-पृथक ही आयेंगे?...यदि अपने गुरु और पितामह को प्रणाम करने के लिये, उनके आशीर्वाद और स्नेह की छाया में वे एक साथ मिल कर खड़े नहीं हो सकते, तो हस्तिनापुर के शत्रुओं से लड़ने के लिये बाणों की बौछार में वे गजों, अश्वों, रथों के अभियान के सम्मुख एक साथ कैसे खड़े होंगे?

भीष्म, जिनके कंधों पर कुरु-राज्य का भार रखना चाहते हैं, वे कंधे तो मिल कर एक साथ खड़े ही नहीं हो रहे; कहीं ऐसा न हो कि बाहर के आक्रमणकारियों की आवश्यकता ही न पड़े, ये स्वयं ही परस्पर एक-दूसरे के शत्रु हो कर हस्तिनापुर की जड़ें हिला दें।...

भीष्म को लगा, अपने जीवन-भर के प्रयत्न को इस प्रकार निष्फल होते देख, उनका मन हताशा की अथाह गहराइयों में डूबा जा रहा है।...किन्तु अगले ही क्षण उन्होंने अपने मन को सँभाला...इस प्रकार हताश होने से क्या होगा। जो कुछ उन्होंने चाहा, वह नहीं हुआ; तो अब जो है, उसमें से वे क्या चाहते हैं? सृष्टि उनकी इच्छा के अनुसार तो नहीं चलेगी।...सृष्टि की इच्छा के भीतर ही उनको अपनी इच्छा चुननी पड़ेगी।...

कुरु राजकुमार प्रणाम करके जा चुके थे; और रिक्त रंग-वेदी, चारों ओर दीर्घाओं में बैठ हुए लोगों के कोलाहल से घिरी हुई जैसे राजकुमारों के पुनरागमन की प्रतीक्षा कर रही थी।...भीष्म की दृष्टि चारों ओर घूमने लगी : हस्तिनापुर की नगर-प्राचीर के बाहर का यह समतल क्षेत्र था। भूमि के चुनाव से ले कर, उसकी योजना और निर्माण का सारा कार्य स्वयं द्रोणाचार्य, कृपाचार्य तथा विदुर ने मिल कर किया था। सत्य ही, कुछ लोग जुट कर निर्माण करने पर आयें तो कैसी-कैसी अच्छी वस्तुओं का निर्माण हो जाता है। और प्रतिभाशाली व्यक्ति को अपना गुण प्रदर्शित करने के लिये, उचित मंच न मिले तो उसकी प्रतिभा कुण्ठित भी रह सकती है। इन लोगों ने कैसी सुन्दर रंगशाला का निर्माण किया है, ताकि प्रत्येक राजकुमार को अपनी प्रतिभा-प्रदर्शन का पूर्ण अवसर मिल सके। मध्य में रंग-वेदी इस प्रकार बनायी गयी है कि सारे अस्त्र-शस्त्रों के परिचालन का प्रदर्शन हो सके। धनुर्धर का अस्त्र-संचालन भी देखा जा सके और उसके लक्ष्य-वेध को भी। सामूहिक प्रदर्शन के लिये व्यापक क्षेत्र भी उपलब्ध हो सके और खड्ग तथा गदा-संचालन जैसे द्वन्द्व-युद्धों के

लिये स्पर्धा-मंच भी। द्वन्द्व के लिये मंच कुछ ऊँचे बनाये गये थे। अश्वों और रथों के दौड़ने के लिये मार्गों की भी व्यवस्था थी...

...और भीष्म ने अपना सारा जीवन जिस रंगशाला के निर्माण में लगाया था, वह रंगशाला उन्हें अब रणशाला बनती दिखायी दे रही थी...

भीष्म की दृष्टि किसी उद्देश्यहीन यायावर के समान इधर-उधर भटक रही थी।...दर्शकों के लिये बनाये गये मुख्य मण्डप में धृतराष्ट्र के साथ के आसनों पर द्रोण और कृपाचार्य बैठे थे। उनके साथ बाह्लीक और सोमदत्त को स्थान दिया गया था। धृतराष्ट्र की दूसरी ओर विदुर और वह स्वयं थे। आगे के आसनों पर शकुनि और कणिक थे।...

भीष्म का मन वितृष्णा से भर उठता था : जिसको दिखाने के लिये यह सारा समारोह किया गया था, वह धृतराष्ट्र तो पूर्णतः अन्धा था। प्रणाम करने आये राजकुमारों के विषय में विदुर ने बताया तो उनसे एक ही प्रश्न किया था, 'इनमें से सबसे अधिक सुदर्शन दुर्योधन है?'...वैसे वह एक दिन में सहस्र बार कह देगा कि उसे पाण्डव भी उतने ही प्रिय हैं, जितना कि स्वयं दुर्योधन! विचित्र विडम्बना है, हस्तिनापुर का यह सम्राट! यह बाहर का दृश्य नहीं देख सकता और लोग इसके भीतर का दृश्य नहीं देख सकते। यद्यपि अब उसकी मनोवृत्ति समझने में किसी को भी कोई कठिनाई नहीं होती—किन्तु यह 'ज्ञान-चक्षु' कभी निष्कपट नहीं हो सकता। इसकी मनोवृत्ति स्वार्थ की ओर इतनी अधिक प्रवृत्त है कि अब वह निष्पक्षता का ढोंग भी नहीं कर पाता। फिर उसने शकुनि और कणिक को अपने इतने निकट स्थान दे रखा है कि किसी भी सद्विचार के लिये उसके कान बधिर हो चुके हैं। आँखों से अन्धा है तो कुछ भी देख नहीं पाता—न अच्छा, न बुरा! अच्छा होता, कानों से भी कुछ न सुन पाता—न अच्छा, न बुरा। किन्तु कानों को उसने कुछ इतना प्रतिबद्ध कर रखा है कि शकुनि तथा कणिक की सारी बातें वह सुन लेता है, किन्तु विदुर की कोई बात उसके मस्तिष्क तक नहीं पहुँचती। या तो वह कानों के बाहर ही रह जाती है, या फिर कर्ण-गह्वरों में खो जाती है; और मस्तिष्क को तनिक भी प्रभावित नहीं कर पाती।

सहसा भीष्म की दृष्टि दूसरे मण्डप में बैठी हुई गान्धारी पर जा कर रुकी।...कुरुकुल की वधू के रूप में इस गान्धारी का चयन स्वयं भीष्म ने ही किया था। उनका स्वार्थ ही तो था...धृतराष्ट्र के लिये वधू की आवश्यकता है, तो उसे वधू मिलेगी ही। गन्धार को हस्तिनापुर का आदेश मानना ही पड़ेगा; क्योंकि हस्तिनापुर शक्तिशाली राज्य था। किन्तु भीष्म क्या जानते थे कि प्रकृति ने कैसी भूल-भुलैया बना रखी है, इस सृष्टि में। यदि हस्तिनापुर इतना

शक्तिशाली न होता, इस गान्धार कन्या को प्राप्त करने में समर्थ न होता, तो क्या इस समय कुछ अधिक सुखी न होता?...क्या देखने आयी है गान्धारी इस समय? युधिष्ठिर के जन्म का समाचार सुन कर उसने अपने हाथों प्रहार कर अपना गर्भ नष्ट कर देने का प्रयत्न किया था। ईर्ष्या का जो विष उस समय इसके मन में था, वह क्या आज दुर्योधन के ही समान, युवावस्था को प्राप्त नहीं हो गया होगा? क्या आज भी यह कुन्ती के पुत्रों की हीनता और असमर्थता के विषय में सुनने के लिये ही यहाँ बैठी है?

...और कुन्ती! जाने कैसे वह अपनी अवहेलना और गान्धारी के अहंकार को झेलते हुए भी उसके पास बैठी, रंगशाला में घटित होने वाली समस्त घटनाओं के विषय में बता रही है।...भीष्म ने कुन्ती के विषय में जब कभी सोचा है, उन्हें उसकी सहिष्णुता और सहनशीलता पर आश्चर्य ही हुआ है। जाने कितनी गम्भीर है यह नारी! कितना विष पी सकती है यह और फिर भी सर्वथा अविचलित रह सकती है। भीष्म आज तक यह ही समझ नहीं पाये कि वह इतनी उदार और क्षमाशील है, अथवा वास्तविक क्षत्राणी के समान सिर झुकाये हुए, सब कुछ सहन करती हुई, केवल अवसर मिलने की प्रतीक्षा में है...

तभी राजकुमारों के रथों ने रंगशाला में प्रवेश किया। उनके हाथों में धनुष-बाण थे। वे रथ-संचालन, लक्ष्य-वेध तथा रथारूढ़-युद्ध प्रदर्शन कर रहे थे।...भीष्म यह सोच-सोच कर आनन्दित हो रहे थे कि ये सारे राजकुमार जब इसी प्रकार एक साथ किसी अभियान पर निकलेंगे अथवा युद्ध-क्षेत्र में जायेंगे तो संसार की कोई सेना उनके सामने ठहर नहीं पायेगी।...

राजकुमारों के रथ धूल उड़ाते हुए लौट गये।

इस बार आचार्य द्रोण ने खड्ग-प्रदर्शन के लिये राजकुमारों को पुकारा। सहदेव और दुःशासन अपने-अपने अश्वों पर, खड्ग खींचे हुए आये। वे अपना अद्भुत खड्ग-कौशल दिखा रहे थे और भीष्म मन-ही-मन सोच रहे थे कि यहाँ सचमुच कोई षड्यन्त्र चल रहा था, या यह मात्र उनके आशंकित मन का ऊहापोह ही था?...यदि युद्ध कला का प्रदर्शन मात्र अभीष्ट था तो खड्ग-युद्ध के युग्म के रूप में नकुल और सहदेव क्यों नहीं आये? सहदेव और दुःशासन क्यों आये? क्या जान बूझकर कोई पाण्डवों और धार्तराष्ट्रों में शक्ति-परीक्षण करा रहा है? क्या सचमुच यहाँ यह देखने या दिखाने का प्रयत्न किया जा रहा है कि धार्तराष्ट्रों और पाण्डवों में से किसका पक्ष प्रबल है? ये दोनों मिल कर एक ही पक्ष क्यों नहीं हो जाते? इन्हें दो पक्ष बनाने पर कौन तुला हुआ है?...

भीष्म ने स्वयं देखा कि सहदेव और दुःशासन में से निश्चित रूप से

सहदेव श्रेष्ठतर खड्ग चालक था; किन्तु उसका सारा युद्ध-कौशल अपनी कला तथा स्फूर्ति दिखाने पर केन्द्रित था। वह विरोधी के दमन का प्रयत्न नहीं कर रहा था। उसके लिये दुःशासन ऐसा प्रतिद्वन्द्वी नहीं था, जिस पर विजय प्राप्त करनी थी : वरन वह एक ऐसा साधन था, जिसके माध्यम से वह अपनी कला के विभिन्न आयाम उद्घाटित कर पा रहा था। दुःशासन अपने बचाव का पूर्ण प्रयत्न कर रहा था, किन्तु या तो वह सहदेव पर कोई घातक प्रहार कर नहीं पा रहा था, या करना नहीं चाहता था...

तभी द्रोणाचार्य ने खड्ग-युद्ध बन्द करने का आह्वान किया।

भीष्म ने सन्तोष की साँस ली।...ये उनके अपने मन की ही आशंकाएँ थीं। सम्भव है कि संयोग से ही सहदेव और दुःशासन का प्रतिद्वन्द्वी युग्म बना हो...उसके पीछे कोई योजना नहीं थी, न ही कोई षड्यन्त्र था।...

इस बार आचार्य ने गदा-युद्ध का आह्वान किया। गदा-युद्ध के प्रतिद्वन्द्वी निश्चित रूप से भीम और दुर्योधन ही हो सकते थे। वे ही रंगवेदी में आये। उन्होंने अपने प्रदर्शन के लिये एक खुला और समतल क्षेत्र चुना था, जो दर्शकों के मुख्य मण्डपों के ठीक सामने पड़ता था।

भीष्म ने देखा : उनकी मुद्राओं पर प्रदर्शन के समय में होने वाली सहज प्रफुल्लता नहीं थी। वे तो युद्ध-मन का तनाव और चिन्ताएँ ले कर आये थे। पहले थोड़ी देर तक एक-दूसरे को घेरने का प्रयत्न करते रहे और उसके पश्चात पहला प्रबल प्रहार दुर्योधन ने किया; किन्तु यह कला-प्रदर्शन का प्रयत्न नहीं था, यह तो आक्रमण था। यदि भीम समय से हट न जाता और गदा का वार उस पर पड़ जाता, तो निश्चित रूप से उसके जैसे बलिष्ठ नवयुवक की भी अनेक अस्थियाँ टूट जातीं; और कदाचित वह उठ कर, पुनः इस प्रदर्शन में भाग लेने के योग्य नहीं रह जाता। भीम प्रहार से तो बच गया; किन्तु अब वह पहले से भी अधिक असहज हो गया था। उसकी मुद्रा क्रोध में तन गयी थी और उसकी आँखें कुछ रक्तिम हो आयी थीं। निश्चय ही उसका प्रहार भी कम भारी नहीं था।...

भीष्म को लगा, यदि ये लोग द्रोण की अनुमति से वास्तविक युद्ध में प्रयुक्त होने वाली भारी गदाएँ ले कर आये हैं, तो द्रोण ने उन्हें ऐसी अनुमति दे कर भयंकर भूल की है। क्या द्रोण नहीं जानते थे कि भीम, पाण्डवों में सबसे उग्र है और दुर्योधन के रोष का लक्ष्य भी प्रायः वही रहता है। यदि उन्हें गदा-युद्ध के प्रदर्शन के प्रतियोगियों के रूप में उतारना ही था, तो उन्हें वास्तविक गदाएँ नहीं दी जानी चाहिए थीं।

अब तक उनके प्रहार प्रबल और भयंकर हो गये थे। भीम में निश्चित

रूप से दुर्योधन से कहीं अधिक बल था, किन्तु स्फूर्ति में दुर्योधन उससे बढ़ कर था। यही कारण था कि वह अपनी स्फूर्ति के बल पर एक-आध प्रहार कर लेता था; किन्तु उसके पश्चात उसे भीम के कई शक्तिशाली प्रहार झेलने पड़ते थे, जिन्हें बचाने के लिये वह सारे क्षेत्र में इधर-उधर भागता फिरता था। वह कदाचित भीम को थकाने का प्रयत्न कर रहा था; किन्तु भीम थक कर शिथिल होने के स्थान पर और उग्र होता जा रहा था...

सहसा द्रोण ने खड़े हो कर गदा-युद्ध बन्द करने का आदेश दिया। उनके निर्देश पर अश्वत्थामा भागता हुआ गया और दोनों प्रतिद्वन्द्वियों के मध्य खड़ा हो गया, "बन्द करो। यह रंगभूमि है, रणभूमि नहीं, जहाँ तुम एक-दूसरे का वध करने पर तुले हो। तुम्हें यहाँ अपने गुरुजनों के सम्मुख अपनी कला का प्रदर्शन करने, अपने प्रशिक्षण को प्रमाणित करने के लिये उपस्थित किया गया है, न कि भाइयों का वध करने के लिये।"

भीष्म को शान्ति मिली। उन्हें एक प्रकार से इस बात का भी सन्तोष हुआ कि उनका निरीक्षण ठीक ही था। वे ही नहीं, अन्य लोग भी इस प्रदर्शन के पीछे के द्वेष को देख रहे थे।...क्या सचमुच भीम और दुर्योधन का विरोध इस सीमा तक पहुँच चुका है कि अवसर मिलने पर वे एक-दूसरे की हत्या कर देंगे? शैशव में उनका झगड़ पड़ना और परस्पर हाथापाई पर उतर आना एक बात थी, किन्तु इस समय जब वे वयस्क हैं, प्रशिक्षित योद्धा हैं, विपक्षी की हत्या करने के लिये लड़ने की शिक्षा ले चुके हैं—अब उनका इस प्रकार उग्र हो कर एक-दूसरे पर आक्रमण करना तो स्पष्ट रूप से एक-दूसरे का वध करने का प्रयत्न था।

किन्तु भीष्म इस बात से चकित अवश्य थे, पहला प्रहार दुर्योधन की ओर से होने पर भी, अश्वत्थामा ने भीम से ही अधिक विरोध प्रकट किया था।... यह अश्वत्थामा का स्पष्ट पक्षपात ही था।

रंगशाला में जैसे एक सन्नाटा-सा छा गया था। दर्शक कुछ चकित भी थे और कुछ भयभीत भी।...उनका भयभीत होना उचित ही था। ऐसे ही प्रदर्शनों में कई बार प्रतिद्वन्द्वियों के समर्थक भी क्षेत्र में उतर आते हैं और वहाँ घमासान हो जाता है।...और भीष्म को लगा; भयभीत तो वे भी थे—वे सोच रहे थे, क्या यह कुरुकुल में गृह-युद्ध का श्री-गणेश था?

आचार्य द्रोण ने अपने स्थान पर खड़े हो कर, हाथ उठा, कोलाहल शान्त करने का संकेत किया।

"अब मैं कुरु राजकुमारों में से सबसे अधिक चमत्कारी, कुन्ती पुत्र अर्जुन

का आह्वान कर रहा हूँ।" वे बोले, "वैसे तो अर्जुन अनेक शस्त्रास्त्रों में प्रवीण है, किन्तु उसका सबसे प्रिय शस्त्र धनुष ही है। धनुर्धर के रूप में उसका किसी से द्वन्द्व नहीं होगा, वह केवल अपने शस्त्र-ज्ञान तथा शस्त्र-चालन की अपनी प्रवीणता का प्रदर्शन करेगा।..."

भीष्म का मन शान्त हुआ। अब द्वन्द्व था ही नहीं, इसलिये संघर्ष का कोई प्रश्न ही नहीं था। दर्शकगण अर्जुन का लाघव देख कर अपना मनोरंजन भी कर सकते थे और ज्ञानवर्धन भी। एक ऐसे योद्धा की उपस्थिति के कारण वे स्वयं को सुरक्षित भी अनुभव कर सकते थे।

अर्जुन अपने धनुष तथा बाणों के साथ रंगशाला के केन्द्र में खड़ा हो गया। लगता था कि वह इस रंगशाला के ही केन्द्र में नहीं, वह इस उत्सव के ही केन्द्र में खड़ा था। उसने अत्यन्त विनीत भाव से अपने गुरु को प्रणाम किया, अपनी माता को प्रणाम किया और फिर कुल-वृद्धों की ओर झुक कर उसने अपने हाथ जोड़ दिये।

अर्जुन निश्चय ही अद्‌भुत धनुर्धर था—भीष्म सोच रहे थे—उन्होंने आज तक तो यही सोचा था कि उनके पश्चात कुरु-कुल में जैसे अब कोई जगत प्रसिद्ध धनुर्धारी होगा ही नहीं; किन्तु अर्जुन ने उनकी अपेक्षा से भी अधिक दक्षता पायी थी। उसने परजन्यास्त्र, वारुणास्त्र, वायव्यास्त्र तथा आग्नेयास्त्र का प्रदर्शन किया था। उसने भूमि पर खड़े हो कर, भागते हुए अश्व की पीठ पर खड़े हो कर, रथ में सारथि के साथ और बिना सारथि के स्वयं ही वल्गा को मुख में ले कर रथ-संचालन के साथ-साथ, युद्ध-कौशल का प्रदर्शन किया था...और भीष्म सोच रहे थे कि अर्जुन के रहते, अब हस्तिनापुर पूर्णतः सुरक्षित था। उसे किसी शत्रु से भय नहीं था।

किन्तु धृतराष्ट्र तथा गान्धारी इतने हताश क्यों बैठे थे? उन्हें निश्चय ही अर्जुन की दक्षता रुची नहीं थी। क्यों रुचेगी? संकीर्ण बुद्धि वाले स्वार्थी व्यक्ति के साथ यही होता है। न वह गुण की प्रशंसा कर सकता है, और न वह गुणी को अपना सकता है। यदि धृतराष्ट्र अपनी दुर्बुद्धि त्याग कर पाण्डवों को भी अपने पुत्रों के समान ही स्नेहपूर्वक अपना ले तो वह इनकी भुजाओं से सुरक्षित, आजीवन राज्य का सुख पायेगा। ये लोग उसके अपने पुत्रों से अधिक सेवा करेंगे उसकी।...पर शायद विधाता ने उसके भाग्य में यह सुख ही नहीं लिखा। इनसे प्रेम करेगा तो ईर्ष्या की अग्नि में दग्ध कैसे होगा सारा जीवन! यह दुख न पाना होता तो मूढ़ इन चर्म-चक्षुओं के साथ-साथ मनः चक्षुओं से भी वंचित क्यों होता...

कुन्ती कैसी प्रसन्न दिख रही थी। उसके लिये प्रसन्न होने का ही अवसर

था। हस्तिनापुर की चरम उपलब्धि के रूप में उसके पाँचों पुत्र इस समय अपने पूर्ण विकास को प्राप्त थे।...और फिर प्रसन्नता पर तो केवल उदार व्यक्ति का ही अधिकार है। इसने कभी माद्री के पुत्रों को अपने पुत्रों से तनिक भी पृथक नहीं किया। गान्धारी क्या कभी इस प्रकार युयुत्सु को अपना पुत्र मान लेगी? मान सकेगी?...

और भीष्म के विचार द्रोणाचार्य की ओर मुड़ गये। सचमुच द्रोणाचार्य अद्भुत गुरु हैं। उन्हें भी उनका पूर्ण श्रेय मिलना चाहिए। गुरु परशुराम ही महान गुरुओं की परम्परा में अकेले नहीं हैं। महेन्द्रगिरि पर परशुराम हैं, उज्जयिनी में सांदीपनि हैं, तो हस्तिनापुर में द्रोणाचार्य हैं...

अर्जुन अपनी विद्या का प्रदर्शन कर, धनुष को अपने कंधे पर विश्राम दे, हाथ जोड़, झुक कर गुरुजनों का अभिवादन कर रहा था...गुरुजनों के हाथ आशीर्वाद की मुद्रा में उठे हुए थे और जन-सामान्य के कण्ठों का जय-जयकार सारे परिवेश को उसी प्रकार गुँजायमान कर रहा था, जैसे अभी थोड़ी देर पहले तक अर्जुन के बाण कर रहे थे।...

तभी धनुष और तूणीरों से सज्जित कर्ण आ कर उद्धत भाव से अर्जुन के निकट खड़ा हो गया।

भीष्म को आश्चर्य हुआ।...आचार्य द्रोण ने अभी कोई घोषणा नहीं की थी। उन्होंने किसी का आह्वान नहीं किया था। फिर यह युवक कैसे आ गया? और यह है कौन? वह कुरु राजकुमारों में से तो है नहीं। अर्जुन से वह थोड़ा-सा लम्बा था। वय में छह-सात वर्ष बड़ा अवश्य होगा। उसका शरीर अर्जुन के समान, तरुणाई का इकहरा शरीर नहीं था। कुछ-कुछ भरा हुआ पुष्ट शरीर था। चेहरे पर अहंकार के भाव स्पष्ट थे।

उसने धृतराष्ट्र की ओर झुक कर हाथ जोड़े और कहा, "मैं हस्तिनापुर के सम्राट को नमस्कार करता हूँ।" और फिर मुड़ कर अत्यन्त उपेक्षापूर्वक कृपाचार्य तथा द्रोणाचार्य को भी प्रणाम कर उच्च स्वर में बोला, "उपस्थित जन ध्यान से मेरी बात सुनें।"

कौतुहल के कारण सारी रंगशाला में शान्ति व्याप्त हो गयी।

कर्ण बोला, "आपने राजकुमार अर्जुन की धनुर्विद्या देखी है और उसकी प्रशंसा भी की है। मुझे प्रसन्नता है कि आप लोग वीरता और कला के प्रशंसक हैं। किन्तु प्रशंसा में हमें उदार होना चाहिए। यदि धनुर्विद्या के ज्ञान के कारण राजकुमार अर्जुन प्रशंसा का पात्र है, तो उसी के समान अन्य धनुर्धारी भी आपकी प्रशंसा के अधिकारी और स्नेह के भाजन होने चाहिए...।"

"और कौन है? और कौन है?..." जन-कोलाहल चारों ओर गूँज रहा था।

"मैं हूँ! मैं!" कर्ण उच्च स्वर में बोला, "आज आपके सामने जो कुछ भी अर्जुन ने किया है, मैं वह सारा चमत्कार दिखा सकता हूँ।...और यदि आप अनुमति दें, तो उससे श्रेष्ठतर विद्या का भी प्रदर्शन कर सकता हूँ।"

"दिखाओ! हमें दिखाओ!" दर्शकों के बीच से जैसे सागर की लहरों की-सी गूँज उठ रही थी।

और उन सबसे ऊँचा स्वर गूँजा दुर्योधन का, "अपनी दक्षता प्रदर्शित करो मित्र कर्ण! प्रदर्शित करो।"

भीष्म का माथा ठनका : यह क्या हो रहा है? यह तो कुरु राजकुमारों के प्रशिक्षण के समापन पर आयोजित एक उत्सव था, जिसमें उनकी विद्या का कुछ प्रदर्शन हो सके। यह स्पर्धा के लिये कोई खुला मंच तो है नहीं, जहाँ कोई भी राह चलता व्यक्ति आ कर अपनी क्षमता प्रदर्शित करे। यदि यह कर्ण—हाँ! दुर्योधन ने इसे कर्ण कह कर ही सम्बोधित किया है—अपनी दक्षता राजपरिवार के सामने प्रदर्शित करना ही चाहता है, तो उसके लिये, उसकी प्रार्थना पर उसे अवसर दिया जा सकता है।...

कुन्ती की भृकुटी पहली बार खिंची : यह कौन युवक है, जो इस प्रकार इस समारोह में राजकुमारों के बीच उद्दण्डता दिखा रहा है। उसने केवल महाराज के सम्मुख सम्मानपूर्वक मस्तक झुकाया था। कृपाचार्य और द्रोणाचार्य को भी कैसे उपेक्षापूर्ण ढंग से प्रणाम किया था।...और यह आया है, अर्जुन को चुनौती देने!...क्षत्रियों में किसी को चुनौती देना, कोई असाधारण बात नहीं है; किन्तु यह तो हस्तिनापुर के राजपरिवार का एक परिवारिक आयोजन है—इसमें इस प्रकार इसके घुस आने का क्या अर्थ?...और यह दुर्योधन उसे प्रोत्साहित कर रहा है—वह चाहता है कि अर्जुन के प्रतिद्वन्द्वी उत्पन्न हों, उसके मार्ग में चुनौतियाँ ही नहीं, विघ्न-बाधाएँ भी आयें। अर्जुन का महत्व कम हो। वह अपमानित या पराजित हो जाये, तो कदाचित दुर्योधन को प्रसन्नता ही होगी। उसने अपने व्यवहार से सदा ही स्पष्ट किया है कि वह कुन्ती-पुत्रों के मित्रों का शत्रु और शत्रुओं का मित्र है।...इस कर्ण के विषय में वह पहले भी भीम से सुनती आयी है। दुर्योधन का प्रोत्साहन पा कर वह सदा ही उसके पुत्रों को प्रताड़ित करने का प्रयत्न करता रहा है। और जैसे दुर्योधन को भीम से वैर है, वैसे ही इसे अर्जुन से अकारण द्वेष है...

सहसा कृपाचार्य उठ खड़े हुए, "कर्ण! यह न कोई ऐसा सार्वजनिक स्थान है, न कोई सार्वजनिक मंच जिस पर लोग अपनी इच्छानुसार आचरण करें। इस रंगशाला में स्वयं महाराज विद्यमान हैं और आयोजन के नियन्ता आचार्य द्रोण

हैं। उनकी अनुमति के अभाव में तुम्हारा प्रदर्शन अशोभनीय और अविनीत माना जायेगा और सम्भवतः हम उसका वर्जन कर दें।..."

कर्ण ने कृपाचार्य की बात को 'नियम' के रूप में नहीं, अपने विरोध के रूप में स्वीकार किया। उसकी आँखों में उद्दण्डता थी। उसकी प्रत्येक भंगिमा जैसे सारे उपस्थित समुदाय का उपहास कर रही थी। वह द्रोण की ओर मुड़ कर बोला, "आचार्य, यदि अपने प्रशिक्षण तथा अपने शिष्य की क्षमता में तनिक भी आस्था रखते हों, तो मुझे अपना शस्त्र-कौशल प्रदर्शित करने की अनुमति दें।"

सारी रंगशाला की दृष्टि द्रोणाचार्य की ओर उठ गयी : स्पष्टतः कर्ण तनिक भी विनीत नहीं था। वह शील, शिष्टाचार और मर्यादा की सारी सीमाओं का उल्लंघन कर रहा था। और उसकी चुनौती अर्जुन के लिये ही नहीं, स्वयं आचार्य द्रोण के लिये भी थी।

अर्जुन के मन में आशंका जागी : कहीं ऐसा न हो कि गुरु रुष्ट हो कर कर्ण को अपना कौशल-प्रदर्शित करने की अनुमति न दें।...और इसके पश्चात कर्ण और दुर्योधन को सदा के लिये डींग मारने का एक बहाना मिल जाये, कि अर्जुन और उसके गुरु दोनों ही कर्ण की वीरता और कौशल से भयभीत थे। ...जब से वे लोग हस्तिनापुर आये थे, तब से ही कर्ण, दुर्योधन से प्रोत्साहन पा कर, उन पाँचों भाइयों के सदा आड़े आता था। उसे जैसे अवसर की प्रतीक्षा ही रहती थी कि किस प्रकार वह पाण्डवों को नीचा दिखा सके। गुरु द्रोण ने जब उसे उनके वर्ग से निकाला था, तब से वह गुरुकुल अथवा युद्धशाला में ही नहीं, हस्तिनापुर में भी कहीं दिखायी नहीं दिया था। अर्जुन ने कभी जानने की इच्छा भी नहीं की थी की वह कहाँ विलीन हो गया। वह तो यह मान कर सन्तुष्ट हो गया था कि अच्छा है कि एक दुष्ट ग्रह टल गया, अब उसकी अनुपस्थिति से वह एकाग्र मन से अपना अभ्यास कर पायेगा।...और आज जब अर्जुन अपने कौशल के लिये प्रशंसा और साधुवाद पा रहा था, इस समय धरती फोड़ कर, कर्ण का निकल आना, अर्जुन के लिये कोई आश्चर्य नहीं था। आश्चर्य तो उसे तब होता, जब यह समारोह निर्विघ्न समाप्त हो जाता।...अब जब कर्ण आ ही गया था, तो गुरु एक बार अनुमति दे दें...अर्जुन प्रमाणित कर ही दे कि कर्ण की वास्तविकता क्या है। यदि सम्भव हो तो वह एक बार इसके साथ द्वन्द्व-युद्ध ही कर ले।...

भीम अपने स्थान पर क्रोध से नासिका फुलाये बैठा था। इस समय उसके मन में इतना अमर्ष था कि उसकी इच्छा हो रही थी कि किसी से दो-दो हाथ हो ही जायें, ताकि उसका मन कुछ शान्त हो।...वह तो पिछली बातें जैसे भूल

ही गया था। आज के उत्सव को तो वह एक समारोह के रूप में ही देख रहा था। जिन्हें अपनी योग्यता प्रमाणित करनी हो, वे करते रहें, उसने तो इस दिशा में कुछ सोचा ही नहीं था। उसे क्या प्रमाणित करना था। वह तो जिस व्यायामशाला में उतर जाता था, वहीं उसका जय-जयकार होने लगता था; गदा ले कर उठ खड़ा होता, तो प्रतिद्वन्द्वी हाथ जोड़ कर सामने से हट जाते थे। आज जब गुरु ने गदा-युद्ध प्रदर्शन की अनुमति दी थी, तो उसने सोचा था कि उसका थोड़ा-सा व्यायाम हो जायेगा और लोगों का कुछ मनोरंजन। वह कहाँ जानता था कि दुर्योधन इस तैयारी में है कि पहले ही वार में भीम की दो-चार अस्थियाँ भंग कर, उसे धूल चटा दे।...यदि कहीं सचमुच ऐसा हो जाता, तो बहुत सम्भव था कि दुर्योधन उसके सिर पर अपनी गदा दे मारता और कह देता कि वह तो आवेश में ही उसकी गदा चल गयी...

वह प्रहार तो भीम अपने अभ्यासवश ही बचा गया था और तब सहसा भीम को स्मरण आ गया था कि उसके सम्मुख दुर्योधन खड़ा हैः दुर्योधन, जो सदा से उसे पराजित ही करने का नहीं, उसका वध करने का प्रयत्न करता रहा है। इसने भीम को विष दिया था, और बाँध कर गंगा में बहा दिया था। इसने आज फिर क्रीड़ा के व्याज से, सार्वजनिक रूप से उसके वध का प्रयत्न किया था...और भीम चाहे कितनी भी बार भूल जाये, कितनी भी बार उसे क्षमा कर दे, दुर्योधन निरन्तर अपना प्रयत्न जारी रखेगा, जब तक वह उसकी हत्या कर ही नहीं लेगा...तो क्यों न आज भीम अपने इस हत्यारे को सदा के लिये समाप्त ही कर दे।...और तब भीम ने अपनी गदा घुमायी थी...गुरु द्रोण कदाचित समझ गये थे और उन्होंने प्रतियोगिता रुकवा दी थी...

भीम प्रहार करने लगता है, तो सब उसका हाथ थाम लेते हैं। दुर्योधन को कोई कुछ नहीं कहता...पता नहीं हस्तिनापुर में यह कैसा न्याय है कि जब तक घटनाएँ दुर्योधन के मनोनुकूल घटती जायें, तब तक कोई आड़े नहीं आता; और जैसे ही कोई हाथ दुर्योधन के विरुद्ध उठता है, वैसे ही अनेक नियम, विधान, परम्पराएँ, मर्यादाएँ तथा अनुशासन अपना मुँह खोल कर खड़े हो जाते हैं...

अब तक तो लक्ष्य, भीम ही था; किन्तु अब अर्जुन का प्रतिद्वन्द्वी भी खड़ा हो गया है।...भीम की आँखें, गुरु द्रोण पर टिक गयीं...निश्चय ही वे कर्ण को अनुमति नहीं देंगे...

द्रोण देख रहे थे कि सारी रंगशाला की आँखें उन पर टँगी हैं : ...उनकी सहज प्रतिक्रिया थी कि वे ऐसे किसी व्यक्ति को प्रदर्शन की अनुमति नहीं देंगे। समस्त राजपरिवार तथा हस्तिनापुर के जन-सामान्य को यहाँ, द्रोण द्वारा प्रशिक्षित राजकुमारों के कौशल-प्रदर्शन के लिये बुलाया गया है। द्रोण जो कुछ प्रदर्शित

करना चाहते थे, कर चुके। अब, जबकि समारोह अपनी पूर्णता को पहुँच चुका है—दर्शकों को अपने-अपने स्थान को लौट जाने की अनुमति होनी चाहिए, न कि उच्छृंखल और उद्दण्ड व्यक्ति को यह अधिकार दिया जाना चाहिए कि इतने सारे लोगों को बिना किसी योजना के, यहाँ रोके रखा जाये...

किन्तु उनके सम्मुख गुरु परशुराम का शिष्य खड़ा था, जो उनके पट्ट शिष्य पर अपनी श्रेष्ठता सिद्ध करना चाहता था।...उन्हें लगा कि उनके सम्मुख कर्ण नहीं, स्वयं परशुराम खड़े हैं, और कह रहे हैं, 'द्रोण! यदि मेरी श्रेणी के गुरुओं का-सा महत्व प्राप्त करना चाहते हो, तो भयभीत क्यों हो। व्यक्ति रूप में श्रेष्ठता सिद्ध करनी हो, तो मुझसे स्पर्धा करो; और गुरुओं की प्रतिष्ठा चाहिए, तो अपने शिष्य को मेरे शिष्य से स्पर्धा करने दो...।'

द्रोण की दृष्टि दुर्योधन पर जा रुकी : वह अत्यधिक आन्दोलित दिखायी दे रहा था...'किसी वीर को अपनी वीरता प्रदर्शित करने का अवसर न देना, अन्याय है। हस्तिनापुर में ऐसा अन्याय नहीं चलेगा। हस्तिनापुर वीरों के प्रति श्रद्धा रखता है...' द्रोण के मन में दुर्योधन को देख कर केवल एक ही बात आयी—हस्तिनापुर के इस राजकुमार के मन में न तो गुरुओं के प्रति कोई सम्मान है, और न ही इसे किसी मर्यादा का ध्यान है। इसके लिये इसकी इच्छा ही सर्वोपरि है...उसका पालन होना ही चाहिए।...अहंकारी राजकुमार!...दूसरी ओर कितनी शान्ति से बैठा है, कुरुओं का वह श्रेष्ठ राजकुमार—युधिष्ठिर! ...हस्तिनापुर का भावी युवराज!...उसने तो एक बार भी सारे समारोह पर अपनी इच्छा आरोपित करने का प्रयत्न नहीं किया। कुन्ती का, भवण्डर-सा वह पुत्र, भीम...जो क्रुद्ध हो जाये, तो अभी यह रंगशाला ध्वस्त होती दिखायी दे...वह भी शान्ति से बैठा है। उस पर कैसे प्रहार किये थे दुर्योधन ने, किन्तु अश्वत्थामा के एक आह्वान पर, उसने अपना हाथ रोक लिया, अन्यथा बहुत सम्भव था कि दुर्योधन धराशायी होता, उसके पक्ष के अनेक लोग भीम पर आक्रमण करते, भीम अपनी रक्षा के लिये लड़ता, उसके भाई उसकी सहायता के लिये आते; और यह रंगशाला, रणभूमि बन जाती। अब तक यहाँ वस्त्राभूषणों से सुसज्जित नर-नारियों के समूह न होते, पुष्पों तथा नाना वर्णों के पदों से अलंकृत मण्डप न होते...रक्त तथा माँस-मज्जा का बीभत्स दृश्य होता यहाँ! मृतकों के सम्बन्धियों का चीत्कार होता, आहतों की पीड़ा की अनुरणत ध्वनियाँ होतीं...धूल और कीचड़...जब द्वेष और शत्रुता के कारण, हिंसा भड़कती है, तो भीष्म और स्वयं द्रोण जैसे योद्धा भी उसे रोक नहीं सकते, केवल उसका नेतृत्व कर सकते हैं...

और तब द्रोण की दृष्टि, अपने पुत्र अश्वत्थामा पर जा कर टिक गयी।

उसकी आँखों की याचना को पढ़ कर, द्रोण को अपना वचन याद हो आया। उन्होंने उच्च स्वर में कहा, "अनुमति है।"

दुर्योधन और उसके मित्रों ने उच्च स्वर में हर्षध्वनि की, जैसे उनकी कोई महान विजय हुई हो। द्रोण ने देखा, धृतराष्ट्र के चेहरे पर पूर्ण सन्तोष के भाव थे।...किन्तु भीष्म जैसे किसी अनपेक्षित, आकस्मिक घटना से विचलित हो उठे थे।...द्रोण जानते थे, वे यदि इस समय भीष्म के निकट होते, तो भीष्म यही पूछते, 'यह तुमने क्या किया द्रोण?'

कृपाचार्य भी चकित थे। उन्हें इस विषय में रंचमात्र भी संशय नहीं था कि आचार्य, कर्ण को कदापि अनुमति नहीं देंगे...किन्तु यह क्या? आचार्य स्वयं ही अपने शिष्य के लिये चुनौतियाँ प्रस्तुत कर रहे हैं। हस्तिनापुर की रंगशाला में हस्तिनापुर के राजकुमारों के प्रतिस्पर्धी और प्रतिद्वन्द्वी उत्पन्न किये जा रहे हैं। ...ये आचार्य द्रोण तो उस आचार्य द्रोण से सर्वथा भिन्न थे, जिन्होंने गुरु-दक्षिणा के पाखण्ड के नाम पर अर्जुन के भविष्य के सम्भावित प्रतिद्वन्द्वी एकलव्य का अँगूठा माँग लिया था।...आचार्य के मन को वे आज तक पूर्ण रूपेण समझ नहीं पाये थे, और आज तो वे यह समझने में सर्वथा असमर्थ रहे थे, कि आचार्य के मन में क्या है।

अर्जुन का मन प्रफुल्लित था : गुरु ने उसकी अभिलाषा पूरी कर दी थी। यदि कहीं गुरु ने कर्ण की याचना अस्वीकार कर दी होती तो अर्जुन के यश को कलंक लग गया होता...नगर में प्रत्येक व्यक्ति यही कहता सुनायी पड़ता कि आचार्य ने कर्ण को अनुमति नहीं दी, अन्यथा वह अर्जुन से श्रेष्ठ धनुर्धर सिद्ध होता...अब कर्ण अपनी पूर्ण दक्षता दिखा ले, फिर अर्जुन देखेगा कि किसका हस्तलाघव किस कोटि का है...

कुन्ती को कर्ण का इस प्रकार अनाहूत धँस आना पूर्णतः अपशकुन-सा लग रहा था। स्वयं कर्ण अपनी सम्पूर्ण भव्यता के होते हुए भी साक्षात दुष्ट ग्रह-सा प्रतीत हो रहा था, जो आज उसके पुत्रों के चरम उल्लास तथा पूर्ण सफलता के दिन प्रकट हो गया था।...कोई और अवसर होता तो इस सुदर्शक युवक को देख कर उसे आह्लाद होता। वह उसकी माता को सौभाग्यशालिनी मानती, जिसने ऐसा दिव्य तथा गुणवान पुत्र पाया था। किन्तु यह तो अपने सौन्दर्य से मन्त्र-मुग्ध कर लेने वाला विषधर था, जो अपने सौन्दर्य से, दर्शकों को आह्लादित करने नहीं, अपने बिष से उनके प्राण हरने आया था।...और जाने क्यों आचार्य ने भी उसे अनुमति दे दी थी। आज तक तो उसने सुना था कि अर्जुन ही गुरु द्रोण का सर्वप्रिय शिष्य था।...प्रमाण-कोटि में भीम को विष दिये जाने के पश्चात वह कितनी आशंकित हुई थी, और जब उसने यह

अनुभव किया कि हस्तिनापुर में उसकी स्थिति ऐसी भी नहीं है कि वह अपने पुत्रों के विरुद्ध होने वाले ऐसे अत्याचारों की सूचना तक पितृव्य भीष्म अथवा राजा धृतराष्ट्र तक पहुँचा सके, तो कितनी भयभीत हो गयी थी वह। तब उसे पहली बार समझ में आया था कि पितृव्य भीष्म उसके पुत्रों के अभिभावक और संरक्षक चाहे हों, किन्तु वे उनके 'रक्षक' नहीं हो सकते। वे इतने तटस्थ और अनासक्त थे कि उनके लिये सारे कौरव राजकुमार, उनके पौत्र मात्र थे—वे उनमें कोई भेद नहीं करते थे, करना नहीं चाहते थे। उनके लिये विनीत, आज्ञाकारी तथा सुशील युधिष्ठिर भी उतना ही पौत्र था, जितना कि उद्दण्ड, उच्छृंखल तथा दुष्ट दुर्योधन! उनके लिये महत्वपूर्ण यह नहीं था कि कौन कैसा है; उनके लिये तो इतना ही पर्याप्त था कि वे उनके पौत्र थे। तो फिर उनसे कैसे अपेक्षा की जा सकती थी कि वे दुर्योधन अथवा उसके भाइयों के विरुद्ध, कुन्ती के पुत्रों का पक्ष ग्रहण करेंगे अथवा पाण्डवों के विरुद्ध किये गये अपराधों के लिये दुर्योधन को दण्डित करेंगे...ऐसे में आचार्य द्रोण का हस्तिनापुर आना बहुत शुभ लगा था कुन्ती को। वे शस्त्रास्त्रों के निष्णात आचार्य थे। उनका कहा, पितृव्य भीष्म तथा महाराज धृतराष्ट्र भी मानते थे। और सबसे बड़ी बात थी कि उनकी दृष्टि कर्म तथा व्यवहार के औचित्य और अनौचित्य पर थी। वे यह देख रहे थे कि उनका कौन-सा शिष्य धर्म पर चल रहा था और कौन-सा अधर्म पर! कौन शालीन था, कौन उद्दण्ड। कौन पीड़ित था, कौन पीड़क।...आचार्य द्रोण के हाथों में अपने पुत्र को सौंप कर, कुन्ती उनकी सुरक्षा, शिक्षा और विकास की ओर से सन्तुष्ट हो गयी थी। स्वयं अपने-आपको और अपने बच्चों को सुरक्षित समझने लगी थी...और आज स्वयं आचार्य द्रोण ने...

कर्ण एक-के-पश्चात-एक बाण छोड़ रहा था। उसने भी उन्हीं शस्त्रास्त्रों का प्रयोग किया था, जिनका उपयोग अर्जुन अभी थोड़ी देर पहले कर चुका था; और द्रोण स्वयं देख रहे थे कि इसमें कोई संदेह नहीं था कि उसकी क्षमता, कहीं भी अर्जुन से न्यून नहीं थी।...दर्शक-दीर्घा में बैठी हुई हस्तिनापुर की प्रजा, जो अभी थोड़ी देर पहले तक अर्जुन के शस्त्र-कौशल को देख कर प्रफुल्लित और आह्लादित हो रही थी, इस समय कर्ण की जय-जयकार कर रही थी।...पता नहीं यह उसकी गुणज्ञता थी, अथवा निर्ममता...किसी से मोह नहीं था उसको। एक दिन जिसकी विजय का डंका बजाती है, अगले दिन उसी को पिटते देख कर, तालियाँ बजाने लगती है।...किन्तु अर्जुन अभी पिट नहीं रहा था।...कर्ण स्वयं को उससे श्रेष्ठ धनुर्धर सिद्ध नहीं कर पाया था...पर द्रोण को इतना सावधान तो हो ही जाना चाहिए था कि अर्जुन का प्रतिद्वन्द्वी जन्म ले

रहा है...कर्ण की इन क्षमताओं के रहते हुए अर्जुन निर्द्वंद्व और निर्विवाद रूप से संसार का सर्वश्रेष्ठ धनुर्धर नहीं हो सकता...

दुर्योधन, उसके भाई, उसके मित्र, अनवरत रूप से हर्ष-ध्वनियाँ कर रहे थे। वे कर्ण को प्रोत्साहित ही नहीं कर रहे थे, उसकी सफलता पर प्रसन्नता भी प्रकट कर रहे थे। उस प्रसन्नता में स्पष्ट ही यह प्रतिध्वनि भी सम्मिलित थी कि वे अर्जुन की श्रेष्ठता के खण्डित होने का उत्सव मना रहे थे। यह कहना कठिन था कि वे कर्ण की सफलता पर अधिक प्रसन्न थे अथवा अर्जुन की महत्ता के कम होने पर...धृतराष्ट्र की आँखों की अपारदर्शिता के बावजूद उसके चेहरे पर जैसे हर्ष का प्रपात ही साक्षात प्रकट हो गया था।

"कितने गर्व का विषय है कि हस्तिनापुर की प्रजा में भी इतने दक्ष धनुर्धर हैं।" उसने कहा।

विदुर की इच्छा हुई की कहे कि अर्जुन के कौशल को देख कर तो आपके मन में नहीं आया कि कितनी प्रसन्नता की बात है कि कुरु राजकुमारों में इतनी दक्षता है।...पितृव्य भीष्म के पश्चात अपने ही वंश में इतना दक्ष धनुर्धर देख कर तो उनका हृदय गर्व से स्फीत नहीं हुआ था। प्रजा में धनुर्धारी को देख कर उन्हें अधिक गर्व हुआ था।...किन्तु विदुर ने कुछ कहा नहीं।

"प्रजा के गुणों का विकास करना और उसे प्रोत्साहित करना राजा का धर्म है।" धृतराष्ट्र जैसे आनन्दमग्न हो कर कह रहा था, "यह तो दुर्योधन ने अच्छा ही किया कि कर्ण को अपना कौशल प्रदर्शित करने का अवसर दिया, नहीं तो इतना गुणी व्यक्ति अज्ञात ही रह जाता, और राज्य को उसका कोई लाभ नहीं होता।...इससे तो हस्तिनापुर और भी शक्तिशाली होगा। हमें चाहिए कि हम इसे सेना में कोई महत्वपूर्ण पद दें...।"

भीष्म की इच्छा हुई कि वे धृतराष्ट्र को डाँट कर कहें कि वह अपनी अनर्गल बकवास बन्द करे।...उसे लग रहा है कि कर्ण के आ जाने से हस्तिनापुर और अधिक शक्तिशाली होगा...क्या वह यह नहीं देख रहा कि कर्ण के रंगशाला में प्रकट होते ही स्वयं हस्तिनापुर का राजपरिवार ही दरक रहा है? उसमें पड़ रही दरारें उसे दिखायी नहीं पड़ रहीं? मूर्ख के समान बैठा, तालियाँ बजा रहा है।...पर नहीं! यह कदाचित उसकी मूर्खता नहीं, उसकी तुच्छता है। ...एक ओर वह पाण्डवों का बल कम करने का षड्यन्त्र रच रहा है और दूसरी ओर अपने लिये लोकप्रिय और प्रजावत्सल राजा की प्रशस्ति अर्जित करने का प्रयत्न कर रहा है। धूर्त कहीं का...

किन्तु अगले ही क्षण भीष्म के मन में क्रोध के स्थान पर भय व्याप्त हो गया : कहाँ ले जायेगा, हस्तिनापुर और कुरु-राज्य को, यह अन्धा राजा? क्यों

बैठा दिया इस सिंहासन पर भीष्म ने इस चक्षु-अन्ध तथा बुद्धि-अन्ध राजा को, जिसको अपने निकृष्ट स्वार्थ, सर्वनाशी मोह तथा हीन वृत्तियों के सुख के बाहर के संसार का ज्ञान नहीं है।...इससे तो कहीं अच्छा होता कि विदुर को सिंहासन सौंप दिया होता। वह विचित्रवीर्य को क्षेत्रज पुत्र नहीं है, तो क्या हुआ! वह दासी-पुत्र है, तो क्या हुआ।...वह इतना मूर्ख और स्वार्थी तो नहीं है; वह इस भोगी धृतराष्ट्र के समान हीन वृत्तियों का दास तो नहीं है...किसने यह परम्परा बना दी है कि राजपुत्र को ही राजा होना चाहिए? जब राजपुत्रों का व्यवहार चाण्डालों के समान हो और उनकी प्रकृति रक्तपिपासु पिशाचों के समान हो जाये, तो उनको सत्ता के केन्द्र में स्थापित करने से क्या होगा—राज्य का, और क्या होगा प्रजा का? योग्यता के आधार पर चयन होना चाहिए राजा का, या मात्र वंशानुक्रम के आधार पर! योग्य पिता का योग्य पुत्र ढूँढ़ना तो बहुत ही कठिन है, कदाचित असम्भव ही हो...

अगले ही क्षण उनको लगा कि उनके अपने ही भीतर कोई हँसा है... भीष्म अन्तर्मुखी हुए तो उन्होंने कुछ-कुछ पहचाना...क्या यह माता गंगा की ही धुँधली-सी मूर्ति नहीं थी?...हाँ? शायद माता गंगा ही थीं, या उनकी छाया ...आज भीष्म उन्हें स्पष्ट रूप से नहीं देख पा रहे थे...माता की छाया हँस रही थी—'क्यों देवव्रत! कितना समझाया था तुम्हें! यह सारा प्रकृति का प्रपंच है। छल है यह! माया जाल। कोई सुख अपने-आपमें सुख नहीं होता। प्रकृति के प्रपंच में फँसी मनुष्य की बुद्धि अपने मोहवश, उसे सुख मान लेती है। अपने क्षय को अपना विकास मानता है मनुष्य!...तुमने स्वयं तो नारी-सुख भी त्याग दिया और राज-सुख भी! किन्तु क्या शान्तनु के इन उत्तराधिकारियों से भी कह सके तुम कि नारी-सुख, सुख नहीं, सुख का प्रपंच है; अधिकार-सुख, वस्तुतः बुद्धि का भ्रम है। कह पाये क्या इनसे?...जो स्वयं नारी को प्राप्त नहीं कर सके, उनके लिये तुम नारियों का प्रबन्ध करते रहे; और हस्तिनापुर के राज्य की सुरक्षा में कहीं कोई आशंका हुई तो तुम तड़प उठे...स्वयं त्याग किया, किन्तु अपने उत्तराधिकारियों को तो त्याग की शिक्षा नहीं दी तुमने! तुम चाहते हो कि राज्य, उसका धन, उसका सुख, उसका अधिकार—तुम त्याग भी दो, तो भी तुम्हारे ही वंश के लोगों के पास सुरक्षित रहे वह! यह त्याग उनको क्यों नहीं सिखाया?...'

माता गंगा की छाया हँसी और हँसी को अनुरणन ध्वनि के साथ ही उनकी छवि भी जैसे विलीन हो गयी...

भीष्म का मन माता की छवि से जैसे डर-सा गया।

कर्ण ने अपना धनुष भूमि पर टिकाया और एक सिंह-दृष्टि सारी रंगशाला

पर डाली। उसके चेहरे पर विजयिनी मुस्कान थी। उसने भुजा उठायी और बोला, 'मैंने धनुर्विद्या के वे सारे चमत्कार दिखा दिये हैं, जो अर्जुन ने दिखाए थे। प्रदर्शन के लिये मेरे पास और भी बहुत कुछ है; किन्तु मात्र प्रदर्शन से क्या होगा। प्रदर्शन मात्र श्रेष्ठ धनुर्धर होने के लिये पर्याप्त नहीं है; क्योंकि प्रदर्शन में हम वही करते हैं, जिसका अभ्यास हमें होता है। वास्तविक ज्ञान, कौशल और वीरता का तो पता युद्ध में ही लगता है। इसलिये मैं आचार्य द्रोण के सर्वाधिक प्रिय शिष्य, उनके प्रशिक्षित श्रेष्ठतम धनुर्धर कुन्तीपुत्र अर्जुन का द्वन्द्व-युद्ध के लिये आह्वान करता हूँ।"

लगा कि जैसे सारी रंगशाला उठ कर अपने पैरों पर खड़ी हो गयी है।... जब से समारोह आरम्भ हुआ था, तब से एकाधिक बार यह चर्चा हो चुकी थी कि यह रंगशाला थी, रणशाला नहीं।...और यह कर्ण बीच रंगशाला में खड़ा, अर्जुन को द्वन्द्व-युद्ध के लिये पुकार रहा था।

दुर्योधन को वह दिन याद आ गया, जिस दिन आचार्य द्रोण ने कर्ण को राजकुमारों के वर्ग से बाहर निकाल दिया था। उस दिन भी कर्ण ने, अर्जुन से द्वन्द्व-युद्ध करने की इच्छा प्रकट की थी...और यह भी कहा था कि ऐसे अवसर पर वह उसे जीवित नहीं छोड़ेगा...

दुर्योधन का मन जैसे बल्लियों उछलने लगा। कर्ण ने यह बहुत उपयुक्त अवसर चुना था इस आह्वान के लिये। सारे नगर के सामने, इस खुली चुनौती की उपेक्षा नहीं कर सकता था अर्जुन! और यदि वह द्वन्द्व-युद्ध के लिये क्षेत्र में आयेगा, तो निश्चित रूप से कर्ण उसे कभी जीवित नहीं छोड़ेगा। पराक्रम से उसका वध कर सकेगा, तो पराक्रम से करेगा, नहीं तो छल से उसकी हत्या कर देगा। दुर्योधन कर्ण को बहुत भली प्रकार पहचानता है : कर्ण अपना लक्ष्य प्राप्त करके ही रहता है—साधन का विचार नहीं करता वह! गुरु परशुराम से विद्या प्राप्त करनी थी, तो कर ही ली—चाहे उसके लिये मिथ्यावादी बना, छद्म वेश धारण किया...निश्चय ही कर्ण आज अर्जुन को नहीं छोड़ेगा...किन्तु यदि अर्जुन ने यह चुनौती स्वीकार ही नहीं की तो?...

उसने दृष्टि उठा कर देखा : अर्जुन अपना तूणीर बाँधे, धनुष उठाये, आ कर कर्ण के सम्मुख खड़ा हो गया था। उसने हाथ जोड़ कर आचार्य द्रोण को प्रणाम किया, "गुरुदेव! द्वन्द्व-युद्ध की अनुमति दीजिए।"

कुन्ती को लगा, एक ओर उसका मन प्रसन्न था कि उसका पुत्र कायर नहीं है। उसने चिन्तन में एक क्षण भी नहीं खोया। सच्चे क्षत्रिय के समान धनुष उठा कर, सामने खड़ा हो गया है, चुनौती देने वाले के। और दूसरी ओर कुन्ती का मुख सूख रहा था और टाँगें हल्की-हल्की काँप रही थीं : अर्जुन अभी

छोटा था। वह गुरु द्रोण की युद्धशाला का सर्वश्रेष्ठ धनुर्धर अवश्य था; किन्तु उसे अभी युद्ध का क्या ज्ञान था?...इस दुष्ट कर्ण ने अपना शस्त्र-कौशल दिखा तो लिया, अब यह उसके पुत्र के प्राणों के पीछे क्यों पड़ा है?...भीम को ललकारता, तो कोई बात नहीं थी। भीम तो लड़ने-भिड़ने का अभ्यस्त था ही; वह अपनी गदा के एक ही प्रहार से इस वाचाल की जिह्वा को पूर्णतः शान्त कर देता।...किन्तु यह तो आह्वान ही धनुष-युद्ध का था...

भीष्म की इच्छा हुई कि अपना धनुष ले कर इस कर्ण को, उसके धनुष के साथ ही खण्ड-खण्ड कर दें। इसकी विद्या ने इसके अहंकार को जैसे आकाश पर चढ़ा दिया था...भीष्म को चित्रांगद का स्मरण हो आया। ऐसा ही था, वह भी। धनुष उठा कर जिस-तिस को चुनौती देता, युद्ध का आह्वान करता। क्या परिणाम हुआ उसका! वही इस मूर्ख का होगा।...युद्ध एक दायित्व है। न वह अहंकार के प्रदर्शन का साधन है, न अत्याचार के समर्थन का; और न ही वह कोई क्रीड़ा है।...क्या सोच कर वह कुरुवंश के राजकुमार को चुनौती दे रहा है।...वह नहीं जानता कि भीष्म के सम्मुख, कुरुवंश पर इस प्रकार का आक्षेप।...किन्तु तभी भीष्म ने अपने मन को शान्त किया। उन्हें आवेश में नहीं आना चाहिए। उसने चुनौती दी है और अर्जुन ने उसे स्वीकार किया है; किन्तु उन्हें द्वन्द्व-युद्ध की अनुमति नहीं मिलेगी।...पर फिर भी इस सारथिपुत्र को अनुशासित करना होगा, वह राजवंश के सम्मुख चुनौती बन कर हस्तिनापुर में नहीं रह सकता...

"वीरों को अपनी वीरता प्रमाणित करने का अवसर तो मिलना ही चाहिए। क्यों विदुर!" धृतराष्ट्र ने कहा। इस समय उसके मुख पर ऐसा आनन्द छाया हुआ था, जैसे वह अमृत के आनन्द-सरोवर में गोते लगा रहा हो, "या तो अर्जुन अपनी पराजय स्वीकार कर ले, या फिर अपनी वीरता प्रमाणित करे।"

"ठीक कहते हैं महाराज!" विदुर का स्वर पर्याप्त वक्र था, "अभी दुर्योधन को ऐसी ही चुनौती भीम देगा, तो महाराज के ये विचार स्थिर रह पायेंगे?"

लगा, धृतराष्ट्र के चेहरे की प्रभा कुछ कम हो गयी है। बोला, "क्यों? भीम ऐसी चुनौती क्यों देगा? कहीं भाइयों में भी ऐसे द्वन्द्व-युद्ध होने चाहिए, जिनका परिणाम मृत्यु हो?"

"नहीं महाराज! भाई के हाथों भाई को मरवाना हमारी नीति नहीं है; तो शत्रु के हाथों अपने पुत्र को मरवाना भी हमारी नीति नहीं हो सकती।" विदुर ने उत्तर दिया, "आचार्य ने यह रंगशाला इसलिये तो नहीं बनवायी थी कि यहाँ सारथिपुत्र आकर राजकुमारों का वध कर जाये।"

"हाँ!" धृतराष्ट्र ने स्वयं को बहुत नियन्त्रित कर कहा, "किन्तु फिर वीरता

प्रोत्साहित कैसे होगी?..."

भीष्म के कान उधर ही लगे थे कि धृतराष्ट्र को विदुर क्या उत्तर देता है; किन्तु उसके पूर्व ही दुर्योधन का उच्च स्वर सुनायी दिया, "आचार्य, अनुमति क्यों नहीं दे रहे?"

भीष्म की फिर इच्छा हुई कि वे दुर्योधन को डाँट कर बैठा दें। किन्तु राजा के रूप में यहाँ धृतराष्ट्र विद्यमान था, तथा समारोह के नियन्ता आचार्य द्रोण थे। ऐसे में बीच में उनका बोलना, बहुत शोभनीय नहीं था।...किन्तु उनकी चिन्ता पहले से भी बढ़ गयी थी। धृतराष्ट्र और दुर्योधन मिल कर पाण्डवों को पराभूत करना चाहते हैं—उन्हें पराजित करें, अपमानित करें या उनका वध करवा दें। स्वयं न कर सकें तो किसी अन्य से करवा दें।...यह विष-वृक्ष कहाँ से उग आया है, इस वंश में...

सहसा ही भीष्म को बड़ी तीव्रता से अपने सम्पूर्ण जीवन की निरर्थकता का अहसास हुआ। इन बच्चों को ही नहीं, इनके पिताओं को अपने हाथों से पाला था भीष्म ने। क्या इसलिये कि एक भाई, दूसरे भाई के विरुद्ध एक बाहरी व्यक्ति का—जो प्रच्छन्न शत्रु है—साथ दे?...क्या यही पालन-पोषण किया है इनका?...या क्या व्यक्ति का अपना प्रयत्न कुछ भी नहीं कर सकता—और वह जो सारा समय, अपनी ओर से कुछ-न-कुछ बनाता ही रहता है—वह सब भ्रम है उसका? निश्चित रूप से इस दुर्योधन को यह तो नहीं बनाना चाहा था उन्होंने...

"आचार्य, अनुमति क्यों नहीं देते?" दुर्योधन ने पुनः पुकार कर कहा।

दुर्योधन के उद्दण्ड स्वर का अनुगमन करता-सा अर्जुन का विनीत स्वर भी आया, "गुरुदेव! मेरी प्रार्थना है कि हमें द्वन्द्व-युद्ध की अनुमति दी जाये; ताकि मैं अपने गुरु की महिमा प्रतिष्ठित कर, इस अनाहूत, अनिमन्त्रित, मर्यादाहीन योद्धा को युद्ध की मर्यादा सिखा सकूँ।..."

आचार्य द्रोण खड़े हो गये। उन्होंने दृष्टि भर कर, अपने शिष्य अर्जुन को देखा : उसके चेहरे पर भय तो क्या चिन्ता अथवा आशंका की भी कोई रेखा नहीं थी। फिर उनकी दृष्टि अश्वत्थामा से जा टकरायी। अश्वत्थामा जैसे उन्हें उनका वचन स्मरण करा रहा था। आचार्य को अपने पुत्र की आँखों में अर्जुन-विरोधी भाव अच्छा नहीं लगा। न ही उन्हें अपने पुत्र की यह दुर्योधन-मैत्री भायी; किन्तु वे जानते थे कि अश्वत्थामा अब उनकी इच्छा से अपने जीवन के निर्णय नहीं करेगा। वह वयस्क हो गया था, उसकी स्वतन्त्र इच्छा-शक्ति विकसित हो चुकी थी।...उन्हें अपने पुत्र के विकास की प्रसन्नता थी; किन्तु किस दिशा में विकसित हो पाया था वह? उसे युधिष्ठिर अथवा

अर्जुन क्यों अपने मित्र नहीं लगे? उसे दुर्योधन ही क्यों प्रिय हुआ? क्या केवल इसलिये कि वह राजा का पुत्र है? या कहीं उसे लगा है कि प्रिय बन कर अर्जुन ने उसके पिता को उससे छीन लिया है?...

और फिर उनकी दृष्टि घूमती हुई जा कर कर्ण की आँखों पर ठहर गयी : उन आँखों में चुनौती थी—कर्ण की नहीं, परशुराम की...

और द्रोण ने अपने पुत्र को दिया गया इच्छापूर्ति का वरदान पूर्ण कर दिया "अनुमति है!"

द्रोण के वाक्य के साथ ही जैसे सारी रंगभूमि में कोलाहल का एक ज्वार उमड़ पड़ा।

भीष्म को लगा, वे अब और नहीं रुक पायेंगे। चित्रांगद का तो उनकी अनुपस्थिति में गन्धर्वराज वध कर गया था, किन्तु इस सारथिपुत्र को वे अपनी आँखों के सामने अर्जुन का वध करने नहीं देंगे। द्रोण पर अब उन्हें विश्वास नहीं रह गया था। जाने द्रोण के मन में क्या था। क्यों उसने इस द्वन्द्व-युद्ध की अनुमति दे दी थी? वह बहुत सुविधा से इसे रोक सकता था...

और तभी कृपाचार्य की तीखी वाणी रंगशाला में गूँज उठी, "ठहरो।"

भीष्म ने आश्चर्य से कृप को देखा : जब से हस्तिनापुर में द्रोण का आगमन हुआ, तब से कृप को उन्होंने इस प्रकार अधिकार से बोलते नहीं सुना था; और इस समारोह में द्रोणाचार्य द्वारा अनुमति दे दिये जाने के पश्चात कृपाचार्य का हस्तक्षेप...

कृपाचार्य अपने स्थान से उठ कर प्रतिद्वन्द्वियों के बीच आ गये थे, "सुनो कर्ण! यहाँ कोई युद्ध नहीं हो रहा। अर्जुन ने तुम्हारा कोई अपमान नहीं किया है, जिसकी क्षतिपूर्ति के रूप में तुम यह द्वन्द्व-युद्ध माँग रहे हो। न यह कोई स्वयंवर है, और न ही यहाँ धरती के सर्वश्रेष्ठ वीर का चयन हो रहा है। ऐसे में यदि तुम द्वन्द्व-युद्ध की इच्छा प्रकट कर रहे हो, तो उसका कोई विशेष कारण होना चाहिए। जहाँ तक मैं समझता हूँ, कारण कोई नहीं है, सिवाय इसके कि तुम शायद अर्जुन को पराजित कर, अपने अहंकार की तुष्टि करना चाहते हो। तुमने सोचा होगा कि कम परिश्रम से तत्काल ख्याति अर्जित करने का यह सरलतम मार्ग है—युग के सर्वश्रेष्ठ योद्धा से भिड़ जांओ। विजयी हुए तो बात ही क्या, और यदि पराजित हुए तो क्या क्षति है। अर्जुन जैसे योद्धा से पराजित होना कोई अपमान की बात नहीं है। ऐसी स्थिति में भी, अर्जुन से द्वन्द्व-युद्ध का अवसर पाना ही एक बड़ी बात होगी। अर्जुन ने तुम्हारी चुनौती स्वीकार की, यह कम महत्व की बात नहीं है...।"

"नहीं आचार्य!" कर्ण उद्दण्ड भाव से बोला, "आप सब लोग भयभीत

हैं कि अर्जुन मुझसे पराजित हो जायेगा; और उसकी सारी कीर्ति धूल में मिल जायेगी। वह भी भीत मूषक के समान छिपा बैठा है...।"

"सावधान कर्ण!" अर्जुन की आँखों में क्रोध का रंग गाढ़ा हो गया।

"ठहरो पुत्र!" कृपाचार्य बोले, "तुम शील-शिष्टाचार से परिचित हो; अतः जब तक मैं वार्तालाप कर रहा हूँ, तुम अपने मन को शान्त रखो।"

अर्जुन ने संकोच से सिर झुका लिया, जैसे गुरु की अवहेलना से लज्जित हो।

"और कर्ण! सुनो! तुम अर्जुन के साथ-साथ हमें भी उत्तेजित करने का प्रयत्न कर रहे हो। और उत्तेजना में व्यक्ति की न बुद्धि काम करती है, न उस पर तर्क का प्रभाव होता है। पहले तुम यह स्पष्ट कर लो कि तुम बुद्धि से युक्त, तर्कशील मनुष्यों के समाज में, वैसे ही मनुष्य का-सा आचरण करना चाहते हो, अथवा मानवों की सभा में घुस आये किसी महिष के समान इधर-उधर सींग मारना चाहते हो!"

लगा, कर्ण का आवेश कुछ कम हुआ है। वह भी थोड़ा हतप्रभ हुआ है, "आचार्य! मैं भी स्वयं को बुद्धियुक्त, तर्कशील प्राणी ही समझता हूँ।"

"तो तुम उसी के अनुरूप व्यवहार करो।" कृपाचार्य बोले, "द्वन्द्व-युद्ध माँगने का कोई कारण है?"

"क्या यह कारण पर्याप्त नहीं है कि मैं उसे चुनौती दे रहा हूँ और वह क्षत्रिय होते हुए भी युद्ध के लिये आगे नहीं बढ़ रहा?"

अर्जुन के चेहरे पर फिर एक बार आवेश झलका; किन्तु वह कृपाचार्य की ओर देख कर, चुप ही रहा।

"तुम्हारे लिये यह कारण पर्याप्त है। युद्ध-दान क्षत्रिय का कर्तव्य है—यह भी सत्य है। किन्तु बताओ कर्ण!" कृपाचार्य शान्त भाव से बोले, "कि दान से पूर्व दाता को पात्र का विचार करना चाहिए या नहीं—सुपात्र और कुपात्र का भी विचार होना चाहिए या नहीं? क्या तुम नहीं जानते कि दान न देना, कुपात्र को दान देने से श्रेष्ठतर है?" उन्होंने रुक कर कर्ण की ओर देखा; किन्तु कर्ण कुछ नहीं बोला। वे पुनः बोले, "दाता को पात्र-विचार का अधिकार है। पात्र-विचार-निरपेक्ष दान, दाता के नाश का कारण बनता है। इसलिये क्षत्रिय के रूप में युद्ध-दान से पहले अर्जुन को याचक की पात्रता देखनी ही चाहिए। वह भरतवंश के सम्राट पाण्डु का पुत्र है। आचार्य श्रेष्ठ द्रोण का परमप्रिय और योग्यतम शिष्य है। द्वन्द्वयुद्ध में तुम्हें पराजित कर, उसे कोई यश नहीं मिलेगा। वह उसके लिये साधारण कार्य होगा, जिसे न कोई महत्व देगा, न रेखांकित करेगा; किन्तु यदि वह तुमसे पराजित हुआ तो उसके यश-चन्द्र को

सदा के लिये ग्रहण लग जायेगा। बुद्धिमान क्षत्रिय केवल उसी की द्वन्द्व-युद्ध की चुनौती स्वीकार करते हैं, जिसकी पात्रता सिद्ध हो। उससे पराजित हो कर यदि अपयश मिलता हो, तो विजयी होने पर यश भी मिले। उसके लिये आवश्यक है कि योद्धा सम-धरातल का हो। अर्जुन कुरु-वंश का राजकुमार है, भरत का वंशज, सम्राट पाण्डु का पुत्र! उससे युद्ध दान माँगने का अधिकार किसी राजा अथवा राजकुमार को ही हो सकता है...क्या तुम अपने वंश का कोई परिचय दे सकते हो?..."

विदुर के चेहरे पर सन्तोष झलका; और भीष्म का मन हुआ कि वे उठ कर जायें और प्रशंसा के भाव से कृप का कंधा थपथपा आयें—उन्होंने कृप के व्यक्तित्व के इस रूप को कभी नहीं जाना था। सारथिपुत्र के हाथों भरत-वंश को अपमानित होने से बचाने के लिये, उन्हें कृपाचार्य का आभारी होना चाहिए।...उन्हें लगा कि पिता शान्तनु ने कृप का पालन-पोषण कर, इस वंश के एक हितैषी का ही विकास किया था, किन्तु द्रोणाचार्य...जाने क्यों द्रोणाचार्य ने इस अहंकारी और उद्दण्ड सारथि-पुत्र को द्वन्द्व-युद्ध की अनुमति दे दी...उस पर बाद में विचार करेंगे...उनका मन अर्जुन के लिये कुछ आशंकित अवश्य था; किन्तु भरत-वंश के इस विजयोत्सव का एक सारथि-पुत्र द्वारा नष्ट-भ्रष्ट किया जाना, उनके लिये अधिक पीड़ा का कारण होता...वे आश्वस्त हुए, अब कदाचित वह स्थिति नहीं आयेगी।...

कर्ण ने कृपाचार्य के प्रश्न का कोई उत्तर नहीं दिया; किन्तु प्रश्न में निहित ध्वनि उसके मन में अत्यन्त तीक्ष्णता से चुभ गयी थी, और उसे लग रहा था कि वह निरन्तर चुभती ही जा रही है...क्या उत्तर देता वह? ऐसा ही प्रश्न तो गुरु परशुराम ने किया था। तब भी उसके पास कोई उत्तर नहीं था। वहाँ उसने मिथ्या-भाषण किया था; किन्तु यहाँ उसका भी कोई लाभ नहीं था।... यहाँ का प्रत्येक व्यक्ति पहचानता है उसे। इससे तो अच्छा था, वह भी अन्य सामान्य लोगों के समान किसी दीर्घा में दर्शक-भाव से बैठा रहता। उसे ख्याति न मिलती, उसकी वीरता प्रतिष्ठित न होती—किन्तु वह इस प्रकार अपमानित तो न होता...उसे लगा, उसका आक्रोश जैसे कोई अभिव्यक्ति न पा कर, उसका अपना ही कण्ठ जकड़ बैठा है...यदि वह फट पड़ा तो कदाचित उसका अपना मस्तक ही टूक-टूक हो जायेगा। लोग बार-बार उससे उसकी जाति और वंश के विषय में क्यों पूछते हैं? उसकी वीरता और शस्त्र-कौशल के विषय में कोई क्यों नहीं पूछता?...

अपनी निरीहता और असहायता में उसकी दृष्टि बरबस दुर्योधन को खोजती हुई, उस ओर चली गयी, जहाँ सारे कुरु राजकुमार बैठे थे...

दुर्योधन की दृष्टि उससे मिली और कर्ण ने देखा कि दुर्योधन की दृष्टि में न पराजय थी, न असहायता, न निरीहता...

दुर्योधन उठ कर खड़ा ही नहीं हो गया था, वह अपने मण्डप से बाहर निकल कर केन्द्रीय वेदी में आ गया था।

"आचार्य!" उसने सम्बोधित तो केवल कृपाचार्य को ही किया था, किन्तु उसका स्वर इतना ऊँचा था कि सारी रंगशाला में सुनायी दे जाये, "किसी वीर की प्रतिभा का इस प्रकार निरादर करना उचित नहीं है। गंगोत्री के आवेगरहित प्रवाह को देख कर आप गंगा का निरादर नहीं कर सकते। कर्ण का वंश उसके आनन पर चमकता, उसका तेज है। उसकी जाति उसके भुजदण्ड हैं। उसका परिचय तो उसके बाण ही देंगे।"

"दुर्योधन! बुद्धिमान हो तुम!" कृपाचार्य जैसे अपना व्यूह सँभालने के लिये पूर्णतः सन्नद्ध थे, "अपनी शिक्षा तथा प्रशिक्षण पूर्ण कर चुके हो। अभी तक किसी युद्ध में नहीं गये तुम; किन्तु अब शीघ्र ही तुम्हारे कंधों पर युद्धों का उत्तरदायित्व डाला ही जायेगा। तो राजकुमार! एक बात का ध्यान रखना, जब अपनी सेना का नेतृत्व करते हुए, रथारूढ़ हो कर तुम युद्ध-क्षेत्र में जाओगे तो केवल किसी रथी से ही द्वैरथ-युद्ध करना; शत्रु-पक्ष के सेनापति से ही द्वन्द्व-युद्ध करना। यह न हो कि पदाति सैनिक से द्वन्द्व-युद्ध करने लगो और परिणामस्वरूप जीत कर कोई यश न पाओ और पराजित हो कर... !"

दुर्योधन के मुख का स्वाद जैसे एकदम कसैला हो गया : कृपाचार्य के तर्क-बाण के सामने, सारे क्षत्रियों के अत्यन्त विनाशकारी बाण भी जैसे निरस्त हो गये थे।...युद्ध का अपना विधान होता हैं और द्वन्द्व-युद्ध का भी। दुर्योधन की इच्छा मात्र से न तो वे विधान बदल सकते हैं और न आर्यावर्त्त के आर्यों की मर्यादायें।...संघर्ष करना हो, तो शत्रु के बराबर तो उठना ही पड़ेगा। जो मर्यादायें कृपाचार्य ने बाँधी हैं, उन्हें तो पूरा करना हो होगा...अर्जुन को अपमानित करने का ऐसा सुअवसर, दुर्योधन अपने हाथ से कैसे जाने दे सकता है...उसे इस असम्भव को सम्भव करना पड़ेगा नहीं तो अभी कुछ ही क्षणों में कर्ण सबके उपहास का पात्र बना, अपना मुँह लटकाये, जा कर इस विशाल जन-समुदाय में कहीं खो जायेगा; और फिर जाने कहीं दिखायी देगा या नहीं।...पहले भी गुरु द्रोण ने उसे राजकुमारों के वर्ग से निकाल दिया था तो वह एक लम्बे अन्तराल के लिये कहीं खो गया था। आज के इस सार्वजनिक अपमान के पश्चात तो कदाचित वह लौट कर कभी हस्तिनापुर ही न आये. ..और दुर्योधन को लगा कि कर्ण के खो जाने का अर्थ कहीं उसके अपने राज्याधिकार का खो जाना ही न हो...अर्जुन की धनुर्विद्या ही नहीं—पाण्डवों के

सम्मिलित बल के सामने कौन खड़ा होगा, दुर्योधन के पक्ष से?...और युद्ध तो होना ही है। अब तक यह पर्याप्त स्पष्ट हो चुका था कि बिना युद्ध के दुर्योधन को वह राज्य मिलने वाला नहीं है...और यह राज्य वह छोड़ेगा नहीं!...पिता ने जाने क्या सोच कर उसका नाम 'सुयोधन' रखा था; किन्तु वह जानता था कि युद्ध ही उसकी नियति है। बिना युद्ध के, बिना बल-प्रयोग किये, बिना अपना अधिकार जमाये—उसे कुछ नहीं मिलेगा। इसलिये युद्ध तो उसे करना ही पड़ेगा।...और यदि उसे किसी बड़े, भयंकर युद्ध से बचना है, तो उसे यह छोटा-सा युद्ध आज, यहीं पर, लड़ ही लेना चाहिए ।...आज यदि अर्जुन यहाँ मारा जाता है, तो दुर्योधन, भविष्य के एक बड़े युद्ध से बच जायेगा; अन्यथा एक अर्जुन के स्थान पर सहस्रों व्यक्ति मरेंगे।...एक समय था, जब उसने भीम की हत्या करने का प्रयत्न किया था। तब उसने समझा था कि कदाचित भीम ही उसके मार्ग की सबसे बड़ी बाधा है; किन्तु आज वह देख रहा है, वह उसकी भूल थी। युद्ध में जितना विनाशकारी, एक धनुर्धारी हो सकता है, गदाधारी कदापि नहीं हो सकता।...अर्जुन को आज मरना ही होगा, चाहे असम्भव को सम्भव करना पड़े, चाहे उसे मर्यादित से अमर्यादित होना पड़े...

दुर्योधन का मन बड़ी तीव्र गति से भाग रहा था, जैसे वह किसी विशाल राजप्रासाद में बन्द हो गया हो, जिसके सहस्रों द्वार हों, और वह बड़े वेग से, अपने शरीर की पूरी शक्ति लगा कर प्रत्येक द्वार खटखटा रहा हो, कि कोई एक द्वार खुल जाये, ताकि वह बाहर निकल सके। कहीं ऐसा न हो कि वह द्वार खोजता ही रहे और उसका दम घुटा जाये...

"आचार्य!" दुर्योधन फिर बोला।

कृपाचार्य ने उसकी ओर देखा।

"आचार्य! यदि कर्ण को अर्जुन के साथ द्वन्द्व-युद्ध का अवसर केवल इसलिये नहीं दिया जा सकता, क्योंकि वह राजा नहीं है, तो मैं..." उसका स्वर और ऊँचा उठ गया, ताकि सारा जन-समुदाय सुन सके, "तो मैं कर्ण को अंगदेश का राजा स्वीकार करता हूँ।"

दुर्योधन के मित्रों ने तत्काल उद्घोष दिया, "जय महाराज अंगेश! जय महाराज कर्ण!"

भीष्म का मुख जैसे आश्चर्य से खुल गया : यह क्या हो रहा है? कृपाचार्य इस कर्ण से, अर्जुन की यह भिडन्त बचाना चाहते हैं और दुर्योधन चाहता है कि किसी भी मूल्य पर, किन्हीं भी परिस्थितियों में यह युद्ध अवश्य हो। वह इस सारथिपुत्र को राजा बना रहा है, केवल इसलिये कि कर्ण, अर्जुन से युद्ध कर सके, उसे क्षति पहुँचा सके, सम्भव हो तो उसका वध कर सके...यह तो

खुले तौर पर सार्वजनिक रूप से अर्जुन की हत्या का प्रबन्ध और प्रयत्न कर रहा है। कुरु-कुल के सर्वनाश का बीज-वपन कर रहा है। यह सचमुच दुर्योधन है, दुर्योधन!

"दुर्योधन!" भीष्म बोले, "तुम राजा हो, न युवराज! तुम्हें यह अधिकार किसने दिया कि तुम किसी को, किसी भी देश-प्रदेश का राजा स्वीकार कर लो।" और उन्होंने धृतराष्ट्र को देखा, "राजन! तुम इसे मना क्यों नहीं करते?"

धृतराष्ट्र कुछ समय तक सिर झुकाये, वैसे ही मौन बैठा रहा और फिर जैसे वह अपना अत्यधिक सुचिन्तित मत दे रहा हो, बहुत धीरे से बोला, "सुयोधन राजा नहीं है, युवराज भी नहीं है; किन्तु वह मेरा पुत्र है पितृव्य! और यदि कोई पुत्र अपने पिता की किसी वस्तु को अपनी समझ उसका दान करता है, तो इसमें पिता द्वारा उसे अस्वीकार करने का प्रश्न ही कहाँ उठता है।"

भीष्म के शब्द जैसे उसके मुख में ही जम गये। ये पिता-पुत्र दोनों मिल कर, अर्जुन का वध करवाने की योजना ही नहीं बना रहे, उसका सक्रिय प्रयत्न भी कर रहे हैं। शुल्क ले कर किसी की हत्या करने वाले दस्यु को न बुला कर, ये लोग द्वन्द्व-युद्ध जैसी क्षत्रियोचित चुनौती प्रस्तुत कर रहे हैं, ताकि अर्जुन उस जाल में फँसना अस्वीकार भी न कर सके; और कोई यह भी न कह सके कि इन्होंने अर्जुन की हत्या करवायी है।...उनकी दृष्टि अर्जुन पर टिक गयी : क्या अर्जुन भयभीत था? ...नहीं! अर्जुन के चेहरे पर तनिक भी भय अथवा त्रास नहीं था—वह तो कदाचित आक्रामक मुद्रा में खड़ा था; किन्तु यह दुर्योधन... अपने ही वंश का काल!...कुल-नाशक!...

"बात केवल राजपुत्र की इच्छापूर्ति की ही नहीं है राजन!" भीष्म बोले, "मैं नहीं चाहता कि कुरुकुल में आन्तरिक और पारस्परिक कलह बढ़े; किन्तु तुम देख रहे हो कि तुम्हारा यह दुर्योधन कलह चाहता ही नहीं, वह उसका विकास कर रहा है। वह अपने भाइयों के विरुद्ध, बाहरी शत्रुओं की सहायता कर रहा है। वह शत्रुता को उत्प्रेरित कर रहा है। अर्जुन के विरुद्ध इस सारथि-पुत्र का महत्व बढ़ा कर, राजकुल का महत्व ही कम नहीं कर रहा, उसका अपमान भी कर रहा है। तुम्हारा यह दुर्योधन जानता ही नहीं कि उसे कब युद्ध करना है, और किसके विरुद्ध करना है।"...

धृतराष्ट्र ने सम्बोधन के लिये भी अपना चेहरा भीष्म की ओर नहीं किया। अपनी अन्धी आँखों से रंगशाला के मध्य बनी वेदी की ओर देखता रहा, जैसे सारे घटनाचक्र को अपनी आँखों से देख रहा हो, "आप शान्त मन से सोचें पितृव्य! दुर्योधन कोई उपद्रव नहीं कर रहा। वह तो मात्र वीरता का सम्मान कर रहा है।"

भीष्म को लगा, जैसे उनकी खीझ अब उनका नियन्त्रण नहीं मान रही है, "इतना ही वह वीरता का पक्षधर है, तो उसने अर्जुन की वीरता का सम्मान क्यों नहीं किया?"

धृतराष्ट्र ने कोई उत्तर नहीं दिया। वह जैसे भीष्म से अपनी रक्षा करने के लिये, दूसरी ओर देखता रहा।

विदुर समझ गया—अब इन दोनों में इसके आगे वार्तालाप नहीं होगा। पितृव्य, अब धृतराष्ट्र पर इससे अधिक दबाव नहीं डालेंगे। वह जैसे धृतराष्ट्र को भाँपने का प्रयत्न करता रहा और फिर धीरे से बोला, "महाराज का कहना उचित ही है कि पिता की सम्पत्ति पर पुत्र के अधिकार को अस्वीकार नहीं किया जा सकता। किन्तु महाराज ने क्या यह भी सोचा है कि अंगदेश हमारे साम्राज्य का अंग है भी या नहीं। वह विवादास्पद क्षेत्र है महाराज! मगध-नरेश जरासंध उसे अपने साम्राज्य का अंग मानता है। उसने महाराज पाण्डु द्वारा मान्य प्रशासक को कब से नगर-निष्कासित कर, मालिनी नगरी में अपना प्रशासक बैठा रखा है।"

"ठीक है! किन्तु हमने न कभी मालिनी नगरी में बैठे, जरासंध के प्रतिनिधि प्रशासक को मान्यता दी है, और न अंग पर उसका आधिपत्य स्वीकार किया है।" धृतराष्ट्र बोला।

"किन्तु उससे न वह प्रदेश हमारा हो जाता है और न ही उसे किसी को दान करने का हमारा अधिकार ही बनता है।" विदुर ने उत्तर दिया।

धृतराष्ट्र के चेहरे पर कड़वाहट का भाव फैल गया, "तुम इतने बुद्धिमान हो कर इतनी-सी बात क्यों नहीं समझते विदुर! कि यदि अंगदेश हमारा है तो दुर्योधन उसे कर्ण को दे ही सकता है; और यदि हमारा नहीं है, तो जो हमारा है ही नहीं, उसे किसी को दे देने में हमारी क्षति ही क्या है? जब वह अपना कुछ दे ही नहीं रहा, तो तुम्हें आपत्ति किस बात की है?"

विदुर को लगा, धृतराष्ट्र के मन में दुबका बैठा पिशाच इस समय प्रकट रूप से उसके चेहरे पर आ बैठा है।

"अब तो कर्ण अर्जुन के साथ द्वन्द्व-युद्ध का अधिकारी है आचार्य?" दुर्योधन ने पूछा।

कृपाचार्य हँसे, "कर्ण को अंगदेश का राजा तुमने स्वीकार किया है दुर्योधन! तुमने, जो स्वयं राजा नहीं है—जिसका न राज्याभिषेक हुआ है, न युवराज्याभिषेक! तुम्हारी इस प्रकार की स्वीकृति कोई अर्थ रखती है क्या? या तुम सामान्य प्रजा के रूप में कर्ण को अपना राजा स्वीकार कर रहे हो—क्योंकि

प्रजा को अपना राजा मनोनीत करने का अधिकार है!"

दुर्योधन ने इस प्रकार दाँत पीसे, जैसे वह या तो आचार्य को कोई बहुत ही अपमानजनक बात कह देगा या शायद आघात ही कर बैठे; किन्तु ऐसे अवसरों पर अनेक बार वह अद्भुत धैर्य का परिचय देता था। लगा, वह अपना सारा क्षोभ तथा कृपाचार्य के प्रति मन में जागा अपना सारा विरोध, क्षण-भर में ही पी गया। बोला, "मैं आज आपकी सारी प्रतिज्ञाएँ पूरी करूँगा आचार्य! मेरा राज्याभिषेक हुआ हो या न हुआ हो—किन्तु कर्ण का राज्याभिषेक तो मैं अभी करवा दूँगा।"

दुर्योधन पैर पटकता हुआ, वहाँ से चला गया।

रंगशाला में जैसे सन्नाटा छा गया। धृतराष्ट्र ने प्रकारान्तर से कर्ण को अंगदेश के राजा की मान्यता दे दी थी। भीष्म और विदुर अब कुछ नहीं कह रहे थे। वे जैसे अपने भीतर-ही-भीतर कुछ मन्थन कर रहे थे। द्रोणाचार्य भी द्वन्द्व-युद्ध की अनुमति दे कर, इस प्रकार आत्मलीन हो गये थे, जैसे वे वहाँ उपस्थित ही नहीं थे। उन्होंने कृपाचार्य की युक्तियाँ सुन कर भी, कुछ नहीं कहा था; जैसे निश्चय कर लिया हो कि जिसे जो भी करना है, करता रहे। उनसे तो द्वन्द्व-युद्ध की अनुमति मात्र माँगी गयी थी। वह उनका अधिकार-क्षेत्र था। अनुमति उन्होंने दे दी थी। अब यह देखना उनका कार्य नहीं था कि द्वन्द्व-युद्ध राजकुमारों के ही मध्य हो। समता और समानता के इन प्रश्नों के संदर्भ में उन्हें कुछ नहीं कहना था। ये राजवंश और उनकी समानता...इस विषय में वे पहले से ही अपने वक्ष में क्षत लिये घूम रहे थे। द्रुपद ने बहुत कुछ समझा दिया था उन्हें, समानता के विषय में।...हाँ! अर्जुन की सुरक्षा की चिन्ता उन्हें अवश्य थी!...किन्तु अर्जुन हल्का नहीं पड़ेगा इस कर्ण के सम्मुख! गुरु परशुराम की सम्पूर्ण विद्या द्रोण ने भी पाई थी और उन्होंने वह अर्जुन को दी भी है।...कर्ण चुरा कर कितनी भी विद्या लाया हो, किन्तु परशुराम का सर्वस्व नहीं लाया होगा...

...केवल कृपाचार्य अब भी वेदी के निकट कर्ण तथा अर्जुन के मध्य खड़े थे, कि कहीं उनके हटते ही कर्ण और अर्जुन का युद्ध आरम्भ न हो जाये।...वे खड़े, शायद दुर्योधन की प्रतीक्षा कर रहे थे कि राज्याभिषेक वाली अपनी बात को वह किस रूप में पूरा करता है...

अश्वत्थामा के मन में पश्चाताप था।...उसने अपने पिता को ही सब कुछ मान, अपने मातुल के महत्व को इतना कम क्यों आँका? उसने पहले ही क्यों नहीं सोचा...जिस प्रकार उसने अपने पिता से इच्छापूर्ति का वरदान लिया था, उसी प्रकार मातुल से भी वचन क्यों नहीं ले लिया?...उसने यह क्यों नहीं सोचा

कि वह और उसके पिता तो अब हस्तिनापुर में आये हैं—उसके मातुल का तो पालन-पोषण ही हस्तिनापुर में हुआ है। वे कुरुवंश के हित-अनहित के विषय में अधिक सघनता से सोचते होंगे। वे इस वंश की अवनति नहीं चाहेंगे। वे क्यों चाहेंगे कि हस्तिनापुर की रंगशाला में अर्जुन पराजित अथवा पराभूत हो? ...उसे लग रहा था कि जिस मातुल पर वह अपने पिता से भी अधिक निर्भर रहने लगा था, वे ही इस समय दुर्योधन की इच्छा और प्रकारान्तर से उसकी अपनी इच्छा की पूर्ति में सबसे बड़ी ही क्यों...एकमात्र बाधा बन कर खड़े हो गये थे।....यदि कहीं उसने यह असावधानी न की होती, उनसे भी इस विषय में बात कर ली होती...वह अपने मन-ही-मन कहीं उनसे इतना निकट हो गया था कि उनका पृथक अस्तित्व ही भूल गया था। उसने उन्हें एकदम नगण्य मान लिया था शायद...

आगे-आगे दुर्योधन और उसके पीछे-पीछे उसके अनुचर आये। उन लोगों ने एक सिंहासन उठा रखा था। दुर्योधन आ कर खड़ा हो गया; और अनुचरों ने ला कर सिंहासन, उसके सामने भूमि पर स्थापित कर दिया। निश्चित रूप से वह उन सिंहासनों में से ही होगा, जो रंगशाला के विभिन्न मण्डपों में राजपरिवार के सदस्यों के बैठने के लिये लाये गये थे।...जब तक कृपाचार्य यह सोचते कि दुर्योधन सचमुच ही कर्ण का राज्याभिषेक करने जा रहा है, दुर्योधन ने कर्ण की भुजा पकड़ कर उसे सिंहासन पर बैठा दिया।

"अर्जुन!" कृपाचार्य बोले, "तुम जाओ पुत्र! मण्डप में अपने भाइयों के साथ बैठो। दुर्योधन कर्ण का राज्याभिषेक कर रहा है। तुम उसके सभासद तो हो नहीं कि यहाँ खड़े रहो।...जब तुमसे द्वन्द्व-युद्ध के योग्य हो कर कर्ण पुनः तुम्हारा आह्वान करेगा, तब आना पुत्र!"

"आचार्य! युद्ध-भूमि से इस प्रकार हट जाना... ।"

कृपाचार्य हँसे, "न यह युद्ध-भूमि है, और न अब कर्ण की द्वन्द्व-युद्ध की चुनौती ही है।...यह नाटक है, इसे तुम भी अपने मण्डप से ही देखो। जाओ पुत्र!"

अर्जुन अपने मण्डप में आ गया। कृपाचार्य भी अपने स्थान पर लौट गये।...दुर्योधन, कर्ण तथा उसके मित्रों में से किसी का भी ध्यान इस ओर नहीं था। वे राज्याभिषेक की प्रक्रिया में व्यस्त थे।...पुरोहित आ गया था। अभिषेक जल और पुष्प प्रस्तुत कर दिये गये थे। किरीट की व्यवस्था भी हो गयी थी और पुरोहित ने मन्त्रोच्चारण आरम्भ कर दिया था...

अपने मण्डप में बैठा भीम जिस प्रकार तिलमिला रहा था, उससे युधिष्ठिर

को आशंका हो रही थी कि वह क्रोध में आ कर कहीं कुछ अवांछित कर ही न बैठे।

"क्या बात है भीम?" अन्ततः उसने पूछ ही लिया।

"मेरी इच्छा हो रही है ज्येष्ठ! कि गदा का एक-एक प्रहार कर इस दुर्योधन और उसके मित्र कर्ण को वहीं सुला आऊँ। सिंहासन पर ही सो जाये अन्तिम नींद और स्वयं को अंगदेश का ही क्यों, सम्पूर्ण जम्बू द्वीप का राजा समझता रहे।..." और वह अर्जुन की ओर घूमा, "मैं तुम्हारे स्थान पर होता तो कदाचित कृपाचार्य की उपेक्षा कर भी इस कर्ण का सारा मद उतार देता।..."

"उत्तेजित मत होओ भीम!" युधिष्ठिर बोला, "जहाँ इतने सारे गुरुजन वर्तमान हों, वहाँ तुम्हें इतनी चिन्ता करने की क्या आवश्यकता है। द्वन्द्व-युद्ध की याचना कर कर्ण ने अपनी वीरता और महत्व ही तो प्रदर्शित करना चाहा है, कोई अपराध तो नहीं किया। तुमने देखा नहीं कि कहीं क्रीड़ा हो रही हो और एक बालक, किसी कारण से उसमें भाग न ले पाये, उपेक्षित-सा एक ओर खड़ा हो, तो बेचारा अपना महत्व जताने के लिये अथवा हीनता-बोध से मुक्ति पाने के लिये ही उस क्रीड़ा को किसी-न-किसी प्रकार बिगाड़ने का प्रयत्न करता है, चाहे खेल बिगाड़ने में वह स्वयं दूसरों के हाथों पिट ही क्यों न जाये।"

"तो फिर ये लोग खेल बिगाड़ने में इसे पिट ही क्यों नहीं जाने देते?" भीम बोला, "यह यदि अर्जुन को धनुष-युद्ध के लिये ललकार रहा है, तो मैं इसका गदा-युद्ध के लिये आह्वान करता हूँ। इस सूतपुत्र को भी ज्ञात हो जाये कि द्वन्द्व-युद्ध क्या होता है!"

"नहीं!" युधिष्ठिर बोला, "तुम देख नहीं रहे कि हमारे सारे गुरुजन इस द्वन्द्व-युद्ध को रोकना चाहते हैं।"

"पर क्यों? क्या वे लोग भयभीत हैं? वे समझते हैं कि अर्जुन पराजित हो जायेगा?"

"मैं कह नहीं सकता!" युधिष्ठिर बोला, "किन्तु इतना तो स्पष्ट है ही कि यह कुरु-कुल के लिये अशोभनीय होगा।"

"क्या अशोभनीय है इसमें?" भीम उद्दण्ड भाव से बोला, "यह सारथि-पुत्र अहंकारवश आया और पिट गया। इसमें अशोभनीय क्या है?"

"मध्यम! तुम्हारा ध्यान इस ओर नहीं गया कि सारथि-पुत्र को तो कब का रंगशाला से निकाल दिया गया होता, यह तो दुर्योधन है, जो उसे टिकाए हुए है। कर्ण है ही क्या? वह तो दुर्योधन का पाँसा मात्र है। विरोध तो दुर्योधन और अर्जुन का है। यह गृहकलह नहीं हुई क्या? इसी को बचाने का प्रयत्न किया जा रहा है।"

"तो गुरु द्रोण ने इस द्वन्द्व की अनुमति क्यों दे दी?"

"मूल कारण तो वे ही जानें!" सहदेव ने उत्तर दिया, "किन्तु जो मैं समझ पाया हूँ, वह यह है कि यदि वे अनुमति न देते, तो कदाचित यह समझा जाता कि वे भयभीत हैं कि उनका सर्वश्रेष्ठ शिष्य किसी अन्य गुरु के शिष्य से पराजित हो जायेगा। इस द्वन्द्व के लिये अनुमति न देना उनकी अपनी प्रतिष्ठा के लिये घातक होता।"

"उन्हें कुरु-वंश की गृह-कलह को टालने का प्रयत्न नहीं करना चाहिए था?"

"कदाचित उनके लिये अपनी प्रतिष्ठा, कुरु-कुल की शान्ति से अधिक महत्वपूर्ण है।" युधिष्ठिर ने कहा।

"इस सारे उपद्रव में यह सारथि-पुत्र तो राजा बन गया न।" भीम ने अपनी गदा तौली।

सहदेव हँसा, "आप भी मध्यम!..."

"इसमें हँसने की क्या बात है?" भीम ने उसे टोका।

"अरे आप दुर्योधन की चातुरी देखें। वह स्वयं लड़ने का साहस नहीं करता, दूसरों को लड़ने के लिये भड़काता रहता है। इस समय भी यह कर्ण को राजा नहीं बना रहा, उसे अर्जुन से भिड़ने के लिये उकसा मात्र रहा है। इस द्वन्द्व में किसी की भी जय-पराजय से दुर्योधन को कोई हानि नहीं होगी। या तो वह हमें कुछ दुर्बल कर देगा, या हमारा एक नया शत्रु बना कर उसे अपने लाभ के लिये पाल लेगा। आपने यह नहीं देखा कि उसने गुरु-पुत्र अश्वत्थामा को भी अपना मित्र बना रखा है, ताकि जब-तब वह हमारी राह काटता रहे। ...कर्ण को भी वह मात्र बलि-पशु के रूप में तैयार कर रहा है।..."

"अरे प्रत्येक राजा युद्ध करता है।" भीम बोला, "कर्ण भी राजा बन कर युद्ध ही तो करेगा। इसमें बलि-पशु बनने की क्या बात है?" भीम पहले से भी अधिक उत्तेजित हो गया, "और युद्ध इत्यादि तो बाद की बात है। यह राज्य तो मूलतः हमारा है, सम्राट पाण्डु के पुत्रों का। राजा धृतराष्ट्र तो मात्र उसकी देख-रेख के लिये राज-प्रतिनिधि के रूप में नियुक्त किये गये थे, जब तक कि हम उसे सँभालने के योग्य नहीं हो जाते। राजा होने पर भी धृतराष्ट्र इसके स्वामी नहीं हैं। वे इच्छा होने पर भी इस राज्य को, अथवा इसके किसी खण्ड को, किसी को इस प्रकार दे नहीं सकते। यदि धृतराष्ट्र और दुर्योधन इस प्रकार राज्य बाँटने लगे, तो हमारे ज्येष्ठ के हाथ में आते-आते, कुरु-राज्य कदाचित हस्तिनापुर तक ही सीमित रह जायेगा..."

"मध्यम! मध्यम!!" सहदेव हँसा, "यदि ऐसे ही सिंहासन पर बैठ कर

अभिषेक जल छिड़क देने से कोई राजा हो जाता, तो हस्तिनापुर की प्रत्येक वीथि में अनेक राजा निवास कर रहे होते—राजा के लिये आवश्यक है, धरती और प्रजा पर अधिकार। क्या अंगदेश की धरती तथा प्रजा पर इस अभिषेक से कर्ण का अधिकार हो जायेगा? या उस धरती तथा प्रजा पर दुर्योधन का अधिकार है, जो वह कर्ण को सौंप देगा? पूरा ढपोरशंख है यह दुर्योधन और मूर्ख है यह कर्ण।..."

"यह ठीक है, किन्तु राज्य किसी को दे देने का अधिकार..." भीम अब भी शान्त नहीं हुआ था, "मैं यह कह रहा हूँ कि आज के इस नाटक से इस सारथि-पुत्र को कुछ मिले या न मिले; किन्तु यदि महाराज धृतराष्ट्र को यह अधिकार दिया गया कि वह अपने राज्य का कोई अंश किसी को दे सकते हैं, तो वे पूरा-का-पूरा कुरु साम्राज्य दुर्योधन को दे डालेंगे।..."

"वे हमारे ज्येष्ठ की उपेक्षा कर, दुर्योधन को कैसे युवराज बना देंगे?" अर्जुन सहज विश्वास के साथ बोला, "कुरुवंश के कुछ नियम हैं, परम्पराएँ हैं, कुल-वृद्धों की मान्यताएँ हैं...।"

"युवराज बनाने की बात नहीं कर रहा हूँ बौड़म!" भीम झल्ला कर बोला, "राज्य तो ऐसे भी दिया जा सकता है, जैसे कर्ण को दिया गया। उसे कोई युवराज बनाया गया था?"

"मध्यम ठीक कह रहे हैं।" सहदेव बोला, "कई बार कार्य अनियमित होते हैं और कई बार नियम ही ऐसे बदल लिये जाते हैं कि कोई उसे अनियमित न कह सके।"

"इसलिये तो कह रहा हूँ कि हमें बलपूर्वक अपना अधिकार..."

"भीम!" युधिष्ठिर ने उसे टोक दिया, "सबसे बड़ा अधिकार, नैतिक अधिकार है। वह हमारे पास है। तुम न तो स्वयं उत्तेजित होओ, और न ही अपने छोटे भाइयों को चिन्तित करो। जब हस्तिनापुर के सारे कुल-वृद्ध दुर्योधन से पराजित हो जायेंगे, तब हम अपने बल की बात सोचेंगे...।"

मन्त्रोच्चार समाप्त हो गया।

"अंगराज कर्ण के पिता को बुलाइये।" पुरोहित ने कहा, "महाराज अपने पिता के चरण छू कर सबसे पहले उनसे आशीर्वाद लेंगे।"

अनुचर कर्ण के पिता को लिवा लाने के लिये भागे।

अभिषेक जल से भीगे मस्तक पर किरीट धारण किये हुए, कर्ण ने कृतज्ञ भाव से दुर्योधन को हाथ जोड़े, "मैं तुम्हारा आभारी हूँ राजकुमार! जन्म-जन्मान्तर तक का कृतज्ञ। तुमने न केवल मुझे आज के अपमान से

बचा लिया है, वरन एक सम्मानपूर्ण जीवन भी दिया है।" उसका स्वर गद-गद हो आया था, कण्ठ अवरुद्ध-सा हो रहा था; और आँखें भीग आयी थीं, "मैं तुम्हारी इस कृपा से कैसे उऋण होऊँगा।..."

"इसके बदले में तुम मुझे एक वस्तु दे दो कर्ण।" दुर्योधन बोला, "सारा ऋण चुकता हो जायेगा।"

"मेरे पास ऐसा है ही क्या, जो मैं तुम्हें दे सकूँ।" कर्ण बोला, "बोलो! मेरा अपना कुछ भी अदेय नहीं है, तुम्हारे लिये।"

"अपनी मैत्री! अभिन्न मैत्री! आजीवन मैत्री!" दुर्योधन ने अपनी भुजाएँ फैला दीं।

कर्ण को लगा, जैसे सारी सृष्टि की सम्पूर्ण सम्पदा एक मोहक शिशु के समान अपनी भुजायें फैला कर आग्रहपूर्वक उसके आलिंगन में आने के लिये मचल रही है। उसने आगे बढ़ कर, दुर्योधन को अपनी भुजाओं में बाँध लिया, "मैं तुम्हारा मित्र हुआ। आजीवन! अनुगृहीत मित्र! आभारी! मुझे अपना क्रीतदास समझो। जो सेवा हो सकेगी, प्राण दे कर भी करूँगा।..."

तभी भृत्यगण, अपार जन-समूह में से मार्ग बनाते हुए अधिरथ को ले कर आ गये। अधिरथ बौराया-सा, कर्ण के सम्मुख आ खड़ा हुआ। उसने कदाचित अपने पुत्र को इस रूप में देखने की कल्पना भी नहीं की थी।...राजसी वेश! सिर पर किरीट! अभिषेक के जल से भीगा माथा। चारों ओर अंगराज का जय-जयकार...

कर्ण के रंगशाला में प्रवेश करते ही कुन्ती चिन्तित हो गयी थी। अपने पुत्रों के प्रशिक्षण पूर्ण हो जाने और उनके समर्थ होने की प्रसन्नता, उसी समय धूमिल हो गयी थी, जिस समय कर्ण ने द्वन्द्व-युद्ध का आह्वान किया था और द्रोणाचार्य ने उसकी अनुमति दे दी थी। फिर दुर्योधन लगातार कर्ण का समर्थन करता रहा और धृतराष्ट्र प्रकारान्तर से दुर्योधन से अपनी सहमति जताता रहा। उसके निकट बैठी, आँखों पर पट्टी बाँधे दृश्य जगत की उपेक्षा-सी करती गान्धारी, अपने श्रवणों के माध्यम से जैसे एक-एक घटना को पी रही थी। दुर्योधन के कृत्यों को जान कर कैसे मन्द-मन्द मुस्कुरा रही थी; और कुन्ती की बाध्यता थी कि वह यह सब देखते-बूझते हुए भी उससे दूर नहीं जा सकती थी...सम्राट पाण्डु का पुत्र उपेक्षित हो रहा था और उसी सम्राट के राज्य पर बलात आधिपत्य स्थापित किये हुए, ये पिता-पुत्र, इस साधारण युवक को अर्जुन के विरुद्ध उकसा ही नहीं रहे थे, अर्जुन के

साथ उसकी भिड़न्त का प्रबन्ध कर रहे थे। इतने लोग उपस्थित थे यहाँ–भीष्म, वृद्ध वाह्लीक, सोमदत्त, विदुर, आचार्य द्रोण, कृपाचार्य, कुरु-वृद्ध, मन्त्री, सेनापति...फिर भी तो सब कुछ दुर्योधन की इच्छानुसार ही हो रहा है। कोई भी तो उसे रोकने वाला नहीं है। उसके अधिकारों को चुनौती देने वाला नहीं है।...ऐसे में कुन्ती यह आशा कैसे कर सकती थी कि अब युधिष्ठिर को अपने पिता का राज्य सौंपने की तैयारी में, युवराज बना दिया जायेगा।...जिसे वह अपने पुत्रों के अभ्युत्थान का समारोह मान कर आयी थी, वह तो उसे उन लोगों को घेर कर उनकी हत्या करने का षड्यन्त्र दिखायी पड़ रहा था...

कर्ण ने न केवल अधिरथ के चरण छुए, उसने भक्तिवश अपने पिता के चरणों पर अपना मस्तक रख दिया।

और चारणों ने जयघोष किया, "महाराज अंगेश के पिता सारथि अधिरथ की जय।"

और उसी क्षण भीम ने खुले कण्ठ से उच्च स्वर में पुकार कर कहा, "सारथि! अपने पुत्र के हाथ में प्रतोद दो; राजदण्ड इस हाथ में शोभा नहीं पायेगा।"

कुन्ती चौंकी...यह नाम तो उसने बहुत पहले सुना था...अपनी पहली सन्तान को, पिता कुंतिभोज को सौंपते हुए...उसे ठीक स्मरण है...यही नाम था वह...हस्तिनापुर का सारथि अधिरथ...अपने स्वयंवर के समय पाण्डु के कण्ठ में जय-माला डालते हुए भी तो हस्तिनापुर के साथ उसके मन में दूसरा नाम यही गूँजा था–सारथि अधिरथ!...तो यह सारथि अधिरथ था और यह इसका पुत्र था...

कुन्ती की वर्षों की साध जैसे पूरी हुई।...इतने लम्बे अन्तराल के पश्चात वह अपने उस ज्येष्ठ पुत्र को देख रही थी...वह नवजात शिशु इतना बड़ा हो गया। वह पूर्ण युवक है। सुन्दर, स्वस्थ और बलिष्ठ! ऐसा ही होना चाहिए था उसे...

किन्तु सहसा उसका विचार-प्रवाह थम गया। उसके विवेक ने जैसे उसके वात्सल्य के भागते अश्वों को कशा मार कर रोक दिया था, उनकी वल्गा पूरी तरह खींच ली थी...इस गति से भागते अश्वों को, जिस आकस्मिकता में बलपूर्वक रुकना पड़ा था, उससे उनके मुख में झाग आ गयी थी; उनकी अगली दोनों टाँगें, हवा में उठ आयी थीं। वे अपने बन्धनों में बँधे, रुकने का प्रयत्न करते हुए भी जैसे, पिछले वेग के कारण आगे खिसकते जा रहे थे...

कुन्ती ने दासी की ओर देखा, "कौन है यह व्यक्ति?"

दासी निकट आ गयी। झुक कर धीरे से सम्मानपूर्वक बोली, "यह महाराज

के सारथियों में से एक है देवि! अधिरथ।"

"कर्ण इसी का पुत्र है?" कुन्ती का विवेक अपने सारे संदेह मिटा लेना चाहता था।

"हाँ देवि! यह ही कर्ण का पिता है।"

"कर्ण इसकी औरस सन्तान है क्या?"

"नहीं देवि! कर्ण का पालन-पोषण इनके घर पर हुआ है। इनके अपने पुत्र तो कर्ण से बहुत छोटे हैं।" दासी बोली।

'यह मेरा ही पुत्र है! मेरा!' कुन्ती की इच्छा हुई कि उठ कर खड़ी हो जाये और उच्च स्वर में घोषणा कर कहे, 'कर्ण, सारथि अधिरथ का पुत्र नहीं है, वह मेरा पुत्र है, मेरा। सम्राट पाण्डु की महारानी कुन्ती का ज्येष्ठ पुत्र। वह युधिष्ठिर का बड़ा भाई है। वह सारथि-पुत्र नहीं है।'...उसकी इच्छा हुई, वह जा कर भीम से कहे, 'क्या कर रहा है भीम! तू? अपने बड़े भाई का ऐसा अपमान!'

किन्तु कुन्ती के विवेक ने उसे पुनः रोक दिया : कुन्ती यह तेरा अतीत था। वर्तमान सदा अतीत से भिन्न होता है। अपने इस गोपनीय अतीत को अपने वर्तमान पर आरोपित मत कर।...यदि तू अपने इस अतीत को स्वीकार कर सकती थी, तो फिर उसे त्यागने की क्या आवश्यकता थी?...उसे त्यागा था, ताकि पिता कुन्तिभोज का यश धूमिल न हो, शूरसेन का कुल कलंकित न हो।...तब उसे त्याग दिया, वर्षों तक उससे दूर रही। अपने अपयश के भय से उसकी खोज नहीं की, उसके विषय में एक शब्द तक अपनी जिह्वा पर नहीं लायी...हस्तिनापुर में आ कर भी किसी से एक बार जिज्ञासा तक नहीं की...तब जिस भय से उसे त्याग दिया था, आज उसका वह कलुष धुल गया है क्या?...आज उसे अंगीकार कर लेगी तो कुन्तीभोज का यश धूमिल नहीं होगा क्या? शूरसेन का कुल कलंकित नहीं होगा?...और फिर उसका अपना क्या होगा? यदि आज वह कर्ण को अपने पुत्र के रूप में अंगीकार करती है; तो उसकी विश्वसनीयता समाप्त नहीं हो जायेगी? उसका अपना चरित्र लाँछित नहीं होगा? और तब उसके पाँच पाण्डु-पुत्रों के विषय में अनेक प्रश्न नहीं पूछे जायेंगे! उनके जन्म और वंश के सम्बन्ध में संदेहों, प्रश्नों, आरोपों और लाँछनों ही नहीं, आपत्तियों का, उत्तर कौन देगा?...वह अपने एक पुत्र को सूत-पुत्र के कलंक से मुक्ति दिलाने के प्रयत्न में कहीं अपने इन पाँचों पुत्रों को अनेक असह्य और असाध्य कलंकों से आच्छादित न कर दे...

कुन्ती के मन में भीषण बवण्डर उठ रहा था...आज वर्षों के पश्चात उसे अपना खोया हुआ पुत्र मिला था; और वह पाषाण के समान यहाँ बैठी रहे; एक बार उसे अपनी भुजाओं में भर कर अपने वक्ष से भी न लगाए?...समाज के

सामने उसे अंगीकार न करे; किन्तु उसके कान में चुपके से यह तो कह दे कि कुन्ती उसकी माँ है, पाण्डव उसके भाई हैं। वह क्यों अर्जुन से शत्रुतापूर्ण व्यवहार कर रहा है—वह उसका छोटा भाई है।...क्यों वह अपने जन्मजात शत्रु का मित्र बन रहा है।...उसे राज्य चाहिए तो अपनी माँ के पास आ जाये। पाण्डव उसे अपना बड़ा भाई मान कर सारा कुरु-साम्राज्य उसके चरणों पर धर देंगे।...

किन्तु कुन्ती का विवेक सजग प्रहरी के समान खड़ा था। यह तो मूर्ख ममता थी, जो उसके मन में बिलख रही थी। ममता को आश्वस्त कराने के लिये वह विवेक की हत्या नहीं कर सकती। किन्तु यदि उसने कर्ण को नहीं बताया तो वह अर्जुन से द्वन्द्व युद्ध करेगा....उसके अपने ही पुत्र एक-दूसरे के विरुद्ध, शस्त्र ले कर लड़ेंगे...सम्भव है कि दोनों में से एक का वध हो जाये...

बता दे कुन्ती!...चुप रह कुन्ती! कुन्ती बताती क्यों नहीं?...कुन्ती सँभल! अपने-आपको सँभाल! नहीं तो कोई-न-कोई मूर्खता कर ही बैठेगी...

कुन्ती को लगा, जैसे सारा ब्रह्माण्ड घूम रहा है।...

वैद्यों की देख-रेख में दासियाँ कुन्ती को उसके रथ की ओर ले जा रही थीं; और दुर्योधन कृपाचार्य से पूछ रहा था, "अब तो कर्ण, अर्जुन से द्वन्द्व युद्ध करने के योग्य हो गया न आचार्य?"

कृपाचार्य हँसे, "क्यों अब क्या अन्तर आ गया कर्ण में?"

"क्यों!" दुर्योधन कुछ उत्तेजित हो कर बोला, "अब वह राजा है—महाराज अंगेश। उसका राज्याभिषेक हुआ है।"

कृपाचार्य मुस्कुराए बिना नहीं रह सके, "कल यदि जरासंध, राजगृह में अपने किसी कर्मचारी का, हस्तिनापुर के सम्राट के रूप में राज्याभिषेक कर देगा, तो क्या वह कर्मचारी हस्तिनापुर का सम्राट हो जायेगा?" कृपाचार्य गम्भीर हो गये, "वत्स दुर्योधन! अंगराज का राज्याभिषेक चम्पा अथवा मालिनी नगरी के राजप्रासाद में रखे राजसिंहासन पर बैठ कर होगा।...आज जो कुछ भी हुआ है, वह कर्ण को तुम्हारा वचन मात्र है कि समय आने पर तुम उसका यह अधिकार स्वीकार कर लोगे। यह तो निर्धारित हुआ ही नहीं कि सैन्याभियान तुम करोगे या स्वयं कर्ण करेगा।...और भी एक बात है राजकुमार!" कृपाचार्य ने कुछ रुक कर दुर्योधन को देखा, "दस्यु वृत्ति से प्राप्त राज्याधिकार से शायद ही किसी को राज-समाज में सम्मान मिला हो। जा कर पूछो अपने पितामह से, विदुर से, अपने आचार्य से--उनमें से कोई भी कर्ण को राजा की मान्यता देता है? कोई मानता है उसे, महाराज अंगेश?...अच्छा हो कि कर्ण स्वयं को अधिकार से पहले, सम्मान के योग्य सिद्ध करे। उसे तो ऋषि परशुराम ने

अपने शिष्य के रूप में भी स्वीकार नहीं किया!"

दुर्योधन को लगा, राजसमाज से पहले तो कर्ण को कृपाचार्य से ही मान्यता प्राप्त करनी होगी।...और उसके क्रोध के लिये यह पर्याप्त था।...यह हमारा राजकर्मचारी...वेतन-भोगी कृपाचार्य...जिसका पालन-पोषण हस्तिनापुर के राजवंश ने ही किया।...आज वह इस प्रकार से बातें कर रहा है, जैसे वह सचमुच ही हस्तिनापुर का स्वामी हो।...उसे लगा, कहीं उसका आक्रोश फट ही न पड़े। उसका यहाँ से हट जाना ही उचित था...

"आओ मित्र!" वह कर्ण का हाथ पकड़े हुए रंगशाला से बाहर निकल गया।

15

अपने कक्ष में लेटी कुन्ती वैद्यों के निर्देशानुसार विश्राम कर रही थी; किन्तु उसका मन तनिक भी शान्त नहीं था।...पाण्डवों के साथ गान्धारी के पुत्रों के वैर-विरोध ने उसे कभी इतना विचलित नहीं किया था; किन्तु स्वयं उसका अपना पुत्र कर्ण, उनका वैरी हो जाये, और वह उसे बता भी न पाये, समझा भी न पाये, यह कैसी विवशता थी उसकी!...उसका मन जैसे सागर की अशान्त लहरों के समान उमड़-उमड़ कर, हाथ पसारे उसे अपनी गोद में खींच लेने के लिये बढ़ता था, किन्तु मर्यादा के कगार उसे बार-बार पीछे धकेल देते थे। यदि उसने कर्ण को अंगीकार किया तो वह अपने पिता और अपने पुत्रों—दोनों को कलंकित करेगी।...वह अपने ही पुत्रों के मार्ग की सबसे बड़ी बाधा बन जायेगी।...नहीं! उसे यह नहीं करना है। वह अपने लिये नहीं, उनके लिये जियेगी और अपने इस ममतामय हृदय को विवेक के अंकुश में रखेगी।...किन्तु कर्ण के लिये उसका हृदय बिलखता है...उस दिन रंगशाला में कैसा पीड़ित और अपमानित अनुभव किया होगा उसने।...कृपाचार्य ने उससे उसका वंश पूछा था।...भीम ने ही उसे सूत-पुत्र कह कर पुकारा था।...वह उसका पक्ष ले कर अपने ही पुत्रों से कुछ नहीं कह सकती थी।...उन्हें किसी भी प्रकार का संदेह नहीं होना चाहिए कि उसके मन में कर्ण के लिये कोमल भाव है।...कैसा विधान रचा है तुमने विधाता...कितना बिलखता था उसका मन, अपने इस शिशु-पुत्र के लिये। किन्तु अब उसने देख लिया है कि वह शिशु नहीं है। वयस्क हो गया है। दुर्योधन ने उसे राजा मान लिया है। उसके पास उसकी आवश्यकताएँ पूरी करने के लिये राधा और अधिरथ हैं। सारथि है तो क्या! माता-पिता का दायित्व तो जाति और वंश नहीं देखता।...सम्भव

है, उसका विवाह भी हो गया हो।..यदि कहीं कुन्ती ने उसे अंगीकार कर लिया और वह पाण्डवों में आ मिला, तो उसका अंगदेश का राज्य भी छिन जायेगा और उसका भी भविष्य पाण्डवों के ही समान अनिश्चित हो जायेगा।...वह उसे अपनी ओर से दे कम पायेगी—वंचित ही अधिक करेगी! पहले भी तो उसने यही किया था उसके साथ...

"कैसी हो माँ?" युधिष्ठिर ने कक्ष में प्रवेश करते हुए पूछा, "देखो! विदुर काका भी आये हैं।"

कुन्ती उठ कर बैठ गयी। उसने देखा, युधिष्ठिर के साथ विदुर ही नहीं—भीम, अर्जुन, नकुल तथा सहदेव भी थे। वे लोग संयोग से ही एक साथ नहीं आये थे; लगता था कि इससे पूर्व भी कहीं एक साथ बैठ कर वे लोग विचार-विमर्श करते रहे होंगे।...कुन्ती को लगा कि क्षण-भर के लिये उसके मन में अवसाद घिर आया है। ये लोग इकट्ठे बैठे होंगे तो धृतराष्ट्र, दुर्योधन तथा शकुनि की दुष्टताओं पर विचार करते हुए, इन्होंने साथ-साथ कर्ण को भी कोसा होगा।...इन्हें क्या मालूम कि कर्ण इनका ही भाई है। ये नहीं जानते कि वह इनका शत्रु नहीं, वह तो सामाजिक विडम्बना का आखेट, एक अबोध बालक है, जो घर से निकाल कर गली में धकेल दिया गया है; और अपने परिवार के किसी व्यक्ति को अपने निकट न पा कर, अपने अकेलेपन और अपनी असहायता में वह गली में फिरने वाले कुत्तों से मित्रता कर बैठा है। बेचारा नहीं जानता कि वे कुत्ते हैं, उनमें न मानवता है, न न्याय, न धर्म और न उदार दृष्टि! वे केवल अपनी भूख और अपना भय ही पहचानते हैं—उससे अधिक की बुद्धि ही उनके पास नहीं है। वे लोभ अथवा अपनी आशंकाओं से उत्पन्न त्रास के आवेश में किसी को भी काट लेते हैं; और अब तो अपने मार्ग पर चलते पथिकों को काटना उनका दैनिक अभ्यास ही हो गया है।...कर्ण नहीं जानता कि उनसे वह रोग, उसे भी लग जायेगा। वह भी उचित-अनुचित, धर्म-अधर्म, मानवता-अमानवता—कुछ नहीं पहचानेगा। वह भी मार्ग चलते लोगों को काटने का अभ्यास बना लेगा...और क्रमशः अपने उन्माद में विक्षिप्त होते-होते, वह पूर्णतः अलर्क हो जायेगा...परिणामतः सुधिजन उसे घेर कर मार डालेंगे...

तो क्या करे कुन्ती? मृत्यु पथ पर बढ़ते अपने उस पुत्र की बाँह पकड़ कर, उसे गली से अपने घर में ले आये?...उसे घर में ले आने से ही घर उजड़ गया तो?...वह अपना घर बचाये या गली में खड़े उस पुत्र को?...घर में पलते, अपने इन बेटों को समझाये कि वह इनका भाई है और वह केवल अपनापन खोज रहा है, या गली में खड़े उस पुत्र को समझाये कि उसके सब आत्मीयजन वर्तमान हैं; किन्तु विधाता ने उसे कुछ ऐसी घड़ी और उन परिस्थितियों में

जन्म दिया है कि उसे अपना घर होते हुए भी, वह मिल नहीं पायेगा...इसलिये वह अपने इन भाइयों से वैर न करे...

"कैसी हैं भाभी आप?" विदुर ने पास आ कर पूछा।

कुन्ती ने युधिष्ठिर को संकेत किया, 'काका को आसन दो।' और मुस्कुरा कर बोली, "ठीक हूँ। मेरी तो समझ में ही नहीं आया कि मुझे हुआ क्या था। एक चक्कर आया था और थोड़ी देर के लिये कुछ अवश-सी हो गयी थी; किन्तु तुम लोग मेरी ऐसी शुश्रुषा कर रहे हो, जैसे मैं वर्षों की रोगिणी हूँ।"

"भाभी! जिसके रोग का ज्ञान होता है, उसके विषय में इतनी चिन्ता नहीं होती, क्योंकि उसका कारण ज्ञात होता है; किन्तु किसी स्वस्थ व्यक्ति में अकारण ही रोगी के-से लक्षण दिखायी पड़ें, तो अधिक चिन्ता होती है, कि कहीं कोई असाध्य रोग न हो। यह तो अज्ञात का भय है भाभी।"

"वैद्य मेरा नाड़ी-परीक्षण कर तो चुके।" कुन्ती के अधरों पर एक लीलामयी मुस्कान उभरी, "उन्होंने मेरे रोग का निदान नहीं किया?"

विदुर अवाक उसे देखता रहा : कैसी नारी है यह! कितनी सहनशीलता है इसमें? कितना आत्मदमन कर सकती है यह? कितना अभेद्य है इसका मन?...

"क्यों? ऐसे क्या देख रहे हो?" कुन्ती पुनः मुस्कुरायी, "क्या राजवैद्य ने कोई असाध्य रोग बता दिया है मुझे?"

"नहीं!" विदुर बोला, "असाध्य नहीं, अज्ञात रोग बताया है।"

कुन्ती गम्भीर हो गयी, "क्या बताया है राजवैद्य ने?"

"उसे शारीरिक रोग के कोई लक्षण नहीं मिले हैं।" विदुर ने बताया, "किन्तु शारीरिक रोग का कोई प्रत्यक्ष कारण न होने पर भी यदि शरीर रोगी लगे तो उसका अर्थ है कि मन पर कोई असह्य बोझ है।"

कुन्ती पुनः मुस्कुरायी, "मन पर जितना और जैसा बोझ है, वह तो तुम जानते ही हो विदुर!"

"जितना मैं जानता हूँ—उसके लिये कुछ नहीं कहता।" विदुर बोला, "और यह भी जानता हूँ कि रंगशाला में कर्ण और दुर्योधन ने मिल कर, अर्जुन के लिये जो विकट स्थिति उत्पन्न कर दी थी, उसके कारण भी आपका मन बहुत विचलित हुआ होगा। किन्तु यदि इनके अतिरिक्त कोई और बात हो तो?..." विदुर के चेहरे पर जैसे उसके मन की सम्पूर्ण आत्मीयता और स्नेह उमड़ आया, "आप जानती हैं भाभी! कि मुझसे आपको कुछ भी गोपनीय रखने की आवश्यकता नहीं है।..."

"बहुत अच्छी प्रकार जानती हूँ विदुर! तुम मेरे उतने ही आत्मीय और प्रिय

हो, जितने मेरे ये पुत्र! तुम्हें मालूम है, मैं पितृव्य भीष्म से भी अधिक तुम पर निर्भर रहती हूँ।" कुन्ती बोली, "तुम मेरा विश्वास करो, मैं मिथ्यावादिनी नहीं हूँ। मैं असत्य भाषण नहीं करती। सिवाय आत्मरक्षा और नीति-रक्षा के अवसरों के—दुराव भी मेरी प्रवृत्ति नहीं है।"

"आप मुझसे कुछ नहीं छिपा रहीं?"

"विदुर! स्त्री अपने पुत्र के सम्मुख अवगुण्ठन धारण नहीं करेगी; किन्तु वह स्वयं को अनावृत्त तो नहीं कर सकती।"

क्षण-भर के लिये विदुर की आँखों में एक आभा झलकी और वह सहज हो गया, "ठीक है भाभी! आप अपने मन को सँभालें; हम हस्तिनापुर की स्थितियों को सँभालेंगे। विधाता की कृपा रही, तो सब कुछ मंगलमय होगा।"

सहसा कुन्ती का ध्यान अपने पुत्रों की ओर गया : वे पाँचों-के-पाँचों ठगे-से खड़े थे, जैसे कुछ समझ ही न पा रहे हों। कुन्ती मुस्कुरायी, "तुम लोग इस प्रकार बौराए-से क्यों खड़े हो। माँ थोड़ी-सी अस्वस्थ हो गयी, तो सृष्टि का चक्र तो नहीं रुक गया। अब बालक नहीं हो तुम लोग! बड़े हो गये हो। कल तुम्हारी पत्नियाँ आयेंगी, तो हँसेगी तुम पर!...वैसे भी किसी पत्नी को अपने पति का अपनी माता से इस प्रकार इतना प्रेम करना अच्छा नहीं लगता।"

पुत्रों ने हँस कर झेंप मिटायी और किसी-न-किसी प्रकार की व्यवस्था कर, माँ के निकट बैठ गये।

"आपके पास आने से पहले भाभी! हम लोग हस्तिनापुर की स्थिति पर विचार कर रहे थे।" विदुर ने बात आरम्भ की, "हमें लगता है कि महाराज धृतराष्ट्र के समान असमर्थ अन्धपुरुष के सम्मुख भी पितृव्य भीष्म दुर्बल पड़ते जा रहे हैं। उनका नियन्त्रण शिथिल ही नहीं हुआ है, प्रायः समाप्त ही हो गया है। मन्त्रि-परिषद का दबाव भी राजा पर तब तक ही रहता है, जब तक राजा न्याय-प्रिय होता है। मैं अपनी बात राजसभा में कब तक मनवा सकूँगा—इसका स्वयं मुझे कोई अनुमान नहीं है।..."

"इन सारी समस्याओं का समाधान एक ही है विदुर! कि राजसभा युधिष्ठिर का युवराज्याभिषेक करे।" कुन्ती बोली, "तुम उसके लिये पितृव्य भीष्म तथा महाराज धृतराष्ट्र पर दबाव डालो। एक बार युधिष्ठिर युवराज-पद पर आसीन हो जाये तो, तुम्हारी सारी समस्याएँ समाप्त हो जायेंगी।..."

"यह हम सब जानते हैं भाभी!" विदुर बोला, "हम ही नहीं दुर्योधन और शकुनि भी जानते हैं। इसलिये वे युधिष्ठिर के युवराज्याभिषेक को रोकने अथवा यथासम्भव स्थगित करने के लिये पूरा-पूरा प्रयत्न कर रहे हैं।..."

"क्यों? अब क्या है?" कुन्ती के स्वर में आवेश था, "अब युधिष्ठिर

वयस्क हो चुका है। शिक्षा प्राप्त कर चुका है। अब वह अपने पिता का राज्य सँभालने में पूर्णतः समर्थ तथा सक्षम है।...अब उसे टालने का कोई तर्क ही नहीं है।..."

"स्वार्थ अपना तर्क स्वयं ढूँढ लेता है भाभी!" विदुर मुस्कुराया, "जहाँ वास्तविक अधिकारी की हत्या कर, उसके अधिकार का अपहरण करने में भी तनिक संकोच न हो, वहाँ क्या स्वार्थ-सिद्धि के लिये कुतर्क नहीं जुटाये जा सकते?" विदुर ने कुन्ती और उसके पुत्रों को थोड़ी देर जैसे शून्य दृष्टि से देखा, "मुझे लगता है कि महाराज धृतराष्ट्र ने रंगशाला-उत्सव की अनुमति भी किसी विशेष प्रयोजन से ही दी थी।..."

"उसमें क्या प्रयोजन हो सकता है?" कुन्ती ने उसकी बात बीच में काट दी, "स्वयं आचार्य द्रोण अपने शिष्यों के माध्यम से अपनी उपलब्धि का प्रदर्शन करना चाहते थे..."

"वे अवश्य चाहते रहे होंगे कि उनकी उपलब्धि को सराहा जाये। सम्भव है कि वे अपनी उपलब्धि को विपुलाकार बना कर प्रस्तुत करना चाहते हों; किन्तु महाराज धृतराष्ट्र की रुचि आचार्य की उपलब्धियों की महत्ता की प्रतिष्ठा में नहीं हो सकती। वे कभी नहीं चाहेंगे कि हस्तिनापुर में द्रोण एक स्वतन्त्र शक्ति के रूप में प्रतिष्ठित हों। यदि केवल परीक्षण मात्र ही उनका लक्ष्य था, तो वे युद्धशाला में जा कर राजकुमारों का शस्त्र-कौशल देख सकते थे। रंगशाला के निर्माण तथा इस समारोह पर राज्य का धन इसलिये व्यय नहीं किया गया कि गुरु द्रोणाचार्य का गौरव बढ़े...।"

"तो?" कुन्ती ने पूछा।

"यह इसलिये किया गया कि हस्तिनापुर के कुरु-वृद्धों और प्रजा को यह दिखाया जा सके कि कुरु राजकुमारों में कौन व्यक्तिगत रूप से सर्वाधिक योग्य है तथा नेतृत्व की क्षमता किसमें सबसे अधिक है...।"

"क्या कहना चाहते हो विदुर?" कुन्ती जैसे सावधान हो कर बैठ गयी।

"हाँ भाभी! युधिष्ठिर सारे कुरु राजकुमारों में ज्येष्ठ है, इसे कोई झुठला नहीं सकता।" विदुर बोला, "ज्येष्ठता के आधार पर दुर्योधन को युवराज नहीं बनाया जा सकता; इसलिये वह योग्यता की कसौटी को युवराज-पद के साथ जोड़ना चाहते हैं। यही कारण है कि उन्होंने रंगशाला में इतने विराट प्रदर्शन की योजना बनायी थी। उन्होंने उसे कुरु राजकुमारों का अपनी व्यक्तिगत योग्यता का प्रदर्शन नहीं रहने दिया। उसे उन्होंने पाण्डवों तथा धार्तराष्ट्रों का शक्ति-परीक्षण बना दिया। यही कारण था कि गदा-युद्ध में दुर्योधन ने स्वयं भीम की हत्या का प्रयत्न किया और कर्ण के माध्यम से अर्जुन को पूर्णतः

पराभूत करने का प्रयत्न किया गया। यह संयोग ही है कि भीम, दुर्योधन के आक्रमणों से बच ही नहीं गया, वह उस पर भारी भी पड़ने लगा और अर्जुन तथा कर्ण का द्वन्द्व-युद्ध कृपाचार्य ने होने नहीं दिया।...यदि कहीं उनका षड्यन्त्र सफल हो जाता तो रंगशाला में ही भीम अथवा अर्जुन में से किसी एक की हत्या अवश्य हो जाती।...और यदि धार्तराष्ट्रों तथा पाण्डवों में सीधे अथवा प्रकारान्तर से, उनके समर्थकों के माध्यम से टक्कर हो जाती, तो वे अवश्य ही यह सिद्ध करने में सफल हो जाते कि दुर्योधन युधिष्ठिर से कहीं अधिक सफल नेता तथा शक्तिशाली गुट का प्रमुख है; अतः वह हस्तिनापुर का युवराज होने के योग्य है।..."

"किन्तु अब तो वह सब हो चुका।" कुन्ती बोली, "अब युधिष्ठिर के युवराज बनने में क्या बाधा है?"

"वे इसे 'हो गया' नहीं मानते भाभी!" विदुर धीरे से बोला, "वे अभी इस विवाद को बढ़ाना चाहते हैं। दुर्योधन के साथ उसके अपने भाई तो हैं ही, उसने कर्ण को भी सदा के लिये अपने साथ जोड़ लिया है। यद्यपि द्रोण-पुत्र अश्वत्थामा अभी पाण्डवों तथा धार्तराष्ट्रों में तटस्थ-सा दिखता है, फिर भी जहाँ तक मैं समझता हूँ, वह दुर्योधन के ही अधिक निकट है; और यदि कभी कोई ऐसा अवसर आया, जिसमें उसे धार्तराष्ट्रों और पाण्डवों में से किसी एक को ही चुनना पड़ा, तो वह धार्तराष्ट्रों का ही पक्ष ग्रहण करेगा। पुत्र के स्नेह में द्रोण भी उधर ही जायेंगे और अपने भागिनेय तथा भगिनी पति की पक्षधरता के कारण कृपाचार्य भी दुर्योधन के ही पक्ष में चले जायेंगे। उनके पीछे शकुनि तथा गन्धार राज्य का भी बल है भाभी! वे लोग युवराज का अभिषेक सहज ही नहीं होने देंगे।"

विदुर चुप हो गया और कुन्ती के मन में बार-बार आ रहा था कि वह तो बहुत पहले खो गये अपने एक पुत्र को प्राप्त करने के लिये इतनी व्याकुल थी, वह क्या जानती थी कि जो पुत्र अपने पास हैं, उन पर भी ऐसी विपत्ति आयी हुई है।...किन्तु कहीं ऐसे में ही वह कर्ण को बता सकती। उसे अपने पक्ष में ला सकती! दुर्योधन को कुछ दुर्बल बना सकती...

"अच्छा! अब मैं चलता हूँ!" विदुर उठ खड़ा हुआ; किन्तु उसने चलने का कोई उपक्रम नहीं किया। अपने चिन्तन में लीन चुपचाप खड़ा रहा और फिर सहसा ही बोला, "युधिष्ठिर! एक बात का ध्यान रहे कि अब स्पर्धा आरम्भ हो चुकी है। अब कहीं भी हमसे प्रमाद न हो।...कहीं भी दुर्योधन कुरु राजकुमारों की सम्मिलित शक्ति का नेता दिखायी न दे। सम्मिलित अभियान में तभी सम्मिलित होना, जब उसका नेतृत्व तुम्हारे हाथ में हो। ऐसा न हो कि कृत्य

तुम लोगों का हो और उसका श्रेय दुर्योधन ले जाये। प्रयत्न करना कि सारे सामूहिक अभियान में भी धृतराष्ट्र के पुत्रों से पाण्डु के पुत्र पृथक भी दिखायी पड़ें और उनसे अधिक योग्य भी।..."

"ऐसा ही होगा काका!" युधिष्ठिर मन-ही-मन, शब्दों से अधिक उनका अर्थ समझ रहा था।

"पिता जी!" अश्वत्थामा हाथ जोड़े, द्रोणाचार्य के सम्मुख खड़ा था।

"हाँ पुत्र!"

"हस्तिनापुर के राजकुमारों का प्रशिक्षण समाप्त हो गया। आप उनके युद्ध-कौशल को प्रदर्शित भी कर चुके।"

"हाँ पुत्र!"

"अब यहाँ युवराज का चयन होगा पिता जी!"

"यह बात तुम पहले कह चुके हो। तुम्हें क्या अब भी नहीं लगता कि निर्णय हो चुका?" द्रोण ने हँस कर अपने पुत्र को देखा, "सम्राट् पाण्डु का ज्येष्ठ पुत्र होने के नाते युधिष्ठिर हस्तिनापुर का युवराज है।"

"नहीं पिता जी!" अश्वत्थामा के स्वर में कुछ उग्रता थी, "हस्तिनापुर में राजसिंहासन पर बैठने के लिये ज्येष्ठ पुत्र होने का नियम कभी नहीं रहा। शान्तनु अपने भाइयों में सबसे बड़े नहीं थे। देवापि उनसे बड़े थे। शान्तनु के पुत्रों में भीष्म सबसे बड़े थे, किन्तु वे राजा नहीं हुए। धृतराष्ट्र और पाण्डु में भी धृतराष्ट्र बड़े थे, किन्तु राज्य पाण्डु को दिया गया...।"

"यह भी तुम्हारे मित्र का ही तर्क है?" द्रोण की दृष्टि में तीक्ष्णता थी, "यह चिन्तन तुम्हारा नहीं हो सकता।"

"तर्क तो यह दुर्योधन का ही है; किन्तु सत्य होने के कारण हम सबको मान्य है।" अश्वत्थामा बोला, "इसलिये इस पीढ़ी में भी केवल ज्येष्ठ होने के कारण, युधिष्ठिर युवराज नहीं हो सकता।"

"सम्राट् पाण्डु के पुत्रों में से यदि ज्येष्ठ युवराज नहीं होगा, तो मध्यम या कनिष्ठ होगा। दुर्योधन बीच में कहाँ से आ गया। वह असत्य के लिये युद्ध कर रहा है। दुर्योधन है वह!"

किन्तु अश्वत्थामा का आग्रह तनिक भी कम नहीं हुआ, "यदि राजा का पुत्र ही युवराज होगा, जो इस समय राजा धृतराष्ट्र हैं।...युधिष्ठिर कहाँ से युवराज हो जायेगा?"

द्रोण हँसे, "धृतराष्ट्र राजा नहीं राज-प्रतिनिधि हैं; किन्तु लगता है कि वह आधिपत्य जमाने का उपक्रम कर रहा है।"

"पिता जी!" अश्वत्थामा के स्वर में प्रतिवाद था, "यह राजनीति है।"

"तो पुत्र?"

"आप दुर्योधन को युधिष्ठिर से अधिक योग्य घोषित करें।"

"इसके लिये आग्रह मत करो अश्वत्थामा।" द्रोण का स्वर मात्र शान्त ही नहीं था, उसमें अवसाद भी था, "उसे कहो, वह स्वयं को योग्य प्रमाणित करे।"

"क्या वह रंगशाला में सबसे योग्य नेता प्रमाणित नहीं हुआ?"

"नहीं!" द्रोण के स्वर में रोष था, "न योग्यतम योद्धा, न योग्यतम नेता। उसने तो स्वयं को सबसे बड़ा उपद्रवी और षड्यन्त्रकारी प्रमाणित किया है।"

"क्या आपको नहीं लगता कि स्थितियाँ उसके अनुकूल नहीं थीं?"

"स्थितियाँ अनुकूल न हों; तो व्यक्ति को धैर्य धारण करना चाहिए। उपद्रव नहीं करना चाहिए," द्रोण बोले, "तुमने मुझसे इच्छापूर्ति का वरदान माँगा था और तुम्हारी इच्छा थी कि मैं कर्ण और अर्जुन की स्पर्धा में बाधा न बनूँ! मैंने कर्ण को अनुमति दे दी।...और उसने द्वन्द्व-युद्ध माँग लिया। द्वन्द्व-युद्ध का वरदान तो नहीं दिया था तुम्हें मैंने। किस संकट में डाल दिया, तुम लोगों ने मुझे। यदि मैं द्वन्द्व-युद्ध की अनुमति न देता तो यह माना जाता कि मैं कर्ण के बल से भयभीत हूँ, इसलिये अपने शिष्य को उससे युद्ध करने की अनुमति नहीं दे रहा हूँ। वह अर्जुन की नहीं, मेरी प्रतिष्ठा का प्रश्न बन जाता। अनुमति दे दी, तो यह माना गया कि मैंने कुरु-वंश के सम्मान की रक्षा नहीं की; तथा मैं उनकी सुरक्षा के लिये विशेष चिन्तित नहीं हूँ। वह तो कृपाचार्य ने युद्ध नहीं होने दिया। मेरे लिये कृप वरदान सिद्ध हुआ, अन्यथा मुझे पूरा विश्वास है कि वहाँ द्वन्द्व-युद्ध के स्थान पर युद्ध ही होता। अर्जुन पराजित होता, तो कुरु राजकुमारों के वध के लिये मैं दोषी ठहराया जाता; और कर्ण दुर्बल पड़ता तो तुम्हारा यह दुर्योधन उसकी रक्षा के लिये अवश्य ही हस्तक्षेप करता। ऐसे में अन्य लोग भी सक्रिय होते और मुझे भी धनुष उठाना पड़ता।" द्रोण ने पुत्र की ओर देखा, तो अश्वत्थामा समझ नहीं पाया कि उनकी आँखों में क्रोध का भाव था या व्यथा का!

"मैं उसकी भूल के लिये लज्जित हूँ पिता जी!" अश्वत्थामा के स्वर में लज्जा नहीं, आग्रह-ही-आग्रह था, "किन्तु आप मेरी बात मान कर, राजसभा में दुर्योधन को योग्यतम राजकुमार घोषित करें।"

"अश्वत्थामा! मैं तुमसे बहुत प्रेम करता हूँ वत्स!" द्रोण ने अपना स्वर नियन्त्रित किया, "किन्तु अब तुम वयस्क हुए। बाल-हठ तुम्हें शोभा नहीं देता।..."

अश्वत्थामा कुछ कहने को हुआ, किन्तु द्रोण ने संकेत से उसे रोक दिया। वे जैसे आत्मलीन-से टहलते रहे और फिर बोले, "मैं यहाँ अपना एक लक्ष्य ले कर आया था। यहाँ की राजनीति के कर्दम में धँसने की मेरी कोई इच्छा नहीं है।...अपने इस लक्ष्य के लिये मैं सारा उपक्रम कर चुका। अब फल-प्राप्ति का अवसर है। मैं अपना फल माँगूँगा। यही अन्तिम अवसर है कि सारे कुरु राजकुमार अपनी योग्यता सिद्ध करें।" उन्होंने दृष्टि उठा कर अश्वत्थामा को देखा और आदेशात्मक स्वर में कहा, "जाओ! सारे कुरु राजकुमारों से कह दो कि मेरी इच्छा है कि वे जायें और पंचालराज द्रुपद को बन्दी बना कर मेरे सामने ले आयें।" उन्होंने रुक कर अश्वत्थामा को देखा, "उनसे कह देना कि यह मेरी गुरु-दक्षिणा है।"

अश्वत्थामा को लगा, इतनी-सी बात कहने में जैसे उसके पिता हाँफ गये थे। पर शायद यह इतनी-सी बात नहीं थी...यह तो वर्षों से उनके मन में दबी साध थी, जो प्रकट हुई थी।...ठीक कहा था पिता ने कि परिस्थियाँ अनुकूल न हों, तो अनुकूल परिस्थितियों की प्रतीक्षा करनी चाहिए।

"इसमें तो मेरे आग्रह की कोई रक्षा न हुई।" अश्वत्थामा से कहे बिना नहीं रहा गया।

"तुम्हारे आग्रह की रक्षा कर रहा हूँ पुत्र! अन्यथा पहले युधिष्ठिर हस्तिनापुर का युवराज घोषित होता और मैं उसके पश्चात गुरु-दक्षिणा माँगता।" द्रोण बोले, "तुम मुझसे यह आश्वासन ले सकते हो कि गुरु दक्षिणा चुकाने से पूर्व हस्तिनापुर में युवराज्याभिषेक नहीं होगा।...इस बात की प्रतीक्षा मेरे साथ-साथ हस्तिनापुर करेगा कि गुरु-दक्षिणा कौन चुकाता है। जो गुरु-दक्षिणा चुकायेगा, वही शिष्य मेरी ओर से योग्यतम घोषित होगा।..."

अश्वत्थामा को लगा, पिता ने एक नये रूप में उसे पुनः इच्छा-पूर्ति का वरदान दे दिया है।

16

सारे कुरु राजकुमार शस्त्र-सज्जित हो कर, द्रुपद पर आक्रमण करने के लिये चले तो स्वयं द्रोणाचार्य उनके उत्साह को देख कर कुछ चकित थे। वे समझ नहीं पा रहे थे कि राजकुमारों के इस उत्साह का कारण क्या था? मात्र गुरु-दक्षिणा या कुछ और? आश्चर्य तो उन्हें इस बात का भी था कि राजकुमारों के साथ शकुनि तथा कर्ण भी थे—जो किसी भी रूप में उनके शिष्य नहीं थे। आचार्य ने उनसे दक्षिणा नहीं माँगी थी, न ही उनका आचार्य

के प्रति कोई दायित्व ही था।...सम्भवतः वे दोनों दुर्योधन की सहायता के लिये जा रहे थे। यह भी सम्भव है कि स्वयं धृतराष्ट्र ने उन्हें दुर्योधन की रक्षा के लिये भेजा हो। शकुनि के प्रति द्रोण की कभी कोई अच्छी धारणा नहीं रही—न व्यक्ति के रूप में और न योद्धा के रूप में। उनकी धारणा थी कि यह व्यक्ति जन्मजात, वृश्चिक था, जिससे शत्रु भाव रखेगा, उसे तो दंशित करेगा ही; जिसका मित्र होगा, वह भी इसके विष से बच नहीं पायेगा। न उसकी मैत्री अच्छी थी, न शत्रुता। उससे तो असम्पर्क ही सबसे अधिक कल्याणकारी था। ...उन्हें लगता था कि दुर्योधन की समझ इतनी कच्ची और दूषित थी कि वह कभी भी अपने मित्र तथा शत्रु की परख नहीं कर पाया था। या कदाचित वह यही नहीं जानता था कि कौन उसका मित्र है तथा कौन शत्रु! जब मनुष्य यही नहीं जानता कि उसका हित क्या है और अहित क्या—तो वह अपने मित्र और शत्रु की परख क्या करेगा।...

वे अपने विषय में जानते थे कि हस्तिनापुर क्यों आये हैं। उन्हें क्या करना है! किन्तु उन्होंने यह कभी नहीं चाहा था कि अश्वत्थामा, दुर्योधन का ऐसा मित्र बन जाये! वे समझ रहे थे कि अश्वत्थामा जिसे दुर्योधन की मैत्री समझ रहा था, वह वस्तुतः उसकी दासता थी; और अपनी दासता के उस सम्मोहन में वह स्वयं तो बँधता ही था, अपने साथ-साथ अपने बन्धुओं को भी बाँधता जा रहा था...

कोई समय था जब द्रोण को अपने प्रशिक्षण पर बहुत विश्वास था; किन्तु अब, जब वे सारे राज-समाज द्वारा एक अत्यन्त उत्कृष्ट कोटि के सफल आचार्य और प्रशिक्षक माने जाते थे, वे स्वयं अपने विषय में जानते थे कि वे अपने पुत्र को भी उस मार्ग पर नहीं चला पाये, जिस पर वे उसे चलाना चाहते थे। अश्वत्थामा वही बना, जो उसे बनना था—वे न उसकी दुर्बलताओं को सबलताओं में परिवर्तित कर पाये और न ही उसकी प्रवृत्तियों को सुधार पाये।...आज ये सारे राजकुमार उनकी माँगी हुई गुरु-दक्षिणा उन्हें देने के लिये इतने उतावले हो रहे हैं, क्योंकि उन्हें बताया गया है कि आज वे जो कुछ भी हैं—आचार्य द्रोण के ही कारण हैं। आचार्य द्रोण ने ही उन्हें यह बनाया है।...किन्तु यदि आचार्य द्रोण स्वयं अपने-आपसे यह प्रश्न करें कि यदि वे ही सबको बनाने वाले थे, तो क्या यदि वे चाहते तो दुर्योधन को भी अर्जुन बना सकते थे? तो उनका अपना मन ही उनका विरोध करेगा—नहीं! न अर्जुन को दुर्योधन बनाया जा सकता है, न दुर्योधन को अर्जुन! दुर्योधन को दुर्योधन ही बनना था और अर्जुन को अर्जुन ही। तो फिर गुरु का योगदान क्या है? क्या वे व्यर्थ ही यह सारा श्रेय ले रहे हैं? क्या उनका सारा यश मिथ्या है?

क्या उन्होंने इन राजकुमारों को वीर योद्धाओं के साँचों में ढालने के लिये श्रम नहीं किया? क्या इन पर अपना समय नहीं लगाया? क्या उन्हें यह सारा ज्ञान नहीं दिया—जो केवल उनके ही पास था; जो राजकुमारों को और कहीं से भी उपलब्ध नहीं हो सकता था?...

उन्होंने अपनी प्रतिरक्षा में ये प्रश्न अपने-आपसे ही किये थे, जैसे वे स्वयं अपने-आपको ही विश्वास दिलाना चाह रहे थे कि उनका यह यश मिथ्या नहीं था।...किन्तु इन प्रश्नों ने उनके एक बहुत पुराने शत्रु-प्रश्न को मुक्त कर, दिन के उजाले में ला खड़ा कर दिया था, जिसे उन्होंने बड़े प्रयत्न और श्रम से बाँध कर, मन की किसी अँधेरी कोठरी में डाल रखा था...यदि वे इतने ही सक्षम थे, यदि उन्हें शस्त्रों का इतना ही ज्ञान था, यदि वे इतने ही महान योद्धा थे, जितना बड़ा योद्धा उन्हें संसार मानता था...तो जिस क्षण उन्होंने स्वयं को द्रुपद के द्वारा अपमानित पाया, उन्होंने उसी क्षण खड्ग क्यों नहीं सँभाला? धनुष क्यों नहीं साधा?...क्यों वे चुपचाप अपमानित-से सिर झुकाये हुए, वहाँ से चले आये थे? अपने इस प्रतिशोध के लिये क्यों उन्होंने वर्षों प्रतीक्षा की थी?...यदि वे मानते हैं कि संसार-भर में युद्ध-विद्या के अद्वितीय आचार्य हैं, तो क्यों एक साधारण से राजा को वे उसी क्षण ललकार नहीं पाये?...

आज वे अपने शिष्यों की सेना ले कर आये हैं, तो क्या इसका अर्थ यह नहीं है कि वे द्रुपद के सामने स्वयं को अक्षम मानते थे?...

उन्हें लगा कि उनके अपने अहंकार ने अपने भीतर छिपे इस प्रखर प्रश्नकर्ता के सम्मुख हथियार डाल दिये थे, 'तुम ही बताओ कि मैंने ऐसा क्यों किया?'

प्रश्नकर्ता विद्रूप से हँसा, 'मैं तो तुम्हें पहले ही बता देता, किन्तु तुम अपने अहंकार के गढ़ में छिप कर बैठ गये थे; अपना साक्षात्कार करना ही नहीं चाहते थे। अब तुमने पूछा है, तो तुम्हें बता देता हूँ।'

'बताओ!'

'ऊपर से चाहे तुम जो भी बनो, किन्तु भीतर से बहुत कायर हो तुम।'

'कायर?'

'हाँ! साहस नहीं हुआ तुम्हारा, द्रुपद से लड़ने का! तुम्हें शस्त्रों का ज्ञान है, उनका व्यवहार नहीं आता तुम्हें। युद्धशालाएँ ही देखी हैं तुमने! युद्ध नहीं देखे! यह सूचना तो तुम्हें है कि कौन-सा शस्त्र चला कर कैसा आघात किया जा सकता है, किन्तु न तो तुमने आघात करके देखा है, न आघात खा कर। तुमने युद्ध-क्षेत्र में रक्त बहते तो कभी देखा ही नहीं है।' वह हँसा, 'अब भी जाओगे द्रुपद से लड़ने, या इन युवकों को भेज कर पीछे ही खड़े रहोगे?'

द्रोण ने जैसे पुनः अपना बचाव किया, 'मैं क्यों जाऊँगा? मैंने तो गुरु-दक्षिणा माँगी है। यदि मुझे स्वयं ही युद्ध करना होता, तो मैं गुरु-दक्षिणा क्यों माँगता?'

'तुममें साहस की बहुत कमी है,! द्रोण!' वह बोला, 'तुम शत्रु की सेना से डरते हो और प्रतिरोध से भी...।'

'प्रतिरोध से?'

'हाँ! प्रतिरोध से! आचार्य हो न—चाहते हो, सारा संसार तुम्हारे शिष्यों के ही समान, तुम्हारे सम्मुख सिर झुकाये खड़ा रहे। सम्मान ही पाने का अभ्यास रहा है तुम्हें। सम्मान न मिले तो तुम्हारी प्रतिहिंसा जाग उठती है।...'

'यह सब रहने दो।' द्रोण ने उसे डपट दिया, 'तुम यह बताओ, मैं और किससे डरता हूँ।'

'निर्धनता से डरते हो। असुविधा से डरते हो। आशंका से डरते हो।...'

'मैंने बहुत निर्धनता देखी है। तपस्या का जीवन रहा है मेरा।'

'रहा होगा! तब तुम यह नहीं जानते थे कि सुविधाएँ क्या होती हैं! अब सुविधाएँ छिन जाने का भय है तुम्हें...।'

"गुरुदेव!"

द्रोण अपने भीतर के हाहाकार से उबर कर बाहर आये। कैसा कोलाहल मच रहा था, उनके चारों ओर।...और इसकी उपेक्षा कर वे अपने भीतर के कोलाहल में ही भटक गये थे।

"क्या है?" उन्होंने दुर्योधन की ओर देखा।

"गुरुदेव! हम पंचाल की सीमाओं को रौंदते हुए, अब कांपिल्य के निकट आ गये हैं। आप यहीं ठहरें गुरुदेव!" दुर्योधन बोला, "हम द्रुपद को बाँध कर यहीं ला कर आपके चरणों में डाल देंगे। तब आप देखेंगे कि आपके एक संकेत पर आपका यह शिष्य क्या-क्या कर सकता है।"

"जाओ!" द्रोण बोले।

"मैं आपकी रक्षा के लिये कुछ सैनिक छोड़ जाऊँ गुरुदेव?"

"नहीं! मैं अपनी रक्षा कर लूँगा! तुम लोग जाओ!"

द्रोण ने देखा, दुर्योधन ने उन्माद की-सी अवस्था में अपने साथियों को आगे बढ़ने का संकेत किया; और वे लोग, एक नेता के अनुशासन में नहीं, उपद्रवियों की एक अत्यन्त हिंस्र भीड़ के समान, भयावह कोलाहल करते हुए, वेगपूर्वक आगे बढ़ गये।...किन्तु उन्होंने अत्यन्त आश्चर्य से यह भी देखा कि पाँचों पाण्डव, अपने स्थान पर खड़े रह गये। वे लोग तनिक भी आगे नहीं बढ़े।

इससे पहले कि द्रोण उनसे कुछ पूछते, अर्जुन आगे बढ़ा और हाथ जोड़

कर उनके सम्मुख खड़ा हो गया, "गुरुदेव! हमारी धृष्टता क्षमा करें।"

"क्या हुआ अर्जुन?"

"गुरुदेव! दुर्योधन न किसी का अनुशासन मानता है, न नेतृत्व! वह सेनापति होने योग्य नहीं है। हम उसके सेनापतित्व में युद्ध कर, पराजित हो, अपमानित नहीं होना चाहते; और न अपने बल तथा वीरता द्वारा विजय किये गये समर के श्रेय से, उसका गौरव बढ़ाना चाहते हैं।" उसने अत्यन्त शालीनता से गुरु की ओर देखा, "गुरुदेव! वह ज्येष्ठ युधिष्ठिर को अपना नेता नहीं मानना चाहता, तो हम उसे अपना नेता कैसे मान सकते हैं?"

"तुम गुरु-दक्षिणा के अभियान से असहयोग कर रहे हो अर्जुन?" बहुत प्रयत्न करने पर भी, द्रोण अपने स्वर में आया अपना रोष छिपा नहीं पाये। उन्हें लगा, क्षण-भर में ही भय की एक सिहरन जैसे उनके सारे व्यक्तित्व में व्याप्त हो गयी है...पाँचों पाण्डव युद्ध में भाग नहीं लेंगे, तो कुरुओं की सेना दुर्बल हो जायेगी।...वे द्रुपद से पराजित भी हो सकते हैं।...और फिर वह कोई साधारण सैनिक अभियान नहीं है। उन्होंने गुरु-दक्षिणा माँगी है...और उनका सर्वाधिक प्रिय शिष्य, जिसने आज तक सारी आज्ञाएँ, सारी इच्छाएँ पूरी करने के संकल्प किये थे, इस समय उससे उदासीन हो, एक ओर बैठ गया है...

"नहीं गुरुदेव!" अर्जुन ने सर्वथा आत्मविश्वास और अकम्पित स्वर में कहा, "आपकी गुरु-दक्षिणा मैं ही आपको दूँगा।" उसने गुरु की ओर, आत्मीयता भरी मुस्कान से देखा, "अधिक सम्भावना इस बात की है आचार्य! कि दुर्योधन के योजना-विहीन दंभी नेतृत्व में हम अपना युद्ध-कौशल प्रकट ही नहीं कर पायेंगे; और आपसे विद्या पा कर भी, अपने प्रथम ही युद्ध में पराजित हो कर आपको कलंकित करेंगे।..."

"तो?"

"मुझे पूर्ण विश्वास है गुरुदेव! कि दुर्योधन अपने भाइयों के साथ पराजित और अपमानित हो कर, अभी थोड़ी देर में नगर के बाहर आ जायेगा; और तब हम पाँचों भाई..."

"यह विभाजन, असहयोग और विखण्डन का समय नहीं है कौन्तेय!" आचार्य बोले, "तुम पाँच नहीं, एक सौ पाँच भाई हो...।"

"ज्येष्ठ युधिष्ठिर का नेतृत्व माना जाता तो हम एक सौ पाँच ही रहते आचार्य। किन्तु दुर्योधन के नेतृत्व में यह सम्भव नहीं है।" अर्जुन बोला, "गुरुदेव! हमारी ओर से न असहयोग है, न विभाजन, न विखण्डन! यह तो मात्र दुर्योधन की दुर्नीतियों का अनिवार्य परिणाम है। हमारे मन में तो अब भी उसके प्रति न वैर है, न द्वेष, न द्रोह..." अर्जुन ने रुक कर आचार्य को देखा,

"हमें तो शतशृंग के आचार्यों ने यह आदेश दिया था कि हम अपने मन में किसी के लिये भी वैर, द्वेष, ईर्ष्या तथा द्रोह जैसे भाव न रखें। ये मन के मल हैं। उनका लक्ष्य कोई दूसरा होता है, किन्तु हम स्वयं उससे निरन्तर पीड़ित होते रहते हैं। किसी दूसरे पर फेंकने के लिये, अपने घर में मल एकत्रित करते रहना, कोई बुद्धिमत्ता नहीं है।"

द्रोण को लगा, कहीं अर्जुन उन्हें ही तो नहीं सुना रहा...उन्होंने तो एक लम्बे समय तक अपने मन में द्रुपद के विरुद्ध प्रतिहिंसा का भाव पाला है...

"और यदि दुर्योधन ही द्रुपद को बन्दी बना लाया, तो तुम पाँचों भाई, मुझे गुरु-दक्षिणा में क्या दोगे अर्जुन?" आचार्य ने अपनी प्रतिरक्षा में, विषय बदल दिया।

"वह असम्भव है आचार्य।"

"उसके साथ कर्ण भी है, शकुनि भी...।"

"द्रुपद उन पर भारी पड़ेगे।"

"तुम शायद जानते नहीं हो, इस समय नगर में न धृष्टद्युम्न है और न शिखण्डी! अधिकांश सेना भी धृष्टद्युम्न के साथ गयी हुई है। द्रुपद अकेला है। वह दुर्योधन का सामना नहीं कर पायेगा।"

"मैं आपके कथन का खण्डन नहीं करता आचार्य!" अर्जुन बोला, "किन्तु थोड़ी देर धैर्य धारण करें।..."

अर्जुन ने हाथ जोड़ कर गुरु को प्रणाम किया और अपने भाइयों के निकट लौट गया।

द्रुपद राजसभा में जाने की तैयारी कर रहा था कि बहुत घबराये हुए चरों ने सामान्य शिष्टाचार की अवहेलना करते हुए, अत्यन्त वेग से उपस्थित हो कर सूचना दी की कुरुओं की सेना, न केवल पांचालों की सीमाओं को रौंदती हुई बढ़ती चली आयी है, वरन राजधानी में प्रवेश कर उत्पात मचा रही है। सीमा-प्रहरी उनको थोड़ी-सी देर रोकने में भी सक्षम नहीं थे। आक्रमण कुछ इतना आकस्मिक और वेगवान था कि नगर-द्वार पर भी उनको रोकना सम्भव नहीं हो पाया था। वे लोग नगर के मार्गों से वीथियों में उत्पात करते हुए राजमार्ग की ओर बढ़ रहे थे; और शीघ्र ही राजप्रासाद तक पहुँचने वाले थे।

द्रुपद क्षण-भर के लिये तो हतप्रभ-सा खड़ा रह गया; किन्तु न तो यह निष्क्रिय खड़े रहने का समय था और न ही सोच-विचार करने का। उसके पास तो इतना भी समय नहीं था कि यह भी सोच पाता कि आक्रमण किस उद्देश्य से किया गया है!

द्रुपद ने तत्काल युद्ध-रथ सज्जित करने का आदेश दिया। सेवकों को कवच तथा शस्त्र लाने की आज्ञा दी। चरों को अपने भाइयों को सूचना देने के लिये दौड़ाया। प्रासाद-रक्षक सैनिकों को प्रासाद-द्वार पर एकत्रित होने की आज्ञा दी। कोटपाल को आक्रान्ताओं के मार्ग में बाधाएँ खड़ी करने का संदेश भेज दिया और उद्घोषकों को नगर-भर में घोषणा करने का आदेश दिया कि राजधानी पर शत्रुओं ने आकस्मिक रूप से आक्रमण कर दिया है। राज्य की सेना और राजकुमार नगर में उपस्थित नहीं हैं। इसलिये समस्त नगरवासी अपने सामर्थ्य के अनुसार उपलब्ध शस्त्रों से शत्रु का विरोध कर, राजधानी की रक्षा में सहायक हों।

द्रुपद का रथ राजमार्ग की ओर चला तो उसका मन अनायास ही इस आक्रमण के विषय में सोचने लगा : कौरवों और पांचालों की परम्परागत प्रतिद्वन्द्विता रही है, जो कभी अमैत्री, कभी असम्पर्क और कभी-कभी शत्रुता में भी परिणत होती रही है। किन्तु इस समय तो उनसे किसी भी विषय में कोई विशेष रार नहीं चल रही थी। तो इस आक्रमण का अर्थ! यह सैनिक अभियान है या दस्यु-कर्म! न कोई दूत आया, न रोष का कारण बताया गया, न युद्ध की घोषणा की गयी...और इस प्रकार का सैनिक अभियान! भीष्म तो ऐसे कायर नहीं हैं, जो इस प्रकार आकस्मिक आक्रमण कर दें।...और वह भी कैसे समय! जब न धृष्टद्युम्न नगर में है, न शिखण्डी और अधिकांश सैनिक और सेनापति भी उनके साथ गये हुए हैं।...यह तो घात लगा कर आक्रमण करना हुआ...

और सहसा द्रुपद का ध्यान आचार्य द्रोण की ओर चला गया...द्रोण बैठा है हस्तिनापुर में।...वह युद्ध-विद्या का आचार्य अवश्य है, किन्तु न वह क्षत्रिय है और न वीर। वही इस प्रकार का कायरतापूर्ण कार्य कर सकता है।...जिस क्षण द्रुपद को यह सूचना मिली थी कि द्रोण ने हस्तिनापुर में आश्रय लिया है, द्रुपद को उसी क्षण सावधान हो जाना चाहिए था कि ऐसा ही कुछ होगा...द्रुपद को लगा, उसका रक्त जैसे खौलने लगा है...वह देखेगा कि कौन-कौन आया है द्रोण की सहायता को...भीष्म आया है क्या?...आज कौरव देख लें कि पांचाल कैसे युद्ध करते हैं...

द्रुपद का वेग कौरवों को आगे बढ़ने से रोकने के लिये काफ़ी था। कौरव सेना का सामना होते ही पांचालराज को यह समझने में तनिक भी कठिनाई नहीं हुई कि उन्हें युद्ध का कोई अनुभव ही नहीं है। या तो उन्हें व्यूह का कोई ज्ञान

नहीं है, अथवा उन्होंने उसकी आवश्यकता ही नहीं समझी है। वे तो अपने सैनिकों को भेड़ों के एक रेवड़ के समान भगाते हुए चले आ रहे थे। दूसरा पक्ष भी प्रहार कर सकता है, इसकी तो उन्होंने चिन्ता ही नहीं की थी।...अब द्रुपद को अपने सामने आया देख, वे अपने-अपने स्थान पर खड़े, विभिन्न प्रकार के अस्त्र-शस्त्र चला रहे थे।

पांचालों के पहले ही आघात से कौरवों के पाँव थम गये थे और द्रुपद तथा उसके भाइयों के बाण उन पर भारी पड़ने लगे थे।

चरों द्वारा सारे नगर में युद्ध का समाचार पहुँचा दिया गया था। पांचालों के घर-घर में शंख बजने की ध्वनि होने लगी थी और प्रत्येक शंख-घोष के साथ कुछ और पांचाल योद्धा, अपने राजा की सहायता के लिये पहुँच रहे थे।

दुर्योधन के बाण, द्रुपद की बाण-वर्षा के सामने, कुछ भी प्रभाव नहीं दिखा पा रहे थे। यदि वह बहुत सावधानी से देखता तो उसे वे सब द्रुपद के बाणों से टकरा कर टूट-टूट कर गिरते दिखायी दे जाते। द्रुपद का रथ वेग से चल रहा था और लगता था कि स्वयं पांचालराज फिरकी के समान घूम रहा है। उसका मुख किसी एक दिशा में दिखायी नहीं पड़ रहा था, वह तो जैसे किसी अलात चक्र के समान घूम रहा था।...दुर्योधन की इच्छा हुई की वह अपना धनुष फेंक दे और गदा ले कर रथ से उतर जाये...किन्तु गदा ले कर तो कदाचित वह द्रुपद के निकट भी न पहुँच पाये। द्रुपद के बाणों का वेग इतना अधिक था कि उसका रथ ही आगे नहीं बढ़ पा रहा था, वह पदाति कैसे बढ़ पाता।

उसने दृष्टि घुमा कर कर्ण को खोजा : वह तो अर्जुन के समान श्रेष्ठ धनुर्धर था, उसकी सहायता से आगे बढ़ा जा सकता था। यदि कर्ण अपने बाणों की सहायता से उसे द्रुपद के रथ के निकट पहुँचा दे, तो वह आचार्य द्रोण को उनकी गुरु-दक्षिणा आज ही सौंप देगा।...किन्तु कर्ण की कठिनाइयाँ वह अपने रथ से ही देख सकता था। यह द्रुपद जाने कैसा धनुर्धर था कि अपनी रक्षा के लिये, योद्धा द्वारा पहना गया कवच निरर्थक-सा हो कर रह जाता था। द्रुपद के बाण जैसे कवच का मुँह चिढ़ाते हुए योद्धा के शरीर के जोड़ों में धँसते जाते थे। कर्ण पर्याप्त घायल हो गया लगता था। दुःशासन, विकर्ण तथा युयुत्सु भी घायल हो गये लगते थे और उनके रथ अपने स्थान से आगे बढ़ने के स्थान पर पीछे हट गये लगते थे।

सहसा पांचाल सैनिकों की जैसे एक और वाहिनी आ पहुँची। उनके खड्गों का वेग कुछ इतना अधिक था कि कौरव सेना के पाँव उखड़ गये। चारों ओर कौरव सैनिक पीछे की ओर भागते ही दिखायी दे रहे थे।...और

तभी दुर्योधन के धनुष की प्रत्यंचा कट गयी। उसने स्फूर्ति से दूसरा धनुष उठाया; किन्तु जब तक वह बाण-संधान करता, द्रुपद के बाण ने दूसरे धनुष की प्रत्यंचा काट दी।

किंकर्तव्यविमूढ़-सा दुर्योधन देखता ही रह गया और तभी गोह के चमड़े के दस्ताने को चीरता हुआ बाण, दुर्योधन की हथेली में घुस गया।

"सारथि! कर्ण के निकट चलो।" दुर्योधन के मुख से अनायास ही निकल गया।

उसका सारथी जब तक रथ मोड़ता, उसने देखा, क्षत-विक्षत कर्ण अपने रथ से कूद कर, पीछे की ओर भाग गया था।

और कोई उपाय न देख, सारथि ने रथ मोड़ा और वह भी पीछे की ओर भागा।...

अर्जुन ने देखा : दुर्योधन, उसके साथी और उसकी सेना पूर्णतः पराजित हो चुकी थी। कर्ण की दुर्गति देख कर उसे विस्मय हुआ। एक बार तो उसे लगा कि उसे कर्ण की इस पराजय से अत्यन्त प्रसन्नता हुई है। उसकी इच्छा हुई कि वह अट्ठहास करे और पुकार कर कर्ण से पूछे, 'अंगराज! क्या इसी वीरता और युद्ध-कौशल के भरोसे उसे रंगशाला में द्वन्द्व-युद्ध की चुनौति दे रहे थे?...' किन्तु दूसरे ही क्षण उसके विवेक ने उसके गर्व को धिक्कारा। उसे किसी भी वीर का अपमान करने का अधिकार नहीं है। युद्ध में तो किसी की भी यह स्थिति हो सकती है। फिर पांचालराज द्रुपद तो श्रेष्ठ वीर योद्धा हैं—उनके सामने तो अच्छे-अच्छे महारथियों की यही स्थिति हो सकती है।...

उसने अपना अहंकार तो संयमित कर लिया; किन्तु उसका विस्मय अपने स्थान पर दृढ़ खड़ा रहा...यदि कर्ण की इतनी ही क्षमता थी, यदि उसमें इतनी ही वीरता थी, यही उसका युद्ध-कौशल था, तो कृपाचार्य ने रंगभूमि में अर्जुन का उससे द्वन्द्व-युद्ध हो ही क्यों नहीं जाने दिया? क्यों विचलित हो गये वे? क्या सचमुच उन्होंने यही माना था कि कर्ण को पराजित करके भी अर्जुन को कोई यश नहीं मिलेगा? या वे अर्जुन के प्राणों के लिये भयभीत थे।...यह भी सम्भव है कि चाहे कर्ण उतना वीर न भी हो, किन्तु द्वन्द्व-युद्ध की स्थिति में दुर्योधन को कोई ऐसा अवसर मिल ही जाता, जिससे वह अर्जुन पर कोई घातक वार कर सकता...

"भीम!" सहसा युधिष्ठिर बोला, "हमारी पराजय हो रही है। हस्तिनापुर की सेना पिटे हुए कुकुर के समान, अपनी पिछली टाँगों में दुम दबाए लौट रही है।..."

"यह हमारी पराजय नहीं है ज्येष्ठ!" भीम से भी पहले अर्जुन बोला, "यह दुर्योधन की पराजय है!"

"दुर्योधन हमसे भिन्न है क्या?" युधिष्ठिर के स्वर में रोष था।

"यदि वह आपको अपना नेता नहीं मानता, तो वह हमसे भिन्न ही है।" अर्जुन बोला।

"किन्तु हस्तिनापुर का सम्मान? कौरवों की कीर्ति?? गुरुदेव की दक्षिणा?"

"उन सबकी रक्षा की जायेगी।" अर्जुन आज बहुत धैर्यपूर्वक, अत्यन्त प्रौढ़ ढंग से बोल रहा था, जैसे आज के सारे अभियान का नायक वही हो, "आप हमारे राजा के रूप में यहीं खड़े रह कर हमारी प्रतिक्षा करेंगे। युद्ध के लिये हम चारों भाई जायेंगे। राजा को युद्ध तभी करना चाहिए, जब उसके पास अपने पक्ष से लड़ने वाला योद्धा न हो...।" अर्जुन ने युधिष्ठिर के उत्तर की प्रतीक्षा नहीं की, "चलो सारथि!"

युधिष्ठिर अवाक खड़ा रह गया। उसके चारों भाई व्यूह-बद्ध रूप से नगर की ओर बढ़ गये। आगे-आगे पदाति भीम था, जो प्रायः दौड़ने की-सी गति से चल रहा था। उसने अपने कंधे पर भारी गदा उठा रखी थी। उसके वेग में आतुरता थी। पैरों की धमक से जैसे धरती हिल रही थी। उसके पीछे-पीछे अर्जुन का रथ था। अर्जुन के हाथ में धनुष था, कंधों पर तूणीर थे और रथ के पिछले भाग में अनेक शस्त्रास्त्र रखे थे। नकुल और सहदेव अपने अश्वों पर अर्जुन के रथ के पिछले पहियों के रक्षक के रूप में जा रहे थे।...युधिष्ठिर के मन में उल्लास जागा : उसके भाई, क्रोध अथवा अहंकार के मद में अनुशासनहीन, उत्पाती हंताओं के रूप में नहीं, अनुशासित सेनापतियों के रूप में योजना-बद्ध रूप से व्यूह बना कर युद्ध करने जा रहे थे। वे अलग-अलग योद्धाओं के रूप में नहीं, एक समग्र सैनिक व्यूह के रूप में आगे बढ़ रहे थे। भीम, अर्जुन के रथ के लिये मार्ग प्रशस्त करेगा। शत्रु धनुर्धारियों से भीम की रक्षा अर्जुन करेगा। नकुल और सहदेव, अर्जुन के रथ के पहियों को सुरक्षित रखेंगे। भीम शस्त्रों से रक्षा करेगा, अर्जुन उसे अस्त्रों से बचायेगा; तथा नकुल-सहदेव उसके रथ की गति को भंग नहीं होने देंगे...।

आचार्य द्रोण मुस्कुराये, "युधिष्ठिर! मुझे लगता है कि तुम्हारे भाइयों ने, तुमसे छिपा कर, अपनी योजना बना रखी थी।"

"मुझे भी ऐसा ही लग रहा है गुरुदेव!"

""किन्तु क्यों युधिष्ठिर! उन्होंने तुम्हें इस योजना से पृथक क्यों रखा? वे तुम पर विश्वास करते हैं, तुमसे प्रेम करते हैं, तुम्हें अपना राजा और नायक मानते हैं, फिर...।"

"आचार्य! वे जानते हैं कि मैं कदाचित सुयोधन से पृथक रह कर युद्ध करना स्वीकार न करता... ।"

"तुम अब भी उसे सुयोधन ही कहते हो!" आचार्य हँसे।

"हाँ आचार्य! मैं चाहता हूँ कि वह सुयोधन ही बना रहे।" युधिष्ठिर मुड़ा तो उसकी आँखों में पीड़ा का भाव था, "मुझे अपने भाइयों का यह विलगाव अच्छा नहीं लगता आचार्य! मुझे यह विभाजन और विखण्डन अच्छा नहीं लगता आचार्य! हम सब मिल कर क्यों नहीं रह सकते?"

आचार्य को लगा, युधिष्ठिर के मन की निर्मलता ने जैसे उनके हृदय को भी छू लिया है। कैसा अनासक्त है यह; निर्लोभी और निरभिमानी। इसे विभाजित मानवता अच्छी नहीं लगती, चाहे वह उसके अपने ही हित में हो। यह अपने स्वार्थ के लिये भी मानवता का अहित नहीं कर पायेगा।...इसके सारे भाई, जिसे दुर्योधन कहते हैं—इसके भाई ही क्यों, अब तो सारा हस्तिनापुर ही उसे दुर्योधन कहता है; यह उसे भी सुयोधन ही कहता है। यह एकता का कोई भी मूल्य चुकाने को तैयार हो जायेगा, कोई भी...अपना राज्याधिकार भी छोड़ देगा।...दुर्योधन को राजा भी मान लेगा यह?...और द्रोणाचार्य के मन में प्रश्न उठा, 'युधिष्ठिर यदि अपना राज्याधिकार त्याग दे, तो क्या कौरवों में स्थायी एकता रह पायेगी?'...और द्रोणाचार्य को लगा कि उनका अपना मन ही अस्वीकृति में सिर हिला रहा है, 'नहीं! ऐसा नहीं हो पायेगा! दुर्योधन पाण्डवों का अस्तित्व ही स्वीकार नहीं करेगा। कभी नहीं करेगा। युधिष्ठिर को इतना भला भी नहीं होना चाहिए। यह उसके तथा उसके भाइयों के हित में नहीं है!'

द्रोण ने युधिष्ठिर की ओर देखा : वह अब तक कदाचित अपने प्रश्न के उत्तर के लिये अपेक्षा-भरी दृष्टि से उनकी ओर देख रहा था।

"पुत्र! तुम सब मिल कर क्यों नहीं रह सकते, इसका उत्तर मैं क्या दूँ!" द्रोण बोले, "पर इस समय तो इतना ही कह सकता हूँ कि राजा के विवेकी और निष्ठावान कर्मचारी अनेक बार राजा के हित में, अनेक योजनाएँ और सूचनाएँ उससे गुप्त ही रखते हैं। यदि ऐसा न किया जाये, तो सम्भव है कि अपनी उदारता में राजा अपना तथा अपने साथियों का अहित कर बैठे।"

पाण्डवों के युद्ध-क्षेत्र में आते ही जैसे द्रुपद की सेना के सिर पर से द्रुपद के बाणों का कवच ही हट गया। अर्जुन के बाणों का जाल ऐसा फैला कि द्रुपद के सारे बाण जैसे उसमें उलझ कर रह गये। द्रुपद के बाणों का वेग कम होते ही, भीम के आक्रामक आघातों से उन्हें बचाना कठिन हो गया। अर्जुन का

रथ क्या था, जैसे यम का पाश था। जिस ओर बढ़ जाता, उस ओर से द्रुपद अपने योद्धाओं को हटा ही नहीं लेते, तो उनके लिये निश्चित मृत्यु सामने खड़ी थी।

अपने भाई को कठिनाई में देख, उसका छोटा भाई सत्यजित आगे आया। उसने अपना रथ सामने ला कर ठीक अर्जुन के सम्मुख खड़ा कर दिया। उससे भीम के प्रहारों से होने वाली क्षति तो रुक गयी; किन्तु अर्जुन और द्रुपद के रथ में दूरी बढ़ गयी।...अर्जुन के मन में आशंका जागी—ऐसे में द्रुपद, युद्ध-क्षेत्र छोड़ कर कहीं भाग भी सकता था। वह और सेना एकत्रित करके भी ला सकता था...यदि द्रुपद युद्ध-क्षेत्र छोड़ कर भाग गया, तो अर्जुन किसे पकड़ कर गुरु-दक्षिणा चुकाएगा।...और यदि द्रुपद और सेना एकत्रित कर लाया तो युद्ध और भी लम्बा खिंच जायेगा; किन्तु पाण्डव तो लम्बे युद्ध की योजना बना कर नहीं आये थे।...

अर्जुन की दृष्टि से यह तथ्य भी छिपा नहीं था कि पांचालों की ओर से लड़ने वाले अनेक योद्धा, प्रशिक्षित सैनिक नहीं थे। वे सामान्य प्रजाजन थे, जो अपने साधारण अस्त्रों-शस्त्रों से अपने राजा की सहायता कर रहे थे। वे अपने युद्ध ज्ञान से नहीं, अपने साहस से ही पाण्डवों के प्रहार का सामना कर रहे थे।...सामान्यतः राजाओं की ओर से या तो वेतन-भोगी सैनिक युद्ध करते थे, अथवा उनके अपने कुटुम्ब के क्षत्रिय योद्धा। सामान्य प्रजा को अपने राजा की सहायता के लिये युद्ध करते, अर्जुन ने कभी नहीं देखा था...काम्पिल्य में यदि आज द्रुपद की सामान्य प्रजा युद्ध के लिये, अपने घर से बाहर न निकल आयी होती, तो कदाचित दुर्योधन और कर्ण भी इस युद्ध में विजयी हो जाते। ...अर्जुन विस्मय-विमुग्ध था...द्रुपद में ऐसा कौन-सा गुण था कि उसकी प्रजा उससे इतना प्यार करती थी? अन्यथा नगरवासियों को क्या कि काम्पिल्य पर कौरवों का राज्य है अथवा पांचालों को। कुरु-पंचाल-जनपद की प्रजा के लिये कौरव तथा पांचाल शासकों में कोई विशेष अन्तर नहीं था...फिर भी...क्या द्रुपद बहुत न्यायी राजा है? क्या वह अपनी प्रजा से बहुत प्रेम करता है?...और तत्काल अर्जुन के मन में प्रश्न उठा, 'क्या युधिष्ठिर के राजा बनने पर पाण्डव भी, अपनी प्रजा को एक ऐसा धर्म-संगत, न्यायप्रिय तथा प्रजावत्सल, निष्पक्ष शासन दे सकेंगे, कि अपने राजा पर संकट आया देख, सारी प्रजा जैसे भी बन पड़े, जो भी शस्त्र उपलब्ध हो सकें, उनकी सहायता से अपने राजा की रक्षा के लिये निकल पड़े?'

अर्जुन को लगा, द्रुपद की सेना और प्रजा के प्रति उसके मन में जैसे शत्रु भाव है ही नहीं। वह उनका विनाश करना नहीं चाहता। वह उनको

क्षति पहुँचाना भी नहीं चाहता। यदि सम्भव हो तो वह उनकी सराहना करना चाहता है, उनकी रक्षा करना चाहता है, उनका हित करना चाहता है; किन्तु इस समय विचित्र स्थिति थी। वह अपने कर्त्तव्य का बन्दी था। गुरु की आज्ञा से, गुरु-दक्षिणा के रूप में द्रुपद को बन्दी किये बिना, वह अपने शिष्य-धर्म का पालन नहीं कर सकता था; और द्रुपद को बन्दी बनाने के मार्ग में खड़ी थी पांचाल सेना, पांचाल प्रजा...और द्रुपद का भाई सत्यजित!...

सत्यजित के बाणों के कारण भीम आगे नहीं बढ़ पा रहा था; इसलिये अर्जुन का रथ भी रुक गया था। सामान्य स्थिति में, अपने रथ के मार्ग में आयी बाधा को हटाने के लिये, अर्जुन को अत्यधिक कठोर हो जाना चाहिए था, जैसा कि इस समय भीम हो चुका था। सत्यजित के बाणों से बच कर, उसके घोड़ों तक पहुँचने का अवसर भीम की गदा को मिला होता, तो उनमें से किसी में भी अपने पैरों पर खड़े रहने का समार्थ्य न रहा होता; किन्तु सत्यजित के बाण तो जैसे प्राचीर के समान उसका मार्ग रोके खड़े थे।...

अर्जुन समझ नहीं पाया कि उसने सत्यजित के वक्ष पर अपना बाण क्यों नहीं छोड़ा। उसे लगा, उसकी इच्छा सत्यजित का वध करने की नहीं। सत्यजित अपने राजा की रक्षा के लिये लड़ रहा है, अपने भाई की रक्षा के लिये लड़ रहा है, अपने राज्य की रक्षा के लिये लड़ रहा है।...अर्जुन की न पांचालों से शत्रुता है, न द्रुपद से, न सत्यजित से...उसे तो बस अपनी प्रतिज्ञा पूरी करनी है।...

अर्जुन के बाणों से सत्यजित के धनुष की प्रत्यंचा कट गयी, रथ के छत्र का दण्ड कट कर गिर गया और घोड़े आहत हो गये।

सत्यजित ने आश्चर्य से अर्जुन को देखा : यह सोया-सोया-सा अर्जुन सहसा ही कैसे इतना आक्रामक और उग्र हो उठा है? अभी थोड़ी देर पहले तक तो यह लग रह था कि वह अपने बाण के लिये कोई लक्ष्य निश्चित नहीं कर पा रहा है...और सहसा...

सत्यजित ने दूसरा धनुष उठा लिया; किन्तु अर्जुन ने उसे बाण-संधान का अवसर ही नहीं दिया। उसके पहले ही उसकी प्रत्यंचा कट गयी और उसके सारथि को भी एक बाण आ लगा।...भीम को आक्रामक होने का अवसर मिल गया था। जो पांचाल सैनिक सत्यजित का अवलम्ब पा कर उसके रथ के साथ-साथ आगे बढ़ आये थे, भीम को वे अपने बहुत निकट दिखने लगे थे और प्रहार करने के लिये, बहुत बड़ा प्रलोभन थे।...पीछे की ओर से आक्रमण की कोई सम्भावना नहीं थी; क्योंकि पांचाल सेना आत्मरक्षात्मक युद्ध ही लड़ पा रही थी। वे इस स्थिति में थे ही नहीं कि अर्जुन के रथ को घेर कर, उस

पर प्रहार कर सकें। इसलिये अर्जुन के रथ के पहियों की रक्षा के लिये नकुल और सहदेव को कोई विशेष परिश्रम नहीं करना पड़ रहा था अतः वे भी आक्रामक युद्ध कर रहे थे और सत्यजित की स्थिति और भी असुरक्षित होती जा रही थी। यदि शीघ्र ही उसने अर्जुन को पीछे हटा कर अपनी सेना को अभय नहीं दिया, तो उसकी सेना भीम द्वारा रौंद दी जायेगी...

सेना के पिछले भाग में द्रुपद कदाचित अपने सैनिकों को एकत्रित कर व्यूह-बद्ध कर रहा था। वह अपने रथ में और अधिक अस्त्र तथा शस्त्र भी रखवा रहा था। उसके द्वारा निरन्तर आदेश दिये जाने के स्वर भी सुनायी पड़ रहे थे।...

सत्यजित ने तीसरा धनुष उठाया ही था कि अर्जुन ने उसकी प्रत्यंचा भी काट दी। भीम ने अपनी गदा उठाई और एक क्षण का भी विलम्ब होता तो सत्यजित के रथ के घोड़ों में से एक अवश्य ही मार दिया होता।...सत्यजित का सारथि, भीम की गदा से अधिक गतिशील निकला। उसने रथ मोड़ा और उसे सुरक्षित निकाल कर अपनी सेना में जा छिपा।

द्रुपद ने देखा, अब पाण्डवों को रोकने वाला कोई नहीं था। निश्चित रूप से उन्हें इस प्रकार निर्विरोध रूप से आगे बढ़ने नहीं दिया जा सकता; अन्यथा वे सारे काम्पिल्य को अपने पैरों तले रौंद सकते थे। द्रुपद के मन में, इन भाइयों के लिये प्रशंसा का भाव जागा : कहाँ वे दुर्योधन, कर्ण, शकुनि, दुःशासन और विकर्ण अपनी समस्त सेना के साथ भीत के मूषिक के समान भाग गये थे; और कहाँ ये चार भाई मात्र अपने बल, वीरता और रण-कौशल पर, पांचालों के काल बने हुए हैं।...किन्तु यह सराहना का समय नहीं था, अन्यथा सारी पांचाल सेना ध्वस्त हो जायेगी...

द्रुपद ने अपना रथ ला कर अर्जुन के सम्मुख खड़ा कर दिया। द्रुपद को लगा कि उसने अर्जुन की चाहे कितनी भी सराहना क्यों न की हो, किन्तु उसने, उसके बल को कम ही आँका था। अर्जुन के धनुर्संचालन में स्पष्ट रूप से द्रोण के प्रशिक्षण की छाप थी। द्रुपद ने स्वयं द्रोण के शस्त्र-गुरु ऋषि अग्निवेश से शस्त्र-विद्या प्राप्त की थी। उन दिनों धनुर्धर के रूप में वह किसी भी प्रकार से द्रोण से तनिक भी अशक्त नहीं था; किन्तु लगता था, द्रोण ने उसके पश्चात अपना बहुत विकास किया था। इस विकास का अनुभव द्रुपद ने धृष्टद्युम्न और शिखण्डी के प्रशिक्षण में भी अनुभव किया था। किन्तु शायद धृष्टद्युम्न और शिखण्डी ने भी द्रोण से वह सब नहीं पाया था, जो अर्जुन ने प्राप्त किया था...बहुत सम्भव है कि द्रोण ने यह सब भार्गव परशुराम से पाया हो।...या फिर द्रोण का अपना अभ्यास भी हो सकता है।...द्रुपद को लगा,

उसका शस्त्र-ज्ञान शायद उतना ही था, जितना वह गुरुकुल से ले कर निकला था। उसके पश्चात के युद्धों में उसने अपना अभ्यास बढ़ाया था, ज्ञान नहीं। अभ्यास में उसने कुछ विषयों में स्वयं को पारंगत कर लिया था, तो कुछ विधियों की उपेक्षा भी की थी; किन्तु उसने अपने ज्ञान का विकास नहीं किया था। आज उसके गुरुभाई द्रोण का यह शिष्य, उनके सम्मुख खड़ा, अपने बाण-संधान से यह प्रकट कर रहा था कि द्रोण ने गुरुकुल छोड़ने के पश्चात के इन वर्षों में क्या-क्या उपलब्ध कर लिया था। वह अपने बाणों से अपने गुरु की उपलब्धियों की यशोगाथा अंकित कर रहा था।...और फिर पंचालराज द्रुपद का वह वय भी नहीं रहा।...अर्जुन का वय धृष्टद्युम्न के लगभग ही रहा होगा। उसकी स्फूर्ति, उसकी शक्ति, उसकी ऊर्जा...कितना अच्छा होता यदि धृष्टद्युम्न और शिखण्डी आज यहाँ होते...

अर्जुन के बाणों ने द्रुपद के रथ का छत्र काट डाला था और अगले ही क्षण उसके धनुष की प्रत्यंचा भी नीचे लटक गयी। उसने नया धनुष उठाया और अर्जुन पर जैसे बाणों का एक रौंदा बरस गया, किन्तु अर्जुन की अप्रतिहत गति वह रोक नहीं पाया।...अर्जुन ने द्रुपद के रथ की वल्गाएँ भी काट दीं...

द्रुपद को लगा, पराजय उसके बहुत निकट थी। यदि वह खड्ग अथवा गदा ले कर-द्वन्द्व-युद्ध के लिये रथ से कूद नहीं पड़ा, तो अगले कुछ ही क्षणों में अर्जुन के बाणों से उसका रथ छिन्न-भिन्न हो जायेगा; और बहुत सम्भव है कि भीम की गदा भी उसकी अस्थियों की शक्ति नापने लगे...

उसने धनुष छोड़ कर गदा उठाने के लिये हाथ बढ़ाया ही था कि तड़ित गति से अर्जुन उसके रथ पर कूद आया। उसके हाथ में खड्ग था, जिसकी नोक द्रुपद के वक्ष पर चुभ रही थी।

"महाराज द्रुपद! मेरा आपसे कोई वैर नहीं है।" अर्जुन बोला, "कौरव और पांचाल परस्पर संबंधी भी हैं। मैं आपका कोई अहित नहीं करना चाहता; किन्तु मैं गुरु-दक्षिणा के दायित्व से बँधा, आपको बन्दी बनाने को बाध्य हूँ। कृपया अपनी सेना को आदेश दें कि वह पीछे हट जाये, अन्यथा व्यर्थ का यम-समारोह होगा।..." और इससे पहले कि द्रुपद कोई उत्तर देता; अर्जुन ने पुकार कर भीम से कहा, "मध्यम! युद्ध बन्द करो। हम व्यर्थ के रक्तपात के लिये नहीं आये हैं। आचार्य की आज्ञा का पालन हो चुका। हमने महाराज द्रुपद को बन्दी बना लिया है। व्यर्थ ही उनकी सेना का संहार मत करो।..."

भीम का हाथ रुक गया।

द्रुपद के सामने स्थिति स्पष्ट थी। वह पराजित ही नहीं, बन्दी भी हो चुका था। वह अब भी युद्ध करने का प्रयत्न करता तो निश्चय ही उसके सैनिक

असहाय तथा निरर्थक मृत्यु को प्राप्त होते और स्वयं उसके प्राण भी अर्जुन और भीम के हाथों में थे।...द्रुपद का क्षत्रिय मन कहीं विद्रोह कर रहा था कि उसे पराजित नहीं होना चाहिए, वीरगति को प्राप्त होना चाहिए...किन्तु कदाचित वीरगति उसके भाग्य में नहीं थी।...जो अर्जुन अपने भाई को व्यर्थ सैन्य-संहार करने से रोक रहा था, वह निःशस्त्र द्रुपद की हत्या कभी नहीं करेगा। द्रुपद को अर्जुन की इच्छा के विरुद्ध वीरगति प्राप्त नहीं हो सकती थी। वह उसे बाँध कर घसीटता हुआ, अपने गुरु के पास ले जायेगा।...गुरु-दक्षिणा...द्रुपद के भाग्य में क्षत्रियों की-सी वीरगति नहीं, बन्दी होने का अपमान ही है...

वह अपना रथ छोड़ कर अर्जुन के रथ में आ गया। सैनिक पीछे लौट गये; किन्तु मन्त्रीगण, अपने बन्दी राजा के पीछे हाथ बाँधे हुए, पदाति चलते आये। वे अपने राजा को इस प्रकार बन्दी रूप में एकाकी और असहाय नहीं छोड़ सकते थे...

अर्जुन के मन में पुनः द्रुपद के प्रति श्रद्धा का भाव जागा। कैसा राजा था यह, जिसके मन्त्री स्वेच्छा से शत्रु के हाथों बन्दी हो गये थे, ताकि उनका राजा शत्रु पक्ष के मध्य स्वयं को एकाकी अनुभव न करे। लोकप्रिय राजा था द्रुपद! प्रजा, मन्त्री, सैनिक, सेना-नायक—सब ही प्रेम करते थे अपने राजा से। ...बिना न्याय-प्रिय हुए, राजा लोकप्रिय नहीं हो सकता। प्रजा में भय तथा लोभ के माध्यम से उत्पन्न की गयी लोकप्रियता न तो गहरी और गम्भीर होती है, न दूरगामी तथा दीर्घ-व्यापी। उस लोकप्रियता से थोड़े समय के लिये प्रजा की प्रसन्नता मिल सकती है; प्रजा का बलिदान उससे प्राप्त नहीं हो सकता...

किन्तु ऐसे धर्मनिष्ठ और न्यायप्रिय राजा से गुरु द्रोण क्यों रुष्ट हैं?...वे क्यों चाहते हैं कि उसे बन्दी कर, अपमानित किया जाये, अथवा उसका सर्वस्व हरण किया जाये?...क्या वे नहीं चाहते कि संसार में सब कहीं न्यायी और प्रजापालक राजा हों? मानवता का हित चाहने वाला बुद्धिजीवी, किसी भी प्रजा-वत्सल राजा को अपदस्थ करना क्यों चाहेगा?

...अर्जुन ने सुना था कि महाराज द्रुपद तथा आचार्य द्रोण में कोई व्यक्तिगत कटुता थी। कहते हैं कि महाराज द्रुपद ने आचार्य का अपमान किया था।...पर द्रुपद क्यों अपमान करेंगे आचार्य का? कहीं कोई भ्रान्ति तो नहीं? अथवा कटुता तो कई बार सत्यवादिता से भी उत्पन्न होती है।...कहीं आचार्य के अहंकार ने ही तो सत्य को स्वीकार करने में आनाकानी नहीं की? या फिर महाराज द्रुपद ही कठोर सत्य बोलने में पटु नहीं हैं? कई लोग होते हैं ऐसे—नीरस, शुष्क, क्रूर तथा कठोर सत्य बोलने वाले...

किन्तु अर्जुन को आज कोई न्याय नहीं करना था, किसी का पक्ष नहीं

लेना था। उसे तो गुरु-दक्षिणा मात्र चुकानी थी।

अर्जुन ने सारथि को चलने का संकेत किया।

"पांचालराज इस घटना का कारण नहीं पूछेंगे?" अर्जुन ने द्रुपद की ओर देखा।

"कारण!" द्रुपद हँसा, "मैं जानता हूँ कि तुम अत्यन्त अहंकारी तथा सिद्धान्तहीन आचार्य की भावशून्य महत्वाकांक्षा हो राजकुमार!"

द्रुपद ने अपना मुख फेर लिया।

भीम के लिये शत्रु सेना को इस प्रकार पराजित कर, बिना संहार किये, जीवित छोड़ आना, उसी प्रकार की अतृप्ति थी, जैसे खाद्य पदार्थों से भरे हुए थाल को छोड़ कर उठ जाना। अपनी इच्छा से वह कभी ऐसा न करता; किन्तु अर्जुन का कथन उसे ठीक ही जान पड़ा था...जिन्होंने उसकी हत्या का प्रयत्न किया था, उन धृतराष्ट्र-पुत्रों को तो भाई मान कर वह उनके साथ शान्तिपूर्वक रहे; और जिन्होंने उसका कुछ नहीं बिगाड़ा, उन सैनिकों को वह व्यर्थ ही नष्ट करे...अर्जुन ने ठीक किया था कि युधिष्ठिर को युद्ध से दूर ही रखा था, नहीं तो युद्ध जीतने में कहीं भी कठिनाई बढ़ सकती थी।...युधिष्ठिर के मन में फिर नृशंसता का भाव उठता, तो युद्ध कैसे हो सकता था?...भीम को कभी-कभी अपने इस बड़े भाई पर दया आने लगती थी...क्षत्रियों जैसा स्वभाव नहीं था युधिष्ठिर का! उसे हिंसा का प्रत्येक कृत्य नृशंसता लगता था; किन्तु क्षत्रिय हो कर वह हिंसा से कैसे बच सकता था? क्षत्रिय को दुष्ट-दलन तो करना ही पड़ेगा। और बिना हिंसा के दुष्ट-दलन कैसे होगा?...युधिष्ठिर को किसी भी प्रकार की हिंसा अच्छी ही नहीं लगती; अर्जुन युद्ध में अत्यन्त क्रूर होते हुए भी अनावश्यक हिंसा का समर्थन नहीं करता। जाने क्षण-भर में ही कैसे वह अपने धनुष की प्रत्यंचा ढीली कर लेता है; और मन में से हिंसा और क्रोध को निकाल कर, उसे अत्यन्त निर्मल कर लेता है।...भीम अपने इन दोनों भाइयों से सर्वथा भिन्न है। न तो वह अपने क्रोध को इतनी जल्दी संतुलित और नियन्त्रित कर पाता है; और न ही उसे हिंसा में किसी प्रकार का कोई दोष दिखायी देता है। वह तो वायु-पुत्र है...प्रभंजन जब चलता है तो कभी क्षण-भर रुक कर सोचता है कि उसके मार्ग में आ कर कितने वृक्ष उखड़े, कितनी शाखाएँ टूटी और कितने पत्ते नष्ट हुए?...

आज भीम ने अर्जुन का भी एक नया ही रूप देखा था। आज के युद्ध की सारी योजना उसी की थी। उसी ने दुर्योधन का साथ न देने का निश्चय किया था, उसी ने युधिष्ठिर को युद्ध करने से रोका था, उसी ने उसे राजा के रूप में खड़े रह कर, अपनी सेना को युद्ध के लिये भेजने का परामर्श दिया

था।...अर्जुन उन दोनों से छोटा था; किन्तु जैसे आज वह उन दोनों से बड़ा हो गया था।...किस प्रकार उसने सारे निर्णय अपने हाथ में ले लिये थे; और आश्चर्य की बात तो यह थी कि दोनों बड़े भाइयों ने उसकी सारी बातें मान ली थीं।...भीम को स्वयं अपने ऊपर आश्चर्य हुआ...युधिष्ठिर की बात तो वह इसलिये मान लेता है, क्योंकि बड़े भाई की बात माननी चाहिए; किन्तु युधिष्ठिर का धैर्य और आक्रोध, कभी-कभी उसे चिढ़ा देता है। उसे युधिष्ठिर का व्यवहार, अस्वाभाविक ही नहीं, विवेकशून्य भी लगने लगता है। प्रतिक्रिया जागती है, उसके मन में। किन्तु अर्जुन का निषेध वह सहज ही स्नेह-सिक्त रूप में स्वीकार कर लेता है। उसे लगने लगता है कि युधिष्ठिर की अपेक्षा अर्जुन उसे सहज ही नियन्त्रित कर लेता है।...कोई सम्मोहिनी शक्ति है क्या अर्जुन में? या वह कुछ अधिक व्यावहारिक है?

भीम को लगा, जैसे अकस्मात ही अर्जुन वयस्क हो गया है।

17

भीष्म को एक-एक कर सारी सूचनाएँ मिल गयी थीं और उसका मन बार-बार कहता था कि जो कुछ भी हुआ था, वह शुभ नहीं था।...किन्तु यह सब कुछ तो स्वयं भीष्म को सोचना चाहिए था। द्रोण को हस्तिनापुर के राजकुमारों का आचार्य नियुक्त करते हुए उन्हें सोचना चाहिए था कि उसका परिणाम क्या हो सकता है। गुरु-दक्षिणा में एकलव्य का अँगूठा माँग लेने की घटना हो चुकने पर भीष्म को द्रोण के विषय में पुनः सोचना चाहिए था।...भीष्म ने क्यों मान लिया कि द्रोण हस्तिनापुर के राजकुमारों को संसार के श्रेष्ठतम वीरों के रूप में देखना चाहते हैं? आचार्य को तो मात्र आचार्य ही होना चाहिए—वह तो विद्या की स्रोतस्विनी है, ज्ञान का भण्डार है। उसमें अपने शिष्यों के प्रति पक्षपात तो नहीं होना चाहिए।...किन्तु द्रोण में पक्षपात है। भीष्म ने एक नहीं, अनेक बार देखा है कि द्रोण की दृष्टि ज्ञान का दान करने से पहले यह अवश्य देखती है कि उससे उन्हें क्या लाभ होगा?...

भीष्म को यह भी सोचना चाहिए था कि द्रोण को राजकुमारों के आचार्य का पद देने से हस्तिनापुर शक्तिशाली होगा अथवा दुर्बल? उस समय तो उन्होंने यही सोचा था कि द्रोण जैसा शक्तिशाली आचार्य, पांचालों को छोड़ कर कौरवों की राजधानी में आ गया है तो उससे पांचाल दुर्बल हुए हैं और कौरवों की शक्ति बढ़ी है; किन्तु क्या कर डाला द्रोण ने...गुरु-दक्षिणा के रूप में, अर्जुन ने द्रुपद को बन्दी बना कर, ला कर द्रोणाचार्य के चरणों में डाल

दिया। द्रोण की प्रतिहिंसा इतने से ही शान्त नहीं हुई।...यदि द्रुपद ने उनका अपमान किया था, तो क्या द्रोण ने द्रुपद को पर्याप्त अपमानित नहीं कर लिया? किन्तु द्रोण ने, द्रुपद का आधा राज्य उससे ले लिया। आधा पांचाल। अहिछत्र और उसके साथ लगता सारा जनपद। तब छोड़ा द्रुपद को!...द्रोण को उनकी गुरु-दक्षिणा मिल गयी और राजकुमारों ने गुरु-दक्षिणा चुका दी; किन्तु हस्तिनापुर को उसका क्या मूल्य चुकाना पड़ेगा? द्रुपद का आहत और अपमानित क्षत्रियत्व क्या यह भूल जायेगा कि द्रोण ने उसके साथ क्या किया?...और किसके बल पर किया? द्रोण को आश्रय देने वाले कौरवों को द्रुपद कभी क्षमा कर देगा क्या?...द्रोण को द्रुपद से प्रतिशोध लेना ही था, तो क्यों अपने बल पर नहीं लिया? क्यों हस्तिनापुर को ढाल बनाया? क्या पांचाल कभी यह स्वीकार कर पायेंगे कि अहिछत्र का राज्य उनका नहीं है? क्या वे अहिछत्र को वापस लेने का प्रयत्न नहीं करेंगे? कोई क्षत्रिय राजा अपने छिने हुए राज्य को पुनः प्राप्त करने का प्रयत्न क्यों नहीं करेगा? राजाओं में युद्ध तो होते ही रहते हैं; किन्तु पराजित राजा को या तो आर्थिक दण्ड दिया जाता है, या फिर उस राजा को विस्थापित कर उसके स्थान पर उसके पुत्र अथवा भाई को राजसिंहासन पर प्रतिष्ठित किया जाता है। सम्पूर्ण जम्बूद्वीप में क्षत्रिय राजा को पराजित कर उसके राज्य को हस्तगत करने का कार्य, या तो जरासंध ही कर सकता है, या फिर आचार्य द्रोण! और आचार्य द्रोण को अहिछत्र का राज्य, पांचालों से छीन कर दिया है, हस्तिनापुर ने। अब आचार्य के राज्य की रक्षा का दायित्व हस्तिनापुर का ही होगा।...किस चतुराई से द्रोण ने अपने लिये राज्य प्राप्त कर लिया और उसकी रक्षा का दायित्व डाल दिया हस्तिनापुर के कंधे पर! पांचालों से यह शत्रुता पाल कर, हस्तिनापुर शक्तिशाली होगा अथवा एक दीर्घ-व्यापी गम्भीर युद्ध में पांचालों से बार-बार उलझ कर, निरन्तर क्षीण होता जायेगा?...

भीष्म सोचते हैं तो एक प्रश्न बार-बार उनके मन में कौंधता है—आचार्य द्रोण ने स्वयं द्रुपद से युद्ध क्यों नहीं किया? उन्होंने अश्वत्थामा को क्यों नहीं भेजा, पांचालों से लड़ने के लिये?...द्रोण से पूछना व्यर्थ होगा। उनका स्पष्ट उत्तर होगा—यह प्रश्न नहीं है कि कौन युद्ध करे और कौन न करे। प्रश्न तो गुरु-दक्षिणा का था। गुरु-दक्षिणा तो शिष्य ही चुकायेगा, पुत्र नहीं।...किन्तु यह तो उनका उत्तर होगा।...भीष्म पहचानते हैं, द्रोण के मन के भय को! न उन्होंने स्वयं को युद्ध के जोख़म में डाला, न अपने पुत्र के प्राणों पर संकट आने दिया। मरने-कटने के लिये हस्तिनापुर के राजकुमारों को भेज दिया। यदि कहीं हस्तिनापुर के राजकुमार पराजित होते, अपमानित होते, बन्दी होते,

हताहत होते, तो भी द्रोण को कोई दोष नहीं दे सकता था; उल्टे हस्तिनापुर कलंकित होता कि वह अपने राजकुमारों के आचार्य को दक्षिणा तक नहीं दे सका।...बहुत चतुर हैं द्रोण!

कैसा राजनीतिक सन्तुलन साधा है आचार्य ने...हस्तिनापुर और काम्पिल्य, परस्पर युद्ध करते रहें और द्रोण, उन दोनों के मध्य एक अत्यन्त शक्तिशाली सैनिक घटक के रूप में अपनी भूमिका का लाभ उठाते रहें।...इतना ही क्यों, क्या द्रोण ने धार्तराष्ट्रों और पाण्डवों के मध्य एक स्थायी दरार नहीं डाल दी है? क्या ये कौरव राजकुमार, अपने ही भाइयों के विरुद्ध, इस शक्ति-सन्तुलन में सदा के लिये आचार्य के आश्रित नहीं हो जायेंगे?...

भीष्म को लगा, हस्तिनापुर की अपनी ही कठिनाइयाँ कम नहीं थीं; अब अपने आँगन में द्रोण-रूपी विष-वृक्ष का रोपन कर, उसने कुछ और कठिनाइयों को बलात अपने ऊपर ओढ़ लिया है। अब यदि भीष्म, आचार्य से मुक्ति पाना भी चाहेंगे, तो स्वयं कौरव राजकुमार उनसे सहमत नहीं होंगे। पाण्डव तो कदाचित श्रद्धावश अपने गुरु के ऋणी रहेंगे। वे द्रोण के गुरु-रूप के सिवाय, शायद ही किसी और रूप को देखें। किन्तु दुर्योधन और धृतराष्ट्र की दृष्टि में द्रोण अपना सैनिक महत्व स्थापित कर चुके हैं। जिसका शिष्य पांचाल द्रुपद को पराजित कर सकता है—वह स्वयं, युद्ध-क्षेत्र में कितना महत्वपूर्ण होगा—इसे कोई भी समझ सकता है।...फिर सब जानते हैं कि द्रोण ने अर्जुन से अधिक, अश्वत्थामा को सिखाया है।...पाण्डवों के विरुद्ध सैन्य-बल तैयार करने के लिये दुर्योधन एक-एक योद्धा का संचय कर रहा है। रंगशाला में कर्ण को, अर्जुन से भिड़ाने और उसे अपने पक्ष में लाने के लिये कौन-सी निर्लज्जता उसने नहीं की। अश्वत्थामा को अपना मित्र बनाये रखने के लिये, कौन-सा नाटक उसने नहीं किया। तो क्या आचार्य द्रोण को अपने हाथ से वह सहज ही निकल जाने देगा?..वह सारथि-पुत्र कर्ण को अपने पक्ष में मिलाने के लिये एक राज्य देने की घोषणा कर सकता है, तो ब्राह्मण द्रोण को अपना समर्थक बनाये रखने के लिये, अहिछत्र की रक्षा और पांचालों से स्थायी शत्रुता की घोषणा नहीं कर सकता?...वह यही करेगा—भीष्म उसे भली प्रकार जानते हैं।

सहसा उस अन्धकार में भीष्म को आशा की एक किरण दिखायी दी : यदि वह चाहते हैं कि हस्तिनापुर, सत्ता की राजनीति का अखाड़ा न बने; यदि उनकी इच्छा है कि हस्तिनापुर की नीति, तथा भविष्य को अपनी स्वार्थी महत्वाकांक्षा से द्रोण कलंकित न करें, तो राजसत्ता तत्काल धृतराष्ट्र के हाथ से ले कर, युधिष्ठिर के हाथ में दे देनी चाहिए। यदि राजसिंहासन पर युधिष्ठिर आसीन होगा, तो हस्तिनापुर में न हिंसा को प्रोत्साहन मिलेगा, न प्रतिहिंसा

को। वह न किसी को अपना शत्रु मान, उसे नष्ट करना चाहेगा, न अपना पक्ष सबल करने के लिये अनीति का आश्रय लेगा। न वह किसी को भयभीत करेगा, और न किसी को प्रलोभन देगा।...

और भीष्म को लगा, जैसे वह एक दीर्घ निद्रा से जागे हैं। उन्हें यह निर्णय बहुत पहले कर लेना चाहिए था। सम्राट पाण्डु का ज्येष्ठ पुत्र धर्मतः हस्तिनापुर के सिंहासन का अधिकारी है। वह वयस्क है। अपनी शिक्षा पूरी कर चुका है। अपने भाइयों की सहायता से राज-संचालन में समर्थ है। प्रजा, धरती तथा सेना पर अपना आधिपत्य जमाने में उसे तनिक भी कठिनाई नहीं होगी।...और सहसा भीष्म के मन में एक नया विचार अंकुरित हुआ...अच्छा ही किया द्रोण ने कि पांचालों से युद्ध के माध्यम से अर्जुन और भीम की क्षमताओं को प्रतिष्ठित कर दिया। उन्होंने भी कदाचित भली प्रकार विचार करके ही दुर्योधन के नायकत्व में युद्ध नहीं किया। उन्होंने युधिष्ठिर को अपना नेता तथा राजा घोषित कर उसकी शक्ति की स्थापना की।...युधिष्ठिर ज्येष्ठ है, और युधिष्ठिर ही सबसे अधिक योग्य है, वह समर्थ है...उसका अधिकार है कि उसका युवराज्याभिषेक किया जाये।...उसके युवराज्याभिषेक में विलम्ब का अर्थ है, दुर्योधन और उसकी चाण्डाल-चौकड़ी की दुर्नीतियों की लताओं को, हस्तिनापुर के वट-वृक्ष पर और अधिक फैलने का अवसर देना। हस्तिनापुर और भरतवंशियों के हित में यही है कि दुर्योधन के षडयन्त्रों को शान्त किया जाये और धृतराष्ट्र की इस संशयग्रस्त अन्धी सत्ता-कामना को सत्ता के केन्द्र से दूर कर, युधिष्ठिर की निर्मल, निष्कलुष और स्थायी सत्ता स्थापित की जाये...

भीष्म उठ खड़े हुए, "द्वारपाल! जाओ, सारथि से कहो, रथ ले आये। मैं इसी समय धृतराष्ट्र से मिलना चाहता हूँ।"

"पितृव्य क्या कहते हैं?" कुन्ती ने विदुर की ओर देखा, "क्या उन्होंने भी न्याय का पक्ष छोड़ दिया है?" उसके स्वर का आवेश कुछ मुखर हुआ, "क्या उन्हें अनुभव नहीं हो रहा कि मेरे पुत्रों के साथ न्याय नहीं हो रहा? उनके मन में तो किसी के लिये पक्षपात नहीं होना चाहिए।..."

विदुर ने तत्काल कोई उत्तर नहीं दिया। उसकी मूक दृष्टि एक बार पाँचों पाण्डवों पर घूम गयी। वे पाँचों अपनी माँ को घेरे बैठे थे और चुप थे। विदुर को लगता था, भीतर से वे सब ही स्वयं को वयस्क समझते थे और पारिवारिक तथा राजनीतिक विषयों में अपना निजी मत भी रखते थे, फिर भी कुन्ती और विदुर के वार्तालाप में उनका हस्तक्षेप कम-से-कम ही होता था। वे प्रायः मूक श्रोता ही थे; किन्तु चर्चा से निर्लिप्त नहीं थे।

"भाभी!" विदुर ने धीरे से कहा, "पितृव्य सब कुछ देख और समझ रहे हैं।...उन्होंने राजसभा में युधिष्ठिर के युवराज्याभिषेक का प्रश्न उठाया था। मैंने सुना है कि उन्होंने निजी रूप में भी राजा धृतराष्ट्र से इसकी चर्चा की है।"

"तो राजा क्या कहते हैं?"

विदुर हँसा, "राजा राजनीति का चतुर खिलाड़ी है। पितृव्य की बात सुन कर, वह बहुत गम्भीरता से कहता है, 'हाँ! अब युवराज का अभिषेक हो ही जाना चाहिए।' वह एक बार भी नहीं कहता कि युवराज कौन होगा अथवा युधिष्ठिर को युवराज होना चाहिए। मेरे मन में एक बात आती है कि धृतराष्ट्र अपनी इच्छा से युवराज्याभिषेक कभी नहीं करेगा। वह इस कार्य को तब तक टालता रहेगा, जब तक कि कोई ऐसा अवसर अथवा व्याज उसके हाथ न लग जाये, जिससे वह दुर्योधन को युवराज घोषित कर सके।"

"अब ऐसा सम्भव नहीं है।" भीम ने धीरे से कहा।

"तुम्हें ऐसा क्यों लगता है?" कुन्ती ने पूछा।

"मुझे आज से नहीं, बहुत समय से ऐसा लग रहा है।" विदुर ने उत्तर दिया, "दुर्योधन ज्येष्ठ नहीं है; और अब वह स्वयं को सबसे अधिक योग्य सिद्ध नहीं कर सका। युधिष्ठिर के युवराज्याभिषेक के लिये दबाव पड़ने लगा है, तो उसका प्रतिकार करने के लिये पहले तो उन्होंने अपने घर में ही शस्त्र ढूँढना आरम्भ किया।"

"शस्त्र मिला क्या?"

"हाँ!"

"कौन?"

"कुरु-वृद्ध बाह्लीक!" विदुर ने उत्तर दिया, "किन्तु लगता है कि बाह्लीक, सोमदत्त और उनके पुत्र भूरिश्रवा ने महाराज का विरोध तो नहीं किया है; किन्तु पितृव्य भीष्म के विरुद्ध व्यूह रचने में उनकी सहायता भी नहीं की है।"

"तो?"

"तो अब बाहर से किसी ऐसे विरोधी को लाने का प्रयत्न किया जा रहा है, जो अपने-आपमें समर्थ और शक्तिशाली भी हो और पितृव्य भीष्म से शत्रुता का निर्वाह करने के लिये व्यग्र भी हो।..."

कुन्ती के साथ ही उसके पाँचों पुत्रों ने भी प्रश्न-भरी दृष्टि से विदुर की ओर देखा।

"अभी उन्हें कोई मिला नहीं है; विचार-विमर्श ही चल रहा है।" विदुर ने तनिक मुस्कुरा कर, वातावरण के तनाव को कम करने का प्रयत्न किया, "किन्तु वे किसी-न-किसी को तैयार करने पर तुले ही हुए हैं। वे घर की

समस्याओं का निर्णय सार्वजनिक मार्ग पर, पथिकों की सहायता से करना चाहते हैं।..."

"पर ऐसे पथिक कौन हो सकते हैं?" सहदेव अब और मौन नहीं रह सका।

"हमारे चारों ओर राजनीतिक उथल-पुथल का युग है पुत्र! सिद्धान्त के स्थान पर स्वार्थ से आपसी सम्बन्ध निर्धारित हो रहे हैं।" विदुर बोला, "विचित्र असहायता का परिवेश है, प्रत्येक राजा अपना पक्ष अथवा अपनी स्थिति दृढ़ करने के लिये, अपने सहायक खोज रहा है। जो अत्यन्त शक्तिशाली हैं—वे भी... ।"

"दुर्योधन किसे खोज रहा है विदुर?" कुन्ती ने व्यग्रता से पूछा।

"मैं समझता हूँ कि सामान्य स्थितियों में तो उसने पंचालराज द्रुपद की सहायता की ही इच्छा की होती। उसमें उसे शायद सफलता भी मिलती। पंचालराज के मन में सम्राट पाण्डु तथा उसके पुत्र अर्जुन का विरोध जगाने में उसे कठिनाई भी न होती। पितृव्य भीष्म के प्रति भी पंचालराज के मन में मैत्री का भाव नहीं है।...किन्तु संयोग ही है कि पंचालराज और आचार्य द्रोण—दोनों एक साथ किसी के मित्र नहीं हो सकते...और दुर्योधन, अपने मित्र अश्वत्थामा के पिता आचार्य द्रोण के निश्चित समर्थन को छोड़ कर, पंचालराज के अनिश्चित समर्थन के लिये प्रयत्न नहीं करना चाहता... ।"

सहसा कुन्ती को लगा कि इस अत्यन्त गम्भीर चर्चा के मध्य भी जैसे विदुर मुस्कुरा रहा है।

"तुम मुस्कुरा रहे हो...क्या यह विषय इतना अगम्भीर है?"

"नहीं भाभी!" विदुर बोला, "मुझे, इस दुर्योधन की मनःस्थिति की कल्पना कर कुछ विस्मय हो रहा था।"

कुन्ती कुछ नहीं बोली।

"उसकी विचित्र स्थिति है," विदुर ही बोला, "दुर्योधन के कानों में पंचालराज की पुत्री के सौन्दर्य की भी चर्चा पड़ चुकी है। वह उसके लिये भी लालायित है, और पांचालों के राजनीतिक समर्थन के लिये भी; किन्तु न वह द्रोण को छोड़ सकता है, और न ही वह जरासंध का विरोध मोल ले सकता है... ।"

"जरासंध?" इस सारी चर्चा में यह नाम युधिष्ठिर को कुछ अटपटा लगा, "जरासंध का पंचालराज से क्या सम्बन्ध?"

"यही तो मैं कह रहा था पुत्र! कि आजकल की स्थिति बड़ी विचित्र है।" विदुर पुनः मुस्कुराया, "किसी का किसी से कोई सम्बन्ध नहीं है; और फिर भी

सबका सबसे सम्बन्ध है।" उसने रुक कर युधिष्ठिर की ओर देखा, "जरासंध ने अपने चारों ओर राजाओं का एक शक्तिशाली मण्डल बनाया था। उसमें से सर्वाधिक शक्तिशाली-कंस-का, वासुदेव कृष्ण के हाथों वध हो गया है; इसलिये जरासंध और भी उग्र हो गया है। वह प्रायः सारे राजाओं को मित्रता का निमन्त्रण दे रहा है। किन्तु उसकी मित्रता का अर्थ है, उसकी अधीनता। और जरासंध का अधीनस्थ कौन ऐसा राजा होगा, जो यादवों का मित्र हो सके। पंचालराज यज्ञसेन द्रुपद ने यादवों की शत्रुता अस्वीकार की है, इसलिये स्वतः ही जरासंध की शत्रुता उनके भाग में आयी है।...और पुत्र! जरासंध की शत्रुता का अर्थ है—भीष्मक, दामघोष, शाल्व, दन्तवक्त्र...इन सबकी शत्रुता।...इसलिये दुर्योधन यदि पंचालराज की मित्रता चाहता है; और यदि वह उसे मिल जाये जो उसे जरासंध, भीष्मक, दामघोष, शाल्व, दन्तवक्त्र, इत्यादि की शत्रुता भी मिलेगी। इसलिये..."

"इसलिये?" कुन्ती के प्राण जैसे उसके कण्ठ से अटके थे।

"इसलिये कदाचित वह जरासंध की मित्रता का प्रयत्न कर रहा है।"

"यादवों के शत्रु की मित्रता!" कुन्ती के स्वर में इस बार रोष के स्थान पर चीत्कार था, "कृष्ण के शत्रु की मित्रता?...अपने स्वार्थ के लिये—अपने पितामह के विरुद्ध?"

"हाँ भाभी! मेरी सूचनाएँ इसी ओर इंगित करती हैं।"

"क्या पितृव्य भीष्म को यह सब ज्ञात है?"

"शायद नहीं! कम-से-कम, उन्होंने यह सब जानने के लक्षण कभी नहीं दिखाये।"

"तो तुम उन्हें यह सब बताते क्यों नहीं?"

विदुर थोड़ी देर तक चुप बैठा रहा, जैसे वह या तो ऐसा करने का कारण खोज रहा हो, या सोच रहा हो कि वह कुन्ती के इस प्रश्न का उत्तर दे या नहीं?...

"कारण तो अनेक हैं भाभी! किन्तु सबसे बड़ा कारण यह है कि अपनी गुप्त सूचनाओं के विषय में मैं पितृव्य पर विश्वास नहीं करता।" विदुर बोला, "मेरी धारणा है कि गुप्त सूचनाएँ उनके पास पहुँच कर अपनी गोपनीयता की रक्षा नहीं कर पातीं!..."

"काका! आपको नहीं लगता कि आप पितामह पर बहुत बड़ा आरोप लगा रहे हैं?" युधिष्ठिर का स्वर अत्यन्त विनीत, किन्तु पर्याप्त दृढ़ था।

"यह आरोप नहीं है, यह उनके व्यक्तित्व का मेरा मूल्यांकन है।" विदुर स्नेह से मुस्कुराया, "और इसलिये तुम्हें भी यही परामर्श दे रहा हूँ कि जो कुछ

गोपनीय समझते हो, उसे अपने पितामह तक मत पहुँचने दो। तुम्हें स्मरण है कि हमने दुर्योधन द्वारा भीम को विष दिये जाने की घटना की चर्चा उनसे नहीं की थी?"

"जी! वह सूचना हमने उन्हें नहीं दी थी; किन्तु मैं आज भी सोचता हूँ कि क्या वह उचित हुआ?" युधिष्ठिर बोला, "उनके व्यक्तित्व का आपके द्वारा किया गया यह मूल्यांकन क्या निष्पक्ष सत्य है? कहीं आप ही तो कोई भूल नहीं कर रहे?"

विदुर पूर्ण आत्मविश्वास के साथ मुस्कुराया, जैसे वह युधिष्ठिर की शंका को अपनी मुस्कान से ही निरस्त कर देना चाहता हो; फिर बोला, "पुत्र! मेरे इस मूल्यांकन का कारण है, तुम्हारे पितामह के व्यक्तित्व की विचित्र सिद्धान्तवादिता।"

युधिष्ठिर ने ही नहीं, सबने ही विदुर को इस प्रकार देखा, जैसे वह कुछ भी समझ न पाये हों।

"यह तो तुम भी जानते हो कि वह अत्यन्त सिद्धान्तवादी व्यक्ति हैं; और यह भी जानते हो कि उनका पालन-पोषण हमसे पर्याप्त भिन्न वातावरण में हुआ है।" विदुर ने कहा, "जो सिद्धान्त अथवा संस्कार उनको उस समय दिये गये, उन पर उनकी आस्था रूढ़िवादिता की सीमा तक है। वह मानते हैं कि वे सिद्धान्त ही धर्म की अन्तिम व्याख्या हैं। इसलिये वह उनके विरुद्ध न कुछ सुनने को प्रस्तुत हैं, न उनमें कोई परिवर्तन करने को।"

"आप कोई उदाहरण देंगे?" सहदेव ने विदुर का विरोध नहीं किया था, किन्तु उसका वाक्य मानो विदुर की सारी मान्यताओं के सम्मुख चुनौती बन कर खड़ा हो गया था।

"उदाहरण के लिये..." विदुर ने धीरे से कहा, "वह मानते हैं कि किसी भी स्थिति में कौटुम्बिक शान्ति बनी रहनी चाहिए, एकता बनी रहनी चाहिए, जैसे उन्होंने बनाये रखी है, चाहे उसके लिये एक व्यक्ति अधिकारों से वंचित ही क्यों न हो जाये, जैसे वे हुए। एक भाई को दूसरे भाई के लिये त्याग करना चाहिए, जैसे उन्होंने किया। इसलिये वे यह भी नहीं मानेंगे कि एक भाई, दूसरे भाई का कोई अनिष्ट कर सकता है। वे यह नहीं देखेंगे कि युधिष्ठिर का भीम के लिये त्याग उचित है, क्योंकि भीम भी युधिष्ठिर के लिये कोई भी त्याग कर सकता है; किन्तु युधिष्ठिर का दुर्योधन के लिये त्याग उचित नहीं है, क्योंकि दुर्योधन उस त्याग को सर्वथा मूर्खता मानता है। तुम्हारे पितामह यह मानते हैं कि व्यक्ति को अपने वचन की रक्षा प्रत्येक स्थिति में करनी चाहिए, जैसे उन्होंने की। वे यह नहीं देख रहे हैं कि उन्हें उनके वचन के बन्धनों में बाँध

कर कितना अन्याय किया गया। उनका व्यवहार महर्षि वेदव्यास तथा धृतराष्ट्र के लिये एक जैसा ही होगा। वे दोनों को दिये गये वचन का एक समान ही पालन करेंगे...” विदुर ने रुक कर अपनी दृष्टि सब पर डाली, “सबसे बड़ी कठिनाई यह है पुत्र! कि वे अपने समाज द्वारा बनाये गये, इन नियमों को धर्म मानते हैं, इसलिये वे उन पर पुनर्विचार नहीं कर सकते।...” विदुर जैसे अपने ही कथन में संशोधन करने के लिये रुका, “मैं उनकी निन्दा नहीं कर रहा। मैं उन्हें अपने-आप में बहुत आदर्श, सिद्धान्तवादी, न्यायी तथा धार्मिक व्यक्ति मानता हूँ; किन्तु धर्म की मौलिक अवधारणा उनके पास नहीं है। उनके धर्म का रथ चलता है, तो वे न तो यह देखते हैं कि उनके चक्र के नीचे आ कर, कौन-कौन कट गया; और न ही उन कटने वालों की मृत्यु तथा पीड़ा के लिये वे स्वयं को दोषी मानते हैं...।”

“तो हम क्या करें काका?” युधिष्ठिर ने जैसे अपनी असहाय स्थिति प्रकट कर दी।

“करना क्या है पुत्र! यही मान कर चलो कि उनके मन में न कलुष है, न दुर्भावना। वह व्यक्ति बहुत ही सात्विक और निर्मल प्राणी होते हुए भी, अपने समय के चिन्तन और सिद्धान्तों का बन्दी है। वह परिवर्तित नहीं हो सकता। वह अपने समय की रूढ़ियों के बन्धन को काट नहीं सकता। हम उसकी सिद्धान्तवादिता के लिये उसका सम्मान करेंगे, किन्तु उसकी नीति को स्वीकार करना हमारे लिये सम्भव नहीं है। त्याग एक उच्च आदर्श है; किन्तु दुर्योधन जैसे व्यक्ति के लिये त्याग करना समाज के लिये हितकर नहीं है। हम भाई से प्रेम करेंगे, किन्तु दुर्योधन जैसे भाई से सावधान भी रहेंगे। हम हस्तिनापुर की रक्षा करेंगे, किन्तु धृतराष्ट्र और हस्तिनापुर को पृथक-पृथक ही रखेंगे...।”

विदुर मौन हो गया। शेष लोगों में भी कोई कुछ नहीं बोला। विदुर के पास कहने को और कुछ नहीं था; और शेष लोग उसकी कही हुई बातों के प्रकाश में जैसे आत्म-मन्थन कर रहे थे...

मौन का बोझ जब असह्य हो गया, तो कुन्ती ही बोली, “विदुर! मैं आज तक मानती थी कि हस्तिनापुर में मेरा और मेरे पुत्रों का कोई नहीं है, तो पितृव्य तो हैं, तुम तो हो; किन्तु आज तुम्हारी बातों से लगता है कि पितृव्य भी हमारे नहीं हैं। मैं तो अपने पुत्रों को अपने आँचल में छिपाये, सिर झुकाये, इसलिये चुपचाप बैठी थी कि दुर्दिन की यह लहर हमारे सिर के ऊपर से निकल जायेगी, तो हम समर्थ हो कर अपना सिर उठा सकेंगे और अपना अधिकार माँग सकेंगे...किन्तु मैं देख रही हूँ कि समय के इस अन्तराल के पश्चात हम समर्थ और शक्तिशाली होने के स्थान पर और भी असमर्थ और

असहाय हो गये हैं।..."

"नहीं माँ! हम असहाय और असमर्थ कैसे हैं!" भीम जैसे अपने आवेश को रोक नहीं पाया, "अपने पुत्रों को तो देखो! हम चार गये थे तो पांचाल सेना को ध्वस्त कर आये थे; पाँचों एक साथ होंगे, तो क्या नहीं कर लेंगे।"

"मध्यम ठीक कहता है माँ!" सहदेव बोला, "दुर्योधन के सौ भाई हैं, फिर भी उसे कर्ण, गुरु द्रोण तथा अश्वत्थामा के बाहुबल को क्रय करने की आवश्यकता रहती है; और अब वह जरासंध की सहायता पाना चाहता है। हमें देखो! हम तो मात्र पाँच हैं; किन्तु हमें किसी कर्ण अथवा अश्वत्थामा की आवश्यकता नहीं है...।"

कुन्ती का मन हुआ कि सहदेव को रोक दे, 'नहीं, कर्ण के विषय में ऐसा मत कहो...।'

"आपके पुत्र ठीक कहते हैं भाभी!" विदुर बोला, "पहली बात तो यह है कि इन पाँचों तरुणों के सामर्थ्य के कारण, हम असमर्थ नहीं रह गये हैं; दूसरे ऐसा नहीं है कि पहले पितृव्य का संरक्षण आपको प्राप्त था, और अब प्राप्त नहीं है। उनका संरक्षण तो जैसा तब था, वैसा ही अब भी है, किन्तु उसकी शक्तिमत्ता का अब हमें ज्ञान है। तीसरे यह...और यह सबसे अधिक महत्वपूर्ण है कि यदि दुर्योधन अपने मित्र ढूँढ रहा है, तो युधिष्ठिर भी अपने मित्र ढूँढ सकता है।"

"आप चाहते हैं काका! कि मैं दुर्योधन की ही नीति स्वीकार कर लूँ?" युधिष्ठिर के स्वर में वेदना थी।

"नहीं पुत्र! यह मैं कभी नहीं चाहूँगा।" विदुर ने उत्तर दिया, "यदि तुम भी दुर्योधन की नीति अपना लोगे, तो नीति, न्याय, धर्म और मानवता खोजने के लिये हस्तिनापुर किसके पास जायेगा।" विदुर जैसे अपनी बात का प्रभाव देखने के लिये रुका, "मैं तो मात्र कह रहा था कि यदि अधर्म संगठित हो रहा है, तो धर्म को भी संगठित होना चाहिए।...सामान्यतः होता यही है कि अन्याय और स्वार्थ तो संगठित हो कर, न्याय तथा सर्वहित पर प्रहार करते हैं; किन्तु न्याय और सर्वहित न तो संगठित होते हैं, न प्रहार करते हैं, न प्रहार करने वालों को बल देते हैं...।" विदुर पुनः रुक कर बोला, "मुझे लगता है कि हम यह भूल जाते हैं कि जरासंध एक शक्ति है, तो कृष्ण भी तो एक शक्ति है।"

"मेरा कृष्ण!" कुन्ती बोली, "किन्तु वह तो मात्र एक बालक है।"

विदुर हँसा, "बालक अब तरुण हो चुके हैं भाभी! उन्हीं के कर्मक्षेत्र में उतरने का समय है अब! जरासंध के जामाता और सहयोगी का वध करने वाला, कृष्ण ही तो है।...और फिर अब वसुदेव कारागार में नहीं हैं। वे दुर्बल

भी नहीं हैं। मथुरा पर इस समय कृष्ण के नेतृत्व में यादवों का अधिकार है। उग्रसेन, वसुदेव, अक्रूर, कृष्ण, बलराम—सब एक हैं। यदि गन्धार से आ कर अपनी बहन की सहायता के लिये शकुनि आजीवन हस्तिनापुर में बैठा रह सकता है, तो क्या कुन्ती का भाई मथुरा से एक बार हस्तिनापुर नहीं आ सकता?"

"मैंने आपसे पहले भी कहा है काका! कि मैं दुर्योधन बनना नहीं चाहता!" युधिष्ठिर ने अपना विरोध जताया, "न मैं चाहता हूँ कि मेरी माँ गान्धारी और मेरे मातुल शकुनि बनें। अपने कौटुम्बिक मतभेद में बाहरी लोगों को लाना...।"

"मैं भी यह नहीं चाहता पुत्र।" विदुर बोला, "किन्तु यह अवश्य चाहता हूँ कि यदि कृष्ण ने कंस का वध कर अन्याय का विध्वंस आरम्भ किया है तो यह प्रक्रिया यहीं न रुके, आगे भी चले। इस समय जरासंध की सहायता से भीष्मक, दामघोष, शाल्व तथा अन्य राजाओं की राजसभाओं में कृष्ण के विरुद्ध यदि षड्यन्त्र रचे जा रहे हैं, तो तुम कम-से-कम, हस्तिनापुर में तो कृष्ण के विरुद्ध व्यूह मत रचा जाने दो। कृष्ण से सहायता नहीं चाहते, तो कृष्ण की सहायता करो तो...।"

"नहीं! किसने कहा कि हम कृष्ण अथवा मथुरा के यादवों की सहायता नहीं चाहते?" भीम ने तड़प कर बोला, "मैं ज्येष्ठ से एकदम सहमत नहीं हूँ! यह केवल दुर्योधन को अपना भाई समझते होंगे, मैं तो कृष्ण को भी अपना उतना ही भाई समझता हूँ...।"

"भाई तो वह तुम्हारा है ही," विदुर ने कहा, "किन्तु मैं केवल भाई के नाते कृष्ण से सहायता लेने अथवा कृष्ण की सहायता करने की बात नहीं कर रहा हूँ। तुम कृष्ण के फुफेरे भाई हो, तो शिशुपाल भी वही है; किन्तु कृष्ण, अन्याय के समर्थक शिशुपाल का न सहायक होगा, न उससे सहायता लेगा।. ..तुम धर्म का आचरण करने के लिये, कृष्ण की सहायता लो; और उसकी सहायता करो।...मैं समझता हूँ कि पांचाल भी अपनी नीति के कारण कृष्ण के ही पक्ष में जायेंगे।"

"तुम ठीक कहते हो विदुर!" सहसा कुन्ती बोली, "किन्तु मैं सोचती हूँ...।" और वह चुप हो गयी।

"क्या सोचती हैं भाभी?"

"हम तो यहाँ बैठे उनके विषय में इतनी चर्चा कर रहे हैं; किन्तु क्या उन्हें भी हमारा कुछ ध्यान है? क्या वे हमारी सहायता करने की स्थिति में हैं? क्या वे हमारी सहायता करना चाहते हैं? क्या उन्हें हमारी सहायता की आवश्यकता

है? क्या वे हमारी सहायता लेना चाहते हैं?"

"यह सब तो उनसे सम्पर्क होने पर ही ज्ञात होगा भाभी।" विदुर बोला, "मथुरा यहाँ से है ही कितनी दूर। हममें से किसी को मथुरा जाना चाहिए।..."

"मैं जाऊँ?" अर्जुन ने पूछा।

"मैं भी जा सकता हूँ।" भीम बोला।

"जाने को तो कोई भी जा सकता है।" विदुर ने चिन्तनलीन स्वर में कहा, "किन्तु तुममें से किसी का भी हस्तिनापुर से जाना, अलक्षित नहीं रहेगा। तुम्हारे शत्रु घात लगाए बैठे हैं। तुममें से कोई भी अकेला मिल गया तो...नहीं! तुममें से कोई नहीं जायेगा।...मैं ही किसी संदेशवाहक अथवा अपने कार्य से मथुरा जाने वाले किसी व्यापारी के माध्यम से संदेश भेजूँगा।" विदुर उठ खड़ा हुआ, "अच्छा! अब चलता हूँ!"

सब उठ खड़े हुए और बिना कहे हुए, विदुर के साथ-साथ बाहर तक आये।

विदुर का रथ खड़ा था; किन्तु सारथि नहीं था। विदुर स्वयं ही सारथ्य करता था।...'विदुर ऐसा क्यों करता है?' कुन्ती ने कई बार सोचा था, 'पता नहीं, धृतराष्ट्र इसे यह सुविधा नहीं देता, अथवा अपना आवागमन गोपनीय रखने के लिये यह ऐसा करता है...'

विदुर ने रथारूढ़ हो कर वल्गा थाम ली और अपनी आँखों के संकेत से ही कहा, 'अच्छा! चलता हूँ।'

कुन्ती अपने पुत्रों के साथ खड़ी विदुर के रथ से उड़ती धूल को देखती रही।...जीवन का पथ भी कैसा धूलि-धूसरित हो गया था। कुछ भी तो ठीक से सुझायी नहीं दे रहा था।...

विदुर का रथ आँखों से ओझल हो गया तो कुन्ती भीतर जाने के लिये मुड़ी; किन्तु मुड़ते-मुड़ते भी उसके पग थम गये।...यह क्या...विदुर के रथ से उड़ी हुई धूलि, जो अब क्षीण हो कर जैसे भूमि पर बैठ गयी थी, पुनः सघन हो कर उड़ने लगी थी और पथ पुनः वैसा ही धूमिल हो गया था।...क्या विदुर ने अपना रथ वापस लौटाया था...?

कुन्ती को रुकते देख, युधिष्ठिर भी रुका, उसके साथ अन्य भाई भी रुक गये। माँ की आँखों का अनुसरण कर, उन्होंने देखा, जिस मार्ग से अभी विदुर का रथ गया था, उसी मार्ग से एक रथ उनकी ओर आ रहा था; किन्तु निश्चित रूप से यह विदुर का रथ नहीं था...

रथ निकट आया। वह राजकीय लग रहा था, किन्तु उस पर हस्तिनापुर का नहीं, मथुरा के यादवों का ध्वज फहरा रहा था।...

कुन्ती ने अपनी आँखें मलीं, कहीं यह उसका भ्रम तो नहीं है?...नहीं! यह उसका भ्रम नहीं था। उस पर सचमुच ही मथुरा के यादवों का ध्वज था...

18

निकट आ कर रथ रुक गया। रथ पर से एक व्यक्ति उतरा। कुन्ती ने उसे देखा : अधेड़ वय का कोई सम्भ्रान्त पुरुष था। उसके वस्त्राभूषण साधारण नहीं थे। देख कर समझ पाना कठिन था कि वह राजपुरुष था, अथवा साधारण धनी व्यापारी। किन्तु रथ पर यादवों का राजकीय ध्वज था। निश्चय ही वह राजपुरुष होगा। किन्तु कौन है वह?

वह आ कर कुन्ती के सामने खड़ा हो गया, "तुम पृथा ही हो न?"

कुन्ती के साथ-साथ पाँचों पाण्डवों ने आश्चर्य से उसे देखा : कौन है वह, जो इस प्रकार पूछ रहा है, जैसे वह पद, सामर्थ्य में इनसे बहुत श्रेष्ठ हो, या फिर कोई अत्यन्त आत्मीय व्यक्ति हो?...

कुन्ती ने स्वयं ही स्वीकृति में सिर हिलाया, "आप?"

वह सहज रूप से मुस्कुराया, "नहीं पहचाना न? मैं जानता था। मैं हूँ अक्रूर!"

कुन्ती की मुद्रा सहसा ही परिवर्तित हो गयी : वह जैसे स्मृति-दर्पण पर से समय की धूलि को झाड़ रही थी। और क्रमशः उसकी आँखों के सम्मुख उस अधेड़ श्मश्रुमान चेहरे के भीतर से एक परिचित तरुण चेहरा झाँकने लगा। कुन्ती जैसे टूट कर, अक्रूर के कण्ठ से जा लगी, "हाय! मैं पहचान क्यों नहीं पायी!"

और फिर कुन्ती स्वयं नहीं समझ सकी कि उसके मन की क्या स्थिति हुई कि उसकी आँखों में अश्रु आ गये, उसका कण्ठ भर्रा गया। वह बिना एक भी शब्द बोले, चुपचाप अक्रूर के कण्ठ से लग कर अश्रु बहाती रही और उसे लगा कि उसने इतना बड़ा सुख सारे जीवन में कभी नहीं जाना!

अक्रूर का मुस्कुराता हुआ कौतुकी चेहरा भी जैसे गम्भीर हो गया और उसकी आँखें भर आयीं। वह किंकर्तव्यविमूढ़-सा कुन्ती को कण्ठ से लगाए, अपनी अश्रुपूरित धुँधली आँखों से, अवाक खड़े पाण्डवों को देखता रहा... अन्ततः उसने स्वयं को सँभाला। अश्रु पोंछे। कुन्ती के कंधों को स्नेहोन्मत्त कोमल हाथों से थपथपाया; और जैसे फुस-फुसा कर बोला, "तू तो अब भी वैसी ही बावली पृथा है। साम्राज्ञी और राजमाता की गरिमा और गम्भीरता तो तुममें आयी ही नहीं!"

कुन्ती के मन में जैसे कोई चपल बालिका किलक उठी, जो कहना चाहती थी, 'हाँ! मैं तो हूँ ही बावली! तुम तो बड़े सयाने हो न!' किन्तु उसके धैर्य ने जैसे उस किलक को दबा लिया। उसने स्वयं को स्मरण कराया : 'बावली ही तो हो रही थी वह! इतने वर्षों के अन्तराल के पश्चात उसका भाई घर आया था और वह उसके स्वागत में एक शब्द भी न कह कर, रोये जा रही थी।'...

कुन्ती को लगा : वह इस समय जैसे एक ही साथ दो-दो धरातलों पर जी रही थी। उसके मन में वर्षों पुरानी किलकती हुई चपल बालिका जाग उठी थी, और वह अपने पुराने ढंग से व्यवहार करना चाहती थी। वह कहना चाहती थी, 'अक्रूर भैया! यह किसकी श्मश्रु अपने चेहरे पर चिपका आये हो? उतारो इसको।' और वह दाढ़ी को पकड़ कर, उस चेहरे से खींच लेना चाहती थी, जैसे वह सचमुच ही, गोंद से चिपकी हुई हो।...या शायद उसके कण्ठ में अपनी बाँहें डाल, झूल जाना चाहती थी, भूमि पर अपने पैर पटक-पटक कर हठ करना चाहती थी कि वह ऐसे ही कण्ठ में लटके-लटके, उसे गोल-गोल घुमाये।...और दूसरी ओर वह एक प्रोढ़ महिला के समान मर्यादित व्यवहार करना चाहती थी। उसके विवाह के पश्चात, आज पहली बार, उसके मायके से कोई उसके घर आया था।...वह भी उसका एक ऐसा भाई, जिसके साथ अपना सारा शैशव उसने चपल क्रीड़ाओं में बिताया था; जो सदा उसे स्मरण कराता रहता था कि वह उससे अवस्था में बड़ा था, इसलिये कुन्ती को चाहिए कि उसे 'भैया' कहे और उसका सम्मान करे।...और कुन्ती सदा ही उसके बड़े होने की गरिमा, मर्यादा और अधिकार का तिरस्कार करती रही थी।...आज वह सचमुच ही बड़ा और गम्भीर हो कर, उसके सम्मुख आया था—इतनी बड़ी श्वेत श्यश्रु ले कर, ताकि आज तो कुन्ती उसे बड़ा मान ही ले।

कुन्ती ने स्वयं का सायास पृथक किया और अपने अश्रु पोंछ, प्रयत्नपूर्वक स्वयं को संयत कर, अपने पुत्रों से बोली, "इन्हें प्रणाम करो पुत्र! यह श्वफल्कपुत्र अक्रूर हैं—तुम्हारे मातुल!"

पाण्डवों ने अक्रूर को प्रणाम किया और युधिष्ठिर ने आगे बढ़, हाथ जोड़ कर कहा, "भीतर पधारें मातुल! हमें क्षमा करें! आपको पहचान न पाने के कारण, इतनी देर तक आपको बाहर ही खड़े रखा। पधारें।"

अक्रूर ने भीतर जाते हुए, पीछे मुड़ कर सारथि से कहा, "अश्वों को खोल दो सारथि! तुम भी विश्राम करो।"

कुन्ती को लगा, वह अब तक अपने-आपको संयत नहीं कर पायी है; किन्तु अब उसे इसकी चिन्ता नहीं थी। जिस शालीनता और सम्मान से

युधिष्ठिर, अपने मातुल को घर के भीतर ले आया था और पाँचों भाइयों ने यथा आवश्यकता, सब कुछ सँभाल लिया था, उससे कुन्ती को यह तो लग ही नहीं रहा था कि अब वह परिवार की प्रमुख है, और सब कुछ उसके किये ही होगा।...उसके पुत्र अब सचमुच बड़े हो गये थे; और जिस युधिष्ठिर से यह अपेक्षा की जा रही थी कि वह सारे कुरु-साम्राज्य को सँभालेगा, वह क्या अपने एक छोटे-से घर को नहीं सँभाल पायेगा...

कुन्ती आज अपने-आपको समझ नहीं पा रही थी। जाने आज उसके मन की कौन-सी पीड़ा जाग उठी थी और अश्रुओं का कौन-सा स्रोत खुल गया था। उसकी इच्छा हो रही थी कि यदि वह अक्रूर के कण्ठ से लग कर नहीं रो सकती, तो उसके सामने बैठ कर, जी भर कर रोये।...उसे स्वयं ही अपने ऊपर आश्चर्य हो रहा था कि उसे क्या हो गया था। इतनी विह्वल तो वह तब भी नहीं हुई थी, जब पाण्डु ने विवाह के तत्काल पश्चात उसकी उपेक्षा करनी आरम्भ कर दी थी। इतनी विह्वल तो वह तब भी नहीं हुई थी, जब उसके पति का देहान्त हो गया था और अपने इन छोटे-छोटे पुत्रों को हृदय से लगाए, हताशा और दुख के असह्य बोझ से दबी प्रश्नवाचक दृष्टि से आकाश की ओर देख रही थी—विधाता! मेरा और मेरे इन पुत्रों का क्या होगा?

आज तक न उसे रोने का अवकाश ही मिला था और न सुविधा ही। सबको रोने की सुविधा कहाँ होती है।...इतने वर्षों के पश्चात आज उसे अपने भाई का कंधा दिखायी पड़ा था, जिस पर माथा टिका कर वह रो सकती थी। इतने वर्षों के पश्चात उसे कोई, अपना इतना आत्मीय मिला था, जिसके सम्मुख वह निःशंक भाव से अपने दुख कह सकती थी। यह व्यक्ति उन लोगों के मध्य से आया था, जो उसके अपने थे, जो सामर्थ्यवान थे; और जो उसकी सहायता कर सकते थे...

"कैसे हो भैया?" अन्ततः उसने पूछा।

"विधाता का धन्यवाद! तुम कुछ बोलीं तो! मैं समझ नहीं पा रहा था कि तुम मूक हो या अवाक!" अक्रूर मुस्कुराया, "तुम कैसी हो पृथा?"

कुन्ती का मन फिर भर आया : आज उसके घर, उसे 'पृथा' कहने वाला कोई आया था। वह तो जैसे भूल ही गयी थी कि वह कभी पृथा भी हुआ करती थी। उसका संयम जैसे चुक गया या शायद भावनाओं के आवेश ने उसके विवेक का अंकुश मानने से इनकार कर दिया, "मैं तो उस हरिणी के समान हूँ भैया! जो नृशंस भेड़ियों के मध्य घिर गयी हो। मेरे ये पितृहीन बालक आज तक अपना स्वत्व न पा सके। शत्रुओं के बीच घिरी ऐसी शोकाकुल हूँ; किन्तु किसी से कह भी नहीं सकती कि वे लोग मेरे बन्धु-परिजन

नहीं, हत्यारे हैं।" कुन्ती का स्वर करुण होता गया, "तुम सब लोग अपने संकटों में घिरे थे। पिता कुन्तीभोज स्वयं को सर्वथा असहाय पा रहे थे। मैं किसके सम्मुख रोती? कहाँ जाती मैं सहायता के लिये?..."

अक्रूर अपने स्थान से उठ कर कुन्ती के निकट आ गया, "चिन्ता मत करो बहन! विपत्ति-काल समाप्त हुआ। कंस का वध हुआ। यादव अब स्वतन्त्र और समर्थ हैं। बहुत सहा है यादवों ने; और उनसे अधिक सहन किया है, वसुदेव तथा देवकी ने। किन्तु अब हमारे सम्मुख उज्ज्वल भविष्य है। कृष्ण और बलराम के नेतृत्व में हम जरासंध को पराजित कर चुक हैं।..."

"पर मैंने तो सुना है कि जरासंध यादवों के विरुद्ध, उनके शत्रुओं को संगठित करता फिर रहा है।" कुन्ती कुछ स्वस्थ स्वर में बोली।

"हाँ! किन्तु हम भी असमर्थ नहीं हैं। कृष्ण कहता है कि हम अपने मन में प्रतिहिंसा न रखें, किन्तु धर्म और न्याय के शत्रुओं के विरुद्ध हम भी संगठित हों। असहायों की रक्षा करें...।"

"क्या भैया वसुदेव मुझे स्मरण करते हैं?" सहसा कुन्ती ने पूछा।

इस बार अक्रूर का स्वर जैसे उल्लास से ऊँचा हो आया, "वसुदेव तो स्मरण करते ही हैं, मुझे तो वासुदेव कृष्ण ने कहा था..."

"क्या?" कुन्ती ने पूछा।

"कृष्ण ने कहा, 'काका! आप पाण्डवों का कुशल-मंगल जानने के लिये हस्तिनापुर जाइये। मैंने सुना है कि वहाँ वे सुखी नहीं हैं। सुखी होंगे भी कैसे। धृतराष्ट्र एक तो अन्धे हैं और दूसरे उनमें मनोबल की बहुत कमी है। उनका पुत्र दुर्योधन दुष्ट है और धृतराष्ट्र अपने पुत्र के अधीन हैं। आप बुआ और उनके पुत्रों की स्थिति देख आइये। फिर हम ऐसा कुछ करें, जिससे हमारे सुहृदों को सुख मिले।'"

"यह सब कहा कृष्ण ने?" कुन्ती चकित थी, "कहाँ से मालूम हो गया, कृष्ण को यह सब?"

"यह कहना तो कठिन है बहन!" अक्रूर ने कहा, "मैं तो इतना ही जानता हूँ कि मुझे सदा यही लगा है कि कृष्ण सब कुछ जानता है। उससे कुछ भी छिपा नहीं रहता।"

कुन्ती का मन अपने उस भतीजे के लिये स्नेह से आप्लावित हो उठा : कैसा है वह कृष्ण, जिसके विषय में अक्रूर भैया ऐसा कह रहे हैं।...

"मातुल!" सहसा युधिष्ठिर बोला, "मेरी अशिष्टता क्षमा करें, बड़ों के वार्तालाप में हस्तक्षेप कर रहा हूँ।"

"नहीं! ऐसी कोई बात नहीं ! तुम कहो पुत्र!" अक्रूर ने अपनी दृष्टि

युधिष्ठिर पर डाली, "अब तुम बालक नहीं हो। वयस्क हो। तुम्हें हस्तिनापुर का राज्य सँभालना है। तुम्हें हम अपने वार्तालाप के अयोग्य कैसे मान सकते हैं।" अक्रूर के अधरों पर एक मधुर मुस्कान आयी, "और कृष्ण तो तुमसे भी छोटा है। हम उससे परामर्श लेते हैं। उसके नेतृत्व को स्वीकार करते हैं। उसके आदेशों का पालन करते हैं।..."

"आप तो कृष्ण के अभिभूत लगते हैं मातुल!" भीम को भी वार्तालाप की प्रेरणा मिली, "क्या सचमुच कृष्ण इतना अद्भुत है?"

"मैं क्या कहूँ पुत्र! उसे तो जिसने भी देखा, अद्भुत ही पाया है।" अक्रूर ने कहा, "तुम क्या कह रहे थे युधिष्ठिर?"

"मातुल! मैं सोचता हूँ कि यादव तो स्वयं ही इतनी कठिनाइयों में फँसे हुए हैं, वे क्या हमारी कोई सहायता कर पायेंगे?" युधिष्ठिर चिन्तनशील स्वर में बोला, "मथुरा के भीतर भी कंस के समर्थक होंगे, वे कृष्ण और उसके समर्थकों को शान्ति से नहीं बैठने देंगे। फिर जरासंध है—वह चाहे यादवों से पराजित हो चुका है, किन्तु वह अपनी हार नहीं मानेगा। वह यादवों के विरुद्ध अपने मित्र राजाओं की सेनाएँ एकत्रित कर रहा है। मैंने सुना है कि वह कालयवन से भी सम्पर्क कर रहा है। बहुत सम्भव है कि अनेक लोग अपने निजी कारणों से स्वयं जरासंध के सहायक हो जायें। दुर्योधन भी उनमें से एक हो सकता है। इतने शत्रुओं के होते हुए क्या कृष्ण के पास इतना समय होगा कि वह हमारी ओर ध्यान दे और हमारी सहायता कर अपने शत्रुओं में और वृद्धि करे। हमारी सहायता करने पर पंचाल तथा गन्धार भी यादवों के शत्रु हो जायेंगे...शायद सिन्धु-सौवीर भी...।"

युधिष्ठिर रुक गया। उसने दृष्टि उठा कर अक्रूर को देखा : क्या प्रतिक्रिया है अक्रूर की?...

किन्तु अक्रूर ने तत्काल न कोई उत्तर दिया, न प्रतिक्रिया व्यक्त की। वह आत्मलीन-सा, भाव-शून्य दृष्टि से युधिष्ठिर को देखता रहा।

थोड़ी देर के पश्चात अक्रूर ने स्वयं ही कहा, "मैं प्रसन्न हूँ पुत्र! कि तुमने यह सब सोचा। मुझे लगता है कि तुमने मात्र एक प्रश्न नहीं पूछा है। तुम्हारी बातों में अनेक प्रश्न एक-दूसरे से उलझे हुए हैं। जैसे-जैसे हम उन्हें सुलझाएँगे, हमारे हाथ नये-से-नये प्रश्न लगेंगे और उनमें से प्रत्येक का उत्तर देते हुए, मुझे कृष्ण के विषय में बहुत कुछ बताना पड़ेगा। और मुझे लगता है कि मैं कृष्ण के विषय में तुम्हें जितना अधिक बताऊँगा, तुम उसे उतना ही अद्भुत पाओगे।"

अक्रूर की बात का किसी ने कोई उत्तर नहीं दिया, किन्तु उसने देखा कि पाँचों भाई सुनने की उत्सुकता में उसके कुछ और निकट खिसक आये हैं।

"जहाँ तक कृष्ण का प्रश्न है, वह उन सबकी सहायता कर सकता है, जिनको उसकी सहायता की आवश्यकता है।..."

"कृष्ण के संकल्प के विषय में मुझे कोई शंका नहीं है मातुल!" युधिष्ठिर बोला, "मैं तो समय और साधनों की बात कर रहा था।"

"मैं भी उसी अर्थ में कह रहा हूँ पुत्र! कि कृष्ण अक्षय है। उसके पास उन सबके लिये समय है, जिसको उसके समय की आवश्यकता है। और जहाँ तक साधनों की बात है, उन्हें एकत्रित, संचित अथवा उत्पन्न कर लेने में कृष्ण को कभी कोई कठिनाई नहीं होती।..."

"ऐसा कैसे सम्भव है?" अर्जुन समझ नहीं पाया कि यह उसकी जिज्ञासा मात्र थी अथवा आपत्ति!

"कैसे सम्भव है, यह मैं नहीं जानता, किन्तु ऐसा ही है।" अक्रूर ने बहुत सहज भाव से कहा, "कृष्ण मानता है कि संसार में कुछ भी असम्भव नहीं है। हमें केवल उसके अनुकूल, उसी अनुपात में कर्म करना होता है। और उस कर्म का फल अवश्य मिलता है।"

"कर्म का फल मिलता है?" भीम ने अत्यन्त आश्चर्य से कहा, "हमें तो कभी नहीं मिला। मुझे तो सदा ही लगता है कि कर्म हम करते हैं और फल कोई और ही खा जाता है।"

"तुम कृष्ण से मिलो तो अवश्य पूछना कि तुम्हारे कर्मों का फल कौन खा जाता है।" अक्रूर सहज ही मुस्कुरा पड़ा, "सम्भव है कि मैं तुम्हारी सारी शंकाओं का समाधान न कर पाऊँ; किन्तु कृष्ण की बातों से इतना मैं अवश्य समझ गया हूँ कि प्रकृति में अनियमितता नहीं है। प्रकृति के अपने नियम हैं। वह उन्हीं नियमों पर चलती है। उसकी ओर से हमारी क्रिया की प्रतिक्रिया अवश्य होती है। कृष्ण कहता है कि यदि हमें लगता है कि हमारे कर्म का फल हमें नहीं मिल रहा, तो इसका कहीं यह अर्थ नहीं है कि प्रकृति अन्याय कर रही है। इसका अर्थ मात्र इतना ही है कि या तो हम प्रकृति के नियमों से अनभिज्ञ हैं अथवा हमारी विश्लेषण दृष्टि में कहीं कोई भ्रम है।"

"ऐसा कहता है कृष्ण?" कुन्ती चकित थी, "अनास्था के इस युग में ऐसी आस्था?"

"हाँ पृथा! इसलिये कृष्ण कहता है कि हमारी अकर्म में प्रीति नहीं होनी चाहिए।" अक्रूर बोला, "यदि जरासंध हमारे शत्रुओं को संगठित कर रहा है, तो हम जरासंध के शत्रुओं को संगठित कर सकते हैं। जो मार्ग उसके लिये

खुला है, वह मार्ग हमारे लिये भी खुला है।..."

"तो फिर जरासंध और कृष्ण में अन्तर ही क्या हुआ?" युधिष्ठिर बोला, "मैंने तो कभी नहीं सोचा था कि दुर्योधन के सारे मार्ग मेरे लिये भी खुले हैं।"

अक्रूर ने अचकचा कर युधिष्ठिर की ओर देखा; किन्तु उसकी दृष्टि में कोई विपरीत भाव नहीं था। उसमें कुछ विस्मय और कुछ प्रसन्नता थी, "मुझे प्रसन्नता है पुत्र! कि तुम किसी का नायकत्व आँखें मूँद कर स्वीकार नहीं कर रहे। मात्र परिजन होने के कारण, किसी को अपना सुहृद अथवा न्यायी नहीं मान रहे।..."

युधिष्ठिर ने ग्लानि से, सबसे आँखें चुरा कर, अपना मस्तक झुका लिया, जैसे उससे बड़ी भूल हो गयी हो।

"क्या हुआ वत्स?" कुन्ती ने चौंक कर पूछा, "ऐसे निढाल क्यों हो गये तुम?"

"कुछ नहीं माँ! मुझे लगा कि या तो मेरे चिन्तन में ही कोई भ्रम है या मेरे शब्दों का चयन ठीक नहीं है। मैं वह सब नहीं कह रहा था, जो अर्थ मातुल तक सम्प्रेषित हुआ। कृष्ण हमारा परिजन तो है ही, सुहृद भी है—नहीं तो वह मातुल को हमारे पास क्यों भेजता! उसके नेतृत्व को स्वीकार करने में मुझे क्या आपत्ति हो सकती है। श्रेष्ठतर व्यक्ति का नायकत्व करना ही चाहिए।...माँ! मैं तो केवल जानना चाह रहा था...।"

"निश्चिन्त रहो पुत्र! मैंने तुम्हें ग़लत नहीं समझा! तुम्हारे शब्दों का अन्य अर्थ करके भी मैंने तुम्हें प्रशंसा के योग्य पाया।" अक्रूर ने युधिष्ठिर का कंधा थपथपाया, "मैं स्वयं तुम्हें जरासंध और कृष्ण का अन्तर समझाना चाह रहा था। इस विवाद में कृष्ण के गुण-ही-गुण प्रकट होते हैं; और हम यादवों को कृष्ण के गुणों का गान करने का रोग है। अभी नये-नये परिचित हुए हैं न उससे। इसलिये उसकी युक्तियाँ, कर्म तथा विचार अद्‌भुत लगते हैं हमें।" अक्रूर ने रुक कर उनकी ओर देखा, "देखो! जरासंध की ही नीति पर चलने वाला उसका प्रतिनिधि था, उसका जामाता—कंस! कंस के शासन में यादवों का कोई मित्र नहीं था—बस शत्रु-ही-शत्रु थे। जो कंस के मित्र थे, वे भी यादवों के शत्रु ही थे--क्योंकि स्वयं कंस भी तो यादवों का शत्रु ही था। हम सब यह अनुभव करते थे कि हम बन्दी हैं—दुष्ट नियमों के बन्दी, राजा के आतंक के बन्दी। न कोई खुल कर हँस सकता था, न रो सकता था। न प्यार प्रकट कर सकता था, न घृणा। जहाँ उग्रसेन बन्दी हो गये, वसुदेव बन्दी हो गये, वहाँ और कौन स्वतन्त्र रह सकता था।..."

"क्यों? आप तो स्वतन्त्र थे।" भीम उच्छृंखल स्वर में हँसा, "प्रासाद में

रहते थे, राजसभा में आते-जाते थे। राजपुरुष की महत्ता प्राप्त थी आपको।... मैं तो आपके भाग्य से ईर्ष्या कर रहा हूँ मातुल! तब आप कंस के प्रतिनिधि थे और अब कृष्ण के। राज्य-परिवर्तन के पश्चात अपने पद पर बने रहने वाले बहुत भाग्यशाली होते हैं।"

"भीम!" कुन्ती ने कहा।

"तुमने देर से टोका माँ!" भीम हँसा, "मैं तो आपनी बात कह भी चुका।"

"अच्छा किया पुत्र! तुमने अपनी बात कह डाली।" अक्रूर हँसा, "इससे मुझे यह भी मालूम हो जायेगा, कि लोग मेरे विषय में क्या सोचते हैं।...और ...।" अक्रूर ने रुकते-रुकते कहा, "हमने यह भी कृष्ण से ही सीखा है कि अपने विरुद्ध कही गयी बात को पूरे ध्यान से ही नहीं, पूरे सम्मान के साथ सुनो! हो सकता है कि उससे तुम्हें अपनी भूल समझने में सहायता मिले।... इसलिये पुत्र! यदि तुमने सचमुच मेरे भाग्य को सराहा है, तो कोई बात नहीं; किन्तु यदि इसे मेरी धूर्त राजनीति मान कर मेरा उपहास किया है, तो अपने सम्मान की रक्षा के लिये कुछ कहना चाहूँगा।" उसने रुक कर जैसे उन पाँचों भाइयों को अपनी आँखों में तौला, "तुम्हारे काका विदुर आज धृतराष्ट्र की सभा में महामन्त्री हैं, सारे राजसी सुख-सम्मान उन्हें भी प्राप्त होंगे। कल जब युधिष्ठिर युवराज हो जायेगा, या राजा ही बन जायेगा, तो क्या तुम विदुर को अपदस्थ कर दोगे? या उनके महामन्त्री बने रहने पर उन्हें धूर्त मानोगे?"

"मुझे क्षमा करें मातुल! काका विदुर आपके रक्षक बन कर आ गये।" भीम ने अट्टास किया; किन्तु सब समझ रहे थे कि इस बार वह अक्रूर पर नहीं, अपनी मूर्खता पर हँस रहा था।

"पृथा! तेरा यह पुत्र तो पूरा भोलेनाथ है।" अक्रूर ने कहा, "मैं जब कंस की सभा में था, तो तनिक भी प्रसन्न नहीं था। मुझे लगता था कि वसुदेव कंस के कारागर में बन्दी था और मैं कंस की राजसभा में। वह कारागार से बाहर नहीं आ सकता था और मैं राजसभा से। एक प्रकार से वह मुझसे अधिक सुखी था। वह कंस की आज्ञाओं का पालन करने को बाध्य नहीं था। मुझे वह स्वतन्त्रता नहीं थी। कल्पना करो पृथा!" अक्रूर ने विशेष रूप से कुन्ती को सम्बोधित किया, "कि मैं कंस के आदेश से कृष्ण और बलराम को मथुरा ले आने के लिये वृन्दावन गया था। मैं जानता था कि कंस के मन में क्या है। वह जान गया था कि कृष्ण और बलराम वसुदेव के पुत्र हैं। वह उनकी हत्या करने के लिये, उन्हें बुला रहा था।...और मैं कंस की आज्ञा का पालन करने के लिये बाध्य था। बन्दी जो था। मुक्त होता तो तत्काल मना

कर देता, या जा कर कृष्ण और बलराम को बता देता कि कंस तुम्हारी हत्या करना चाहता है। भाग कर यहाँ से कहीं दूर चले जाओ।...कृष्ण ने आ कर न केवल वसुदेव और देवकी के बन्धन काटे, हम सबको भी बन्धन-मुक्त किया। हमारे शरीर पर से प्रतिबन्ध हटाए, हमारे मन पर पड़े आतंक और त्रास के पर्वत, चूर्ण कर दिये। हमने मुक्त ढंग से सोचना आरम्भ किया, अपनी इच्छाओं को पहचाना। आदेश से बँधे, सिर झुका कर जीने की अपेक्षा, स्वतन्त्र रूप से जीने का अर्थ समझा। कंस अपने जीवित पिता को बन्दी कर, स्वयं राजा बना, और कृष्ण राजा को मार कर, विजेता होते हुए भी, न स्वयं राजा बना; और न उसने अपने पिता को राजा बनाया!...पुत्र युधिष्ठिर! तुम समझ रहे हो जरासंध और कृष्ण का अन्तर?"

"समझ रहा हूँ मातुल!" युधिष्ठिर की मुद्रा ज्ञान के प्रकाश से उल्लासित हो आयी थी।

"दूसरी बात सुनो," अक्रूर ने पुनः कहा, जरासंध के तथाकथित मित्रों—दामघोष, भीष्मक, शाल्व, दन्तवक्त्र...इनमें से किसी से पूछो कि उन्हें जरासंध की इच्छा के विरुद्ध कोई भी कार्य करने की स्वतन्त्रता है? नहीं! जरासंध किसी को व्यक्तिगत स्वतन्त्रता का अधिकार नहीं देता! स्वतन्त्र चिन्तन का अवकास नहीं है वहाँ। वे उसके मित्र नहीं, अधीनस्थ कर्मचारी हैं—वरन दास हैं, दास! अपनी इच्छा से तो वे अपने पुत्र-पुत्रियों के विवाह-सम्बन्ध तक नहीं कर सकते। उनके पारिवारिक सम्बन्धों में भी जरासंध का आदेश ही सर्वमान्य है। वह उनका सम्राट है, मित्र नहीं। जबकि कृष्ण के लिये व्यक्तिगत स्वतन्त्रता का बहुत महत्व है—किन्तु वहीं तक, जहाँ तक सामाजिक हित की विरोधी नहीं हो जाती।...तुम देखो पुत्र! कृष्ण जब स्वर्जित राज्य का राजा ही नहीं बना, तो वह अपने मित्र राजाओं का सम्राट क्या बनेगा। राजा अथवा सम्राट बनने की महत्वाकांक्षा नहीं है उसके मन में। वह यदि कुछ चाहता है तो मात्र इतना कि मानवीय उत्पीड़न और अत्याचार समाप्त हो और प्रकृति के साथ मैत्री कर, मनुष्य सुख और चैन से जी सके। इसलिये उसने मित्र बनाया है, पंचालराज द्रुपद को, मत्स्यराज विराट को...और अब वह मित्र बना रहा है तुम्हें पाण्डवों को, हस्तिनापुर को। काम्पिल्य में राज्य द्रुपद का होगा, विराटनगर में मत्स्यराज विराट का, हस्तिनापुर में कुरुराज युधिष्ठिर का। कृष्ण इनका सम्राट नहीं होगा। कृष्ण कर्म-योगी है, अधिकार-भोगी नहीं।..."

"मैं आपसे पूर्णतः सहमत हूँ मातुल!" युधिष्ठिर बोला, "किन्तु व्यक्ति अपने स्वार्थ से ही प्रेरित हो कर कर्म करता है। यदि कृष्ण को यह दिखायी देगा कि हमारे पक्ष में खड़े होने से, अनेक शक्तिशाली राजा यादवों के विरोधी

हो जायेंगे, तो भी वह हमारा मित्र होना चाहेगा? हमारी सहायता करेगा? वह अपने कर्म का सम्भावित परिणाम नहीं देखेगा क्या?"

अक्रूर ने कुछ कहा नहीं : युधिष्ठिर पूछ रहा है कि कृष्ण क्या पाण्डवों से मैत्री का परिणाम नहीं देखेगा?...और कृष्ण ने उसे हस्तिनापुर भेज दिया है—अपने परिजन और सुहृद पाण्डवों की अव्यवस्था देखने के लिये। उसने यह भी कहा है कि यदि वे विपन्न हैं, तो हम कुछ ऐसा करेंगे, जिससे हमारे सुहृद प्रसन्न हो सकें।...तो इसका क्या अर्थ हुआ?...कृष्ण को परिणाम दिख नहीं रहा रहा? ग़लत परिणाम दिख रहा है?...अथवा वह सम्भावित परिणाम को देखना नहीं चाहता?...

"देखो वत्स! तुम्हारे प्रश्न का उत्तर तो स्वयं कृष्ण ही दे सकता है, जो इस समय यहाँ नहीं है। तुम्हारे प्रश्न ने मेरे मन में भी कृष्ण की प्रतिक्रिया, उसकी विश्लेषण दृष्टि तथा उसके सम्भावित निश्चयों के विषय में अनेक प्रश्न उठा दिये हैं। फिर भी जो कुछ मैं समझ पाया हूँ—वह तुम्हें बताना चाहता हूँ। आवश्यक नहीं कि कृष्ण स्वयं यही व्याख्या करे। वस्तुतः कृष्ण की बातें, किसी एक व्याख्या तक तो सीमित हैं ही नहीं! अनेक लोग, उसकी बातों के अनेक अर्थ समझते हैं।...और वे अर्थ सत्य से बहुत दूर भी नहीं होते...।"

"आप क्या समझते हैं मातुल!"

"कृष्ण यह मानता है कि कर्म स्वार्थ से नहीं, धर्म से प्रेरित होना चाहिए; और जब कर्म, धर्म से प्रेरित होगा, तो हमें उसके फल की चिन्ता नहीं करनी चाहिए। कर्म निष्काम होना चाहिए, सकाम नहीं!"

"निष्काम कर्म का क्या अर्थ हुआ?" सहदेव ने पूछा।

"क्या अर्थ हुआ, यह तो कृष्ण से पूछना; किन्तु जो मैं समझ पाया हूँ, वह इतना ही है कि जब कृष्ण ने कंस की रंगशाला में यह पाया कि कंस ने उसके वध की व्यवस्था कर रखी है, तो उस समय उसका धर्मसंगत कर्म आत्म-रक्षा ही है। आत्मरक्षा के लिये आवश्यक है कि वह मृत्यु के सारे उपकरणों को नष्ट कर दे और उन उपकरणों के नियन्त्रक का वध कर दे। इसलिये उन दोनों भाइयों ने कुवलयापीड़ हाथी तथा मुष्टिक और चाणूक मल्लों को मार डाला; अन्ततः इस मृत्यु-यन्त्र के सर्जक कंस की भी उन्होंने हत्या कर दी।" अक्रूर ने उनकी ओर देखा, "तुमने देखा पुत्र! कृष्ण के कर्म का फल शुभ ही हुआ। यदि उस समय कृष्ण यह सोचता कि कंस का विरोध करने से, वह रुष्ट हो जायेगा, उसे तथा उसके सम्बन्धियों को कष्ट देगा—तो वह यह अद्भुत कर्म नहीं कर पाता।...मेरा तात्पर्य यह है कि धर्म-प्रेरित कर्म के मार्ग में त्रास तथा लोभ का विघ्न नहीं मानना चाहिए। अब जब कृष्ण ने यह निश्चय किया है

कि हस्तिनापुर में वह अपने धर्म-परायण भाइयों तथा बुआ को दुखी नहीं रहने देगा, तो अपने लिये नये शत्रुओं के उत्पन्न होने की आशंका उसे डिगा नहीं पायेगी। मैं तो यह भी सोचता हूँ पुत्र!..." अक्रूर रुक गया।

"क्या सोचते हैं मातुल?" सहदेव ने धीरे से पूछा, "आप रुक क्यों गये?"

"सोचता हूँ पुत्र! कि अधर्म पर चलने वाले लोग, कृष्ण के मित्र नहीं हो सकते और धर्माचरण करने वाला कोई उसका शत्रु क्यों होगा?" अक्रूर हँसा, "कृष्ण कहता है कि जो सत्य है, वह नष्ट नहीं हो सकता; और जो असत्य है, उसका कोई अस्तित्व ही नहीं है। इसलिये चिन्ता छोड़ो, कर्म करो!"

कुछ क्षणों के लिये वहाँ मौन छा गया; और फिर सहसा कुन्ती बोली, "चलो अब बस करो। बहुत बातें हो लीं। मातुल लम्बी यात्रा से आये हैं। उन्हें कुछ विश्राम भी करने दोगे या नहीं!...हाँ, उनका कुछ सत्कार भी तो नहीं किया हमने..."

विदुर ने अपने घर पर अक्रूर का सत्कारपूर्ण स्वागत किया, सादर बैठाया और पूछा, "आप पाण्डवों के सम्बन्धी के रूप में हस्तिनापुर आये हैं अथवा मथुरा के राज-प्रतिनिधि के रूप में?"

विदुर की मुद्रा कुछ ऐसी थी कि अक्रूर कुछ असमंजस में पड़ गया : विदुर उसका उपहास कर रहा था अथवा हस्तिनापुर का महामन्त्री उसका राजनीतिक महत्व आँकने का प्रयत्न कर रहा था?...और सहसा उसके मन में विदुर की मुद्रा किसी चपल पुरुष की इठलाती-सी मुद्रा में बदल गयी।... विदुर शायद यह भूल नहीं सका था कि अक्रूर उसकी भाभी, कुन्ती का भाई है—उसके भाई पाण्डु का श्यालक!

प्रश्न किसी भी रूप में पूछा गया हो, किन्तु अक्रूर उसका उत्तर पूर्ण राजनीतिक महत्व को ध्यान में रखते हुए देना चाहता था। बोला, "आया तो मथुरा के राजप्रतिनिधि के रूप में ही हूँ; और निरुद्देश्य भ्रमण अथवा जनसम्पर्क की दृष्टि से भी नहीं आया हूँ। मन में स्पष्ट उद्देश्य है। आप यह भी समझ सकते हैं कि हस्तिनापुर की राजसभा में, यादवों की नीति के उद्घोष के लिये आया हूँ।..."

विदुर मुस्कुराया। यह मुस्कान उसकी प्रसन्नता अथवा सम्बोधित व्यक्ति के प्रति उसकी विनय को द्योतक नहीं थी। ऐसी मुस्कान तो वह तब ही अपने अधरों पर सायास ला बैठाता था, जब वह, यह नहीं चाहता था कि उसका प्रश्न सम्बोधित व्यक्ति को कठोर अथवा अशिष्टि लगे।

"और वह यादवों की कौन-सी नीति है, जिसका उद्घोष मथुरा में न कर,

आप हस्तिनापुर की राजसभा में करना चाहते हैं?" उसने कहा, "हस्तिनापुर सार्वभौम सत्तासम्पन्न एक स्वतन्त्र राज्य है। उसकी राजसभा में दूसरे राज्यों की नीति की घोषणाएँ नहीं होती।"

"आप ठीक कह रहे हैं।" अक्रूर का स्वर न तो नम्र हुआ, न कोमल, "फिर भी हम घोषित करना चाहते हैं कि यादवों की साम्राज्य स्थापित करने की कोई आकांक्षा नहीं है, हम स्वतन्त्र राजाओं को अपने माण्डलिक राजा बना कर, उन्हें अपमानित भी नहीं करना चाहते और न ही हम अपने पड़ोसियों के आन्तरित विषयों में किसी प्रकार का कोई हस्तक्षेप करना चाहते हैं; फिर भी हम नहीं चाहेंगे कि हमारे पड़ोस के राज्यों में षड्यन्त्र रच कर राजनीतिक सत्ता को अस्थिर किया जाये, या उनका विभाजन किया जाये। जहाँ अनीति अपने पैर जमा लेती है, वहाँ राजनीतिक षड्यन्त्र रचे ही जाते हैं और बाहरी शक्तियाँ हस्तक्षेप करती ही हैं। इसलिये हम चाहेंगे कि स्वर्गीय सम्राट पाण्डु के ज्येष्ठ पुत्र युधिष्ठिर का युवराज्याभिषेक कर, कुरुओं के राज्य की पुरानी नीति को स्थिरता दी जाये, ताकि हमारे शत्रु—जरासंध तथा उसके सहयोगी—हमारे पड़ोसी राज्यों में अपने पैर जमा कर हमारे लिये संकट का कारण न बनें।..."

"और?"

"और इस तथ्य को स्वीकार करने में हमें तनिक भी संकोच नहीं है कि पाण्डव हमारे भागिनेय हैं, अतः उनके अधिकारों की रक्षा के लिये हम उन्हें राजनैतिक और सामाजिक—दोनों ही प्रकार का समर्थन देंगे।..."

अक्रूर ने अपनी बात समाप्त कर विदुर की ओर देखा : उसके चेहरे पर सहज प्रफुल्लता थी।

"आप बहुत ही उपयुक्त अवसर पर आये हैं आर्य अक्रूर! मैं आपको कैसे बताऊँ कि आपने हमारी कितनी बड़ी समस्या का समाधान कर दिया है।" विदुर बोले, "वस्तुतः हमारे राजा पर अधिकार-अनाधिकार, धर्म-अधर्म, न्याय-अन्याय, उचित-अनुचित—इन सारी चर्चाओं का कोई प्रभाव नहीं पड़ता। वे सब कुछ सुनते रहते हैं। धर्म-संगत नीतियों का समर्थन करते रहते हैं, किन्तु नीतियों तथा निश्चयों को कर्म-रूप में परिणत करने की आवश्यकता कभी नहीं समझते। वे निरन्तर यथा-स्थित बनाये रखना चाहते हैं। वे चाहते हैं कि वे राज-सिंहासन पर बैठे रहें और युधिष्ठिर तथा दुर्योधन में युवराज्याभिषेक का संशय और विवाद बना रहे। वे युधिष्ठिर के युवराजत्व को अस्वीकार नहीं करते, किन्तु उसे युवराज बना नहीं रहे। वे कहते हैं, कार्य होना चाहिए, किन्तु न कार्य करने के लिये हाथ उठाते हैं और न किसी और को वह कार्य करने का आदेश देते हैं। वे जानते हैं कि कोई उनका हाथ पकड़ कर, उनसे

काम करा तो लेगा नहीं। वाचिक समर्थक करते रहने से क्या बिगड़ जायेगा। ...इसलिये हम चाहते हैं कि यादव उन्हें यह बता दें कि यदि महाराज अपना हाथ उठा कर यह कार्य नहीं करेंगे, तो कोई और हाथ स्वयं उठ कर यह कार्य कर जायेगा।"

"आपकी इच्छा यथाशीघ्र पूरी होगी।" अक्रूर ने कहा, "वस्तुतः कृष्ण ने मुझे भेजा ही इसी प्रयोजन से है।..."

"वासुदेव कृष्ण!" विदुर ने पुष्टि चाही।

"हाँ! वासुदेव कृष्ण!" अक्रूर बोले, "हमारे नायक!"

"वे आपके राजा नहीं हैं?"

"नहीं ! राजा तो महाराज उग्रसेन हैं।"

"तो कृष्ण आपके नेता कैसे हो गये?"

"नेता कोई पद तो है नहीं, जिसके लिये राजकीय नियुक्ति की आवश्यकता हो। संकट-काल में, जो आगे बढ़ कर जोखिमों के सम्मुख वक्ष तान दे, वह नेता हो जाता है। जिसके पीछे लोग चलें, जिसकी बात मानें, जिस पर विश्वास करें, जिससे प्रेम करें—वह नेता है। कृष्ण के आत्मबल ने उसे नेता बना दिया है। कृष्ण में नेतृत्व-क्षमता है। इसलिये वह सर्वमान्य नेता है। उसके पास पद नहीं, प्रतिभा है। प्रतिभा को पद का क्या करना। पद तो उन्हें चाहिए, जिन्हें विधाता ने कोई क्षमता न दी हो।"

"ठीक कहते हैं आप! कौरवों में तो कोई कृष्ण उत्पन्न हुआ नहीं। पितृव्य भीष्म भी स्वयं अपने बन्धनों में बँधे, सिंहासन के सम्मुख सर्वथा अक्षम हो गये हैं," विदुर बोले, "किन्तु आपके कथन से एक शंका मेरे मन में जागती है।"

"क्या?" अक्रूर ने विस्मय से विदुर की ओर देखा।

"यदि आप की बात मान ली जाये कि पद तो उन्हें चाहिए, जिनके पास प्रतिभा न हो, तो ऐसे में युधिष्ठिर से भी पूछा जा सकता है कि उसे पद का क्या करना है। जैसे कृष्ण ने उग्रसेन को सिंहासन दे दिया और स्वयं अपना कर्तव्य अपनी प्रतिभा के बल पर करता जा रहा है, अपने कार्यों के लिये उसे पद की आवश्यकता नहीं है, ठीक वैसे ही युधिष्ठिर भी धृतराष्ट्र को सिंहासन पर बैठे रहने दे और स्वयं अपनी प्रतिभा के बल पर प्रजा का हित-साधन करता रहे। उसे युवराज्याभिषेक की क्या आवश्यकता है?"

"हमारे महाराज उग्रसेन के ही समान यदि धृतराष्ट्र भी न्याय और धर्म की बात सुनता और समझता हो, सद्परामर्शों पर चलता हो, लोगों की इच्छाओं और भावनाओं को समझता और उनके हित में सारे आवश्यक कार्य करने को तत्पर रहता हो, तो निश्चय ही उसे सिंहासन पर बैठे रहना देना चाहिए।

युधिष्ठिर और उसके भाई अपनी प्रतिभा के बल पर प्रजा के लिये कार्य करें, जो सत्ता में रह कर करने सम्भव नहीं हैं। राजा को बहुत सारे व्यर्थ के दैनंदिन कार्यों में अपना समय नष्ट करना पड़ता है। युधिष्ठिर उन सबसे बच जायेगा। ...किन्तु यदि राजा कंस के समान हो, जो केवल अपनी दुष्ट बुद्धि और जरासंध के पाप-परामर्श पर ही चलता हो, तो-न-तो वह किसी प्रतिभाशाली व्यक्ति को धर्म-संगत कार्य करने देगा और न ही किसी की प्रतिभा विकसित होने देगा। हमने कंस के राज्य में देखा था कि किस प्रकार राजनीति प्रतिभा का दम घोंटने में सक्षम है। सत्ता ग़लत हाथों में हो, तो समाज सिवाय पाप और भ्रष्ट आचरण के, और किसी क्षेत्र में विकास कर ही नहीं सकता। तब ऐसी राजसत्ता को हटाना ही प्रजा का सर्वोपरि धर्म हो जाता है; अन्यथा वह सत्ता, अपने दुष्ट प्रभाव से जनहित के प्रत्येक मार्ग में शिला बन कर, अड़ जायेगी; तथा समाज में मानसिक तथा शारीरिक अपराधों को जन्म देगी, दुष्टता का विकास और प्रसार करेगी। चुन-चुन कर मूर्खों और दुष्टों को ऊँचे-ऊँचे पदों के साथ सुख-सुविधाएँ दे कर समाज के शीर्ष पर आरोपित करेगी। ऐसे में तो पद माँगा जाये, न माँगा जाये—किन्तु जो अयोग्य, दुष्ट तथा भ्रष्ट हैं, उन्हें तो पदों से हटाया ही जायेगा। कृष्ण स्वयं पद नहीं लेता। उसे स्वयं अपने लिये सत्ता नहीं चाहिए; किन्तु वह चाहता है कि संसार में प्रत्येक राजा सत्य तथा धर्म का आचरण करने वाला तथा प्रजा का पालन करने वाला हो। वह अपना वश चलते किसी प्रजा-विरोधी राजा को सत्ता में नहीं रहने देगा। आप यह समझिए आर्य विदुर कि यह कृष्ण की इच्छा है कि हस्तिनापुर की सत्ता, युधिष्ठिर के हाथ में हो, धृतराष्ट्र के हाथ में नहीं, जो दुर्योधन के बुद्धि के अनुसार चलता है।"

विदुर ने असमंजस की दृष्टि से अक्रूर की ओर देखा और फिर जैसे किसी आन्तरिक निर्णय के पश्चात संकल्पपूर्वक पूछा, "यदि युधिष्ठिर कृष्ण की बुआ का पुत्र न होता, तो भी क्या कृष्ण यही चाहता?"

और फिर जैसे विदुर ने डर कर अक्रूर की ओर देखा : कहीं उसने अक्रूर की भावनाओं को आहत तो नहीं किया?

किन्तु अक्रूर तो मुस्कुरा रहा था। उसी मुस्कान के बीच उसने विदुर के प्रश्न का उत्तर दिया, "तो भी!" किन्तु प्रश्न का उत्तर दे कर ही अक्रूर रुका नहीं। वह बोलता ही गया, "कृष्ण के सम्बन्ध मैत्री तथा प्रेम—रक्त-सम्बन्ध से निश्चित नहीं होते आर्य विदुर! वैसे तो शिशुपाल भी उसकी बुआ का ही पुत्र है। कंस भी उसका मातुल था। कृष्ण के लिये ये रक्त-सम्बन्ध कोई अर्थ नहीं रखते। सम्बन्ध तो केवल धर्म का है, न्याय का है, बहुजन-हिताय का

है। कृष्ण को प्रजा प्यारी है, सामान्य जन और सामान्य मानव प्रिय है। कृष्ण मानता है कि उनका हित, केवल सत्य से हो सकता है। इसलिये कृष्ण को वही प्रिय है, जो सत्य का आचरण करे।..."

"मैंने कृष्ण के विषय में बहुत कुछ सुना है आर्य अक्रूर! और मुझे लगता है कि मैं उससे प्रेम करने लगा हूँ।" विदुर ने रुक कर अक्रूर को देखा, "प्रेम शायद सम्पूर्ण शब्द नहीं है। मेरे मन में कृष्ण के प्रति भक्ति का भाव है।"

"मुझे तनिक भी आश्चर्य नहीं हुआ आर्य विदुर!" अक्रूर ने कहा, "कृष्ण है ही ऐसा। आप तो उसके भक्त भाव मात्र हुए हैं, लोग तो उसके प्रेम में उन्मत्त हो जाते हैं। जिसके मन में सत्य, धर्म, न्याय के लिये जितना अधिक प्यार है, वह स्वयं को कृष्ण के उतना ही निकट पाता है।"

"सौभाग्यशाली हैं वे लोग, जो कृष्ण के निकट हैं।" विदुर बोला।

"इसमें भौतिक दूरी अथवा सामीप्य का तो कुछ भी महत्व नहीं है।" अक्रूर ने अपनी प्रतिक्रिया व्यक्त की, "आपका मन कृष्ण के निकट हो, तो कृष्ण स्वयं ही आपके निकट आ जाता है।"

"ठीक कहते हैं आप!" विदुर के स्वर में किंचित अवसाद का मिश्रण था, "किन्तु मैं रहता हूँ कुरुओं की सभा में। वे मुझे कुछ भी न कहें, अपने कार्य-व्यापार में ही लगे रहें, तो भी दम घुटता ही रहता है मेरा वहाँ! आप जानते हों कि जो व्यक्ति आपके सम्मुख बैठा है, वह दुष्ट, अन्यायी, स्वार्थी नहीं, दुर्वृत्त भी है; और आप उससे यह कह भी न पायें, उल्टे उसके प्रति सम्मान दिखाएँ, उसका यश गायें झूठ के उस परिवेश में जीना बहुत कठिन है आर्य अक्रूर। लम्पटों, हत्यारों और दुर्वृत्तों को महान बना कर, प्रशंसा ही नहीं, पूजा पाते देख, कैसा लगता है मन को?"

"आपके मन में कभी नहीं आया कि आप कुरुओं की सभा त्याग दें?" अक्रूर ने पूछा।

"सहस्रों बार इच्छा हुई; किन्तु हर बार यही सोचा कि उनकी सभा त्याग कर, मैं उनका सहायक ही बनूँगा। दुर्योधन की बड़ी-बड़ी इच्छाओं में से एक बड़ी इच्छा यह भी है कि किसी प्रकार विदुर को उसके पद से हटा दिया जाये। मैं यदि स्वयं ही सभा त्याग दूँगा, तो उसकी मनोकामना पूरी हो जायेगी। फिर राजसभा में पाण्डवों के हित की रक्षा कौन करेगा?"

"कुछ ऐसी ही स्थिति कंस की सभा में रह कर मेरे मन की भी थी।" अक्रूर ने कहा, "और मैं भी यही सोचता था कि मेरे हटते ही, उसकी सभा में एक दुष्ट और बढ़ जायेगा। मैं किसी का भला नहीं कर पाता, तो कम-से-कम किसी पर अत्याचार तो नहीं करता। वह, जो मेरे स्थान पर आयेगा, वह राजा

के अत्याचार से तो किसी की रक्षा करेगा नहीं, स्वयं भी उसके अत्याचार में सहयोग कर, उसमें वृद्धि करेगा।"

"युधिष्ठिर के युवराज्याभिषेक तक तो हस्तिनापुर में ठहरेंगे न?" सहसा विदुर ने विषय बदल दिया।

"नहीं!" अक्रूर ने कहा, "युवराज्याभिषेक के अवसर पर तो कृष्ण और बलराम स्वयं आयेंगे; किन्तु युवराजत्व के सम्बन्ध में निश्चित सूचना प्राप्त करने तक अवश्य ठहरना चाहता हूँ।"

"धृतराष्ट्र से भेंट करना चाहेंगे?"

"उनसे भेंट किये बिना कैसे लौट सकता हूँ; किन्तु उसके लिये राजप्रासाद में नहीं जाऊँगा। वह भेंट तो राजसभा में ही हो तो अच्छा है। वह भेंट एक आत्मीय, परिजन अथवा सम्बन्धी के रूप में न कर, कुरु सम्राट से एक यादव-प्रतितिधि के रूप में ही हो, तो अच्छा है।"

"यही उत्तम है।" विदुर सहमत था, "और पितृव्य भीष्म?"

"उनके दर्शन करने, अवश्य उनके आवास पर जाऊँगा।"

"आओ अक्रूर! इस वृद्ध कौरव के घर में तुम्हारा स्वागत है।"

भीष्म ने दोनों भुजाएँ फैला कर अक्रूर का स्वागत किया, "वैसे यह घर उन घरों जैसा है ही नहीं, जिनमें अब तक तुम गये हो।"

भीष्म का आशय समझने में अक्रूर को थोड़ा समय लगा; किन्तु समझ कर वह उच्च स्वर में हँसा, "कोई दो घर एक जैसे नहीं होते पितृव्य! मैंने बहुत सारे घर देखे हैं। ऊपर से एक जैसे होते हुए भी, भीतर से उनका भेद बना ही रहता है। प्रत्येक घर में से उसके स्वामी का व्यक्तित्व प्रतिबिम्बित होता है।"

"अच्छा अक्रूर!" अक्रूर के बैठ जाने के पश्चात भीष्म ने पूछा, "मैं जो इधर-उधर से बहुत सारी बातें सुन रहा हूँ, क्या वे ठीक हैं?"

"आप क्या सुन रहे हैं तात?"

"कुछ लोगों का विचार है कि तुम हस्तिनापुर में यादवों के शक्ति-प्रदर्शन के लिये आये हो?"

"वह किस प्रकार तात?" अक्रूर ने अबोध भाव से पूछा।

"मैं क्या जानूँ।" भीष्म ज़ोर से हँसे, "मुझे तो तुम्हारे पाँच-सात रथों में कोई शक्ति-प्रदर्शन दिखायी नहीं देता। किन्तु मैंने कुछ ऐसा सुना है कि यादवों का ऐसा विचार है कि दुर्योधन का मामा, हस्तिनापुर की सत्ता दुर्योधन के पक्ष में झुका रहा है, इसलिये युधिष्ठिर के पक्ष में सत्ता का सन्तुलन बनाने के लिये

तुम आये हो। क्या यह सच है?"

अक्रूर ने उत्तर देने में दो क्षण लगाए, "और बातों में कितना सत्य है तात! यह मैं नहीं जानता; किन्तु इतना तो सत्य है ही कि मैं पृथा और उसके पुत्रों का समाचार लेने आया हूँ।"

भीष्म भी कुछ क्षणों तक अक्रूर को देखते रहे; और फिर धीरे से बोले, "तुम्हें अपनी बहन और उसके पुत्रों का समाचार जानने का, उनसे मिलने का और उनके हित-साधन का पूरा अधिकार है। किसी भी परिजन का यह अधिकर होता ही है। किन्तु मेरी प्रकृति कुछ ऐसी है पुत्र! कि जब कोई यह कहता है कि कुन्ती और उसके पुत्र प्रसन्न नहीं हैं, और उन्हें किसी प्रकार का कोई कष्ट है; तो जाने क्यों मुझे लगता है कि वह मुझ पर दोषारोहण कर रहा है कि मैंने उनके साथ न्याय नहीं किया। और जब कोई अपनी शक्ति का प्रदर्शन करता है अथवा शक्ति-परीक्षण की बात करता है तो मेरा क्षात्र-धर्म मुझे उत्तेजित करता है; और मैं उसे बता देना चाहता हूँ कि कौरवों के सम्मुख बल-प्रयोग की बात मत करो। हस्तिनापुर दुर्बल नहीं है। हमारे योद्धा संसार में अद्वितीय हैं। हम किसी की धमकी में नहीं आयेंगे।..."

शक्ति-प्रदर्शन की चर्चा को अक्रूर सायास टाल गया, "क्या आपको नहीं लगता पितृव्य! कि पृथा और उसके पुत्रों को उनका प्राप्य नहीं मिला? हस्तिनापुर उनको वे सुविधाएँ नहीं दे सका, जो दुर्योधन और उसके भाइयों को प्राप्त हैं।"

"मैं जानता हूँ कि कुन्ती और उसके पुत्रों के साथ न्याय नहीं हुआ है।" भीष्म तड़प कर बोले, "किन्तु तुम मुझे बताओ, किस परिवार में सारे पुत्रों को एक-सा व्यवहार मिलता है। परिवार का सन्तुलन बनाये रखने के लिये अनेक लोगों को कुछ त्याग भी करना पड़ता है। परिवार में कुछ बच्चे दूसरों की तुलना में अधिक हठी होते हैं। क्या तुमने कोई ऐसी माँ और उसके ऐसे पुत्रों को नहीं देखा, जिसने दोनों भाइयों को बराबर मिष्ठान्न दिया हो, और एक ने अपना भाग खा कर दूसरे के भाग को पाने के हठ न किया हो। भूमि पर लेट कर, एड़ियाँ रगड़-रगड़ कर अपने हठ से माँ को इतना क्षुब्ध न कर दिया हो कि तंग आ कर अन्ततः माँ ने स्वयं दूसरे भाई से कहा हो कि वह मिष्ठान्न का अपना भाग भी पहले को दे दे। वह उसे फिर मिष्ठान्न ले देगी।"

"हाँ! ऐसा तो परिवारों में हो ही जाता है।" अक्रूर ने सहज भाव से स्वीकार कर लिया।

"तो तुम समझ लो कि इस परिवार में धृतराष्ट्र एक ऐसा ही हठी बच्चा है; और फिर वह एक अस्वस्थ बच्चा है—जन्मान्ध! वह दूसरे बच्चे का खिलौना

ले कर बैठ गया है। उसने अपनी मुट्ठी कस कर बन्द कर ली है। एक ओर तो वह उस बालक को उसका खिलौना नहीं लौटा रहा; और दूसरी ओर वह यह सोच-सोच कर व्याकुल है कि कहीं कोई उससे वह खिलौना छीन न ले। जितना उसको समझाया जाता है कि वह खिलौना उसका नहीं है, वह उसे लौटा दे—वह उतनी ही शक्ति से अपनी मुट्ठी भींच लेता है और क्रन्दन करने लगता है।...और मैं उस बालक की माता के समान यह जानते हुए भी कि उसने दूसरे का खिलौना ले रखा है, उसे व्यर्थ ही, रुलाने की स्थिति से बचने के लिये, उसके समझ जाने और चुप हो जाने की प्रतीक्षा कर रहा हूँ।..."

"तो आप यह तो मानते ही हैं कि दूसरे बालक के साथ अन्याय हो रहा है!" अक्रूर ने कहा।

"मैंने अभी इसे न्याय और अन्याय का ऐसा प्रश्न नहीं बनाया है कि जिसके लिये यह भी स्वीकार कर लूँ कि बाहर से लोग आ कर, मेरे बच्चों को एक-दूसरे के विरुद्ध भड़कायें अथवा न्याय दिलवाने के नाम पर उन्हें एक-दूसरे से लड़वायें।" भीष्म हल्के आवेश के साथ बोले, "मुझे मालूम है कि यह राज्य युधिष्ठिर का है और अन्ततः उसे मिलना ही है। मैं वह खिलौना उसे दिलवाऊँगा ही, जिसका वह है; किन्तु अक्रूर! मेरे लिये खिलौने के आधिपत्य तथा एक बालक की असुविधा बड़ी बात नहीं है, जिसके लिये परिवार में अन्तःकलह अथवा बाहरी हस्तक्षेप हो।" उन्होंने रुक कर अक्रूर की ओर देखा, "मैं जानता हूँ कि अपने पिता के प्रश्रय में दुर्योधन अति आचरण कर रहा है, किन्तु मैं उसे अत्याचार नहीं मानता। युधिष्ठिर और उसके भाई सहिष्णु हैं। कुन्ती समझदार है। वे लोग इतनी-सी बात के लिये पारिवारिक कलह नहीं बढ़ायेंगे। उपयुक्त अवसर पर युधिष्ठिर का युवराज्याभिषेक करवाने का दायित्व मेरा है—यह मैंने धृतराष्ट्र को भी बता दिया है; और युधिष्ठिर के युवराज बन जाने पर कुन्ती और उसके पुत्रों के लिये न प्रासादों का अभाव रहेगा, न रथों और सारथियों का।..."

"मैं आश्वस्त हुआ पितृव्य!" अक्रूर बोला, "इससे अधिक हमें अब और जानना भी क्या है, और आपके वचन से बड़ा प्रमाण हमारे लिये और क्या होगा।"

भीष्म भी कुछ शान्त हुए, "मैं यह जानता हूँ कि एक हठी बच्चे के दबाव में दूसरे शान्त, सन्तुष्ट और आज्ञाकारी बच्चे को त्याग के लिये मना लेना कोई न्याय नहीं है; किन्तु न तो मैं न्यायाधीश हूँ, न ही यह न्यायाधिकरण है; और न ही युधिष्ठिर और दुर्योधन मेरे सामने वादी-प्रतिवादी बन कर खड़े हैं। यह हमारा परिवार है और हमें अपने परिवार का सामूहिक हित देखना है। मैं यह

कभी नहीं चाहूँगा कि परिवार के एक व्यक्ति को न्याय दिलाने के नाम पर सारे परिवार को ध्वस्त कर दिया जाये...।"

"मैं आपसे सहमत हूँ तात!" अक्रूर ने उत्तर दिया, "हम भी नहीं चाहते कि कौरवों में मतभेद अथवा अन्तःकलह जन्मे। हमारा अपना हित इसी बात में है कि हस्तिनापुर में कौरवों का दृढ़ और शक्तिशाली राज्य हो। हमें उनसे सहायता और सहयोग की आशा है। उनके दुर्बल होते ही हम भी दुर्बल हो जायेंगे।..."

"तुम तो राजदूतों की-सी भाषा बोलने लगे अक्रूर।" भीष्म हँस पड़े, "अच्छा यह बताओ, कैसा है तुम्हारा वह कृष्ण? मेरे मन में बार-बार यह बात आती है कि कंस का वध कर और जरासंध को पराजित कर कहीं उसके मन में साम्राज्य का स्वप्न तो नहीं जाग गया? कहीं वह अन्य राजाओं को एक-एक कर पराजित कर, राजाधिराज बनने की योजना तो नहीं बना रहा?"

"कृष्ण को राज्य नहीं चाहिए।" इस बार अक्रूर का स्वर उतना विनीत भी नहीं रह गया था, "यदि उसे राज्य की इच्छा होती, तो मथुरा के सिंहासन पर आसीन होने से उसे कौन रोक सकता था। सामान्य यादव तो आज भी उसे ही अपना राजा मानते हैं।..."

"सम्भव है कि कंस के वध से उत्पन्न असन्तोष को शान्त करने के लिये उसने उस समय तो उग्रसेन को राजा बना दिया हो, किन्तु मन में सोच रखा हो कि अनुकूल समय आने पर सत्ता का अधिग्रहण कर लेगा। उग्रसेन से राज्य छीनने में कठिनाई ही क्या है?"

"नहीं पितृव्य! मैं आपसे एकदम सहमत नहीं हूँ। कृष्ण के मन में न राज्य की आसक्ति है, न अधिकार की। उसके पास तो प्रेम है। प्रेम के अधिकार से वह किसी को भी वश में कर लेता है।..." अक्रूर ने बलपूर्वक दुहराया, "कृष्ण को राज्य नहीं चाहिए।"

"राज्य किसे नहीं चाहिए।" भीष्म कुछ कटुता के साथ बोले, "यहाँ तो जिसे देखो—सबको राज्य चाहिए।"

"कृष्ण का लक्ष्य, 'राज्य से बहुत ऊँचा है पितृव्य! बहुत विराट और बहुत महान!"

"क्या है वह लक्ष्य?..."

"धर्म-संस्थापना! राज्यों को धर्म, न्याय तथा अनासक्ति के मार्ग पर चलना सिखाना!"

"धर्म को वह जानता भी है?" भीष्म बोले, "कंस का वध धर्म-कार्य था? कृष्ण धर्म का तत्व जानता भी है, क्या वय है उसका?"

अक्रूर समझ नहीं पाया कि यह भीष्म की जिज्ञासा थी अथवा विरोध। भीष्म को भी धर्म-रक्षक माना जाता था और वय की दृष्टि से वे कृष्ण के पितामह से भी बड़े हो सकते थे। उन्होंने भी धर्म का अध्ययन, चिन्तन और मनन किया ही था। क्या कृष्ण के विषय में धर्म-संस्थापना की बात कहना, उन्हें अच्छा नहीं लगा?

"वय अधिक नहीं है तात! आपके अर्जुन का ही समवयस्क है।" अक्रूर ने उत्तर दिया, "किन्तु हमें लगता है कि वह धर्म-तत्त्व को बहुत भली प्रकार पहचानता है। वय और ऊपरी भाव-भंगिमाओं से तो अनेक बार वह एक क्रीड़ा-शील तरुण ही लगता है तात! किन्तु उसके मन में सबके लिये प्रेम है, अथाह प्रेम है उसके पास! वह प्रत्येक जीव से प्रेम करता है। इसलिये वह ठीक-ठीक समझता है कि धर्म क्या होता है।..."

"प्रत्येक जीव से प्रेम?" भीष्म ने कुछ आश्चर्य से पूछा।

"हाँ तात! प्रत्येक जीव से प्रेम! वह अपने शत्रुओं से भी प्रेम करता है।" अक्रूर ने उत्तर दिया, "वह उनका भी हित चाहता है। उनकी पीड़ा को भी अनुभव करता है।"

"मैं इसे समझ नहीं पाता!" भीष्म बोले, "वह योद्धा है या प्रेमी? कोई अपने शत्रु तथा मित्र को समान प्रेम कैसे कर सकता है? और यदि वह कंस से भी प्रेम करता था, तो उसने उसका वध क्यों किया?"

"कृष्ण चाहता है कि एक से प्रेम करने के लिये, दूसरे से प्रेम न किया जाये—यह एकदम आवश्यक नहीं है।" अक्रूर ने कहा, "और प्रेम करने वाली माता अपने पुत्र को दण्डित भी करती है; और उसका उपचार भी करती है। यह उसके हित के लिये ही होता है। कृष्ण कहता है कि कंस का अहंकार, मानसिक रोग बन चुका था। वस्तुतः अहंकार अपने-आपमें एक रोग ही तो है। अहंकार से स्वार्थ के कीटाणु जन्म लेते हैं और स्वार्थ शुद्ध मूर्खता का नाम है। व्यक्ति समझता है कि वह अपना हित साध रहा है, इसलिये उसे दूसरों का हित नहीं देखना है। कृष्ण यह नहीं मानता। वह कहता है कि इस सम्पूर्ण सृष्टि में कोई किसी से विलग नहीं है। सम्पूर्ण से पृथक कोई खण्ड नहीं है; इसलिये किसी एक व्यक्ति अथवा समुदाय को अन्य से पृथक कर देखना और उसका हित साधना, अदूरदर्शिता और अज्ञान है; और ऐसी अदूरदर्शिता सदा ही मानवता का अहित करती आयी है। हमें धर्म-निर्णय करते हुए, सम्पूर्ण सृष्टि का ध्यान रखना चाहिए। एक समुदाय का हित करने के लिये अन्य समुदायों का अहित नहीं करना चाहिए। अनेक के अहित में से किसी एक का हित हो ही नहीं सकता। मनुष्य का हित साधने के लिये, मानवेतर सृष्टि का अहित नहीं करना

चाहिए, क्योंकि सम्पूर्ण सृष्टि के हित में ही मनुष्य का हित है। गोधन के हित में गोपालों का हित है; तथा गोपालों के हित में कृषक का हित है...।"

"तुम्हारा यह कृष्ण तो मुझे योद्धा नहीं, ऋषि लगता है।" भीष्म बोले, "कोई योद्धा इस प्रकार का चिन्तन नहीं कर सकता।"

"पता नहीं पितृव्य! वह क्या है! हम तो केवल इतना जानते हैं कि वह हमारा कृष्ण है!" अक्रूर ने उत्तर दिया।

"मेरी भी इच्छा हो रही है कि मैं तुम्हारे कृष्ण से कुछ धर्म-चर्चा करूँ।" भीष्म बोले, "उससे कहना कि युधिष्ठिर के युवराज्याभिषेक के अवसर पर वह हस्तिनापुर अवश्य आये। यह मेरा निमन्त्रण है।"

"अवश्य पितृव्य! उसे तो हस्तिनापुर आना ही था—अपनी बुआ और उसके पुत्रों से मिलने! और यह कैसे सम्भव है कि वह हस्तिनापुर आये और आप को प्रणाम करने न आये। बहुत विनीत है हमारा कृष्ण!" अक्रूर बोला, "और अब तो आपका निमन्त्रण भी है। इन सबके अतिरिक्त भी एक और कारण है पितृव्य!"

भीष्म ने अक्रूर को देखा।

"कृष्ण तो प्रत्येक व्यक्ति के अपने ही भावों की प्रतिध्वनि है तात! आपने उसे पुकारा है, तो वह अवश्य ही आपको पुकारेगा...।"

"मैं समझा नहीं अक्रूर!" भीष्म ने चकित हो अक्रूर की ओर देखा।

"सब कुछ तो मेरी भी समझ में नहीं आता पितृव्य! कृष्ण को समझना सरल नहीं है, किन्तु उसका अनुभव करने में कोई कठिनाई नहीं है।" अक्रूर उठ कर खड़ा हो गया, "अच्छा पितृव्य! मुझे विदा दें!"

भीष्म भी अपने स्थान पर उठ खड़े हुए, "अक्रूर! मैंने आवेश में तुमसे बहुत कुछ कहा है; किन्तु वह कदाचित राजनीति का अंग था। यह न समझना कि मैं तुम्हें अपना आत्मीय नहीं मानता! कुन्ती का भाई, हमारे कुटुम्ब का ही अंग है पुत्र! मेरे व्यवहार को किसी अन्य भाव में ग्रहण मत करना!"

"मैं समझता हूँ तात! आपका निर्मल मन हमसे छिपा नहीं है।"

अक्रूर ने भीष्म के चरण स्पर्श कर, प्रणाम किया और बाहर चला गया।

धृतराष्ट्र ने स्वयं अपने स्थान पर खड़े हो कर राजसभा में अक्रूर का स्वागत किया, "पधारिए यादव-प्रतिनिधि!"

अक्रूर ने हाथ जोड़ कर धृतराष्ट्र का अभिवादन कर, आसन ग्रहण किया।

"अक्रूर!" धृतराष्ट्र बोला, "मैंने सुना है कि तुम अपनी छोटी बहन कुन्ती और उसके पुत्रों का समाचार जानने के लिये आये हो। अब तक तो उसके

विषय में सब कुछ जान चुके होगे। क्या तुम उनकी स्थिति से सन्तुष्ट हो?"

अक्रूर ने नहीं सोचा था कि धृतराष्ट्र उससे इस प्रकार से सीधा प्रश्न करेगा; न ही इस प्रश्न का सीधा उत्तर देना अक्रूर की नीति में उचित ही था! ...और सहसा उसे लगा कि धृतराष्ट्र का यह सीधा प्रश्न, न तो उसकी सरलता के कारण था, न अबोधता अथवा अनुभवहीनता के कारण! यह तो एक बहुत ही अनुभवी और धूर्त राजनीतिज्ञ का प्रश्न था।...यदि अक्रूर इस समय उसी प्रकार सीधा उत्तर दे कि उसकी बहन और उसके पुत्रों के साथ अन्याय हो रहा है, तो इस राजसभा में कौटुम्बिक कलह आरम्भ हो जायेगी; और कौरवों का सम्पूर्ण समर्थन धृतराष्ट्र को प्राप्त होगा...

"मेरे भागिनेय अपनी शिक्षा पूर्ण कर चुके हैं राजन! मुझे पितृव्य भीष्म ने बताया है कि आप युधिष्ठिर का युवराज्याभिषेक करने की तैयारी में हैं। निकट भविष्य में ही वह युवराज्याभिषेक होगा।" अक्रूर अत्यन्त मधुर ढंग से बोला; "ऐसे में मेरे असन्तुष्ट होने का कोई कारण नहीं है राजन!...किन्तु मैं यदि केवल अपने परिजनों से भेंट करने आया होता, उनके समाचार जानना चाहता, तो कौरव राजसभा में उपस्थित होने का मेरा कोई प्रयोजन नहीं था महाराज!..."

"राजसभा में उपस्थिति होने का कारण तो राजनीतिक ही होना चाहिए अक्रूर!"

"वह राजनीतिक ही है महाराज!"

"तो कहो अक्रूर! मैं सुन रहा हूँ।"

"महाराज! जैसा कि आप जानते हैं कि मथुरा में अत्याचारी कंस का वध कर यादवों ने पुनः महाराज उग्रसेन को सिंहासन पर बैठा दिया है। इससे मथुरा में स्वेच्छाचारी, अत्याचारी तथा नृशंस शासन के स्थान पर यादवों का अपना सर्वप्रिय तथा कल्याणकारी शासन स्थापित हुआ है। यादवों का आत्मविश्वास लौट आया है। वे लोग अब कंस की दलित, दमित तथा निरीह प्रजा न हो कर, मथुरा के स्वतन्त्र और समर्थ नागरिक हैं। उन्हें मालूम है कि अपने सुख, कल्याण, स्वतन्त्रता तथा अधिकारों की रक्षा उन्हें स्वयं ही करनी है। इसलिये वे अपने समाज के निर्माण में लगे हैं और चाहते हैं कि फिर उन्हें पहले के समान पीड़ित और शोषित स्थिति में न लौटना पड़े।"

"यह तो स्वाभाविक ही है अक्रूर!" धृतराष्ट्र बोला, "कोई भी प्रजा क्यों चाहेगी कि वह अपने भुक्त कष्टों को पुनः भोगे।"

"किन्तु हमारी इच्छा से तो सृष्टि नहीं चलती महाराज!" अक्रूर ने अपनी बात आगे चलायी, "यादवों के पीड़न में जो राजा, कंस के सहायक थे, उन्हें

स्वतन्त्र और समर्थ यादव राज्य कैसे सह्य होगा! जरासंध यादवों की भूमि को मगध साम्राज्य का अंग बना लेना चाहता था। यादव उसके लिये स्वतन्त्र राज्य के नागरिक नहीं थे; मागधों की सुख-सुविधाएँ जुटाने के पदार्थ मात्र थे। उसके लिये यादवों का उपभोग इतना ही था कि वे उसके सैनिकों के रूप में अपने प्राण दें, उसके सैनिक-प्रयाणों के लिये पथों का निर्माण करने वाले श्रमिकों के रूप में काम आयें, उसकी सेनाओं के लिये अन्न उत्पन्न करें, पशुओं का पालन कर, उनके तथा सभासदों के लिये माँस उपलब्ध करायें, मागध सामन्तों तथा धनी नागरिकों द्वारा दासों तथा भृत्यों के रूप में काम करें।...तो महाराज! जरासंध और उसके सहयोगी राजा, यह कैसे सहन करेंगे कि यादव स्वतन्त्रता, सम्पन्नता तथा सम्मान के साथ जीवन-यापन करें..."

"तो?" धृतराष्ट्र बोला, "तो क्या यादवों को जरासंध से युद्ध के लिये हमारी सहायता चाहिए?"

"नहीं महाराज! यादव व्यर्थ ही युद्ध कर, नर-संहार करना नहीं चाहते!" अक्रूर बोला, "हमें सैनिक सहायता की आवश्यकता नहीं है। हमारे लिये तो आपका प्रेम ही बहुत है। मैं तो केवल यह निवेदन करना चाहता हूँ कि इस जम्बू-द्वीप में विभिन्न राजाओं की मैत्री-अमैत्री के आधार पर संधियाँ भी होंगी, शक्ति सन्तुलन भी बनेंगे बिगड़ेंगे और सेनाओं का आवागमन भी आरम्भ होगा।...और बहुत सम्भव है महाराज! कि मागधों और पांचालों में कोई संधि हो जाये..."

"क्यों! जरासंध और द्रुपद में संधि का कोई कारण? मुझे तो उनकी मैत्री का कोई समानाधार दिखायी नहीं देता।" धृतराष्ट्र बोला।

इससे बड़ा समानाधार क्या हो सकता है महाराज! कि जरासंध, मथुरा पर आक्रमण करने के लिये अपने लिये मित्र बटोर रहा है; और द्रुपद अपने शत्रु हस्तिनापुर से अपने अपमान का प्रतिशोध लेने के लिये कोई शक्तिशाली मित्र ढूँढ रहा है।" अक्रूर ने कहा, "और यदि मागधों तथा पांचालों में संधि हो गयी तो पांचाल प्रतिशोध के लिये हस्तिनापुर पर आक्रमण अवश्य करेंगे।..."

"तो क्या कौरव उनसे भयभीत हैं?" धृतराष्ट्र बोला, "हम पांचालों तथा मागधों की सम्मिलित सेना का भी प्रतिकार करने में समर्थ हैं।"

"मेरा अभिप्राय यह नहीं था महाराज!" अक्रूर बहुत शालीन स्वर में बोला, "हम तो केवल इतना चाहते हैं कि हस्तिनापुर सावधान रहे, सजग रहे, तत्पर रहे। हस्तिनापुर में दृढ़ और शक्तिशाली शासन हो।" अक्रूर ने जोड़ा, "मैं तो केवल इतना बताने आया हूँ महाराज! कि हस्तिनापुर के दुर्बल होने का प्रश्न ही नहीं है। ऐसी स्थिति में सम्पूर्ण यादव सेना कृष्ण और बलराम के नेतृत्व में,

युधिष्ठिर की सहायता के लिये हस्तिनापुर आयेगी।"

अक्रूर मौन हो गया और कौरव सभा अवाक बैठी रह गयी।

क्या अभिप्राय है अक्रूर का—धृतराष्ट्र सोच रहा था—कृष्ण, केवल युधिष्ठिर की सहायता के लिये आयेगा...दुर्योधन की सहायता के लिये नहीं आयेगा?...क्या अक्रूर उसे यही प्रश्न पूछने के लिये बाध्य करना चाहता है? किन्तु धृतराष्ट्र यह प्रश्न कैसे पूछ सकता है? उसके यह पूछने का ही अर्थ होगा कि वह युधिष्ठिर के स्थान पर दुर्योधन को युवराज बना रहा है... कहीं इसका यह अर्थ तो नहीं कि यदि दुर्योधन हस्तिनापुर का शासक हुआ, तो कृष्ण भी पांचालों की सहायता करेगा?...धृतराष्ट्र के मन में आया कि वह तत्काल इस अक्रूर को बताये कि हस्तिनापुर के पास भीष्म, द्रोण तथा कृपाचार्य जैसे महावीर हैं...कर्ण, अश्वत्थामा और दुर्योधन जैसे योद्धा हैं...किन्तु तत्काल ही उसके अपने मन ने उसे टोक दिया! भीष्म वृद्ध हैं, द्रोण वीर होते तो द्रुपद को अपमानित करने के लिये इतने दिन हस्तिनापुर में बैठे तैयारी न करते रहते, कर्ण और दुर्योधन की वीरता, पांचालों के साथ युद्ध में प्रकट हो चुकी है।...योद्धा तो पाण्डव ही हैं...जब वे गुरु-दक्षिणा के लिये दुर्योधन के साथ मिल कर नहीं लड़े, तो पांचालों के आक्रमण के समय क्यों लड़ेंगे?...

"और यदि पांचालों और मागधों में संधि नहीं हुई तो?" धृतराष्ट्र ने पूछा।

"तो जरासंध हस्तिनापुर से मैत्री चाहेगा। और हम यह नहीं चाहेंगे कि जरासंध मथुरा के इतने निकट हस्तिनापुर में अपना स्कन्धावार डाले, इसलिये जरासंध पर यादव सेना आक्रमण भी करेगी।" अक्रूर ने दृढ़ स्वर में कहा, "हम नहीं चाहेंगे कि यादवों और मागधों की युद्धाग्नि में हमारा मित्र हस्तिनापुर जले; किन्तु यदि हस्तिनापुर अपनी भूमि पर यह युद्ध आमन्त्रित करता ही है, तो यादवों की सहायता के लिये पांचाल भी आयेंगे..."

"किन्तु हस्तिनापुर मागधों से सन्धि नहीं करता तो?..." धृतराष्ट्र ने कुछ इस प्रकार पूछा, जैसे कह रहा हो कि हस्तिनापुर, जरासंध से संधि करेगा ही क्यों?

"ऐसी स्थिति में स्वयं जरासंध हस्तिनापुर पर आक्रमण करेगा।" अक्रूर बोला, "किन्तु ऐसी स्थिति में युधिष्ठिर की सहायता के लिये कृष्ण के नेतृत्व में यादव सेना आयेगी।"

धृतराष्ट्र के पुनः चौंकने की बारी थी...अक्रूर ने थोड़ी देर में यह दूसरी बार युधिष्ठिर की सहायता के लिये यादव सेना के आने की बात कही थी—और वह भी हस्तिनापुर की मैत्री की ओट में। वह मित्रता भी जता रहा

था और धमकियाँ भी दे रहा था; और आश्चर्य की बात थी कि पितृव्य भीष्म ने भी इन धमकियों के विरोध में कुछ नहीं कहा था। न ही इस बीच में विदुर ने ही कोई टिप्पणी की थी। क्यों नहीं बोल रहे वे लोग?...और सहसा धृतराष्ट्र के मन में भय जागा : कहीं दुर्योधन बीच में ही न बोल पड़े। वह बोला तो कोई-न-कोई अनिष्ट हो कर ही रहेगा।...

"हमें प्रसन्नता है अक्रूर!" सहसा धृतराष्ट्र कुछ सोच कर बोला, "कि संकट की घड़ी में हम अकेले नहीं होंगे। कृष्ण और यादवों की सद्भावना के प्रति मेरे मन में प्रशंसा के भाव हैं।"

"कृष्ण आपके दर्शनों के लिये भी बहुत उत्सुक हैं महाराज! अपनी समस्याओं में उलझे रहने के कारण वह अभी तक हस्तिनापुर आ नहीं सका। किन्तु वह शीघ्रातिशीघ्र हस्तिनापुर आना चाहता है।"

"तो उसे हमारा निमन्त्रण दो।" धृतराष्ट्र अपने चेहरे पर प्रसन्नता का भाव ले आया, "उससे कहो कि मैंने उसे हस्तिनापुर बुलाया है।"

"वह युधिष्ठिर के युवराज्याभिषेक के अवसर पर अवश्य आयेगा महाराज!" अक्रूर ने कहा, "आप अभिषेक की तिथि घोषित करें। कृष्ण अपनी यात्रा की तैयारी आरम्भ कर देगा!"

आज अक्रूर की वार्तालाप-पद्धति देख कर विदुर को पहली बार लगा था कि हस्तिनापुर का महामन्त्री होते हुए भी उसे कूटनीतिक वार्तालाप का कोई अनुभव नहीं था। अक्रूर कौरवों की भरी सभा में युधिष्ठिर के युवराज्याभिषेक के लिये न केवल धृतराष्ट्र पर दबाव डाल रहा था, वरन धमकियाँ दे रहा था; और उसकी शैली ऐसी थी, जैसे परिवार का कोई आत्मीयजन अपने स्नेह का प्रदर्शन कर रहा हो।...किन्तु अब अक्रूर धृतराष्ट्र को घेर कर उस मोड़ पर ले आया था, जहाँ से धृतराष्ट्र के लिये न लौटना सम्भव था और न ही आगे बढ़ना...

किन्तु विदुर ने अत्यन्त आश्चर्य से देखा कि धृतराष्ट्र ने न कोई आनाकानी की, न उसके चेहरे पर कोई असमंजस जागा; उसने अत्यन्त प्रसन्नता से कहा, "मैं इस विषय में सोच ही रहा था। पितृव्य का भी बहुत आग्रह था कि यह शुभ कार्य शीघ्र सम्पादित हो जाना चाहिए। शरद-पूर्णिमा का दिन कैसा रहेगा अक्रूर?"

भीष्म के भी अधरों पर उल्लास जागा। धृतराष्ट्र की अनिच्छा से वे परिचित थे; किन्तु आज तो धृतराष्ट्र ने सहर्ष तिथि की घोषणा कर दी थी। भीष्म को प्रसन्नता हुई...अक्रूर के सम्मुख जो वचन उन्होंने दिया था, वह स्वतः ही सम्पन्न हो गया। उनके मन पर से जैसे एक बोझ उतर गया।....भीष्म की

दृष्टि दुर्योधन की ओर भी गयी : वह अपने स्थान पर जैसे अवाक बैठा था। भीष्म जानते थे कि दुर्योधन बोला, तो कुछ-न-कुछ अशोभन ही बोलेगा...न ही बोले, तो अच्छा है! कर्ण का चेहरा भी बहुत तमतमाया-सा लग रहा था...

"बहुत ही उत्तम तिथि है महाराज!" अक्रूर ने कहा, "मैं मथुरा जा कर सूचना देता हूँ। आपके इस महोत्सव में यादव लोग पूर्ण उत्साह से सम्मिलित होंगे!"

और तभी उसने देखा कि दुर्योधन उठ कर खड़ा हो गया। वह सर्वथा विक्षिप्त-सा लग रहा था। अच्छा ही था कि धृतराष्ट्र उसे देख नहीं सकता था, अन्यथा बहुत सम्भव था कि उसे कोई मानसिक उन्माद हो जाता।

लगा कि दुर्योधन कुछ कहने का प्रयत्न कर रहा है; किन्तु अगले ही क्षण जैसे उसने कुछ कहने का विचार त्याग दिया और पैर पटकता हुआ सभा से बाहर चला गया।

"क्या हुआ विदुर?" धृतराष्ट्र ने पूछा।

"राजकुमार दुर्योधन अपने मित्र कर्ण के साथ सभा छोड़ गये हैं महाराज!"

"मूर्ख है।" धृतराष्ट्र ने जैसे स्नेहसिंचित स्वर में कहा, "कोई बात नहीं। मैं उसे मना लूँगा।"

"मैं विदा लेता हूँ महाराज!" अक्रूर ने हाथ जोड़ दिये।

धृतराष्ट्र भी उठ खड़ा हुआ।

गान्धारी ने धृतराष्ट्र को मात्र स्पर्श ही नहीं किया, उसकी भुजा अपने हाथों में थाम कर, कुछ इस प्रकार दबायी, जैसे उसे डाँट रही हो और फिर धीमे स्वर में बोली, "आज आपको क्या हुआ?"

धृतराष्ट्र समझ रहा था कि गान्धारी क्या कह रही है, फिर भी उसने अपने स्वभावनुसार पूछा, "क्यों? क्या हुआ?"

"आप नहीं जानते कि क्या हुआ!" गान्धारी का स्वर कुछ तीखा पड़ा, "न केवल युधिष्ठिर का युवराजत्व घोषित किया, उसके अभिषेक की तिथि भी घोषित कर दी?"

"हाँ! बहुत दिनों से सोच रहा था कि यह कार्य भी करना है; आज अवसर मिला तो कर डाला।" धृतराष्ट्र अत्यन्त भाव शून्य स्वर में बोला, जैसे कोई विशेष बात हुई ही न हो।

धृतराष्ट्र की इस शैली पर गान्धारी खीझ जाया करती थी, किन्तु आज वह उबल पड़ी, "आप जातने भी हैं कि आपने क्या कर डाला है?"

"क्या कर डाला है?" धृतराष्ट्र शान्त स्वर में बोला, "जिसका अधिकार था, उसे लौटा दिया है। मैं अपने भाई के स्थान पर हस्तिनापुर के शासन की देख-भाल कर रहा था। अब भाई का पुत्र इतना बड़ा हो गया है कि राज्य उसे लौटा दिया जाना चाहिए था। बहुत दिनों से वह प्रतीक्षा कर रहा था। उसकी अपेक्षा पूरी हुई। मेरा दायित्व पूरा हुआ। हस्तिनापुर में धर्म की स्थापना हुई।..."

धृतराष्ट्र का एक-एक शब्द गान्धारी को वज्र के आघात जैसा लग रहा था। अन्तर केवल इतना ही था कि वज्र कभी मस्तक पर बजता था और कभी उसके वक्ष पर! और धृतराष्ट्र का यह प्रलाप था कि उसका अन्त ही नहीं हो रहा था, वह चलता ही जा रहा था। गान्धारी को लग रहा था कि उसका जीवन समाप्त हो जायेगा, किन्तु धृतराष्ट्र का यह प्रलाप समाप्त नहीं होगा।...

"आर्यपुत्र!"

धृतराष्ट्र को लगा, यह स्वर गान्धारी का नहीं था, यह तो जैसे कोई नागिन फुफकारी थी। वह चुप हो गया।

"आपने वर्षों से पोषित, अपनी, मेरी, दुर्योधन की...अपने सारे पुत्रों की साध समाप्त कर दी! किसी और ने किया होता, तो शायद मैं धैर्य भी धारण कर लेती। इसे अपना भाग्य मान लेती; किन्तु आपने स्वयं अपने हाथों अपने पुत्र के अधिकार को आग लगा दी। क्यों किया आपने? क्यों?...राजसभा में ऐसी घोषणा करने से पहले, किसी से चर्चा तो की होती, किसी से परामर्श किया होता। कोई संकेत तो किया होता कि आपके मन में क्या है। दुर्योधन, शकुनि, मैं ...कोई भी क्या कर सकता है—यदि आप स्वयं ही अपने पुत्रों का अनिष्ट करने पर तुले हों तो।..."

गान्धारी मौन हो गयी। धृतराष्ट्र भी कुछ नहीं बोला। वह अपनी सूनी-सूनी, दृष्टिहीन आँखों की पुतलियाँ घुमाता रहा।

जब उसके मौन से गान्धारी का धैर्य चुक गया तो वह बोली, "दुर्योधन कह गया है कि जिस दिन युधिष्ठिर का युवराज्याभिषेक होगा, उस दिन वह आत्महत्या कर लेगा।"

"वध से तो आत्महत्या ही अच्छी है।"

धृतराष्ट्र का यह वाक्य गान्धारी के मस्तिक में इस प्रकार घूम गया, जैसे गरजते हुए सागर की उछलती हुई लहरों पर से प्रभंजन, घर्षण करता निकल जाता है। क्रोध की झाग, जैसे पवन के स्पर्श से शान्त हो कर विलीन हो गयी।

"क्या कहना चाहते हैं आप?" उसने पूछा।

"मैं कुछ भी नहीं कहना चाहता," धृतराष्ट्र बोला, "मैंने तो केवल वही सुना है, जो समय मेरे कानों में कह रहा है। ज्ञान-चक्षु हूँ न मैं, तो मैंने दूर तक देखा है।"

"क्या?"

"हमारे चारों ओर कुछ अत्यन्त प्रबल राजनीतिक शक्तियाँ उभर रही हैं। बहुत सम्भव है–भयंकर युद्ध हों। पांचाल, यादव, मागध...हस्तिनापुर को भी चाहिए कि वह शक्तिशाली बने। हस्तिनापुर का सम्राट तो जन्मान्ध, दुर्बल और रोगी वृद्ध है। वह युद्ध में जा नहीं सकता। अतः मैंने हस्तिनापुर के शक्तिशाली युवराज के अभिषेक की घोषणा कर दी है।"

"युधिष्ठिर की तुलना में दुर्योधन कहीं शक्तिशाली है।" गान्धारी ने प्रतिवाद किया।

"यह तो तुम कहती हो।" धृतराष्ट्र अत्यन्त शान्त स्वर में बोला, "मैं तो इतना ही जानता हूँ कि दुर्योधन अपने सारे मित्रों और सहयोगियों के साथ द्रुपद से पराजित हो कर आया था; और युधिष्ठिर ने केवल अपने भाइयों की सहायता से द्रुपद को बाँध कर आचार्य द्रोण के चरणों में डाल दिया था।...तो कौन है अधिक शक्तिशाली?"

"यदि यह सत्य भी है तो इससे पहले कि कोई हमसे हस्तिनापुर छीन ले, हम अपने हाथों अपना राज्य युधिष्ठिर को दे दें?" गान्धारी चीत्कार कर बोली।

"मैंने राज्य किसी को दिया नहीं है महारानी!" धृतराष्ट्र का स्वर और भी शान्त हो गया, "मैंने तो युद्ध करने के लिये एक युवराज की नियुक्ति की है। ...पांचालों और मागधों में संधि हो जाये तो द्रुपद और जरासंध की सम्मिलित सेनाएँ हस्तिनापुर पर आक्रमण करेंगी। उनसे युद्ध करने के लिये, युवराज युधिष्ठिर अपने भाइयों के साथ जायेगा..."

"उस युद्ध में केवल युधिष्ठिर और उसके भाई ही जायेंगे क्या? क्या दुर्योधन युद्ध करने नहीं जायेगा?" गान्धारी ने पुनः आपत्ति की।

"क्या आवश्यकता है? हस्तिनापुर से उसका सम्बन्ध ही क्या है कि वह युद्ध करे! जब द्रुपद पर दुर्योधन ने आक्रमण किया था, तो पाण्डव अलग हट कर, एक ओर खड़े हो गए थे। जिस समय पांचालों और मागधों से पाण्डव लड़ने जायें, उस समय दुर्योधन को भी वही करना चाहिए। पाण्डव युद्ध करेंगे, तो उनकी सहायता के लिये यादव आयेंगे, कृष्ण आयेगा। मागधों, पांचालों, यादवों तथा पाण्डवों की सेनाएँ लड़ेंगी, मरेंगी। ये सब दुर्बल हो जायेंगे। तब दुर्योधन को निश्चय करना होगा कि, वह किससे मैत्री करे। निश्चय करने को

अधिक नहीं है। वह सरलता से, विजयी पक्ष से मित्रता कर सकता है...।"

गान्धारी मुग्ध मन से पति की वाणी को सुन रही थी...ठीक ही तो कह रहे थे आर्यपुत्र! एक तो दुर्योधन, युद्ध से दूर रहेगा, दूसरे उनके शत्रु दुर्बल होंगे। वह युद्ध में तटस्थ रहेगा, तो युद्ध के पश्चात किसी से भी मित्रता कर सकता है...

"किन्तु यदि पांचालों और मागधों में ऐसी संधि न हुई तो?" गान्धारी ने पूछा।

"तो जरासंध, हस्तिनापुर से संधि करेगा। युद्ध तब भी होगा। तब युधिष्ठिर और जरासंध एक ओर होंगे, तथा कृष्ण और द्रुपद दूसरी ओर! स्थिति में बहुत अन्तर नहीं पड़ेगा। दुर्योधन इस युद्ध के पश्चात भी विजयी पक्ष से संधि कर सकता है।" धृतराष्ट्र ने उत्तर दिया।

"और यदि युधिष्ठिर ने जरासंध से संधि ही न की?" गान्धारी ने पुनः शंका की।

"तो जरासंध स्वयं युधिष्ठिर पर आक्रमण करेगा। युधिष्ठिर की सहायता को कृष्ण आयेगा...युद्ध तो फिर भी होगा ही; और उसमें कोई-न-कोई विजयी भी होगा। दुर्योधन उसी से संधि करे, जो विजयी हो।..."

किन्तु गान्धारी के न द्वन्द्व समाप्त हुए थे, न शंकाएँ ही शान्त हुई थीं, "और यदि युद्ध ही न हुआ तो?"

"ऐसा भी कभी हुआ है?" धृतराष्ट्र निश्चित स्वर में बोला, "इतने सारे वीर क्षत्रिय एकत्रित हो गये हैं। सबके हाथों में शस्त्र चमक रहे हैं। सबको अपनी वीरता पर अभिमान है। युद्ध तो होगा ही देवि!"

"और यदि युद्ध में युधिष्ठिर ही विजयी हुआ तो?"

"शक्तियों का प्राबल्य तभी तब बना रहता है, जब तक युद्ध नहीं होते। युद्धों के पश्चात तो बड़ी-से-बड़ी शक्ति क्षीण हो जाती है। प्रबल वही रहता है, जो युद्ध में सम्मिलित नहीं होता।" धृतराष्ट्र ने कहा, "यादवों का रक्त तनिक ठण्डा हो लेने दो। इस समय विजय के मद में वह बहुत उफ़ान पर है। एक बार पांचालों को भी जरासंध अथवा कृष्ण से भिड़ लेने दो। तब भी युधिष्ठिर युवराज बना रहा तो फिर मैं अपनी भूल सुधारने के लिये तुमसे अवश्य विचार-विमर्श करूँगा।"

गान्धारी को लगा, उसके पति सचमुच ज्ञान-चक्षु हैं। कितनी दूर तक देख गये हैं वे। दुर्योधन को समझा देगी, उसके पिता ने ठीक ही निर्णय किया है।

19

द्रुपद कुछ समझ नहीं पा रहा था : वह क्रुद्ध है अथवा पीड़ित है, अथवा भयभीत है! कभी तो उसे लगता था कि वह अत्यन्त आक्रामक मनःस्थिति में है—इतनी आक्रामक कि वह सम्पूर्ण सृष्टि को जला कर भस्म कर देना चाहता है; और कभी उसे लगता था, वह सर्वथा असमर्थ हो चुका था। इतना कि उसके अंग उसका साथ नहीं दे पा रहे थे। क्रोध से जलते हुए उसके अंग जैसे काँपने लगते थे, इतने कि इच्छा होने पर भी उन्हें नियन्त्रित नहीं किया जा सकता था। इस स्थिति में कैसे करेगा वह युद्ध? कैसे अपने शत्रुओं का नाश करेगा?

द्रोण! द्रोण आज उसका शत्रु हो गया है। बाल्यावस्था का मित्र! सहपाठी! गुरुपुत्र! वही द्रोण आज शत्रु हो गया है। क्या दोष था द्रुपद का? मात्र सत्य-कथन? सत्य बोलना द्रुपद का स्वभाव रहा है। द्रुपद ने द्रोण को कभी अपमानित करना नहीं चाहा था। कोई कारण ही नहीं था। उसका द्रोण से विरोध ही क्या था? उसके मन में द्रोण के लिये न कोई वैर था, न द्वेष, न ईर्ष्या! द्रोण को अपमानित कर उसे क्या सुख मिलता!...द्रुपद अपने मन के एक-एक कोने को खोजता है, बार-बार उलटता-पलटता है और जानना चाहता है कि क्या उसके मन में द्रोण के लिये कोई दुर्भाव था? आज तक उसके मन ने एक बार भी सांकेतिक स्वीकृति तक नहीं दी थी!...उसके मन में द्रोण के लिये कोई दुर्भाव नहीं था। वस्तुतः वह तो उसकी सहायता करना चाहता था। सहायता की दृष्टि से तो उसने कहा था कि द्रोण के आश्रम को पांचालों का आश्रय सदा प्राप्त रहेगा। और वह कह ही क्या सकता था? एक गुरुकुल और राजसभा में मैत्री कैसे हो सकती है; उनमें तो आश्रित और आश्रयदाता का ही सम्बन्ध हो सकता है...सत्य का एक वाक्य सहन नहीं कर पाया द्रोण! इस सत्य से वह अपमानित हुआ? सत्य से भी कभी कोई अपमानित हो सकता है? इसका कहीं यह अर्थ नहीं है कि द्रुपद ने उसे अपमानित किया—द्रोण स्वयं ही अपनी स्थिति को अपमानजनक समझ रहा था। आचार्य के रूप में वह स्वयं को हीन मान रहा था। अन्यथा उसे राजा की मित्रता की क्या आवश्यकता थी। यदि द्रोण, आचार्य के स्थान पर ऋषि बना होता—अपने पिता ऋषि भारद्वाज के समान, अपने श्वसुर ऋषि शरदवान के समान, तो कदाचित उसके मन में यह हीनताबोध ही न होता...

और द्रोण ने अपना पाप नहीं देखा। उसने अपने मन के कलुष को नहीं देखा! उसने सत्य-कथन के लिये द्रुपद को अपराधी मान, उसे दण्डित करने का

प्रयत्न किया। क्या था वह—द्रोण का अहंकार? अहंकारी तो वह अपने शैशव से ही था। गुरु-पुत्र के रूप में वह स्वयं को राजपुत्र से श्रेष्ठ मानता रहा। सहपाठी के रूप में भी वह अपनी विद्या के आधार पर स्वयं को श्रेष्ठ मानता रहा। उसमें अहंकार—स्वयं को श्रेष्ठ मानने का भाव तथा हीन-भावना—दोनों ही एक साथ कैसे थीं...या फिर क्या हीन भावना ही अहंकार को जन्म देती है?

किन्तु अब कुछ भी सोचने का समय नहीं था। द्रोण ने द्रुपद का अपमान किया था, उसे वंचित किया था। यह अपमान नहीं था जिसे क्षमा किया जा सके। द्रोण ने उसे बद्ध पशु के समान बाँध कर मँगवाया था। अपने शिष्यों, सैनिकों और राजकर्मचारियों के सम्मुख अपने मन का सारा कलुष उसने द्रुपद के ऊपर ऊँढ़ेला था...और...और उसका आधा राज्य छीन लिया था...आर्यावर्त्त में बड़े-से-बड़े अपराध के लिये भी किसी राजा ने, दूसरे राजा का राज्य नहीं छीना, और यह द्रोण, ब्राह्मण द्रोण, तपस्वी द्रोण, आचार्य द्रोण...इस द्रोण ने उसका राज्य छीन लिया...

कायर कहीं का। इतना ही अभिमान था अपनी शस्त्र-विद्या का तो स्वयं लड़ने आता...किन्तु नहीं! एक छोटी-सी सत्योक्ति को वर्षों तक अपने मन में विष-वृक्ष के समान पालता रहा। पांचालों के परम्परागत विरोधी कुरुओं की शरण में गया। कुरु राजकुमारों की शिक्षा देता रहा; और उनके मन में विष भरता रहा। उन्हें भेज दिया युद्ध के लिये, और स्वयं हस्तिनापुर में बैठा रहा ...कायर!...कायर!...कायर! इतना ही अहंकार था तो द्रुपद को द्वन्द्व-युद्ध के लिये आमन्त्रित करता, द्वैरथ-युद्ध करता—श्रेष्ठ शस्त्र-विज्ञ हो कर भी, धनुर्वेद का आचार्य हो कर भी, साहस नहीं कर पाया...द्रुपद के शत्रुओं से जा मिला और उसके राजकुमारों को भेज दिया...

अब किस-किससे प्रतिशोध ले द्रुपद? द्रोण से? उसे आश्रय देने वाले भीष्म से? उसका उपकरण बन कर आने वाले कुरु राजकुमारों से?...

कैसे प्रतिशोध ले द्रुपद? युवावस्था नहीं रह गयी है उसकी। अंग शिथिल हो रहे हैं। वैसे भी अकेला है द्रुपद! किस-किससे युद्ध करे वह—भीष्म से? द्रोण से? कृप से? अर्जुन, भीम, दुर्योधन, कर्ण, अश्वत्थामा? ...किस-किससे? द्रुपद के पक्ष से लड़ने वाला है कौन? मात्र एक अकेला धृष्टद्युम्न! शिखण्डी क्या युद्ध करेगा—कन्याओं-सरीखा युवक! घर छोड़ कर जाने कहाँ भाग गया है।...द्रुपद उसे खोजने जाये, या युद्ध करे!...किन्तु यदि द्रुपद अपने इस अपमान का प्रतिशोध नहीं लेगा, अपना राज्य वापस नहीं लौटाएगा, तो आर्यावर्त्त के राजाओं की दृष्टि में क्या सम्मान रह जायेगा उसका? क्या सोचेगी उसकी प्रजा? कायर और दुर्बल राजा की प्रजा कैसे सिर

उठा कर सम्मानपूर्वक जियेगी? सोमकवंशी राजाओं के गर्व का क्या होगा?...

सोच-सोच कर जैसे द्रुपद के सिर की शिराएँ फटने लगती थीं। न वह इसे भूल सकता था, न ही कुछ कर सकता था। कई बार मन में आया कि सेना सज्जित कर, हस्तिनापुर पर नहीं, तो कम-से-कम अहिछत्र पर ही आक्रमण कर दे...किन्तु उसका विवेक तत्काल टोक देता था।...क्या लाभ? वह जानता है कि उसकी सेना, कुरु साम्राज्य की सेना को पराजित नहीं कर पायेगी। वह अकेला, इतने सारे कुरु महारथियों से पार नहीं पा सकेगा।...पराजित हो कर वह लौटना नहीं चाहेगा।...यह तो निश्चित आत्महत्या है।...इस अपमान के पश्चात आत्महत्या तो उसकी असमर्थता को, उसकी कायरता में परिणत कर देगी। कलंक धुलेगा नहीं, और भी गम्भीर हो जायेगा।...और यदि उसने वीरगति को अंगीकार किया तो पीछे धृष्टद्युम्न, द्रौपदी और उस शिखण्डी का क्या होगा?...जो पिता के रहने पर इतने असुरक्षित हैं, वे पिता के न रहने पर क्या करेंगे?

द्रुपद की असमर्थता, क्रोध बन-बन कर उसे जला रही थी, और जल-जल कर वह और भी असमर्थ होता जा रहा था...जाने विधाता उसे किस अपराध का यह दण्ड दे रहा था—अब तो जैसे सारा जीवन उसे जलना-ही-जलना था ...निष्फल...निर्धूम...एक क्षत्रिय का यह कैसा निरर्थक जीवन था...वैर, विरोध, आक्रोश, प्रतिहिंसा और घृणा को अपने मन-ही-मन बसाये रख कर किसी व्यक्ति के जीवन में कहीं भी कोई शान्ति का क्षण हो सकता है क्या?

दासी ने आ कर प्रणाम किया, "महाराज भोजन के लिये भीतर पधारेंगे, अथवा यहीं व्यवस्था करने का आदेश है?"

द्रुपद ने बड़ी अनिच्छा से दासी की ओर रेखा। उसके मन में आया कि पूछे कि भोजन से बढ़ कर कोई समस्या नहीं है क्या उसके जीवन में? क्यों वह भोजन के परे और कुछ सोच नहीं पाती? मान-अपमान उसके लिये कुछ भी नहीं है? स्वत्व और स्वाभिमान का कोई अस्तित्व नहीं है, उसके जीवन में? क्यों वह बार-बार मात्र भोजन का स्मरण कराने के लिये आती है?

किन्तु यह सब कहा नहीं उसने। बहुत मन्द स्वर में मात्र इतना कहा, "मुझे भूख नहीं है!"

दासी हाथ जोड़ कर चली गयी, किन्तु उसने जाते ही उधर से कृष्णा को भेज दिया, "पिता जी! आप अपने साथ इतना अत्याचार क्यों कर रहे हैं?"

बिना कहे भी द्रुपद समझ गया कि उसकी पुत्री का संकेत किस ओर है। सायास वाणी को स्नेह-सिंचित करता हुआ बोला, "मुझे सचमुच भूख नहीं है कृष्णा! कुछ भी खाने की इच्छा नहीं है।"

"आप इस प्रकार चिन्ता करते रहेंगे, तो भूख कहाँ से लगेगी!" द्रौपदी आ कर अपने पिता के पास खड़ी हो गयी। उसने स्नेह से पिता के कंधे पर हाथ रखा, "आपकी पीड़ा को देख कर सारा परिवार दुखी है। न माँ को भूख लग रही है, न भैया को। मैं ही कहाँ कुछ खा-पी रही हूँ।" उसने रुक कर पिता को देखा, "क्या इस यातना से मुक्ति का कोई मार्ग नहीं है पिता जी?"

द्रुपद चुपचाप कुछ सोचता रहा। फिर बोला, "मैं ब्राह्मण होता तो थोड़ा प्रयत्न कर, उसके अपराध को क्षमा कर देता; और अपने अपमान को भूल जाता, किन्तु पुत्रि!" उसने द्रौपदी की ओर देखा, "मैं क्षत्रिय हूँ। क्षत्रिय अग्नि-पुत्र है, जब तक बुझ ही न जाये, जलता ही रहता है; और जलना तो कष्टप्रद होता ही है।"

"तो पिता जी! द्रौपदी (कृष्णा) आप अकेले ही क्यों जलें। हम सब साथ ही क्यों न जलें। दावाग्नि के समान क्यों जलें, यज्ञाग्नि के समान क्यों न जलें। जलें तो एक उद्‌देश्य के लिये जलें। आत्मदहन हमारा लक्ष्य न हो, शत्रुदहन हमारा गन्तव्य हो। आप यज्ञ की दीक्षा लीजिए पिता जी! और हमें यज्ञ में अपने साथ लीजिए। हमें भी अग्निदीक्षित कीजिए। हमें यज्ञाग्नि से अपने लक्ष्य के लिये प्राप्त कीजिए। हम अपने पिता के काम न आये तो हमारे जीवन की सार्थकता ही क्या है पिता जी?"

द्रुपद ने जैसे पहली बार आँखें खोल कर अपनी पुत्री को देखा : ऐसी है उसकी कृष्णा! यह उसकी पुत्री नहीं, उसकी संजीवनी है! कैसा उत्साह भर आता है, उसके शब्दों से! ठीक तो कहती है वह, कि जीना है, तो लक्ष्य ले कर जियें और उत्साहपूर्वक जियें!

"जो कुछ कह रही हो, उसका अर्थ समझती हो कृष्णा?"

"समझती हूँ पिता जी!" वह बोली।

"एक बार यज्ञ-दीक्षित होने का अर्थ होगा, कि तुम्हारे जीवन का अपना कोई सुख-दुख, इच्छा-अनिच्छा...कुछ नहीं रह जायेगा। सब कुछ यज्ञ को समर्पित होगा! तुम नारी नहीं रहोगी, काष्ठ की समिधा हो जाओगी। अब तुम हवन-कुण्ड से बाहर रहोगी, काष्ठ का जीवन जीओगी, और जब हवन-कुण्ड को समर्पित की जाओगी, तो जल कर अपना अहोभाग्य मानोगी।"

"जानती हूँ पिता जी!"

"तुम ऐसा जीवन जीने के लिये तैयार हो?"

"पिता के सुख के लिये सब कुछ करने को तैयार हूँ।"

"मेरी बच्ची!" द्रुपद का कण्ठ जैसे फँसने लगा था, "मैंने कभी नहीं चाहा था कि मैं अपनी सन्तान को जीवन में प्रेम के स्थान पर घृणा की दीक्षा दूँ।

कोई पिता क्यों चाहेगा कि उसकी सन्तान के जीवन का मेरुदण्ड प्रतिहिंसा हो।...किन्तु क्या करूँ! इस द्रोण ने मुझे कहीं का नहीं रखा।...मैं तो कुरुओं से अपना वैमनस्य भुलाने के लिये प्रयत्नशील था। मैं नहीं चाहता था कि शत्रुता का जो विष, उत्तराधिकार में मुझे मिला है, वही आगे मैं अपनी सन्तान को दूँ; किन्तु द्रोण ने अपना उपकरण भी बनाया, तो उन्हीं कुरु राजकुमारों को!"

"द्रोण के लिये यही स्वाभाविक था पिता जी! आपके प्रति शत्रुता का निर्वाह करने के लिये उन्हें आपके सबसे समर्थ विरोधी की ही शरण में जाना था। घृणा की समृद्धि के लिये उसे घृणा से ही जोड़ना था।"

"तो पुत्री! फिर हमें जीवन के अपने उदात्त मूल्यों को छोड़ना होगा। दया, माया, ममता, क्षमा, त्याग, औदार्य—हमारे लिये निरर्थक होंगे। अधिकार, वैभव, भोग, संघर्ष, प्रतिशोध—हमारे जीवन के लक्ष्य होंगे।"

"ठीक है पिता जी!"

"घृणा और प्रतिहिंसा को प्रयत्नपूर्वक मन में पोषित करेंगे।"

"हाँ पिता जी!"

"धृष्टद्युम्न हमसे सहमत होगा?" सहसा द्रुपद ने पूछा।

"भैया भी आपके ही पुत्र हैं पिता जी!" द्रौपदी शान्त भाव से मुस्कुरायी, "आपके सुख से बड़ा सन्तोष उनके लिए और क्या होगा!"

"तो प्रतिशोध और प्रतिहिंसा में ही सुख पाओ पुत्रि!" द्रुपद ने उसे आशीर्वाद दिया, "जीवन को रजोगुण के धरातल पर ही जीओ।"

काम्पिल्य के राजप्रासाद में असाधारण समारोह था।

द्रुपद अपना अवसाद पुराने वस्त्र के रूप में त्याग चुका था। उसका तेज जैसे पुनः लौट आया था। आनन पर शान्त मुस्कान के स्थान पर एक उग्र तथा कठोर आवरण था, जैसे युद्ध में जाते हुए वक्ष पर धारण किया जाने वाला कवच, उसने अपने चेहरे पर भी धारण कर लिया था।

सिंहासन-कक्ष के साथ लगते हुए प्रकोष्ठ में यज्ञ आयोजन था। ब्राह्मण-समाज यज्ञ-वेदी के निकट बैठ चुका था। प्रमुख राजकर्मचारी भी उपस्थित थे। किन्तु बाहर से किसी को आमन्त्रित नहीं किया गया था।

शंखनाद हुआ और द्रुपद अपनी रानी के साथ आया। उसके पीछे-पीछे धृष्टद्युम्न तथा द्रौपदी थे। धृष्टद्युम्न युद्ध में जाने वाले क्षत्रिय योद्धा के रूप में आपाद-मस्तक अस्त्रों से सज्जित था; और द्रौपदी जैसे विवाह की वेदी की ओर जाती हुई वधू के समान शृंगार किये हुए थी।

राजपरिवार के बैठ जाने के पश्चात राजपुरोहित ने गायत्री मन्त्र के जाप

के साथ यज्ञ-वेदी में अग्नि प्रज्वलित की और बोला, "महाराज! मनुष्य का महानतम लक्ष्य है—प्रेम! सारी मानवता से प्रेम, सारी सृष्टि से प्रेम! क्रोध न करने वाला, सारे वैभव को त्याग देने वाला, अपने लिए कुछ भी अर्जित न करने वाला ब्राह्मण—समाज में सर्वश्रेष्ठ माना गया। उस ब्राह्मण का धर्म क्या है अहिंसा! किन्तु उस ब्राह्मण की रक्षा के लिए समाज ने क्षत्रिय का निर्माण किया है। क्षत्रिय को शस्त्र धारण करने की अनुमति है। उसे न्याय-संयत हिंसा का आदेश है। दुष्टों का दलन करने और समाज में न्याय स्थापित करने के लिए क्षत्रियों का निर्माण किया गया। ठीक वैसे ही मनोजगत में, प्रेम की रक्षा के लिए, स्रष्टा ने क्रोध का निर्माण किया है। क्रोध मनुष्य का रक्षा-कवच है। मनुष्य क्रोध नहीं करेगा तो आत्मरक्षा के लिए भी उद्यत नहीं होगा। इसलिए क्रोध मनुष्य का धर्म है। क्रोध अन्यायी के विरुद्ध होता है। अन्याय का दमन करने के लिए, उससे घृणा की जाती है; इसलिए मनुष्य को अपने मन में अन्याय के प्रति घृणा को स्थान देना चाहिए। सायास घृणा का पोषण करना चाहिए। अन्यायी के प्रति हिंस्र-भाव, न्यायी पुरुष का आभूषण है। क्रोध, विरोध, घृणा तथा प्रतिहिंसा क्षत्रिय-मन की संरचना के आवश्यक तत्व हैं; और प्रहार, आघात तथा आक्रमण उसी की शारीरिक अभिव्यक्ति है। हम ईश्वर से प्रार्थना करते हैं कि हमें अपने शत्रु पर क्रोध करने, घृणा करने तथा उसका विरोध करने की प्रेरणा दे। उसका वध करने की शक्ति दे; और उसके उपकरण के रूप में शस्त्र दे। उसे शस्त्र-प्रहार कर, उसका रक्त बहाने की इच्छा और उसके मृत शरीर को अपने पैरों से ठुकराने की क्षमता दे।"

पुरोहित ने रुक कर आहुति दी, "हे अग्नि! पांचाल नरेश महाराज द्रुपद की प्रार्थना सुन! उनकी इच्छा पूरी कर!"

द्रुपद ने आहुति दी और प्रार्थना की, "हे अग्नि! मैं अपनी प्रकृति सन्तान तुम्हें सौंपता हूँ। इनके स्थान पर तू मुझे अग्नि सन्तान दे; जो मेरे शत्रु द्रोण का वध करें और उसे आश्रय देने वाले कुरु-वंश का समूल नाश करें। मुझे युद्ध में जय दे! जय दे! जय दे!"

पुरोहित ने द्रौपदी को सम्बोधित किया, "राजकुमारी! तुमने आज तक का अपना जीवन, अपना चिन्तन, अपना राग-विराग—सब कुछ अग्नि को अर्पित कर दिया है। आज से तुम्हारा नया जीवन आरम्भ होता है। आज से तुम अग्नि-दीक्षित हो। तुम्हारा जन्म माता के गर्भ से नहीं, यज्ञ-कुण्ड से हुआ है। तुम्हारी संरचना अग्नि से हुई है। तुम अग्नि-धर्मा हो। तुम्हारा जन्म द्रोण के वध और कुरु-कुल के विनाश के लिए हुआ है। तुम्हारी अपनी कोई इच्छा-अनिच्छा नहीं है। तुम्हारे मन में कोई प्राकृतिक वासना नहीं है। तुममें

कोई मानवीय दुर्बलता नहीं है। तुम्हारे मन में किसी के लिए कोई राग-विराग नहीं है। तुम्हारा नया जन्म केवल एक लक्ष्य के लिए हुआ है और वह है द्रोण का वध और कुरु-वंश का विनाश। तुम करोगी। उठो! अग्नि की ओर से मैं तुम्हें महाराज द्रुपद को सौंपता हूँ।"

द्रौपदी उठ खड़ी हुई। यज्ञ-वेदी की दूसरी ओर द्रुपद ने अपनी भुजाएँ फैलायीं और अग्निपुत्री कृष्णा को स्वीकार किया।

पुरोहित ने राजकुमार धृष्टद्युम्न की ओर देखा, "राजकुमार! तुमने भी आज तक का अपना जीवन, राग-विराग, क्षमताएँ, लक्ष्य-उद्देश्य—सब कुछ अग्नि को समर्पित किया! तुम्हारा आज से नया जन्म हो रहा है। तुम्हारा जन्म अग्नि-कुण्ड में हुआ है। तुम अपने कवच और अस्त्रों-शस्त्रों सहित, अग्नि-कुण्ड में से प्रकट हुए हो। तुम्हारा रथ भी अग्नि-कुण्ड में से उत्पन्न हुआ है। तुम्हारे अस्त्र-शस्त्र अलौकिक हैं। वे युद्ध में अमोघ हैं। तुम्हारा रथ न टूट सकता है, न जल सकता है। वह दिव्य रथ है। जब तक तुम इस रथ पर आरूढ़ हो कर युद्ध करोगे, तुम्हें कोई पराजित नहीं कर सकता। तुम अजेय हो; और तुम्हारा अन्म द्रोण के वध के लिये हुआ है। जिस धृष्टद्युम्न के गुरु द्रोणचार्य थे, वह धुष्टद्युम्न अब नहीं है। तुम अग्नि में से प्रकट हुए हो, और तुम्हारे जीवन का एक ही लक्ष्य है : तुम आचार्य द्रोण का वध करोगे; और उसे आश्रय देने वाले कुरु-वंश के विनाश में सहायक होगे!"

वह द्रुपद की ओर मुड़ा, "महाराज! अग्निप्रदत्त अपने इस पुत्र को ग्रहण करें।"

द्रुपद ने भुजायें फैला कर धृष्टद्युम्न को ग्रहण किया, "आओ, अग्निप्रदत्त पुत्र! मेरे शत्रुओं का नाश करो!"

"तुम उदास हो राजकुमारी!"

द्रौपदी ने जैसे अपने मन को किसी गहरे अन्धकूप से खींच कर बाहर निकाला। कुछ देर तक शैलजा को देखती रही : क्या उत्तर दे सखी के प्रश्न का? उस प्रश्न का उत्तर देना चाहिए भी या नहीं?...और द्रौपदी के पास इस प्रश्न का उत्तर है भी या नहीं?...

"क्या बात है राजकुमारी! तुम उदास ही नहीं, चिन्तित भी हो।" फिर जैसे अपनी सखी के दुख से द्रवित हो कर शैलजा बोली, "कुछ तो कहो सखी! ऐसे कब तक घुटती रहोगी?"

द्रौपदी की आँखों में अश्रु आ गये; किन्तु उसने तत्काल उन्हें पोंछ डाला, "घुटने का अब कोई लाभ नहीं है शैलजा!" वह रुकी, जैसे प्रत्येक नये वाक्य

के लिये उसे ऊर्जा बटोरनी पड़ रही हो, "मैं महाराज द्रुपद की अग्नि-कुण्ड में से जन्मी सन्तान हूँ। घुटने और उदास होने का अवकाश ही कहाँ है मेरे लिये। मैं अग्निपुत्री हूँ। मुझे अग्नि बन कर ही जीना है, धूम्र की मेरे जीवन में कोई सम्भावना नहीं है...।"

"तो फिर यह क्या है सखी?"

"मैंने अपना पिछला जीवन, अग्निदेव को समर्पित कर दिया है।" द्रौपदी मन्द स्वर में बोली, "किन्तु वह सारा-का-सारा भस्म हो नहीं पाया है सखी! देखती हूँ कि उस भाजन के कुछ भग्नांश अभी शेष हैं। भग्न हैं, अत्यन्त झुलसे हुए हैं, धूम्र से काले हो गये हैं। उनका रूप पहचाना नहीं जाता। किन्तु उनकी रड़क अभी शेष है। कदाचित अग्नि का दाह उन्हें भस्म नहीं कर पायेगा। उन्हीं भग्नांओं को अपने हाथों में बीन कर, अपने नये जीवन से बाहर फेंक रही हूँ।"

शैलजा ने ध्यान से द्रौपदी को देखा : ऐसा कौन-सा दुख है, इस अग्निपुँज राजकुमारी को? उसके अपने मन की विचित्र स्थिति हो रही थी। न पूछने का साहस हो रहा था; न बिना पूछे ही रह सकती थी!...किन्तु राजकुमारी को कुरेदना तो होगा ही; अन्यथा ऐसा न हो कि जीवन से बाहर फेंकने के लिये, उन भग्नांओं को चुनते हुए, राजकुमारी के हाथ क्षत-विक्षत हो जायें, और उनका रक्त रोके न रुके।...

"कोई वंचना राजकुमारी?"

"वंचना! हाँ! वंचना ही तो है!" द्रौपदी जैसे शून्य में देखती हुई बोली, "किन्तु क्या कहूँ, कौन वंचित हुआ? किस वस्तु से वंचित हुआ; और किसने वंचित किया?"

शैलजा अवाक देखती रह गयी : उसके नयनों की जिज्ञासा को शब्द नहीं मिल सके!

"सखी! एक उद्यान में दो तितलियाँ सख्य-भाव से पुष्पों पर विहार कर रही हों; और अकस्मात ही एक तितली यह संकल्प कर ले कि उसे अब पुष्पों में विहार नहीं करना है। वह न केवल काँटों में रहेगी, वरन स्वयं भी एक कण्टक हो जायेगी, ताकि किसी श्येन के वक्ष में गड़ कर, उसे नष्ट कर सके। ...ऐसी स्थिति में वह दूसरी तितली, उसके साथ आयेगी क्या?"

शैलजा सोचती रही : क्या है राजकुमारी के मन में? क्या यह कोई प्रेम-प्रसंग है?...क्या उत्तर दे वह राजकुमारी को—जो राजकुमारी के मनोनुकूल भी हो...और राजकुमारी की चिन्ता भी कुछ कम करे...

अन्ततः वह बोली, "दूसरी तितली को यदि पहली से प्रेम होगा, तो वह

कंटकों में भी साथ देगी!"

द्रौपदी के अवसन्न आनन पर मैली-सी एक सहज मुस्कान आयी, "बावली हो! दूसरी तितली के पास सम्पूर्ण उद्यान हैं, पुष्प हैं, तितलियाँ हैं, पक्षी हैं, झरने हैं, वृक्ष हैं, फल हैं। उसे क्या आवश्यकता है कि वह उस भरे-पूरे संसार को छोड़ कर, मात्र एक तितली का सख्य निभाने के लिये कण्टकों को ही अपना संसार बना ले?"

"ऐसे में तो मैं यही कहूँगी कि उसे पहली तितली से प्रेम ही नहीं है।"

द्रौपदी की दृष्टि जैसे शैलजा की आँखों से चिपक गयी। जाने वह उनमें बहुत गहरी डूब गयी थी, या फिर वह उनके तल से टकरा कर ही लौट गयी थी और वहाँ थी ही नहीं। उसमें जब स्पन्दन आया, तो वह बहुत तरल थी, "प्रेम की बात मैंने कही ही कब पगली? मैं तो सख्यभाव की बात कर रही हूँ। प्रेम में तो अभी उसकी परिणति हुई ही नहीं थी। यह कण्टकित निर्णय पहले ही हो गया।...और फिर शैलजा!" द्रौपदी के मानस में जैसे कोई नया ज्वार आया, "प्रेम तो मुक्त करता है; प्रिय को बाँधता तो नहीं! यदि किसी को बाँध लिया जाये, तो प्रेम और स्वार्थ में क्या अन्तर होगा सखी?"

"मैं यह सब नहीं जानती राजकुमारी!" शैलजा बोली, "मैं तो प्रेम का एक ही रूप पहचानती हूँ—दूसरी तितली को पहली तितली का साथ निभाना होगा।"

"यदि इसे प्रेम ही मानें सखी!" इस बार द्रौपदी तत्काल बोली, "तो पहली तितली का प्रेम क्या कहता है? यदि उसका प्रेम ही न चाहे कि दूसरी तितली अपना भरा-पूरा संसार छोड़ कर कण्टकवन में आये, तो?"

और शैलजा के मन में जैसे पूछने का साहस जुट आया, "पहली तितली ऐसा क्यों चाहेगी?"

"क्योंकि जिसके जीवन का आधार प्रेम हो, उसे घृणा के आधार पर जीने के लिये कहना पाप है।" द्रौपदी जैसे अपने-आपसे कह रही थी, "उसके मन में किसी के लिये घृणा नहीं है, अपने शत्रुओं के लिये भी नहीं। वह किसी से घृणा कर नहीं सकता।..."

शैलजा उसके चेहरे को ध्यान से देखती रही, जैसे उसकी भंगिमा में से उसके मन को पढ़ने का प्रयत्न कर रही हो; और फिर सहसा बोली, "राजकुमारी! आप कृष्ण की चर्चा तो नहीं कर रहीं?"

द्रौपदी कुछ नहीं बोली। न उसने स्वीकृति में कुछ कहा, न अस्वीकृति में!

"तो उसे त्याग दोगी?"

"त्यागने की बात किसने कही," द्रौपदी जैसे तड़प कर बोली, "मैं उसकी

सखी हूँ। सखी ही रहूँगी। सम्पूर्ण आर्यावर्त्त के हृदय में स्पन्दित अपने सखा को एक व्यक्ति की प्रतिहिंसा का उपकरण नहीं बनने दूँगी।...मैं उसकी सखी हूँ...उसके जीवन को उदात्त धरातल तक नहीं ले जा सकती, तो उसे हीनतर धरातल पर तो नहीं ही खींचूँगी।"

"इसमें हीन क्या है सखी! क्या कृष्ण ने अपने शत्रुओं का वध नहीं किया?"

द्रौपदी की दृष्टि में उग्र प्रतिवाद था, "तुम उसे नहीं जानती शैलजा! उसके मन में किसी के लिये भी घृणा नहीं है। अपने शत्रुओं के लिये भी नहीं। जिनका उसने वध किया है, उनके लिये भी नहीं। उसने जब कंस का वध करने के लिये आघात किया, उसके मन में तो तब भी न घृणा थी, न प्रतिहिंसा। वह प्रेम का पारावार है। उसे घृणा से पुकारो, तो भी उसकी प्रतिध्वनि प्रेम की होगी।"

"यह असम्भव है!" शैलजा विश्वास नहीं कर पा रही थी।

"एक असम्भव का नाम ही गोविन्द है।" द्रौपदी जैसे अपने-आपसे कह रही थी, "वह प्रेम का अथाह सागर है। एक साथ इतने लोगों से प्रेम करने की क्षमता और किसमें है। वह एक व्यक्ति से प्रेम करता है, तो किसी और के प्रेम का अंश उसे नहीं देता। वह उसी का भाग होता है। इसीलिये तो दूसरे के लिये, उसके पास प्रेम का अभाव नहीं होता।"

"पर यह कैसे सम्भव है कि व्यक्ति जिसका वध करे, उससे भी घृणा न करें?"

"यह तो वही जानता है। मैं क्या जानूँ, जिसने घृणा को सायास पोषित करने का संकल्प किया है; किन्तु यह सत्य है शैलजे! कि उसके मन में न कंस के लिये घृणा थी, न जरासंध के लिये है। आवश्यकता पड़ने पर वह जरासंध के हित के लिये भी तत्काल उठ खड़ा होगा। मैंने सुना है कि गोमन्त पर्वत पर जब बलराम, जरासंध को मारने वाले थे, तो कृष्ण ने उनकी भुजा थाम ली थी..."

"मैं समझी नहीं!" शैलजा बोली।

"उसे समझो नहीं, अनुभव करो।" द्रौपदी बोली।

द्रुपद की मनःस्थिति कुछ विचित्र-सी हो गयी थी। वह स्वयं समझ नहीं पा रहा था कि ऐसा क्या हो गया था कि वह वर्तमान में रह नहीं पा रहा था। वह या तो अतीत में जीता था, या भविष्य में।...अतीत और भविष्य के कुछ विशिष्ट चित्र जैसे उसकी चेतना से चिपक कर रह गये थे।...बहुत प्रयत्न करने पर भी न वह उन चित्रों को धूमिल कर पाता था, और न ही अपनी चेतना से उनको

मुक्त कर पाता था।

उसका मन अतीत की ओर भटकता था तो उसकी कल्पना में कौरवों का आक्रमण जैसे सजीव होने लगता था। उसे ऐसा लगता था, जैसे शून्य में एक विचित्र प्रकार के सूक्ष्म कण एकत्रित होने लगते थे। वे कण फिर एक पिण्ड में बदल जाते थे। वह पिण्ड एक आकृति में परिणत हो जाता था... और वह आकृति द्रोण की उस आकृति के चारों ओर, वट-वृक्ष के निकट उग आयी झाड़ियों के समान, कौरव राजकुमारों की आकृतियाँ उग जाती थीं। उन राजकुमारों के पीछे कौरव सेना थी। सेना, पांचालों पर आक्रमण कर देती थी। द्रुपद प्रयत्न करता है कि वह अपना धनुष उठाए; किन्तु जाने क्या हो जाता है—उसका धनुष उसके उठाए नहीं उठता; उठ जाये तो उसकी प्रत्यंचा टूटी हुई मिलती है। प्रत्यंचा चढ़ जाये, तो तूणीर में एक भी बाण नहीं मिलता।...द्रुपद बहुत चिल्ला कर धृष्टद्युम्न को पुकारना चाहता है, तो उसके कण्ठ से वाणी ही नहीं निकलती।...और कौरवों की सेना, जैसे उस पर छाती चली जाती है। उस सेना के आगे-आगे है—अर्जुन!...जिसके एक संकेत पर, जैसे वाणों की झड़ी लग जाती है। अर्जुन, बढ़ता ही चला आता है।...उसे कोई रोक नहीं पाता। उसके मार्ग में जो कोई भी आता है, अर्जुन उसके आर-पार निकल आता है, जैसे उसके सम्मुख कोई ठोस पदार्थ न हो, केवल वायु हो। और फिर जब तक अर्जुन द्रुपद के निकट पहुँचता है, वह एक मोटी रस्सी के रूप में परिवर्तित हो जाता है। वह रस्सी द्रुपद के हाथों, पैरों को ही नहीं, सारे शरीर को लपेटती चलती है, जैसे रस्सी न हो—नागपाश हो।...बँधा हुआ, असहाय, द्रुपद, धरती पर किसी जड़ पदार्थ के समान पड़ा है और कहीं से द्रोण और अर्जुन प्रकट हो जाते हैं। अर्जुन घुटनों के बल बैठ कर अपने गुरु के सम्मुख हाथ जोड़ देता है और द्रोण अपना दाहिना पैर बँधे हुए द्रुपद के वक्ष पर रख कर अर्जुन की ओर आशीर्वाद की मुद्रा में हाथ उठा देता है।

द्रुपद का सारा शरीर स्वेद में नहा जाता है। वह स्वयं को झकझोर कर जैसे स्वप्न से जगाता है। जगाने के पश्चात भी जैसे उस दुःस्वप्न का प्रभाव नष्ट नहीं होता और द्रुपद का मन उससे मुक्ति पाने के लिये भविष्य बुनने लगता है...

वह देखता है कि वह एक विराट यज्ञ-कुण्ड के सामने खड़ा है और अग्नि से प्रार्थना कर रहा है। सहसा कुण्ड में से एक जाज्वल्यमान रथ प्रकट होता है। उसके घोड़े अग्नि की लपटों के बने हुए हैं; रथ भी किसी तप्त धातु का ही बना हुआ है; और उसका रथी है, स्वयं धृष्टद्युम्न! धृष्टद्युम्न अग्नि के कवच से मण्डित है और आपादमस्तक अस्त्र-शस्त्रों से सज्जित है। धृष्टद्युम्न

का रथ पृथ्वी पर नहीं चलता। वह वायु में पक्षी के समान भी नहीं उड़ता। वह वायु में मछली के समान तैरता है। इसलिये वह सेनाओं के ऊपर से नहीं उड़ता—सेनाओं को काटता हुआ, उनके मध्य में से बहुत तीक्ष्ण खड्ग के समान निकल जाता है। धृष्टद्युम्न की आँखें, रक्त के समान लाल हैं। उनमें किसी की कोई पहचान नहीं है। वे जिधर देखती हैं, उधर ही रक्त की वर्षा होने लगती है...और धीरे-धीरे धृष्टद्युम्न, अर्जुन की ओर बढ़ता है...अर्जुन उस पर बाण चलाता है; किन्तु वे बाण वायु में ही कहीं खो जाते हैं। वे धृष्टद्युम्न तक पहुँचते ही नहीं। धृष्टद्युम्न की दृष्टि अर्जुन पर पड़ती है और अर्जुन रक्त में नहा उठता है। धृष्टद्युम्न उसके निकट पहुँचता है और अपने लम्बे खड्ग से अर्जुन के दो टुकड़े कर देता है...

द्रुपद का हृदय चीत्कार कर उठता है, "यह तुमने क्या किया धृष्टद्युम्न? यह तुमने क्या किया?"

"क्या हुआ पिता जी?" धृष्टद्युम्न की रक्तिम आँखें पिता की ओर उठती हैं, "क्या शत्रु का वध अनुचित है? अधर्म है? अन्याय है?"

"किन्तु वह शत्रु कहाँ था पुत्र?" द्रुपद रुँधे कण्ठ से कहता है, "तुम नहीं जानते, युद्ध में जब भीम ने पांचाल सेना का संहार आरम्भ किया था, तो उसने क्या कहा था?"

"क्या कहा था पिता जी?"

"उसने कहा था, 'हम पांचालों के शत्रु नहीं हैं। हम उनका नाश करने नहीं आये हैं। हम तो केवल गुरु-दक्षिणा चुकाने आये हैं।'" द्रुपद चीत्कार कर उठता है, "ऐसा भी कोई योद्धा तुमने देखा है पुत्र, जो युद्ध भी करता है और मन में शत्रुता तथा वैर भी नहीं रखता! उसके मन में घृणा नहीं होती, द्वेष नहीं होता। वह तो मात्र कर्म करता है।"

द्रुपद की आँखों में अश्रु आ जाते हैं। उसकी समझ में नहीं आता कि उसके मन में क्या है।...अपने उस सारे अपमान के पश्चात भी...अर्जुन के मन में उसके प्रति वैर नहीं है...या उसके मन में अर्जुन के लिये कोई विरोध नहीं है...

20

युवराज्याभिषेक से प्रायः एक सप्ताह पूर्व उद्धव हस्तिनापुर पहुँच गया था। वह स्वयं को कृष्ण के आने की पूर्व सूचना कहता था। उद्धव हस्तिनापुर में आ गया था, इसका अर्थ था कि कृष्ण भी आ रहा है। कुन्ती और पाण्डवों ने उद्धव को भी पहली बार देखा था। जब से अक्रूर आये थे, तब से अपने मायके के

प्रति कुन्ती का वर्षों से दमित भाव जैसे पूर्ण तीव्रता से जाग उठा था। जिनके विषय में उसने न कभी एक शब्द कहा था, न पूछा था : अब उनके विषय में भी उसके मन में लगातार जिज्ञासाएँ उठ रही थीं। वह कुरेद-कुरेद कर एक-एक व्यक्ति और एक-एक घटना के विषय में पूछती थी; और फिर अपने पुत्रों को बताती थी। पाण्डवों का भी अपने ननिहाल के प्रति मोह बहुत बढ़ गया था। अब तक तो न चाहते हुए भी कहीं उनके मन में यह धारणा घर किये हुए थी, कि राज-समाज में उन्हें दुर्योधन के समतुल्य नहीं माना जाता था। दुर्योधन के पिता राजा थे; पाण्डवों ने तो अपने पिता को साधक-रूप में ही देखा था; और अब तो वे थे ही नहीं। दुर्योधन, राजकुमारों के समान, अपने प्रासाद में पला था और उसने राज-गुरु कृपाचार्य से शिक्षा ग्रहण की थी। वे तो वनों में ऋषि-मुनियों से अध्यात्म की ही शिक्षा पाते रहे थे। दुर्योधन का ननिहाल गन्धार में था, और उसका मामा हस्तिनापुर में बैठा था; पाण्डवों के नाना और मामा की कोई चर्चा हस्तिनापुर के राजप्रसादों में कभी हुई ही नहीं थी। किन्तु अब स्थिति काफी बदल गयी थी। पाण्डवों का अपने ननिहाल से सम्पर्क हुआ, तो उनका सम्बन्ध इतनी तीव्रता और सघनता से बढ़ा कि सावन के समान सब ओर व्याप्त हो गया। इन दिनों, चारों ओर यादवों की शक्ति की चर्चा थी। स्थान-स्थान पर उनके कृत्यों के गौरव-चिह्न प्रदर्शित हो रहे थे। उनके रथ जिस दिशा में चलते, उस दिशा के सारे राज्य थर्रा उठते थे। कुन्ती को लगता था कि युधिष्ठिर का युवराज्याभिषेक भी यादवों के शक्ति-प्रदर्शन के कारण ही हो रहा है। यदि अक्रूर न आये होते और उन्होंने कौरवों की राजसभा में आत्मीयता के स्नेह में ही सही, वह धमकियाँ न दी होतीं, तो धृतराष्ट्र, युधिष्ठिर का युवराज्याभिषेक कभी न होने देता।

अभिषेक से दो दिन पहले कृष्ण भी, बलराम और अपने कुछ मित्रों के साथ हस्तिनापुर आ पहुँचा। कृष्ण का हस्तिनापुर आना अपने-आप में एक समारोह हो गया। कृष्ण के हस्तिनापुर आने से पहले उसकी कीर्ति वहाँ पहुँच चुकी थी। पथों के दोनों ओर लोग उसके दर्शन करने के लिये प्रहरों बैठे रहे थे। जिस समय वह आया, उस समय हस्तिनापुर के नगर-द्वार पर असाधारण भीड़ थी और मार्ग तो एकदम अटे पड़े थे। लगता था कि मुख्य उत्सव युवराज्याभिषेक का नहीं, कृष्ण के आगमन का ही था।

यद्यपि दुर्योधन भी कृष्ण तथा बलराम के स्वागत के लिये नगर-द्वार पर आया था; किन्तु कृष्ण ने राजप्रासाद में ठहरना ही उचित नहीं समझा। वह अपनी बुआ और उनके पुत्रों के साथ ही ठहरना चाहता था। और बलराम को तो ठहरना ही कृष्ण के साथ था।

कुन्ती ने अपने घर के द्वार पर ही कृष्ण का स्वागत किया। कृष्ण, चरण-स्पर्श के लिये झुका, तो कुन्ती ने उसे कंधों से पकड़ कर उठा लिया। उसे कंधों से थामे-थामे ही जैसे मौन-मूक उसका निरीक्षण किया और बोली, "तुम ही हो मरे भाई और भाभी के तारणहार! तुमने ही उनके प्राण बचाये हैं, और उन्हें जीवनदान दिया है! पुत्र! तुमने ही भैया अक्रूर को भेजा और अब स्वयं आये हो। तुम्हें शायद ज्ञात भी न हो कृष्ण! कि हम भी यहाँ एक खुले कारागार में बन्दी थे। हमें भी तुमने ही छुड़ाया है पुत्र।..."

कुन्ती का कण्ठ अवरुद्ध हो गया। उसकी आँखों से अश्रु बह निकले; और उसने अपना मस्तक कृष्ण के कंधे से टिका दिया।

"बुआ!" कृष्ण के स्वर में असीम स्नेह था, "मैं जानता हूँ कि मेरी माँ के पश्चात यदि कोई दुखिया नारी है, तो वह तुम हो। मेरी माता ने अपने पुत्र गँवा दिये; और तुम सदा उसी संकट से आशंकित रहीं। मृत्यु के भय की छाया में जीना, मृत्यु से कम कष्टप्रद है क्या! किन्तु अब चिन्ता न करो बुआ! पाँच पुत्र तुम्हारे ये हैं; और दो हम हैं। हम सातों मिल कर संसार में धर्म की संस्थापना करेंगे। अत्याचारियों ने संसार में जितने भी कारागार बनाये हैं, हम उन सबको भंग कर देंगे।"

कुन्ती को पता ही नहीं चला कि कब उसका रोना थम गया और कब कृष्ण उसे अपनी बाँहों में समेटे-समेटे भीतर ले आया। कुन्ती को लगा, आज तक इतनी आश्वस्त वह किसी के शब्दों से नहीं हुई थी। किसी के कंधे पर मस्तक टिका कर, उसे न इतना आत्मबल मिला, और न इतना सुख! अपने पुत्रों के कंधों से तो उसने कभी अपना मस्तक टिकाया ही नहीं था।...यह कृष्ण तो चमत्कार ही है...

"तुम भी मेरे पुत्र हो कृष्ण!" कुन्ती बोली, "तो मेरे ही पास रहो। अपने इन भाइयों के साथ!"

"बुआ! तुम भी बन्धन बाँधने लगीं।" कृष्ण मुस्कुराया, "हम बन्धन काटने की बात कर रहे थे, बन्धन बाँधने की नहीं।"

"प्रेम तो बाँधता ही है पुत्र!" कुन्ती बोली, "देखो! मैंने अपने प्रेम में इन पाँच पुत्रों को बाँध रखा है। अब मैं तुम्हें भी बाँध लेना चाहती हूँ।"

"नहीं बुआ!" कृष्ण पुनः मुस्कुराया, "तुमने अपने 'स्व' के घेरे को शिथिल कर, उसे विस्तृत किया; और अपने इस आत्मविस्तार में इन्हें पा लिया। अब तुम अपने 'स्व' का और भी विस्तार कर रही हो—मुझे और भैया को पाने के लिये। हम जिससे प्रेम करते हैं, उसे मुक्त करते हैं बुआ! बाँधते नहीं। प्रिय को सीमित नहीं करते, अपना विस्तार करते हैं। जैसे यदि अब मैं कहूँ

कि बुआ! मैं थका हुआ हूँ, विश्राम करना चाहता हूँ; तो तुम कहोगी, 'जाओ पुत्र! विश्राम करो।' यह कभी नहीं कहोगी, 'नहीं कृष्ण! तू विश्राम नहीं कर सकता।'"

कुन्ती ने भुजा में भर कर, उसे अपने कण्ठ से लगा लिया, "मैंने ठीक ही सुना था पुत्र! कि तू मोहन नहीं, साक्षात सम्मोहन है।"

"कृष्ण!" विश्राम करने के लिये लेटे हुए भीम ने कोहनियों के बल, स्वयं को उचकाया, "जब से मातुल अक्रूर से तुम्हरे विषय में बात हुई है, मेरे मन में कुछ प्रश्न बहुत ही उछल-कूद मचा रहे हैं। सोचता हूँ कि अपने मस्तिष्क को अधिक कष्ट न दे कर, उनके विषय में तुमसे ही पूछ लूँ।"

"अवश्य पूछो मध्यम!" कृष्ण ने सहास कहा, "वैसे भी मस्तिष्क को अधिक कष्ट देना, तुम्हारे शारीरिक स्वास्थ्य के लिये अच्छा नहीं होगा।"

"सब यही समझते हैं, किन्तु यह भूल जाते हैं कि जहाँ भीम का मस्तिष्क चलता है, वहाँ और किसी का नहीं चलता।"

"ऐसा कोई सोचता नहीं मध्यम! यह सब तो केवल तुम्हारे स्वभाव की विनोदप्रियता का आनन्द लेने के लिये कहा जाता है।" कृष्ण ने कहा, "अब तुम जल्दी अपना प्रश्न करो, अन्यथा मुझे नींद आ जायेगी।"

"मातुल अक्रूर कह रहे थे कि तुम कहते हो कि कर्म का फल अवश्य मिलता है।"

"हाँ!" कृष्ण के स्वर में पूर्ण आस्था थी, "अवश्य मिलता है।"

"तो यह बताओ कि हमने आज तक दुर्योधन के साथ भलायी-ही-भलायी की है; उसका फल हमें क्या मिला! उसने बदले में हमारी क्या भलाई की? उसका वश चले तो वह आज ही हमारी हत्या कर दे।" भीम ने जैसे उपालम्भ के रूप में कहा।

कृष्ण क्षण-भर चुप रहा, जैसे कोई युक्ति सोच रहा हो; फिर बोला, "मध्यम! तुमने कभी कन्दुक-क्रीड़ा में भाग लिया है?"

"हाँ! क्यों नहीं! अपनी बाल्यावस्था में मैं गेंद से बहुत खेला करता था।"

"तो मध्यम! यह बताओ कि यदि गेंद को किसी पक्की दीवार पर मारा जाए तो वह लौट क्यों आती है?"

"अरे! उछलना तो गेंद की प्रकृति है।" भीम बोला।

"बात समझने की सुविधा के लिये ऐसा ही मान लो! कर्म को भी एक गेंद ही समझो, जो जीवन-रूपी दीवार पर फेंका जाये, तो उसका फल वैसे ही

लौट कर आता है।" कृष्ण बोला, "सहमत हो न?"

"सहमत हूँ भाई!"

"तो हम यह मान लेते हैं कि नियम यह हुआ कि गेंद को जिस वेग से दीवार पर फेंका जायेगा, उतने ही वेग से गेंद लौट कर वापस आयेगी।"

"ठीक है।"

"अब इस प्रक्रिया का विश्लेषण करो।" कृष्ण ने कहा, "जो गेंद दीवार पर मारी गयी, वह किस पदार्थ की बनी है। उसमें कितनी वायु भरी हुई है; और दीवार किस वस्तु की बनी हुई है। उस गेंद के स्थान पर यदि हम लोहे का गोला फेंकेंगे, तो क्या वह लौट कर आयेगा?"

"नहीं!" भीम ने कहा।

"यदि गेंद को हम बालू के ढेर पर मारेंगे, तो क्या वह लौट कर आयेगी?"

"नहीं!"

"और यदि हम उसे कीचड़ में मारेंगे, तो न केवल गेंद लौट कर नहीं आयेगी, हम पर कीचड़ के छींटे भी पड़ेंगे।" कृष्ण ने कहा, "समझे मध्यम?"

"समझ गया कि दुर्योधन दीवार नहीं है, जो गेंद को लौटा दे।"

"ठीक समझे!" कृष्ण मुस्कुराया, "दूसरी बात यह भी समझो कि गेंद, दीवार, बालू, लोहे का गोला, कीचड़—इन सबमें से कुछ भी अच्छा या बुरा नहीं है। प्रकृति के नियमों में बँधे ये सब पदार्थ स्वधर्म के अनुसार व्यवहार करते हैं। हम काँटे को स्नेहपूर्वक अपने हाथ से सहलाने का प्रयत्न करें और काँटा हमारी अँगुली में गड़ जाये, तो काँटे से रुष्ट हो कर बुरा-भला नहीं कहना चाहिए। काँटे से तो और कुछ अपेक्षित ही नहीं है। हुआ केवल यह है कि हमने प्रकृति के उस नियम को ध्यान में नहीं रखा और काँटे से अपनी इच्छानुसार व्यवहार चाहा है। यह तो प्रकृति के नियमों पर अपनी इच्छा का आरोपण है। समझे मध्यम?"

कृष्ण ने भीम की ओर देखा : वह ऐसे निश्चिन्त खर्राटे ले रहा था, जैसे उसे सोये हुए बहुत समय व्यतीत हो गया हो!

"भैया कृष्ण!" सहदेव बोला, "मध्यम को अपने प्रश्न का उत्तर मिल गया है। उससे अधिक चिन्तन में उनकी रुचि ही नहीं है।"

कृष्ण मुस्कुराया, "वही देख रहा हूँ।"

"अच्छा! मुझे एक बात बताओ भैया! हमारे गुरुओं ने हमें यह क्यों नहीं सिखाया, जो तुम बता रहे हो?" सहदेव उठ कर कृष्ण के पास चला आया, "उन्होंने सदा यही क्यों सिखाया कि सबके प्रति अच्छा व्यवहार करो।

उन्होंने यह क्यों नहीं सिखाया कि गेंद केवल दीवार पर फेंको, कीचड़ में नहीं; स्नेह-भरा हाथ केवल पुष्प के निकट ले जाओ, कण्टक के नहीं?"

"उन्होंने तुम्हें जो कुछ पढ़ाया, वह नीतिशास्त्र है।" कृष्ण बोला, "नीति-शास्त्र हमारे समाज के दीर्घकालीन अनुभवों का निष्कर्ष होता है, उसका विश्लेषण नहीं! प्रत्येक व्यक्ति इस योग्य नहीं होता अथवा प्रत्येक व्यक्ति के पास इतना समय और समझ नहीं होती कि वह विश्लेषण करे, नियमों को समझे और तब निष्कर्षों पर पहुँचे; इसलिए उसे केवल निष्कर्ष बता दिये जाते हैं, कि उसका व्यवहार कैसा हो।"

"पर मुझे यह बताओ," इस बार अर्जुन बोला, "कि दुर्योधन ने हमारे प्रति जो अपराध किये, या अपनी प्रजा के प्रति जो अत्याचार किये, उनका उसे क्या दण्ड मिला?" अर्जुन के स्वर में हल्की-सी कटुता थी, "उसके अधिकार बढ़ते गये, उसकी सुख-समृद्धि का विकास हुआ। उसका अहंकार स्फीत होता गया। उसे आज तक किसी ने भी तो दण्डित नहीं किया। उसे तो अपनी दुष्टताओं का लाभ ही हुआ है।"

"प्रकृति में न दण्ड है, न पुरस्कार। दण्ड और पुरस्कार का विधान तो मानव-समाज का बनाया हुआ है। प्रकृति में तो कर्म तथा नियमानुसार उसका फल है। क्रिया और उसकी प्रतिक्रिया है। यदि कृषक अपने क्षेत्र में बीज बोता है, उसकी भली प्रकार देख-भाल करता है और उपज अच्छी होती है, तो हम कहते हैं कि प्रकृति ने उसे पुरस्कार दिया है; और यदि वह कृषि-कर्म पूरा नहीं करता, कहीं किसी प्रकार की असावधानी करता है, तो उपज नष्ट हो जाती है, तो हम कह देते हैं कि प्रकृति ने उसे दण्डित किया है। वस्तुतः प्रकृति न तो उससे प्रसन्न है, न रुष्ट; वह न उसे पुरस्कृत करती है, न दण्डित! वह तो केवल अपने नियमों का पालन कर रही है। और यदि हम अपनी सुविधा के लिए उसे पुरस्कार और दण्ड की संज्ञाएँ दे भी लें, तो भी हमें समझना चाहिए कि मनुष्य तथा प्रकृति द्वारा किसी को दण्डित अथवा पुरस्कृत करने की विधि में बहुत अन्तर है। मनुष्य तत्काल ही किसी को दण्डित अथवा पुरस्कृत करता है किन्तु प्रकृति की प्रतिक्रिया का अपना काल-विस्तार होता है। वह निश्चित रूप से मनुष्य के काल-विस्तार से बहुत अधिक व्यापक और विस्तृत है। मनुष्य का जीवन-काल कुछ वर्षों का है, जबकि प्रकृति का काल-विस्तार अनन्त है।"...

"तो तुम कहना चाहते हो कि हम किसी को दण्डित ही न करें?" अर्जुन ने पूछा।

"नहीं! मैंने तो ऐसा कुछ नहीं कहा।" कृष्ण बोला, "मनुष्य हो, समाज हो

अथवा प्रकृति हो—उन सबका दण्ड-विधान, अपनी रक्षा के लिए होता है। हमें तत्काल अपनी रक्षा की आवश्यकता होती है, इसलिए हम तत्काल दण्ड-विधान करते हैं—प्रकृति को क्रमशः अपनी रक्षा की आवश्यकता होती है, इसलिए प्रकृति क्रमशः दण्ड का विधान करती है।"

"दुर्योधन के दण्ड के विषय में क्या कहते हो?" युधिष्ठिर पहली बार वार्तालाप में सम्मिलित हुआ।

"एक व्यक्ति जिसके पास पेय जल का एक निर्मल सरोवर हो, यदि भूमि के लोभ में, उस सरोवर में कुछ मिट्टी डाल कर उसे पाटने का प्रबन्ध करता है; और यदि उसे कोई इस कार्य से रोकता नहीं है, तो अन्ततः वह व्यक्ति सारा सरोवर पाट डालेगा। फिर वह, उस निर्मल जल को पुनः प्राप्त करने के लिए, या तो उतनी ही मिट्टी पुनः खोदेगा, जितनी उसने डाली थी, अथवा प्यास से तड़प-तड़प कर मर जायेगा।" कृष्ण बोला, "आजकल दुर्योधन अपने लोभ में सरोवर को पाट रहा है। वह सरोवर केवल उसका नहीं, सम्पूर्ण कुरुकुल का है। यदि कुरुकुल ने उसे उस सरोवर को क्रमशः गँदला करने, कीचड़ बनाने और अंततः सर्वथा पाट देने से नहीं रोका, तो सम्पूर्ण कुरुकुल या तो वह सरोवर पुनः खोदेगा अथवा प्यास से तड़प-तड़प कर मर जायेगा; क्योंकि निर्मल जल तो सबको चाहिए ही।"

"उस एक व्यक्ति के अपराध का दण्ड सारा कुरुकुल पायेगा?" युधिष्ठिर ने पूछा।

"नहीं! अपराधी केवल वही तो नहीं है, जो अपराध कर रहा है। अपराधी वह भी है, जो क्षमता होते हुए भी उसे रोकता नहीं; वह भी है, जो उसे देखता है, किन्तु उसे रोकना अपना दायित्व नहीं मानता।...वे सब लोग अपने-अपने कर्म का फल पायेंगे।" कृष्ण क्षण-भर रुका, "और वैसे भी दिन-रात षड्यन्त्रों में लिप्त, ईर्ष्या-द्वेष और घृणा से जलता हुआ, अहंकार के उन्माद में मत्त व्यक्ति मुझे तो सुखी नहीं लगता। मैं कैसे मान लूँ कि वह अपने कृत्यों के फलस्वरूप सुख की नींद सो रहा होगा...।"

"तुम लोग सो नहीं रहे!" सहसा कुन्ती ने कक्ष में प्रवेश किया, "देखो, बलराम और भीम कैसे सुख से सो रहे हैं। तुम लोग भी सो जाओ! प्रातः तुम लोगों को अपने पितामह से मिलने जाना है।"

प्रातः कृष्ण और बलराम भीष्म से मिलने, उनके भवन में गये।

सूचना मिलते ही उत्सुकतावश भीष्म स्वयं बाहर निकल आये; देखें तो सही कि वे कृष्ण और बलराम कैसे हैं, जिन्होंने अकेले ही अनेक साम्राज्यों को

हिला रखा है।

बलराम बड़ा भी था, लम्बा भी और बलिष्ट भी! किन्तु अपने शरीर की सारी विराटता के होते हुए भी, वह अबोध-सा बालक ही दिख रहा था, जैसे किसी बालक का शरीर असाधारण रूप से बड़ा हो जाये। कृष्ण का रूप आकर्षक था; नयनों में असाधारण चैतन्य था; और शरीर सुगठित और सुन्दर था। वह अर्जुन का समयवस्क होगा और उसका वर्ण भी कुछ-कुछ अर्जुन जैसा ही था।

दोनों भाइयों ने भीष्म के चरणों में प्रणाम किया।

भीष्म उन्हें अपने साथ अपने कक्ष में ले आये, "मैंने तुम्हारी बहुत प्रशंसा सुनी है कृष्ण!" भीष्म बोले, "अक्रूर ने मुझसे कहा था कि तुमने न केवल यादवों को अत्याचार से मुक्ति ही दिलायी है, वरन आत्मरक्षा के लिए बल, तथा जीवन के लिए नया लक्ष्य भी दिया है।"

"मेरी प्रशंसा कर, काका को सुख मिलता है।" कृष्ण मुस्कुराया, "प्रशंसा तो मैंने आपकी सुनी है पितामह! सारा आर्यावर्त्त आपको अटल हिमालय के रूप में देखता है।"

"उन्हें यह पता नहीं है कि बाहर से अटल दिखने वाले इस हिमालय के मन में कितने संकल्प-विकल्प हैं, कितने ऊहा-पोह हैं, कितने संशय और प्रश्न हैं।" भीष्म बोले, "कृष्ण! अक्रूर के जाने के पश्चात, जाने क्यों मैं अपनी और तुम्हारी तुलना करता रहा, यद्यपि तुमसे मेरी कोई स्पर्धा नहीं है पुत्र!"

कृष्ण खिलखिला कर हँस पड़ा, निर्दोष और उन्मुक्त हँसी, "मेरी तो आप से स्पर्धा है न पितामह!"

"कैसी स्पर्धा?" भीष्म ने आश्चर्यमिश्रित स्वर में पूछा।

"बड़ों के साथ स्पर्धा तो बड़े होने की ही होती है!" कृष्ण मुस्कुराया, "आपकी दृढ़ता, आपका प्रतिज्ञा-पालन।...सारा आर्यावर्त्त आपका यशोगान कर रहा है पितामह!"

भीष्म सावधान हो गये : कृष्ण के विषय में उन्होंने बहुत कुछ सुना था—वह इसी प्रकार लुभा कर, रिझा कर, सबके मन में प्रवेश पा जाता था। किन्तु भीष्म को अपने विवेक को स्थिर रखना था।...पर किससे सावधान रहना उनको? इस कृष्ण से?...

भीष्म ने जैसे कृष्ण को पुनः देखा : उनके पौत्रों का समवयस्क यह तरुण—कितना भिन्न है, उन सबसे! उन्होंने सोचा था कि वह कोई बहुत धीर-गम्भीर, आत्मलीन-सा व्यक्ति होगा! किन्तु वह तो भीम से अधिक सरल है; और पर-भाव तो जैसे उसमें है ही नहीं। न दूरी है, न तटस्थता। सर्वथा

आत्मीय! जैसे अपने ही परिवार का कोई तरुण!...उसके चेहरे और मन पर कहीं भीष्म की अवस्था या गुरुता का कोई आतंक नहीं था। वह तो सर्वथा समान धरातल पर व्यवहार करने वाला व्यक्ति है।...समान धरातल भी क्या... वह तो उन्हें अपना ऐसा पौत्र लग रहा था, जो युवा था, इसलिए असमर्थ नहीं था। वह वार्द्धक्य का सम्मान करते हुए, चरण छू कर प्रणाम भी करता था : और वार्द्धक्य की असमर्थता का बोध कराते हुए, उन्हें अपने कंधे पर उठा भी सकता था। वह तो बालक भी है; और वृद्ध भी...

"आप मुझसे अपनी तुलना किस विषय में कर रहे थे पितामह?"

भीष्म ने अपना मन आज तक इस प्रकार खोल कर किसी के सम्मुख नहीं रखा था। किसके सामने रखते? सब उनसे छोटे थे, उनका सम्मान करते थे। भीष्म अपनी दुर्बलता, किसके सामने प्रकट करते!—...किसको अपना समवयस्क मान कर उससे अपनी समस्याओं की चर्चा करते!...आज मिला था उनको अपना समवयस्क! वह सामने बैठा पूछ रहा था। आज भी भीष्म यदि नहीं खुले, तो फिर शायद खुलने का अवसर कभी न आये...

"अक्रूर ने कहा था कृष्ण! कि तुम्हें राज्य नहीं चाहिए। तभी मेरे अहंकार ने तुलना की थी, कि राज्य तो मुझे भी नहीं चाहिए। मैंने तो वर्षों पहले यह राज्य त्याग दिया था; किन्तु लगता है, कि राज्य ने मुझे आज तक नहीं त्यागा! मैं इससे मुक्त क्यों नहीं हो पा रहा?"

"आप कदाचित मेरी परीक्षा ले रहे हैं पितामह!" कृष्ण शिशु भाव से, उन्मुक्त रूप में हँसा, "जिसके समान रक्षक, संसार का प्रत्येक राज्य खोज रहा है, उसे हस्तिनापुर मुक्त कैसे कर देगा! लोहा तो चुम्बक को नहीं छोड़ेगा, चुम्बक ही उसे पकड़ना छोड़ दे तो छोड़ दे।"

"चाटुकारिता कर रहे हो।" भीष्म को पता ही नहीं चला कि कब वह अपनी गहन-गम्भीरता त्याग, कृष्ण के समान ही बालक हो गये, "मैं तो कब से सोच रहा हूँ कि ये बच्चे हस्तिनापुर को सँभाल लें, तो इस राज-काज से मुक्ति पाऊँ।"

"त्याग का विषय पदार्थ नहीं है पितामह!" कृष्ण सहज भाव से बोला, "त्याग का विषय तो आसक्ति है।"

भीष्म का चिन्तन-प्रवाह जैसे थम गया। उन्हें क्षण-भर के लिए लगा कि उनके सम्मुख वासुदेव कृष्ण नहीं, कृष्ण द्वैपायन व्यास बैठा है।...नहीं! यह उनका भ्रम था। उनके सामने तो कृष्ण वासुदेव ही बैठा था; किन्तु उसके स्थान पर कृष्ण द्वैपावन भी होता, तो निश्चय ही कुछ ऐसी बात कहता।... उन्होंने अवाक दृष्टि से कृष्ण को देखा—क्या वह चाहता है कि वे हस्तिनापुर

की चिन्ता भी छोड़ दें? वह असुरक्षित होता है, होता रहे; उसमें कलह पनपती है, पनपती रहे?

"आसक्ति मुझे राज्य में नहीं, अपने वंश में है पुत्र! अब यह तो नहीं हो सकता कि मैं अपनी आँखों के सामने अपने पूर्वजों द्वारा संचित इस राज्य को खण्डित, पराजित या अपमानित देखूँ!"

"तो आपको और अर्जित करने की लालसा चाहे न हो, किन्तु पिछले संचित का मोह अवश्य है। उसका त्याग आप नहीं कर सकते।" कृष्ण मुस्कुराया।

"संचित का त्याग करने के लिए ही तो योग्य पात्र ढूँढ रहा हूँ।" भीष्म बोले, "अब युधिष्ठिर का युवराज्याभिषेक हो जाये; वह अपने स्थान पर स्थिर हो जाये। राज्य को सब ओर से सँभाल ले, तो सोचता हूँ कि मैं भी जा कर वनवास करूँ।"

"उसमें तो बहुत समय लगेगा पितामह!" कृष्ण बोला, "जहाँ तक मैं समझता हूँ, दुर्योधन, युधिष्ठिर को इतनी जल्दी स्थिर नहीं होने देगा।"

"यही तो कठिनाई है।" भीष्म जैसे किसी चिन्ता में पड़ गये, "मैंने इनको क्या नहीं समझाया, कौन-सा प्रयत्न नहीं किया; किन्तु दुर्योधन के मन से पाण्डवों का विरोध नहीं गया।"

"पितामह! क्या आपको नहीं लगता कि जब समीर, पुष्प को अपने कोमल करों से छूता है, तो पुष्प उसे सुगन्ध अर्पित करता है; किन्तु वही समीर जब श्मशान से हो कर निकलता है, तो श्मशान उसे शवों की चरायन्ध ही देता है।" कृष्ण बोला, "दुर्योधन ने आपके प्रेम के समीर को अपनी प्रकृति की दुर्गन्ध ही अर्पित की है।"

"मैं क्या करूँ!" भीष्म का रोष उनके स्वर में मुखरित हुआ, "मैं इनसे इतना प्रेम करता हूँ कि मैं उन्हें साधारण जन के समान दण्डित भी तो नहीं कर सकता।"

कृष्ण मुस्कुराया, "प्रेम में आसक्ति नहीं होती पितामह! आसक्ति से केवल मोह उत्पन्न होता है। जिसके प्रति प्रेम होता है, उसे हम कुमार्ग पर पग नहीं धरने देते; किन्तु मोह तो हमारे हाथ-पाँव ही नहीं, विवेक को भी बाँध देता है। मोह में किसी का हित नहीं है पितामह! न आपका, न दुर्योधन का, न हस्तिनापुर का!"

भीष्म को लगा, कृष्ण शायद ठीक ही कह रहा था—वह धृतराष्ट्र के कारण ही नहीं, कदाचित अपने कारण भी दुर्योधन को कभी रोक नहीं पाये।... किन्तु इस समय उनका मन शायद इस समस्या पर विचार नहीं करना चाहता

था—उनके मन में और बहुत सारे प्रसंग और विषय थे, जिनके सम्बन्ध में वह कृष्ण से चर्चा करना चाहते थे...

"मेरी समस्या यह है पुत्र!" भीष्म का मन वर्षों से अपनी गुँजलकों में दमित समस्या को बलात कृष्ण के सम्मुख प्रकट कर देना चाहता था—अवसर नहीं था, तो भी; कृष्ण न सुनना चाहता हो, तो भी!..."कि विचित्रवीर्य के पश्चात जब हस्तिनापुर का राजा चुनने का अवसर आया, तो मैंने यह निर्णय किया कि दृष्टिहीन धृतराष्ट्र, राजा होने के योग्य नहीं है।...."

"आपको अपने निर्णय पर पश्चाताप हो रहा है क्या?"

भीष्म को लगा, कृष्ण उनके मन को, किसी ग्रन्थ के समान पढ़ रहा है।...उन्हें कुछ संकोच हुआ।...उनके मनोग्रन्थ में वह पृष्ठ था अवश्य! किन्तु वे कृष्ण के सामने वह पृष्ठ रखना नहीं चाहते थे। बोले, "कृष्ण! समस्या पश्चाताप की नहीं है। मेरी समस्या सदा द्वन्द्व की रही है पुत्र! मैं आज भी मानता हूँ कि जो मेरा धर्म था, वही मैंने किया। किन्तु, वह विधाता, जाने मेरे साथ कैसी क्रीड़ाएँ करता है पुत्र! पाण्डु जीवित नहीं रहा; और धृतराष्ट्र को राजा न होने पर भी राजा के अधिकार सौंपने पड़े।...और अब इतने वर्षों का धृतराष्ट्र का शासन साक्षी है कि धृतराष्ट्र ने युद्ध चाहे न किये हों; उसकी नीतियाँ चाहे कितनी विवादास्पद रही हों; किन्तु शासन-चक्र थमा नहीं है।...इसका अर्थ यह हुआ कि उसकी अन्धता शासन-कर्म में बाधा नहीं थी; और सिंहासन पर बैठने का अधिकार धृतराष्ट्र का ही था। तो क्या मैंने धृतराष्ट्र के साथ अन्याय किया? यदि वह अन्याय था, तो अब उसका प्रतिकार भी होना चाहिए। धृतराष्ट्र को हस्तिनापुर का वास्तविक राजा माना जाना चाहिए; और उसके पुत्र दुर्योधन को युवाराज बनाया जाना चाहिए।..." भीष्म ने कृष्ण की ओर देखा; वह शान्त-भाव से बैठा, पूर्ण तन्मयता से उनकी बात सुन रहा था। न उसमें किसी निर्णय तक पहुँचने की व्यग्रता थी, न वह उनकी बात बीच में काट कर, कुछ कहना या पूछना चाहता था। लगता था, न अतीत उसे उद्वेलित कर रहा था, न वह भविष्य से आशंकित था। वह तो पूर्णतः वर्तमान में जी रहा था।...भीष्म ने अपनी बात आगे बढ़ायी, "दूसरी ओर, प्रजा और राजसभा की वर्तमान स्थिति मेरे सामने है। कुरुओं की राजसभा में पहले जो शालीनता, गम्भीरता, विद्वत्ता और सात्विकता हुआ करती थी—धृतराष्ट्र के राज्य में वह सारी-की-सारी नष्ट हो चुकी है। कणिक और पुरोचन जैसे लोग महत्वपूर्ण हो गये हैं—कौरवों के राज्य के कर्णधार! दुर्योधन, दुःशासन और उसके मित्रों—कर्ण और अश्वत्थामा जैसे लोगों—में सामान्य शील और शिष्टाचार भी नहीं है। फिर धृतराष्ट्र इस धूर्त शकुनि की बातों को महत्व भी बहुत अधिक देने लगा

है। विदुर इस राजसभा में आज तक कैसे टिका है, मुझे इस पर आश्चर्य होता है। लगता है, वह कुरुओं की राजसभा नहीं, दुर्वृत्तों की मण्डली है।... राजसभा की वर्तमान स्थिति यह सिद्ध करती है कि मेरा निर्णय ठीक था। धृतराष्ट्र का शरीर ही नहीं, उसकी आत्मा भी दृष्टिहीन है। प्रजा के हित में तो उसे अस्थायी रूप से भी सिंहासन के निकट नहीं आने देना चाहिए था। वह मेरी ही भूल थी।...इसलिए उस भूल का प्रतिकार होना चाहिए; और पाण्डु पुत्र युधिष्ठिर को तत्काल हस्तिनापुर का शासन सौंप दिया जाना चाहिए।" भीष्म ने रुक कर कृष्ण की ओर देखा, "तुम मुझे बताओ पुत्र! क्या दृष्टिहीन राजा को प्रजा पर शासन करने का अधिकार है?"

भीष्म को लगा, अपना द्वन्द्व उन्होंने जैसे अपने भीतर से छील-छील कर निकाला है और कृष्ण के सम्मुख डाल दिया है; किन्तु मन के गह्वरों में स्थान-स्थान पर गोह के समान चिपकी हुई शंकाएँ कह रही थीं कि शायद अभी अपनी पूरी बात वह कह नहीं पाये हैं...

"तो अब चिन्ता की क्या बात है; कल तो युधिष्ठिर का युवराज्याभिषेक हो ही रहा है पितामह!" कृष्ण ने कहा, "उसके पश्चात उसे शीघ्रातिशीघ्र हस्तिनापुर के सम्राट का अधिकार सौंप दीजिए।"

"तुम ठीक कह रहे हो।" भीष्म जैसे कृष्ण से नहीं, अपने-आप से ही कह रहे थे, "किन्तु मुझे लगता है कि युधिष्ठिर के युवराज बन जाने के पश्चात भी धृतराष्ट्र उसके लिए सिंहासन ख़ाली नहीं करेगा।" उन्होंने कृष्ण की ओर देखा, "हस्तिनापुर के किसी एक घाट से गंगा के जल में यदि एक भाण्ड दूध का मिल जाये, तो सागर तक का गंगाजल ही उसे आत्मसात नहीं कर लेगा, सम्पूर्ण महासागर के जल में भी वह दूध सूक्ष्म रूप में विद्यमान रहेगा। वैसे ही इस समय, कुरु राजवंश के जीवन के प्रत्येक स्पन्दन में, परिस्थितियों की जटिलता का यह विष व्याप्त है।..."

"तो इस परिवेश ने पितामह को उद्विग्न कर रखा है?" कृष्ण को मोहिनी जैसे किसी अज्ञात गवाक्ष से भीष्म की चेतना में कूद गयी थी और उसे अधिक-से-अधिक उद्घाटित होने के लिए प्रोत्साहित कर रही थी।

"परिवेश के प्रभाव से मैं सामान्यतः उद्विग्न नहीं होता कृष्ण।" भीष्म बोले, "किन्तु एक ओर कुरुओं के जीवन में घुलता यह विष मुझे आशंकित करता है; और दूसरी ओर मेरा अपना मन अपने कर्म की समीक्षा करता हुआ, मुझसे निरन्तर पूछता रहता है कि मैंने अधर्म तो नहीं किया? तब मेरा धर्म क्या था? और आज क्या है?" भीष्म की दृष्टि कृष्ण पर टिक गयी, "मुझे लगता है कि युवराज्याभिषेक के पश्चात भी राज्याधिकारों को ले कर,

हस्तिनापुर में बवण्डर उठने वाला है। सम्भतः उसे मुझे ही थामना पड़े ।... किन्तु इस समय तो मैं अपने मन के संशय से लड़ रहा हूँ।"

"युग-युगों का महान योद्धा, अपने मन के संशय को पराजित नहीं कर पा रहा?" कृष्ण ने कहा, "पितामह! आप संशय के स्थान पर आस्था को क्यों अंगीकार नहीं करते?"

"पुत्र! उस आस्था को ही तो खोज रहा हूँ तुममें!"

कृष्ण खिलखिला कर हँस पड़ा, "यह आस्था, आप अपने भीतर ही क्यों नहीं जगाते! अपने प्रति इतना अविश्वास क्यों पितामह?"

"सम्भवतः तुमसे चर्चा कर, मैं अपनी ही आस्था का आह्वान कर रहा हूँ।" भीष्म बोले, "तुम बताओ, शासन करने का अधिकार किसका है—धृतराष्ट्र का? युधिष्ठिर का? अथवा दुर्योधन का?"

कृष्ण गम्भीर हो गया। भीष्म ने आश्चर्य से देखा, कैसे एक क्रीड़ाशील तरुण, क्षण-भर में ही, किसी सिद्ध ऋषि में परिणत हो गया।...उसका वास्तविक रूप कौन-सा है?...

"मैं चिन्तन की इस परिपाटी को ही स्वीकार नहीं करता पितामह! इस समस्या पर, इस रूप में विचार नहीं होना चाहिए कि हस्तिनापुर पर शासन का अधिकार महाराज पाण्डु का था या धृतराष्ट्र का!"

"तो इस समस्या का समाधार कैसे हो पुत्र?"

"मैं तो इस रूप में विचार करता हूँ कि किसको किस पर शासन करने का अधिकार है?" कृष्ण ने कहा, "मेरी चेतना कहती है कि किसी को भी, किसी अन्य पर शासन करने का अधिकार नहीं है।"

"किसी को भी नहीं?" भीष्म चकित थे।

"हाँ पितामह! प्रकृति के सम्मुख हम सब समान हैं। किसी को, किसी पर शासन करने का अधिकार नहीं है।"

भीष्म विस्मयपूर्वक कृष्ण को देखते रहे : क्या कह रहा है यह तरुण! इसका अर्थ हुआ कि राजा कोई होगा ही नहीं। तो फिर राज्य का पालन कौन करेगा? आतताइयों से प्रजा की रक्षा कौन करेगा?

"किन्तु मनुष्य को अपना विकास करना है; उसे अपनी कुप्रवृत्तियों से युद्ध करना है। उसे सद्वृत्तियों का पोषण करना है। इसलिए हमें मात्र स्वशासन का ही अधिकार है।"

"स्वशासन का?"

"हाँ पितामह!" कृष्ण मुस्कुराया, "अधिकार हमें स्वशासन का ही है; यह दूसरी बात है कि हम अपने 'स्व' का कितना विस्तार कर सकते हैं। परिवार

का मुखिया अपने परिवार पर शासन करता है, क्योंकि वह पूर्ण परिवार उसके 'स्व' के अन्तर्गत है। वह उनका भी उतना ही भरण-पोषण करता है, जितना कि अपना। उनकी भी उतनी ही रक्षा करता है, जितनी कि अपनी। उनका भी उतना ही हित चाहता है, जितना कि अपना। इसीलिए उसे परिवार पर शासन का अधिकार है। इसी न्याय से गुरु को शिष्य पर शासन करने का अधिकार है। पति-पत्नी को अपनी क्षमताओं और भावनाओं के अनुसार एक-दूसरे पर शासन करने का अधिकार है।...आप अपने 'स्व' का विस्तार एक पूरे नगर, राज्य, देश, समाज, जाति, यहाँ तक कि पूरी सृष्टि तक कर सकते हैं। किन्तु जिससे आप अपने ही समान प्रेम नहीं करते, उस पर शासन करने का आपको कोई अधिकार नहीं है।"

"किन्तु मैं तो अपने आस-पास 'स्व' का संकोच होते ही देख रहा हूँ।" भीष्म बोले, "विस्तार तो कोई कर ही नहीं रहा।"

"आप ठीक कहते हैं पितामह!" कृष्ण ने उत्तर दिया, "वस्तुतः मनुष्य तो है ही सृष्टि-रूप! वह अपना संकोच न करे, तो सृष्टि का कोई कण, उसके 'स्व' से बाहर नहीं है। किन्तु वह अपनी सीमित दृष्टि के कारण स्वयं को पहचानता नहीं और निरन्तर संकुचन की क्रिया में पिसता चलता है। अपने प्रेम का वृत्त संकीर्ण करता है और स्वयं सक्रिय प्रयत्न करके, वह अपने आत्मीय जनों को 'स्व' की परिधि से बाहर धकेलता है, उन्हें पराया बनाता है। सार्वजनिक उद्यान में लगे आम के वृक्ष को वह, अपने संकुचित 'स्व' के कारण अपना नहीं मानता। इसलिए उस वृक्ष को, जो उद्यान में वर्षों तक जीवित रह कर मनुष्य को छाया, हरे पत्ते, मंजरी और रसाल जैसा फल देता रहता, काट कर काष्ठ के एक निष्प्राण खण्ड के रूप में अपना बना कर, वह उसे मात्र चूल्हे का ईंधन बना लेता है। वह समझता है कि उसने कोई बड़ी उपलब्धि की है; वह यह नहीं समझता कि वह स्वयं अपने-आपको तथा सारी मानवता को वंचित कर रहा है। इसे वह अपनी बुद्धिमानी समझता है। पितामह! है न प्रकृति की विडम्बना कि सबसे मूर्ख व्यक्ति स्वयं को सबसे अधिक बुद्धिमान समझता है; और कभी-कभी अन्य लोग भी उसकी बुद्धि को मान्यता देने लगते हैं।" कृष्ण ने रुक कर भीष्म को देखा, "मैं तो कहता हूँ पितामह! जिस व्यक्ति, संगठन, मत, और विचार ने मानवता में दरारें डाली हैं, उनका विभाजन किया है, उसके वर्ग बनाये हैं, उसने मानव की विराटता के प्रति अपराध किया है। मनुष्य को तुच्छ बनाया है; उसके हृदय को संकीर्ण किया है। गंगा जैसी देव-सरिता को उसके जलकणों के आधार पर बाँट देने वाला, गंगा का हितैषी नहीं हो सकता। नन्दन कानन को एक-एक वृक्ष अथवा पौधे के रूप में प्रस्तुत

करने वाला, नन्दन कानन का सौन्दर्य तो नहीं बढ़ा सकता न! महान वे ही लोग हैं पितामह! जिन्होंने मानवता के बीच बनायी गयी कृत्रिम दीवारें तोड़ी हैं, उसके मध्य की खाइयाँ पाटी हैं। वे वास्तविक मानव हैं, सृष्टि के तुल्य रूप, प्रकृति के समान विराट!"

और सहसा कृष्ण रुक कर मुस्कुराया, "अपने इस वाचाल बालक को क्षमा कीजिएगा पितामह! प्रणाम करने आया था और...बोलने लगता हूँ तो भूल जाता हूँ कि जिससे यह सब कह रहा हूँ, वे स्वयं हमारे पितामह हैं—सर्वज्ञान सम्पन्न! युग-मेधा के मूर्तिमान पुँज! अन्यथा, वे क्यों अपने कुल को जोड़ रखने के लिए इतना कष्ट झेल रहे होते..." वह उठ खड़ा हुआ, "चलता हूँ। आपकी सुविधा देख कर फिर कभी आऊँगा।"

कृष्ण के संकेत पर बलराम भी उठ खड़ा हुआ। दोनों ने झुक कर भीष्म को प्रणाम किया; और कक्ष से बाहर निकल गये।

बाहर अश्वों की हिनहिनाहट और रथ-चक्रों के घर्घर स्वर से जैसे भीष्म की चेतना लौटी...कृष्ण चला गया था।...वह उनके सामने ही तो उठा था, उसने कहा भी था कि वह जा रहा है; किन्तु भीष्म मूर्ति सरीखे बैठे रहे, जैसे कृष्ण की इच्छा के बाहर कुछ हो ही नहीं सकता। नहीं तो क्या वे उसे थोड़ी देर और रुकने के लिए न कहते। उसकी बाँह पकड़ कर बैठा न लेते।...

कृष्ण अब कक्ष में नहीं था। भीष्म को लग रहा था कि थोड़ी देर पहले जैसे कक्ष में मलय समीर का झोंका आया था, जो उनके मन, शरीर, प्राण—सबको अपने स्पर्श से नीरोग ही नहीं कर गया, उन सबमें अपनी स्थायी सुगन्ध भी छोड़ गया था।...किन्तु मलय समीर को न तो कोई पकड़ कर ला सकता है, न बाँध कर रख सकता है; और न जाने से रोक ही सकता है। वह तो अपनी इच्छा से ही आता है, अपनी इच्छा-भर ठहरता है, और अपनी इच्छा से चला जाता है...

तभी भीष्म चौंके! उन्होंने कृष्ण से एक प्रश्न किया था। उसका उत्तर उसने नहीं दिया। किन्हीं और बातों में उलझा कर चला गया। विश्व-मानवता की बड़ी-बड़ी बातों में उनका छोटा-सा पारिवारिक प्रश्न खो गया...

किन्तु दूसरे ही क्षण भीष्म को लगा—नहीं! शायद कृष्ण सारा समय उन्हीं के प्रश्न का उत्तर दे रहा था।...हमें केवल स्वशासन का ही अधिकार है। हम जिनसे प्रेम करते हैं, उन्हीं पर शासन का अधिकार है हमको...। धृतराष्ट्र का 'स्व' तो शायद स्वयं अपने-आप तथा अपने पुत्रों तक ही सीमित है। वह दुर्योधन से प्रेम करता है। सम्भवतः अपने अन्य पुत्रों तथा उनके मित्रों से भी प्रेम करता हो। तो उसे उन्हीं पर शासन करने का अधिकार है। किन्तु उन पर

तो वह शासन करता ही नहीं; उल्टे वे ही उस पर शासन कर रहे हैं। क्यों? शायद इसलिए कि उसके मन में प्रेम नहीं आसक्ति है। ठीक कहता है कृष्ण कि यह तो मोह है। उस मोहग्रस्त्र धृतराष्ट्र का 'स्व' सीमित ही तो होगा। वह तो अपने भ्रातुष्पुत्रों तक से प्रेम नहीं कर पाया। वह कुरु-राज्य की प्रजा से क्या प्रेम करेगा। वह उन पर शासन करने का प्रयत्न अवश्य कर रहा है और करता रहेगा।...कृष्ण ने ठीक ही कहा है, धृतराष्ट्र जैसे दृष्टिहीन, बुद्धि शून्य लोग, अपने भण्डार में पड़े ईंधन-रूप, काठ के लट्ठे से ही प्रेम कर सकते हैं, उद्यान में हँसते-मुस्कुराते आम्र-वृक्ष से नहीं! प्रेम क्या है, वे नहीं जानते! उनकी बुद्धि कभी मोह से आगे तो बढ़ी ही नहीं।...यदि धृतराष्ट्र हस्तिनापुर के सिंहासन पर बैठा रहा तो यह सारा आम्र-कानन, ईंधन के भण्डार में परिणत हो जायेगा...

ओह! कृष्ण उनके प्रश्न का कितना सटीक उत्तर दे गया था!

21

एकान्त देख कर उद्धव ने कृष्ण से कहा, "मथुरा से गुप्तचर आया है। कुछ अति आवश्यक सूचनाएँ देना चाहता है।"

कृष्ण सावधान हो गया, "क्या समाचार है? तुम्हें कुछ नहीं बताया?"

"नहीं!" उद्धव बोला, "वह केवल तुम्हें ही सूचनाएँ देगा।"

"अच्छी बात है!" कृष्ण कुछ चिन्तनलीन स्वर में बोला, "बलराम भैया कहाँ हैं?"

"वे तो भीम को गदा-युद्ध सिखा रहे हैं। आजकल उनका अधिकांश समय भीम के साथ ही व्यतीत हो रहा है। भीम उनसे मल्ल-युद्ध और गदा-युद्ध, दोनों ही सीख रहा है।"

"दुर्योधन ने प्रयत्न नहीं किया, भैया से गदा-युद्ध सीखने का?"

"नहीं! मुझे भी कुछ आश्चर्य ही हुआ!" उद्धव बोला, "बलराम भैया हस्तिनापुर में आये हों और गदा-प्रेमी दुर्योधन, उनसे कुछ न सीखना चाहे।..."

"उसने स्वयं ही मान लिया होगा कि भीम के मातुल-पुत्र, भीम से द्वेष रखने वाले दुर्योधन को गदा क्यों सिखाएँगे!" कृष्ण रुका, "अर्जुन कहाँ है?"

"युधिष्ठिर और अर्जुन कदाचित विदुर काका से मिलने गये हैं और नकुल-सहदेव राजसभा में समारोह की तैयारी की देख-रेख कर रहे हैं।"

"तो जाओ! बुआ से कह आओ कि हम तनिक घूमने जा रहे हैं।"

जब तक उद्धव, कुन्ती को सूचना दे कर आया, कृष्ण ने बाहुक से रथ तैयार करवा लिया था। बाहुक को विश्राम करने को कह, अश्वों की वल्गा उसने स्वयं अपने हाथ में ले ली थी। उद्धव को देखते ही कृष्ण ने उसे रथ पर आने का संकेत किया।

उद्धव रथारूढ़ नहीं हुआ। वह कृष्ण के बहुत निकट आ कर धीरे से बोला, "वह तुमसे सर्वथा एकान्त में बात करना चाहता है।"

"तो भी तुम आओ!"

उद्धव के रथ में आते ही, कृष्ण ने रथ दौड़ा दिया।

नगर से बाहर निकल, गंगा-तट पर एक निश्चित स्थान पर कृष्ण ने रथ रोका।

"आओ! थोड़ी देर जल-क्रीड़ा करें।"

कृष्ण ने गंगा में छलाँग लगाई और जैसे उद्धव को पछाड़ने के प्रयत्न में तीव्र गति से तैरता हुआ, दूसरे तट पर जा पहुँचा। उसके तट पर पहुँचते ही एक संन्यासी उसके निकट आ कर, जल में हाथ-पाँव धोने लगा।

"क्या समाचार है?" कृष्ण ने पूछा।

"जरासंध का अभियान आरम्भ हो गया है। उसकी सेना छोटी टुकड़ियों में चल पड़ी है। वह मार्ग-भर में अपनी चौकियाँ स्थापित करेगी। अपने मित्र राजाओं को भी उसने युद्ध का निमन्त्रण दिया है। पंचालराज द्रुपद के पास भी उसने दूत भेजा है, जो उनसे मैत्री-संधि की चर्चा के साथ-साथ यह प्रार्थना भी करेगा कि मथुरा की ओर जाती हुई उसकी सेना को पंचालराज अपने राज्य में से निकलने का मार्ग दें और वासुदेव!..."

"बोलो!"

"लगता है कि यह सब ऊपर का आडम्बर मात्र ही है। इस बार उसकी योजना कुछ और है।" संन्यासी बोला, "उसका एक दूत कालयवन राजसभा में भी गया है।..."

कृष्ण के माथे पर चिन्ता की रेखाएँ उभरीं, तो जरासंध बर्बर राक्षसों को अपने व्यूह में सम्मिलित करना चाहता है।...उसने संन्यासी को देखा, "और कुछ?"

"नहीं!"

"तो तुम वापस मथुरा जाओ। ये सूचनाएँ मथुरा में प्रचालित न हों। सब कुछ यथापूर्व ही चलता रहे। यादव अपने युद्धाभ्यास में लगे रहें। मथुरा की सुरक्षा का प्रबन्ध चौकस रहे। युद्धक नौकाएँ तैयार रखी जायें। रथों की प्रतियोगिताएँ होती रहें। अन्न का भण्डार बढ़ाया जाये। गोधन को बहुत दूर

न भेजा जाये।..."

तभी उद्धव गंगा से बाहर निकला, "मैं तो बहुत ही पिछड़ गया गोविन्द!"

"तुम मथुरा जाना चाहोगे?" कृष्ण ने पूछा।

उद्धव समझ गया था कि गुप्तचर एकान्त में जो सूचनाएँ देना चाहता था, वह दे चुका था; और अब कदाचित कृष्ण उसे किसी कार्यवश मथुरा भेजना चाहता है।

"कोई आवश्यक कार्य है क्या?" उद्धव बोला, "यदि मैं अकस्मात ही चला गया, तो बुआ क्या सोचेंगी!"

"चलो, मत जाओ।" कृष्ण बोला, "मैंने तो इसलिए पूछा था कि यह महामति मथुरा लौट रहा है; तुम्हें यदि घर की याद आ रही हो, तो तुम भी चले जाओ। न जाना चाहो तो युधिष्ठिर के युवराज्याभिषेक का उत्सव देखो, भीम का गदा-प्रशिक्षण देखो, या विदुर काका से ज्ञान-चर्चा करो।"

उद्धव हँसा! या तो यह कृष्ण का परिहास मात्र था, अथवा उसने अपनी योजना बदल दी थी, या फिर यह महामति के लिए संकेत था कि गम्भीर राजनीतिक वार्तालाप समाप्त हुआ।...उद्धव ने जब-जब सोचा था, उसका आश्चर्य बढ़ता ही गया था : कैसे यह कृष्ण क्षण-भर में स्वयं को एक मनःस्थिति में से निकाल कर, सर्वथा भिन्न या विपरीत मनःस्थिति में डाल लेता है। वह जिस मनःस्थिति में रहना चाहता है, उसी में बना रहता है। कोई भाव, कोई परिस्थिति, कोई सूचना, उस मनःस्थिति में से निकाल नहीं सकती...

"अच्छा महामति!" कृष्ण ने संन्यासी-रूपी गुप्तचर को हाथ जोड़ प्रणाम किया और महामति ने संन्यासी के ही समान, आशीर्वाद की मुद्रा में अपना हाथ उठा दिया।

कृष्ण ने पुनः गंगा में छलाँग लगा दी, "उद्धव! तुम बहुत शिथिल हो रहे हो। लगता है कि आजकल तुम दर्शनशास्त्र अधिक पढ़ रहे हो और जल-क्रीड़ा को बहुत कम समय दे रहे हो। अभी शरीर शिथिल करने का समय नहीं आया है सखा!"

"क्या कोई गम्भीर समाचार आया है?" उद्धव ने पूछा।

"समाचार तो गम्भीर ही होते हैं; किन्तु चिन्ता की कोई बात नहीं है। बस यही ध्यान रखना की युधिष्ठिर के राज्याभिषेक के पश्चात हम अधिक देर तक हस्तिनापुर में रुक नहीं सकते। यह न हो कि किसी के प्रेम-भरे आग्रह पर तुम यहाँ अधिक रुकने का संकल्प कर लो, या बलराम भैया को भीम के अतिरिक्त भी शिष्य मिल जायें; और वह यहाँ अपना आश्रम ही स्थापित

कर लें।" कृष्ण ने उनकी ओर देखा, "बस यह समझ लो कि युधिष्ठिर के युवराज्याभिषेक के तत्काल पश्चात हमारे रथ मथुरा की ओर दौड़ पड़ेंगे, किन्तु न हस्तिनापुर में किसी को आभास हो कि हमें पहुँचने की शीघ्रता है; और न मथुरा की ओर जाने वालों को यह अनुमान हो कि वहाँ पहुँचते ही हमें कार्य में जुट जाना है।"

"पिता जी!" बिना किसी सूचना और भूमिका के दुर्योधन आ कर धृतराष्ट्र के सम्मुख खड़ा हो गया।

धृतराष्ट्र राजसभा में जाने की तैयारी कर रहा था। दासियों ने उसका प्रसाधन कर, वस्त्र पहना, उसे जाने के लिए तैयार कर दिया था। किन्तु उसका अपना मन ही अभी प्रस्तुत नहीं हो पाया था। राजसभा में जाना उसे कभी भी इतना कठिन नहीं लगा था, जितना कि आज लग रहा था।...

उस दिन उसने अक्रूर की योजनाओं-प्रतियोजनाओं में बँध कर, स्वयं ही युधिष्ठिर के युवराजत्व की घोषणा कर दी थी और मान लिया था कि जिन तर्कों में बँध कर, उसने वह घोषणा की थी, वे तर्क जैसे संसार का अन्तिम सत्य थे। वे जैसे उसके अनुमान नहीं थे, विधाता के लेख थे। कई दिनों तक वह बहुत प्रसन्न रहा था कि उसने युधिष्ठिर को उसके ही जाल में बन्दी कर दिया था!...किन्तु जैसे-जैसे अभिषेक का दिन निकट आता गया था, उसका मन, उसके अपने तर्कों और अनुमानों को अमान्य करता गया था, और उसे लगने लगा था कि वह सब यादवों की एक चाल थी, जिसमें वह आकस्मिक रूप से फँस गया था। वैसा कुछ भी नहीं होने जा रहा था, जिसका भय अक्रूर ने दिखाया था। सब कुछ ऐसा ही रहेगा, जैसा कि है। हस्तिनापुर पर किसी का आक्रमण नहीं होगा। युधिष्ठिर निश्चिन्त हो कर राज्य करेगा, और पाण्डव हस्तिनापुर की इस अथाह सम्पत्ति का भोग करेंगे।...

और आज प्रातः से ही उसे लग रहा था कि वह युधिष्ठिर के मस्तक पर किरीट रखने नहीं जा रहा, वह दुर्योधन के कण्ठ में यम-पाश डालने जा रहा है...

"क्या बात है पुत्र?" धृतराष्ट्र अपने पुत्र के स्वर के आवेश को पहचानता था। वह जानता था कि दुर्योधन के कण्ठ से ऐसा स्वर तभी निकलता है, जब वह कोई अत्यन्त बीहड़ कर्म करने का दृढ़ संकल्प कर चुका होता है।

"रंगशाला में आपने कर्ण का अर्जुन से द्वन्द्व-युद्ध क्यों नहीं होने दिया?"

"उसे मैंने नहीं, कृपाचार्य ने रोका था पुत्र!"

"आप आचार्य की इच्छा के विरुद्ध भी तो अनुमति दे सकते थे।"

"नहीं! यह अनुचित होता!"

"तो फिर आज यह द्वन्द्व-युद्ध हो जाने दीजिए।"

"क्या अभिप्राय है तुम्हारा?"

"पिता जी!" दुर्योधन के स्वर में, श्मशान में विलाप करती प्रेतात्माओं का चीत्कार था, "मैं युधिष्ठिर का युवराज्याभिषेक नहीं देख सकता।"

"तो?"

"तो हमें अनुमति दीजिए कि राजसभा में आने से पूर्व ही हम पाण्डवों पर आक्रमण कर उन्हें समाप्त कर दें।"

धृतराष्ट्र का मन कैसा तो कातर हो रहा था : कैसा था उसके पुत्र का भाग्य! जो अपने शैशव से एक ही खिलौना बार-बार माँग रहा था; और पिता हो कर भी वह अपनी मुट्ठी में बन्द खिलौना अपने पुत्र को दे नहीं पा रहा था।...कभी-कभी धृतराष्ट्र को लगता था कि उसने अपनी निराशा से कम पीड़ा पायी है; पुत्र के माध्यम से वह अधिक यातना सहता रहा है।...अपनी पीड़ा को तो उसने कभी सहन किया था, कभी उसकी उपेक्षा की थी, कभी उससे संघर्ष किया था, और कभी उसे बहला लिया था...किन्तु दुर्योधन के माध्यम से सही गयी यह पीड़ा, इसलिए भी अधिक कष्टप्रद हो गयी थी; क्योंकि उसे तो बस असहाय हो कर देखा और सहन ही किया जा सकता था। उसे कम करने का कोई प्रयत्न नहीं किया जा सकता था...

"दुर्योधन!" धृतराष्ट्र ने अपनी कातरता से उबर कर अत्यन्त दृढ़ स्वर में कहा, "तुम अपनी ओर से अपने मित्रों की सामूहिक हत्या करवाना चाहते हो?"

"सामूहिक हत्या से क्या अभिप्राय है आपका? हमारे पास शस्त्र नहीं हैं, या हमारी भुजाओं में बल नहीं है? हम, सबके देखते-देखते, उन्हें समाप्त कर देंगे।" दुर्योधन की उत्तेजना का अन्त नहीं था।

"मेरी हार्दिक इच्छा है कि ऐसा हो सकता; किन्तु यह सम्भव नहीं है। कृष्ण, बलराम, युयुधान, सात्यकी, उद्धव...सब तो उनके पक्ष में खड़े हैं। वे सब मिल कर तुम लोगों का वध कर देंगे।...कोई उन्हें दोष भी नहीं दे सकेगा; क्योंकि आक्रमण तुम लोग करोगे। और पुत्र..." धृतराष्ट्र का स्वर कुछ कोमल हुआ, "शत्रु को प्रत्यक्ष मारने से व्यक्ति को यश मिलता है; बन्धुओं का प्रत्यक्ष नाश नहीं किया जाता...।"

"वे हमारे बन्धु नहीं हैं। शत्रु हैं हमारे।"

"संसार उन्हें तुम्हारा बन्धु मानता है; वे मेरे भाई के पुत्र हैं।"

"वे पाण्डु के पुत्र नहीं हैं।" दुर्योधन जैसे विक्षिप्त-सा हो गया था, "वे कुन्ती और माद्री के पुत्र हैं। वे सम्राट विचित्रवीर्य के वंशज नहीं हैं।"

"सावधान!" धृतराष्ट्र अकस्मात इतने आवेश में आ गया कि वह स्वयं ही काँप-काँप गया, "सावधान! ऐसी बात अपनी जिह्वा पर कभी मत लाना... और यदि हो सके तो अपने मन और स्मृति से भी निकाल कर, कहीं दूर फेंक आना!"

दुर्योधन अपनी उस विक्षिप्तावस्था में भी अपने पिता के क्रोध को देख कर स्तब्ध रह गया। उसने ऐसा क्या कह दिया कि पिता की यह स्थिति हो गयी? किन्तु पूछने का उसका साहस नहीं हुआ।

"इस तर्क से चलोगे तो मैं भी विचित्रवीर्य का नहीं, अम्बिका का ही पुत्र हूँ तो तुम भी सम्राट विचित्रवीर्य के वंशज नहीं हो।"

और सहसा दुर्योधन का सारा आवेश लुप्त हो गया। वह अत्यन्त कातर हो उठा। प्रयत्न करने पर भी वह अपने अश्रु रोक नहीं पाया, "मैं क्या करूँ फिर? मैं क्या करूँ?"

धृतराष्ट्र की समझ में नहीं आ रहा था कि वह पहले स्वयं को शान्त करे अथवा पुत्र को सांत्वना दे! वह चुपचाप अपनी दृष्टिहीन आँखों से शून्य को घूरता रहा। और फिर सहसा बोला, "अभी मैं जीवित बैठा हूँ पुत्र! सत्ता मेरे हाथ में है। मैं हस्तिनापुर का राजा हूँ। अभी से निराश हो कर आत्महत्या करने की आवश्यकता नहीं है।..."

"तो फिर पिता जी! मुझे अनुमति दीजिए कि मैं हस्तिनापुर छोड़ कर कहीं चला जाऊँ।" दुर्योधन ने नया प्रस्ताव रखा।

"नहीं!" धृतराष्ट्र का स्वर आदेशात्मक हो गया था, "तुम मेरे साथ राजसभा में चलो; और देखो कि हस्तिनापुर छोड़ कर कौन जाता है!"

दुर्योधन ने कोई उत्तर नहीं दिया। वह अपने पिता को देखता-का-देखता ही रह गया। उसका यह भीरु और दुर्बल पिता कभी-कभी बहुत दृढ़ भी हो जाया करता था।...

अतिथियों के कारण आज राजसभा में उपस्थिति बहुत अधिक थी। वैसे भी राजनीतिक विचार-विमर्श का वातावरण न हो कर, उत्सवी परिवेश के कारण वह राजसभा से अधिक, कोई समारोह-स्थल प्रतीत हो रही थी।

मुहूर्त देख कर कृपाचार्य की देख-रेख में पुरोहितों ने मन्त्र-पाठ आरम्भ किया। युधिष्ठिर को सिंहासन पर बैठा कर, अनेक नदियों और तीर्थों के जल से उसका अभिषेक किया गया; और स्वयं धृतराष्ट्र ने अपने हाथों से युधिष्ठिर

के सिर पर किरीट रखा।

युधिष्ठिर ने गुरुजनों के चरण-स्पर्श कर, उनकी वन्दना की और उनसे आशीर्वाद पा कर अपने स्थान पर जा बैठा।

"युवराज!" विदुर ने उल्लसित हो कर उसे सम्बोधित किया, "राजसभा तथा प्रजा के प्रतिनिधियों के सम्मुख अपनी प्रतिज्ञा प्रकाशित करें, ताकि प्रजा आश्वस्त हो सके।"

युधिष्ठिर ने क्षण-भर के लिए विदुर को देखा और फिर उसकी दृष्टि कृष्ण पर टिक गयी, "मेरा लक्ष्य कुरु शासित प्रदेश में धर्म-राज्य की स्थापना होगा। हमारी नीति होगी—आनृशंसता! हम किसी के भी प्रति नृशंस नहीं होगे। वर्ण, जाति अथवा वर्ग-भेद के कारण किसी के अधिकार अथवा भावनाओं का निरादर नहीं होगा। मैं प्रत्येक वर्ण तथा वर्ग में से अपने लिये मन्त्रियों की नियुक्ति करूँगा; और उनके प्रत्येक धर्म-सम्मत परामर्श का पूर्ण आदर करूँगा। प्रजा को न्याय, सम्मान, सुख-सुविधा तथा सुरक्षा प्रदान करना मेरा राजनीतिक दायित्व होगा। मेरे राजदण्ड ग्रहण करने पर भी यदि प्रजा को कोई दुख हो, तो मुझे विधाता रौरव का नरक दण्ड दें।"

युधिष्ठिर के मौन होते ही सभा में उसका जय-जयकार गूँजा; और अभी लोगों की हर्ष-ध्वनि शान्त भी नहीं हुई थी कि धृतराष्ट्र ने अपना दायाँ हाथ उठा कर शान्ति का संकेत किया तथा उतावले स्वर में बोला, "युधिष्ठिर को युवराज पद पर नियुक्त करने के साथ ही आज मैं कुछ घोषणाएँ भी करना चाहता हूँ।"

सभा में शान्ति छा गयी।

"राजकुमारों की शस्त्र-शिक्षा पूर्ण हो चुकी; किन्तु मैं यह नहीं समझता कि हस्तिनापुर में आचार्य द्रोण का कार्य सम्पन्न हो गया है। न ही उनकी युद्धशाला की उपयोगिता ही समाप्त हुई है। मेरी इच्छा है कि आचार्य द्रोण की युद्धशाला अब मात्र गुरुकुल अथवा राजकुमारों के शस्त्राभ्यास का ही स्थल न रहे। वह कुरु सेनाओं का प्रशिक्षण तथा संचालन-केन्द्र हो। मैं आचार्य को आज से कुरु सेनाओं और सेनापतियों का संचालन नियुक्त करता हूँ...।"

सबने आश्चर्य से धृतराष्ट्र की ओर देखा : इसका क्या अर्थ? भीष्म, विदुर, वाह्लीक, सोमदत्त...स्वयं द्रोण भी चकित थे। राजगुरु केवल राजकुमारों के ही प्रशिक्षक हुआ करते थे। स्कन्धावारों के निर्माण का कार्य राजगुरु नहीं, राजपुरुष किया करते थे।...वह आचार्य का महत्व बढ़ाने का प्रयत्न था, अथवा किसी के अधिकार-क्षेत्र को सीमित करने का? अभी तक तो, कुल-वृद्ध होने के नाते, भीष्म ही सेनाओं और सेनापतियों का संचालक करते थे। क्या धृतराष्ट्र

अपने एक ही आदेश से द्रोण की शक्ति बढ़ा कर, उन्हें अपने पक्ष में करने; और भीष्म को अपेक्षाकृत निर्बल करने का प्रयत्न कर रहा था; अथवा वह युवराज को ही अधिकारशून्य करना चाहता था?

"यह क्या है कृष्ण?" अर्जुन ने अपना विस्मय प्रकट किया।

"दृष्टिहीन की दूर दृष्टि!" कृष्ण मुस्कुराया, "पुत्र ने तुम लोगों के विरुद्ध कर्ण का बल प्राप्त किया था, पिता उसी रूप में आचार्य का उपयोग करना चाहता है। सम्भवतः आचार्य की निष्ठा क्रय की जा रही है।"

"मुझे प्रसन्नता है कि एक लम्बे अन्तराल के पश्चात हस्तिनापुर में युवराज का अभिषेक हुआ है।" धृतराष्ट्र ने पुनः कहना आरम्भ किया, "आज तक हस्तिनापुर का राजा दृष्टिहीन और असमर्थ था; और युवराज था ही नहीं। इसलिए हम अपने पूर्वजों की कीर्ति पर सन्तोष किये, तेजहीन से बैठे रहे। अब हस्तिनापुर के तेज में वृद्धि होगी, राजकोश की समृद्धि होगी। मुझे पूर्ण विश्वास है कि युवराज युधिष्ठिर अपने पूर्वजों के गौरव में वृद्धि करेंगे। मेरा आशीर्वाद उनके साथ है।"

कृष्ण ने अर्जुन की ओर देखा, "तुम्हारे पितृव्य ने सेना सम्बन्धी अधिकार आचार्य को दे दिये और दायित्व युवराज के स्कन्धों पर डाल दिये।"

"हमारे पितृव्य ऐसे चमत्कार करते ही रहते हैं।" अर्जुन धीरे से बोला।

धृतराष्ट्र राजसिंहासन से उठ कर खड़ा हो गया। वह सभा विसर्जित किये जाने का संकेत था।

"ऋषि कृष्ण द्वैपायन कहीं दिखायी नहीं दिये।" सभागार से बाहर निकलते हुए, उद्धव ने अर्जुन से पूछा, "क्या उन्हें आमन्त्रित नहीं किया गया था?"

"आमन्त्रित तो किया गया था!" अर्जुन ने उत्तर दिया, "किन्तु वह आये नहीं।"

"क्यों? उन्हें युधिष्ठिर के युवराज बनने की प्रसन्नता नहीं हुई या वे राज-परिवार से अपना सम्बन्ध नहीं मानते?"

"नहीं! ऐसा कुछ नहीं है।" सहदेव ने वार्तालाप में सम्मिलित होते हुए कहा, "उन्होंने युवराज को अपना आशीर्वाद भिजवाया है और अपने न आने के विषय में कहलवाया है कि 'साधना के लिए समारोह विघ्न-स्वरूप होते हैं। इस समारोह में मेरी कोई उपयोगिता नहीं है। अतः अपनी साधना का त्याग नहीं कर रहा। जब मेरी आवश्यकता होगी, आ जाऊँगा।' जब संदेशवाहक ने पूछा, 'क्या आपको इस समारोह से प्रसन्नता नहीं हुई?' तो उन्होंने उत्तर दिया, 'उत्सवों और समारोहों की प्रसन्नता राजाओं के लिए होती है, ऋषि की

प्रसन्नता तो 'सत्य' की वृद्धि में है।' संदेशवाहक ने पूछा, 'क्या राजकार्य से ऋषि का कोई सम्बन्ध नहीं है?' तो उन्होंने उत्तर दिया, 'ऋषि का सम्बन्ध जन-कार्य से है; राज-कार्य से नहीं। जन-कार्य की अपेक्षा होगी तो ऋषि राजसभा में भी जायेगा और राजप्रासाद में भी; अन्यथा ऋषि का सुख अपने स्थान में ही है।'"

"मैंने सोचा था कि शायद यहाँ उनसे साक्षात्कार हो जाये।" उद्धव के स्वर में अप्राप्ति का भाव था।

"जन-कार्य में लगो," कृष्ण ने कौतुक के साथ कहा, "कहीं-न-कहीं ऋषि से साक्षात्कार हो ही जायेगा!"

"तुम्हारे मातुल मद्रराज शल्य भी दिखायी नहीं दिये!" सात्यकी बोला।

"आमन्त्रित तो उन्हें भी किया गया था!" उत्तर नकुल ने दिया, "किन्तु या तो उन्हें हमसे कोई मोह नहीं है, अथवा वह किसी महत्वपूर्ण कार्य में व्यस्त हैं।"

"वह जरासंध के सैन्य-अभियान में सहायता करने में व्यस्त हैं!" कृष्ण मुस्कुरा रहा था।

भीष्म राजसभा से लौट कर अभी थोड़ा विश्राम भी नहीं कर पाये थे कि द्वारपाल ने युवराज युधिष्ठिर के आने का समाचार दिया।

भीष्म को प्रसन्नता के साथ-साथ आश्चर्य भी हुआ। लगता है कि राजसभा से निकल कर युधिष्ठिर सीधा इधर ही आ गया है।

"आओ वत्स!" उन्होंने उसका स्वागत किया, "बैठो!"

"पितामह!" युधिष्ठिर ने उनके चरणों को स्पर्श किया, "मुझे आशीर्वाद दें, मैं धर्म से कभी पीछे न हटूँ!"

"इस पृथ्वी पर तुम्हें छोड़ कर धर्म का दूसरा निवास ही कहाँ मिलेगा पुत्र!" भीष्म बोले, "आशीर्वाद तो बड़ा साधारण शब्द है। आज मेरे रोम-रोम से जैसे कोई सूक्ष्म प्रेरणा निकल-निकल कर तुम्हारी ओर प्रवाहित हो रही है। मेरा हृदय, मेरी आत्मा, मेरा धर्म, मेरी कामनाएँ—सब तुम्हारी ही ओर प्रवृत्त हैं पुत्र! तुम्हें कैसे बताऊँ कि आज मैं कितना प्रसन्न हूँ।" भीष्म की आँखें सजल हो उठीं, "मेरी वर्षों की साध आज पूरी हुई। आज मैं पूर्णकाम हुआ हूँ!..."

पितामह कि गद-गद स्थिति को देख कर युधिष्ठिर कुछ कह नहीं पाया। बस अवाक उन्हें देखता रह गया।

"संसार में अधिकार प्राप्त करना बहुत कठिन है पुत्र!" भीष्म ने स्वयं को सँभाल कर स्वतः ही कहा, "आधिपत्य जमाने वाली शक्तियाँ इतनी अधिक हैं

इस संसार में कि चारों ओर केवल अधिग्रहण ही है, अधिकार नहीं!..."

युधिष्ठिर ने चौंक कर भीष्म की ओर देखा : क्या पितामह आज अपने अतीत पर दृष्टिपात कर रहे हैं?

किन्तु भीष्म ने उसे तनिक भी सोचने नहीं दिया। वे बोले, "तुम्हें आज अपना अधिकार मिला है, यह हस्तिनापुर की प्रजा का सौभाग्य है। किन्तु इसे बनाये रखना कठिन होता है पुत्र! बहुत कठिन!"

"अब क्या कठिनाई है पितामह?" युधिष्ठिर ने एक अत्यन्त अबोध बालक की मुद्रा में पूछा।

"कठिनाई!" एक शब्द कह कर भीष्म जैसे आत्मलीन हो गये; और फिर स्वयं ही सजग हो कर बोले, "आधिपत्य और अधिग्रहण के भाग बाँटने के लिए अनेक स्वार्थी सहायक मिल जाते हैं; किन्तु अधिकार तो सत्य पक्ष का नाम है पुत्र! वह तो धर्म का दूसरा रूप है। उसका प्रयोग अन्याय और अत्याचार के रूप में नहीं होता। इसलिए वह कर्तव्य बन जाता है। समझ रहे हो पुत्र!" उन्होंने युधिष्ठिर की ओर देखा, "तुम्हारा अधिकार असहाय, पीड़ित, दमित तथा शोषित प्रजा का कवच बन जायेगा। तुम्हारा कर्तव्य होगा कि तुम उनकी रक्षा करो, उनका पालन करो।..."

"तो इसमें आप संशय न करें पितामह!" युधिष्ठिर बोला, "आप आशीर्वाद दें कि मेरा अधिकार, मुझे अपने कर्तव्य के रूप में ही स्मरण रहे।"

"मुझे संशय तुम्हारी ओर से नहीं है पुत्र!" भीष्म बोले, "संशय मुझे उन लोगों की ओर से है, जो प्रजा को अपना ग्रास समझ, उसका भक्षण करना चाहते हैं। अधिकार और अधिग्रहण में भयंकर वैर है पुत्र! अधिग्रहण की शक्तियाँ क्यों चाहेंगी कि तुम्हारा अधिकार, उनका मार्ग रोके! वे सब तुम्हारे विरुद्ध संगठित होंगे।"

"तो कठिनाई क्या है पितामह!" युधिष्ठिर बोला, "हम भी संगठित हो सकते हैं।"

"हो सको तो अच्छा।" भीष्म बोले, "किन्तु आज तक देखा यही गया है कि अनधिकार ही संगठित होता है। अधिकार तो सदा ही एकाकी रह जाता है।"

"क्यों पितामह?"

"क्योंकि अधिकारी जानता है कि वह स्वामी नहीं, मात्र रक्षक है। मन के लोभ को नियन्त्रित कर रक्षक तथा पालक बनना बहुत कठिन होता है पुत्र! लोभी मन स्वामी बन जाना चाहता है, ताकि वह प्रजा का भोग कर सके।..."

"मैं प्रयत्न करूँगा पितामह! कि मैं 'अधिकार' का वास्तविक रूप ही ग्रहण करूँ। मैं प्रजा का रक्षक बनूँ। उसकी समृद्धि में अपनी समृद्धि को पहचान प्रजा के सर्वांगीण विकास का मार्ग चुनूँ! प्रजा को वंचित कर, अपनी समृद्धि की अट्टालिका का निर्माण न करूँ।"

"विधाता तुम्हारे शब्दों को कर्म में परिणत करे।" भीष्म ने अपना हाथ, युधिष्ठिर के मस्तक पर रख दिया।

कक्ष से निकल कर युधिष्ठिर बाहर चला गया और भीष्म जैसे आत्मलीन-से खड़े सोचते ही रह गये : क्या उनके शब्द, कृष्ण की बातों की ही प्रतिध्वनि मात्र नहीं थे?...

□□□

युधिष्ठिर	शान्तनु
कुन्ती	चित्रांगद
सुयोधन	विचित्रवीर्य
धृतराष्ट्र	अधिरथ
कृपाचार्य	वसुदेव
भीम	कर्ण
नकुल	कृप
सहदेव	कृपी
अर्जुन	कणिक
युयुत्सु	दुर्योधन
विकर्ण	चिरन्तन सारथि
पाण्डु	दुर्योधन
गान्धारी	दुःशासन
सुशासन	शकुनि
धात्री कलिका (सुशासन की धाय)	कर्ण
विदुर	विकर्ण
भीष्म	विदुर
शकुनि	चक्रवाल—सुयोधन का रसोइया
कौन्तेय	युयुत्सु
आद्रेय	परशुराम विचित्रवीय
पाण्डव	अम्बा
विचित्रवीर्य	माता गंगा
पाण्डु	देवव्रत
पारंसवी	आर्यक नाम पृथा
अम्बिका	शूरसेन पाण्डु
दुर्वासा	मारिशा नागराज वासुकि
अम्बालिका	कुन्तीभोज
सत्यवती	शान्तनु
व्यास	द्रोण
भरत	कृपी
नदुप	कृप
ययाति	प्रमुदत्त (कृपाचार्य का एक शिष्य)

अश्वत्थामा
द्रुपद
धृष्टद्युम्न
शान्तनु
गौतम शरद्वान
राधा
वसु (वसुषेन-कर्ण)
परशुराम
सान्दीपनि
कणिक (मंत्री)
शकुनि
वसुषेण (कर्ण)
शार्दूल (रसोइया पाण्डवों का)
बघेरा (कुत्ता)
हिरण्यधनु (भिल्लाराज)
एकलव्य
अधिरथ
भार्गव ऋषि

परशुराम
बाह्लीक
सोमदत्त
माद्री
चित्रांगद
भरत
जरासंध
कुन्तीभोज
पाण्डु
शूरसेन
देवापि
धृष्टद्युम्न
शिखण्डी
सत्यजित (द्रुपद का भाई)
ऋषि अग्निवेश
भूरिश्रवा
जरासंध
भीष्मक